LE VERROU

DU MÊME AUTEUR

L'Antivoyage, Mercure de France, 1974.
Le Diable vert, Mercure de France, 1975 ; Babel, 1997.
Les Rois et les Voleurs, Mercure de France, 1975.
Hiéroglyphes de nos fins dernières, Mercure de France, 1977.
Le Lignage du serpent, Mercure de France, 1978.
Les Seigneurs du ponant, Mercure de France, 1979
Amérindiennes, Stock, 1979.
Une passion, Jean-Claude Lattès, 1981 ; Babel, 1996.
Maria Tiefenthaler, Albin Michel, 1982.
Une pâle beauté, Albin Michel, 1984.
Dramma per musica, Albin Michel, 1986.
Doux oiseaux de Galilée, Albin Michel, 1988.
La Nativité à l'étoile, Albin Michel, 1989.
Primavera toscana (Détail de la légende d'une Florentine), Sand, 1989.
Julia M. ou le Premier Regard, Robert Laffont, 1991.
Bertrand Cantat ou le Chant des automates, Ecriture, 2006.

ISBN 2-7427-6045-8

Illustration de couverture :
Jean-Honoré Fragonard, *Le Verrou* (détail), 1777
Musée du Louvre, Paris

MURIEL CERF

LE VERROU

roman

BABEL

à Stéphane Piétri

PREMIÈRE PARTIE

Car nous sommes des êtres finis ; le mal en nous aussi, est fini. La pureté qui est offerte à nos yeux est infinie.

SIMONE WEIL,
Attente de Dieu.

Et le pain que, moi, je donnerai, c'est ma chair pour la vie du monde.

Evangile de Jean.

I

Milan le 8 juillet 1979

Mon Père,

“Etant dans un grand tumulte intérieur, je vous écris ici au sujet du mariage de mon fils unique, ce Massimo que vous avez vu grandir. La jeune fille à qui il sera officiellement fiancé dans quelques jours répond au nom de Nora Neumann sans que le sacrement du baptême le lui ait conféré. Cela ne me serait qu’une joie que d’élever ma future belle-fille dans l’amour de Dieu, mais j’ai des inquiétudes sur ses qualités d’âme, vous êtes le médecin de la mienne, je sais l’attention que vous y mettez, ce pourquoi dans cette lettre comme dans les autres j’irai jusqu’au bout de ces confessions dont, seule face à moi-même, je l’avoue, je ne me sentirais pas le courage.

Mes inquiétudes portent tout d’abord sur l’usage qu’elle a fait des seize années depuis lesquelles elle a vu le jour : la pauvre petite les a vécues dans l’indigence la plus terrible, or il ne semble pas que cette épreuve ait en rien ouvert chez elle le moindre accès au spirituel – et je vous entends me dire qu’en l’absence d’éducation religieuse, cela s’explique tout naturellement ; ce qu’il semble hélas, c’est que comme tant de jeunes livrés à eux-mêmes, contrevenant aux volontés du divin Législateur, et je veux bien que ce soit à son insu, elle ait suivi le chemin du péché, du ou des, véniels, je n'ose dire mortels : comme ces jeunes dont je parlais, je ne serais pas surprise qu'elle n'ait cédé à la luxure très tôt, le moins qu'on puisse dire est que sur ce plan, elle a l'air éveillé, il faut voir comment elle regarde les hommes, mon mari, le chauffeur, le père Cecchi qui est venu dîner un soir de cette semaine cruciale – et pas surprise non plus qu'elle ait usé de stupéfiants, ceci n'étant qu'une hypothèse dictée par ce que vous appelez vous-même mon flair, et qui est simple et sûr : avant l'an 2000, il se peut bien qu'on distribue gratuitement des seringues aux drogués et des condoms aux fornicateurs, et voilà un temps où vous aurez fort à faire !"

Elle se félicita du style châtié, glousssa, jusqu'où iraient ces choses et pourquoi pas hostie et condoms dans les mêmes distributeurs automatiques, et ces jeunes dont la race ne disparaîtrait pas, corps du Christ entre les dents, condom dans la poche, se soûlant à la messe et à sa sortie, ruée sur la seringue dominicale et puis aussi les autres jours, rit encore de se trouver drôle, poursuivit. "Ce n'est pas ici qu'elle aura sous la main quoi que ce soit de la sorte, cher Uberto, mais, l'observant à son lever, jamais avant onze heures ou midi, je décèle à ses yeux (la pupille est en mydriase) qu'elle tâte de somnifères que Massimo, dans l'inconséquence de l'amour, lui donne à n'en pas douter dès qu'elle en émet le souhait. Des hypnotiques, à seize ans, de quoi se poser des questions auxquelles la réponse est toute trouvée : cette enfant n'a pas la paix nécessaire pour trouver le sommeil, je l'ai par contre vue dormir à la messe ce dimanche, je me suis permise de la réveiller en redressant le missel qu'elle tenait à l'envers, sur quoi elle m'a foudroyée du regard. En revanche, elle montre beaucoup d'enthousiasme pour les cours de langues que Massimo entend lui faire suivre, et à la place de Massimo, je prendrais des professeuses dans le but d'écarter la tentation à laquelle ma future belle-fille se soumet un peu trop volontiers à mon avis : j'ai beau m'efforcer de croire que c'est pour mieux la repousser, je ne me crois pas moi-même, je me mens et vous savez en quelle horreur je tiens l'hypocrisie vis-à-vis de soi ou des autres.

Cette petite est arrivée il y a cinq jours de Vienne, sa ville natale, et voici cinq nuits où je ne dors plus et où je dois moi-même résister à cette tentation du narcotique, que j'éprouve sans doute à cause d'une ménopause difficile : avec ou sans les fiançailles de Massimo, et bien qu'étant en paix avec moi-même, ceci pour beaucoup grâce à vous, que d'heures de sommeil en moins, il paraît que ce sont les troubles hormonaux inhérents à mon âge et induisant cette seconde tentation des petits plats et sucreries que je vous ai confessée à peine l'avais-je ressentie... La première, ce facile recours aux somnifères, me répugne davantage encore pour ce qu'il implique de manque de force d'âme, d'ingestion de substances réellement toxiques et de danger d'assuétude à celles-ci..." Levant la plume, Carla Cuori grogna que c'était des laboratoires Cuori que sortaient nombre de ces toxiques, que tout ce stoïcisme était bien beau, mais que tout à l'heure, après ce sixième dîner, âme flanchante et délice d'une bonne grosse pilule qu'accompagnerait un grand verre d'eau cascadante, voyons, ce Normitar ou Nortar, dragéifié en rose bénin, vraie praline sortie d'un cornet et du creuset Cuori, sinon le lendemain, au septième petit déjeuner, ni bon pied ni bon œil, ce qu'il s'agissait d'avoir. Prions, dit-elle, de ne pas trouver cette mioche les fesses haussées dans la piscine, Massimo lui maintenant le ventre, et Massimo, l'air demeuré comme jamais, m'accueillant avec ce sourire de paysan du Danube qu'on voit aux photos de son arrière-grand-père, ainsi hier, me disant, comme si la nouvelle était de suprême importance, que son élève apprenait à nager à une vitesse folle, bref demain Esther Williams, me suis-je retenue, de toute façon, on ne m'a mise au courant que d'une chose, c'est qu'elle prétend à une vocation pour les planches, cette petite, qui se contentera, on peut me croire et au mieux, de ballets nautiques avec les charmantes enfants des voisins, qui ont son âge ce qui me fait tout drôle, et pures comme après l'aspersion baptismale, de vrais petits sucres, images d'une adolescence normale et prometteuse. “Je ne serais pas surprise non plus, toujours ce flair que vous m'accordez (elle mania de droite à gauche les narines du limier, ce qui lui avait toujours été un geste inspirant), et c'est là où le bât blesse…” (biffé en faveur du vif du sujet, dans lequel entrer – et des heures à recopier la bafouille, compter avec les vérifications d'orthographe, le truc risquait d'être long, opter pour ces formules télégraphiques que Riccio lui avait dit piquantes. Piquantes, le mot de Riccio, et c'était d'elle, sûrement, que Massimo tenait le style si original de ses romans ! d'elle, parce que de son époux, rien à espérer, style pénéplaine, encore une saillie que la pénéplaine, dont Attilio eût été incapable ! Mais l'homme est bien, même si sans style, sourit-elle à l'incapable de saillie et de pénéplaine, et puis, c'est mon mari) "... c'est là où nous *entrons dans le vif du sujet*, je crains que Nora n'ait eu, très jeune, recours à de riches protecteurs. Ce «très jeune», Uberto, ouvre sous nos pieds d'insondables abîmes, en même temps qu'il disculpe la fillette et charge la mère qui pourtant témoigne d'une foi brûlante, un peu ostentatoire me direz-vous, c'est ce que je me dis en tout cas si vous ne l'avez pas encore vue à l'œuvre, et la tête de Tartufe qu'elle fait quand elle prie avec nous avant le dîner sur lequel elle se jette, il ne s'agit pas ici d'un faible bien féminin pour les douceurs, cette femme a, de l'ogresse, l'aspect et la voracité, c'est un Bibendum que Fellini engagerait sur-le-champ et qui ne met nul frein à ses appétits, assouvissant le plus primaire juste après le bénédicité, quand le second est encore plus effrayant, qui se porte à n'en pas douter sur notre patrimoine et, en l'espèce, sur l'argent de mon fils. N'écoutant que mon cœur, j'ai voulu à plusieurs reprises avoir avec Massimo un tête-à-tête au sujet de la petite Neumann. En vain."

Victime d'une bouffée de chaleur, elle statua que non, garder l'hypothèse des protecteurs pour le courrier d'après, puis que flûte, ne pas reculer pour mieux sauter et appeler un chat un chat, il fallait voir cette Nora fixer les lèvres d'Attilio, comme suspendue à, et ses lèvres à elle, larges muqueuses graissées de rouge pivoine, bref fardée comme une diva, traînant des pieds roulant des hanches, tout le temps à se trémousser et à rejeter ses cheveux en arrière prétexte à bomber le torse où début de poitrine, une allumeuse, l'Esther Williams, et Massimo *cornuto* à la six-quatre-deux ; la bouffée de chaleur décrut, qui ne lui en rappela pas moins ses quarante-cinq ans et les seize de l'allumeuse, lui en voulant des seize, elle se raisonna, s'enjoignit de ne pas perdre la tête dans ces circonstances difficiles, quand on pensait que, sur les rangs, il y avait la petite Maestrelli des machines à laver, juste avant que, vlan, la Viennoise, l'Autrichienne quoi, l'Autrichienne avait un avantage et un seul pour le moment, de permettre d'évoquer les éternelles amours contrariées des fils de l'Autriche-Hongrie et des patriotes, toujours ça pour éviter le passage d'anges au cours des repas, elle soupira, le temps que durerait la love story, oui déjà ça, elle aurait quelqu'un sous la main pour remédier à sa hantise de ces anges flânant au-dessus d'une des meilleures tables d'Italie, table qu'on honorait avec l'appétit des seize ans qui ne passaient pas, elle se morigéna, enfin quoi, elle, dix-huit quand elle avait rencontré Attilio, ce grand flandrin, mais dix-huit mûrs avec qu'on sache tout ce qu'il fallait pour plaire à un homme, et rien d'un embryon de grenouille devant lequel Massimo, en extase, et *on the starting blocks*, droit sur le mariage, bon elle y avait été droit aussi, et peut-être était-ce une lubie de Massimo à cause de ces magazines, de ces mannequins, squelettes ambulants que tous les copains de fac de Massimo se faisaient une gloire de sortir, on ne voyait plus, sur papier glacé, via Monte Napoleone, dans les restaurants extraschproum où là c'était le plus dommage parce que chipoteuses forcément, que ces grenouilles et criquets, nez en l'air, quatre paires de faux cils, visage de parchemin, joues avalées et qu'on leur compte les côtes, et l'élue idem, et future rossinante à moins que ça ne s'arrange parce qu'elle bâfrait autant que sa mère, c'est ce que nous disions. Hommes, incompréhensibles de quelque côté qu'on s'y prenne. Prévenant une seconde bouffée, elle ôta son châle, d'une plume temporisante, reprit. "Au sein de notre famille, je ne sais si cette jeune fille se sentira à sa place. Il faut voir comment, à l'encontre de la natation, elle refuse d'apprendre un minimum de manières de table et, par exemple, de se servir des couverts à poisson. Nous recevions donc l'autre soir le père Cecchi dont elle suivra la catéchèse, les Maestrelli sans leur fille qui bien entendu était alitée avec une forme grave de rhume des foins, on la comprend, et à un moment, nous avions une daurade grillée que la petite mangeait avec les couverts à viande – et demain Massimo lui dépiautera la bête dont il lui donnera la chair à la cuiller, ratifiant le refus des couverts à poisson et mort de peur qu'elle ne s'étrangle avec une arête – à un moment, je ne sais plus si c'est Cecchi ou moi-même qui avons abordé le sujet, nous voilà à parler du baptême et de l'Eucharistie, elle a demandé en quoi consistait cette cérémonie du baptême, je lui ai répondu primo qu'on disait sacrement, secundo par la citation de Chateaubriand dans le *Génie* : «le bain qui rend à l'âme sa vigueur première», puis répété les paroles de Jean – *qui boira de cette eau vive n'aura plus jamais soif*, quant à l'Eucharistie, je m'en suis tenue à informer la néophyte que c'était là, selon le même Jean, «le Festin du Royaume», mettant l'accent sur cette relation ultime qu'il y a entre le mariage et la communion, repas nuptial, sur quoi elle a éclaté de rire et quitté la table après avoir scrupuleusement terminé son dessert, deux grosses bananes flambées au rhum, et abusé de la boisson, un valpolicella frais, pas pour la première fois, pour la seconde, l'abus, car c'était le second dîner : au premier, presque une bouteille de chianti Antinori. Nous recevons les Antinori à Rome où ils seront de passage, ce serait une chance de vous avoir avec eux, je sais que vous les appréciez pour leur finesse d'esprit, leur atticisme diriez-vous, mais fermons cette parenthèse, je vous perds. *Mens sana*... : hygiène corporelle de la petite douteuse également, il est peu probable qu'elle ôte le soir le plâtras qu'elle a sur le visage, et en matière d'hygiène buccale, certain que la mère ne connaît que l'usage du cure-dents dont elle fait grande consommation, à table, et figurez-vous qu'elle apporte les siens, dans un petit plastique." S'attaquer à la conclusion, sous peine que Riccio n'aille pas jusqu'au bout. Elle alluma un cigare hollandais, se leva fumante et soliloquante, sûre par là de ne lasser personne et s'octroyant une petite répétition de la prochaine lettre au confesseur attitré, ou de la suite de celle-ci, si la migraine daignait décolérer.

Se garder de toute discrimination sociale : l'enfant avait justement besoin d'aide, elle était seule au monde, sans le secours de la foi ni personne pour la guider, ce n'était pas sa mère, cette truie hydropique, qui – et on ne savait trop ce qu'il était advenu de son père, quand on la poussait dans ses retranchements, elle ne savait que dire, à part qu'il était parti en voyage, qu'avant ce voyage, il conduisait des tramways dans une ville de l'Est, elle prétendait ne plus savoir laquelle et n'avoir que rarement vu cet homme, ce Herr Neumann, elle lançait à la truie un regard en coin, et on n'en tirait pas plus de la truie, et cette histoire de conducteur de tramway avait tout l'air d'une leçon apprise. Avide d'apprendre, en vérité, la natation, les langues, déjà un début, le reste, y compris les couverts à poisson, tout ce reste viendrait, et la civilité puérile et honnête de rigueur pour prendre la place qui lui reviendrait, à la grenouille, dans une société qu'on espérait plus sûre ! Sous condition qu'elle épouse Massimo, cette place, naturellement, sinon sans feu ni lieu et que le diable l'emporte ! La gamine était d'une inculture notoire – le plus facile auquel remédier, même si on avait du pain sur la planche, car d'une intelligence précoce, ce qui était aussi indéniable que son attrait pour le sexe fort. Et puis il n'y a pas de honte à être autodidacte, dit à son cigare cette femme dont les efforts pour l'être s'étaient soldés par un résultat des plus modestes.

Ayant des fourmis, elle se leva, fit deux pas, en revint à la société plus sûre, qu'en attendant frappait une profonde crise morale, sans doute à cause des modes, des médias et d'une foi défaillante chez plus d'un. Or cette enfant, si elle incarnait cette crise, n'en était que la victime, insister sur ce point auprès de Riccio. S'efforcer elle-même à la compassion. Pas assez de compassion, s'en confesser. Elle se rassit à son secrétaire, eut une petite ruade révoltée, les fourmis regagnèrent, lui glaçant le mollet, ne pas ruer, faire des battements dans la piscine pour améliorer la circulation sanguine : celle-ci, défectueuse dans les membres inférieurs, la menaçait de cette phlébite qui nodulait les chevilles de la truie, pourtant beaucoup plus jeune qu'elle, ce que nul n'aurait parié, et qu'importait – il importait que c'était d'instinct, et plus fort qu'elle, de ne pas éprouver la fichue compassion à l'égard de l'enfant. Ne l'exclure en rien, combattre un autre instinct, le maternel, qu'on sait fort et aveugle, et qui la poussait à craindre, de ce mariage, le pire pour son fils, sans voir ce qu'elle avait sous le nez, cette possibilité que d'elle vînt le salut d'une créature, privilège duquel remercier au lieu de se plaindre. D'aimer les malheureux, c'était l'occasion, et si c'était la fille de la Cananéenne molestée par les démons, elle les en ferait sortir, la possession existait, sans blague, elle en avait vu les manifestations toute petite dans les Marches où on ne pouvait savoir si, à brailler comme ça, les possédés n'avaient pas bu un coup de trop ou bien épileptiques non soignés, ainsi dans ces campagnes, ensuite elle n'avait plus rien vu de la possession qu'au cinéma, dans des films que tout le monde faisait la queue pour voir, donc sujet toujours palpitant à propos duquel tirer à Riccio les vers du nez. Enfin, malgré ton flair, garde-toi d'hypothèses exagérées, ma chérie, fit-elle. Grenouille fille de truie suffisait – et que ça reste entre toi et moi, hein, chérie ! s'écria-t-elle. Et aussi, par égard pour Massimo, qu'elle a le feu aux fesses, c'est clair et c'est sans doute toute l'affaire : coureuse, vicieuse, gloutonne, suppôt de Bacchus, le bonnet, par-dessus les moulins à genre treize, quatorze ans, mettons quatorze et classons le dossier. Tout de même, ajouta-t-elle, un comble pour ton fils qui était né coiffé.

Les fourmis décrurent, la plume se ficha de nouveau sur le papier, jaillissante de foi et d'encre, façonna un pâté en forme de poulpe, l'épistolière enchaîna, maudissant l'univers à cause du nombre de brouillons qu'il faudrait avant de parvenir à un courrier digne de son destinataire, lequel prélat était un proche du pape. Changer de stylo, de toute façon, on ne connaissait personne, pas un académicien français qui pût user du Mont-Blanc sans faire des taches partout, et le stylo le plus cher du monde en plus, donc du snobisme que d'en avoir un, elle renia le Mont-Blanc, se ravisa, lui concéda désormais les pages de brouillon parce qu'immoral de jeter ce qui valait si cher, ce qu'on faisait hélas souvent sans y penser.

"Ce à quoi je dois m'attacher, Uberto, c'est à ce que cette brebis visiblement égarée retrouve la Voie du Christ et du Royaume, et que Dieu lui donne, à elle et à mon fils unique, ce qui m'a été refusé, nombre de beaux enfants. Je ne doute pas que la catéchèse qu'elle va recevoir, l'informant des positions de l'Eglise quant à la contraception et de celle qu'elle a à tenir sous le toit conjugal, n'arrange les choses au cas où ma belle-fille ne montre pas de penchant véritable pour la maternité, ce qui arrive à ces jeunes, obsédées qu'elles sont de fermeté abdominale et de la hauteur de leurs seins par une horrible idolâtrerie d'elles-mêmes, et je ne parle pas de ces papillons qui veulent se brûler aux feux de la rampe et spots de cinéma, enfin nous en parlerons plus tard, il le faudra bien, toutes ces petites sont fascinées par les usines à rêves de l'Amérique, et celle-là se voit déjà en haut de l'affiche du côté d'Hollywood, elle a l'air d'y tenir et aussi, têtue comme une mule." *Porca miseria*, elle exagérait avec la mule rêvant d'Amérique et les seins, mais dans l'ensemble le *la* était mis, quant aux seins tant pis on les laissait, Riccio était homme bien que vierge et comprendrait, rester sur la lancée tout en revenant au point de vue spirituel.

"Et il y a le mystère de l'Evangélisation : Jésus, avec la Samaritaine, eut du fil à retordre : le dynamisme que vous me connaissez, je m'en vais le mettre au service de mon témoignage de l'Annonce du Règne de Dieu et de la libération finale du Péché – dynamisme qui saura, je n'en doute pas, toucher cette Samaritaine. Et encore, nous savons que «beaucoup de premiers seront les derniers et de derniers, seront premiers.»" (Citation des Ecritures rapportée avec vaillance puis raturée car il s'agissait ici de la récompense promise par Jésus à Pierre et ses ouailles pour un détachement qui consistait à troquer maisons, frères, sœurs, père, mère et enfants contre la vie éternelle ; du coup, elle repêcha la Samaritaine.) "Quel défi à relever, mon Père, tout de même ! Imaginez qu'hier, Lietta a trouvé une serviette hygiénique sous mon matelas – je ne vois pas qui à part la petite impudente a pu l'y placer ! Depuis ces cinq jours, ce ne sont que provocations dont je vous épargne le détail sauf celui-là, de fait, mais qu'est-ce d'autre, ces provocations, que les appels au secours d'une jeunesse perdue, la preuve d'un absolu désarroi et, au sein de notre famille, d'un isolement que nous n'avons encore su rompre !" Bien, ne pas accabler la Neumann et aller à la ligne de temps en temps – bien, certes, et voilà que c'est de notre faute ! s'exclama-t-elle, avant de se reprendre : rien n'était plus cher au cœur de Riccio que les pécheresses pardonnées et aimantes qui étaient tout aussi chères à Luc – le mot seul de pardon lui ferait avaler toutes les couleuvres, à cet homme, malgré son élévation d'âme et QI à l'avenant gronda-t-elle. Et puis, pardonner les offenses non une, mais soixante-dix-sept fois ! Carla Cuori pâlit à la vision de soixante-dix-sept serviettes hygiéniques sous le matelas, hésita à poursuivre, pensa qu'il lui fallait à tout prix attacher Riccio à l'affaire, qu'elle n'avait jamais tant eu besoin d'un coup de main, en l'attente de celui du Grand

Vicaire de la paroisse romaine de Saint-Louis-des-Français, alla s'en octroyer un de chianti, ras bord. Ne pas ménager sa peine, ne pas baisser les bras : Simon Pierre dit à Timothée : "Proclame la parole, insiste à temps et contretemps, reprends, menace, exhorte, toujours avec patience et souci d'enseigner", ainsi ferait-elle en commençant par l'urgent, les notions de bons usages, car telle mère telle fille et l'autre avec ses cure-dents. Obliger primo la petite à porter un soutien-gorge sous ses polos, et aller ici à la ligne.

"Au gré de notre dialogue, vous me savez toujours à l'écoute de la Vérité, cher Uberto, de toutes vérités même si, comme celles du Sauveur, elles sont dures à entendre. C'est peut-être, en effet, un cas social que la petite Neumann et merci, merci d'avance de votre attention à celui-ci et aux tourments que j'éprouve." Stopper là ? Non, éviter de briser un fil qu'après on ne saisissait plus, surtout avec ces insomnies, le Nortar, et tant pis s'il y passait du temps, le bonhomme, fit-elle, soulevée par le chianti, avant de doublonner avec fougue un petit peu du début au sujet du péché et de sa rémission, de se relire, de se tordre le nez, de décider que c'était là appuyer son propos : "Peut-être le salut de l'âme de la jeune fiancée de Massimo doit-il passer par vous et par moi, peut-être – quel espoir merveilleux – pouvons-nous lui ouvrir des perspectives éclairantes et la Voie, grâce aussi à l'amour, d'une éclatante sincérité, que lui porte mon fils..." Mieux, elle mettait Riccio dans le coup, et puis l'amour, valeur inattaquable même si on pouvait raisonnablement faire bon marché de celui-là, typique feu de paille a priori, mais mention indispensable dans ce courrier ; pour preuve d'objectivité, elle se recula de la page davantage que ne l'exigeait sa presbytie, et où avait-elle encore semé ses lunettes, jugea que sans cet éternel sésame et sauf-conduit de l'amour, rien de l'affaire ne passait plus du tout sauf Massimo pour un pédophile prêt à unir ses jours à une catin en bas âge, qu'il était des vérités plus dures que celles du Christ, lesquelles pour l'heure restaient malheureusement destinées à sa seule écoute, que Riccio n'ayant jamais vu une femme nue qu'en peinture et ignorant tout des traits d'Eros, impossible de lui livrer le fond de sa pensée – qu'il ne s'agissait de rien d'autre que d'une VIOLENTE PULSION SEXUELLE éveillée chez un homme fait par une de ces adolescentes triomphatrices autant que mal dans leur peau, nez retroussé comme la jupe, dont la rébellion contre l'Establishment, comportement standard symbolisé entre autres par le refus des couverts à poisson, n'était que l'expression d'une docilité parfaite aux lois tribales de la jeunesse : cette panurgerie ne datait pas d'hier, mais aujourd'hui prenait bien des aspects alarmants, toxicomanie, mœurs relâchées, tapage et absurdités en tous genres, et pas de chance vraiment, elle croyait n'apercevoir ces spécimens-là que traînant la savate dans les rues de Milan ou de Rome et jamais sous son toit à ne rien faire que de rendre Massimo complètement fou, bon, garder la drogue et les mœurs pour plus tard même si Riccio muet comme une tombe et respectant les secrets de ses paroissiens mieux qu'un médecin ceux de ses patients, on ne savait jamais, mettre ce collyre tout de suite sinon larmes sur la page, qu'importait puisque brouillon à cause déjà du Mont-Blanc de malheur, sinon premier jet, secret de la spontanéité dont on la félicitait.

Elle instilla le collyre, toujours à portée de main sur le secrétaire, chaussa ses lunettes qui l'étaient aussi, posées au bout de leur chaîne d'écaille sur sa poitrine. La tête à l'envers. S'offrit un fondant, également à portée de main dans la boîte capitonnée que celait, dans le secrétaire, le tiroir dit des chatteries, peu toxiques et calmantes, préférables tant qu'on le pourrait au dernier antidépresseur Cuori, pilule bleu foncé sur le succès de laquelle on pouvait gloser, succès bœuf autant que funeste car preuve patente d'une humanité en crise, regretta que le fondant, admirable, eût fait son office et fondu trop vite, déglutit en hommage au disparu, donna un tour de clé au tiroir, fit le point : restait d'évoquer à son confident et confesseur ce qui marche toujours, l'amour sublime, genre Héloïse et Abélard, ensevelis dans le même tombeau et fidélité post mortem, évidemment le moine fut châtré et la passion des deux, malheureuse, donc moduler, ne pas enterrer un Massimo castrat aux côtés de la nymphette sous forme d'abbesse, Uberto se demanderait qui à Milan forçait sur les spiritueux. A propos d'Abélard, et même si Héloïse était une femme digne, elle l'avait bel et bien relancé, tanné et tenté quand lui ne voulait se vouer qu'au Seigneur, comment ne pas penser alors à la perversité féminine en général, l'éternelle et dépourvue d'ambiguïté, celle d'Eve, oublions Héloïse, et à toutes ses victimes, comment ne pas penser sans inquiétude à Massimo qui en était d'ores et déjà une, dans la position d'Adam et de tant de héros bibliques asservis par ce lignage du serpent, Samson, Salomon et l'enchanteur Merlin.

Elle posa le verre de chianti, eut un regard moelleux, loua le sésame et sauf-conduit dudit amour sublime parlant au cœur de tout chrétien, dans des délices de bienveillance, se reprocha un imaginaire débordant, lequel dompter du moins dans les courriers à Riccio, s'ordonna un salubre retour à l'impartialité : de quelque obédience qu'il fût, l'amour se trouvait là, posé devant, faisait vitrine en attendant des jours meilleurs ; se relut encore, se reprocha force hypothèses – donner à Uberto quelques informations riantes et puis bon, faire les coupes après. "Nous serons bientôt, mon mari et moimême, à Sotheby's pour une grande vente de primitifs franco-flamands, Attilio a une folie pour un triptyque de Rogier Van der Weyden qui est une pièce rare et rayonnante de ferveur..." Totalement incapable de se souvenir s'il s'agissait d'une Annonciation, d'une Nativité, d'une Crucifixion, d'une Déposition, d'une Résurrection, de tout ensemble, elle se tança, pourquoi ne pas faire tenir aussi le ciel ouvert du Golgotha, un saint Sébastien et une sainte Barbe sur ce triptyque, observa que, pour le prix qu'il coûterait, et en plus on aurait ce collectionneur, comment s'appelait-il déjà, enfin le juif suisse multimilliardaire, n'était l'autre Japonais, qui toujours aux basques pour les franco-flamands, quoique le Japonais, peu probable, à peine avait-il acheté un casino sur la côte normande en France qu'il avait dû le revendre, un cas d'école dans ce business, avait-on vu ça que la banque d'un casino banqueroute, fils de famille taré le Japonais, elle sourit à Massimo qui était son génial, bref pour le prix que coûterait ce triptyque, on pouvait lui rajouter les Rois mages, du reste pas impensable avec ces Flamands et leurs retables, souvent du sacro-saint vrac sur fond doré, enfin pièces prestigieuses et du moment qu'Attilio aimait et toujours ça que les juifs suisses n'auraient pas, hurla PAS DE DIGRESSION, serra son sujet : "Après Sotheby's nous allons donc laisser les tourtereaux à Milan pour séjourner comme chaque année dans notre belle campagne romaine, j'en profiterai comme d'habitude pour grappiller comme je pourrai quelques heures de votre temps, et bien sûr, je vous attends à la maison avec ou sans les Antinori, je ne prétends certes pas vous fatiguer avec des mondanités quand nous sommes si bien en petit comité où nous aurons tant de choses à débattre..."

Elle biffa la dernière proposition : menacé du débat, Riccio jouerait l'Arlésienne, assura le prêtre de sa gratitude filiale et de son amitié sans limites, calligraphia un Carla Vôtre.

Idiote de signer le brouillon, bon. Mais Riccio intercéderait pour elle et ses tracas, le mot était faible et le fondant insuffisant au coucher, vu l'angoisse abominable qui l'étreignait à la seule perspective de ce mariage, d'où déjà la prise du comprimé vespéral, ce Nortar dont le rose ingénu cachait un arrière-goût amer – et demain le comprimé serait bleu, bleu foncé, d'emblée très amer et Massimo pourrait épouser tous les cas sociaux du monde et autant de grues au berceau : si les choses allaient ce train, acculée à la prise non d'un banal somnifère, mais d'un MODIFICATEUR DE CONSCIENCE dont ne jamais parler à qui dirigeait cette dernière : à l'heure qu'il était, 23 h 10, conscience encore indemne et digestion en cours du vol-au-vent et des poulpes en daube, pour une fois à l'occasion de cette daube Lietta lancée dans une sauce au vin, pas de brûlure pourtant poivré le vol-au-vent et on se demandait si dans la daube ça n'était pas de l'eau-de-vie mais dans l'ensemble ce plat était une réussite, servir les poulpes à Riccio qui apprécierait, de toute façon cet homme, un estomac d'autruche, quant à elle atrocement migraineuse ce soir d'où cachet effervescent, et le record du monde de somatisations, bientôt battu si à ses migraines chroniques et insomnies circonstancielles s'adjoignait la dyspepsie, et inutile de payer son prix, pour des pâtes à l'eau, une cuisinière hors pair, et pour bientôt, la pilule bleu foncé – quant à Lietta qui se prenait pour un membre de la famille, eh bien coupant le cordon, elle gagnerait davantage dans un restaurant famosissimo et viendrait remercier.

Craignant néanmoins quelque lourdeur et pestant car on avait mangé tard à cause de l'oiseau qui avait traîné, qui à entendre Massimo lisait du Shakespeare, *La Tempête*, elle desserra sa ceinture dans un but préventif. Quelle mouche avait piqué Lietta, les sauces relevées, pour plaire à la gosse devant qui elle fondait. Que Riccio donc intercède au plus vite auprès du Seigneur, que cette petite finisse de lui rompre la tête et de faire voir du pays à tout le monde y compris à Lietta au chapitre du pain quotidien, qu'elle se range des voitures et après tout, ainsi rangée mariée – eh bien rangée mariée il était dans l'ordre de la nature que Massimo l'aimât un peu moins, le mariage ayant cette vertu de tasser les choses, c'était comme les bêtabloquants. Il restait pourtant délicat de demander à Riccio qu'il intervînt dans le miracle de l'amour, et peu probable qu'il obtînt de l'Eternel un peu moins d'amour dans l'amour, après tout un jour se convertir au bouddhisme, infiniment plus reposant car de l'amour, les bouddhistes parlaient beaucoup moins, mais de cette fusion dans le Grand Tout qui restait une démarche personnelle, ascétique et méditative, à voir le sourire lénifiant des bonzes et bouddhas on était tenté, or Riccio n'avait rien du bonze lénifiant, homme de grand caractère et infatigable communicateur de foi, Riccio ne tenait pas en place, Riccio d'ailleurs revenait d'un voyage à Manille, avec le pape, dans les villages du Pinatubo, volcan en activité le Pinatubo, bidonvilles juste dessous, rien n'arrêtait la bravoure de cet homme, un peu don Quichotte tout de même. Seule ombre au tableau, lors du séjour du Saint Père à Manille, une jeune femme appartenant à sa protection rapprochée avait été violée par un autre de la protection rapprochée, et rapatriée en avion sanitaire avec des côtes cassées, et pas encore sortie de l'hôpital de Santa Croce. Elle s'était interrogée, et comment le sommeil du Saint Père n'avait-il pas été troublé par ce qui se passait dans le bungalow voisin, dans le seul hôtel agréable de Manille, ces bungalows, et tous ces détails, elle les tenait d'un Riccio qui avait failli à cette occasion prononcer des jurons, non, qui en avait prononcé à propos du type de la protection rapprochée, qui marinait en taule pour un moment : son sort était réglé dans ce monde comme dans l'autre, et la justice terrestre, pas pour les chiens – mais COMMENT, COMMENT le Vicaire du Christ n'avait-il pas été prévenu du crime ou de son imminence par une voix céleste ? Allons, s'était-elle gourmandée après mûre réflexion, ç'aurait été de la sorcellerie ! Un prodige de magie, une télépathie de fakir, et je suis une mécréante ! Et à propos de Riccio, d'un sans-gêne ! Ne plus comparer Riccio à don Quichotte qui combattait des moulins quand lui, les drames de l'humanité, misère, faim et soif des gens du Pinatubo par exemple, à charge de ce qu'ils s'orientent vers Dieu. S'orientassent, si c'était par écrit. Dans la communauté ecclésiale, Riccio, pasteur d'exception, s'illustrait par son écoute passionnée d'autrui, aussi bien de son amie Carla qui à sa façon dansait sur un volcan, mais oui, il verrait à Rome ce péril qu'il y avait en la demeure et si l'on n'avait pu le conjurer, l'affronterait à ses côtés – aussi bien à l'écoute d'une seule que de millions d'infortunés luttant pour leur survie, dont ces Philippins qui, paraît-il, faisaient de très bons employés de maison, y penser, éventuellement en sauver un ou deux de cette prostitution qu'ils exercent là-bas très jeunes et très forts là-dedans aussi, ce qui nous ramenait à nos moutons et à la brebis égarée.

Aux sources de la foi et terrassée par la migraine, elle fixa sa couronne de mariée, sous globe et sur la tablette de la cheminée, puis le crucifix, puis le stylo délictueux, puis le brouillon qu'il lui faudrait reprendre demain où Dieu lui manifesterait tout autant d'attention qu'aujourd'hui et où, moins de migraines. Repoussa son fauteuil de cuir, flatta l'appuie-tête au crochet, forcément proustien, qu'on devait à Lietta, et comment déjà s'appelait cette servante du grand Marcel, tapota le coussin tapissé par ses soins au point de croix, déplora que se perdît cet art de la tapisserie où elle excellait, voir le fini des ramages dudit coussin auquel elle s'adossait pour prévenir les tours de reins, c'était qu'à tant écrire, se perdait aussi l'art épistolaire, et s'il n'en restait qu'une – elle quotidiennement à l'ouvrage, tissant des liens qu'entretenait une correspondance fameuse avec des sommités de tous ordres et pourquoi ne pas la publier un jour, hein chérie, il n'y a pas que Massimo et l'éditeur de Massimo se ferait un plaisir. D'une clé sèche, elle ferma tout ce qui se fermait du secrétaire d'acajou, des tiroirs à certaines niches qu'elle avait fait murer, puis à son cylindre rabattu sur ce qui commencait à ressembler à un cabinet de curiosités. Se mit en condition de rejoindre son époux au lit, prit le temps des préséances, démaquillage du chaste brin de poudre grumelant sur son nez, masque hydratant, nattage des cheveux puis prière du soir qu'elle n'adressait au Rédempteur que dans ce même bureau dont elle avait fait son oratoire personnel, y allumant les lumières de boudoir requises pour cette intimité avec Jésus qu'elle n'avait jamais trouvée en présence d'Attilio, même endormi et flottant sur son matelas à la façon d'un nénuphar, perdant du poids chaque jour car travaillant trop. Durant les préséances, pensa que si la foi déplaçait des montagnes, c'était l'occasion de le voir ; qu'il était dit aussi “Malheur à celui par qui le scandale arrive !”, par qui, une péronnelle, elle soupira, perdue. Se promit de ne pas aborder le sujet de front avec Massimo, qui se braquerait ; quant au malheur, il serait vite arrivé avec la péronnelle, et là il pourrait compter sur sa mère, oui – attendre son heure, cette histoire finirait mal et tout rentrerait dans l'ordre, Dieu le lui disait et elle avait une conscience aiguë d'un second privilège, à savoir de bénéficier d'un soutien spirituel particulier, à l'encontre d'aucun des membres de cette famille, et ce depuis ses jeunes années où sans le recours de nul prélat à tu et à toi avec le pape et de remarquable charisme, rien que ce curé des Marches, minus habens et de charisme zéro, or déjà, repérée du haut des Cieux, et des messages, des certitudes, des voix. Chouchou, se disait-elle parfois. Elle, et non feu Clara, cette arrière-grand-mère qui lui faisait peur avec ses yeux hagards et que Massimo regardait jadis comme une sainte.

Dans l'oratoire-boudoir, elle lorgna la croix où le Sauveur saignait à flots en l'attendant. S'agenouilla et pria, demanda que tout allât selon le Chemin de Lumière et ses espérances, qu'une adolescente délurée ne ruinât ni l'âme de son fils ni le bonheur d'une famille unie ni rien du tout, entretint le Christ de son seul malheur, duquel il était au courant – qu'après Massimo ses ovaires aient été inutiles à la procréation, ce *signe pascal* dont parlait Jean comparant l'heure de la mort du Christ à celle de la femme dans les affres de la parturition, comparant ce qui était à la portée de chacune et à celle de la bête, de mettre bas, avec le retour du Seigneur premier-né d'entre les morts, point qui lui restait obscur et vaguement provocant, sur lequel interviewer Riccio tout en convenant avec le Souverain Pontife que le foyer restait le seul Sanctuaire de la Vie ; la pensée de Jean-Paul II s'appuyant ici sur celle de Paul VI et la sienne, soulagée, elle s'exhorta, en conséquence devait s'abstenir de juger une bru dont la jeunesse permettait d'espérer une nombreuse descendance, puis sourit, vieillissant entre quatre ou cinq angelots dans des pâques éternelles, puis déplora le nœud d'embrouilles et buisson d'épines, était-ce là source de joies et de bénédictions pour la famille, route de l'Eglise, ou perdition morale de son fils unique, se payant d'audace, se rua sur le brouillon, rajouta en *nota bene* : "Je vous le dis, mon Père, il est fou de cette Jézabel en bas âge ou

Athalie sa fille – enfin toutes celles qui exercent sur leur époux une influence pernicieuse, et elle a les dents longues et des yeux de louve...” Se saisit de son rosaire d’émail, égrena le Pater en quatrième vitesse, renonça à l’Ave car elle tombait de fatigue.

Rabattant de son côté le drap que Lietta ouvrait avec tant de soin qu’elle aurait pu, décidément, travailler dans un grand hôtel, ce qui dépendrait, elle se coula dans la fraîche ornière nocturne qu’avait creusée son poids et que sommait le côté d’Attilio, voguant de toute sa légèreté sur le lit conjugal et rêvant d’on ne savait quoi faute que personne ne le lui ait jamais demandé, elle se sentit prête pour le retour du Maître et aussi, à plier bagages pour Londres où activités passionnantes, petit marteau d’ivoire et Van der W., puis Rome où assurance de beau temps. Lui parvint une chanson de variété nasonnée par une radio que Miss Teenage écoutait à cette heure impossible, elle souffla que rien à faire, elle avait du mal à avaler cette histoire de brebis perdue et l’heureux sort fait à tous ces égarés et retrouvés, la brebis, la drachme, le fils prodigue, la femme adultère, et ce larron admis au paradis, sans compter cette autre chose provocante et assenée par le premier Maître qui ne mâchait pas ses mots – qu’il y ait plus de joie dans le ciel pour un seul pécheur qui se repent que pour quatre-vingt-dix-neuf justes, qui n’avaient pas besoin de repentir. Va et ne pèche plus, la séance était levée, et elle peu pardonneuse, c’était dans son caractère contre lequel il s’agissait de lutter et, à cette miséricorde, d’arriver. Elle goba la dragée rose du somnifère, but langoureusement le verre d'eau, maugréa que tout le monde en arrivait à se droguer jusqu'aux yeux dans cette maison, se répéta qu'heureux les artisans de la paix, heureux celui qui sait ne pas faire d'un adversaire un ennemi, candide en son usage des Evangiles en tant que méthode Coué et haïssant l'intruse.

*

Ma mère se tait, n'écrit plus, *Platz da*, dira la bohémienne, ma mère ne bouge plus devant un objectif qui est le mien et rien qu'un œil que, de façon très ordinaire, le mal fascine comme le sublime. Ma mère s'est endormie, elle entend cette voix.

Platz da ! disait la bohémienne cousue dans son rouge costume de cirque, cravache sifflante et claquante, Platz, *Platz nehmen !*, et Massimo en lion sur un tabouret et la bohémienne cabrait le cerceau de feu à travers lequel sauter, ma mère s'éveilla qui le lendemain me raconta ce rêve que j'aurais alors épargné à un Schliemann : honnête psychanalyste, Schliemann aurait été certain comme moi que ce rêve n'était qu'approche métaphorique d'une réalité que Carla, à l'état de veille, appréhendait au mieux. La figure en restait sommaire et indigne de l'épouillage nocturne, qu'on sait sans merci, de l'inconscient le plus jugulé, y compris celui de ma mère – et pourquoi pas aussi l'image bunuélienne d'une Carla impubère coincée entre les genoux de Jean-Paul II, avalant tout rond, vous avez le choix, un fondant au chocolat (et elle se pourlèche les babines d'une langue encore rose) ou (c'est vraiment à votre gré) la pilule bleu foncé avec laquelle elle s'étrangle à moitié et grimace à cause de l'arrière-goût amer… *Platz nehmen*, le fouet cingle le sable, et ils sont tous sur leur tabouret, tous ces gens de la famille dont je suis né, tous ceux de celle que j'ai fondée, ainsi dit-on du bout de lèvres qu'arque une vanité passionnée quand cette famille a de l'argent, quand au centre du cercle et de ma vie, tendant le premier cercle du vieux Dante, il y a la petite dresseuse en rouge qui vérifie, qui voit s'il n'en manque pas un et elle sourit follement au cerceau incendié et puis le rabat à terre comme une raquette avec laquelle on ne gagnera rien, les lions attendent, elle est dans sa caravane où elle se tire les cartes, c'est une de ces petites personnes du destin, les flammes du cerceau s'éteignent comme les roses s'éteindront toujours dans la nuit des parcs romains, les lions attendent, j'attends toujours que la bohémienne retourne la dernière carte sur l'amas écorné et graisseux de celles qu'elle a jetées là, les unes sur les autres, à peine plus vite qu'elle a abattu le cerceau, ça fait longtemps qu'elle fait ça, sa main va plus vite qu'elle, sa main va comme il faut, *Platz nehmen*.

II

Le verrou, c'est celui de la chambre de l'hôtel Sacher à Vienne, celui de la loge du Staatsoper de Vienne, le jour de la représentation des *Puritains*, parce que le sort n'est qu'ironique et, cette représentation des *Puritains*, parce qu'une soprano presque aussi exceptionnelle que Maria Callas y tenait le rôle d'Elvira, puis, ce verrou c'est celui de la pièce la plus exiguë qu'il y a sous le comble de la maison Cuori à Milan, et quel que soit le nombre de ces verrous qu'on peut pousser ou tirer, cela revient au même, c'est celui qui se ferme et s'est fermé une fois pour toutes dans mon existence sur le monde enchanté où Hänsel et Gretel mangent une maison de massepain et je n'aurais jamais cru que ce conte, sans doute mon préféré, glisserait un jour avec la surréelle douceur de ces décalcomanies qui étaient celles de mon enfance, aussi, sur le papier qui les recueille ; je n'aurais jamais cru retrouver, tel un précipité magique, le trouble dans lequel ce conte me plongeait, après qu'il eut moiré les eaux lourdes de ce pays abyssal qui est celui de l'enfance, pénétré au plus profond des songes de cette même enfance, ou de l'enfance tout court, qui à l'état de veille autant que dans celui du sommeil, ne fait que songer, puisque c'est un pays empêché où on ne vous laisse rien faire de ce que vous voulez, donc il vous reste les rêves de la nuit qui s'étendent dans le jour et viennent le submerger de leur vérité, aussi inévitablement que la marée haute vient araser les châteaux de la plage.

Enfant, il ne me restait que les rêves qui sont des visions, et les mots de ces visions avec lesquels jouer, c'était ça pour moi en tout cas dans la maison de Milan où je suis né, c'est pourquoi sans doute j'ai pris tôt cette décision d'écrire, la seule à mes yeux qui fût dépourvue d'arbitraire, si dans mon extralucidité et ma présomption d'alors je me savais (je me croyais) incapable de faire autre chose que d'attendre la venue des mots qui sont pour moi la simple expression d'un amour de l'humanité puisque, vous faisant mal quand ils viennent, vous rendant malade de ne pas venir, ils sont quelque chose qui se projette de vous comme en vous cassant le dos et la poitrine, quelque chose qui se fait pour être emporté loin de vous, à destination des autres, vous ils voulaient seulement vous forcer comme le tiroir d'un meuble, vous forcer physiquement, tout le corps, que ça cède et peu importe si après vous devez rester sur un lit parce qu'ils auront été trop violents dans cette façon de venir ; parfois aussi ils coulent comme un sang inendigable de la blessure qui s'est faite, et ce sang qui vient dans les mots, qui les gorge, qui y hausse des couleurs bien plus fortes que celles que vous percevez de la vie, celles dont il n'y a que la mort et son approche pour rendre le véritable ton, et la seule foulée du sang de ces mots pourvu qu'elle passe, aussitôt, comme le fait l'amour, dans le cœur des autres, peut bien changer un peu de leur existence – et bien souvent, quand ils ont changé la face du monde, c'était déjà sous la terre qu'étaient ceux qui les avaient écrits. Parfois aussi ils sont tellement pleins de la douleur des larmes qu'on ne peut plus pleurer, ou bien durcis comme des caillots et visqueux de ce sang de leur naissance, que certains, de braves couards, qui ouvrent un livre qu'on a écrit dans cette violence, au bout de deux pages, s'arrêtent, canent, détestent ce livre, parce que c'est un mur invisible criblé de questions que ce livre et qu'ils sont bien trop lâches pour s'en poser juste une, et ils bisquent et les yeux leur sortent de la tête, et ils répudient le livre, d'un geste châtieur flanquent par la fenêtre la chose rebelle, on croit à une scène de ménage, ils diront plus tard que le livre ne les a pas intéressés, pas du tout.

Que je vous dise plutôt, je suis Massimo Cuori et j'avais vingt-trois ans quand j'écrivais encore, quand j'étais en tout le parangon de la modération, modéré à l'extrême, fors mes heures de travail où ma pieuse mère me disait possédé du démon, lequel elle voyait à tous les coins de rue, elle se vantait d'avoir l'œil, *passim*, ou du moins elle l'avait à l'œil, le démon : cet avis concernant mes rapports avec le démon, elle le garda pour elle, ou bien elle en changea sans mot dire, après la parution de mon premier roman et les royalties que valut, à l'auteur ébaubi, le succès d'un ouvrage fort mince et fort peu inspiré de ceux de D'Annunzio (c'était pourtant là qu'on m'attendait), où, dans une langue assez verte, plutôt millerienne, je refusais de nouer toute intrigue, je ne racontais aucune autre histoire que celle de cet Oniroland d'une enfance droguée de lecture (en particulier et en cachette, d'Henry Miller) et étouffée entre les munificentes mamelles de louve de Carla, figure de proue de notre riche famille. La richesse et le social lui importaient, ce pourquoi elle ne me tint pas rigueur des allusions aux mamelles qui se dressaient çà et là, entêtées, au hasard des pages du roman en question, parce qu'il fut, terme qu'elle se plaisait à employer : "salué par la critique unanime". Oh, finissons-en au plus tôt avec cette absurdité, ce malentendu qu'est souvent une carrière d'écrivain, et avec la mienne en particulier : elle ne fut qu'une modeste amorce, et je ne devais publier que quelques ouvrages, pendant quelques années, en grande partie à cause de la couardise dont j'ai eu beau jeu de parler plus haut à propos d'un lecteur anonyme. J'avais sans doute le regard d'un écrivain, ma pauvre Carla, mais rien de forcené ni de possédé, ce que tu aurais tacitement accepté que je fusse, à la longue et sans te demander par qui, du moment qu'on parlait de moi dans les journaux – je n'avais rien pour supporter ce passage furieux des mots, rien du tempérament ni, à défaut, de l'ambition nécessaire, je lâchais pied comme le lecteur décrié tout à l'heure, et ainsi ma carrière n'eut pas lieu, qui pourtant aurait procédé de cette première chose immodérée de ma vie, laquelle n'en connut que deux de cette nature : il y eut tout d'abord cette dictée que j'entendais, que je prenais, élève modèle comme je l'avais toujours été. Mais ce que j'étais surtout, c'était quelqu'un qui reculait devant tout, qui avait peur, à qui cette dictée même faisait peur – ce pourquoi je peux si bien me mettre dans la peau du docte lecteur qui vient de défenestrer un écrit corrosif, dont chaque mot lui a giclé aux yeux comme autant de gouttes de vitriol. J'étais ce couard, donc, en un peu plus amène, c'est ce que je vais développer : malgré ce don incongru que j'avais, et qui aurait mieux fait d'échoir à quelqu'un d'autre, j'étais ce quidam que son naturel feutré ne destinait à rien de public, surtout pas à ce que la célébrité peut avoir de tonitruant et la Renommée, d'ailes, de trompettes ou de bouches (cent, dit-on) avant que tout cela, bien souvent, ne tourne à l'esclandre, au grabuge (pourvu que vous révéliez, à propos de vos proches, des détails croustillants – adultère, hémorroïdes, convictions antisémites, contrôles fiscaux, pédophilie et cette faillite frauduleuse de votre grand-oncle) et à un désastre sans recours, parce que soudain, la critique, à l'image de vos proches, ne veut plus entendre parler de vous.

Rien de ce cursus n'était ma tasse de thé et, passé les petites crâneries de l'adolescence, s'affirma mon caractère de planqué, et ma détermination à ne plus rien coucher sur le papier de mes rêves et de leur insurrection, parce qu'au fond et qu'entre des centaines d'autres choses, j'avais peur des traces, d'en laisser, et d'être vu, remarqué, montré du doigt et qu'on me distinguât des autres, et il me fallait deux double scotchs avant d'entrer, blanc jusqu'aux lèvres, sur ces fichus plateaux de télévision.

Succédant à mon père, de diriger les laboratoires Cuori était une façon de me perdre dans la mêlée d'une foule étrangère où jamais personne ne me reconnaîtrait ni ne décèlerait, sous des traits sans particularités, ce masque mobile qui est la vraie figure de l'écrivain – et j'étais un écrivain raté qui ne tenait pas à ce que cela se sache, non plus. Je ne voulais qu'être admis, voire omis, à cause de mes peurs. Elu, jamais. Tous sentiments que Dieu ne pardonne pas, qui vomit les tièdes, qui a dû me régurgiter pas mal de fois – qui l'aurait fait dans un hoquet définitif, sans cette circonstance, la seconde immodérée de ma vie, où je cessai d'être tiède et redevins ce type que quelque chose possédait, une passion humaine que j'éprouvais à l'égard d'une entre toutes les femmes, une seule avec qui je fis tout et davantage de ce que réprouve la morale chrétienne, laquelle jusque-là m'avait autant étouffé que les mamelles de Carla, d'où, en outre, la tentative de sortir, par des écrits milleriens, de son giron vallonné. Et c'est pour cet unique moment d'amour que Dieu, qui se fout bien des écrits milleriens, au jour de ma mort, me pardonnera peut-être d'avoir été ce dormeur éveillé, ce pharisien circonspect (qu'on disait réfléchi), cette âme malingre et compromise, chérissant protocoles et hiérarchies et tout ce à quoi on peut opportunément s'assujettir – et il est à craindre que sous Mussolini, j'eusse été mussolinien. Après Mussolini et en attendant, j'étais encore ce type à la plume pluvieuse et à la foi dilettante, cet homme indéterminé et ne redoutant qu'une chose, que surgissent de ses tréfonds des démons débâillonnés qui n'avaient rien de commun avec ceux qui faisaient les frais de la conversation de ma mère ; ce n'était rien, vraiment rien des légions gigotantes de Belzébuth sur lesquelles Carla était rencardée comme personne ; ça ne gigotait pas, au contraire, et ici le plus passable des psychanalystes m'entendrait mieux qu'un prêtre : c'était comme si très loin en moi, dans le pays perdu de mon inconscient dont ma juvénile poussée d'écriture n'avait que tenté de passer les frontières, c'était comme si, dans mes souterrains, j'avais à cacher un cadavre – en effet, et c'était le mien, car j'avais trouvé commode de me tuer, de tuer le vif, pour atteindre en ce monde la paix que ma mère, entre deux prélats, brûlait de trouver dans l'autre. Ainsi, sans cette seconde circonstance immodérée de ma vie, je serais resté prudemment mort aux yeux des autres dont j'avais si peur, et l'héritier des Cuori et un écrivain sans écriture, et c'en est assez sur cette écriture dont mon caractère dilatoire ne méritait pas l'urgence, assez sur elle dont je n'eus pas la force.

Cette seconde circonstance de ma vie, que je vous la dise maintenant avec le courage convenu d'une confession – laquelle, pour plus de courage de la part de Massimo Cuori, ne verra le jour que juste après sa mort, celle-là qui attend, patiente et cliquetante aux horloges.

Que je vous dise : j'avais donc vingt-trois ans quand survint sans crier gare cette seconde chose immodérée de mon existence, et qui me tomba dessus et brusqua ma nature et ma vie de façon bien plus définitive que la première. Survint cette immodération et le pur prodige d'une inconvenance qui, pour un Massimo Cuori, pouvait le disputer à celle de l'écriture. C'était, cela, une circonstance de ma vie d'homme que je n'oublierai jamais, autour de laquelle s'ordonnera tout mon destin, sans laquelle l'histoire de ma vie, de ma vie en elle-même, n'aurait pas existé, et je serais resté quelqu'un d'enfoui.

C'est une fillette autrichienne qui a douze ans, qui en aura seize quand j'ouvrirai sa bouche et ses jambes qui sont comme ces fuseaux où l'on pique des doigts que le sommeil envoûte, et c'est de ce monde des contes qu'elle vient, des contes du Nord où l'on parle toujours de tables mises et de feux dans l'âtre car de vieilles voix mystérieuses les racontent quand, dehors, il gèle. Elle vient de ces contes, émerveillants. Elle vient de la rue, aussi, une rue allemande où il fait froid. Quoi qu'elle fasse, elle n'arrive jamais vraiment à sortir du conte.

Il y a celui d'Hänsel et Gretel auquel, plus haut, je me réfère avec la tendresse qu'on a souvent pour parler de l'enfance, même si elle n'a été qu'une salle d'attente abominable et vide. Il y a qu'elle était depuis toujours une femme que l'enfance impatientait, qui faisait tout très vite, comme lorsqu'elle s'est retournée pour me regarder, volte-face aussi incroyable que la fracture de l'orage au ciel du paradis. C'est à partir d'elle que ma vie prend un autre sens que celui que lui aurait donné, sans douceur aucune, le métier d'écrivain – et cette Gretel aux dents de martre n'était pas douce pour un sou, ou pour qu'elle le fût, il fallait lui en donner beaucoup.

*

Voici, j'avais vingt-trois ans quand je retrouvais ce que j'ignorais retrouver jamais, le trouble à la fraîcheur douloureuse d'un printemps qui revient quand on ne croit plus à la force des saisons ni des choses, et le conte troublant et l'enfant sous la neige du conte, et cet ancien désir et son objet sur les contours duquel ma mémoire a refermé à jamais son poing si serré que l'os le crénelle de blanc – parce que même si je ne peux plus tirer ni pousser aucun verrou sur l'incarnation, forcément maudite, de la plus sublime de mes chimères, le peu de pouvoir que j'ai l'a ensorcelée, et que ni elle ni moi ne quitterons plus désormais ces quelques lieux de l'Europe où les jambes de Nora Neumann s'ouvrent, lustrées de bas noirs comme la première fois qui était le premier jour d'une année en Bavière et où Nora Neumann n'avait encore jamais eu de sang dans sa culotte et celle qu'elle portait ce soir-là était de dentelle noire, qui ensachait son sexe impubère, et les jambes de Nora Neumann s'ouvrent, aussi longues et pour une éternité aussi glacée, insensible et étrangère que celles de Marlène dans le couloir du Shanghai Express qui sent la cendre froide. "Le Verrou", c'est aussi ce tableau de Fragonard, la main de l'homme qui clôt la porte et vers laquelle s'envole, équivoque, celle de la femme – la main, l'instant sont suspendus, braqués dans un éclat d'or blême, et arguer d'une fausse résistance importe peu à qui raffole de Fragonard pour ses lumières inquiètes et ses esquifs paradants vers des rapides et des fêtes qui n'auront jamais lieu, comme peut-être le plaisir de cette femme du tableau, aussi incertain et énervé que le frisson sur les chairs de pêche que le peintre savait si bien enflammer et meurtrir. Les jambes de Nora Neumann s'ouvrent à l'infini sous l'écran de la dentelle ou la luisance de la soie ou bien elles sont nues, ces jambes qui sont, dans leur fébrilité arquée et figée, comme les ailes de ces insectes rares qu'on fixe par de profondes épingles sur des boîtes à fond de liège. Mon père les collectionnait, ainsi que les tableaux de maître, ce pourquoi sans doute – c'est infantile – j'adore les faux, et les jambes de Nora Neumann s'ouvrent sous le plus manifestement faux des tableaux de Fragonard et son grand rire d'espièglerie noire se perd dans la contrée de mon destin qui est la seule à quiconque interdite et demain sa mère me demandera encore de l'argent.

Aussi, je donnerai cet argent demain parce que je veux que les jambes de la fille qu'elle vend, que ces jambes-là échancrent toujours la nuit.

Ce sera d'abord l'hiver, un petit peu, et ensuite les enfants du conte auront à peine un été pour manger la maison, de la charpente au toit et aux vitres, c'est juillet et août, une brève belle saison et la seule qui m'importe, qui est ancrée dans le temps comme si un autre que ce Fragonard qui tant aima nos villas aux murs ocre et leurs parcs ombreux où cligne un jour versatile, en avait peint les bleus aveugles, le cuivre crépusculaire que tamise la chaleur, toute cette beauté moite, c'est un été du Sud, c'est en Italie.

Dans la nuit de Rome l'été, on entend toujours crisser les aiguilles chaudes des pins comme si quelqu'un marchait dessus, mais ce n'est que le vent qui s'empoisse de leur parfum, rebrousse l'eau de la fontaine et le turquoise chatoyant et artificiel de la piscine, et nous sommes seuls dehors, on vient d'éteindre les lumières des chambres, et l'eau de la piscine ne deviendra vraie que lorsqu'elle la fendra de ses longs bras et de ses longues jambes, ensuite elle ira s'asseoir sous les pins qui sont tout noirs contre la nuit phosphorescente, elle se mettra dans la caresse soyeuse de l'odeur de résine, elle dira doucement *Platz da, Platz nehmen*, elle me demandera de venir.

III

Il y a toutes ces brumes sur la ville de mon enfance et l'histoire de ma famille, ce sont celles, humides, de la vallée du Pô, ces brouillards, ce temps gras et noir de Milan, *Mediolanum*, mi-chemin et jonction – littéralement : *centre du pays où vit un peuple*, et les Cuori vécurent toujours au centre, dans l'indistinct, à un carrefour approximatif qu'étouffent les nuages, où l'on ne peut les voir tituber, perdre l'équilibre et le nord et le pied leur manquer, ils vivent dans ces intérieurs où l'on ne peut voir celui-ci qui boit trop, cet autre dont la limousine a renversé un piéton hier, qu'il ait ou non trop bu, et on ne saura jamais où allait celui-là par une nuit sans lune et cette brume à couper au couteau dans un quartier si pauvre, mais croyez qu'il ne s'est pas arrêté, il est seulement un peu bizarre aujourd'hui, c'est ce que dit ma nourrice, qu'il est bizarre, et c'est arrivé à je ne sais plus qui dans cette famille, qui conduisait trop vite, et je ne saurai jamais non plus si c'était à sa maîtresse du quartier pauvre ou au piéton accidenté qu'il portait tant de fleurs, le surlendemain ; je sais seulement que cette péripétie s'est entre-chuchotée, il y a comme des siècles, qu'ils ont eu peur, voulu dédommager par peur, je ne sais pas s'ils ont réussi, le type ou la fille était mort, peut-être, ou incapable d'aller désormais à pied, sur quoi le silence retombe et cette brume à couper au couteau qui était là sur cette scène avant moi, qui tombe sur la folie de ma mère, cette grosse femme aux robes sombres qui tourne sur elle-même comme un toton. Elle tourne, et à elle aussi le pied manque souvent, mais jamais dans la rue, on ne la verra que derrière les vitres teintées des voitures, son pied manquera sur les parquets de nos hautes demeures, leurs bois ambrés, les tapis à rosaces où glissent les intendants, les gouvernantes, les cuisinières. Ces brouillards de Lombardie s'assemblent en un seul rideau qui assourdit leurs mensonges, derrière lequel, au moment opportun, ils disparaissent quitte à se perdre eux-mêmes de vue, ce sont ces brouillards fluviaux qui s'élèvent devant nos murs comme devant le Duomo, s'effilent et s'arrachent à ses clochetons, à sa flèche, ces brouillards comme les tulles dont s'enveloppait ma mère pour faire le plus Visconti possible ; ces écrans tirés devant les Cuori, leurs yeux, aussi bien pour ne rien voir d'eux-mêmes, qu'afin que les autres ne voient rien de leur laideur, pour la leur reprocher, ni de leur richesse, pour la leur prendre, et je fis comme eux, c'est à force de brumes que je devins cet homme incertain, auquel on ne pouvait devoir de merci puisqu'il agissait toujours au nom des autres et n'était rien lui même qu'un jeu de transparences captieuses.

Voyez donc, sans la jeune fille du livre, rien ne m'aurait dérobé aux brouillards de cette *cité du milieu*, ces brouillards un peu léthéens, charrieurs d'oubli, émoussant de leur suif des lieux où l'on passe en pure perte, dont on ne retient rien : sans la jeune fille du livre, ma vie ne se serait fixée nulle part, et l'écriture du livre n'est qu'un épiphénomène de cela, qu'elle se soit fixée, sans cette jeune fille ma vie aurait erré, sans elle je n'aurais jamais embrassé que les incolores bouches sans lèvres des Cuori, qui ne parlent pas, qui l'auraient fait sous la torture, on parie, qui ont coupé à la torture comme au reste.

*

Mon père Attilio épousa à vingt ans une Carla Bazzini qui en avait dix-huit, et je naquis à Milan tout de suite après, un matin du printemps 1952. Sous les plafonds lambrissés, les Cuori, leurs dieux lares et toute la domesticité attendaient déjà, de pied ferme, une régente et la mère du dauphin : il y avait encore une très vieille reine, végétative et endeuillée de son roi… trêve de contes bleus, il n'y a ni roi ni reine, les Cuori sont riches, rien que riches depuis trois générations, caressant la patine commençante de leur richesse avec la même main tendre que les bois précieux de leurs bibliothèques.

Carla Bazzini fit tout pour remplir les devoirs qui lui incombaient, s'obséda *ab initio* sur le conjugal afin de me donner frères et sœurs, mission à laquelle elle dut renoncer après quelques avortements spontanés, furtifs, dont la récurrence manqua d'ébranler sa foi en la charité divine et lui coûta nombre de problèmes aussi bien eschatologiques qu'hormonaux. Mais avant les contre-jours de la ville et les humeurs noires de Carla, excusées par les troubles précoces de son cycle œstral, il y a cette lumière qui pointe, idyllique et chaude, de la mer et de la plage : c'est sur les bords de l'Adriatique qu'Attilio rencontre une fille de métayers qui, à Torrette dans les Marches, cultivent pommes de terre, maïs et riz (tous croquants et leurs fellahs) ; c'est une plage à la mode de la Riviera des Marches où Carla arbore des formes de cariatide, sanglées à l'étroit dans un maillot de bain flambant neuf, une audace un peu égarée parce qu'elle se montre pour la première fois demi-nue dans un endroit public, promenant à son insu, sous son ombrelle, tout le néoréalisme italien – c'est cette longue plage de Numana, près de laquelle je fus conçu, les premiers jours du mois d'août, entre vestiges gréco-romains, baies d'eau limpide, criques étroites, et autant d'anses rocheuses où se croire à l'abri des regards, à moins que l'acte ne fût perpétré dans une cabine de bain. Enceinte avant ses noces, ma mère témoignera avec insistance de cette espiègle vérité (de cette version balnéaire), la trouvant sûrement du romantisme requis et une preuve plus convaincante d'un *innamoramento* foudroyant que si elle m'avait décrit les papiers peints et la literie du Numana Palace ; mon père descendait toujours au Numana Palace, où peut-être il l'entraîna, ce qui est l'hypothèse numéro deux après la cabine de bain tant il est invraisemblable que le fluet Attilio eût étreint l'athlétique Carla en plein air, sans même se calfeutrer derrière une porte de bois branlante. Mais (licence toute poétique), nous sommes en droit de préférer cette Arcadie de criques roses et bleues à cet hôtel de Numana où, avide en son temps d'expéditions solitaires comme j'en fis tant moi-même, mon père avait ses habitudes, certain que personne ne viendrait troubler sa retraite, puisqu'il était parti comme souvent en laissant planer tous les doutes sur sa destination, *al mare*, il allait toujours *al mare* mais on ne savait jamais laquelle, c'était une coquetterie qu'on lui passait : au retour de son escapade, son œil se faisait plus studieux avant qu'il se fasse plus bureaucratique – l'Attilio de Numana n'a plus que sept brèves années avant de diriger nos laboratoires et de ne plus aller *al mare* sans la jeune fille de la plage, la fille Bazzini, Donna Carla.

Les jours de la plage, au nez et à la barbe de la tante d'Ancône (la branche d'Ancône fabrique des accordéons), en charge de l'honneur des Bazzini et partageant avec le majestueux tendron Bazzini une toute petite chambre dans une toute petite pension fort loin de la mer, mes parents copulèrent, rivalisant d'inexpérience, prirent des bains de soleil et du thé au Numana Palace, puis mon père, séduit par la rusticité florissante de Carla et responsable de l'honneur à jamais perdu des Bazzini (la belle était vierge), s'engagea à la rendre heureuse jusqu'à la fin de ses jours et, mourant avant elle, tint parole.

Munie de toute sa jeunesse et d'une prévoyance d'acier qui tenait du sixième sens, la fille des métayers quitta son hameau des Marches, dès le pied dans la métropole, oublia la pension de Numana, ses vacances d'adolescente et à peu près tout des jours de labeur et d'indigence depuis celui où elle naquit à Torrette dans les Marches, consomma le maïs sous forme de polenta et les pommes de terre au gratin, désormais cuisinés et servis par les mains tannées d'ombres ancillaires, et nul ne l'entendit jamais faire allusion à sa vie d'avant : quand périclita l'exploitation de ses parents, je me souviens qu'elle leur envoya des mandats, si je ne me souviens pas de les avoir jamais vus, qu'ils aient été reçus une seule fois à Milan ; exempté de leur enterrement par une sinusite, je me souviens très bien, en revanche, de la mauvaise grâce avec laquelle ma mère s'y rendit, m'apprenant qu'elle avait deux frères que je ne verrai jamais non plus, qui étaient pires que les fabricants d'accordéons car dockers, et qu'est-ce que tu aurais à faire de ces gens-là, Massimo, et elle remet Massimo, sept ans, aux bons soins de Lietta, qui n'a rien d'une ombre, qui est ma nourrice et demeura notre cuisinière.

A vingt ans, ma mère avait déjà ses migraines et, avant les cigares hollandais, fumait trop de cigarettes qui lui éraillaient assez plaisamment la voix. A vingt-deux, marié à la fille des métayers de Torrette, Attilio avait épousé ce conformisme flagorneur qui devait prendre un tour hallucinatoire aux environs de ma puberté, l'art consommé de la dissimulation, ce goût de l'épargne et de l'épate qui font le plus méchant et fréquent ménage, en la personne d'une nymphe agreste qui n'était déjà plus qu'un genre de corpulente et catarrheuse Mme Fichini (et fumait désormais des Schimmelpenninck) le jour où elle revit pour la dernière fois Torrette, la tante et la gent d'Ancône – puis Carla se fondit dans le nimbe fuligineux de *Mediolanum* et dans les clairs-obscurs du parti Cuori dont elle prit même la tête.

*

Ces brouillards de l'Italie septentrionale sont aussi ceux, magiques, que l'hiver répand dans les rues de mon enfance, au temps de la jeunesse de mes parents, ce temps où je connus le charme provincial, cossu, familier d'un Milan disparu. C'était avant les écharpes de suie et les pluies noires, c'était ce Milan à l'élégance désuète dont nous devenions peu à peu les arbitres, où passaient encore des fiacres, où l'on allait aux courses de chevaux et à la Scala, c'était une ville de mélodrames et de tintamarre verdien, c'était juste après la pantalonnade assassine du fascisme dont, à les en croire, ne participa nul de mes ascendants, et c'est ici que la brume retombe au plus dense, c'est cette autre brume du silence qui noie hiver comme été notre maison de la via Chiaramonti et ceux qui y vivent. Qui n'y vivraient pas sans mon arrière-grand-père, ce Giuseppe roturier, cambrousard et pauvre qui, déposant un brevet – la formule magique du Biphosphate de Chaux –, fit de nous des roturiers citadins et nantis.

Giuseppe Cuori (1866-1946), fils de garde champêtre, naquit à Mortara, chef-lieu de la Lomellina lombarde qu'enserrent le Tessin et le Pô (miroirs des rizières, cloisons de saules et de peupliers, hérons et ibis, la mère de Giuseppe en repiqueuse de *riso amaro*) ; Giuseppe est un des seuls Cuori à participer de l'Histoire dans la mesure où il vit les derniers jours d'un siècle et l'avènement prometteur d'une ère, celle dite industrielle, Giuseppe est le seul de l'espèce dont je revendique la filiation, non tant parce qu'il fit notre fortune que pour me plaire beaucoup, on reviendra sur Giuseppe, on en revient toujours à Giuseppe à cause de l'argent qui, à ceux de la tribu, est plus que jamais le nerf de la guerre, et nous n'en finissons pas de descendre de Giuseppe et donc d'en revenir à lui, à un moment ou à un autre, parce qu'on vient d'acquérir un Miró, que sans lui, pas de Miró, et que les Cuori sont restés ce qu'ils étaient, des gens de peu.

L'envie, et de l'assouvir jusqu'à réplétion, étant le fait des susdits, point nous ne dérogeâmes à cette loi naturelle, et il me revient tout d'abord cette hostilité anachronique de mes parents envers les ducs de Milan et leur légende, cette rancune qu'ils entretenaient à cause des révoltes que de si grands hommes s'étaient permis de faire au nom des petits, sans moindrement consulter les intéressés : que ducs et princes nous eussent cédé la place et que fils et petits-fils de ces élus ("ces âmes bien nées", chuinte derrière son Schimmelpenninck une Carla rancie très jeune par le dépit, qui raffole de citations et de maximes faisant autorité) connussent parfois le dénuement en plein milieu de ce siècle béni, le XXe, ébouriffait ma mère et suscitait chez les miens une défiance mêlée d'un reste d'idolâtrie hystérique dont les manifestations me rebutaient si fort et me rebuteront toujours. ("J'ai croisé hier au sortir de la messe la comtesse R... et ses enfants, on sait que les R. vendent tout, et leur château de Toscane à des nonnes, les R. sentent la mouise à dix pas, la comtesse avait sur le dos une affreuse vieille pèlerine dans les lie-de-vin, et les enfants, tous fagotés, j'ai fait semblant de ne pas les voir, histoire de ne pas gêner la comtesse, une femme qui était si lancée...")

Carla examine avec compassion, comme si c'était la pèlerine de la comtesse R., le feu rougeâtre de son cigare hollandais : depuis Giuseppe, les Cuori ne sont plus, ne sont pas vraiment de ce monde, ce qui leur est égal puisqu'ils ont le leur – ce qui ne leur interdit pas l'envie dont j'ai parlé : à ces Othello du social, le grief, ce caustique, érode la face, fripe des milliers de rides sous leurs yeux de guetteurs ; l'envie les passionne, les dresse convulsés contre toute sphère inaccessible et par là mirobolante, dont les tétanise la certitude qu'ils en auraient été exclus, quant à l'espoir exténuant de pénétrer cet empyrée maintenant qu'ils sont riches, c'est celui-là que j'exaucerai en épousant le patriciat. Entre culte et désir de tuer, je ne connais qu'elle, cette démence de l'envie qui cogne aux yeux pâmés et hostiles des Cuori dès qu'ils ont à les lever vers l'objet de leur convoitise, les raisins trop verts, les prix Nobel qu'ils n'auront pas – et les palais blasonnés de la vieille ville, les tours du château des Sforza et tous les campaniles qui hérissent Milan, ils en oublient que la tour Cuori est un gratte-ciel, ils continuent d'envier, ils sont ces monarchistes qui auraient voulu être rois.

A mon grand-père Annibale qu'on enfouit au Cimetière Monumental pendant que je naissais, je ne peux que prêter cette dose congénitale du *vice le plus méchant*, croyons en Ronsard – mais je la lui prête volontiers, si, sur toutes les photos jaunies des albums écornés, s'embue cet œil amer qui est celui de Carla, laquelle n'eut aucun effort à faire pour se mettre au diapason : et quitte à se tourner les sangs, avance Carla, avec cette puissante gaucherie qui me désarme souvent – comment ne pas prendre les Visconti comme référence quotidienne, quand ils ont assis leur fortune sur les laboratoires Carlo Erba, quand un représentant de cette dynastie ducale et le père de Luchino a épousé une fille de pharmacien ?

Et si les Visconti, de référence, devenaient têtes de Turc, ils n'en restaient pas moins à eux seuls le souvenir inexpugnable d'un monde perdu, dont, espionnant aux croisées, on tentait de deviner les fastes morts dans le rouge éteint d'un damas que révèle un coup de vent, dans la brillance verdie d'un lustre dont il faudra acheter le même, et d'époque, dont on fourbira les lames plates, et pourquoi pas aussi du damas rouge aux murs du salon – oh, ma pauvre mère ! nous n'étions que ces laquais paradants entre les mains desquels tombèrent le pouvoir et le sceptre de princes lassés, mais auxquels jamais n'échouerait la Guivre des Visconti, n'en déplaise à la petite Carla Bazzini qui se cache plus ou moins visiblement derrière les jupes de la grande…

Nous étions là à cause de l'argent d'un trésor (la trouvaille d'un cul-terreux), et je naquis moi pour voir le futur nous appartenir, et n'appartenir qu'au clan, dans l'hégémonie sans partage qu'on devait à Giuseppe, que commença de conquérir Annibale (1896-1952), qu'exerça assidûment mon père Attilio (1932-1987) dans une ville bombardée dont les Cuori avaient rasé les murs.

Apparu comme on sait avec les primevères, en 1952, *ecce homo* (nous sommes chez Pilate), j'écris cette chronique depuis le début de 2021 et me résumerai comme mes devanciers à des dates à l'éloquence toute relative, gravées sur le marbre de pierres tombales semblables à de cyclopéens pâtés de lièvre, accotées les unes aux autres et témoignant d'un infatigable esprit de corps : c'est à ce Cimetière Monumental que, crâniens et merveilleusement souriants, ceux du clan se tiennent compagnie ; nous y avons, depuis Giuseppe, une concession perpétuelle, "et nous sommes tout près de Manzoni", pépie ma mère, sourire confit, menton en collerette double, charmée d'une mort où elle tiendra salon – *matta da legare*, cette buse, et le style de ce Manzoni me fait autant frémir que les concessions dans les cimetières, et qu'ils veuillent encore se serrer dans le noir, et je n'ai jamais vu un seul feu follet sous les colonnades de ce Cimetière Monumental où, en effet, ils en ont pris pour perpète, "où nous retournerons ensemble à la poussière", clame hautement ma mère roturière – où nous voici pourrissant de concert selon les seules nobles lois de l'espèce, c'est ce que je dis moi pour un minimum de décence, celle-là à laquelle je tiens par-dessus tout parce qu'elle manquait, que son silence sonnait comme une injure dans les maisons de mon enfance ; parce que cette femme ma mère avait toujours refusé qu'on l'accompagnât à la métairie de Torrette, les deux fois où elle s'y rendit, l'une pour une visite (porteuse de cash et d'œufs pascals, je crois), l'autre pour l'enterrement de son père, ce jour où j'eus véritablement une sinusite, la fièvre subséquente et des maux de tête si térébrants que je crus qu'on me trépanait des tempes à l'occiput : inoubliable, cet enterrement dans les Marches où je ne fus pas, et la honte que ma mère avait des métayers, tant que, pour s'assurer qu'Attilio ne tentât pas le voyage, elle diagnostiqua chez lui un premier malaise cardiaque, ce qui faillit le faire mourir de peur et le consigna au lit tout comme moi.

Mes inconnaissables grands-parents Bazzini décédèrent à quelques jours d'intervalle, épargnant à Carla un troisième déplacement à Torrette où, cette fois, les convenances m'eussent interdit toute sinusite, à Attilio la menace d'un infarctus et à ma mère d'être seule, confrontée à la famille de fabricants d'accordéons, aux dockers d'Ancône et aux épouses des dockers, à se recueillir dans le petit cimetière de Torrette où (j'en suis sûr) le vent de l'Adriatique balaie des croix chavirées et où (j'en suis encore plus sûr) brasillent les feux follets dans une jungle de ronces : j'allais oublier *cela*, et je ris encore de cet autre jour où un doppler entérina le diagnostic de la honte maternelle et où l'on condamna mon père aux bêta-bloquants : je prends les mêmes aujourd'hui, et – 1952-202… sur le glacis du pâté de lièvre et aucun papillon pour se poser sur la faïence des chrysanthèmes rosâtres dont on l'adornera, et il faut que je reprenne mon testament, pour que rien qu'une fois ma volonté soit faite – qu'on m'enterre dans le jardin, sous la balancelle dont on a changé le tissu mais qui est la même que celle qui reçut le poids languide d'une jeune fille qui tanguait là, léchant des glaces dans la sublime absence, la concentration torpide où accèdent les jeunes filles qui lèchent des glaces dont elles n'ont pas même regardé la couleur, cette transe légère des jeunes filles qui laissent la vie se faire comme les balancelles osciller, la mer et les nuages aller et venir aussi insensiblement que la glace fond sur leur langue, et elles deviennent alors des abstractions, et j'ai le vertige devant toute cette négligence délicate et bestiale, et quand elles passent de l'ombre au soleil sur les balancelles, je perçois moi avec une acuité déroutante la rotation de la terre et même son bruit de fond, l'origine de ses glissements et séismes, ses fondrières de chaux et jusqu'à la braise centrale que j'atteindrais de ma main, et il se peut qu'elle se soulève, sous la balancelle, la ligne de faille était là, inscrite, qu'elle s'ouvre fumante, prévu, je vois dans le pivotement de la balancelle toutes les lois de Newton en application, de la gravitation universelle à la précession des équinoxes, tout ce va-et-vient et l'affaire de l'éternel retour n'ont plus de secret pour moi, tout s'explique de ce mouvement du monde, indifférent comme elles qui le lui ont imprimé d'un coup de talon et puis elles sautent sur leurs pieds, laissent la balancelle à ses ressacs pendulaires, elles s'en vont sans regarder ce qu'elles ont fait, ces sols éventrés sur le feu, ces choses mises en branle une fois pour toutes, c'est là où elles sont fatales, ces idiotes à lunettes noires dont le coude plié est comme du pain sombre et chaud.

Ensuite, sans elles, et j'ai si peur du Cimetière Monumental, et si l'on me défend la balancelle, je serais bien volontiers le compagnon pour toujours de don Miguel de Manara à l'hospice de la Charité de Séville, dormant près de lui sous cette grande pierre plate sur laquelle tout le monde marche selon le vœu du séducteur en veine de rachat, qui entendait que le foulent aux pieds un maximum de fidèles se pressant vers la chapelle où Valdés Leal peignit ses Vanités rouges et noires – encore plus volontiers, je serais cette grande pierre du seuil, plate et poudreuse, pour mieux sentir les pas, autour de ces années 202…, et quel souffle espiègle vient de disperser ces points de suspension comme un pollen perdu dans le simoun qui, aujourd'hui à Rome, grille le laurier et sèche les lèvres ?

*

— Au diable ces princes d'hier, qu'ils fassent donc retraite au désert, et pour ces films communistes, que certains ne se croient pas obligés, psalmodie Carla chaque matin de mon enfance en se brossant les dents et nombre de soirs en éteignant la lampe, puis se repliant et rengorgeant dans le sommeil soit, faute de le trouver, passionnément remâchant sa chique favorite, dans cette rumination profonde, tour à tour étonnée et habituée où je l'ai souvent surprise, tentant en vain d'épuiser le délice qui lui venait aux lèvres, sa jupe étalée sur son ventre, paupières clignantes, égale d'une femme de condition et un peu mouflonne à cause du front en avant, quand j'attendais de découvrir, dès qu'elle aurait ôté un escarpin contraignant, le pied fendu de l'ongulé : nous étions entrés dans la bourgeoisie d'affaires, et elle oubliait souvent grâce à qui. Nous entrions même, grâce à la prééminence de nos laboratoires, dans la Haute Société, ce milieu à la fluidité nouvelle, ces eaux douces où, la mouflonne restant à la maison, elle s'apprêtait à évoluer avec l'aisance du protozoaire dit flagellé, les mouvements vibratiles et prestes des cils de la paramécie (et un éventail, une robe à traîne dont le port pouvait la faire taxer de folle, vérité qu'il lui était complètement égal d'entendre du moment qu'elle pouvait jouir de la facilité de l'infusoire à crawler dans son liquide). Les eaux si douces où crawlaient mes parents roulaient déjà des pépites, qui, après la dernière guerre, charrièrent un pactole, le temps que tout changeât pour recommencer – ce qui est l'histoire de la balancelle et bien souvent la fonction du temps – et rentrât dans cet ordre qu'ils désiraient avec la seule ardeur qu'ils mirent jamais quelque part pour la raison qu'au cœur de celui-ci et de ce sanctuaire d'un capitalisme replet que devint Milan, ils avaient LEUR PLACE. A Milan, il y a toujours des brouillards, mais ils tournent souvent au petit-lait aigrement gris, affreusement pollués, ils ne servent qu'à cacher ces laideurs récentes qui sont celles de toutes les villes du monde.

*

Ces laideurs, Giuseppe, à qui nous revenons comme de juste, ne les aurait pas même vues. Que n'a-t-on pas dit de Giuseppe… Fils d'entre les fleuves et demi-dieu éponyme de nos richesses, Giuseppe est à lui seul une rumeur assez prolixe pour que l'imaginaire le plus terne le ressuscite presque entièrement – il y a aussi ses archives d'apothicaire et quelques photographies.

S'il fut bien le seul à sortir du rang sans qu'on pût *a posteriori* lui jeter la pierre, on le vit rarement, de son vivant et d'un siècle l'autre, hors de son antre alchimique qui embaumait l'eucalyptus, la menthe et le safran qui est aussi celui du risotto, comme cet antre, sis au-dessus du logis exigu où dorait le risotto, est l'officine d'où procédèrent nos laboratoires – et tout le quartier nord de Milan, et le populaire Corso Como, la porte Garibaldi et ses parages fleurent les plantes médicinales et le risotto que l'épouse de mon bisaïeul devait réussir comme personne pour le venger de sa Lomellina, des premiers pas qu'il écrasa dans la glaise inondée sur laquelle se courbait sa mère au prix d'inguérissables dorsalgies, ce qui orienta vraisemblablement la recherche de son fils.

Sauf un soir de bal qui n'a qu'une seule narratrice, la spécialiste du risotto, nous verrons toujours Giuseppe à travers sa rumeur, la plus publique que nous ayons jamais provoquée : ce Paracelse lombard a sa rue qui, loin des quartiers populaires et de la porte Garibaldi, *centro città*, longeant les vestiges d'une muraille médiévale où s'enchâssent pierres tombales romaines et statues de saints, s'abouche sur le hangar trépidant d'une galerie marchande et s'ouvre en gloire sur la piazza Cavour ; la tour du Centro Svizzero et ses soixante-dix-huit mètres de haut sont en vue, la Scala et la Piccola Scala à une portée de flèche, mon arrière-grand-père échange avec Toscanini quelques impressions sur le temps qu'il fera demain, le pharmacien et le chef d'orchestre s'accordent à dire qu'il pleuvra, qu'il fera ce temps de chien, comme toujours à Milan. Le spectre de Toscanini ne se défaisant pas de ses rhumatismes, ils auront un autre sujet de conversation, ils parleront de la découverte de Giuseppe et des progrès indéniables accomplis par la rhumatologie au troisième millénaire. D'écrire me rompt le dos, Rome est humide aussi, c'est cette eau des vieux marais qui monte à la terre que le soleil calcine, et c'est l'heure de mon anti-inflammatoire.

Avant de découvrir quoi que ce soit et l'amour en Ombrie, mon aïeul mythique commença d'herboriser et de vendre des plantes médicinales à travers Piémont et Lombardie. Etabli apothicaire, il proposa dans sa boutique du Corso Como magnésie, tamarin, charbon et autres médecines carminatives destinées à expulser les gaz, et l'anis, la mélisse et la sauge, se décida à traiter métaux et minéraux et obtint un succès certain avec la limonade phosphorique indiquée contre le rachitisme et l'ostéomalacie. Sortit enfin de ses cornues un élixir aux vertus presque aussi magistrales que celles des liqueurs qui confèrent aux taoïstes l'immortalité, j'ai nommé le Biphosphate, qui délivra, dans la péninsule puis hors de ses frontières, un nombre considérable de malheureux des affres de l'arthrite, de l'arthrose, du lumbago et même du torticolis, lesquels se levèrent et dansèrent, comme ceux que nous verrons dans un hôtel de Munich – ce que le fils de Giuseppe fut bien empêché de faire : Annibale, lui, boitera devant d'autres fioles à long col et bocaux de faïence, vendra, outre le Biphosphate patrimonial, tisanes calmantes, digestives et pectorales, souffrant d'une constipation qui lui faisait craindre à tout moment l'occlusion intestinale, se spécialisera dans les médecines purgatives, sirops de chicorée et de fleurs de pêche, séné et huile de ricin ; nous tenons là encore des sources écrites où cet homme, épris d'une botanique agreste qu'on appela par la suite phytothérapie, mentionne les effets immanquables de la baie de genévrier sur la toux et la hernie, ceux de la réchauffante poudre d'iris “qui combat les forces de colère”, toutes panacées dont on vendit de moins en moins tandis que triomphait le Biphosphate, pierre angulaire de l'entreprise familiale. Mais laissons là l'entreprise, son esprit, ses chefs successifs et le négoce du sel de calcium, pour parler d'un amour, celui de Giuseppe.

Sur la trentaine, Giuseppe Cuori épousa une paysanne ombrienne de quinze ans, qui ne savait ni lire ni écrire et lui survécut assez longtemps pour que je pusse apprécier son beau visage aux pommettes altières, sa douceur, son effacement de nonne, jusqu'à ce qu'elle s'effaçât tout à fait et mourût de sa belle mort, cette belle mort qui fut la seule de celles auxquelles j'assistai à me sembler inacceptable : je ne me suis jamais révolté vraiment contre quelque chose que ce jour d'hiver où l'on découvrit mon arrière-grand-mère endormie pour toujours au fond d'une bergère, avant cette autre révolte d'une autre nuit, cet autre hiver où je commençai d'aimer Nora Neumann pour toujours.

L'épouse de Giuseppe s'appelait Clara. Clara ne vit rien du Milan de Stendhal ni du Milan des Visconti Di Modrone, ignora celui du Duce, ne voulut rien savoir de celui de ces Rougon-Macquart locaux qui en prirent crânement possession, l'épouse de Giuseppe avait vu Dieu, ce que j'eus l'heur qu'elle me confiât, et ma conviction demeure invincible de ce que c'était, ce fut la seule personne que pénétra la grâce parmi la phalange Cuori, formation que j'ai toujours vu rangée en un ordre compact et aussi parfait que celle de Lacédémone – tout autant, les Cuori ressemblent au Duomo de Milan, mièvre et pompeux, inexplicable. Ils ont ignoré Clara, parce qu'à leurs yeux, peu courtoise et dépourvue de cette conversation qui est leur second commerce préféré, mon supplice le plus chinois, qu'il s'agit toujours de réchauffer, de détourner ou que quelqu'un en fasse les frais, dont cette Clara bien un peu sotte, qui n'écoute personne et rêve à table, en pétrissant des boulettes de pain. Au moment où on reproche à Clara ses rêves et ses boulettes de pain, Giuseppe est mort, Clara est cette très vieille reine endeuillée, si vieille qu'enfantine, et toujours en noir. Ils l'ont ignorée alors, ils l'avaient juste entrevue du vivant de Giuseppe, qui mettait tous ses soins à la défendre du monde terrestre pour ne la partager qu'avec ses sels fameux et leur athanor, ses herbes et les casseroles où il les faisait bouillir, quand non loin blondissait l'oignon du risotto.

IV

Jusqu'ici il y a, de cinématographique, la scène de Numana et cette lumière de plage qui seule intercède en faveur du sinistre mariage d'argent que contracta la fille Bazzini, le plus vite possible, juste après la plage ; la scène de Numana est en miroir avec une autre, non moins fatidique, dont Giuseppe et Clara sont les protagonistes : c'est la scène charmante – où rien de sinistre ni de cynique – du bal en Ombrie, qui dès qu'évoquée en suscite une autre qui est, dans l'histoire des Cuori, la troisième sur laquelle se penchent les Moires déconcertées, qui relève de ses ruines un décor d'un autre siècle, le XXe en son mitan, ranime un autre charme, celui qu'ils diront funeste.

C'est cette scène où il n'y aura que moi et une enfant blonde, c'est un autre bal, et je me demande souvent si, d'un bal à l'autre, le temps n'a pas cessé de s'écouler, si ce temps transalpin, franchissant des cols, n'a pas arrêté son enjambée pour juger du panorama, voir ces deux au bal près de Pérouse et, alors qu'ils s'accolent fortement pour une danse, tout ce qui, dans une pirouette vacillante, verse dans l'irrévocable – et pour voir l'enfant qui se retourne sur un seuil qui n'est pas celui d'une chapelle sévillane – mais c'est une enfant des seuils, des corridors qui y mènent, toujours faufilée entre deux portes, fuyant la pleine lumière, la borne, la pierre et la douane. Une enfant qui se méfie des chercheurs de fil (c'est moi, et c'est elle qui serre son petit poing dessus), de la réflexion qui s'épuise si vite et s'abîme dans ces déserts d'angoisse dont je connais toutes les pistes, une enfant qui capte l'insaisissable, se moque des penseurs bouleux sur leurs voies sans issue, tourne les talons, légère, repasse le seuil.

Du mien s'approche Schliemann, qui vient aujourd'hui en ami quand je viendrai demain, en patient, perdre une somme conséquente et quelques heures à m'épouiller l'âme sur un divan ; Schliemann est mon psychanalyste, que j'engraisse parce qu'il est gentil et parce qu'il porte le nom du découvreur de Troie, que j'ai un faible pour les découvreurs dont celui qui, à un bal près de Pérouse, finit un verre de vin de pays, un soir de 1896. Ici parle ma vieille reine Clara.

La Clara d'alors est cette brune aux yeux ailés, au joli nez busqué, qui sous les étoiles et les collines ombriennes, se musse dans la nuit d'été, rechigne à ce qu'on l'invite à danser pour l'accepter d'un inconnu qui vient de remiser sa carriole sur le bord verdoyant d'une route, en Italie centrale.

Le colporteur s'attarde à boire son orvieto ou son sacrantino, il n'a pas beaucoup vendu de ses potions herbées aujourd'hui, il espère mieux du lendemain, à Pérouse. Juchée sur un muret, Clara s'ennuie, songe à rentrer au plus vite chez elle, dans la maison qui est derrière la place et ses girandoles, à côté du champ de betteraves à sucre – et puis, à cause d'une cascade proche, il fait un peu frais, et que veut encore celui-là, cet escogriffe ni vu ni connu qui s'avance vers le muret d'un pas si résolu alors qu'il a l'air d'avoir le sang glacé dans les veines, ce que c'est, c'est un raseur et croque-mitaine, ni mieux ni plus mal que tous ces autres, avec la même haleine qui sent le vin et ces mêmes mains, l'olive amère de leurs oliveraies.

Clara ne se souvient jamais de ce qu'on dansait à cette fête d'alors, elle ne sait qu'une chose, c'est qu'elle finit par mettre pied à terre dans la poussière sous les étoiles, quelque part en Ombrie, qu'elle aima tout de suite le colporteur dont l'haleine sentait le fruit, non le vin, dont la barbe était drue et douce comme la robe d'un chat, les mains rugueuses mais exemptées de l'odeur d'olive, c'est ce que dit Clara, et si elle le suivit la nuit même jusqu'à une auberge du lac Trasimène, et si cette décision lui prit un instant, cet amour dura tous les autres jusqu'à ce que Giuseppe mourût – de cela je tiens pour preuve que, veuve, Clara respecta un silence d'une telle rigueur qu'on la crut muette, puis sourde-muette afin de mieux la traiter comme un meuble, quand il me revenait d'être son confident et d'entendre souvent parler, d'une voix délicieuse, du lac Trasimène. Clara aurait pu chanter comme Salomé que *le mystère de l'amour est plus grand que celui de la mort*, laquelle elle ne craignait pas, qu'elle attendait comme l'amour plus d'un demi-siècle auparavant, avec une détermination défiante, lorsque perchée sur des pierres, battant l'air de ses mollets comme font les petites filles, elle se défendait des planteurs d'oliviers, témoins impuissants du seul mystère et miracle, qui était que ce type sorti d'on ne savait où, c'était comme si elle ne l'avait jamais quitté.

Ce miracle fit exception, il dura, j'en fus sans doute toujours un peu jaloux, et dans le don sans mérite que je fis de ma vie à Nora Neumann, il y a à l'évidence beaucoup du souvenir du bal de l'Ombrie, où Clara portait les chaussures de son frère cadet, qui pesaient le plomb, où l'histoire de son amour commença dans une envolée de cette poussière de la terre, raclée par les chaussures d'homme. Deux jours avant sa mort, elle me rappela les chaussures, chercha en vain le nom du cadet, sourit car de se souvenir n'importait plus, puis me livra son secret parce qu'elle me préférait aux autres (qui ne l'écoutaient jamais, même avant qu'elle se murât dans le silence d'un deuil sans larmes, et qu'au-dessus d'un chemin de ronde en mie de pain, ses yeux ressemblassent à des pierres), et parce qu'il lui fallait un témoin de l'existence de Dieu, même un témoin de seconde main puisque de Le voir n'était arrivé qu'à elle : quitte à outrer ma mère, qui prétend le contraire, je peux alléguer sereinement que rien de Dieu, même une amorce auréolée, n'impressionna jamais la rétine des Cuori – mais les Cuori sont mes semblables, on peut juger et condamner son semblable, il est rare qu'on lui échappe, et ici encore je me gardais de déroger à la règle.

Bien qu'elle ne fût pas leur semblable, il s'agissait à Clara de leur échapper, qu'ils la perdissent de vue, ce à quoi elle parvint comme à se perdre dans les couloirs, via Chiaramonti, où elle attendait que je la retrouve, que je la guide vers ses appartements, et nous allions dans le labyrinthe des couloirs, ensemble, nous tenant par le bras comme des patineurs, majestueux, hagards et heureux, ridicules et aimants. Souvenirs d'amour que ces couloirs où nous glissions, et avant, son apeurement de souriceau devant l'immense dédale de la maison, son ravissement à me voir paraître, la cherchant quelque part dans le noir où elle se cachait comme un enfant de mon âge, j'avais huit, neuf ans, et elle joueuse, inquiète et les yeux grands ouverts, prête à ce prodige que je sois là pour la conduire à sa chambre, et battant de ses paupières ailées en signe de gratitude, et à chaque battement m'effleurait un peu de la beauté du monde, et, dans son petit rire toussé, tintait une note venue d'ailleurs, que confondaient de brusques tristesses ; quand je l'avais mise au lit, quand je m'en allais, pour cette raison ou sans en avouer aucune, ce rire se perdait dans la tristesse comme dans la profondeur d'un gouffre brusque, et tout de Clara, et son regard et ses joues maigries et ses rires et sourires chutaient dans cet abîme sur lequel elle m'interdisait de me pencher : "Ne sois pas triste, tu n'as pas l'âge, et puis *on s'a*", me disait-elle : ces tristesses violentes, ces yeux de pierre, je ne les retrouvai nulle part ailleurs que chez l'enfant de Munich, dans le regard bleu-noir de l'enfant de Munich.

*

Que Giuseppe soit mon plus proche parent et un frère de destin, au contraire de son fils, du fils de son fils et de ma propre smala d'aujourd'hui, que Giuseppe soit cette grande ombre favorable qui me ressemble, que je tienne de lui ce que j'ai de mieux – et le cou de taureau qu'on va voir sur les photographies –, j'y ai pensé très fort, un instant, après le bal de l'hôtel allemand, en marchant dans la neige, j'y ai pensé à cause de l'amour qu'il eut de Clara, et puis je n'ai plus pensé qu'à celui que j'avais de l'enfant.

V

Giuseppe eut donc une vie magnifique, c'est l'opinion que je me suis faite, et ce qu'il eut de Cuori relève encore de la compétente fatalité qui veut que les membres de cette famille échappent à l'Histoire afin de mieux se consacrer à la leur. Pour les épargner, il y a des faits, des dates, une intrigue ourdie sans eux, un genre coriace de lois des séries qui ne souffre aucune analyse : trop âgé pour participer à la Première Guerre mondiale, Giuseppe devait mourir dans son lit, octogénaire, après la fin de la seconde – sur les dernières photographies où il brave l'objectif d'un sourire auquel il manque deux dents : la joue broussailleuse, l'œil lavé, presque transparent, la lippe innocente, exaltée, du bon chien de berger, une fossette sabrée au menton, cette encolure énorme qui est la mienne et s'engonce dans mes épaules aujourd'hui.

Seul mon grand-père Annibale se mêla de faire une guerre, la Grande, avec l'enthousiasme que lui dictaient ses convictions monarchistes.

Les Cuori sont monarchistes quand il n'y a pas un empereur pour être au-dessus du roi, que cet empereur soit l'occupant français, autrichien, espagnol, et serait-il tatar, parlant turc et venu des sources de la Volga, stupéfiés d'adoration devant le nouveau Vandale, ravis de servitude et peu enclins à aller en découdre, de vrais agneaux – c'est ce qu'ils appellent leur "neutralité pacifiste". Faute d'empereur, monarchistes donc, et ce fut parce que le roi en personne décida de l'intervention de l'Italie dans le premier conflit mondial, ce fut sur un mot du roi que mon grand-père renonça à toute "neutralité pacifiste" et s'en alla en guerre, au lieu, par un subterfuge ou un autre, d'en contourner le front voire de déserter comme je crains que s'y soit efforcé notre lignage depuis des lustres ; c'est ici que, furieuse de devoir sa propre splendeur à un rat des champs et de s'entendre par là rappeler trop de choses *("... queste maniere da contadini... !")*, Carla se lance dans des recherches généalogiques éperdues, où l'on apprend avec soulagement ce qu'on subodorait avec fièvre : les Cuori ne sortent pas, crottés, de la glèbe ni, asservis, de la plèbe, que non, les Cuori ont toujours eu la fibre civile et mercantile, dont on trouve une poignée, nomadisante et négociante, au milieu chaotique du XVe siècle – les royaumes sont sans vrais rois, les seigneurs se font princes, les ligues se multiplient qui tuent les princes que voilà punis de s'être haussés du col, l'ambition des condottieri ne connaît plus de bornes, dont ce Colleone que Verrocchio pétrifia sur son cheval d'où il jauge la Sérénissime et ressemble si terriblement à Klaus Kinski, les papes ont regagné Rome et quitté Avignon, Côme de Médicis est à Florence, quand dans le duché de Milan, ceux de Modène et de Ferrare, les Cuori vendent ces tapis, ces parfums et ces épices dont ils continueront de faire commerce jusqu'au fugace épisode pastoral qu'incarnent le père de Giuseppe et Giuseppe lui-même, devant qui s'entrouvrait le marché fabuleux de la pharmacothérapie – celui de Morphée, d'Hypnos et des Furies qu'on décamisole, et prenez de notre Mnémorion si vous avez des absences.

Je n'ai jamais vu Carla en avoir, sauf en cas d'urgence ; rivée à une table à la hauteur de laquelle j'arrive à peine, elle pose ses lunettes sur l'arbre généalogique qui fait la roue, étouffe de ses ramures une infime ramille Bazzini, et les yeux de ma mère, meurtris, plus rouges que d'habitude, si luisants et suintants que je me demande si elle va en perdre tout le blanc, les yeux de Carla réfléchissent une vérité implacable : on ne trouve aucun Cuori sur un champ de bataille, soit, loin de s'y illustrer, c'est un mort sous les morts, morts vaincus de Custoza (le Custoza que Visconti filma dans *Senso*), ou morts triomphateurs de Magenta, mais ce défunt patriote demeure si fermement inconnu que je viens sans doute (ce barbaresco piémontais est excellent) de porter un toast à quelqu'un qui n'existe pas, tant à travers les siècles, ces successifs camelots paraissent insensibles aux gloires militaires : j'ai moi-même évité la conscription à cause de mes pieds plats qui étaient beaucoup mieux, rangés derrière ce bureau où je griffonnais l'ébauche de mes romans, ce qui chez moi induisait d'emblée toute une pathologie qu'on se garda de soigner des fois qu'elle prouvât son utilité (toujours ce prix Nobel).

En attendant, j'étais réformé et ainsi nous sommes-nous toujours fait excuser, sauf Annibale dont un éclat d'obus fracassa le genou en 1915 lors des offensives, plus stériles les unes que les autres, qu'on dut à un certain général Cadorna, sur le front de l'Isonzo, près de Trieste. L'obus était autrichien à cause duquel Annibale boita dans la seconde de nos échoppes, une vaste et resplendissante pharmacie dont la vitrine donnait sur une rue du même genre, la via Torino, et le laboratoire, à l'arrière : Annibale reprit la direction de l'entreprise Cuori comme le ferait mon père et comme je le ferai ; en tout point factieux, ataviques et dynastiques, pour l'être plus encore, nous nous serions volontiers mariés entre nous, à l'égyptienne, et si l'on s'en garda, ce fut de crainte que dans les veines de notre progéniture coulât le sang raréfié et maudit des lignages endogamiques. Nous nous en gardâmes parce que nous n'étions plus dans l'Egypte d'Amon et d'Aton, mais près du Vatican et que cela nous aurait fait remarquer. Seule sa boiterie fit remarquer Annibale qui, tentant toute son existence de remédier à l'atonie de ses intestins et de récupérer la flexion à quatre-vingt-dix degrés de sa jambe droite, périt dans la force de l'âge (sa distraction, son handicap) sous les roues d'une voiture noire lorsqu'il traversait à pied une artère de Milan tout à fait pareille aux autres, un soir de brume tout à fait comme les autres : “Noire comme la Charrette Fantôme”, disait Carla, et c'est tout ce qu'on sut de la voiture, de qui la conduisait, puisque la brume devait retomber sur cet accident comme sur tout ce qui concerne les Cuori, et ici reparaît l'importance déterminante de cette brume sur leur caractère, et leur promptitude à s'y cacher, dès que les offusquait une circonstance exagérée – qu'elle fût historique (de 1922 à 1945, Benito Mussolini) ou qu'elle bousculât le culte des dieux lares et ses observances, aussi strictement respectées que dans l'antique Latium (l'espace d'un été, Nora Neumann, qui n'avait aucune opinion sur Mussolini).

Outre d'être conforme à leur nature première, de passer à travers toutes les nasses de l'Histoire se révéla, entre les Cuori et le destin, un arrangement pérenne : mon père Attilio fut trop jeune pour participer à la Seconde Guerre mondiale quand elle éclata, comme mon arrière-grand-père avait été trop vieux pour la première. Attilio avait huit ans en 1940, et les culottes courtes et costumes marins que j'arborerai moi, car, garçonnets, nous étions de corpulence semblable – et d'autres vêtements d'Attilio, dès lors qu'on n'en décelait pas l'usure. Les Cuori ne sont pingres qu'en cachette, à la façon dont beaucoup sont alcooliques : après celui de l'envie, ils ont le vice de l'*incognito*, ce qui soulève, au cœur de la faction, la plus cruelle problématique puisque, tout en trouvant du confort à l'*incognito*, ils ont pour mission de se faire voir, qu'on voit d'eux ce qu'il faut, qui est du décent et pour qu'on ne voie que cette décence, prêts à des prodiges de metternicherie, mais souvent exemptés de cet effort : Carla et Attilio n'ont pas eu à se prononcer pour ou contre fascisme et Wehrmacht, ils se prononceront après, ils ont cinq et sept ans en 39, ils se marieront après la guerre et la plage de Numana, je naîtrai d'un père à qui l'état civil donnait vingt ans, qui parut toujours le double à mes yeux, par la faute d'une constitution chétive qui était aussi une mauvaise santé de fer, d'un dos voûté, de joues crayeuses, d'une malformation cardiaque congénitale qui lui interdisait la pratique d'à peu près tous les sports sauf le yoga, et de porter des valises, et qui le fit passer de vie à trépas sans qu'à ma connaissance il en ait porté une seule ; sous ces dehors exténués, Attilio n'était qu'une fourmi industrieuse et l'homme qui restait le plus tard le soir au bureau dont j'entendis jamais parler.

Cette figure caduque, je la tiens de lui tout entière, posée qu'elle est sur son socle, ce cou de taureau qui est d'un autre : de Carla, je ne tiens objectivement pas grand-chose – le fils unique de Carla sembla toujours vieux, qui naquit vieux d'un vieux de vingt ans, qui fut cet enfant robuste, mais qui faisait vieux, qui dut prendre son mal en patience avant de cautionner cette image de vieux que réfléchissaient les miroirs et les yeux d'autrui, jusqu'à ce jour où je rattrapai ce temps qui m'avait devancé – et renonça enfin à me desservir quand j'offris aux miroirs et aux regards la charpente patriarcale, le cheveu pauvre et le menton étagé du quadragénaire de race blanche.

Pour en finir avec rois et despotes, et à propos de ces passe-murailles du siècle que furent les Cuori, il y a ce que dit Carla, ce qu'elle distille au compte-gouttes pour éviter la suspicion que ne manque pas d'éveiller un silence trop obstiné : la portaient-ils, cette chemise noire que je vois flotter au gré de mes cauchemars ? Il y a que, pour un Cuori, tous les despotes sont éclairés sauf, à en croire Carla, ce Mussolini qui les terrifia de ce qu'elle qualifiait de *turbulences*, et puis cet homme avait été un socialiste, un révolutionnaire, c'était à n'y rien comprendre, et comment ne pas se méfier d'un tel retournement et de ce que, à la fin, ce dictateur eût été trop dictateur, passant les bornes comme aucun monarque ne se l'était permis, et à propos de ce Victor-Emmanuel III, comment avait-on laissé sur le trône un nabot passionné de pêche à la ligne, comment, quand on pense que le nabot, applaudissant aux quatre volontés du fou de Romagne, alla jusqu'à lui confier les rênes du pouvoir… ?

Dans l'esprit de ma mère, le troisième des Victor-Emmanuel restait le seul roi qu'on destitua à juste titre, et elle lui en voulait beaucoup d'avoir été trop petit, un faible, un attaquable : avec un vrai roi, rien n'aurait eu lieu de ce fascisme, et comme la famille, au temps d'Annibale, avait bien fait de ne pas s'acoquiner avec le fou *puisque* le destin du susdit était de perdre : la violence avec laquelle on le porta au pouvoir n'augurait rien de bon (chevrotait Carla, témoignant de dons pythiques un peu après coup), et rien d'autre que celle de sa mort, ignominieuse s'il en fut, au bord d'un lac de Côme si romantique (s'égarait Carla, l'œil noyé et stendhalien), aux côtés de sa maîtresse, car en plus ce Benito était un débauché, et les cadavres de ces deux finissant exposés à la devanture d'un garage, *horresco referens*… (et la narine de Carla frémissait en effet, et puis elle se reprenait, ayant casé une citation latine)… Pourtant, c'était bien le même individu qui disait : "Je prends l'homme au berceau et je ne le rends au pape qu'après sa mort", tombait une seconde citation, et dans les yeux de ma mère qui allumait un Schimmelpenninck, passaient une nostalgie, un désabusement, une rancœur contre ce *Duce* qui n'avait su conduire le pays qu'au chaos, état aussi condamnable aux Cuori que la faiblesse, ce même *Duce* qui avait péché par trop d'ambition personnelle, risible grandiloquence d'autodidacte (où saint Matthieu verrait deux yeux, une paille et une poutre…, jugeais-je, bouffonnant, détaché, m'essayant au cynisme – pas mieux qu'elle), ajoutez à cela un manque de doigté certain, pour être le meneur d'hommes que les Cuori eussent peut-être suivi au temps d'Annibale, et lui-même en boitant, au lieu de se méfier à bon droit de cette brute et de son régime – auquel on aurait pu se faire s'il avait duré, et s'il n'avait pas duré, c'était de sa faute, à cet homme, il l'avait cherché, et dans les yeux de ma mère passaient et repassaient un manque sexuel de dictateurs, et des drapeaux, des insignes, des uniformes, l'ombre tant convoitée du singe en chef, un regret pudique que le fascisme n'ait pas marché (cette pudeur : le regret d'un viol qui n'a pas eu lieu, le forcené ayant pris le large au premier cri – il avait de beaux yeux), une interrogation sur le fait qu'Annibale et les siens n'aient pas suivi ce tribun tonitruant quitte à s'en repentir ensuite ; puis un contentement tranquille lui lissait tout le visage, puis l'œil exaucé, elle remerciait Dieu, autre et seul vrai *Duce*, pour avoir promptement et prudemment conduit ses brebis hors du péril totalitaire, puis ses yeux se faisaient caressants en mémoire d'Annibale et de la sûreté de son jugement à propos de ce Mussolini qui ne valait rien, voilà ce qu'Annibale avait flairé quand les autres hurlaient avec les loups… Et ce jugement, il n'aurait jamais fallu l'attendre en quelque matière que ce soit de son épouse Lella, authentique crétine, plus encore que Clara, et vraie teigne au contraire de la pauvre Clara, et souvent elle repartait sur cette Lella qui, menacée de lobotomie par le corps médical et un diagnostic béni à l'unanimité par les miens, disparut un jour en passant par une fenêtre pour s'échouer on ne sut jamais où, et c'était une Cuori manquante au Cimetière Monumental où on ne l'attend plus, où l'on m'attend moi vers 202…, *et qui vient encore de souffler sur ces points de suspension* ?

C'est qu'ici et maintenant, le vent redouble et que je vois s'avancer mes deux petites-filles toutes décoiffées et prêtes à ranger leur raquette de tennis parce que c'est l'heure du goûter, qu'elles sont aussi sportives que gourmandes, qu'il y a des sablés de ricotta avec le thé, qu'elles ont très soif, c'est la soûlerie de soleil et l'air qu'alourdit le sucre des fleurs, c'est l'été romain où, via Appia, quand les martinets strient le ciel rose comme les lauriers-roses, je m'en vais écrire non plus devant la piscine, mais à l'ombre des chambres. J'ai soixante-neuf ans et mes petites-filles, une Ottavia, une Gina, deux ans de moins que Nora N., celle de Munich ; ce sont des jumelles monozygotes, et il y a une chance sur deux que je sois capable de savoir laquelle ce matin a encore jeté son ballon au-dessus du mur des Ricordati, laquelle tout à l'heure se crucifiant aux cannisses les a défoncées en partie, Gina-Ottavia sont quelque peu brise-fer et ne tiennent rien de ma modération. Gina-Ottavia tiennent de Clara de longs yeux en amande retroussés aux tempes, ce qui leur donne toujours l'air vif et joyeux, et lorsqu'elles pleurent, elles savent l'effet immanquable des yeux ailés dont l'angle externe ne s'abaisse pas pour autant, et qu'elles semblent toujours prêtes à rire à travers leurs larmes, que par la vertu magique de leurs yeux de faon, il s'en faut d'un rien pour que le malheur recule à cause duquel elles pleurent, qu'en conséquence on leur donnerait n'importe quoi pour qu'elles retrouvent leur bonne humeur et affichent à nouveau la malice éternelle des *putti* de Florence : “Elles ne sont pas faites pour le malheur, ça se voit à leurs yeux”, convient sa mère qui est ma fille. Certes non, dis-je à ma fille et puis je ne dis plus rien, je ne veux qu’une chose, c’est qu’elles courent toujours dans des jardins parfumés avec de grands chiens blancs, qu’elles trouvent un mari aimant, qui les respecte, que leur passage ici-bas soit aussi frayé et virgilien que possible et semblable à ce mois de rêve et de liberté qui pour être provisoire n’en a que plus de saveur, ce mois d’août qui revient chaque année avec tout autant de cette liberté provisoire que, fort d’idées avancées sur l’éducation des fillettes, je leur accorde, et je voudrais l’impossible, qu’elles ne connaissent rien d’autre que des mois d’août dans cette campagne romaine qui est un royaume de mansuétude caressante et tiède comme le vent sur leurs joues brunies.

Ainsi, et que, ces lieux d’azur, elles ne les oublient jamais, qu’elles en retrouvent le chemin si on les en égare quand je ne serai plus là. Vous voyez, je les aime du fond du cœur – et maintenant, arrêtez de tourniquer autour de la table et de monter sur pointes pour lire au-dessus de mon épaule, des fois que j’aie commencé un roman policier ou quelque chose qui vous branche, laissez le chroniqueur châtier son style le mieux qu’il peut, vous deux, et allez prendre ce thé sous la ramée, la charmille ou le charme – où vous voudrez et où de toute façon on vous le servira. Oui, elles auraient pu être odieuses, le dispositif était en place pour qu’elles le fussent or elles sont riches et, les trois quarts du temps, gentilles que c’est à n’en pas revenir. Le sang de Clara, je ne vois pas autre chose pendant qu’elles se brûlent les lèvres avec leur thé et me fichent la paix.

VI

Le temps d'une gorgée du thé que lampait Carla et avec laquelle je m'étranglais en pensant au Cimetière Monumental, Lella mourait une seconde fois dans la mémoire de tous, de ma mère en particulier et de façon synchrone à celle du *Duce*, ma mère faisait alors la mine béate de qui nage dans l'irresponsabilité quant aux intrigues d'un monde que Dieu seul gouverne, elle rejetait son épaule en arrière (un tic nerveux) et par-dessus cette épaule, ces temps lointains du fascisme et des conflits mondiaux, qui ne reviendront plus – c'est ce qu'elle jure, que c'est de l'histoire ancienne, et elle parie que ce soir, à l'heure du dîner, Attilio va encore oublier de descendre de sa tour, presque aussi haute que la Pirelli et mieux que la Pirelli qui est plus vieille, qui est le premier gratte-ciel européen, ce qu'on ne peut lui contester, bref les poules auraient des dents lorsque Attilio daignera s'asseoir à table en même temps que tout le monde et non débarquer au milieu du repas comme le Juif errant, puis elle me lance un regard noir, m'informe que le coiffeur est pour demain car cette coupe en brosse n'a plus l'air de rien, Massimo caro.

L'interpellé a quinze ans, sait qu'au cérémonial des dîners, Attilio préfère celui des crépuscules sur la cité ambrosienne, que de son bureau sous les nuages, mon père à tête d'oisillon a le sentiment de régner sur la Lombardie tout entière, sur les lacs Majeur et de Garde et de Côme et jusqu'aux Préalpes qu'il prétend discerner à l'œil nu, pourvu qu'il ait pris un petit verre pour accroître le plus jupitérien plaisir de sa vie qui est d'être seul au sommet de la tour Cuori, dans cet Olympe cerné de l'immense halo éteint, couleur de brique, des lumières de la ville, face au soleil couchant, se lisant un peu de D'Annunzio à haute voix.

A propos de la chemise noire, tous ceux qui auraient pu démentir les allégations de Carla étaient morts, Attilio ne vivait que pour vendre des pilules et s'acheter un musée, et le silence retomba sur ces années-là, 1922-1945, comme la brume sur le Milan de jadis, lorsqu'elle enfumait Attilio dans sa tour, lorsque la richesse nous enfumait comme des bêtes dans leur gîte, lorsque j'avais quinze ans et que j'apprenais à devenir un faux-semblant.

Il se peut aussi que Carla mente complètement, qu'elle ait toujours menti avec la conviction formidable de ceux qui ont oublié qu'ils mentent, il se peut encore qu'elle mente sciemment, de sa voix obscurcie par trop de cigares hollandais, de cette même voix qui dit qu'elle croit en un Dieu qu'elle ne verra jamais, au message non écrit de Son fils né d'une vierge, vous n'en tirerez rien d'autre, et elle ajuste les tulles sombres de ses chapeaux importables, et le tulle retombe sur son visage osseux et gras, quand les brouillards se lèvent sur une autre scène, celle du deuxième bal, après celui de l'Ombrie.

DEUXIÈME PARTIE

Cueille ce triste jour d'hiver sur la mer grise...
Te souviens-tu de Marienlyst ? (Oh, sur quel rivage,
Et en quelle saison sommes-nous ? je ne sais.)
On y va d'Elseneur, en été, sur des pelouses
Pâles ; il y a le tombeau d'Hamlet et un hôtel
Eclairé à l'électricité, avec tout le confort moderne.
C'était l'été du Nord, lumineux, doux voilé.
Souviens-toi : on voyait la côte suédoise, en face,
Bleue, comme ce profil lointain de l'Italie.
Oh ! aimes-tu ce jour autant que moi je l'aime ?

VALERY LARBAUD,
Les Poésies de A. O. Barnabooth,
Carpe Diem...

VII

C'est après la dernière guerre et avant la prochaine qui ne connaîtra sans doute pas l'heureux sort que Giraudoux consent à celle de Troie ; c'est la première nuit de 1975, à l'hôtel *Vier Jahreszeiten* de Munich, que se déroule la scène initiale, avec l'enfant, la mère.

L'enfant, la mère sont encore hors de vue, la *Festsaal* du palace bavarois est comble, l'orchestre assomme à larges coups de cuivres les trois temps d'une valse de Strauss devant un parterre en majorité teuton, une poignée de Scandinaves, quelques Italiens du Nord puisque je suis là et que j'ai vu pour mieux les éviter quelques têtes de connaissance, une pincée de touristes levantins, une autre de Sud-Américains qui vaguent dans la foule pénombreuse, contournent, effarouchés, de retentissantes Allemandes en robes du soir, fardées à la truelle et tout aussi miroitantes que les sapins de Noël qui se dressent ou se rencognent un peu partout dans la ville de Munich : il y a cela de l'enfance, et cela de vrai, les sapins soyeux, hauts transfuges de la forêt qui encensent d'entêtante résine chaque étage du *Vier Jahreszeiten*, il y a déjà la soie et le parfum profond de la résine, celui des pinèdes romaines, et déjà aussi, du conte nordique, cette sapinière parée, plantée dans tout l'hôtel depuis le hall jusqu'à la *Festsaal* où j'étouffe des bâillements de hyène… Il ne s'agit plus que de mettre au lit au plus vite mon adulte compagne, cette Frederika si terriblement pareille aux autres noceuses de cette nuit-là, toutes ornementales et empesées, cette Frederika qui arbore pour l'occasion le gouffre rédhibitoire d'un décolleté grand genre, cette fente violente et sombre au milieu de sa gorge pavoisante, de quoi téter gaillardement, se souvenir de sa mère et se sentir lilliputien ; rien à faire contre mon horreur de ces globes à la consistance incertaine qu'elles surhaussent et coincent l'un contre l'autre dans un but de beauté, et rien à faire, collet monté pour leur amant et gorges pavoisantes dès qu'il y a foule pour les voir – et rien encore pour tromper l'ennui massif que sécrètent ces Junon germaniques, et j'ignore si c'est l'ennui, une mauvaise ébriété ou le pas prussien de ces solides Bochesses qui me consternent le plus.

Deux heures ont passé (assez pour que, terrassé, je n'aie plus que l'envie de retrouver ma chambre et un Fernet-Branca) depuis celle, sous le gui, d'une empoignade hasardeuse, des museaux de tanches tendus un peu partout, des baisers pointus, perdus, sociaux et solitaires, des vœux empreints, eux, d'une péremptoire solidarité de caste : sans de conséquentes fortunes, ces gens iraient ailleurs fêter l'an neuf, Glückliches Neues Jahr, Happy New Year, Muchas Felicidades et autres auguri di capo d'anno, autant de serments d'ivrognes et autant de choses que j'abhorre et pourquoi, par quelle lâcheté, n'ai-je pas opposé un ferme veto à la requête de cette comtesse allemande dont je me suis entiché vivement, à la diable, dont j'ai la conscience la plus aiguë, cette nuit-là, de m'être détaché de la même façon – et non, Frederika, les trois cent soixante-cinq jours à venir et aucun des suivants ne nous verront derechef attablés dans une guinguette de la vallée de l'Isar, ni, au saut du lit, dans le peignoir blanc des hôtels de luxe, les hôtels, parce que cette femme est mariée, et il ne me reste plus pour la paix de mon âme qu'à cajoler la pensée on ne peut plus triviale qu'elle l'est à un titre nobiliaire et à des aciéries et cimenteries du côté de Düsseldorf, qu'en conséquence elle me regrettera avec une aigreur altière et inébranlablement muette, dispensant à son époux tant de sourires compensatoires qu'il n'en reviendra pas, cet homme.

Les parfums commencent à virer, la migraine de me monter aux tempes, et toute cette joaillerie m'aveugle dont il y a assez, du crâne où tremblent des aigrettes d'oiseaux méchants, au creux de casques, turbans et macarons sertis de la demi-lune frontale d'un diadème et pétrifiés par la laque, assez de haut en bas, et au col, poignets et mains de ces puissantes harpies pour racheter la moitié de Düsseldorf, à supposer que leurs vrais bijoux ne soient pas en sûreté au coffre-fort, arbitrai-je – et cette nuit manque toujours me tirer des larmes parce qu'on fête là des jours qui ne reviendront plus, parce que le monde entier est soûl et à Munich plus qu'ailleurs sans qu'il soit besoin de l'accablant alibi de la Saint-Sylvestre, que j'ai horreur des gens soûls comme des décolletés, il a vraiment fallu que Frederika insiste, qui voulait montrer le sien et qui raffole du champagne, j'esquisse donc une ultime politesse, qui est d'attendre encore un peu pour la remonter dans la chambre, et il me reste à promener sur toute cette licence un œil dolent, sans espoir qu'il s'y passe rien que je ne sache déjà – juste en me tenant compagnie.

Il se passe justement quelque chose d'attendu : une autre valse, et voici que s'accouple cette colonie de mamelues et de manchots en smoking, lesquels tout à l'heure s'essayaient à des navettes incertaines à travers la salle du banquet : ce soir Petrone est munichois et je n'ai jamais tant regretté les tricliniums où au moins on pouvait s'étendre, qu'au moment d'entrevoir ces gérontes mal emboîtés s'accolant à leurs cavalières qui ne sont guère mieux, qui jouent de partout comme des bois hors d'âge, dont on sent le ligament durci, écartelé au feu du rhumatisme – tous clients des homologues tudesques de nos laboratoires, ceux-là qui tournent ensemble, doigts haut entrelacés, salueurs coxalgiques d'une année que peut-être ils ne verront pas, luttant à cause du Strauss avec un corps qui s'oppose à toute rotation, encore un petit tour et les valseurs vont s'écrouler tout d'une pièce, les charnières sèches, crampés et cliquetants comme la mort aux horloges. Ces mêmes horloges qui cernent le vieux qui écrit aujourd'hui, qui se souvient de cette nuit où il n'était pas vieux, de cette nuit où il ne le sera que dans les yeux hautains de l'enfant qui va venir, et disparaîtront ces autres, leur raideur égarée que je connais trop bien, je suis né de ces gens-là.

Au jeu de cache-tampon, on dirait que *ça brûle*, mais je ne sens rien brûler ni ne vois rien venir, j'entends seulement le vœu de Frederika : une coupe de champagne, une dernière, et voici qui finit de me rassurer, la coupe bue, impossible de surseoir davantage à l'heure du coucher, au pieu, comtesse, sinon elle pourrait bien chuter de cette chaise où la pauvre boit en grand respect de mon silence, trouve que je me tais un peu trop fort, et puis pas d'invitation à la valse, elle en pleurerait, elle a cela des femmes mûres et éméchées, de redevenir fleur bleue, soudain affolée d'un amour qui lui revient en force, comme le sang aux joues et un petit rouge de clown au nez, toutes choses qui se tassent à jeun. Allons quérir cette coupe, dont je n'attends que les vertus somnifères.

Dans leurs chandeliers d'argent, les bougies croulent sur la nappe des buffets, des reliefs de ce festin digne de l'appétit d'Odin, on nourrirait une tribu ivoirienne, quand, du trésor de ces belliqueuses Gudhrun qui, ornées de milliards, me serrent de près, on pourrait tirer assez non pour racheter la moitié de Düsseldorf, qui donc voudrait racheter la moitié de Düsseldorf avec Frederika dedans, oublions ce Düsseldorf – Dieu que j'étais moral et désespérément sérieux quand j'avais vingt-trois ans –, *champagne bitte*, et toutes les mains en l'air, et si l'on écarte l'hypothèse du coffre-fort, cent puits forés en Mauritanie et sauvé de sa gangrène, ce Calcutta, cette léproserie de miracles dont je revenais alors.

L'orchestre tente *My Way*, Frederika boit la coupe puis, suave condamnée, se réfugie dans le sommeil, son chignon dodeline, je la hisserai un peu plus tard et ne réveillonnerai plus jamais dans un *Vier Jahreszeiten*, et plus jamais ces années d'avant le *Vier Jahreszeiten*, il m'apparaît soudain que c'est leur fin, que l'heure a sonné où d'une poigne résolue et sans me demander mon avis (lequel il connaissait : j'étais d'accord), mon père me sédentariserait derrière un bureau cerné par le ciel et beaucoup de secrétaires toutes assez gracieuses et à lunettes : ainsi, au sommet d'une tour de verre, pivoterai-je sur un fauteuil de cuir noir pour éviter de considérer la pile de dossiers dont le sort dépend d'un ukase de ma personne, pivoterai-je librement dans les rotondités du cuir noir en cherchant le Sîmorgh dans un ciel vide d'oiseaux et la pierre de Sigiriya dans l'escarpement d'un nuage, et voyez jusqu'où va la liberté, *délivré* (mais il faut dire guéri) du virus de l'écriture que combattait si bien mon caractère comme grâce à des anticorps naturels, démissionnaire à fond, vendant du sommeil et vendant du chasse-spleen (le vin français homonyme est excellent), regrettant les soleils de Simla et ces stations de ski himalayennes qu'un bon, un solide mariage me fera troquer, c'est inévitable, contre celles des proches Dolomites.

Ainsi ne serai-je pas tout à fait comme les autres, demandant à une secrétaire qui plaisamment s'assoira en face dudit bureau dont je ferai le tour pour habilement, courtoisement, me caler dans un autre fauteuil près d'elle (naturellement, ce fauteuil-là est en contrebas du bureau), y prendre place et racine, mes aises et un cigare de La Havane, mais quelle puanteur donc ces Schimmelpenninck, ainsi serai-je différent, demandant à celle-là qui a de jolis yeux derrière de grosses lunettes et des genoux fins sous sa jupe qu'elle ne tirera pas autant qu'elle tire ses cheveux, de me lire des poèmes de Rimbaud et marre de D'Annunzio, et peut-être alors commencerais-je à ressembler à un morse à cou de taureau, le morse à cause de mes grosses canines, chaque jour davantage ce morse, *Mademoiselle* demain ce sera *Le Portrait de*

Dorian Gray pour changer avant que je ne mette au programme *De profundis* pendant que mon épouse m'attend et que manque au ciel le Sîmorgh qui ne brûlerait plus une seule de ses plumes pour me donner signe de vie, ce sont des choses à considérer *Mademoiselle*, ah Sophia, et c'est Sophia, je vous écoutais, c'est que je la connais par cœur cette *Saison en enfer*. Au fait, le Dormentor peut avoir de fâcheuses interactions avec le Sérénal, "O saisons, ô châteaux, Quelle âme est sans défauts ?", mais c'est, Sophia, de votre voix que je veux l'entendre, qui est si jolie qu'on ne s'en lasse pas plus que du noir de vos yeux derrière vos considérables lunettes, vous devriez faire attention avec votre rimmel, vos cils collent par paquets et elle me regarde terrifiée, battant de tous ses paquets et attention aussi si vous les défaites à l'aiguille, mais qu'y a-t-il donc Sophia, un peu plus et elle pleurait, nous en arrivions à : "… Doux comme le Seigneur du cèdre et des hysopes, Je pisse vers les cieux bruns, très haut et très loin, Avec l'assentiment des grands héliotropes", ce n'est tout de même pas ça, et savez-vous ce que sont Simoun et Sîmorgh, la pauvre courra demain vers ses dictionnaires et ira le cil nu, ainsi serai-je attentif à mes subordonnés, à leur culture et à chaque détail de leur quotidien, ainsi serai-je un poétique patron de gauche et ne comprendrai-je pas pourquoi la fille vient de craquer, le front entre ses mains, est-ce que j'ai une tête à licencier les gens au débotté, non, j'ai plutôt une tête de morse et si je conserve dans le formol de nos laboratoires les têtes environnantes, c'est parce que j'ai simplement horreur d'en changer, allons Sophia, et de tendre mon mouchoir à la fille, allons donc, je lui suggère d'aller chercher un kleenex afin que nous passions encore un petit moment, tranquilles au sommet de la tour, à savourer l'*Oraison du soir* et les plus beaux vers du monde pendant que le fiancé de la fille se soûle à la trattoria d'en bas et qu'elle ne le trouvera plus, il aura filé avec une autre, mais je ne l'apprendrai que demain et il est merveilleux de ne savoir les choses que trop tard, eh bien si j'avais su, et je cajolerai des *trop tard*, la fille aura une augmentation et ces verres de contact qui, ne me plaisant pas, me feront hésiter à la garder pour avoir chaque jour sous le nez les cernes épouvantables que lui valent les rimbaldiennes heures supplémentaires lesquelles, en revanche, n'ont jamais été payées, et ainsi jamais, au grand jamais ne me confondra-t-on avec ces devanciers qui avaient une trogne à avoir été fascistes sous Mussolini et appelaient à leur lutte finale, ainsi de moi, épris de paix, morse et gentil.

A l'hôtel de Munich, la main de Frederika floconne, inerte, dans la mienne, et il va me falloir la réveiller pour, conformément à mon intention première, *zu Bett gehen*, or je prends conscience que je n'ai aucune envie qu'elle se réveille, jamais, parce qu'elle va me faire ses yeux de chien pire que la secrétaire de tout à l'heure et que je préfère commencer l'année en portant un toast à ce Giuseppe de mon cœur, au nombre de Lazare exhumés qu'on lui doit, au nombre d'ingambes qui avaient tous fait ou envisagé de faire, à un moment de leur calvaire arthritique, un pèlerinage à Lourdes, Jérusalem, La Mecque ou Bénarès, au gré de leurs convictions religieuses. A ce propos, Frederika est d'une catholicité aussi fervente et sommaire que Carla, mais elle trompe son mari : hier la même circumambulait, extatique, autour de la hideuse crèche du *Vier Jahreszeiten*, contemplant le Fils de l'Homme, poupon rieur et rose, avec tout ce qu'il y a de bien-pensant, et, ravie de cette crèche et de la sainte nuit à venir, se serrait fort contre moi – ce Noël munichois fut tolérable, qui mena les fornicateurs dans une des plus belles chambres du palace, jusqu'à cette autre nuit païenne, celle de l'enfant, de sa mère.

L'orchestre attaque l'ouverture de *La Chauve-Souris*, et encore une chose qui, sans mon aïeul de la Lomellina, aurait eu infiniment moins de chances d'avoir lieu, c'est cette scène initiale, car comment me serais-je trouvé dans les marbres et les stucs et les miroirs et les velours d'un des plus dispendieux hôtels d'Europe, comment aurais-je été de la partie ce soir-là sans gigoliser une Frederika qui, dans ce cas précis, aurait laissé libre cours à la possessivité de son tempérament, marché dans mon ombre et sur mes talons jusqu'au buffet, vu la scène interdite, puis, dans une immanquable fureur, arpenté à mes côtés les rues de Munich sous la neige par moins sept degrés Celsius, ceci sur le coup de trois heures du matin, au risque de tomber sur des ivrognes moins pacifistes que ceux du *Vier Jahreszeiten* – errance que j'allais m'octroyer bientôt et à laquelle elle n'aurait rien su m'opposer, même si elle n'avait pas bu un fleuve de champagne et Dieu sait qu'elle ne supportait pas l'alcool. Ainsi, c'est ivre morte, des confettis parsemant un chignon semi-défait, des serpentins déroulés et le sucre d'un beignet émietté sur les genoux anguleux qui éperonnent la mousseline de sa robe, que nous allons laisser pour toujours sur sa chaise ma comtesse allemande, que nous aurions laissée ici de toute façon parce qu'elle avait fini de me plaire et parce que quelque chose d'inoubliable est en train de se passer.

Il est deux heures trente à ma plate montre en or, quand l'ivresse et son vent de torpeur ont fini de disperser au hasard ceux dont les yeux somnolents ne verront rien de l'inoubliable, quand je pense expédier pour de bon Frederika au lit et me détourner de la bacchanale germanique qui, la nuit avançant, n'est plus qu'une kermesse ensorcelée où rois et reines sénescents et héritiers de la couronne auraient fait carousse avec chambellans et marmitons desquels, à l'instant où une année versa dans l'autre, on ne les différenciait déjà plus ; tirant ma chaise, je m'apprête à souffler des paupières de ma maîtresse le pollen magique qui, tout comme chez Shakespeare un ancien été d'Athènes, plonge dans un sommeil de plomb les figurants de la scène à venir : et elle était comme taboue d'avance, cette scène, lorsque j'assistais à son prélude, soit l'amorce d'un ébranlement compulsif, inattendu et à peu près général, un mouvement de troupe où l'on décelait grossièrement un dernier sursaut de volonté, une ultime bouffée d'énergie – lorsque, dans une pénombre naufragée et blêmie de l'éclat tranchant des lustres à pampilles, je vis les goules du *Vier Jahreszeiten*, comme pour conjurer une famine féodale, fondre sur les vestiges du banquet de toutes leurs serres diamantées, en vol de rapaces somptueux et dépenaillés, et maculer aussi bien les tissus précieux de leurs robes du soir que la nappe des buffets : de la nature morte que composaient les kilos restants de saumon fumé et frais, de pâtés, rôtis en croûte et volailles farcies, rien ne devait rester ni se perdre sous le seul effet du temps, ni la dent des larbins (d'impassibles, d'authentiques membres du personnel, reconnaissables eux à ce qu'ils se tenaient droit), ici les yeux fardés et les serres baguées jettent des étincelles et les poitrines à l'étal se soulèvent sous les parures qui pèsent le poids d'un pectoral pharaonique, et luisent les ongles laqués et l'Apocalypse est manifestement pour demain, au moins celles-là sont au courant, ou après-demain, le temps qu'elles aient mangé les reliefs sur lesquels elles referment leurs griffes (pas même prolongées de fourchettes, elles y vont à mains nues), pour les glisser dans les doggy bags apportés à cet effet et, jusqu'au moment de la rapine, décemment rangés au vestiaire… Il se peut encore que j'en ai loupé une qui fourrait lestement d'une cuisse de poulet en gelée la doublure de satin d'un sac brodé de perles, et le mur de Berlin n'est pas encore tombé et une enfant qui n'a l'air d'appartenir à personne vole à elle seule plus vite et mieux que les autres, entasse tout ce qu'elle peut dans son sac (un cabas de plastique), et c'est la seule princesse de ces lieux qui me regarde pendant que sa duègne bourre plus posément mais jusqu'à la gueule son propre cabas et que tout autour s'effondrent les baudruches usurpatrices des rois, des fous et des hérauts, et la seule princesse est une enfant pauvre et la duègne, selon toute vraisemblance, sa mère qui est à la colle avec le cuistot ou un des maîtres de cérémonie de l'établissement. Je me suis levé, j'ai été vers le buffet.

L'année nouvelle n'a pas trois heures et blancs comme la neige qui tombe dehors sont les cheveux de l'enfant qui se retourne sur le seuil de la *Festsaal*, me sourit de ses dents plus blanches encore que ses cheveux et la neige, on dirait que la craie radieuse d'une ampoule nue éclaire cette enfant des pieds à la tête, tandis que la salle se vide de gens que je ne reverrai jamais avant leur mort, dont elle.

Dans la chambre, le menton de ma comtesse allemande choit sur un cou que cinglent déjà les petites cravaches de la trentaine, la dernière flûte de champagne a roulé sur la marelle usée de l'Occident – ce que j'ai dit plus haut n'est pas tout à fait vrai, et nous n'aurions pas laissé Frederika inanimée sous les lustres à pampilles : un profil perdu de la comtesse encore, que j'ai surpris à mon retour à l'hôtel, penché au-dessus du lavabo, la pauvre a été si malade, qui ouvrait à peine un œil empoissé quand je suis sorti. Je suis sorti et j'ai marché dans Munich où je n'espérais retrouver personne, je serrais juste sous mes paupières l'image de la fillette famélique, et la neige tombait et retombait comme un soir de Noël, sur la petite d'Andersen, celle aux allumettes. La neige tombait et retombait comme sa jupe l'avait fait sur ses jambes, que je vous dise, elle ne devait pas avoir plus de douze ou treize ans et je la vois de très près pour toujours avec ses yeux comme des bouquets de violettes, ses grosses lèvres gercées sous le fard et peut-être avait-elle trop bu elle aussi et peut-être pour une des premières fois de sa vie, elle était si jeune, et il y avait sur elle ce nimbe de phosphore cru qui faisait paraître le blanc de ses yeux et de son visage comme aussi surnaturellement brillants que ceux d'une statue d'Amon dans la crypte obscure où la sentinelle divine veille le lever de tous les soleils, et elle aussi avait ce hiératisme de ronde-bosse égyptienne, cette grâce raide et charmante, et elle aussi se détachait de l'ombre, celle-là multiple et sans importance. Ce hiératisme, elle l'avait mis dans ce geste de relever sa longue jupe qui bâillait à la ceinture et cassait à ses hanches les plis de la misère, sur ses jambes et au-dessus de ses genoux, sur ses jambes gainées de la soie de bas imprévus, et ce geste était d'une austère diablerie dont je n'avais jamais vu la pareille – qui n'était sans doute que celui d'une fillette un peu ivre et tout juste pubère que prostituait sa mère.

*

C'est cette scène que je revois sous la neige, aveuglé par la neige et marchant, c'est cette enfant, l'indécence inexplicable de cette enfant dans la salle du palace que je revois, de plus en plus près, comme par l'effet d'un zoom photographique. Elle a du rouge à lèvres, emprunté à sa mère comme elle a emprunté la jupe qui n'est pas à sa taille à une cousine ou voisine, qu'est-ce qu'on sait, un rouge grenat qui lui saigne les lèvres, qui la fait paraître encore plus pâle. Aucun autre fard, ses cils sont clairs sur ses yeux bleu-noir. Avec le haillon flasque de la jupe à lés sombre, elle porte un corsage qui contraste, un corsage de gosse à manches ballons et col Claudine, empesé par le fer. Le corsage est d'un rose tendre, dont la manche ballon s'évase, trop grande, à son coude osseux. Les chaussures sont des ballerines de daim éculées et aussi lustrées que la jupe. Rien d'elle ne m'a échappé, comme si mes yeux avaient déjà aspiré et bu chaque détail d'une grâce qui blesse comme le gel, le silex. Elle a des mains de petite guenon, abîmées, sans ongles, elle se les ronge, je l'ai vu aussi précisément que les motifs des dentelles du porte-jarretelles qui tient on ne sait comment à ses hanches de garçon, et la transparence de la culotte, incrustée des mêmes arabesques noires – à cause de la prestesse de son geste qui évoque autant celui, mécanique, d'une folle, que celui, tactique, d'une Phryné, je n'ai pu que deviner, sous l'écran ombreux de la culotte, la fente brève d'un sexe poli et nu, ou à peine duveté ou rasé, qui ressemble à une amande fraîche. Il y a aussi ce bas gauche qui a filé, dont l'échelle escalade sa jambe à la cuisse creuse de maigreur, ce sont des jambes sublimes, ces jambes, pour rester du côté de chez Andersen, sont douloureusement sublimes comme celles de la petite sirène après qu'elle s'est fait trancher sa queue de poisson, loin sous la mer, loin sous la terre, pour l'amour d'un prince qui vit dessus. Ces jambes disent déjà la cruauté. Elles sont, jusqu'à l'aine et la hanche, comme excavées au couteau dans un matériau particulier, un genre de cristal noir, et les bas noirs renforcent cet effet de la maigreur. Les pommettes saillent de cette maigreur, encore plus quand elle sourit et elle ne doit pas sourire souvent, c'est une idée que j'ai, même souriante elle a la gravité extrême des enfants. Seule reste de la chair sur sa bouche peinte, trop grande pour son visage, une bouche comme une tranche de mangue presque noire tant le rouge à lèvres est foncé, une bouche de pipeuse, aussi. A ce moment de cette nuit-là je ne pense qu'à la trouver, lui donner de l'argent. Qu'elle ouvre cette bouche pour de l'argent, qu'elle l'ouvre pour me parler, se laisser nourrir, qu'elle l'ouvre contre la mienne.

Or pas plus que ma comtesse de Westphalie, pas plus que Frederika, je ne reverrai donc la fillette du *Vier Jahreszeiten*, celle-là avec son geste qui, dans son incongruité, avait quelque chose d'une noblesse lunatique et hautaine – c'était, ces doigts qui retroussent le tissu bon marché d'une jupe noire, le geste de mépris impérieux d'une main qui triche et qui gagne, qui d'ores et déjà figurait pour moi le souvenir le plus inclassable que ma mémoire recomposait avec une exactitude dont je la croyais incapable, plus j'allais dans les rues sous la neige par ce froid à mourir.

Elle va au vestiaire, quand elle en revient, elle a enfilé un manteau de laine rouge, un duffle-coat. C'est dans le duffle-coat rouge qu'elle est, quand elle me rapporte son sourire, comme un cadeau, une offrande qu'elle tient devant elle, sur le seuil de la grande salle. Au vestiaire, elle a remis le rouge à lèvres couleur de vin vieux qui avait filé, forcément, entre l'instant de son premier sourire, celui de son geste et cet autre où la jupe lui battait à nouveau les mollets, où elle m'a tourné le dos pour se jeter à nouveau sur le buffet et finir d'y chaparder tout ce qu'elle pouvait, cet instant où, aussi vite que pour relever sa jupe et me montrer ce qu'elle avait à vendre, ce qu'elle avait de mieux parce que de la taille aux épaules, elle n'avait encore aucune forme de femme, elle a englouti les restes crémeux d'une bavaroise et deux choux à la crème, en s'en mettant partout, comme un chat, d'un mouvement de glotte, quitte à s'étrangler et comme si les maîtres d'hôtel, le patron de l'hôtel et tous les flics de Munich allaient lui mettre la main dessus. Elle est sur le seuil, il y a derrière elle cette forte femme qui la tient par le bras et, de l'autre, presse son doggy bag contre son ventre, elle est aussi grosse que sa fille est maigre et, toutes deux, voleuses. Elle sourit un peu autrement, avec la bravoure de tout à l'heure, une arrogance qui est presque de la méchanceté et surtout l'orgueil de ceux qui n'ont rien à perdre, puis une sorte de nostalgie flottante, et je pense alors que c'est le genre de fille qu'on a envie de battre, de baiser, de nourrir, d'endormir dans des draps frais ensuite, de faire ces choses pour qu'elle arrête de sourire ainsi, avec une intelligence qui n'est pas de son âge, pas plus que ce qu'elle vient de faire à ma seule intention n'a d'âge ou bien cet âge séculaire où les prostituées des banquets romains étaient des enfants au visage peint et au sexe glabre, des enfants publiques qui mouraient jeunes, qui, sous le poids du dernier sénateur à pénétrer l'étroitesse du sexe et du ventre en les déchirant et gangrenant, devaient avoir encore un dernier sourire d'impudence.

Sur la capuche du duffle-coat rouge, ses cheveux clairs et lisses tombent comme des algues, on dirait une naine fardée aux cheveux presque blancs, et je suis sûrement le seul à la trouver belle. Si je prie toute la nuit à l'exemple de ma mère Carla qui prie souvent pour les pauvres, et si un miracle peut intervenir, faute que la petite ressuscite dans son duffle-coat rouge dont elle torture les boutons – plus modeste mais non moins sensible, ce miracle serait la démultiplication des pilons de poulet dans les cabas de ces femmes pour qu'elles aient à manger jusqu'à l'année prochaine. C'est cette nuit de mes vingt-trois ans quand elle en a douze au plus, et un taxi noir s'arrête, que je viens de héler pendant que Frederika est si malade dans la chambre du palace, pendant que, devant moi, dans l'odeur de cuir neuf du taxi, je vois l'enfant nue cette fois, et les creux bleus de l'aine, la peau qu'arriment serrée les pitons des os iliaques, le ventre un peu gonflé parce qu'elle mange mal, les balafres des côtes, le poinçon de la maigreur imprimé entre les seins, les réglettes dures des clavicules, et qu'elle morde sa mère et la chair qu'il y a sur la carcasse de sa mère si celle-ci veut s'approcher des pilons miraculés.

Je vois encore une broche en toc qu'elle portait, une broche de dame, et un papillon de toutes les couleurs, encore plus en toc, à son corsage désuet. A part le miracle de sa réapparition et celui des poulets, il aurait pu s'en produire un troisième qui aurait été d'un ordre beaucoup moins surnaturel : elle aurait très bien pu, s'approchant comme une ombre, réussir à dégrafer le collier de perles à triple rang d'une de ces femmes riches et mortes d'alcool, celui que j'ai offert à Frederika par exemple, dont les perles sont du plus bel orient.

Le collier de Frederika est sur la table de chevet, à côté du verre de Fernet-Branca dont elle a vidé l'amertume sans sourciller, et je ne fermerais pas l'œil même sans le ronflement de Frederika.

*

Le reste de la nuit, j'ai pensé à ma mère, à mon père, à tout ce Milan qui m'attendait, à la maison et son parc et aux cèdres de son parc, aux lambris dorés, aux paravents de laque chinoise, aux ronds liquoreux des lampes montées sur des céladons, des vases des Cent Fleurs, aux grands pianos dont on ne joue pas, et au roman que je m'étais mis en tête de finir, qui m'apparaissait d'une frivolité grimaçante et dont déjà l'intrigue me fuyait, comme cette nuit-là je voulais fuir tout l'univers des Cuori, cette lourdeur somptueuse dans laquelle ils vivent. Elle, l'enfant maigre, doit dormir du sommeil de pierre des enfants, c'est sûrement tout ce qui lui reste de cet âge et peut-être n'est-elle plus vierge, peut-être a-t-elle déjà saigné parce qu'on l'a forcée dans ce creux de la chair qui n'était pas même prêt, qui a saigné alors, qui ne saigne pas tous les vingt-huit jours, pas encore. Elle doit dormir quelque part dans la ville, un de ces quartiers pauvres de Munich dont j'ignore le nom, dans son sommeil, elle doit grandir encore, je ne sais pas non plus de combien de centimètres par mois grandissent les fillettes.

A Milan, j'ai une Mercedes grise, elle serait bien dedans, autant que dans la maison de la via Chiaramonti qui est à l'écart de Milan. Les Cuori ont acheté des murs en dehors de la ville, des demeures en retrait, avec toujours des jardins où le soleil meurtrit des flambées de fleurs, des parcs noirs, autour de celui de Rome, il y a des terres, des pinèdes et les enceintes fortifiées des fiefs qu'on défend, et autour encore, cette campagne éclatante et sombre et verte où sont les tombeaux. Les demeures sont en retrait, et la richesse et les névroses, toutes les névroses des Cuori, en sûreté. Cette sûreté leur importe beaucoup, ils ont peur toujours, de tout, comme souvent les riches, j'ai déjà dit cette peur mais elle va s'accroissant, tous sauf Carla à qui la richesse opiace les cigares, et Carla a souvent l'air drogué rien qu'avec ses Schimmelpenninck, tous ont peur de cette troisième guerre mondiale dont ils voient les prémices au fond de leur tasse de thé, les Cuori voient toujours quantité de choses à la surface des liquides, dans les reliefs des cumulo-nimbus, partout, ce sont des monstres de superstition qui passent leur temps à augurer, et c'est toujours le pire, et il y a un abri antiatomique dans la demeure lombarde, dans la villa romaine ; les Cuori ont peur qu'on leur prenne les sublimités dans lesquelles ils vivent sans trop les regarder, elles leur sont familières car ils croient être depuis toujours dans la sécurité de l'argent, ils croient qu'elle remonte au déluge, ils vivent dans ce musée d'Attilio, entre les vitrines où sont des poteries iraniennes qui sortent de tombes d'avant l'Histoire et l'écriture, ils ne les regardent pas, ils ne savent plus rien du temps, ils longent avec la même indifférence les bibliothèques, ce millier de livres dont on ne voit jamais que le dos, la reliure irréprochable, pleine peau, dorée à l'or fin, ces livres qu'on ne lit pas ; il y a tous ces objets que seuls Attilio et moi désirons et aimons, j'accompagne mon père le plus souvent possible dans les salles des ventes, il y a toutes ces choses qui ne servent pas, les pianos, ou qu'on jette, une robe portée une fois, il y a les litres de parfums Chanel qu'on verse dans l'eau du bain, le masseur vient ensuite et la tradition du masseur s'est maintenue, je l'attends, c'est son jour.

L'étouffoir, le dédale de nos maisons m'effraient parfois, elles sont comme des catacombes où la lumière pénètre à regret, se fait souterraine, et c'est souvent la nuit en plein jour. C'est, à Milan, cette douceur soyeuse des tentures, l'ombre étendue, fuyante de l'ébène des pianos, l'éclat brisé de l'écaille rouge aux torchères allumées quand il est seize heures, l'hiver, avant le thé ; et encore, le miel lunaire d'un vase d'albâtre, le sourire secret et rude d'une tête étrusque aux fards passés, le rouge mat d'autres terres cuites – une petite Vénus de Tanagra, une Victoire qui remet sa sandale, et cette Erinye endormie dans la lueur de son marbre, et comme de la poussière de marbre sur la beauté triste des salons où les tentures se cassent bas sur les tapis de la Savonnerie, il y a tout ce qu'Attilio a voulu à Milan, les retables flamands, les bronzes florentins et les tableaux de maîtres, la collection est en Lombardie, à Rome, il y a moins de tableaux de maîtres, à Rome ce sont ces terres drues, les arbres, leur feuillage en flaques noires, les eaux ruisselantes et patientes des jardins de là-bas.

Ma famille, cette famille ne pourrait pas vivre autrement que dans ce temps qu'ils ont décidé d'arrêter aux horloges baroques, ce temps que reflète, rien qu'à leurs yeux, l'eau tavelée des miroirs anciens. Ma famille vit ainsi en dehors des villes, elle ne bouge guère, barrée des gens qui vont dans les rues, elle vit dans une placidité apparente, quand elle se déchire, on n'en entend rien derrière les hauts murs que le verre crénelle, derrière ceux de la via Appia, rien que des aboiements de chiens fous, parce qu'on ne les promène jamais hors du parc, qu'ils sont là fous pour garder la folie des Cuori. Enfant, ces maisons me plaisaient parce qu'elles étaient enfouies, comme toute cette folie de ma famille et comme moi-même, sous les pins, les chênes, les cyprès, qu'elles étaient comme toutes les maisons dans les bois, celles à la lisière des forêts, qui sont des maisons de conte. Je n'imaginais pas qu'on pût vivre autrement, ni dans la promiscuité où vivent les citadins, même s'ils habitent les plus beaux quartiers de Milan ou de Rome, et pas davantage dans le bon sens, ni autrement que nous vivions.

En Allemagne, l'aube s'est levée, mon éditeur attendait ce roman, le piège des maisons m'attendait, et ma mère Carla de mourir dans un attentat terroriste, ce cauchemar qu'elle a toujours, sans doute parce que la nuit lui coupe les vivres, épuise les richesses droguantes, et il se peut que la nuit ce ne soit plus sous ses pieds les tapis de la Savonnerie, mais le sable de Numana, de cette plage où elle marche en vain, où personne ne regarde cette femme qui suit la mer, et ensuite, allant vers les terres, un chemin qui se perd, dont personne ne la détournera. C'est ce cauchemar que je lui prête, dans celui qu'elle me raconte, il y a l'attentat terroriste.

J'ai revu, à mon avis pour la dernière fois, la fillette pâle courber son sourire dans la plus grosse perle du collier de Frederika, j'ai fait mon bagage, j'ai pris le premier avion pour Milan.

VIII

Nora Neumann était née depuis seize ans, quatre mois et quatre jours quand je l'ai retrouvée, à Vienne, dans un salon de l'hôtel Sacher où je lisais un journal en attendant mon café viennois ; elle avait seize ans, quatre mois, quatre jours et quelque trois minutes de plus quand, traversant le salon en tablier blanc et robe noire pour parvenir à ma table, elle y posa le plateau et, au-dessus de la cafetière, de la tasse de porcelaine, du pot à lait, du sucrier et de sa pince, du ravier de crème et du traditionnel verre d'eau du Schneeberg, leva sur moi ses longs yeux bleus ; ensuite je suis rentré dans son temps à elle, celui qu'elle mit, sans m'en laisser le soin, à verser café et lait dans ma tasse, ce temps où elle avait seize ans pour toujours lorsqu'avec la concentration de la Laitière de Vermeer, elle cueillit, d'une cuiller péremptoire, un dôme de chantilly pour le déposer à la surface du café, puis – combien de sucres ? deux, Fräulein, et trois glissèrent dans ma tasse, *entschuldingen Sie, bitte !* – puis elle resta là à me considérer de ses yeux dont le bleu me semblait plus brusque que la première fois, comme il me semblait que, sans doute aucun, elle m'avait reconnu, pour preuve cette détermination facétieuse à me servir et, au final, à encapuchonner mon café de crème fouettée. Et campée devant moi, les mains derrière le dos, elle souriait – et le Sacher autour de nous n'était plus que ruines fumantes parmi lesquelles je la priai de s'assoir un instant et de prendre quelque chose pour m'accompagner, et il s'en faudrait d'un éclair, d'un battement de cils pour qu'elle obtempère, que la serveuse s'assoie à la table du client, qu'elle lui glisse à l'oreille qu'elle voudrait aussi un café viennois et une Sachertorte, que je n'avais qu'à passer la commande à ce grand type, là-bas, qu'il ne ferait pas d'histoires et je pense encore que celui de ses pairs qui cingla vers cette table – une épave solitaire au milieu du salon sinistré –, que le grand type aussi impassible que prompt à prendre la commande de la jeune fille, pour ne pas faire d'histoires, pour être complice de cette saturnale (la serveuse servie), était peut-être son amant. Ce dernier jour de juin, le temps était définitivement celui de cette jeune fille, et avec le Sacher, s'écroulaient sans bruit tous les empires de l'hémisphère Nord, déjà lézardés à mon sens depuis la scène d'un autre palace occidental, quand elle me dit son nom, Nora Neumann ; que *nein, niemals*, elle ne m'avait vu, que tout ce qu'elle savait, c'était que dans un bref délai dont elle semblait en effet maîtriser la durée, il y aurait un beau petit scandale, mais que, d'accepter de s'asseoir à ma table, elle n'avait pas pu s'empêcher, que c'était une dictée du Ciel, de celles qu'on a toujours intérêt à entendre ; que, de ce qui se passerait une fois qu'elle aurait bu son café et mangé cette Sachertorte, elle n'avait rien à faire. Comment, quel réveillon, et à Munich ce réveillon ? Non, ça ne lui disait rien, ou bien elle ne se souvenait plus et quoi, ça faisait quatre ans, autant lui demander de se souvenir des gens qui s'étaient penchés sur son berceau, ou de son père, précisément de son père qui était mort sur un banc... De sa dernière cuite, le père était mort, qu'on avait trouvé le matin, et son père était juif, et qu'est-ce qu'elle allait m'embêter avec des histoires de famille, alors qu'en plus elle n'avait pas, jamais eu de famille *qui comptât*, que sinon elle ne serait pas là en uniforme de pingouin, attendant ce café qu'elle aurait la *satisfaction* de boire avec moi – et j'ai retrouvé alors, quand son acolyte a surgi avec les consommations, la caresse furtive et calculatrice du regard indigo, ce regard de la fillette dont la main volait avec sûreté et avait fait ce geste absurde, angoissant à force d'inexplicable, qui ne parvenait pas à l'indécence ou aussi peu que le sein marmoréen d'une nymphe grecque (d'une Eurydice retrouvée), ce geste dont seule choquait la prestesse farouche, qui était déplacé surtout dans la mesure où on ne pouvait que le situer dans un autre temps, ailleurs, qu'il n'avait pas lieu d'être à l'automne timoré de ce siècle, devant le buffet d'un palace bavarois. De la même façon, il était inconcevable qu'elle fût à ma table, dans ce costume de soubrette, que ses premiers mots eussent été pour me dire cette mort de son père, que – tranquille comme Baptiste devant la collation glissée devant elle dans ce que j'entendais comme un silence fabuleux, imposé à tous, toutes hiérarchies confondues, lorsque le papier des journaux crissait à peine sous les doigts qui les feuilletaient, quand à peine si, heurtés, la porcelaine ou le cristal résonnaient encore.

Tranquille comme Baptiste, elle ensevelissait sous la crème un café préalablement sucré à la turque, avant de me dire tout de go son âge et la date de sa naissance : Nora Neumann vit le jour le 26 février 1963, après Carnaval et dimanche de Carême, sous le signe des Poissons, et c'était un jour de malheur que celui-là, soupira-t-elle, dont elle aurait préféré ne rien savoir ; fort de ce ton plaintif, et la tenant, que diable !, je ne pus m'interdire un début d'interrogatoire : or mes questions l'ennuyèrent si manifestement que j'hésitai à voir, dans sa complaisance revêche à y répondre, comme une livre de chair qu'elle aurait donnée pour une tasse de café et une part de gâteau – pas n'importe lesquels, ils allaient changer sa vie, ce qu'en revanche elle avait l'air d'anticiper avec le cynisme étourdi de qui va recevoir son dû ou, plutôt que des lauriers mérités, une récompense jouant sur l'aléa : tiens, cette martingale-là, je sens qu'elle va marcher. Son père, puisque je voulais tout savoir… eh bien, il avait plus d'un nom, tellement qu'elle ne serait jamais sûre du vrai… C'était, son père, un de ces gars qui ont toujours eu la guigne, et un des cent juifs allemands qui meurent d'un coma éthylique sur un banc et seuls, dans une ville de l'Est, par une nuit d'hiver, c'était aussi un des cent gars qu'avait eus sa mère dans les villes de l'Est avant qu'elle devienne bien incapable de plaire à qui que ce soit. Ce qui s'était fait d'un coup, comme la mort du père. La mère était grosse, grasse comme un phoque, un remède à l'amour, le père en enfer où Dieu l'avait balancé tout droit, quand elle n'avait pas cinq ans.

Ces deux affaires classées dans un même souffle de mépris exténué, sa mère au chaud sous la graisse du phoque, le père idem parmi les réprouvés (et je ne saurai jamais le nom du père putatif, et peut-être le Nathan ou le Joseph expirant sur leur banc par un matin de gel étaient-ils pure fiction), elle attaqua sa Sachertorte, et ce fut Gretel qui dévorait le gâteau comme elle aurait pu dévorer la maison de massepain, la sorcière dedans et boire le Danube, même s'il n'est pas tout bleu mais d'une saleté repoussante. Pendant que ses lèvres s'ourlaient de chocolat, j'ai conclu que l'estomac de cette fille était un gouffre plus profond encore que ses yeux bleu sombre, qu'elle aurait mangé de la chair humaine sans hésiter pourvu qu'on la lui sucrât, puisqu'elle aimait tant les douceurs, elle me semblait d'ailleurs s'être roulée dans un océan de sucre qui scintillait encore sur sa peau si blanche, et ses cheveux n'avaient pas foncé, où je cherchais vainement un reflet de miel : ils étaient toujours blancs d'argent, d'un blanc scandinave, ces cheveux de ma petite invitée qui, *dixit* l'intéressée, la bouche pleine et fardée, non plus de rouge, de ce rouge couleur de vin vieux du réveillon de Munich, mais de chocolat noir – qui vivait avec sa mère dans, oh, c'était un réduit, dans un sale quartier de Vienne. Et si l'imagination d'un romancier vaut bien marc de café et boule de cristal… allons, ici, il n'y avait que déduction policière suivie d'une hypothèse simpliste : sa mère ne la lâchait toujours pas d'un pouce, qui la prostituait dans de stratégiques palaces à de riches vieillards. Mais ce que je pouvais tenir pour certain sans lire dans le café, les yeux de Nora Neumann ou l'eau du Schneeberg, c'était qu'elle vivait ses derniers instants ancillaires sous les plafonds du Sacher, qu'en plantant là son service pour s'enraciner à ma table, elle perdait sa place d'un instant à l'autre, et ce que j'avais sous les yeux, c'était quelqu'un qui se hâtait de finir une Sachertorte, que nul sur terre n'aurait pu prendre par le collet avant qu'il en eût dépêché les dernières miettes.

J'attendais en conséquence l'irruption du rationnel, et de me réveiller dans ma chambre d'un songe triste et malicieux, soit que le rationnel prît la forme d'un maître d'hôtel à la thyroïde tressautante, déterminé à régler le compte de l'effrontée et à expédier au plus vite une affaire sans précédent au Sacher, séjour d'un Gotha aux membres parfois imprévisibles, c'était moi, et tous les torts impartis à la petite, membre, elle, du personnel ; j'attendais que ce maître d'hôtel parvînt jusqu'à la table en franchissant ce rideau de feu que je voyais nous retrancher tous deux du monde, nous rendre invisibles à celui-ci et à toute une galerie insensible et inerte, qui continuait de nous ignorer comme si l'ordre des choses et parmi les lois initiales, celle du plus fort – comme si cet ordre-là n'avait pas été transgressé dans l'instant, à cause d'une fille blonde qui parlait la bouche pleine. Il nous restait un autre instant incalculable avant que cinglât vers nous, en chair et en os, un homme de race blanche et à l'allure prussienne… Etait-il au *Vier Jahreszeiten* ? était-ce une conspiration ? un ample écho de l'acte I parcourait l'acte II, tout me rappelait soudain, et les rôles bousculés, et le valet hôte du maître, cette orgie munichoise… Va donc ! et je refoulais une bonne bouffée de paranoïa atavique, et va pour le Prussien, prêt, dans l'exercice de ses fonctions, à agir en sorte que la terre continuât de tourner et que l'incident fût clos – un instant où Nora frottait ses genoux l'un contre l'autre dans un torturant crissement de bas, un instant avant qu'on l'appréhendât, et les bas crissaient et son sourire se tordait, moqueur et barbouillé, et elle menaçait d'éclater d'un rire qui gonflait déjà ses joues, lorsqu'à l'issue de cet instant, Massimo le Poussif finit par saisir que, si de rendre ce tablier blanc vers la ceinture duquel elle portait déjà la main du libre arbitre, était son dessein de ce jour-là, il n'était lui-même que le simple truchement de celui-ci : au cas où nul n'eût été là pour inviter une serveuse à sa table sur le coup de dix-sept heures dans ce salon, il y avait de bonnes chances pour que le soir même, la serveuse eût fracassé un canard aux pêches sur une autre table, celle d'un couple qui soupait élégamment en sortant de l'Opéra et que berçaient encore des harmoniques verdiennes ou pucciniennes, avant de recevoir le canard et sa sauce à la figure et que s'ensuivît, quelque part dans les cuisines et dépendances de l'hôtel, une scène où le tablier aurait été dénoué, et la fille, à la rue. Où pouvait du reste aller toute seule, tout de suite, quelqu'un qui n'avait besoin de personne pour tirer sur le nœud de son tablier. Or j'étais là quand elle pinça le nœud du tablier, quand surgit l'ostrogoth prévu qui l'invita à le suivre.

Elle se leva sans manières, me laissant seul avec, en gage, la serviette dont elle s'était essuyé les lèvres, son tablier, bouchonné sur la chaise, des responsabilités cruellement improbables, ma vie d'homme tranchée par une frontière sinueuse mais terriblement distincte, et ce que je n'avais pas remarqué avant qu'elle ôtât le chocolat de sa bouche ronde – la certitude qu'elle n'avait pas cessé, depuis quatre ans, de se ronger les ongles au sang et cette promesse, chuchotée en dernier lieu, de déposer un billet dans mon casier, où l'occupant de la chambre 21 (tripotant ma clef et me regardant dans les yeux, juste après avoir pris possession de la chaise et de mon âme : "21 ? Je crois bien que c'est une suite, ça ! et puis, dans le tarot bohémien, c'est la meilleure lame, celle du Monde… !") lirait quelque chose que… Oh, elle n'osait pas me le dire, et vaincrait même bien des scrupules en me le couchant sur papier, dans cette langue allemande que son nouvel ami italien – à frémir, ce "nouvel ami" ! – devait écrire aussi bien qu'il le parlait, alors qu'elle, une Viennoise, la truffait de fautes d'orthographe. Puis, elle eut un sourire dénué de toute coquetterie, qui était un genre de poignée de main. Puis elle tourna les talons à la suite du Prussien, athlète chauve aux yeux d'acier où vacillait une béatitude stupéfiée, dont les lèvres trémulaient du plaisir souverain qu'il avait d'avance à se payer cette morveuse – qui depuis, mon Dieu j'ignorais combien de temps, combien de jours, et pour le Prussien, autant d'empoisonnés, allait et venait en tournant des hanches entre grands d'Espagne, membres de la famille royale d'Angleterre et autres tenants de la prééminence, y compris ceux qui l'étaient de titres sportifs, lesquels en faisaient céans une clientèle de meilleur rapport que toute tête couronnée, insulaire ou non, parce qu'ils régalaient davantage de monde, fini de tourner des hanches entre les édiles et ces maharadjahs qu'il y avait parfois, ainsi que des cheikhs, notables musulmans sensibles aux hanches et prompts à leur achat, songeait à haute et muette voix l'intervenant, fier de son état car il gouvernait les portiers et chasseurs à qui, serviteur supérieur, il parlait mal. Puis, j'oubliai la lecture des pensées du Prussien, pour me soucier d'elle et des siennes, d'un mystère infiniment plus insondable. Puis, il y eut un vacarme étouffé, juste au sortir du salon, quand je regardais le tablier, qu'une main anonyme ôta délicatement du creux d'un siège tiède. Puis, je me confortai de l'assurance de ne la revoir jamais, ceci pour la seconde fois, entêté comme un âne à éviter l'espoir et ses souffrances – puis je trouvai, après deux aller et retour enragés dans la favorable suite 21, le billet sous enveloppe dans le casier idoine. Elle serait dans ma chambre à minuit. A minuit, elle serait dans ma chambre, cette phrase fut torturée comme Nora Neumann me torturait en torturant ses bas et frottant ses genoux l'un contre l'autre comme des pierres à fusil, *minuit dans serait*, et *libre pour vous*, c'est le psaume que j'ai répété jusqu'à l'heure dite.

IX

Elle est nue dans la chambre, à Vienne. Elancée, épurée, de la grâce rigoureuse des enfants maigres, elle a juste grandi depuis ces quatre ans, sa taille est plus longue, que flagelle la pâleur des os, des côtes saillantes comme un busc. Elle ne dit rien, elle n'a plus rien de cette espièglerie provocante, de cette désinvolture de tout à l'heure. Elle est toute raide et muette, rien ne dépasse, ne s'offre, ni chair, ni mots. Elle s'allonge près de moi, ne bouge pas, attend. Toujours, cette lumière de craie sur elle comme sur une île de la mer Egée, ses flancs sont bleus de maigreur, et bleus aussi à la saignée du coude, les hématomes. Je lui demande si c'est souvent, combien de fois. Elle me répondra : deux ou trois, qu'est-ce que ça vous fait ? Je lui demande si elle aime ça, elle dira non, qu'elle a peur de l'aiguille, du crissement dans la veine, qu'elle se rate, que sinon, elle n'aurait pas d'hématomes, elle me regarde comme un crétin notoire, puis elle me dit plus doucement, pour ménager le crétin, que ce n'est pas son truc, qu'est-ce que je crois ? que son rêve, c'est une vie tranquille, sportive, au bon air, à la mer, le contraire de ça. Elle sourit, elle a ces mots étranges, est-ce que je l'aime moi, sa petite chouette, *"meine Nachteule"* ? Elle prend mes doigts pour qu'ils la touchent et sous mes doigts c'est la plus extrême fragilité, un oiseau de nuit, un oisillon, un harfang des neiges nouveau-né blotti au creux de ses cuisses. Déjà dans ce duvet d'argent, il n'y a pas d'âge. J'en connais à qui cela ferait peur, à qui cela évoquerait une couleur bue, décolorée par la vieillesse. La petite Nora n'a jamais eu d'âge, pas plus ses seize ans d'aujourd'hui que les douze d'avant-hier à l'hôtel de Munich, je bisse ma demande à propos du réveillon bavarois, tant lui ressemblait cette fillette – un sosie, une sœur cadette... Elle étouffe un rire rauque, elle répond qu'évidemment, c'était elle, à ce réveillon, que c'était bien là qu'elle m'avait remarqué, que sinon, elle ne serait jamais venue s'asseoir à ma table au Sacher, qu'elle n'a pas pris le temps de penser à ce qu'elle faisait, que de toute façon elle voulait leur filer sa dem, à ces gens du Sacher, que de me revoir n'avait fait que précipiter les choses, que c'était l'occasion à saisir au vol, qu'elle pouvait toujours se fier à son instinct... Et Massimo se satisfait de s'être fié, lui, non à d'ambitieuses facultés de voyant hindou, mais à son bon sens, quand elle exulte que, mais oui ! elle se souvenait très bien... Du reste, elle ne risquait jamais la moindre erreur sur la personne, elle avait une mémoire d'acier, qui aurait pu lui servir si elle avait fait des études, que de ça par contre elle n'avait pas eu l'occasion.

— Mais alors, tente Cuori, pourquoi ce mensonge de tout à l'heure... ?

Bien sûr, elle me coupe, et sa voix couperait une montagne pour faire passer une route, derrière sa voix, on croit entendre s'abattre un arbre gigantesque – bien sûr, tout à l'heure elle m'a menti, elle ne m'avait jamais oublié, elle ne voulait pas que je le sache tout de suite, merci bien, pour en prendre trop à son aise avec elle. Mais maintenant, elle va dire la vérité, toute la vérité, répondre à toutes mes questions si ça me chante toujours de lui en poser. Ça me chante toujours, en effet.

— Ah – alors, je vous plais ?

Son regard marin se fiche dans le mien comme un petit couteau, va jusqu'où aucun psychothérapeute (nous sommes chez ce vieux Freud) n'ira jamais, ni aucun prêtre (nous serons bientôt au pays du vicaire de Christus Rex, où l'ombre de la tiare papale, de la Croix et des clés s'étend du Piémont aux Dolomites et à cette Calabre retroussée comme ton nez, ma jolie). Comme souvent, elle n'attendra pas de réponse, parce qu'elle sait qu'elle fait davantage que me plaire, qu'en général elle sait plus de choses que tous les petits-fils de Freud et les curetons réunis, que l'arrière-grand-mère du diable, et surtout, que moi.

Que faisiez-vous donc, Fräulein, flanquée de votre énorme mère, dans le palace teuton, quatre ans plus tôt ? Et comment gagnait-elle, cette virago, votre croûte à toutes deux ? (En substance et avec l'onctuosité du flic compétent : le flic du salon était nul.)

Elle répond que sa mère est cuisinière, qui, à Munich, ne travaillait pas dans un palace comme le *Vier Jahreszeiten*, oh non, dans un endroit plus modeste, un restaurant avec jardin où les gens se cuitent à la bière, c'était au nord-ouest de la ville, à quatre kilomètres environ, à côté du château de Nymphenburg, est-ce que je l'ai visité (et là, elle n'attend pas plus de réponse que tout à l'heure, elle s'anime, les joues roses, toujours aussi nue près de moi mais assise sur son séant, haussant des genoux aigus où ses doigts s'entrelacent), ce château, elle l'a vu sous la neige, elle, et c'est ce qu'elle a vu de plus beau, le musée des Carrosses avec les voitures et les traîneaux du roi de Bavière, et ce pavillon de chasse d'Amalienburg avec la statue de Diane déesse de la chasse et toutes ces glaces qui se reflètent les unes dans les autres, et puis le parc et le parterre, et quel froid il faisait sur le parc et ses vases de marbre blanc, et cette perspective du canal qui était gelé ; elle adore les perspectives, de la chambre où elle vit avec sa mère aujourd'hui, elle a celle de la cour où donne la fenêtre, pas très grande la fenêtre, juste assez pour ne rien rater de l'exhibi d'en face. Claironnante : "A Prague où nous étions avant, et à Munich, mêmes *fenêtres sur cour*" – elle a vu le film et tous les Hitchcock, de celui-là, elle est particulièrement fan, et de Grace Kelly "qui est si belle et qui vit un tel conte de fées…". Il était une fois Grace Kelly, en faveur de laquelle je disparais complètement à ses yeux, faute d'être Rainier ou le prince attendu, elle courbe l'échine, manie de la dextre ses orteils si mobiles qu'ils pourraient enserrer, repêcher cette culotte blanche qui a chu au sol, elle a huit ans, elle ne sait plus pourquoi la culotte est au sol, c'est sans raison précise ou à cause de la chaleur et, à l'autre princesse blonde, il reste trois ans avant que le conte finisse sur une route de corniche. Elle revient à elle, à moi, avec un opportunisme d'une vivacité déroutante, des fois que j'aie un petit quelque chose du prince attendu.

— Quand je pars dans mes histoires, je ne m'arrête pas, dit-elle, comme furieuse d'avoir dû sortir de son Eldorado à elle, d'une principauté au soleil et autres Amériques, je me mets à sa place. Et est-ce que je l'ennuie, après tout je ne dois rien avoir à foutre d'une fille comme elle et sûrement pas le temps, en plus, et mes questions, c'est juste pour avoir l'air de s'intéresser. A cette verve véhémente, Massimo Cuori oppose qu'au contraire, que des questions dont il la presse, il a peur de l'importuner, de manquer de tact, qu'il est à son écoute (et Massimo Cuori est à mille lieues en dessous de la vérité – ici c'est lui qui ment), qu'il a tout son temps, qu'elle continue, *bitte schön*, et où travaille sa mère maintenant ? Sa mère travaille dans une gargote beaucoup plus drôle que celle près de Munich, enfin c'est la bonne auberge, réputée pour sa cuisine hongroise et ses violons tziganes, sa mère s'appelle Magda que j'ai dû voir alors, ce 31 décembre *im Hotel Vier Jahreszeiten*, si j'ai de bons yeux – parce que sa mère ne la quitte jamais, parce que… – Oui, ma petite, oui, cette vérité-là sort du puits ; elle ajoute, flûtante, ayant manifestement remis Grace Kelly au placard, que sa mère Magda Neumann est une véritable artiste, qu'elle a, pour la cuisine et particulièrement les spécialités austro-hongroises, des doigts d'or, et d'or aussi le nez et le palais, qu'elle goûte ce qu'elle fait toute la journée, que si elle est grosse, c'est pour ça. Le restaurant s'appelle *Csarda Piroschka*, dans le centre nord, est-ce que je voudrais y venir demain pour goûter une des spécialités, de la carpe au raifort par exemple, qui sera le plat du jour, un vrai régal ? Elle dit que c'est un rendez-vous, qu'elle y sera à vingt et une heures, qu'elle est libre maintenant, elle dira qu'elle adore les palaces internationaux qui sont toujours près de l'Opéra dans les villes qu'elle connaît, qu'elle adore aussi l'opéra, qu'elle aimerait tellement y aller plus souvent – qu'à part ça, elle ne servira jamais plus rien à personne nulle part, que sa mère peut bien se tuer au travail où elle veut, dans un hôtel de luxe ou une de ces Weinstube, en Allemagne, où on embauche pour une misère, et dommage les Weinstube parce que là la clientèle ne vient pas pour le talent de la cuisinière, non plus qu'ici en Autriche dans un Heuriger, est-ce que je connais, ce sont ces tavernes à la campagne où on goûte le vin nouveau, l'été, des endroits de rêve où on boit trop pour s'occuper de ce qu'on mange. Dans un de ces Heuriger, à Sievering, sa mère a gardé sa place un mois, déjà un record, alors que celle qui lui revient serait dans un restaurant à bannière étoilée, le plus grand d'Europe, ou bien carrément à New York, qu'à New York, pour la cuisine austro-hongroise, elle n'aurait pas son pareil, que si elles y étaient, elles seraient déjà riches comme Crésus, mais que voilà elles n'y sont pas, que sa mère n'a aucune ambition, que du moment qu'elle a un emploi, elle servirait des perles à des cochons, que ça lui est égal du moment qu'elle boit et mange à l'œil, et elle boit autant qu'elle mange toute la journée, c'est tout ce qu'elle voit, un de ces gâchis, et en plus, il faut dire ce qui est, elle n'est pas grosse, Magda, elle est obèse.

Elle soupire, elle dit qu'elle, elle ne pourrait pas comme ça, accepter n'importe quoi, que pour la cuisine, elle n'a aucun don, ni pour rien de matériel, bref, ce qu'elle ne veut plus désormais, c'est TRAVAILLER, ce qui signifie être à la botte de quelqu'un, n'importe comment.

Les corbeaux se sont abattus sur la tête des sphinges souriantes au parc du Belvédère, et sur les vases de marbre blanc et le parterre et la neige du château de Nymphenburg, à Vienne et près de Munich en même temps, les saisons se sont confondues, je ne vois plus que de la neige et celle qui brille sur ce sexe fendu fin comme une amande que j'ai entrevu jadis, hier, dans la plus importante de mes vies antérieures. C'est alors qu'elle desserre ses genoux et qu'elle tend ses bras minces, qu'elle ferme les yeux et ouvre les lèvres, dans cet ordre, comme elle l'a vu faire au cinéma, entre-temps, je ne sais plus quand après l'invitation au restaurant hongrois, elle m'a informé que, ce boulot au Sacher, c'était pour payer ses cours de comédie, que c'était la seule chose pour laquelle elle voulait bien suer sang et eau, qui pour elle ne serait jamais un travail, être actrice de cinéma – et où avait-elle la tête, elle aurait dû me le dire tout à l'heure dans le salon de l'hôtel, ça, qu'elle a une étoile à suivre, un ange gardien posté derrière son dos, qu'elle croit en son destin.

*

Il est deux heures du matin, et tout le plaisir qu'elle a eu, c'est celui des draps frais, des oreillers de plumes, d'être dans cette chambre somptueuse du Sacher et de ne plus compter parmi ses pairs ceux ou celles qui la font, qui la nettoieront, qui en ôteront tout ce désordre des chambres où on a fait l'amour, qui ouvriront les fenêtres parce qu'on a fumé trop de cigarettes, bu tout le whisky du bar, que sur les couvertures, il y a des cendres, les taches du whisky renversé dans un éclat de rire et les empreintes d'amours provisoires pour empeser le drap. Qui sera changé dès la porte fermée sur les amants, à l'heure où on règle la note dans un hall anonyme, et qu'importe d'où viennent et où vont les amants des hôtels, sortis du hall, c'est comme s'ils étaient morts, il y a dans cet escamotage un tragique furtif qui m'a toujours broyé le cœur, quant au drap de cet hôtel-là, je le garderais volontiers comme le saint suaire de Turin.

A deux heures du matin, elle a bu au goulot la moitié de la flasque de Black & White en fumant nombre de mes cigarettes, j'ai éjaculé quelque part sur sa ceinture bi-iliaque, plus généreusement sur l'auguste drap, et j'attends qu'elle me signifie qu'elle a faim pour commander ce qu'elle voudra au room service de la nuit, ou plutôt, avec un peu de chance, ce qu'en seize ans d'existence elle n'aura jamais goûté : des toasts et du caviar, *mein Liebchen*, et celui du réveillon de Munich était du cirage, dont de toute façon il ne restait plus un grain lorsque tu as commencé de piller le buffet – dans cet autre caravansérail, j'ai nommé le Sacher, tu dégusteras dans une petite cuiller d'argent que je porterai moi-même à ta bouche charmante, du caviar béluga, qui est ceci, par rapport à l'osciètre, qui est cela – et, j'en jurerais sur la Bible, elle me refuserait béluga et Cie parce qu'elle préfère les carpes au raifort de sa mère ou les pieds de porc dont j'ai entendu parler entre deux joutes amoureuses, elle me dirait que c'est horriblement salé cette chose, qu'elle ne va tout de même pas en manger parce que c'est cher, et elle me regardera en oblique, hésitante, parce qu'elle sera en train de penser que justement, elle se forcerait bien un peu pour voir l'effet que ça fait de manger tout cet argent sous la forme de ces minuscules perles rondes et sombres, quels qu'en soient le goût et l'arrière-goût. Je le lui propose, ce caviar. Elle me le refuse comme prévu, avec une de ces grimaces écœurées de gargouille vénitienne dont elle a le secret, qu'elle réservait jusqu'alors à l'évocation de sa mère, malgré l'excellence de ses carpes au raifort. Deux heures quinze. Elle répète, d'une voix ensomnolée : "… actrice de cinéma, comme Romy Schneider, une Autrichienne aussi", elle nasonne que "Romy Schneider a fini par renoncer à tourner dans des navets, Sissi et… (inaudible, entendez la théorie des Sissi)…", mmm, très peu pour elle, qui a un dernier sursaut d'éveil pour, d'un timbre aigre et languide : "L'année dernière, j'ai vu *Ludwig* de Visconti, qui a tellement bien filmé Nymphenburg et tous les châteaux de Bavière, et avec Romy Schneider aussi, un film français – de qui, elle ne sait plus, *César et Rose…*" Sa voix se prend dans le sommeil, elle se rencogne dans les oreillers de plumes, elle chuchote que cette fois elle va pouvoir se la couler douce, faire la grasse matinée, et la surprise d'alors, non qu'elle soit la première qu'on m'ait réservée, mais celle-ci est d'envergure, c'est qu'elle se tourne vivement vers moi et, d'une voix qui n'a plus rien de languide ni d'empoissé par le sommeil et le whisky : est-ce que demain ou dès maintenant, si j'ai du liquide… mille schillings, dont elle a besoin. Elle se dresse sur ses coudes, pointe un menton que je n'avais pas vu aussi triangulaire, un menton d'aspic, puis, avec un calme qui rend fabuleux son propos de prostituée : "A Vienne, un kilo de bonne viande, dans le filet, vaut trois cents schillings – alors mille, pour ses trente-quatre kilos, c'est soldé." Elle retombe sur les oreillers, elle me fait la seconde surprise de cette nuit d'été, celle qui éclipse toutes les autres, elle dit qu'elle ne veut rien, qu'elle m'aime.

Ce sera l'aube quand je n'aurai pas encore cessé de la regarder dormir et de préméditer bien d'autres rendez-vous que celui de vingt et une heures au *Csarda Piroschka. Es inevitable la muerte del papa*, juste avant que je m'endorme et qu'elle ne s'éveille en pleine forme, j'ai répété la phrase de Malcolm Lowry en caressant ses cheveux lisses, si clairs, un peu moins que son sexe qui luit dans le noir de la chambre, parce qu'elle a dormi nue et repoussé les draps, parce que c'est, à Vienne, un été caniculaire, qu'on sent là vraiment que l'Orient est aux portes dont, comme il le proclamait avec raison, celle de Metternich.

Et le Metternich femelle, la fillette qui s'étire et bâille à côté du *papa* (de toute façon condamné un jour ou l'autre), se frotte les yeux à s'arracher les cils et maintenant oui, elle a faim. Huit heures du matin, et sa faim dure depuis la création du monde, elle n'en finira jamais avec, elle dit plus congrûment en me faisant – mettons – la troisième surprise de ma vie que – voilà ce qu'elle veut : des croissants au beurre, des *hornchen* bien viennois et dans cet hôtel ils sont bons, elle est au courant, du miel et de la confiture, et puis surtout, pour bien démarrer la journée, un mazagran, et ici c'est moi qui ne suis pas au courant. Ah, c'est ce qu'il y a de meilleur l'été, m'enseigne ma serveuse défroquée qui pour l'heure joue les fatmas et tire le drap jusqu'à ses yeux : c'est du café froid, pas n'importe lequel, et est-ce que je sais qu'on compte trente-cinq sortes de café, dans le coin, dont le mazagran, son préféré, qu'on sert avec plein de glaçons, un verre de rhum et une paille. Très bien, très bien, dit Massimo Cuori qui affirme se contenter d'un petit noir, ce à quoi on s'oppose fermement, autant essayer des spécialités, un Kapuziner par exemple, avec du chocolat en poudre dessus et de la crème fouettée à côté, et puis si je n'aime pas ça, elle le boira et je boirai de l'eau, le Kapuziner pour faire plaisir à une Viennoise, c'est là qu'elle me dit que si elle est née à Vienne, personne ne peut savoir où elle a été conçue, parmi ces villes du Nord ou de l'Est où sa mère faisait la cuisine et où son père buvait, on sait qu'il en est mort, elle hausse une épaule, est-ce que je vais me dépêcher de passer cette commande oui ou non ?

Elle filera dans la salle de bains, morte de rire, pour ne pas être vue de la personne du room service qui peut-être sera Hannah, une chouette petite camarade qui avait droit à ses confidences ; Hannah a déjà basculé dans un passé oubliable alors qu'elle frappe à la porte, elle l'aura aperçue par l'entrebâillement de celle de sa planque – la pauvre, dit-elle, vaporeuse et drapée dans le peignoir blanc des hôtels de luxe, une pauvre fille, cette Hannah qu'elle ne reverra jamais et qui n'a, elle, ni étoile ni ange gardien, à l'évidence.

L'affaire Hannah classée, la porte close, elle saute sur le lit, s'agenouille, comme la veille – il y a un siècle –, coiffe mon café de la houppe de crème, mord dans le croissant, et sur le drap, il y aura aussi des miettes, elle a les yeux bleu bleuet, le matin, d'un revers de main elle essuie les miettes aux coins de sa bouche, comme hier, celles du gâteau au chocolat, elle dit qu'elle a bien fait de le plaquer, ce job, et qu'est-ce qu'on fait aujourd'hui, elle est sur le pavé, elle n'a jamais été plus disponible et si je le suis moi, pourquoi ce rendez-vous à neuf heures du soir – et entre nous, c'est bien un peu une affaire de cœur, non ?

Sur le drap, il y a assez de miettes pour nourrir tous les oiseaux du Prater, *die Kleine* a l'air de tirer des plans sur la comète, ce qui pour elle revient à me quitter demain matin avec les mille schillings, deux robes et l'imperméable dont elle a tant besoin aussi, moi je sais que je ne veux plus me séparer d'elle mais que, si je le lui dis maintenant, elle risque de prendre ses cliques et ses claques pour plus de disponibilité encore, et de me précipiter dans l'arrière-monde qui creuse si vite son abîme derrière elle, derrière ses petits pieds osseux, avec le Sacher, le tablier blanc qu'elle a dénoué, Hannah, voire sa mère parce que ce matin-là, je le sens, elle n'est plus que dans un grand vent de départ.

En effet, et ce soir elle sera à l'Opéra pour entendre *Les Puritains* dans sa robe de paillettes rouges et de mousseline noire, cette robe de femme qui la déguise, elle sera près de moi, bouleversante, dans la loge. Le jour d'après, à Milan avec sa mère dont je n'aurai attendu que quelques jours pour goûter les carpes au raifort, puisque les quenelles aux myrtilles, ce serait déjà fait, le plus beau soir de ma vie et sans doute aussi, le plus beau de la sienne.

Avant, et cette vie elle la manipule déjà avec l'indolence un peu gauche et merveilleusement efficace de sa main qui serre et coulisse ma verge (le sceptre d'un roi étranger avec lequel jouer un moment, pour se détendre), avant elle veut aller déjeuner à Grinzing dans sa taverne favorite, juste sous les vignes qui courent à flanc de coteau – que les touristes apprécient particulièrement, que j'apprécierai donc, où les serveuses sont en *dirndl*, ainsi se nomme le tablier blanc qu'elle a porté pour la dernière fois et apparemment que le nœud du *dirndl* ceigne les reins de beaucoup de ses compatriotes, du plus possible, la plonge dans l'extase, et elle me vante le fameux petit vin blanc nouveau de ce Heuriger, et je tiens pour sûr et certain que les Neumann sont alcooliques de père (qui sur son banc...), en mère et en fille, qui à douze ans raflait nombre de coupes de champagne laissées pour compte à un buffet de réveillon, dans un autre hôtel étoilé, pour en sortir raide comme la justice.

X

La jouissance dont elle n'a rien eu dans la chambre, c'est toute cette journée et d'abord à Grinzing : un village où les maisons sont peintes, comme fardées, ces maisons de poupée autrichiennes, où il y a des pressoirs dans les cours, des jardins ombragés, des violonistes et des accordéonistes, des guirlandes aux lustres de bois, toute la gaieté acide, que n'alanguit pas le soleil, des beaux jours neufs, du vin nouveau.

Elle est assortie, elle est si jeune. A midi, dans la cour de la taverne, elle arbore les blue-jeans et la chemisette de la veille quand elle a frappé à la porte de la chambre, il y a douze heures de cela – à minuit. Avec sa robe et son tablier de serveuse, ce sont les seuls vêtements qu'à Vienne je lui aurai vu porter, qui soient à sa taille. Elle a bu deux verres de vin blanc, elle a mangé du Leberkäse pané, du pâté de foie et de viande hachée accompagné d'une non moins roborative salade de pommes de terre aux oignons et au sucre, elle s'est léché les doigts, moi je ne sais plus ce que j'ai mangé, ce que j'ai bu, je la regardais. A propos de la nourriture, confirmant mes présomptions les plus sûres, elle me dit qu'elle peut manger sans fin, qu'elle ne laissera jamais une assiette à moitié vide, ni un verre, pour que rien ne reste, qu'on ne jette pas. C'est mangé, c'est bu, c'est pris, c'est acquis, pour personne d'autre, et c'est ce que je ferai moi en la mangeant et buvant, je ne le sais pas encore. Autant le dire crûment – avec tout ce que j'ai bu d'elle ensuite, des petites lèvres renflées de sa chatte, si j'avais été abstinent, je ne le serais pas resté : ç'aurait été comme de boire, passées par les alambics de son corps, toutes ces boissons anciennes, de l'hypocras à la cannelle et à la girofle, du claret au miel et aux épices, et tous ces vins pimentés de l'Orient distillés dans ses veines, son sang, qui traversent son corps, qui empoissent son sexe.

Là dans la guinguette, elle fixe le fond de son verre, le vin d'opale de la forêt viennoise, elle ajoute que parfois elle se force pour nettoyer l'assiette, qu'elle aime les épices dont sa mère assaisonne sa cuisine, parce que ça fait manger même si on n'a pas faim, ça vous permet de ne plus sentir les limites de la faim, qu'elle soit là ou non, de faire des réserves. Qu'elle peut manger pour deux, trois personnes, qu'elle brûle tout ce qu'elle mange. Et en effet, elle est comme ces chats sauvages qui n'ont que la peau sur les os, qui passent leur temps à chasser, à tuer, à consommer, à se consumer, c'est une jeune fille toute flambée de désirs qui lui courent et fourmillent jusqu'au bout des doigts, un brasier blanc au soleil. C'est le désir incarné, rassemblé, et la tentation inévitable, intriguée, de le satisfaire, pour quelqu'un comme moi que cette tension subjugue parce qu'il ne la connaît pas, quelqu'un à qui ça paraît possible à cause de l'argent, ce moyen-là.

Un fiacre passe non loin, sonne moribond aux pavés de l'empire perdu, allume de la mémoire, cliquetante marche de la vieille Europe qui va s'éteignant sous le jeune ciel bleu, roulez carrosses, la petite les adore, et nous n'irons ni à Graben, cette artère élyséenne où elle aurait bien voulu flâner, "faire du lèche-vitrines", suggère la demoiselle – tu flâneras tout ce que tu veux, *mein Schatz*, sous un autre ciel et particulièrement avec moi, dans les zones piétonnes de la capitale lombarde, parce que, ce que tu ignores, nous partons demain, avec ta mère, cette *Gnädige Frau* que je n'ai qu'entrevue... qu'importe, qu'importe cela ! Et nous n'irons ni à Graben ni sur la tombe de Beethoven, de Mozart et des autres, pas plus que je n'évoquerai les ombres de Musil, de Stefan Zweig, ni de Berg ni de Schönberg ni de Herr Sigmund : à ma bien-aimée, il n'y aurait que la Grande Roue du Prater, chère à tous les cinéphiles, pour être familière, à cause du *Troisième Homme* – Nora *dixit*, qui aurait bien été rôdailler au Prater et prendre un café, un des trente-cinq possibles, à une terrasse... Dès que j'annonce l'Opéra, pour lequel les clients du Sacher ont toujours un billet à la dernière minute (ainsi commençais-je de l'intoxiquer à la drogue puissante des passe-droits, déjà à Grinzing, à dealer ce que je peux et qui pour elle est l'impossible – les billets de faveur) et ce soir *Les Puritains*, plus question de baguenaude, tout flegme envolé, elle n'a plus qu'une idée : repasser chez elle pour se changer, sans qu'il soit question que je monte ni de perdre une minute. C'est ainsi que, dans un faubourg de Vienne, le taxi attendra une demi-heure en bas d'un immeuble décrépit que je ne pénétrerai pas avant le lendemain, c'est ainsi qu'elle redescendra avec un vieil imperméable jeté sur une robe du soir dont les paillettes brillent au soleil, des escarpins à talons aiguilles.

Elle ne s'apercevra qu'au Sacher de son oubli des blue-jeans et de la chemisette, elle me dira que ça ne fait rien, que c'est sa première robe du soir et moi je pense que ce second vêtement dans lequel je la vois est encore un vêtement d'emprunt, que sa naïveté est confondante et cette audace en saccades heurtées, méchantes, qui la pousse au mensonge, à ne pas me demander de lui racheter blue-jeans et chemisette – qu'il se peut aussi qu'elle ne demande jamais rien.

Elle ne demandera rien en effet, elle commence elle aussi dès ce jour de Grinzing à dealer ce qu'elle peut, à ne pas se soucier des pertes, à jouer tout ce qu'elle a comme sur un tapis vert, un joueur inspiré que rebute soudain les martingales : sa beauté, elle la négociera plus tard, elle la met sur le marché tout de suite, de façon troublante, presque offerte, elle n'en marchande rien, elle sait que c'est inutile, elle ne va pas se fatiguer, en plus, cette beauté, elle sait que le prix qu'elle en reçoit en hommages, deutschemarks ou schillings, c'est toujours trop peu, que ce qu'on doit lui payer de plus juste, en retour de sa beauté, c'est le rêve de changer sa vie, ce rêve qui dure depuis ses douze ans à Munich ou à peu près, avec des sursauts d'espoir qui la brisent davantage que de se résigner à son état, à être pauvre et aux hôtels de passe.

L'autre chose qu'elle deale à mon insu, avec une stratégie aussi tortueuse que sa bouche et son regard sous les paupières ondées, c'est sa jouissance, cette jouissance particulière, artificieuse, extérieure, glacée, clitoridienne dit-on ; et cette seule jouissance qu'elle connaisse, elle sait qu'elle est, à quelqu'un qui l'aime (et pendant qu'elle met la robe de diva, dans la chambre de ce faubourg de la ville, elle sait que c'est fait, que je l'aime) comme le tonneau des Danaïdes, un supplice inépuisable, parce que là, pas une livre de chair n'est donnée, rien. Qu'elle en sort indemne, toujours, que personne ne l'aura prise à elle-même, que, resserrée sur le souvenir de cette jouissance, elle ne s'appartiendra jamais davantage – et votre main qui va tirer le verrou d'une loge rouge et tourmenter son clitoris de velours jusqu'à ce qu'il gonfle comme un bourgeon nu, jaillisse, éclate et la résine et le miel sont sur vos doigts, cette main, on peut vous la couper après, elle regardera ça avec bien plus de froideur que Judith, la tête d'Holopherne, elle s'en fout. Le soir de l'Opéra, cette pensée ne m'effleurera pas, ni celle qu'un jour, jugeant de la lugubre mais unique utilité de ma dextre tâcheronne, qui signe aussi des chèques, je préméditerai de m'émasculer tout de bon à cause de cette jouissance boréale. J'en resterai à la préméditation, puisque je ne passe jamais à l'acte, que je ne suis pas de ceux (de celles) qui dénouent leur tablier et, en un éclair magicien, font s'abîmer les hôtels de luxe au cœur d'un brasier où s'effondrent leurs poutres, d'abord en silence, puis dans un bruit effroyable (elle s'était vraiment prise aux cheveux avec le maître d'hôtel, et le gueux beuglait, juste derrière la cloison où j'étais accoté), ni de ceux qui, croisant le chemin du Christ, auraient tout abandonné pour le suivre. J'étais juste bon, croisant celui de Nora, à la corrompre bien plus irrémédiablement que n'importe quel micheton membré et prompt aux largesses ne l'aurait fait.

*

A l'Opéra, tu portes cette robe incroyable, trop grande comme la jupe de la première fois. C'est cette robe, et la mousseline noire de son décolleté dorsal qui chatoie frêle et sèche sur les ciselures de tes omoplates, ailes d'ange tronçonnées, son apprêt fuyant qui ombre jusqu'à tes reins, les plonge dans un crépuscule brûlant, et dans la loge, tu es plus nue que dans la chambre la nuit. Ma caméra (mon œil, ma main plus tard) dégringole ce verso de ta personne, tout le dos mélodieux et flexible des femmes des estampes japonaises, cette robe est un prodige de *morbidezza* qui prestement, sans en avoir l'air, te déshabille, déverse sur toi une eau obscure où étincellent des pépites par poignées, cette robe fait de ton dos un paysage insaisissable, l'ennuage de ses transparences, trompeuses, lâches, pour mieux cuirasser de ses noirs et rouges sequins de cirque ta croupe garçonnière et s'ouvrir, d'un seul coup de ciseau, sur tes jambes et leur face la plus secrète, de la cuisse au pied cambré dans les escarpins de feutre à talons aiguilles. Toute cette grâce acerbe, irritante, exquise, s'accole à moi sans vergogne, et son épaule à la mienne et son coude rudoie le mien, et *Les Puritains* sont en trois actes et cette fois, les jambes de ma jeune fille luisent sous des collants noirs dont la maille n'a pas filé.

Nous sommes en Angleterre, vers 1650, pendant la guerre civile qui oppose les hommes de Cromwell et ceux des Stuart… La scène est dans la forteresse de Lord Walton (basse), partisan de

Cromwell ; la fille de Lord Walton, Elvira (soprano), est éprise de Lord Talbot (ténor), du parti des Stuart, quand, bien évidemment, on l'a promise à Sir Richard Forth (baryton) qui est du camp adverse, celui de Cromwell et de son papa. Les ennuis commencent dès l'acte I où le public attend la cavatine du baryton, la romance du ténor et surtout la sublime aria de la soprano : "Son vergin vezzosa" (Je suis une joyeuse jeune fille), et je regretterai toujours de n'avoir pas vu Callas serrer contre elle le bouquet blanc de noces compromises et, à l'acte II, chanter une des plus belles scènes de la folie écrite par Bellini pour ses sopranos – mais Callas chanta cette folie à la Fenice en 1949, trois ans avant ma naissance, trop tôt, et Bellini n'avait que trente-quatre ans, trop tôt encore, quand il mourut de la dysenterie quelque huit mois après le succès des *Puritains* : du sort précipité de cet opéra et de son auteur, chacun tire la leçon qu'il est vite trop tard pour tout, et Richard Forth vient à peine d'attaquer son "Ah ! per sempre io ti perdei" (Ah ! je t'ai perdue à jamais – était-il utile de traduire ?) que ma main…

Ma main glissera sous la fente pailletée des durs sequins, j'en arracherai deux qui me resteront sur les doigts avec le parfum du sexe, et grâces soient rendues au couturier qui trancha résolument la partie postérieure de cette robe de sirène (telle, grâce à l'élixir sanglant d'une sorcière sous-marine, la queue écailleuse de celle du conte, et c'est elle surgie de l'écume qui respire un peu plus vite à mes côtés), cette robe dont les pans s'ouvrent à peine mais assez pour me livrer Ondine, écartelée dès qu'assise dans une loge d'Opéra – et je ne me heurterai qu'à l'élastique d'un imperceptible slip noir, et sous mes doigts, ce ne sera plus qu'une symphonie de matières, jusqu'à ce qu'ils rentrent dans la combe tiède d'où nous sommes nés et celle-là sera ce miracle, et ces fleurs et cette neige et cette rose d'argent tendue (on ne peut s'empêcher d'entendre ici un peu du *Rosenkavalier*, diantre, nous sommes à Vienne !). Sur la scène, pages et hommes d'armes, et sous ma main, non plus la finesse ondoyante de la mousseline ni le mica rugueux des paillettes, mais cette peau au grain lisse, sans une aspérité, et la tiédeur de ta petite chouette, *deine Nachteule*, et la hampe turgide de ton clitoris et une douceur inexprimable et tu jouis dans un sursaut pétrifié, et c'est, ce sursaut, cette jouissance de refus, le non que tu m'opposeras toujours.

La soprano chante "Son vergin vezzosa", la menue nervure de chair vibre encore sous mon doigt, elle s'est tordue sur son siège, a étouffé un petit cri puis s'est tournée vers moi et m'a regardé, une satisfaction amère, narquoise, dans les yeux : elle a joui comme elle mange, pour ne rien perdre, pour elle, et je viens de découvrir qu'elle n'aime ni Bellini, ni la voix humaine, mais être vue à l'Opéra, qu'elle est insensible au bel canto et impénétrable de toutes les façons – sensible à la caresse extérieure, à sa beauté déguisée et vue, elle a joui fort, vite, sans abandon, la jouissance clitoridienne n'en supposant pas et jamais moins que chez elle. C'est là, devant ce plaisir hostile, que Cuori fond jusqu'à l'os et se jure d'amener sa petite bien-aimée, le ventre étroit de sa petite bien-aimée à jouir sous les treize centimètres de chair dressée alors sous la flanelle sombre d'un pantalon à pinces (Cerruti), à ce qu'elle se livre, se prenne à ce jeu qu'elle maîtrise trop, intolérablement, à ce qu'elle se perde ce qu'il faut, à ce qu'une autre jouissance due aux centimètres lui fasse perdre pour un moment ce contrôle, cette raison, cette identité, toutes choses qu'elle remettra conjugalement entre mes mains en même temps peut-être qu'elle se laissera prendre au rets des harmoniques belliniennes, à leur ampleur, à leur suavité transportée dont aujourd'hui elle ne perçoit manifestement rien.

Longtemps après, des heures ou des années ou le temps que s'achève la cabalette d'Elvira, "Vienne, diletto", longtemps après je la reverrai rencognée derrière le rempart de velours du balcon de velours, se trémoussant dans sa robe de femme, je sentirai sous mon doigt cela qui m'a presque étonné, que je n'ai pas connu dans ma vie, cette jouissance acérée comme un coup de canif, dégainée comme une arme, cette jouissance torpillée, la crudité d'un seul nerf à vif que ma caresse torture, et il n'y a pas plus de frisson dans ce ventre que dans les entrailles de Marie, et je devrais me le tenir pour dit, quand, simien fanfaronnant, tout comme sur scène Sir Richard et Sir George dans le duo fameux qui clôt l'acte sur l'expression tonitruante de leur ardeur patriotique ("Suoni la tromba"), je me répète que ses sens ne sont qu'à demi éveillés, quand je me félicite même que son passé n'en ait transi qu'une moitié, dont je me contenterai, en chevalier qui respecte les seize ans de son Ondine – quand je ne rêve plus que d'avoir les mêmes doigts d'or pour m'occuper de son sexe que ceux de sa mère pour, idem, de son estomac et qu'elle soit, au sens littéral, *comblée* : or je viens à nouveau de saisir son regard qui n'est qu'une tranchée âcre, et tout comblement semble être à cette fille, Nora, quelque chose d'étranger, de répulsif et encore plus par les soins d'un seul, elle est comme son regard, un puits sans fond, elle est ainsi par nature, qu'un seul veuille la combler revient à la déposséder, c'est ce paradoxe et c'est le défi de ce soir-là, qu'elle relève, oui da jawohl, que je l'emmène donc loin du taudis viennois dont on ne me laissera pas le loisir d'apprécier l'incurie, la crasse – le taxi pour l'aéroport est en bas – et je l'épouserai et – Carla, deux mots : tu pourras enfin vêtir ceux qui sont nus, tu auras tes pauvres en la personne de mon épouse. La dernière que tu attendes et qui aurait craché sur ta tombe si ç'avait été possible, ce qui ne le sera pas – qui sera à elle seule cinq bouches à nourrir car elle mange cinq fois par jour : compter le goûter, le médianoche et ces viennoiseries dont, chauvine à bon escient, raffole mon Autrichienne, et dans son Trianon ultramontain, ce seront ces gâteaux, cette pesanteur du sucre qui empliront la faille, ce sucre qui, bon terrassier, consolateur, adoucit pour un instant les cicatrices qui brûleront toujours. Et, Carla, tu seras priée de vanter chaque kilo, que dis-je, chaque gramme que prendra la favorite légale de Massimo Ier, ceci jour après jour dès l'avènement de ce dernier. Certes Carla, cette brebis qui n'est pas du bercail, nous allons la recueillir et l'élever, tu parleras alors d'âme, comme chaque fois que quelque chose monte, prend de la hauteur, pénis – l'érection conjugale est requise, qui fait partie d'un devoir de même nature, – souffrance ou naguère ballon dirigeable. Tout ce que je voudrais, moi, c'est amener cette enfant à l'amour quitte à débusquer tout d'abord, à l'arête la plus douce qu'il y a entre ses cuisses, le foyer de feu d'un éden éphémère, un soir à l'Opéra de Vienne ou un autre à cette Scala qu'il va bien falloir lui promettre et où elle confondra Verdi et Monteverdi, comment lui en vouloir (je devine, j'ai le morne pressentiment qu'il n'y a que les baroufs patriotiques, donc Verdi ira, la musique militaire, donc là je ne sais pas, et l'accordéon, cela je l'ai vu dans la taverne de Grinzing, pour imprimer à sa peau un indéniable frisson de mélomanie) ; tout ce dont je rêve, ce soir de Vienne, c'est d'un autre soir à la Scala où, profitant de la susdite émotion devant, sans doute, les trompettes d'*Aïda*, découvrir et ouvrir – et la robe sera à sa taille et je soupçonne une seconde chose, une petite perversité qui est de se décider à jouir, de préférence, dans l'obscurité d'une loge close, au-dessus du plus vaste parterre possible, qu'elle n'aime prendre son plaisir le plus privé qu'en public, et si c'est le cas, nous nous y ferons et adapterons quel que soit le caractère effrayant des perspectives sur lesquelles s'abouche ce penchant proprement infernal... A propos de telles licences, chacun m'aura compris, et je ne sais si j'espère ou non leur échapper – tandis que tonne l'inévitable chœur du "Va pensiero" (le peuple et la musique ne font plus qu'un), revenons plutôt à mes ruses ulysséennes, à mon seul désir de desceller encore les étaux étroits de cette fille, mon épouse, et ils seront comme des dattes qui aspirent le doigt et elle tressaillira peut-être de peur, pour une fois, à la Scala, si jamais elle a peur de quelque chose, un jour ; *ergo*, si elle ne pousse le petit feulement de tout à l'heure qu'en cas d'impunité ombreuse et d'opéra, voici qui nous réserve de beaux jours et je n'ai jamais tant béni le ciel de m'avoir fait naître à un jet de pierre de cette Scala qui est tellement plus chic que le Staatsoper de Vienne, en effet mon amour le Staatsoper où ce soir Elvira vient de revenir à la raison après la défaite des Stuart – cette bâtisse et ses stucs ne peut soutenir la comparaison, n'est, auprès de la Scala, qu'une pâtisserie peu fréquentée et si j'échoue, sous notre toit, sur notre lit, à te dissoudre comme une perle dans du vinaigre, nous prendrons un abonnement à la Scala afin que tu y aies tes aises, tu vois bien que rien ne m'arrêtera, et aucun Maure, général de l'armée vénitienne, et même sans que Maria Callas dans le rôle de Desdemona ne parvienne, à mes oreilles, à sauver l'affaire comme elle sauvait n'importe quoi. On aura compris que je ne supporte pas Verdi, assez sur ce gaillard – ma bien-aimée sera baptisée, Carla, nous nous marierons devant Dieu et irons à la messe. Ici, gare aux homélies de ton cher Riccio, qui peuvent la séduire tout autant que sa carrure d'athlète, je veillerai à ce rapport avec Riccio, aux prêches de Riccio, le gars n'est pas mal, Nora Neumann révère la force, d'où les marches militaires et mon argent, et que n'ai-je plus directement exprimé cette force (les épaules, c'est à une encablure près, des muscles bouleux, un tatouage et deux baffes… le malheur c'est qu'à la fin des *Puritains* je sache déjà tout cela par cœur, et que de ma médiumnité, elle n'ait rien à battre), lorsqu'avec les épaules, le tatouage, etc., et même un peu moins d'argent, elle aurait pu m'aimer.

La salle se vide où le *fa* aigu du ténor résonne encore, tout comme le plaisir de N. sous l'index et le médius de son sigisbée, un bouton du décolleté dorsal a sauté après les deux paillettes, elle dit que c'est une vieille robe – celle sans doute, d'une pute de luxe qui la trouvait défraîchie –, que ça ne fait rien, elle est moulue, trois actes, elle en a assez, elle veut me présenter sa mère avant que le *Csarda Piroschka* ne ferme, qu'on fasse connaissance et puis souper. Ecco, bellissima bambina, je souperai de ce que je peux, je n'ai moi, en tant que riche, jamais pris autant de repas en vingt-quatre heures.

Toujours ces reflets de charbon sur la neige, cette nudité sous la mousseline, son avant-bras duveteux se raidit gauchement lorsque, au vestiaire, je lui passe son imperméable, et je suppose qu'elle n'a pas plus l'habitude qu'on l'aide à enfiler un vêtement que celle qu'on lui ouvre la porte d'une voiture, à Milan, ce sera la Mercedes grise. Le *Csarda Piroschka*, maintenant, et la mère, la maquerelle, Neumann senior.

N'importe comment, ce jour à Grinzing et les déclinaisons de sa suite, ce jour est d'ores et déjà le plus beau de ma vie – et je ne t'aurai jamais vue plus loyalement heureuse que ce jour-là, quand tu m'as montré du doigt les branches de sapin à l'entrée du Heuriger et ensuite quand tu as pris place sur le siège de la loge comme sur un palanquin, mon amour, non je ne t'aurai jamais vue plus heureuse que ce jour de Vienne où nous n'avions, ni toi ni moi, rien lu, ni dans le vin, ni dans le café, ni dans les nuages au-dessus de Grinzing, rien lu du sort jeté sur chacun des autres jours, et il me reste celui-là et si j'étais vraiment quelqu'un de bien, je le retiendrais plus précieusement encore dans la fibre intime de ma mémoire que toutes les nuits du verrou, qui sont ultérieures et d'un rose-rouge enflammé comme ton plaisir endolori, comme toute la tyrannie d'une jeunesse, la tienne, que je vais finir de désabuser, et tout aurait dû s'arrêter avec l'imperméable qui te noie, dans lequel tu t'empierges en riant. Tout aurait dû s'arrêter avant le restaurant hongrois, après ces vingt-quatre heures pures comme cette eau du Schneeberg dont on accola le verre de rigueur à la tasse de café où le lait frémissait ras bords, avant que la cuiller d'argent dardée par la main d'une serveuse insolente, ping, le sommât d'une crème qui était pour elle la rose de Carmen, le geste d'élection, une espiègle houppette de chantilly, ping, flottant sur le café du type qui, comme tous les autres, lit un journal dans le salon d'un grand hôtel. On sait la suite, mais rien ne m'empêchera de psalmodier combien c'était merveilleux alors, que ce sont des choses qui suffisent, et merveilleuse la fraîcheur des roses, merveilleux le velours de la crème, ce jour ensoleillé, cette nuit danubienne, ces quelques paillettes arrachées, ces choses que je revois si clairement, merveilleuses en effet comme les reculades d'une biche et son grand œil sur vous ouvert au fond d'une forêt nordique et je ferai l'impossible pour que ces choses ne meurent jamais et ces autres que je vais dire, à présent que je n'ai plus à attendre la énième indigestion de cerises de mes petites-filles et de m'étrangler moi avec un noyau ou que sais-je encore, sauf qu'on a parfois la mort qu'on mérite. Mais non, pas avant d'avoir fini ce livre.

*

Au *Csarda Piroschka*, la mère s'avance, aussi grosse que sa fille est maigre, elle pèse deux fois sa fille, au moins, laquelle a dû la mettre au courant de la situation soit par un billet qu'elle aura laissé dans la chambre au moment de se changer, à supposer que sa mère soit repassée dans cette chambre entre deux services, soit par un coup de téléphone subreptice : pressée d'aller aux toilettes, comme tout le monde après les trois actes d'un opéra, elle a pu l'être aussi d'appeler la *vieille* Neumann, qui n'a que l'âge de ses kilos, pas plus d'âge que sa fille, qui est cette vieille néanmoins ; Magda n'avoue pas plus de trente ans, je la verrai toujours quinquagénaire, que sa fille paraisse prénubile la repousse dans le temps, c'est la mère de l'enfant, c'est tout, donc vieille, nous en resterons là.

"Grüss Gott", roucoule notre hôtesse – et ce qui s'avance, c'est un mélange de servilité rengorgée et concupiscente, de trac mal dissimulé et de confiance aberrée : *die Gnädige Frau* a toujours fondé de suprêmes espérances en l'avenir de la petite, qui ce soir, cette nuit – minuit sonne et voilà donc vingt-quatre heures, à une seconde près, que Nora a franchi le seuil de ma chambre –, vient peut-être de décrocher la lune, la vieille est sur les dents, ouvre un œil inquisitorial, c'est qu'il s'agit d'en avoir le cœur net, de savoir de quel bois est fait le postulant, s'il vaut le coup. Elle, en revanche, a dû scruter le marc de son café, et l'étoile et l'ange gardien, elle y croit autant que la môme, vous dis-je, l'une brille de tous ses feux au plafond du restaurant hongrois, au-dessus de la table stratégiquement à l'écart qui nous est réservée, et l'autre nous frôle de ses souples ailes pour nous pousser en même temps que le ventre de la maritorne vers le recoin romantique.

Nous installant, déployant sur la nappe deux menus parcheminés (Neumann junior en attrape un à toute vitesse, plonge le nez dedans, et disparaît l'univers, et sa mère, et moi a fortiori), Neumann senior couine une proposition apéritive : vodka ? tokay ? champagne ? – Vodka, répliquai-je, amène – à moins que ce ne soit un peu fort, que Nora… Ladite lève le nez, tranche d'un sourire compatissant : "Celle à la cerise, la Starka – à moins que vous ne préfériez celle à l'herbe de bison, oh, c'est comme vous voudrez !" C'est si peu comme je veux que, sans attendre ma réponse, il faut que je m'habitue à ce que mère et fille aient quelques similitudes, la bouteille de Starka est déjà sur la table quand, à l'évidence, *die Kleine* fait semblant d'apprendre un menu qu'elle connaît par cœur pour laisser à Magda N. le temps de l'inspection – d'une étude morphopsychologique de l'inconnu, amant de passage ou élu que l'ange a enfin dépêché.

Tout ne peut que lui sembler bon signe : les traits un peu affaissés, preuve de douceur et d'indulgence, les yeux un peu globuleux, vaguants et cillants (l'insomnie, le début d'une de mes fréquentes crises de conjonctivite, ataviques elles aussi), les tempes prématurément dégarnies, les cernes ridulés du boss qui prend des avions tôt le matin, le costume, sa coupe et son tissu, les camaïeux subtils de la cravate, l'or des boutons de manchette, de la montre, les blanches mains de prélat, la chevalière massive, tout y est, je ne me sais trahi par nul autre que moi-même : je suis, d'avance, un homme d'affaires, chacun sur cette scène a son emploi et c'est le mien dont j'avais les attributs à la naissance, foin de chimères à propos de mon futile talent narratif, est-ce que j'ai l'air d'un artiste et la plupart sont maudits, et de ne pas avoir l'air d'un artiste maudit ni même d'être du joyeux clan de la bohème, risque de me valoir Nora, une Mimi qui aurait traité Rodolphe avec un dédain sans recours ; *Ihre Frau Mutter* savoure l'homme d'affaires anticipé, rumine que, pas si âgé, pas un pli au cou, ce cou est la vénérable colonne d'un temple olympien, pas de veines cordées aux mains, Dieu du ciel, jeune, elle dirait même, le prétendant le plus jeune qu'elle ait vu (ce que je crois aisément), héritier sans doute – et héritier sans que plane le moindre doute, Fräulein N., en cas de billet ou de coup de téléphone dont le laconisme aurait suffi à m'introduire. Sur l'*in petto* final d'une espionne avertie (le type a l'air d'une pâte et plein aux as, en tout cas), Nora décrète qu'on commencera par des potages, pour que l'entrée soit légère. Potages donc puis, inévitable, le plat du jour, deux des carpes au raifort que ce jour d'été, aboli, aurait condamnées à la dent du cuistot ou plutôt, parce que celui-ci a tâté de sa carpe ce matin ce midi et ce soir, à finir dans l'assiette d'un des violoneux dont je sens l'approche menaçante ; derechef, surgit l'un d'eux, et ils sont trois, et celui-là a l'air tout à fait russe, prêt à nous sangloter des mélopées tsaristes et ensuite *Les Yeux noirs*, pour quelques dollars de plus, du reste les dollars l'arrangeraient. Magda Neumann le repousse vivement, estimant que le folklore slave ne doit en rien troubler un entretien capital, que pour les violons, on verra, faut-il qu'on ait à fêter quelque chose.

Ce corps énorme de Magda Neumann, le vieillard qui est aujourd'hui derrière sa machine à écrire et devant sa piscine, rêve encore de le voir noyé dans les eaux bleu lagon de celle-ci, flottant houssé d'un de ces burnous qu'elle appelait "sorties de bain" ou "sauts-de-lit" – ces atroces robes de chambre de turquerie, qu'elle achetait par wagons, qu'elle croisait sur sa panse distendue d'une main satisfaite : nous eûmes même droit à une succession de peignoirs japonais, en soie, avec des paysages dorés, des fleurs cramoisies et des oiseaux blancs, pires que les turqueries et dans lesquels elle aurait fait un cadavre encore plus magnifique, et combien de fois ne l'ai-je pas vue, cette scène – la découverte du cadavre de Neumann senior, dans la piscine, au matin, frappée de congestion après le dernier de ses copieux en-cas de la nuit, bleuie, bercée par l'eau comme une méduse et encore plus flatulente qu'à l'ordinaire : Magda Neumann aurait pu, à la fois, être ma belle-mère et savoir nager. Elle ne put remplir aucune de ces deux conditions, et quant à la seconde, de s'y essayer la confrontait à un tel danger qu'un de mes deux rêves aurait eu quelque chance de se réaliser : elle s'obstina à descendre l'escalier de cette piscine "pour se rafraîchir", qu'il pleuve ou qu'il vente, et il y eut, cet été-là, des orages et leurs ondées sous lesquelles nous trouvâmes *in the pool* la bonne dame qui s'obstinait à toutes les choses dont l'argent donne les moyens, y compris à suivre les cours d'anglais de sa fille histoire de l'encourager, qui s'obstinait à assassiner la langue de Shakespeare dont on sait déjà la compétence de mes compatriotes à faire un jargon méconnaissable ; qui s'obstinait, non seulement à se rafraîchir, mais, toujours à l'imitation de sa fille, à rejeter les épaules en arrière, gonfler ses poumons, tendre et joindre ses bras noueux pour agiter symétriquement ses membres postérieurs et inférieurs en une épuisante singerie de brasse, et nous ne voyions plus que les marguerites de caoutchouc de son bonnet de bain, et tout cela finissait par une brasse coulée et bien souvent il nous fallut (il me fallut, exhorté par une Nora trépignante) repêcher les quatre-vingt-dix kilos de la maquerelle et l'étendre en plein soleil, espérant l'arrêt cardiaque étant donné qu'elle venait immanquablement de finir de manger comme quatre, c'est-à-dire comme sa fille, et que je ne lui avais jamais déconseillé les baignades postprandiales, qu'au contraire je lui jurais que, de prendre en compte le temps de la digestion, fût-elle celle d'un méchoui, avant de s'immerger, n'était qu'une rumeur médicale parfaitement obsolète, allez-y donc, Magda, elle est bonne. On noyait bien les traîtres, dans l'Antiquité, les voleuses, au Moyen Age, alors pourquoi pas elle qui, en cette fin du XXe siècle, était les deux. Et elle ne se noya pas et j'ai eu à enterrer une autre belle-mère, la mienne, charmante octogénaire qu'un cancer généralisé emporta dans le tourbillon de ses souffrances et qu'avec mon épouse Silvana nous pleurâmes du fond du cœur, pendant que la Neumann, raspoutinienne et cette fois vieille pour de bon, sévissait encore, c'est fort probable, au bout du monde où elle veillait à sa façon sur mes *amours décomposées.*

XI

Mais revenons au *Csarda Piroschka*, où le choix du potage, en tant qu'entrée légère et en définitive, a été laissé au maître queux – qui connaît les goûts de sa fille, présuppose les miens ou tente, avec la meilleure volonté du monde, de m'en révéler de nouveaux : *"Suppe mit Marchknödeln und Panadel-Suppe"*, m'informe la luronne en déposant devant nous les assiettes fumantes. M'est destinée la première, un "potage de boulettes à la moelle", traduit ma petite déesse, à qui sa mère a dévolu le "potage panade à la viennoise" dont elle raffole.

J'aurais sans doute aimé connaître Petra, sa grand-mère tchèque. Tous les Viennois ont des grands-parents tchèques, mais Petra n'était pas une grand-mère tchèque comme les autres : c'était elle le Vatel des Carpates, le phénix de cette cuisine de Bohême dont elle avait transmis les secrets à Magda sur un cahier de recettes "gros comme la Bible", dit la petite, la bouche pleine de Panadel-Suppe, "mais il ressemble surtout à un manuel de sorcellerie datant de Nostradamus, ce cahier..." Lors, j'apprends qu'elle se passionne pour les prophéties du susnommé et l'histoire des papes dont je sais sûrement tout, oui tout, lui dis-je, peut-être ai-je même mes entrées au Saint-Siège, puisque j'ai cette seconde demeure familiale à Rome (la gentille voit des passe-droits partout, et j'ai largement usé des miens en l'intéressant au patrimoine foncier des Cuori), puisque ma mère a une foi à transporter des montagnes, comme c'est beau, cette foi, et de vivre dans la lumière de la foi, et ce n'est pas parce qu'on a seize ans qu'on ne se pose pas de questions fondamentales et ça n'est pas à sa mère qu'elle peut les poser… et est-ce que la mienne a vu Dieu et Diable ? La question flotte au-dessus de la *Panadel-Suppe* sans, cette fois je me suis habitué, attendre sa réponse. Comme la majorité de ses comparses, la petite femelle est entichée de la force, monarchiste éperdue, révère la seule absolue et élective, et tout en nous rapprochant de Carla de la manière la plus imprévue, nous voici loin des sources de la foi, sujet qu'on vient pourtant de mettre sur le tapis. Pour suivre et juste avant le *main course* : et est-ce qu'elle sait, ma mère, si Nostradamus a vu juste, si après le Jean-Paul II qu'on a maintenant après le Jean-Paul Ier qui n'a duré que trente-quatre jours, sans doute le stress de l'élection, est-ce qu'elle sait, ma mère, si c'est bien vrai ça, si sur la liste après Jean-Paul II, il ne restera qu'un pape, qui sera capturé et jeté aux chiens avant qu'on élise l'Antéchrist ? Et est-ce qu'il naîtra vraiment chez les Chinois, l'Antéchrist ?

Ici, je serais resté à court même si j'avais eu la nuit pour répondre. Ici, la mégère intervient pour desservir les assiettes, et, Seigneur, la petite est une de ces bavardes, elle doit me casser les oreilles – et, pire, je n'ai pas aimé son potage. Devant l'effondrement du faciès bourru, Massimo Cuori assure qu'il n'a jamais rien mangé de meilleur, mais qu'un consommé aurait suffi avant le plat de résistance pour lequel il se réserve, ajoute qu'il est suspendu aux lèvres de son invitée. Ah bon, fait la mère, mais si avant la fin du souper elle m'a filé la migraine, que je n'hésite pas à lui rabattre son caquet, tout de même, et je vois s'éloigner en direction des cuisines, avec un égal soulagement, la proxénète et l'entrée qui fut mon lot, cette *Suppe* à la surface de laquelle flottaient des morceaux de moelle de bœuf gros comme des noisettes, dans leur robe de mie de pain, d'œufs et de chapelure dont Nora ne m'a pas épargné le détail, juste avant les papes ; l'assiette de celle-ci, en revanche, vient de repartir nette, saucée de son épais brouet vert et jaune – de la ciboulette, des jaunes d'œufs, m'a-t-on dit, et je commence à cajoler l'espoir qu'à force de jaunes d'œufs et de goûter toute la journée sa cuisine aux œufs, Magda Neumann ne trépasse sous peu d'un excès de cholestérol et de ses conséquences cardiovasculaires.

Grâce à la grand-mère Petra, les portes de l'Orient se sont ouvertes aussi grandes au *Csarda Piroschka* qu'en bas de chez Metternich et, à propos de l'homme d'Etat, quand Magda Neumann rapplique avec les carpes, il me vient à l'esprit que, aux Viennois, la négociation (ici, la mise à l'encan de chair humaine) semble participer autant de la coutume que de lire le journal en buvant du café. C'est au-dessus des carpes, que Magda prépare aussi à la polonaise, frites, aux racines, farcies à la juive, son époux était juif qui... "Je sais, Nora n'a pas pu s'empêcher de m'en parler", coupai-je avec un affable empressement – "Eh bien, je crois que, parfois, elle parle trop et trop vite", déclare la cuisinière en se mouchant noblement, sans me laisser l'opportunité d'exprimer le moindre regret à propos du décès tragique du dipsomane et du sort, qui l'est non moins, fait à deux personnes du sexe. Et c'est au-dessus des carpes juives et après une jolie perle tombée de la jolie bouche de Nora : "… qu'elle sait les choses par avance mieux que Nostradamus, que rien ne l'empêchera de faire sa carrière au cinéma – mais que la célébrité n'aura pas de prise sur elle !", que va se conclure le traité de Vienne.

La scène est à la table du restaurant hongrois, où la grosse N. vient de s'asseoir, de rougir nos verres de Starka glacée, de s'en adjuger un cul sec : le traité signé, Nora sera mienne qui aura bu ses trois verres de brûlot à la cerise et, dévorant une tarte aux myrtilles, poissé ses lèvres du même grenat noir que le fard de ses douze ans, ce que je suis bien le seul à me formuler avec tendresse, peut-être pas à juger qu'il faudrait qu'elle mange un peu plus proprement. Le dialogue qui suit, pour fixer au mieux le protocole d'une convention et de ses clauses : qu'elles soient non écrites importe peu, de cela *die Mutter* est certaine, elle sait très bien que je suis le dépêché de l'ange, elle n'a plus aucun doute, et que c'est de mon sang que je signerai paragraphes et codicilles, tout ce qu'on veut. Courtière en galanterie, de pressentir avec justesse est la pierre de touche de son métier, et si la chair de sa fille est la plus fraîche qu'elle vende aujourd'hui, elle a dû en enchérir ou brader d'autres, elle n'en est pas à son premier coup, mais celui-là est le bon d'autant plus qu'elle-même échapperait bien volontiers aux cuisines douteuses et réduits insalubres, qu'après les vingt ans de

Nora, le temps passe si vite, il faudra peut-être revoir le prix de celle-ci à la baisse et qu'elle n'est plus si sûre de s'y retrouver.

Magda N. : Mon mari, à sa mort, n'a laissé que des dettes. Autant ne rien vous cacher, maintenant : il jouait autant qu'il buvait. Moi Monsieur, je ne sais pas faire grand-chose que la cuisine et qu'élever Nora… voyez-vous, je lui apprends ce que la vie m'a appris et si je n'étais pas là, elle ne se méfierait de rien, vous vous en êtes sûrement aperçu, ma Nora, c'est Jean de la Lune, châteaux en Espagne et Cie… (Massimo C., enjoué, en voix off : ce sont aussi, sur les bras, des hématomes sans équivoque, la vieille canaille dépasse les bornes et je voudrais être demain, à l'instant, à la seconde brûlante où je la présente à Carla… à moins qu'elles ne s'accordent sur le fait que le pape est Dieu sur la terre, du coup, sympathisantes, et signant à elles deux le traité de Milan).

Magda N. : Elle est couvée, Monsieur. Maintenant, tout ce qui l'intéresse, c'est le cinéma, le théâtre. Elle travaille dur, elle répète avec ses amis du cours, elle n'arrête pas. Elle se surmène – n'est-ce pas, Nora ?

Nora ne répond pas, trempe trois sucres dans son café, les croque.

Magda N. : Allez donc lui dire d'en faire un peu moins, de ne pas vouloir tout, tout de suite, qu'un metteur en scène en vogue la repère par exemple et qu'elle devienne Greta Garbo, d'un jour à l'autre… comme la chenille devient papillon, Monsieur, et Nora s'y voit déjà, découverte comme cette autre, cette Anna Karina dont elle me rebat les oreilles, une Danoise je crois, qui a trouvé sa chance en tournant une publicité pour un bain moussant. Il y a de ces coups du sort, c'est pourtant vrai… ! Et des photos de vedettes, vous n'en reviendriez pas, elle en punaise aux quatre murs de sa chambre, elle leur parle, elle les prie comme si toutes, des Vierge Marie, chaque soir avant de s'endormir, vous la pinceriez au sang qu'elle ne sentirait rien, elle est là-haut, étoile montante du septième art, et pour lui faire remettre les pieds sur terre je voudrais bien vous y voir, vous ou un autre, de toute manière les garçons ne l'intéressent pas. Nora a des ambitions, c'est déjà ça, j'en connais d'autres de son âge, de petites gourdes qui rêvent juste de poser pour des magazines, d'être mannequins. Elle sait ce qu'elle veut, au moins, elle veut qu'on s'en sorte et si Dieu lui a donné un physique agréable, c'est bien pour qu'elle s'en serve, et puis on ne peut pas rester comme ça. Depuis huit jours, le téléphone est coupé, on ne pouvait pas, pour la facture. C'est dans son caractère, de vouloir devenir quelqu'un, on ne peut pas le lui reprocher mais comment voulez-vous que j'accepte, moi, de la voir se tuer à la tâche… (et vice versa, tout à l'heure c'était à la fille de déplorer chez la mère cette aveugle frénésie de travail, quoi qu'il en soit les Neumann bossent que c'est fou, au risque d'y perdre la santé, *c'était ce qu'il fallait comprendre, n'est-ce pas ?* demandai-je à l'ange gardien qui va et vient, posté dans leur dos)… Faire toutes sortes de petits boulots en plus des cours, vous n'imaginez pas comment elle est, pour m'aider à payer le loyer elle ferait n'importe quoi, dès qu'on lui propose de promener des chiens, de garder des enfants, tard le soir, quand les parents sont au spectacle, elle saute sur l'occasion même si on la paye deux schillings, c'est comme ça quitte à ce qu'elle perde un kilo par mois et pourtant pour la nourrir, je suis un peu là, je vous fais un repas de roi avec trois fois rien, et ma fille, la peau sur les os, c'est à en pleurer quand je la vois sortir de la douche, elle flotte dans ses blue-jeans, dans tout ce qu'elle porte, ça n'a pas pu vous échapper.

J'opine, à qui rien de cela n'avait échappé, Frau N. déglutit houleusement sa salive, l'allusion à la robe de soirée était un pas de clerc pour ce que sa provenance a d'énigmatique, Frau N., en procureuse ingénue, parvient même à m'arracher un sourire, Nora pousse un gloussement ravi en suçant un quatrième sucre caféiné, clame que : Eh, la douche, elle ne risque pas d'en sortir à poil, que la douche est à l'étage et qu'elle n'en prend pas trop souvent, de ces douches, à cause des cafards ! Et est-ce que ça se voit, ce manque de douche ? Elle a beau mettre des litres de parfum bon marché, ça doit se sentir, au moins… En plus, elle déteste les douches, n'aime que les bains, et au Sacher, elle en a pris un dans une baignoire de marbre, elle s'en souviendra toujours, un bain digne d'Anna Karina, *mum !* (rictus de clown à l'adresse de *mum*, elle tourne la tête dans une envolée hollywoodienne de mèches platine, sourit de toutes ses nacres au prétendant qui s'est aperçu d'une maigreur alarmante, certes, du reste, non). Alors c'est que j'ai le nez bouché, diagnostique l'adorable, parce qu'avant le bain au Sacher, sale comme un peigne. Haussement d'épaules, nez dans le café.

Magda N. : Ah, cet emploi à l'hôtel Sacher, pour remplacer au pied levé une petite de son âge, voilà – et ne croyez pas qu'on m'ait demandé mon avis. Enfin, sans l'hôtel Sacher, Monsieur…

Massimo C. : En effet. Et en effet, il n'est pas question que Nora fasse autre chose que de suivre ses cours de comédie. Elle est née pour la scène, c'est évident. Il lui faudrait juste, en plus, des cours de langues… perfectionner sa langue maternelle, apprendre l'anglais, indispensable à une comédienne en herbe, et l'italien, bien sûr.

C'est ici que l'entremetteuse louange mon allemand si parfait, que je pense que nous n'avions aucun besoin de parler pour nous comprendre, elle et moi, que je propose l'Italie, demain, et – jawohl, Magda, dans la famille Cuori, on parle toutes ces langues et le plus pur italien et même le français – et la Chine s'ouvre, d'apprendre le pékinois est d'ores et déjà de mise. En plus, dis-je à l'attention de Nora, on sait que la Chine est un pays d'avenir, puisque l'Antéchrist est né là-bas, je le tiens de source sûre, entre deux pagodes aux toits qui rebiquent, empilés les uns sur les autres avec des clochetons au bout, tout dorés, c'est entendu mon amour, je t'emmènerai en Chine. De ceci, chuchoté à l'oreille coralline de l'intéressée, sa mère n'a rien saisi, qui trompette qu'elle va s'abîmer les dents avec tout ce sucre, la gamine, qu'elle n'a qu'un défaut, Monsieur, qu'elle est gourmande comme une chatte, mais il y a aussi que pour ses dents et sa croissance, mieux vaudrait des beefsteaks – et est-ce qu'on mange des beefsteaks dans cette Italie où Monsieur, faut-il encore y réfléchir, les invite à partir dès demain, au débotté, faudrait-il voir pour le loyer du mois en cours, l'eau le gaz et l'électricité, la note de téléphone a moins d'importance, on peut le couper, il n'y a pas foule pour appeler des personnes comme elles, il n'y a que Nora pour être pendue au téléphone à jacasser avec ses amis du cours, comme si en cours, elle ne dépensait pas déjà assez de salive. Et pour combien de temps, le séjour en Italie ?

Nul ne répondra à l'importune et c'est là que je demande à Nora si elle sait ce qu'elle fera de sa nuit ; qu'elle dit *oui*, qu'elle a pris sa décision, qu'elle dormira dans ma chambre, au Sacher, oh juste parce qu'elle a besoin du bain Anna Karina, que ça n'est pas sa mère qui y verra à redire.

Ni ta mère ni moi, assurément. A l'heure de l'addition, qui sonne plus que jamais celle de mon destin, tandis que Magda invective le violoneux qui a tenté sa dernière chance, je prémédite de coucher la fillette ivre morte dans les draps de lin du palace, ivre morte parce qu'elle a bu toute la journée et qu'à son souffle qui se précipite pour une prompte confession, *sotto voce*, je décèle tout le rhum qui caramélisait le café, mais qu'importe, si dans ce murmure torrentiel et parfumé, il y a que – oh il y a cela de merveilleux, qu'elle ne voudra jamais revenir à Vienne, au grand jamais à Prague ni dans aucun de ces horribles pays de l'Est… Et dans ses yeux, frappés d'un soleil napolitain qui, lui, ne brûlera jamais sur Milan, défilent les cartons pâtes de Cinecittà, quelques évêques affairés et leurs mitres et fuit la soie d'une dalmatique violette, et encore Cinecittà, les yeux s'élargissent pour refléter les seins immaculés d'Anita Ekberg et quel que soit son taux d'alcoolémie, cette fille dit la vérité.

Pour une nuit, on laissera la virago dans son faubourg déshérité et l'enveloppe requise aux mains de la propriétaire éberluée, dont j'entrevois le gourbi à l'étage noble d'un immeuble qui sera démoli l'année prochaine, boum, ils feront tout sauter et il en sortira autant de rats et de cafards qu'il y a eu de sauterelles en Egypte, fait la petite, toute gaie – mais oui, j'ai lu la Bible, une amie du Sacher – c'est Hannah – me l'a prêtée, il y a une bible dans chaque tiroir de chaque table de chevet, dans les hôtels *first class*, tu n'es pas sans savoir *cela*, sourit-elle à l'homme riche, client obligé des hôtels *first class*, et elle se demande si c'est pareil chez les Arabes pour le Coran, est-ce que je sais... ? Pas précisément, amorino, et voici une lacune à combler, tout ce que je sais, c'est que, dans le taxi, nous sommes en chemin pour le Sacher et nos appartements mirifiques du Sacher : "De première, cette suite !... la suite du chef, et je suis sûre que les autres sont moins bien, ou juste aussi bien – celle de la reine d'Angleterre par exemple !" s'est-elle exclamée je ne sais plus quand.

Dans la chambre, elle me réserve une surprise parmi toutes celles qu'on ne compte plus, depuis que j'ai bu le philtre : ce café viennois aggravé d'une telle dose de crème et de sucre que, pour tout Italien amateur de café stretto, qui n'a fait, commandant un café viennois, que respecter insoucieusement une tradition locale, la mélasse que devint, grâce à Nora Neumann, le café viennois aurait dû finir, violemment régurgitée dans la cuvette des lavabos, ou bien sûr ne pas être bue, et la serveuse, engueulée, si elle n'avait pas eu les yeux de Nora Neumann – et ce fut en effet un miracle de l'amour que l'absorption du philtre épouvantable, sans dommages subséquents. Il reste que, dans le taxi, le fils Cuori, comme tous les Cuori sauf sans doute Attilio Cuori, figure, non seulement parce qu'il aime le café stretto, le spécimen exemplaire d'une virilité latine à laquelle Nora semble sensible, qui la nuit précédente explorait de ses doigts avides ce qui lui apparaissait manifestement comme une rareté, du jamais vu chez ses clients, à l'existence passée desquels il faut me faire une raison, qu'ils aient été ou non légion ; dans le taxi, M. le Lombard se souvient avec quelle expression d'extase évanescente elle caressait la villosité toute méridionale de son torse, comme elle aurait flatté le ventre ou l'échine d'un solide chat mâle et moelleux... M. le Lombard, aux abords du Sacher, pense que cette extase devant ce qui n'est en rien l'apanage du chat, mais du singe – que cette extase, il a été bien loin de la lui susciter lors de la perpétration de l'acte ; le même se jure d'avoir promptement raison de la frigidité de sa jeune maîtresse, c'est ce à quoi on reconnaît le vrai de vrai et la puissance de l'atavisme : promptement, mais certes pas dès cette nuit, ici différencions-nous l'animal de l'homo sapiens et d'un individu réaliste autant que déférent à l'égard de sa blonde – qui meurt de sommeil.

Le taxi pile devant le 4, Philharmonikerstrasse, la meilleure des adresses, tous les guides de Vienne s'accordent là-dessus, elle bâille. Donc, le bain chaud, immédiatement, qui la détendra et dessoûlera, et hop, dans les draps, que je la borde et qu'elle sombre dans un sommeil de pierre, le sommeil de l'enfance et de l'ivresse en même temps, pas avant, c'est prévu, qu'elle n'ait fait qu'une bouchée du carré de chocolat qui est sous l'oreiller comme la Bible dans la table de chevet, elle le tient de la bouche d'Hannah qui glisse chocolat et Saintes Ecritures dans les recoins idoines, l'un sous la profondeur de l'oreiller, les autres dans le tiroir.

Et de détromper le benêt : à trois heures du matin, c'est la surprise de la chambre, elle n'aura rien d'une enfant soûle de qui prendre soin avec mansuétude, elle sera ragaillardie, simplement ragaillardie par la Starka et le café-rhum, pour le reste elle est comme ces spirites brésiliens qui, en transe, vident des bouteilles de cachaça puis, revenus à l'état normal, témoignent d'une lucidité contondante, comme s'ils n'avaient bu que de l'eau et qu'une entité supérieure se fût chargée de la cachaça à leur place, phénomène dont le spectaculaire m'a toujours fortement impressionné, c'est à Rio ou près des sables de Bahia de Tous-les-Saints, pour l'heure, c'est au cœur de notre Europe fanée – c'est dans un hôtel de Vienne par une nuit d'été, et c'est un tempérament herculéen que celui de cette jouvencelle, un mètre cinquante-huit pieds nus, qui ne pèse pas le poids d'une de mes valises, qui, avec un flegme enthousiaste, me dira que c'est à elle de me faire plaisir, que c'est son tour – et cette fellation-là je n'aurais pas eu à l'en prier, elle a échappé comme presque tout de ce jour et de cette nuit à l'implacable système de troc qui régit l'existence des Neumann et va régir la mienne : elle me fera la seule pipe gratuite de tout notre amour, de toute sa durée qui ne finira qu'avec moi. Il est vrai que j'allais payer d'avance, que je donnais d'avance à cette enfant un respect que personne n'avait jamais eu pour elle : c'est ce qu'elle me dit, après avoir tout avalé, et la science avec laquelle elle venait d'exécuter la fellation et son absolu manque de dégoût à dépêcher le liquide coalescent et salin qui, à d'autres, plus âgées et expérimentées, suscite parfois une réticence ostensible, vaincue ou non au final, et je ne parle pas de mon épouse Silvana qui n'a jamais voulu entendre parler de l'affaire – ce manque de dégoût, cette absence de reculade, sentaient si terriblement, si simplement l'*habitude*, oh oui, ce mot en italiques, que le reste de la nuit, je ne fermai pas l'œil.

A l'instant où ma petite guenon s'éveilla, je revoyais encore le mélange de suffisance, d'indolence savante, qu'avait eu celle-ci à prévenir aussi complètement mes désirs, et c'était le second de ses réveils auquel j'assistais, et au réveil, vous n'aviez pas plus en forme que Nora Neumann, à quelque excès qu'elle se fût livrée la veille, ce que je n'ai jamais vu et ne reverrai jamais plus : Nora avait coutume, ce qui n'était qu'un effet printanier de ses seize ans dynamiques (coutume qui devait toujours avoir sur moi la vertu du plus efficace antidépresseur de nos laboratoires), de saluer le soleil dans le jaillissement d'une verve joyeuse, elle renaissait avec le soleil et posait, à sept ou huit heures a.m., une centaine de questions dont elle n'écoutait pas plus la réponse que celles qui seraient données à l'interrogatoire en règle que je subirai à mon tour au cours des heures à venir. Ce beau matin de juillet, elle s'attaqua à l'essentiel : y avait-il, dans la maison de Milan, un placard où ranger sa sorcière de mère ? Nous n'avons pas à anticiper de beaucoup pour voir la Neumann, dès qu'arrivée à bon port, emménager dans les quatre pièces de l'aile gauche, traditionnellement réservée aux invités de marque et, ou, aux amis de la famille : "Elle est loin", commentera N., ce même soir, ouvrant ses bagages dans l'aile Cuori qui est au milieu, "elle ne peut rien voir de ce que nous ferons, ni rien entendre, avec ce grand jardin intérieur qui nous sépare et tous ces chiens, elle a une trouille bleue des chiens, on ne risque pas trop d'être espionnés – qu'elle essaie donc, cette grosse vache, et avec un peu de chance, ils la mangeront, elle pèse bien de quoi nourrir la meute… ou peut-être, une insolation, et toc, noyée dans la piscine, qu'est-ce que tu en penses ?"

Ce fut la seule fois où nous pensâmes la même chose, au même moment. Une des seules où sa question rayonna de franchise et n'eut rien des inflexions sinueuses que leur imprimait la rhétorique Neumann. Et quand rouvrait donc ce cours de comédie, le meilleur de Milan, à l'évidence – quand, début septembre ou plus tard, comme les universités ? Nora Neumann n'avait peut-être jamais pris le moindre cours de comédie, si je peux encore jurer mes grands dieux qu'elle était, comme je l'ai dit, "née pour la scène", et une sorte d'aborigène de cette contrée étrange, affectée et subjuguante du spectacle ; que ses yeux mouillés, son nez retroussé, ses pommettes saillantes, sa large bouche pulpeuse (tout cela venait en droite ligne de la grand-mère Petra : Nora était une beauté slave), eussent infailliblement accroché la lumière des projecteurs, des *sunlights*, disait-elle, et condensé sur elle, à la manière d'une infusion de grâce, toute celle des plateaux et repoussé dans l'ombre tout intervenant. Le cours était fermé jusqu'en octobre, et bien qu'affichant sa résolution de ne jamais revenir là où on parlait sa langue natale ni de se retourner sur la scène germanique où se joua le drame de son enfance, elle accepta de bon cœur, dans le lot des précepteurs d'italien et d'anglais que j'engageai sur-le-champ, qu'un troisième larron l'aidât à perfectionner son allemand – le trio, passant au rapport, la qualifia d'une seule et même voix d'"élève délicieuse".

Délicieuse, elle le fut donc la dernière nuit de Vienne, et le matin des questions.

XII

L'avion pour Milan ne décollera qu'à dix-huit heures trente, j'ai amplement le temps de l'entretenir de son proche futur et, pour plus de commodité (et parce que je n'ai aucune envie de sortir et que j'espère bien la posséder encore une fois avant de quitter l'Autriche), nous garderons la chambre jusqu'à la dernière minute – elle approuve du chef, elle sait qu'ainsi font les riches, qui ne les libèrent jamais, ces chambres, à l'heure convenue de midi, c'est un droit de plus qu'elle ne remettra pas en question tandis que Hannah et ses pairs fulminent d'avoir à la faire en toute hâte, ensuite, cette chambre. La ragazzina est assise en tailleur sur le lit, dans le peignoir blanc, et elle aurait voyagé en robe du soir si je n'avais glissé dans l'enveloppe et la main de Magda une somme destinée à l'achat de bluejeans, d'un ou deux polos, de mocassins ou de tennis, avec la consigne suivante : que cette poignée de schillings, elle n'aille pas la boire.

Que je t'esquisse donc, mon âme, quelques contours de ce tableau d'une famille à laquelle tu appartiens déjà, un tableau noyé de ces clairs-obscurs que le lecteur a pu apprécier d'entrée de jeu, desquels tu vas surgir telle, de l'onde, la Vénus de Botticelli, les pieds dans une coquille

Saint-Jacques poussée vers les rivages italiens par Zéphyr et Flore… Mais peut-être préférerais-tu, primo, quelques instantanés de Milan, ville qui t'est destinée, et secundo, le tableau de famille et les quelques profils qui peu ou prou s'en détachent ? Elle préfère, elle exulte, le voyage d'abord, cette grande ville d'abord, elle se pend à mon cou sans se préoccuper d'une érection faunesque qui a cessé de l'intéresser, tant elle est déjà ailleurs, dans l'avion qu'elle n'a jamais pris, seulement le train pour aller d'une ville, d'un pays à l'autre, avec plein de ces correspondances où on perd les bagages. Massimo Cuori n'exigera rien que l'attention de son auditoire, qui lui est toute acquise, Massimo Cuori traite par le dédain une tumescence pourtant douloureuse pour se transformer non en cygne, comme Jupiter, ce qui reviendrait à sauter Léda, mais en Palazzo del Turismo, Massimo Cuori sombre dans les bas-fonds d'une démagogie rudimentaire mais à l'effet immanquable, et que tous les chevaliers qui un jour ont aimé une Ondine, une de cette race questionneuse et fuyante, pardonnent à cet homme-là – et ce n'est pas aux Ondine de quinze ans, la mienne en a tout juste seize, qu'il y ait la moindre chose à pardonner. Milan donc. Milan, que je t'en instruise, est la capitale économique du pays, son plus grand centre commercial, l'industrie y est prospère, sous des formes variées et d'un ennui extrême que nous passerons ici, non sans préciser, au chapitre de la prospérité, celle de l'entreprise Cuori, qui fait dans la drogue légale. Ce qui n'est pas une raison, Nora, après m'avoir juré sur l'âme de ton père, qui poursuit quelque part dans la canicule infernale son errance titubante, je vois ça d'ici – après m'avoir juré de ne plus toucher à une seringue, pour tâter de toutes les pilules disponibles dans cette maison, où on les trouve en plaquettes multicolores, plus souvent à côté du Nouveau Testament que de l'Ancien, dans chaque tiroir de chaque table de chevet. C'est entendu, et puis j'ai pu le constater même en si peu de temps, elle a une santé de fer, elle n'a jamais pris d'aspirine de sa vie, alors, accro aux pills, ça n'est pas pour demain, ni jamais, fait-elle, péremptoire, dans le but de me rassurer. But qu'elle atteint, du reste, car, d'une éloquence infiniment plus persuasive que le serment précédent, il y a sa délectation à m'entendre lui vendre (qui se vend ici, à nouveau ?) toute la gamme des sports praticables à une Donna Cuori, l'hygiène de vie, les principes diététiques dont tout Cuori a les moyens, et à la table des Cuori, chaque jour, dans chaque assiette de porcelaine à marli doré, une quantité plus que nécessaire de ces protéines, seules bâtisseuses de squelette, qu'on trouve essentiellement au menu des riches, elle me dit qu'elle a remarqué que les enfants des riches sont plus grands que ceux des pauvres, bassets à jambes torses, qu'à force de potages à la mie de pain et de nouilles aux pommes de terre, elle va rester comme ça, bassette, les protéines l'emballent, elle tient à sa peau et aux os par-dessous, et c'est, aux dernières heures de Vienne, un parangon d'aménité que Nora Neumann.

A part les protéines, l'attendent, à Milan, des banlieues sans fin dont la nôtre, qui est agreste et agréable, surtout l'été : l'hiver, il fait un invariable froid de loup, or l'hiver dure les trois quarts du temps, autant la prévenir tout de suite, mais l'hiver est l'occasion rêvée, bella, de partir comme les cigognes vers les lointains déserts de l'Arabie et de l'Inde, et en Inde tout particulièrement pour séjourner dans les forts du Râjasthân, lui dis-je, et ce n'est pas cette innocente que j'emmènerais à Calcutta, Calcutta se devrait d'être rayée de la carte pour une enfant, une seule, qui a vécu dans bien pire, une succession de galetas qui suintent un malheur bien plus intolérable, d'une autre nature que là-bas où l'humidité infiltre aussi bien masures, palais et ambassades, là-bas où ce malheur de la pauvreté est pour le plus grand nombre qu'il frôle, touche, tue, mais, sur son passage, semble ne rien vouloir stigmatiser : il y a, pour peu de temps encore, une certaine impuissance de la pauvreté face à l'Inde, aux grands ciels, à la peau d'ambre sous les haillons, à l'inadmissible faste de l'Inde, à son multiple, monstrueux visage de craie rose, aux tranquilles yeux d'idole de ses femmes... Le continent indien à la fin du siècle ne sera plus qu'un des chaudrons de l'Erèbe, et à une Nora Neumann, je n'ai rien à dire du continent indien ni de Calcutta – Nora Neumann n'entendrait là que les vaticinations esthétisantes de qui ne descend, à Calcutta ou ailleurs, que dans des hôtels climatisés, et ne verrait là que le summum de l'obscénité. Pardon, mon amour, j'étais un tout petit peu ailleurs, lui dis-je lorsque je n'ai jamais été si près d'elle, une proximité qui lui ferait horreur, à laquelle elle préférerait une exigence d'ordre sexuel qu'elle satisferait avec une bonne volonté de secouriste et juste un peu d'hébétude : laissons là cet Occident où l'on n'a pas le droit de mourir de faim, repartons pour l'Orient des contes – aimée, dit le charlatan, ce sera sans remords que nous irons d'*un château l'autre*, à travers le désert de Thar dans les palais des maharadjahs, rien que pour échapper à la pluie, à la neige et aux rues noires de Milan l'hiver, et elle ouvre des yeux grands comme des tasses à thé.

T'attendent, sous le soleil de juillet, dans la capitale lombarde, des arcades fraîches, d'avenantes zones piétonnières et les miroirs accolés de leurs vitrines, autant de cafés qu'à Vienne, bien davantage de voitures, des trolleybus et des tramways et aussi des Harley-Davidson, ce sont de grosses motos américaines avec du chrome partout que je n'ai jamais vues sillonner l'Autriche, ni elle qui en veut une tout de suite, et non, lui opposai-je, cela non et pas même quand tu seras majeure, et je frémis à l'idée d'une Nora Neumann chevauchant son destrier étincelant dans un trafic du diable où elle se perdra, où on me la prendra, où elle se cassera les deux jambes... Loin de ce bruit et de cette fureur, nous vivrons dans ces faubourgs préservés où l'on n'entend qu'alouettes et rossignols, la petite me regarde avec une subite méfiance, serons-nous si loin que ça du *centre-ville* ? Non, en voiture, il y en a trois dont ma Mercedes et un chauffeur préposé aux deux autres, lui dis-je, foulant aux pieds les vêtements de la honte, en voiture rien n'est loin, et en un tour de main, je jouxte la via Chiaramonti à la cathédrale, au Duomo, à sa piazza et à tout ce qui lui importe au monde, en vrac, musées et banques et antiquaires, et voici la rue de l'arrière-grand-père Giuseppe en prime, et nous sommes dans le *Who's Who*... (ping ! dans la première cible, halo des gloires terrestres, rond comme les yeux que ma blonde écarquille)... et approchons de cette via Monte Napoleone où la mode a ses assises (ping ! dans une seconde cible, plus sommaire, mais la fléchette a porté, elle cligne des yeux de chat caressé et nous touchons le fond d'un trivial sans merci), j'ajoute, désireux d'en finir avec le fichu Milan, que, dans les magnifiques églises qu'il y a à visiter, la rigueur vestimentaire est de mise, que nous pourvoirons à cela, tout comme pour le Vatican, chapitre à aborder ultérieurement. Et encore, *centro città*, la Scala où Stendhal avait sa loge, et outre l'ombre illustre de mon aïeul, celles des Visconti et des Sforza... les Visconti ? Mais oui, mes parents et grands-parents les ont bel et bien rencontrés, en chair et en os, s'ils ont loupé les Sforza ; et enfin, à découvrir, assène le guide perspicace, des milliers de restaurants, cinémas, théâtres, boîtes de nuit et un archevêché. C'est chez les Cuori, d'ailleurs, qu'on trouve le plus fréquemment les gens de l'archevêché : les évêques en violet (au courant, elle toise l'imbécile), et, tout droit surgis du Sacré Collège, ceux qui votent au conclave, les cardinaux en pourpre, les futurs papes, en personne, ici grâce à la pourpre cardinalice, je réussis la prouesse de scier les genoux de la donzelle qui lève les yeux au plafond où son étoile n'a jamais brillé avec autant d'opiniâtreté. Ne pas la perdre dans les dédales pontificaux, qu'elle suive sagement son cicérone jusqu'à l'adresse indiquée – et nous revoici via Chiaramonti, cœur du fief familial : la résidence romaine est une villégiature où mes parents passent l'été, nous les verrons surtout la semaine qui précède leur départ, ce départ annuel que rien ne leur ferait ajourner, dis-je à Candide dans le but de me rassurer moi-même, parce que, s'ils ne partaient pas, elle s'apercevrait de cela qui saute aux yeux, qu'elle est tombée chez les fous. Oui, petite fleur, nous serons seuls avec quelques domestiques dans ce paradis ultramontain, seuls occupés de nous-mêmes. Ah, j'oubliais, ils iront à Londres pour une vente de tableaux, vers le 20 – mon père a une remarquable collection d'œuvres d'art, presque aussi belle que celle du marquis Pucci, avec qui nous sommes dans les meilleurs termes.

Esquissé le paradis ultramontain et entrouvert le carnet d'adresses de l'enchanteur, je baisse à la hâte sur le tableau familial un drap que je n'ai haussé qu'un instant de peur que, malgré les Visconti, Pucci, et la cohorte des prélats, ma sauvagesse ne s'effarouche et ne se ravise, ce que n'importe qui, ayant la croûte sous le nez, ferait à sa place : ladite – une toile immobile et sombre – est une contrefaçon de Van Dyck où, cherchant en vain la touche du maître, on ne trouve que la pose académique de ses modèles, et dans les sourires empesés, les mentons lourds, les épaules pompeuses des mâles, toute l'emphase des Cuori, ce désir de paraître qui le dispute à la crainte d'être vu, cette peur des Cuori – ce legs irrévocable. Le drap est retombé, aussi, sur ces ombres qui sont autant de scandales enfouis (quelques maladies vénériennes, une blennorragie qu'Attilio m'a confessée dans un but prophylactique – afin que je me garde des fornications du hasard, et d'entraîner la première venue au Numana Palace, *papa*, et les avortements de Carla, et d'autres, délibérés, de tantes et cousines, alors qu'obéissant aux volontés du Très-Haut, on aurait dû se réjouir d'élever par-ci par-là un probable sourd-muet voire un inoffensif mongolien…), le drap retombe sur un vague air de mièvrerie à la Greuze, nous sommes le plus loin possible de Fragonard, de son *Verrou*, de son *Feu aux poudres* et de ses parcs italiens avec cascades au soleil et chiens jouant à s'attraper la queue.

Des ombres au tableau de famille, ma fillette n'a rien vu, ne restent, dans son regard ralenti, que les traces pailletées d'une magie corruptrice, un peu de l'or du Rhin, soit de la fortune qu'on doit au Biphosphate de Chaux et, lui brossant le cadre de sa vie future, je crois avoir été attentif à ne rien oublier de ses agréments pour m'assurer que, lutin lutinant, elle ne reviendra pas sur une décision aussi impétueuse – et ce discours n'est que la reptation pantelante d'un serpent aux écailles déjà usées, mais la pomme brille, rouge vif comme le sont les joues de la petite sans qu'elle ait joui, qui outre un enthousiasme imprévu, n'a mis que sa science précoce à la caresse buccale et gratuite de tout à l'heure.

Tout va cesser d'être gratuit, et elle va jouir, lorsque, au moment du petit déjeuner tardif, des miettes partout, etc., on sonne et que j'ouvre la porte sur cet impromptu : chargée des vêtements neufs, Magda fait son entrée, pose sur le lit un sac rebondi, le laisse à la discrétion de sa fille qui en extrait et recense les merveilles, et des socquettes et un ceinturon et un bob, l'ensemble provenant d'un magasin de solderie où l'on trouve des articles très corrects à des prix cassés, ce n'est pas elle, Magda, qui va me faire dépenser mon argent à tort et à travers, elle voit toujours au plus juste, et puis il ne faut pas céder à la petite, qui est un panier percé. Pendant toute la scène de Magda, la petite a, de ralenti, non seulement le regard, mais les gestes, elle met mille ans à plier et déplier les vêtements, ses gestes ont la lenteur du rêve, prennent ce temps inachevé de qui a fumé de ce bon vieux *Cannabis sativa*. Au contraire, pour Magda, dans sa scène, le temps s'accélère (et, dit-elle, elle s'est tant pressée d'aller acheter ces choses de première nécessité, elle a manqué se faire renverser par une voiture, elle serait morte sans la protection qu'on doit, tout comme celle de sa fille, à l'ange préposé aux deux et à son mari qui veille de là-haut, et la bonne dame se signe en long et en large à l'attention de l'ange et de l'ectoplasme tutélaire de l'ivrogne), elle pense si fort et si vite qu'elle est rouge comme le fruit tendu à Eve et les pommettes de qui l'incarne ici, le peignoir d'Eve est tombé à ses chevilles sur l'éclair de sa nudité, Eve, devant la glace, essaie sa toute fraîche panoplie, Magda s'effondre dans un fauteuil, et je ne me souviendrai jamais du début de son monologue – un babil inepte que couvre le raffut de ses pensées.

Magda ne triche plus, elle joue son seul rôle sur terre, Magda est une maquerelle qui suit les événements avec l'œil d'un financier le cours d'une valeur boursière, et si sa progéniture a fait un caprice, si au contraire elle s'est pliée aux miens, elle veut savoir, ses yeux enquêtent partout dans cette chambre, ses narines flairent la tiédeur chiffonnée de l'amour, elle veut savoir si Nora m'a accroché autant qu'elle commençait de l'être aux dures, cette petite malheureuse – et, pense-t-elle à grand bruit, dans ce cas particulier et si avait duré leur vie d'avant (laquelle s'achève au Sacher dans ce qu'on appelle un coup de théâtre), dans ce cas d'avant, un micheton à l'heure, parce qu'il aurait fallu de l'argent pour payer la dope, toujours davantage d'argent, qui serait rentré tant bien que mal dans les caisses des Neumann, à savoir les siennes tant que sa fille est mineure. "… Et quoi faire d'autre alors que d'oublier le cinéma, que de recevoir une procession de ces messieurs pour cet argent qui ne suffit jamais, et demain l'hôpital et après-demain Nora perdait ses dents, ses cheveux, sa beauté, ça a tenu à un fil !" Cela, je l'entends de la bouche de Magda, qui vient d'aborder la question capitale pour que ce soit fait, qu'on ne parle plus ni d'héroïne, ni de cocaïne, ni de leurs corrélats, tous en *ine* ; et je juge in petto qu'en effet, les dents, les cheveux, etc., et le cours de la livre de chair, en baisse vertigineuse jusqu'à ce que ce soit la vie qu'elle perde, et l'image récurrente s'imprime à jamais sur ma rétine, qui me la restitue pâle comme la mort et morte, sur le carrelage sale de toilettes anonymes. Traitant d'emblée le sujet pour mieux l'esquiver, Neumann senior vient de faire preuve d'un culot invraisemblable, lequel a payé et paiera au-delà de ses espérances, ce dont elle ne peut se douter.

La matrone pointe nez et museau ; au-dessus de l'accolade de la lèvre supérieure que souligne le gras d'un rouge dont elle a sur les dents, ce ne sont pas des vibrisses de chat, j'aime trop les chats, mais des moustaches de phoque, et elle a aussi, du phoque (Nora a raison !), la façon d'avancer par bonds, d'aller s'écrasant, c'est à vous faire pitié, dit Nora – et ce ne sera qu'à Milan qu'elle m'entretiendra longuement de ses varices, de sa phlébite et tutti quanti : encore quelques jours avant d'en arriver à ces familiarités, et que seul le prestige dû au social lui interdise de me taper sur le ventre. Aujourd'hui elle m'entretient opportunément du temps, qui est à l'orage, de l'avion, du décollage, de l'atterrissage, des trous d'air qu'elle redoute toujours tant, allons donc c'est son baptême de l'air, et on m'invente de mirobolants trajets sur Austrian Airlines entre ce Vienne et cette Prague, et voici également Budapest où l'Entrecôte Neumann a laissé un souvenir impérissable, même qu'un journaliste est venu l'interviewer, qu'elle lui a livré la recette de Petra, exceptionnellement, et elle démarre sur l'Entrecôte, intarissable, tentant follement de m'amadouer, que je lui prête déjà un peu d'attention, une miette de celle qui est donnée à sa fille, très peu lui suffira, les miettes, tout ce que Nora laissera de mon amour, tout ce que Nora aura en trop d'un amour dont seuls sa mère et moi-même savent d'avance le poids, elle grâce à la sagacité policière qui lui tient lieu d'intelligence, moi pour l'éprouver déjà. De ce poids, Nora ne sait rien encore, qui se tortille devant sa glace, cabosse le bob d'un coup de poing sur sa tête blonde, râle parce que, forcément, il manque un œillet au ceinturon et que ce truc est trop grand, encore trop grand pour ses cinquante-cinq centimètres de tour de taille (mesure qu'ont prise mes cauteleuses mains d'étrangleur pendant que je la secouais à lui casser le dos), remonte les jeans qui font un bec par-derrière, forcément aussi, et bâillent sur les tennis, se retourne et félicite sa mère : pour les pompes, c'est bon, c'est bien du trente-cinq et demi ; pendant l'essayage, l'Entrecôte Neumann poursuit son cursus – qui est une variante de l'Entrecôte à la Esterhazy, autre recette danubienne qui date du siècle dernier, qu'aucun cuisinier viennois sauf elle n'a plus le doigté ni la patience de réussir, ni même l'idée de s'y essayer puisque les touristes se contentent de n'importe quelle saucisse, sourit la toquée, qui l'est assez pour figurer dans le tableau de famille, à l'arrière-fond – or nous avons déjà une des meilleures cuisinières d'Italie, or loin de présager la guerre qui va se déclarer devant les fourneaux et qui aura lieu, j'en suis réduit à ma seule convoitise pour cette Eve de Cranach qui, en transe devant son image, ne m'épargne rien, sous prétexte de réajustements, de toute une chorégraphie trémulante, d'une danse du ventre énervée dont je ressens les ondes torrides, pendant que Magda Neumann coupe les cent vingt-cinq grammes de lard de l'Entrecôte en petits dés carrés, les fait sauter au beurre avec des oignons puis revenir à feu vif, que la sauce Neumann prend corps, qu'on n'a pas oublié la cuillerée à café de paprika, le verre de vin blanc, le quart de litre de crème aigre – et voici qu'elle coupe douze tranches d'un faux-filet qu'elle aplatit, vlan, et va couvrir la casserole où mijote la viande avant d'être braisée au four, lorsque, saisi d'une vague nausée, le télépathe entends clairement, sous la tirade de l'Entrecôte qui, issue du faux-filet, tient encore de l'escroquerie, ce que Magda tait et qui plaide pour le contondant bon sens d'une proxénète avertie – le télépathe entend clairement ceci, que c'est une enfant réfractaire et m'a-t-elle donc pleinement contenté (*bis repetita placent*, soupire Massimo Cuori, c'était déjà ce que ce vivant contretemps grillait de savoir en poussant la porte...), où en sommes nous, en quel lieu de la carte du Tendre et du royaume d'Aphrodite qui est, comme on sait, celui *des jeux et des ris*, et a-t-elle *ensuite* procédé à un massage relaxant d'inspiration thaïlandaise comme on l'a vu au cinéma dans un film à succès, et, à mes yeux, il ne reste alors qu'une chose flagrante : si la vampiresse n'avait pas commis cette intrusion sous prétexte d'apporter les vêtements au plus vite, je serais, à tous égards, infiniment plus content.

La flanquant à la porte d'un geste où je me découvre une compulsivité machiste ignorée jusque-là, et la consignant à nous attendre au salon, un des deux du Sacher, qu'elle connaît très bien, où elle ne risquera pas de se perdre, où il y a peu de chances qu'elle commande un café viennois, je lis encore dans le rictus idiot et l'œil fibrillé : le gus est *ad hoc*, bien qu'un peu brusque, comme tous les timides, mais c'est du sur mesure, et le genre passe-partout physiquement, le genre à se dégonfler sauf quand il s'agit de lourder la mère pour baiser la fille, le genre fils de, et pas trop à la hauteur, avec ce qu'il faut de ces complexes qui sont nés ici même, à Vienne tout comme ma fille, l'Œdipe, c'est en livre de poche, bon, le genre aussi à aimer les spécialités, peut-être le fouet, les cagoules, Dieu fasse (oui, Dieu) que la môme ne rechigne pas, qu'elle soit, elle, à la hauteur. Exit l'ardélion, et la télépathie, inutile dorénavant, nous n'en savons que trop. “Ce qu'elle peut être collante !” gémit N.

La prendre, une dernière fois, à Vienne. Elle virevolte, toute mariale, polo blanc, jeans délavés célestes, tennis blancs comme neige à lacets roses, elle dit que, malgré sa mère et son caquetage de fêlée, il faudra que je m'habitue, elle ne sait que faire la cuisine et qu'en parler, c'est à vous dégoûter de manger autre chose que du pain blanc, le noir elle connaît, danke schön, que malgré sa mère on a encore un petit peu de temps à nous deux, que je lui parle donc de cette vie qu'elle va avoir puisque je compte, n'est-ce pas… – “Assurément, et je ne tolérerai pas la moindre infidélité, ceci jusqu'à ce que la mort nous sépare", proclamai-je à l'enfant stupéfiée dont je n'ai pourtant pas le cœur de m'amuser, ni l'envie de moquer en rien.

Ce sera dans le ralenti de son rêve de tout à l'heure qu'alors le troc va se faire, où nous nous escroquerons autant l'un que l'autre ; c'est langoureusement, implacablement, que je croirai l'acheter, qu'elle croira se vendre, pièce de vêtement par pièce de vêtement, puis faveur par faveur, douceur par douceur, et avant de monter dans le premier avion de sa vie, elle aura presque joui (cela seul restera vrai) grâce, non au scieur de long et au fouissement obstiné d'un boutoir aveugle, mais à chaque détail du tableau qui cette fois révèle les lignes somptueuses de profondes perspectives vertes et bleues, et la forêt de conifères qui ombrage de turquoise les pierres de taille d'une maison de maître, ses trois ailes et ses dépendances, elle aura joui grâce à tout ce que je lui ai dit au-dessus du *breakfast*, car *breakfast* il y a eu, l'anglomanie a sévi d'emblée, avant que ne sorte des coulisses le professeur de langues, excellent et chauve et voisin, que je sais rester cet été à Milan, duquel rien à craindre, ni des dents ruinées et noirâtres, ni du front toujours brillant de sueur – idem pour les autres, dès lors triés sur le volet pour leur disgrâce physique bien que Nora ne soit pas fille à les détailler ni même à leur accorder un regard, les professeurs, même particuliers, faisant partie des bas salaires et en plus, s'ils ne prennent pas de vacances, devant vraiment être dans le besoin.

Elle aura joui pour... mais, tout de suite, comme Eve se rhabillait, Salomé ôte ses voiles, sans hâte et pourtant il y a l'avion qu'il n'est pas question de rater, pour elle c'est comme si aucun autre avion ne partirait plus jamais pour ce Milan dont mon astuce mercantile lui a si bien vanté les charmes, et je la vois à moitié dans ce rêve de Milan, à moitié et déjà dans la salle d'embarquement, ce serait volontiers qu'elle grimperait dès maintenant la passerelle de la providence au lieu de m'offrir un strip-tease dans cette chambre où mes valises sont bouclées, qu'elle-même a déjà quittée, qui a sombré dans l'oubli comme toutes les choses qu'elle laisse derrière elle et comme elle peut le faire un jour de moi, pour qui c'est déjà le début de cette crainte.

Salomé ôte ses voiles, et qui n'aurait pour elle l'œil du tétrarque, et c'est avec l'œil hypnotisé d'Hérode que je décompte les vêtements chus à terre et contemple l'effeuillage dont s'acquitte la main condescendante mais résolue d'une fille qui, tout comme son public, est sous influence. Du col déboutonné du polo, elle sort tout ébouriffée, les seins pâles et nus comme hier l'exigeaient les transparences de la robe du soir, la fermeture éclair des jeans soldés grince comme les dents des damnés et lui donne du fil à retordre, les jeans finissent par vriller à ses genoux, elle s'en décuirasse d'une ruade et d'une poigne fâchée, respire un grand coup par le bas des poumons pour reprendre son calme, dégrafe la lanière du ceinturon qui va siffler près du lit, puis c'est une joueuse de marelle, tenant ferme sur un pied, tendant l'autre pour ôter la socquette rose et découvrir la rangée régulière d'orteils de ballerine, et ballerine encore, un genou en terre, s'inclinant pour délacer la seconde chaussure de tennis, se berçant de l'ovale de ses bras, ses cheveux lui croulant sur le nez – la figure est impeccable, la pantomime, virtuose –, en sixième et dernier lieu (à Salomé, il manque un voile), elle tire sans ménagement sur l'élastique du slip noir de l'Opéra, et gisent au sol deux grammes de dentelles guenilleuses, et à l'Opéra, ma main mesmérisée n'avait rien éprouvé que le grain neuf de sa peau, et rien de l'état d'une lingerie bonne pour les chiffons.

Après un coït hâtif (l'avion) et peu susceptible d'amener Messaline à son improbable orgasme (laissons Eve et le poids du péché, et Salomé qui mourra vierge, chantant sa dernière aria d'amour et de mort – il n'y a rien de cela dans cette chambre, mais une petite aventurière sans scrupules, au nez de chat, au minois mutin qui se chiffonnera tôt, et le nez gonflera, ses ailes s'épanouiront en groin camus, et, et… – rien de plus, pensais-je, touché du trait d'Eros qui ôte son bandeau et pleure), Nora Neumann qui est une personne décidée, techniquement ma maîtresse et, en principe, si l'on a bien compris, a de commun avec Messaline qu'elle *jouira demain*, après-demain, aux calendes, elle s'en fout, cette même Nora Neumann aura joui pourtant, d'une façon très particulière, onaniste, du dépouillement graduel de ses vêtements, chacun figurant un fragment doré de l'auréole nouvelle, cette gloire des Neumann de laquelle hélas participera sa mère, un hélas que nous nous taisons de concert ; elle aura joui pour la fortune que lui valent dorénavant les six voiles à terre, et une voyante romani, une du *Csarda*, la lui avait prédite, c'était dans les lignes de sa paume qu'elle retourne et cambre vers moi, c'était là, inscrit, en sus de l'ange et de l'étoile – et mon amour, tu achevais à Vienne le premier et le dernier jour de bonheur que tu eus avec moi, tu gambadais encore dans les prairies enchantées de ton *fairy tale*, puisqu'un peu d'anglais est de mise – et il s'en faudrait encore d'un mois d'été pour que ta grosse bouche se torde, soudain vilaine, soudain comme un lombric rouge, long et large et annelé, sous la colère et l'amertume, comme si, à cette bouche, montait la lie du calice ou la boue des cuves et sa cendre gravelée, tout ce dépôt âcre qui t'empoisonnait jusqu'aux yeux, et c'est alors que ceux-ci se mettaient à ressembler au fil d'Escalibor, ou à des pierres, comme ceux de Clara pétrissant des boulettes de pain dans un silence absolu, oui, les mêmes yeux de pierre, et ces deux que tout séparait en principe avaient en commun cette intransigeance démesurée et cette ardeur croyante que je vis divaguer chez Nora, puis la prendre corps et âme, tout ce dont je ne veux, à Vienne, avoir conscience d'aucune manière, la petite pute aux mains voletantes et le pathos drolatique des petites putes étant tellement plus commode, et de me servir de la petite pute pour *ein hübsches Geld*, une belle somme d'argent, c'est ce que dira Magda à chaque fois.

Hübsches Geld, et qu'on me condamne, et je ne veux rien de la commisération de mes juges, pour les pires sévices sexuels – pour avoir exigé de cette bouche et de sa bague pulpeuse et parfumée, qu'elle enserre mon sexe jusqu'au bout, jusqu'au haut-le-cœur, à l'heure arbitraire de mon choix, et la même chose pour avoir exigé de ces yeux-là, les plus bleus du monde, qui méritaient de ne refléter que l'infini de la mer et celui de la nuit, qu'ils ne regardent que moi et qu'en outre il y ait dedans un amour bien plus impossible que la jouissance de Messaline, puisqu'il était sujet à ces enchères de chaque jour qui seront faites dès qu'à Milan, puisqu'à Milan, je serai chez moi, dans une demeure où, pour que tu sois comme au fond d'un cachot et seule captive de toi-même, en butte à l'argent, face à lui, dans ce rapport meurtrier et inextricable que tu as avec lui, pour cela qui m'assurait ta possession, je n'ai rien négligé, absolument rien, avec un génie que je m'ignorais et qui ne devait jamais se manifester autre part.

*

La métropole grouillante aux mille attraits, les ors verts du Duomo, les constellations pharamineuses des artères commerçantes et tous les velours de la Scala se trouvent maintenant serrés dans ta paume, lisibles à mes yeux autant que naguère, à ceux de ta grand-mère Petra qui, augure formidable et habile chiromancienne, excellait aussi à tirer les cartes et avait vu tout cela, et sous l'objectif surréaliste de ma caméra, ta paume menue s'étend jusqu'aux confins des domaines Cuori, elle s'étend immense jusqu'à cette propriété que nous avons dans la Maremme mystérieuse et ses collines enchevêtrées, la paume s'ouvre sur les pins d'Alep et les cèdres et le grand marronnier du parc de la via Chiaramonti, et malgré tout ce que je vais voir encore, aussi bien que la grand-mère Petra, dans cette paume offerte, je reste persuadé ou plutôt, à cet instant de la paume, je suis convaincu que la fillette dit vrai, qui bien davantage que d'être mon épouse et de ne vendre son corps qu'à un seul, veut être "Greta Garbo ou, mieux, Romy Schneider", ici, avec la mère, les violons sont accordés, "ou encore Jacky Kennedy-Onassis", la présidente des Etats-Unis d'Amérique survenant ici à cause de son statut de star que plébiscitait la populace, aimantée par son charmant visage carré au sourire de requin, ses épaules de sportive, son corps altier qu'habillaient si bien des tailleurs roses, ceux-là mêmes que ma fiancée viennoise arborera du côté de chez les Cuori, nombre de tailleurs roses, car griffés Chanel et de couleur flatteuse, légèrement chinés, de grande prestance avec leurs ganses noires et leurs boutons dorés, et nul besoin de grand-mère Petra pour confirmer cette autre chose, que les tailleurs roses portent malheur ; et je jurerais donc, avant l'aéroport et le grand hall des départs, de ce que, pour la comédie et que je fasse rouvrir le cours de comédie en plein été, c'était son âme que Nora aurait bien vendue : je crois ça dur comme fer, je crois aussi qu'elle vient de vendre ses trente-quatre kilos moins le poids de son âme pour un collier de perles à quatre rangs, d'un orient beaucoup plus rare que celles de Frederika, ce collier de perles luit déjà entre ses doigts qui en laissent couler les torsades, de se vendre pour deux piscines chatoyantes, un yacht ancré au port d'Amalfi, le club équestre qui est à deux pas de la via Chiaramonti, seule la chasse à courre et la pêche en rivière ne sont pas prévues dans les faubourgs de Milan, mais non, je ne me moque pas, je lui pêcherai des oursins et elle en gobera le corail frais quand nous ferons une croisière sur le yacht, au large d'Amalfi, de Pompéi, de Capri ; la petite Nora se vend donc (c'est si simple !) pour être servie, pour l'armée de domestiques qu'elle trouvera dans nos murs, les deux jardiniers, le majordome, cette cuisinière hors ligne qui répond au nom de Lietta, et cette autre – ce qu'elle aura de plus jubilatoire à son service – à celui de Magda Neumann, et qu'ai-je encore fait figurer sur l'acte d'achat, eh bien les chiens, labradors et dogues allemands, les chats, de robes variées, mais tous à pedigree, je n'ai rien oublié du court de tennis, du sauna, de la salle de sport avec jacuzzi, des vélos d'appartement et de la vaste gamme d'appareils de torture pour faire maigrir les riches, elle découvrira bien assez tôt qu'aux murs, il y a autant de crucifix que de trophées de ces chasses dont les Cuori sont férus et particulièrement de safaris où l'on vous rabat lions et gazelles, sur ce je lui suggère allégrement d'aménager une boîte de nuit dans l'abri antiatomique en attendant le Dr Folamour (elle a vu le film), je l'avertis des nombreux cabinets noirs où enfermer les fillettes indisciplinées, pour faire bonne mesure, je sonne le majordome, reconnaissable à son pantalon noir et à sa veste blanche, qui lui ouvrira les portes du palais et toutes celles des voitures, à qui au chapitre des liquides, elle mandera ce qu'elle veut, et de préférence, à l'apéritif, du Coca-Cola, je lui fais promettre de moins boire d'alcool.

Elle dit oui, et les premiers vols dans la maison seront ceux des bouteilles, de ces vins du lac de Garde sur lesquels elle a jeté son dévolu, et l'anathème sur sa mère : c'est plus fort qu'elle, Magda, c'est Magda qui boit les vins du lac de Garde ; de ceux-là en effet, qui dorment dans nos caves, elle ne pourra occulter la disparition, elle ne pourra les racheter comme elle rachète avec son argent de poche, les crus lombards, le sassala, l'inferno et les vins doux, le marsala et le muscat trouvables chez le premier épicier, pour qu'on ne se rende pas compte. On ne se rendra pas compte, sauf quand elle se prendra de bec avec Carla parce qu'elle a bu, sauf quand elle sautera aux yeux de Magda parce qu'idem, sauf *quand au lit nous serons* comme l'écrivait Ronsard, et où je débusquerai, je flairerai l'alcool soufflant comme un démon de chaque pore de sa peau translucide et moite. C'est ton tarif, apparemment, ma petite sublime, que des lieux et des choses et des gens, et tu te laisserais aimer pour un thé avec une rhumatisante marquise Pucci et un Rohan-Chabot acnéique, *les bijoux perdus de l'antique Palmyre* et des lagons en décembre et des golfs dans les collines andalouses et, partout au monde, des plages privées et tout ce qui est privé en général, parce que tu es, tu as été publique.

*

Apparemment, elle se vend pour ces lieux, ces choses, ces gens – c'est ce que je crois alors. La réalité est ailleurs, la réalité, comme toujours, c'est le rêve, le sien qui va loin sous la prairie enchantée du *fairy tale* où elle s'ébattait tout à l'heure, son rêve qui n'a rien d'enfantin, celui sans lequel elle ne vit pas, qui est indéfectible, d'une texture compacte, qui se resserrera encore, qui sera comme une cotte de mailles. Bien sûr, les châteaux ne sont plus en Espagne, ce sont ces demeures en Italie et l'anneau magique qu'on frotte, la bague de fiançailles, le saphir à la main de l'enfant. Mais ce pourquoi elle se vend, je ne le sais qu'aujourd'hui, j'ai mis un demi-siècle à le savoir, à le ressentir à travers elle, comme j'ai ressenti pendant ce demi-siècle les moindres choses d'elle. Je suis mort dans ma vie et ressuscité mort-vivant à cause d'elle. J'ai eu Silvana à protéger, qui est ce prodige d'élégance et de prude gourderie, qui sait bien moins de la vie que la petite Nora. Qui ne sait rien du tout, pas même remonter un réveil, on l'a toujours fait pour elle, et elle n'a jamais eu besoin de réveil. Parfois je me révolte, on n'a pas le droit d'être protégé autant, comme le fut Silvana en bas âge (fronts cléments des ducs et pairs penchés sur son berceau, seins hospitaliers des nourrices, baldaquin du lit et tombée défensive de leurs rideaux de satin, sous lesquels on n'a pas peur de la nuit trop noire, du jour trop vif, parce que tout doit être doux aux yeux, ainsi de ce jour qui vient et qu'ils tamisent...). Le monde de Silvana a toujours été propice et traitable : elle est née riche, elle a épousé un homme riche, pour elle de ne pas l'être est anormal, elle ne veut rien en savoir, ou alors la pauvreté normale moribonde à la ceinture de l'équateur, au fond de forêts pluviales, dans les favellas de Rio où, même pour photographier le Christ du Corcovado, elle n'irait pas – j'ai tenté de l'allécher avec ce Christ bénissant la baie grandiose, les alizés, les grèves de sable fin, les oiseaux-mouches, elle a refusé fermement, elle m'a opposé toutes les maladies tropicales possibles, et qu'enfin, le spectacle de cette pauvreté, bien que normale, elle ne le supporterait pas. Elle s'est cachée derrière son neuropsychiatre, celui qui lui prescrit nos meilleurs somnifères, derrière les bords larges, roulés, de ses chapeaux, ses canotiers, ses feutres, ses panamas, qui sur son crâne, à l'encontre des importables couvre-chefs de ma mère, sont extraordinairement viscontiens et parviennent à ombrer son grand nez, elle s'est blottie dans les rideaux de damas et les voilages neigeux de cet autre monde où l'on ne sort pas en cheveux, des femmes comme ça, on n'en fait plus, dit Lietta, elle a tiré les courtines du baldaquin de son enfance, et je crois que, dessous, derrière, je ne l'ai toujours pas retrouvée.

Voici pour le monde de Silvana, qui a de commun avec celui des Cuori d'être étanche, mais dans lequel, parmi les membres clairsemés d'une famille patricienne, je n'ai vu nulle part l'ombre erratique de la folie.

Dans cet autre monde à part, celui des Neumann, la nuit n'est que l'appréhension du lendemain, l'accablement que ce lendemain existe, où le créancier frappera peut-être à la porte, et Nora hurle dans les cauchemars de son enfance à elle, où le créancier fait partie intégrante de sa mythologie, autant que le Père Noël pour les autres enfants, et s'il est soûl, le créancier, qui attend depuis si longtemps, il va crier, hurler, les tuer, on ne sait pas. Elles sont débitrices, à vie. Cette vie des Neumann n'a été qu'une poursuite, des jours harcelés, la fatigue infinie que Nora laisse affleurer à ses yeux quand elle ne se croit pas observée, toute cette fatigue, à cause de cet effort constant pour vivre, Herr Schultz vient à cinq heures, Nora a quatorze ans, elle en a seize quand je lui découvre une cicatrice à la hanche – ça ? oh, c'était un genre de Vlad

Drakul, du verdoyant Buda, quand elle habitait à Pest où il n'y a aucun jardin et une poussière folle, ça, il l'a fait avec des ciseaux en acier de Tolède, de Tolède, il lui a dit, elle s'en souvient, elle était vierge alors, c'était bien après le *Vier Jahreszeiten*, elle a mis longtemps avant de se laisser faire pour tout, est-ce que je comprends ? Un blanc s'impose dans le texte, comme cette minute de silence qu'on respecte en mémoire des morts, et qui n'est pas beaucoup. Alors, mettons-en un petit nous aussi, différent des autres même s'il n'y paraît pas, un blanc couleur de mort, silence de mort. Respectez ce petit blanc-là, il se peut qu'elle soit morte aujourd'hui.

J'ai épousé Silvana qui continue sous mon aile sa traversée de la vie, comme une étrave fendant une mer lisse, sans mal ni faim ni froid (elle ne sait pas, rien, de la faim ni du froid et ne redoute rien tant que la chaleur, qu'elle appelle canicule même à Milan et qui la chasse invariablement sous le baldaquin, son dais, etc., soit dans les murs de notre chambre, derrière la grande baie que festonnent les ramures balancées des sapins), Silvana a trouvé le *marito modello*, le protecteur – et ce mot de protecteur s'applique aussi bien aux clients d'une enfant prostituée ("mes réguliers", gouaillera Nora un jour de bravade et d'abus confessé de poire Wilhelmine) qu'à tout homme aimant et plus âgé qu'elle, qu'à un Cuori infatué des mâles prérogatives de tuteler la jeune fille, de l'éduquer, de chasser les cauchemars où le dépeceur de Budapest veut la scarifier encore, où l'ogre, derrière la porte, veut son argent avec les intérêts, l'exige sous peine de mort, exige ses gages comme la drogue, l'héroïne aurait pu le faire. Seule sa beauté a empêché l'héroïne, c'était sa seule arme, combien de fois me l'a-t-elle répété – dans un murmure, puis dans un cri, quand le bleu de ses yeux s'est courroucé, quand elle a utilisé cette beauté contre moi, quand l'été finissait. A cette beauté elle tenait plus que tout, cette beauté était déjà l'aperçu, la promesse ferme, l'espoir ivre du bonheur, c'en était le moyen le plus sûr qu'elle vérifiait dix fois par jour dans le miroir, terrorisée, comme si ç'avait pu être un songe, un leurre, que ce visage, cette peau étroitement arrimée aux pommettes, ce don du ciel qu'elle avait, dont son sort tout entier dépendrait selon l'ingéniosité avec laquelle elle en userait : j'ai toujours eu pitié des très jolies femmes, compris sinon partagé leurs peurs légitimes car, s'abîmant, elles ont tant à perdre, car la découpe de leur visage est un cachet du destin, car le leur tient à cette précarité, et Nora avait sous les yeux celui, ruiné, de sa mère, et si son visage se défaisait aussi, lui échappait, filait comme une maille, qu'il bouffisse ou s'émacie, alors ma petite starlette, l'étoile s'éteindrait et l'ange fuirait et le bonheur aussi, ce bonheur selon Nora Neumann, qui valait infiniment plus qu'un shoot et la déflagration d'un plaisir qui retombe pulvérulent dans les abysses du manque, et sur le manque, elle en savait déjà assez.

De quoi était fait le bonheur selon Nora Neumann, j'ai mis tout ce temps à le savoir, même avec ce qui s'est passé dans l'hôtel de Vienne, sous les apparences et les voiles ôtés, lorsque j'entendais Neumann senior maquereller en sourdine sous couvert de son exégèse des Entrecôtes : amant simpliste d'un farfadet frigide (d'une Morgane issue de Carabosse), j'étais tout juste surpris qu'elle, ma bien-aimée, ait été si peu avare de fellations, pratique qu'elle renouvela, avec une efficacité furtive, alors que le concierge m'attendait avec la note et la clé de la suite royale. Au Sacher pourtant, les sens affûtés par une passion aux aguets, si je croyais entrevoir certaines choses de celles qu'attendait Nora, rien, je ne voyais rien de son rêve immense, ni de la fuite des ogres et du trancheur de chair qui l'avait fait dans la réalité, et de la débandade des créanciers qui s'écartaient respectueusement de la porte du galetas des Neumann. Respectueusement, pendant qu'elle m'aspirait une dernière fois, les joues creusées sur ma verge qui s'emperlait, les cils baissés sur des abîmes inconnus.

XIII

Nous sommes dans le siècle d'après et je suis vieux au bord de cette piscine de la via Appia, et voici venir les jumelles qu'engendrèrent ma fille Immola et son époux Luchino, ces deux qui raffolent des beaux étés permissifs de la via Appia, et se rebellent avec assez d'efficacité contre les camps de vacances dont ma fille et mon gendre les menacent toujours pour y couper en bénissant le patriarche, sensible qu'il est aux abominations de la discipline militaire de ces camps (le YES, SIR ! de *Full Metal Jacket*, c'était Kubrick, vous souvenez-vous ?), souvent insalubres de surcroît, je t'assure, Immola, elles seront mieux ici et feront tout autant de sport entre la piscine et les tennis, je t'assure, et sans que la main moite d'un viril benêt, cuistot aux épaules onduleuses ou montagne de muscles qui a leur âge et participe à leurs jeux, ne vienne soupeser le poids de leur croupe jeunette sous le coton de leur short, je t'assure qu'il se trouve toujours, dans ces lieux où on les entraîne comme des Marines, et ainsi des pauvrettes, des gaillards pour ne penser qu'à ça… et j'assure si bien qu'elles sont là à cabrioler sous les lucioles, à infliger aux chats des shampooings dont on les remercie par des griffades rubescentes, à commettre des tas d'autres bêtises impunissables puisqu'on ne peut jamais identifier la coupable, tant elles sont à l'identique – et j'ai toujours autant de mal, moi-même, parce qu'elles grandissent de concert, que pas un jour, pas un mois, pas un été surtout, ne voit la tête de l'une dépasser celle de l'autre, à savoir qui, d'Ottavia ou de Gina saute sur mes genoux sans m'inspirer aucunement le frisson de la pédophilie, et laquelle vient encore de dégonfler d'un coup d'épingle le water bed des joyeuses années soixante-dix que j'avais exhumé du grenier à leur intention, sur lequel naguère j'avais fumé l'unique joint de ma vie, sur lequel tout à l'heure elles rebondissaient toutes deux avec une formidable allégresse, et maintenant elles sont bien attrapées.

L'une des Ménechmes a le sang plus suave et plus chaud que l'autre, ce sang perle du mollet qu'elle gratte furieusement, il y a que ce n'est pas le chat et l'estafilade longue laissée par le chat sur la chair des deux, indifféremment, il y a que ce sont les moustiques et il n'y en a qu'une pour être dévorée par les moustiques à la tombée de la nuit, et voici un moyen d'identification tout trouvé, viens ici ma petite Ottavia, que j'applique du baume à la citronnelle sur ce mollet râblé, et ne dérange plus le scribe ton grand-père, le *nonno*, et pourquoi Nora Neumann n'est-elle pas là, pourquoi, à sa place, usurpatrices mignonnes, ces petites filles qui font parfois les gros caprices de leur caste, qu'est-ce que tout ça fait là – moi, derrière ma machine à écrire, j'ai une petite raison d'être, assez obsessionnelle pour me tenir en vie quoi qu'en pensent mes héritiers, j'ai à donner une lumière et une clé, à dire ce scénario des anges dans lequel elle se vend pour un trésor en toc aussi bien que pour un autre qui est sans prix, qu'on peut appeler une cause, le malheur des enfants et qu'il cesse.

Nora est une enfant battue. Par le père, puis la mère. Pour échapper aux coups, on ne peut que fuir, se battre ou se soumettre et mourir, voir les travaux de Laborit, son étude comportementale du rat qui, soumis à de successives décharges électriques et encagé seul, trépasse, qui, face à un congénère, ne pense plus qu'à l'étriper et, s'il y parvient, en réchappe : à cette fin, Nora se battait, frappait ceux qui la frappaient. Le jour venu c'est contre moi qu'elle s'est battue, nous étions dans la cage, c'était forcé. Depuis, le temps s'est assemblé sur cela, ces images, s'est assoupi au cœur des pierres, les pierres blanches des demeures blanches, cet été-là.

*

Ce matin de naguère, à Vienne, est aussi radieux mais moins brûlant que celui de Rome, cet autre été où j'écris comment elle s'est vendue, que si elle l'a fait chèrement, c'est qu'elle l'a fait comme on défend sa vie. Or on en revient toujours à cela, qu'il n'y a pas de vie sans ce rêve dont nous sommes faits, cette puissance qui se véhicule très profond, de façon souvent insensible. Le matin de Vienne, si je me trompais (et comme je me trompais !), c'était à propos des raisons qu'elle avait de me suivre : l'Eldorado de Nora n'était rien de ces lieux, de ces gens, de ces choses dont j'ai parlé, elle s'est vendue pour que d'autres lieux, d'autres gens, d'autres choses, disparaissent, cessent, elle s'est vendue pour que finisse cette chasse hurlante où, dans les taillis ensanglantés, elle est tour à tour la renarde et les chiens, elle s'est vendue pour l'anesthésie de l'argent, pour cet écran fluide et flou et opiacé de l'argent, pour que survienne ce monde impondérable, nébuleux, où l'on peut mentir seulement pour le plaisir, comme mentent les romans dont on se berce d'autant plus volontiers qu'on est libre d'en abandonner la lecture sans que l'auteur ne vous demande de comptes – mais il est vrai qu'elle n'aimait pas les romans, la narration classique et ses lois instaurées par d'obscurs édiles (pas si obscurs : tous littérateurs à succès) qui se font fort de prendre la vie à contre-pied, disait-elle, ce à quoi il n'y avait rien à opposer – disait-elle, dédaigneuse, indulgente, géniale. Et les comptes, elle s'est vendue pour que précisément personne ne lui en demande, pour l'impunité de l'argent que son excès rend invisible, pour ce monde où l'on peut s'oublier doucement, marcher audessus de la terre en écoutant juste l'espèce de bruissement d'aile que font les pieds qui peuvent aussi marcher sur le feu dans un éblouissement magique ; elle s'est vendue pour qu'on l'épargne de ce monde empêché qu'est celui de la pauvreté, non pour qu'on la sauve, pour cela elle ne comptait que sur elle-même.

Nora est une personne seule, toujours. La solitude était déjà tout autour de l'enfant, la petite de Vienne, qui aurait fait n'importe quoi pour cet aveuglement bienveillant où était son bonheur, pour la légèreté de la vie que je lui promettais, et elle sera ainsi, touchant à peine terre, des lires plein les poches, avec ces sourires étonnés qui s'éploient sur son visage comme des tissus lunaires cloutés d'étoiles, elle sera comme ça devant la morosité, la couleur sombre et orageuse qu'a toujours le désir, comme ça devant mon désir. Si son salaire est très haut, c'est que c'est celui de la liberté, d'aller où elle veut, d'être comme le vent dont on ne sait d'où il vient ; c'est un dilettantisme concentré, c'est le loisir de s'asseoir seule dans le noir d'une salle de cinéma, d'avoir le choix du film comme tous les choix dans n'importe quel domaine, et assise dans la salle de cinéma, sous l'envoûtement, de cajoler la puissance vague de ce dessein d'être à son tour une star, mais de pouvoir, encore ce loisir sublime, regarder cela, ce dessein, comme une géante regarderait un nain, ne rien mettre en œuvre de la machinerie nécessaire, ne plus toucher au nécessaire ni à quelque rouage que ce soit de cette machine dont ils sont tous, sans aucune exception, mortels, et elle le sait et vous voyez, c'est bien sa vie qu'elle défend. C'est aussi son droit, l'extrême privilège, de ne rien faire de sa beauté, de la donner juste à voir à qui passe, d'en être détachée, d'être comme ces femmes qu'a peintes Titien, caressées du seul soleil sourd de leur regard intérieur, disponibles, dans une patience charmée ; ce qu'elle a négocié, c'est son droit à ne rien vendre, justement, à ne se servir d'elle en rien, à ignorer la meute des fâcheux, curieux, envieux, haïsseurs, la meute des hommes, le droit de refuser qu'on lui adresse des paroles qui ne l'intéressent pas. Aussi bien que nez au vent dans les rues piétonnières de Milan, elle aurait été au bord du Gange, rôdeuse dans la poussière, absente au monde, réservée au sien (laissez le vieillard s'égarer un instant dans son ombre sur les routes, lui qui a mis une existence à comprendre, et à échafauder gauchement les cent intrigues possibles de son destin d'après Milan et Rome), quand, à compter de notre rencontre, sa vie n'aurait plus dû être qu'une longue flânerie permise, et elle rien qu'une bulle d'air où le soleil se courbe, la chair calme et indifférente, les yeux émus par des enfants qui jouent, des chatons qui naissent, des arbres qui fleurissent, des ciels qui changent, le siècle qui passe avec ses guerres, et le chaton vient d'être sevré et on a encore déclaré la guerre, je la vois, regardant seulement, un peu impavide, géniale, je l'ai dit.

Elle me donnait son corps à Vienne pour que cesse cette autre tuerie que c'est, quand on doit, l'expression est surprenante et à cet âge de seize ans elle en mesurait l'incongruité, *gagner sa vie.* Je n'ai rien compris alors de ce que la dernière scène du Sacher montre, qu'il y avait cette ampleur d'un don, cette beauté de prière, d'une supplique à l'indulgence, à ce que tout cesse de blesser partout au sang, et cette prière c'est moi qui ne l'entendais pas. J'ai reçu ce matin une carte de Silvana qui, sur ses vieux jours, a quelques rhumatismes que soulage la pharmacopée Cuori, mais mieux encore les bains de boue brûlante de Salsomaggiore, sa station thermale favorite, près de Parme. Laissons-la cuire pour l'instant dans la seule boue qu'elle ait jamais connue.

Vienne, voyez-vous, aura été le meilleur moment et le seul lieu réel de notre histoire et même ce matin du Sacher avant de partir, ce matin de la folie de la mère – oui, là même, à l'heure même où tout a commencé de pourrir. Et le traité de Vienne fut un marché de dupes où Nora le fut d'elle-même, car le rêve de sa vie commençait seulement de lui descendre dans le corps, il ne s'était pas tout à fait incarné, sinon elle se serait rendu compte que j'étais le dernier à pouvoir ou vouloir le satisfaire, elle aurait déchiré ce traité, récusé le marché de dupes où de mon côté, je la flouais complètement, car la sentant paria (et c'est là seulement que la passion m'aiguisait les sens), intouchable, à part, et m'en vengeant déjà.

Il y a eu cette soudaine sérénité dans ses yeux levés sur moi, au moment du traité, par lequel elle concédait ce qu'il fallait pour ne plus avoir à rien demander, la pire chose, cette chose tuante. C'est cette chose que je ne lui ai pas donnée. C'est moi qui ai fait que rien ne pouvait être gratuit, qui l'ai tuée elle plus sûrement que sa mère, les clients, l'héroïne ; qui l'ai mise dans une pauvreté pire que celle qu'elle connaissait, où il y avait davantage encore de rapports de force, et avec un seul qu'elle ne pouvait fondre dans une masse compacte, un dont il lui fallait tenir compte ; moi qui ai fini de rendre meurtrier le rapport qu'elle avait avec l'argent.

J'ai fait tout cela dans la rapacité de l'amour, comme je serai rapace de ses lèvres, de ses doigts, de son sexe, pour tout lui prendre, tout de son corps, et si elle n'avait pas eu son rêve pour elle, quand il l'a habitée toute, ainsi à Milan, où il s'est chevillé à elle, à son corps, il ne serait rien resté de ce corps-là.

Tout ceci est l'essentiel et la vérité, et l'on ne reverra plus Milan de l'extérieur, c'est une grande ville toute noire, ni grand-chose de l'extérieur, ça ne nous intéresse plus. Sur la ville et les liasses de billets, la paume de la petite s'est refermée. Elle va entrer dans la maison, elle va se tenir devant le tribunal des fous, une secte pharisienne dont elle ne comprend pas la langue, dont elle comprend pourtant qu'ils ne font que parler d'un Dieu qui lui aussi est fou, c'est le leur.

Dans la maison, devant elle, il n'y aura plus que des circonstances et des individus indésirables, une aversion diligente et des prêches, et l'affreux amour que j'ai d'elle. Elle va entrer chez les fous, convertisseurs pugnaces, qui eux ne seront pas tranquilles avant que les cinq continents ne pèlerinent à Rome, elle va entrer dans l'asile gardé par les murs et les chiens, qui n'a rien de celui, provisoire et débonnaire, des cathédrales de jadis, c'est précisément le contraire : dans cette famille, tout est à l'envers, c'est comme si on buvait du vin dans des tasses à thé et on est contraint par l'argent au lieu de lui devoir une liberté, une miséricorde bien spécifiques, dont seuls ceux qui ont été pauvres ou ont approché la pauvreté connaissent le sens : je redis, pour ceux-là, ces mots – cette liberté, cette miséricorde de l'argent.

Tout à l'envers, ce sont ces fous. Plus fous que le type de Budapest, elle l'a vu au premier regard, elle me l'a dit.

Dans l'ascenseur, elle me chuchote que ça fait trois mois qu'elle ne dort plus, qu'à peine endormie, elle est réveillée par les coups de son cauchemar, à la porte. Et puis, qu'elle n'est pas baptisée, qu'il faudra qu'elle suive le catéchisme, que sinon personne ne voudra d'elle dans ma famille. Du hall, Massimo Cuori appelle cette famille, lui signifie qu'il ne rentrera pas seul, qu'il faut préparer *les* chambres. Deux chambres, et Carla Cuori ne saura pas pour qui, cette autre chambre, avant l'aéroport de Milan où, rencognée au fond de la Mercedes derrière la nuque opaque du chauffeur levantin, qui a été trop vite comme toujours, si vite qu'on est très en avance, elle attend de pied ferme l'avion qui sera très en retard.

Près du hublot, dédaigneuse des merveilleux nuages, qui sont noir d'encre, et Dieu sait qu'il y en a et autant de trous d'air, Nora somnole, le front contre mon épaule, les cils recourbés sur sa joue. Vannée, comme vieille de seize ans de vie sur lesquels je ne veux plus jamais qu'elle se retourne – "à regarder les Enfers par-dessus son épaule, on risque d'être pétrifié, Norina…", et elle s'est endormie à la fin de l'histoire d'Orphée, et l'avion fend l'orage, et elle dort, insoucieuse de la foudre et oublieuse des ogres. Et plus jamais, lui ai-je dit à propos des pays de l'Est, de leurs cuisines et soupentes à cancrelats, tu peux compter sur moi pour que plus jamais, car ta vie sera la mienne et les années noires sont derrière toi. Elle m'a souri alors, de son premier sourire clouté d'étoiles, pendant que la vieille ganache, prise pour sa fille d'amour fou, de cet amour que j'ai d'elle, servilement contaminée, pensait qu'elles étaient derrière elles deux, ces années-là ; et pour ce serment que, stratège à mes heures, j'ai prononcé au sortir de la salle d'embarquement, qui a duré jusqu'à la passerelle et le grand vent des départs, elle m'a aimé, pour quelques mètres ou quelques minutes, sans restriction, elle m'a donné plus de foi que personne ne m'en a donné jamais, et pour cet espace et ce temps où elle m'a aimé, je donne tous les autres et toutes les nuits, les moments avec d'autres, même si, entre une porte vitrée et des marches métalliques, elle aurait cru le premier gorille qui lui aurait dit ces mots-là, elle n'était qu'un besoin vivant de le croire.

XIV

Surgi de l'ombre du tableau de famille et de celle d'une Mercedes aux vitres teintées, il y a le raboteux visage de ma mère, en sursis dans la voiture : beaucoup de mes maîtresses m'ont offert la version vénusienne de ce visage-là, je n'ai ni à le cacher ni à affrioler par un tel poncif mon psychanalyste, ce Dr Schliemann pour qui j'ai un faible parce qu'il m'aide à perdre un temps et un argent dont je n'ai plus vraiment l'usage – je n'ai pas la passion du jeu et plus aucune, du reste, c'est grâce à l'argent que je vieillis en m'ensomnolant, grâce à lui, aux lasers et scalpels de pontes affables qui rafistolent de-ci de-là ma carcasse septuagénaire, grâce à lui et aux soins assidus de mon chirurgien-dentiste qui m'épargne les chicots, grâce à lui et aux régimes qui sont, de fait, un des droits réservés aux riches, que je ne ressemble pas encore de trop près à un vieux lama aux chairs effondrées ; sans argent, voyez-moi, cette année 2021, édenté, gâteux, demi-aveugle, demi-sourd et tout à l'avenant, donc à faire peur, à faire fuir et à ce que plus personne ne m'aime, et d'abord Gina-Ottavia qui me disent si *crème* (leur *nonno* est une de ces *crèmes* !... Magda Neumann n'en pensait pas moins), eh bien mes petites-filles fuiraient à cause des chicots, de mon haleine, révulsées et ne m'aimant plus, à quoi ça tient. L'amour tient à cela, or il n'y a plus grand-chose à laquelle je tienne hormis à cet amour des petites-filles que j'ai, de la fille que j'ai, donc béni soit cet argent qui me permet des airs vénérables – seul bâton de vieillesse sur lequel compter pour déchoir un peu moins. Avant que le processus ne soit fatal à l'œil nu, et si je n'avais pas connu, aimé Nora, je n'aurais pu apprécier que les privilèges non négligeables que confère l'argent au soir d'une existence, et rien de son pouvoir absolu ; avant Nora, j'allais avec l'hypocrisie courtoise des puissants pour qui le monde est une machine huilée, d'une efficacité insensible, qu'on ne doit ni voir ni entendre, qui broie vos jours dans un silence respectueux, où d'oublier l'argent qu'on a relève de la simple décence et d'un naturel aussi incontestable que d'oublier un foie ou tout autre organe qui, remplissant parfaitement ses fonctions, ne se rappelle jamais à vous. Ainsi, jusqu'à Nora, jetais-je sur l'argent un regard comateux, et sans elle peut-être ne me serais-je pas réveillé de ce qui est bel et bien une perte de conscience.

L'argent donc me sert aujourd'hui à n'être pas trop affreux et à ce qu'on recherche encore ma compagnie comme le font mes petites-filles auxquelles j'ai si grand plaisir à offrir des étés de cocagne ; mais, permettez-moi de revenir sur ce point, je ne les achète pas : elles sont trop riches pour être achetées et si je cède comme je le fais à leurs trente-six volontés, je m'assure de leur amour en veillant à les réprimander de temps en temps et du coup elles portent encore davantage aux nues le barbon, car punisseur donc ex-gorille et toujours vert, séduites qu'elles sont parfois davantage par une raclée, la foudre d'un interdit et pas de télévision ce soir, que par les faiblesses du *nonno*, traduites dans leurs menottes en lires trébuchantes et autres largesses : on n'a jamais vu qu'à Eve la faiblesse soit séduisante, on a toujours vu que la force, respectée de tout le monde et non d'Eve seulement – mais la force, comme elle les enchante et grise, les Eve qui n'osent pas même en redemander des preuves après qu'elle a sévi ; et mes Eve sont des enfants, et les gages de force, à propos de veillées tardives ou d'excès de tiramisu, ces rares *niet* qui seront plus tard, si le fonctionnement hormonal de ces malheureuses est correct et si elles tombent sur un fier-à-bras, des torgnoles pour lesquelles on aura un penchant inavouable. Mais déjà, amantes de King Kong et se déployant en serpentines simagrées pour rentrer en grâce après le châtiment si bénin soit-il, et leur croissance ne laisse apparemment rien à désirer, la folliculine les détermine toutes, qui s'élabore en secret dans leurs semblables petits corps de chiots... Voilà que je connais par cœur, qui me touche néanmoins et me pousse à redoubler de bienveillance envers elles, gourdes apitoyantes qui, n'ayons crainte d'insister, ne me rendraient pas ce sentiment en cas de délabrement trop manifeste dû au manque de pontes, mais aussi de promenades au pas de sénateur qui est le mien, avec crépuscule et rossignols, d'une dose précise et quotidienne de protéines (vendues à Nora), et autres attentions moelleuses aux Mathusalem ploutocrates : en l'absence de pontes et du reste, toujours aussi *crème* mais ruine puante, les petites ne voudraient rien de moi et préféreraient la règle carcérale des camps de vacances aux licences de la via Appia, ainsi l'argent sert à des choses énormes, Nora avait raison. Pour le gagner aujourd'hui, il y a mon gendre Luchino qui a repris la direction des Laboratoires Cuori d'une poigne de fer à ce qu'il semble, et encore un gorille et voilà qui peut-être empêchera Immola de rêver d'un autre et de divorcer un jour jusqu'à ce qu'arrive celui où, nostalgique, mon Immola, de cette poigne de fer dont on la maniait jadis et dont elle ne sent plus l'emprise, le type s'est relâché.

Quand, ce rendez-vous avec Schliemann ? Vendredi à quinze heures, m'apprend mon agenda où je note bien d'autres choses que l'inévitable qu'on trouve dans les agendas, et les rendez-vous avec – oh, rien que des spécialistes, de l'os et du viscère, non de l'âme comme Schliemann, et le banquier, le nouveau jardinier et les baptêmes et les anniversaires et ces dates qui ferrent le temps de tout un chacun : je note tout, en signes cabalistiques et récapitulatifs, des gentilles péripéties de cet été où j'écris le livre, parce que, c'est chaque jour plus évident, j'oublie tout sauf ce qu'il y a dans le livre, cette filature secrète d'un follet que nul ne connaît en vérité, pas plus qu'on n'entend mon pas de loup qui va derrière ma proie ombreuse aux cheveux d'argent – que j'ai vue tout à l'heure à cheval sur la gargouille de la fontaine, en plein soleil. Vendredi à quinze heures, et au fait c'est demain, je croyais que nous étions mercredi, vous voyez que je retarde, vous voyez que j'oublie, c'est pour mieux me reprendre au dernier moment et je serai ponctuel, les Cuori se reprennent toujours à un moment ou à un autre, les Cuori ne se font pas attendre comme les avions qui transportent des princesses autrichiennes… Avant que l'avion ne se pose, encore un aperçu du

Gruppo di Famiglia in un interno (c'est l'avant-dernier film de Visconti), dans lequel elle va entrer avec le charme de qui on n'attend pas, qui pousse une porte du coude, ouvre de grands yeux et sourit au hasard. C'est à ces visages-là qu'elle va sourire, c'est ceux-là ensuite qu'elle va toiser, ces visages hivernaux des Cuori, et d'abord celui de leur chef, qui est Carla, derrière tulles, vitres teintées ou visière baissée de ses chapeaux houleux.

Comme je le tais à mon psychanalyste et comme je le disais plus haut au sujet de mes maîtresses, dans l'harmonie anguleuse des traits de cette Silvana avec qui je vieillis maintenant, résonne l'écho du visage de ma mère, mais la froide figure de gemme de mon épouse a et garde cette prestance, cette réserve et ce ton qui manquent si complètement à celle de Carla. Faute de cette rigueur, le visage de ma mère, qui va avoir quarante-cinq ans quand elle marne dans la voiture, l'été de 1979, s'effondrera vite, cet appareil de pierres bourrues, à saillies peu franches, reviendra à un état de carrière abandonnée, quand celui de Silvana sera ce splendide masque mortuaire que j'ai chaque nuit, paupières closes, près du mien, sauf lors de ses cures thermales. Si elle confond nos petites-filles avec une irréflexion bien plus acharnée que la mienne, mon épouse les chérit autant, et se demande tout comme moi de qui donc elles tiennent d'être si rondes et brunes et roses, avec des joues de Chinoises, lorsque celle qui les a mises au monde, notre Immola, est sèche comme un coup de trique et que le mari d'Immola ressemble de façon frappante au caverneux

Louis Jouvet. Perçant les mystères de l'atavisme et affolant ma fascination des visages, celle sans doute d'un peintre, d'un écrivain, d'un artiste renégat, il n'y a que leurs yeux haut fendus, ceux de Clara, mais les leurs sont noir velours, et leur mère dit qu'elles seront jolies, plus tard. Elle est comme toutes les mères, qui refusent qu'elles soient jolies maintenant.

Je guette chaque été les progrès de cette joliesse qui, même si Immola la repousse aux calendes, leur est une fois pour toutes dévolue : d'important, il n'y a guère que les visages, même s'ils se taisent, qu'ils soient masqués ou marqués ou blessés ; celui de la marquise de Merteuil, vérolé, est important, sans doute plus qu'indemne ; de la même façon, celui de Nora, que la haine peut à proprement parler défigurer, mais ne parvient pas à avilir. Tout tourne autour de ces visages, et moi d'abord, satellite indéfini, subjugué. Contre celui de ma mère, je ne peux rien : c'est ce portrait en puzzle, parcellaire, qui se compose et décompose au gré de l'obsession répugnée que j'en ai, qui se fond sporadiquement au noir pour mieux resurgir quand on le croit définitivement congédié, lui que mon objectif a cent fois embué, dont il veut l'évanouissement, qui ne l'obtiendra jamais, cette face comme celle d'une poupée noyée que la mer rejette sur la grève, terrorisant cimetière de la grosse poupée avec ses cheveux d'étoupe morte, disloquée, bras arrachés et l'œil au ciel, maniée par le courant dans ses robes foncées que l'eau appesantit – et revenant, méduséenne, sur une pauvre plage de sable sale, quand ce n'est pas seulement la tête décollée qui roule sur cette plage, qui n'est que le matin livide de mes cauchemars. Nora et ma mère ont un point commun : le *fascinum*, ce pouvoir de la tête sur le bouclier, d'être la part du rêve ou celle du cauchemar, et une hantise, odieuse ou adorable – mais une hantise est toujours une souffrance, comme cette érection de sultan qui m'éveille quand je rêve de Nora, et le sultan crampe ses doigts noueux pour les refermer bredouille sur la place tiède qu'occupait sur un lit de porphyre la plus blonde de son sérail, et je m'éveille du rêve de Carla avec la gorge serrée comme si elle avait voulu tout bonnement m'étrangler pendant la nuit, et le lit de porphyre, à la première intervention onirique de Carla, n'est plus qu'un pucier, et il me faut trois cafés avant d'échapper aux sortilèges des deux Gorgones, pour qu'enfin mon lit redevienne ce qu'il est, confortable, de chêne avec des draps de lin. Et ces visages sont aussi ceux que rameutent une fièvre, le timbre de Pavarotti (*La Palummella*, ou autres fameuses mélodies napolitaines plébiscitées par N.), le parfum de l'ail qu'on frotte sur du pain grillé (la «bruschetta» des piqueniques avec N.), celui des îles, fané, froissé qui pourtant ne s'évente pas, qui sous les combles embaume les rêches dentelles d'une robe de bal… Ainsi, sur ma rétine, l'incrustation impérieuse de ces visages ne finira-t-elle jamais de me les restituer, avec chacun leur tonalité particulière, et le teint jaune, si étrangement dépourvu d'éclat, de ma mère, et celui, incandescent, de Nora, et jusqu'à un point à l'aile gauche de son nez. Ou : pour échapper à son obsession, Œdipe se crève les yeux, Jocaste applaudit et Antigone a d'autres projets qu'un voyage à Colone…

*

Dans la voiture, Jocaste pose commodément, bouge juste ce qu'il faut pour qu'on la voie un peu en mouvement, les remous n'étant qu'au-dedans. Devançant encore les autres reliefs faciaux, dans le masque heurté, le menton s'arroge tous les droits, y compris celui de pointer son triangle accusateur au-dessus de cols, collerettes, et autres fraises : ma mère est toujours boutonnée jusqu'au cou, et son corps massif, occulté jusqu'à la cheville d'une superposition d'étoffes ou de lainages, soieries, taffetas, lin ou cashmere déclinant leurs ténèbres mauves ou violettes ou noires ; toute son élégance consiste à mettre et à défaire, dans un mouvement perpétuel, cardigans, casaquins, gilets, vestes de tailleur, châles, qui m'ont toujours paru de simples déclinaisons de la chasuble et de la camisole, et sa vie se passe à se dévêtir et à se revêtir de son empilement, à une cadence qu'accélère l'approche de la ménopause et ses bouffées de chaleur. Répugnant à les évoquer, Carla plaide la venue, à laquelle elle est si sensible, d'une intempérie, ou une soudaine éclaircie dont elle espère la durée : le temps qu'il fait importe énormément à Carla Cuori, qui n'a jamais manqué d'exploiter ce sujet à fond. Ce qui me restera d'elle, c'est cet éternel bruissement ou glissement de ces si beaux tissus qui l'habillent si mal, cet énervement à les ôter et remettre, à ne jamais savoir : ôtons un pied prudent du seul domaine où elle ne sait pas, sur tous les autres, tous, ma mère a un avis frontal, ni Salomon ni saint Louis sous son chêne n'étaient meilleurs juges, et c'est aussi une fichue procédurière, et à la fois le juge et l'avocat et les jurés comme le Fury de Lewis Carroll, et c'est à ce prétoire que va comparaître l'enfant qui n'en sait rien, qui est imprenable au ciel, dans un avion qui tangue contre le vent, au-dessus des oiseaux noirs et de leurs présages semblables, et peut-être aussi tournons-nous au-dessus des lacs de Côme et de Garde, ou déjà de Turin et du Pô, de… – rien, on ne voit rien que, filant contre les hublots, les nuages monumentaux de cette tempête avec laquelle est arrivée ma passagère, qui vient de se rendormir.

Sur sa banquette, Carla commence à geler, maudit la climatisation qui pourtant, lui assure le chauffeur, est au plus bas, si, per certo, signora. Dès qu'il conduit la patronne, notre chauffeur, le Beyrouthin Fouad, devance les aléas de cette course par la prise de divers sédatifs Cuori, malgré lesquels il fonce comme l'éclair, ce qui lui est si vertement reproché que souvent Fouad s'octroie, de manière encore préventive, ou imposant un arrêt en chemin, une de ces petites douceurs qu'il préfère en pilules dragéifiées pour mieux en mélanger les roses et les bleus, leur adjoignant un verre de chianti, "puisque tout le monde fait pareil, dans cette maison", dit le faquin, et c'est en pleine forme que, depuis trois ans, il ouvre la porte, toutes les portes des voitures à Donna C., et celle de la Mercedes à son fils unique, qui assume insoucieusement le risque d'être conduit par un polytoxico. C'est que Fouad me raconte tout et puis je l'aime bien, nous sommes copains, c'est un joyeux drille, à chaque trajet nous faisons la causette pendant qu'il brûle feu sur feu et qu'il roule sur le trottoir en cas de chaussée encombrée, habitude italienne qu'il n'a pas été long à prendre. Fouad est rafraîchissant, Fouad ne connaîtra que plus tard une première disgrâce pour avoir guigné trop ostensiblement ma rose des neiges, dans le rétroviseur.

Quand il a abusé des cachets, Fouad, ouvrant la porte à Donna C., plonge dans une révérence pédérastique, Donna C. ne remarque rien, elle aime trop qu'on la salue pour rien remarquer, et il la salue tellement qu'elle dit que ce garçon fait un chrétien très convenable, même s'il est d'une secte étrange qui honore un saint, du nom de Maron, quelque part dans ces montagnes fortifiées où, en face des maronites, vous trouvez des druzes, qui sont une phratrie musulmane, des ismaéliens fanatiques, ce pays est incroyable, si petit, où il n'y a pas moyen d'être correctement chrétien ou correctement musulman, où il faut toujours que les uns et les autres sortent du rang, affichent des particularités, c'est pourquoi ils sont tant à se tomber dessus ce qui pourrait être autrement, puisque l'union fait la force, elle dit que cette guerre du Liban ne finira jamais, parce qu'elle n'est pas claire, à force d'aimer la clarté des guerres, Donna Carla, un soir, à table, souhaitera que la planète saute, pour que cesse toute ambiguïté et que seuls survivent les Cuori, tous aux abris – le leur : c'est du moins la tirade que j'attends d'un jour à l'autre, en souhaitant moi que ce jour-là nous recevions soixante-dix personnes qui ne seront pas invitées dans l'abri et verront toutes se vérifier leur intuition, qu'outre d'être toquée, Donna Carla figure une aussi impénétrable et sereine meurtrière que le fut Landru (avec les petits carnets qu'il noircissait, cet homme…), parce que dans l'abri, ils pouvaient tous tenir en se serrant ; pour le moment, je laisse Donna Carla froncer un sourcil chagriné sur cette chrétienté lointaine, rupestre et schismatique, je me dis seulement que, de Beyrouth où l'on ne sait qui tire sur qui, en effet, Fouad s'est cassé à temps.

*

Ma mère allume son Schimmelpenninck, baisse la vitre, hume l'air chaud, décide de préférer le chaud au froid, ôte son Burberry's, paraît, sur un cardigan aux épaulettes de matador, l'épanouissement de la collerette immaculée, Fouad enrage, qui a eu très chaud au Liban et qu'exaspère la vieille à s'éplucher comme ça comme un oignon, mais sinon c'était le Schimmelpenninck et la gerbe assurée, et la patronne dans son coin a l'air de vivre le début d'un thriller, ô temps suspends ton vol, et il y en a un qu'on n'a apparemment pas fini d'espérer, c'est le fiston, l'avion du fiston, la patronne est hors de souffle, une raison de plus d'éviter le cigare et heureusement qu'il y a les pills pour travailler cool au service de gens pareils, elle macère, ça commence à sentir de la banquette arrière, et sur quoi les portes de l'aéroport vont-elles donc s'ouvrir pour qu'en attendant elle soit comme ça, sens dessus dessous, dans deux minutes elle va ôter le cardigan, le corsage, le corset, je ne veux pas savoir, enfin son linge de corps pour, toute nue sous l'imperméable qu'elle va rendosser, peut-être sans chaussures en signe de mortification et peut-être même en marchant au-dessus du sol, s'en aller accueillir le Messie qui est venu pour elle, et dont on ne sait pas s'il prendra le temps d'aller serrer la pince de l'autre, au Vatican, un zinc vient d'atterrir, puis un autre, un de l'Aeroflot et un d'Egypt Air avec Néfertiti dessus, ce sont bien les derniers, ces deux-là, où elle ait une chance de Messie, et toujours rien d'Austrian.

Carla tapote sur le rebord de la fenêtre, envoie Fouad aux nouvelles, maudit ces vols de l'Est et leurs pilotes sous-payés, sous-alimentés, ivres morts, enfin je lui aurai tout fait, l'autre fois c'était Indian Airlines, huit heures de retard qu'elle n'a pas passé à attendre dans ce congélateur, pour attraper une pneumonie, mais même si les compagnies aériennes de l'Autriche doivent être mieux que les hongroises ou les yougoslaves, on ne l'y reprendra plus, et pourquoi n'ai-je pas pris Alitalia, et cette bougeotte infernale va-t-elle finir un jour ou l'autre et si ça tombe rien n'a été entendu de sa prière que ce jour et cet avion soient porteurs d'espoir, du seul qu'elle ait, d'une fiancée recevable et sortable et non d'une concubine de plus qui est aussi une femme adultère, comme cette Frederika et d'autres, à moins que l'avion ne se soit écrasé en flammes sur les Alpes, elle se saisit de la croix d'or à son cou, invoque le fétiche, se remémore l'alarmisme de son horoscope du jour : Cancer ascendant Vierge, attention aux céphalées, gardez votre calme devant les événements négatifs, cultivez la modestie qui éloignera les antipathies naissantes, bon, rien ne dit dans ces lignes que sa progéniture est en train de sortir d'un avion près d'exploser le dernier passager qui se débat sur sa chaise roulante, tout présage par contre la femme adultère, quant à la céphalée, elle l'a déjà. Et puis selon les Chinois, c'est l'année du

Mouton de Terre et elle est née Chien de Bois, entre ces deux animaux ça ne va pas, les mois du Chien dans l'année du Mouton ne sont qu'effets pervers, sauf pécuniairement ce qui nous fait une belle jambe et rien que des problèmes fiscaux, elle a compulsé pour moi le *Calendrier lunaire de You Tchou*, au cours de l'année en question, le Dragon d'Eau célibataire aura la chance de se marier – compter déjà, dans l'horoscope des Jaunes, avec cet exemple d'exagération : entre Dragon et Chien, soit elle et la chair de sa chair, Inimitié Grave, Conflits Importants, or jusque-là rien de tel à moins que, de cet avion improbable, ne sorte tigresse ou femme-serpent, *casus belli* ; ma mère se fait des reproches, des promesses de cailloux dans les souliers, et privée du biscuit au rhum, le fabuleux Tortoni de Lietta, pour se punir du recours à la science mécréante, quoique péché véniel, juste parce que c'est amusant, ce zoo de l'Extrême-Orient, ma mère se concentre sur Nazareth, qui est moins loin, on ne peut pas même dire que ce soit l'Orient, rien du lucre oriental sur les verts chemins de Galilée, et si je m'étais trompé d'heure, de jour, par distraction, parce que comme d'habitude, je m'en bats l'œil du souci qu'elle se fait.

— Un petit retard d'une heure, pour le vol de Vienne, clame Fouad, de retour d'une des buvettes de l'aéroport.

Carla tente de pincer les lèvres, ce qui n'est qu'une mimique sans effet : la bouche de ma mère, ce trait avare, ne s'arrondit, soudain accueillante, que pour fumer ses cigares hollandais, seul vice qu'on lui connaisse. A la proue du monde catholique romain, ma mère va dans l'odeur épouvantable de ses Schimmelpenninck et celle de ses probes eaux de toilette, et je n'ai pas été de ces enfants qui, comme Jean Cocteau ou Visconti lui-même, ne guériront jamais du parfum chypré, musqué, fleuri jusqu'à l'écœurement, dans lequel leur mère les enveloppait avant d'aller au théâtre et dont le souvenir ne se dissipait pas plus que celui du baiser d'avant le théâtre, de la pulpe compacte et fardée des lèvres sur le front ou la pommette, toutes voluptés de bon aloi que je n'ai trouvées qu'auprès de mes amantes. Carla Cuori, à ce jour encore, refuse d'aller au théâtre à cause des comédiens qui jouent dedans, bannit tout théâtre sauf la Scala car la voix humaine lui semble tout naturellement monter au royaume des cieux, et Montserrat Caballé en Lucrèce Borgia ou June Anderson en grande prêtresse druidique l'enthousiasment, allez y comprendre quelque chose, disent les domestiques, lorsque moi, tout petit je savais qu'il n'y avait pas à comprendre, juste à se méfier d'elle, à être sur ses gardes, que la folie pouvait débarquer n'importe quand – et elle venait m'embrasser avant la Scala sans fard ni parfum ni rien, juste avec ses grandes dents et des lèvres introuvables, ensuite je faisais les cauchemars d'aujourd'hui, j'avais peur déjà.

Je n'ai pas vraiment fini d'avoir peur, même si à l'heure dont je parle, c'est l'année du Mouton où convolent les Dragons, ce qui nous maintient Carla de bonne humeur pour quatre saisons, si j'ai la rude carrure, que Carla trouve représentative, d'un paysan des Marches, si mes vingt-sept ans portent assez beau pour qu'elle me sourie automatiquement quand je parais dans l'embrasure d'une porte… A cette heure, j'ai peur pour ma bien-aimée, qui est si petite : ma mère adresse de temps en temps des courriers au pape, exhortant cet homme à avoir de la suite dans les idées et qu'on destine de nouveau les comédiens à la fosse commune, ceci mon amour est hélas rigoureusement vrai, murmurai-je à Nora, quelque part au firmament de Turin, Turin semble probable – et gardant pour moi que Carla Cuori est d'une méchanceté bien plus chevronnée que la maquerelle viennoise, j'ajoute que, via Chiaramonti, il est dans l'intérêt d'une jeune première de cacher sa vocation pour les planches. *Es klingt süss !* soupire Nora – "c'est agréable à entendre", et j'ai bien fait de taire ce qui ne l'était pas.

*

— Retournement subit et pressentiment que cette fois c'est la bonne. Le calendrier You Tchou, pas seulement. Jamais exigé comme ça, pour les chambres, sans explication. C'est me mettre sur le gril, ça fait un temps que ça dure. Ce qui dure – ce purgatoire, à mon avis que partage Riccio – c'est le célibat. Ah, je n'ai pu m'interdire, mon brave Riccio, de prier cette autre compatriote, qui est canonisée, pas vous, bien que Rita, petite sœur de l'Ombrie, avec cette terrible plaie puante qu'elle avait au front et qui, au moment de son trépas, s'est refermée par le miracle du Saint-Esprit pendant que l'odeur pestilentielle se transformait en parfum délicieux – bien que Rita, comme vous me le soulignez souvent, dans la foulée de la ferveur populaire, attire bien des superstitieux et de faux dévots, c'est tout de même une sainte depuis le Moyen Age, donc je ne vois pas quel mal il y a à lui demander quelque chose, quand il s'agit des cas dont elle s'occupe, les désespérés, dont celui de Massimo qui en a si peu conscience que c'est à moi de prendre les choses en main, d'intercéder pour lui. Hier donc, après une prière à sainte Rita, vu, clairement vu en fermant fort les yeux la rose qui sur le vœu de Rita agonisante s'est ouverte en hiver, idem les figues écloses, hier après cette grâce qui m'a foudroyée sans crier gare, accès de dacryo-cystite et tampons au bleuet, tout se paye. Aussi, entendu une voix argentine m'appeler par mon prénom, voix de Rita m'ayant comprise et glas charmant du célibat, me suis-je dit et ai-je écrit dans mon journal intime ! (Sourire coquet, découvrant deux incisives en or, en haut à gauche, et évacuation de sainte Rita.) Alors qui, Dieu du ciel, va s'asseoir de façon imminente, auprès de Votre servante ? Vous savez Seigneur que je n'ai conçu qu'une fois, un fils heureusement (pour les Laboratoires, tut-elle, puis, résolue à cette sincérité qui paye toujours, énonça-t-elle tout haut, ce qui fit une peur bleue à Fouad, lequel sursauta et eut une crise de hoquet). Donc si c'est l'attendue, je veux cinq petits-enfants. Je veux. Au moins. Et pas une pilule contraceptive ni une de ces hideuses capotes anglaises sous notre toit. En espérant que l'attendue n'ait pas cet hameçon de métal, dernier contraceptif en vogue, au fond. En ce cas ôter l'hameçon, quoi qu'elle en pense, il ne s'agit pas du plaisir d'une délurée, même mariée, mais du Vôtre. Le Vicaire de Votre Fils est formel là-dessus, et je ne serai pas moins ferme. Les deux personnes annoncées peuvent être parentes, le père convoyant sa progéniture, c'est possible, on ne m'a rien précisé, Massimo a toujours été en dessous et peu avare de surprises, déjà quand il faisait ses dents. Evidemment, quant à la fin des tourments, je la souhaite tant – il ne se passe pas un jour où je ne prie pour qu'elle arrive, Riccio sait que je suis minée – qu'il se peut que je m'égare et que seuls parlent mon instinct maternel et ma foi, ce qu'on ne peut me reprocher. Mais tout de même (évacuation des astrologues chinois), Rita, la rose, etc. Déjà heureux qu'il n'ait pas rappliqué d'un des quatre coins du monde, de son Brésil si affreux avec ce culte des saints qui là-bas n'est qu'un camouflage de vaudou, oui, déjà heureux. Ou bien du Bengale, avec un gamin famélique et encore plus coloré que le Brésilien – que j'aurais aimé et élevé, j'aurais bien fini par m'y faire, à ce microbe, et puis la charité en premier, comme toujours, et ne pas se hausser du col, ni se prévaloir d'un quelconque mérite, qu'est-ce pour les Cuori qu'une bouche de plus à nourrir et certains de ces hindous sont mignonnets avec leurs yeux si noirs au blanc si blanc et leur sourire banania, on en voit assez à Londres où ils se multiplient à une vitesse grand V, ouvrent à chaque coin de rue un Délices du Rajah, ne savent que mitonner leur tambouille à vous faire cracher du feu. Pour bientôt, Londres, et à cause des goûts d'Attilio, un dîner Rajah, embarquer l'Ortogastrico. Bref à Vienne, ni hindou ni Brésilien possibles, et me répéter que Vienne est en Europe centrale, non de l'Est, en cas de fiancée viennoise. (Elle brûlait, saisie d'inspiration, s'étouffa avec le Schimmelpenninck, toussa puis exigea du chauffeur qu'il arrête avec son hoquet, qu'il se pince le nez, qu'il boive un verre d'eau à l'envers ; en l'absence de verre d'eau, d'avion et de tout espoir, Fouad haussa vigoureusement les épaules, jugea que son employeur mettrait l'affront sur le compte du hoquet, sur quoi Carla lui demanda d'une voix de miel s'il fallait qu'elle lui fasse peur, n'obtint en réponse qu'une éructation révoltée.) L'Autriche, j'en parlais avec Attilio tout à l'heure. Mon mari est un humaniste, ce que chacun sait, un être non seulement doué de jugement sûr au chapitre de l'art, mais de conscience morale, ce dont on ne s'aperçoit qu'à des moments plus rares, d'où effet de surprise. L'Autriche à l'ordre du jour donc remettre les pendules à l'heure, ne plus confondre ce pays avec ses voisins, tous misérables. Non seulement, joyau de l'Europe centrale, mais le seul coin de là-bas QUI NE SOIT PAS DEVENU UNE DÉMOCRATIE POPULAIRE, idiote ! se tança-t-elle. Pays neutre depuis 55, unifié par la religion catholique depuis un bon bout de temps comme on vient de me le dire à point nommé. Apport de capitaux privés. Une Suisse à faible dose, quoi. Ou s'achemine vers. Investissements allemands. Aide américaine. Tourisme. Tout cela, viable, et elle, peut-être riche. Ah, avec ces Habsbourg, nous avons bien été un petit peu sous la botte, et en bisbille. A propos de l'occupation autrichienne, se référer à *Senso*, placer l'Opéra, *Le Trouvère*, c'est lui dans le film, puis jeter un voile, crier vive l'Autriche, dire, comment déjà, eh bien comme Attilio tout à l'heure, *"Alles Erdreich ist Österreich untertan"*, ou untertun, qu'il appartient à l'Autriche de commander à l'univers, oui chérie n'en fais pas trop, et *"Alles Erdreich"*, seulement si elle est riche, en cas d'impasse, biaiser sur Mozart, le suicide de ce Stefan Zweig, *Amok*, c'est de lui, et c'est le sujet je crois bien – évidemment, si elle est de la maison d'Autriche, être à la hauteur. A moins qu'elle soit allemande. Massimo a déjà eu pas mal d'Allemandes, pour faire bonne mesure avec les hindoues. A propos de l'Allemagne, l'Anschluss était très bien, en son temps, même si après tout a mal tourné. On les comprend, pour l'Anschluss, ces Autrichiens, à l'époque les malheureux crevaient de faim, autant que les hindous, per certo, donc n'avaient rien à perdre à signer avec les nazis. Attilio remarquable vulgarisateur, en voilà un qui met le monde, son histoire, sa géographie, à la portée du premier venu, donc vu tout à l'heure, sans l'occupation allemande, pas de conscience nationale autrichienne, ainsi a-t-elle surgi, contrainte et forcée, mais riche de tous ces artistes, peintres, écrivains, musiciens et disséqueurs de l'âme ! Ah, ce fascinant *melting pot* viennois ! Mais aujourd'hui, République fédérale, fédérée à l'extrême, un puzzle de tas de petits machins montagnards (sursaut et tic oculaire) – et si c'est une paysanne autrichienne ? une Tyrolienne, une Styrienne, avec des attaches comme des cordes à nœuds ? dans ce cas, un compromis austro-milanais, tout comme il y eut l'austro-hongrois grâce à François-Joseph. Et Vienne, sympathique ville d'art où une fois avec Attilio dans cet hôtel Sacher où aux murs, toutes les photos des grands de ce monde qui y ont dormi, très impressionnant, enfin mes souvenirs remontent à une quinzaine d'années, avant que Massimo voie le jour, qui lui aussi descend au Sacher. Motif invoqué : revoir le Prater, saluer le Danube, écrire, ce dont bientôt il aura moins le loisir, motif réel, le Prater, le Danube tu parles, il filait voir une de ses maîtresses, et bientôt il en sera de celles-là, filles de Gog, comme de l'écriture des romans. Car fini de la polygamie, marié tout comme Jésus l'est à l'Eglise, à une seule Epouse – Riccio a raison d'insister sur ce point – et en mission d'engendrer. Voilà qui mérite d'attendre et voilà pourquoi je fais le pied de grue, ici même et depuis la majorité du Lovelace qui, c'est à noter, participe davantage de la décadence ambiante depuis les convulsions de 68 où on ne l'a pas vu de tout le printemps, il était à Paris, à cette Sorbonne, pour voir Jean-Paul Sartre sous le nez. Fin mai, j'ai ouvert le gaz, et je l'ai refermé parce que le garnement ne méritait pas ça et que c'est dangereux, j'aurais pu tuer Attilio, Lietta et tous les domestiques. Et puis Massimo aurait été orphelin, et moi damnée, donc idiot. Mmmm. Etrangère, bon, le mélange des sangs donne souvent d'admirables fruits. A moins qu'hindoue quand même, c'est son rêve de beauté, ces brunes maigres, toutes des paquets d'os ficelées dans leurs saris, avec une rosette en or dans le nez. Du mélange Kama Sutra, on ne peut être sûr. Mélange de sang avec l'Autriche, la Bavière, la plupart du temps très heureux, ne pas oublier qu'il y avait des Wittelsbach, de la branche de Ludwig, en amont de celle des Visconti Di Modrone : les Milanais sont proches des Autrichiens, des Allemands aussi, l'Histoire l'a démontré en long et en large. Et vraiment avec ces Visconti, que de points communs, c'en est troublant, tous grandis dans l'odeur des produits pharmaceutiques, et le beau-père de Luchino, parti de rien, vendant ses médications sur une charrette dans la rue comme notre Giuseppe (sourire familier aux trois défunts, et puis, d'appeler le cinéaste par son prénom, elle pouvait se le permettre, il l'avait saluée formidablement un soir dans un cocktail dont il sortait, quand elle y entrait – qu'il fuyait quand elle s'y précipitait, dans le bruissement prédateur de ses crinolines). Oui, nous autres Milanais, plus mittel-européens que latins. Une Sissi irait très bien.

Elle chassa l'hindoue, se mit en attente de Sissi et de la fin brasillante de son cigare, en tira une ample bouffée, ferma les yeux dans un but de voyance. Resurgit malencontreusement l'hindoue, donc hindouiste, entrant pieds nus dans un temple rose à la façade sculptée de couples copulants, et à deux, à trois, à dix, avec des ânes et des buffles, c'était cette horrible photo que Massimo lui avait montrée en lui soutenant mordicus qu'il ne fallait voir, sous la multiplicité de ces formes, que la représentation du Grand Tout, de ce Dieu indivisible qui est le même pour chacun, sic ou à peu près, et avec lui vous n'aviez jamais le dernier mot et il y avait quand même des raisons de redouter l'hindoue, les idoles indivisibles, la zoophilie, ces choses, hennit-elle en sourdine, ravie d'avoir repêché, d'une mémoire dont les défaillances commençaient de l'inquiéter, le terme de zoophilie. Pour la mémoire, arrêter les benzos Cuori, mais pourquoi en prenait-elle, pour qui tout ce mauvais sang, qui réfutait que l'existence ne puisse être féconde en dehors de la vie de couple, quel méchant... ? A faire la vie, on ne faisait pas sa vie, jamais, et nous voguions vers le handicap social et religieux, voir le drame qu'étaient déjà les maîtresses, toutes autonomes, conquérantes, bronzées toute l'année, divorcées ou même mariées, un péché mortel, un, hurla-t-elle en silence, puis s'interdit de ressasser à propos des bronzées, prémédita un second pèlerinage à Lourdes si son fils n'obéissait pas au quatrième commandement du Décalogue et si en plus, le nom des Cuori s'éteignait avec lui – sans parler des maladies que peuvent attraper les vauriens comme, *porca miseria*, ce fils qui lui en avait sûrement caché, de bien honteuses, depuis le temps. A la dernière minute du cigare, elle s'avoua qu'elle aurait bien aimé que le méchant ait ce qu'il méritait, des boutons plein la figure, à vie, comme le type des *Liaisons dangereuses*, roman dans lequel elle avait fini par entrer, que Massimo connaissait par cœur, à propos de mémoire, encore ces benzos, et non, dans le livre de chevet de Massimo, qui le citait à tout bout de champ, c'était la bonne femme qui écopait (*Liaisons* citées, en effet, juste avant de zoomer sur l'innocente – le choreute, qui n'a rien à faire ici, opère un repli précipité). Et Attilio qui n'avait pas d'opinion, ne s'intéressait qu'aux laboratoires et à ce que la direction en soit reprise par un homme déterminé, un chêne, un bœuf de labour, on se demandait même si le père n'aurait pas cédé au fils, au cas où celui-ci eût préféré se consacrer aux rêveries romanesques qu'aux affaires – *Les Liaisons dangereuses II*, tant qu'à écrire sur le motif… Et Attilio qui ne se souciait que de l'heure de prise de ses bêta-bloquants et en rien que Massimo apprivoisât sa solitude, on a beau être cardiaque, et Attilio qui n'avait d'yeux que pour sa (notre rectifia-t-elle) collection – pour notre cave, l'œil aussi, et de réputation justifiée, cette cave, mais comme pour les benzos freiner aussi bien sur les castelli, ces petits blancs sont traîtres, que sur le romanée-conti, ou éviter de tout prendre en même temps même si ça me met sur un petit nuage, et à cause de qui le besoin de nuage, de Milan à Rome et à Capri où il emmène les adultérines, nul n'en ignore. "– Fouad, je pense qu'il va être temps de retourner au comptoir de cette compagnie autrichienne. Il n'y a que la mort pour être à l'heure, Fouad, mais tout de même." (Fouad sort sans attendre la fin du Schimmelpenninck.) Attilio, finalement, aussi muré dans l'égoïsme qu'un célibataire, quant à moi, assez culpabilisé me disant que, de ma faute cet égoïsme, parce qu'un seul enfant, paternité insuffisante pour lui ouvrir les yeux sur autrui : à dire vrai, égoïstes de père en fils. Et ce Fouad qui va lambiner encore, a-t-on déjà vu un Libanais prendre ses jambes à son cou, sauf qu'en voiture, Fangio.

XV

En retard des quarante-cinq minutes qu'il a pris au départ, puis de quelques dizaines d'autres, à cause de l'orage qui, cinglant les hublots, berçait le sommeil de Nora tandis que, de l'autre côté des Alpes, s'enflait une autre tempête sous le crâne de Carla Cuori, l'avion commence sa descente.

L'avion descend vers les palais du capitalisme, la deuxième ville d'Italie, son climat continental et son esprit d'entreprise, ses cinq cents banques et sa cuisine au beurre – infiniment plus digeste que celle à l'huile qui parfume, grésillante et glauque, toute la péninsule, *gràzia mia*, et arrimant à la taille de celle-ci les mâchoires de la ceinture de sécurité qui ne garrotte rien des cinquante-cinq centimètres et demi et retombe flasquement sur ses hanches, je me satisfais de ce que, malgré les trous d'air, Magda n'ait pas utilisé les sacs prévus, le crâne de ma fillette dodeline, elle ouvre de grands yeux sur la nappe de brume qui couvre le trésor, l'or qu'elle va voler au Rhin, l'or des Nibelungen, elle a les oreilles bouchées et me fixe avec l'air épouvanté de quelqu'un qui croit être devenu sourd, d'un coup, pour toujours, je pousse un hurlement qui se veut rassurant pour lui conseiller de bâiller et de déglutir, elle me demande pourquoi je crie comme ça mais n'en obtempère pas moins : l'avion va atterrir sur la piste balisée dont on ne voit rien et ma ville natale et sa purée de pois, quand s'ouvre cette soyeuse grotte de corail – la gorge de Nora, si diligente tout à l'heure –, quand j'observe qu'elle se révèle d'une grande souplesse de caractère dès qu'il s'agit de se sortir d'un mauvais pas, et prompte à suivre les conseils qu'on lui donne, faut-il désormais qu'elle n'entende que les miens.

Les formalités douanières s'accomplissent sans heurt : la petite figure on ne peut plus conformément sur le passeport de sa mère, ce dont je m'étais assuré, mais il m'apparaît alors sous un jour impitoyable qu'elles ont toujours été d'un exil à l'autre, par tous les moyens, pourvu qu'ils soient moins dispendieux que l'avion, et peut-être en stop, et plus ou moins en contrebande, comme elles le pouvaient, pour vendre ce qu'elles avaient à vendre, de la chair cuite, crue, ou les deux. Ce jour inopportun se referme sur le passé des Neumann comme le brouillard sur l'aéroport, les bagages de notre vol hoquettent sur le tapis roulant, ceux des Neumann tardent, la vieille connaît son second moment d'abomination après celui du voyage : perdus, ces bagages, convoyés à Rome, à Tokyo, elle halète puissamment lorsque paraissent, accolées, les pathétiques valises, toutes deux plus ruinées, plus défoncées, aux sangles raccrochées par davantage de scotch qu'elles ne me l'ont paru au comptoir d'enregistrement, comme si ce dernier déplacement avait fini de les effondrer et que pour elles ainsi que pour mes deux transfuges, le trip s'arrêtait là. Magda s'abat de tout son poids, au détriment de quelques orteils anonymes, sur ces ballots de misère, ne laissant à personne – qui en voudrait ? – le soin de les arracher au trolley maléfique, et Carla décide d'un somme, épuisée d'états d'âme.

Les yeux bleu foncé ont cillé dans un soleil brusque, au sortir de l'avion, la cendre du Schimmelpenninck exténué vient de choir sur la soie lilas d'une jupe plissée, Carla d'ouvrir son absence de bouche qui, quand le cigare n'y est pas fiché, semble celle, congrue et mélancolique, d'une raie manta halée sur son dernier rivage, chausse ses lunettes à monture d'acier, paire correctrice d'une myopie congénitale, vérifie.

Le vol de Vienne avait – elle relève ses lunettes sur son front migraineux parce qu'avec ces verres de myope, elle n'y voit goutte de près – une heure et quarante minutes de retard à sa montre Patek Philippe, rectifie que, une heure quarante, par rapport à l'instant où elle est parvenue elle, à l'aéroport, si tôt par la faute du chauffeur, juge que ces Viennois sont bien un petit peu orientaux, tout comme le maraud qui lanternait à pied quand, motorisé, se croyant maître de l'espace, maudit l'Est en général, vers quoi en particulier sont orientées les mosquées, s'ébroue, souffre de sa bouffée, ne sait plus quoi ôter sauf, de sa jupe, l'impressionnant mégot qui finit sur le petit coussin qu'elle a sous les pieds, dans la Mercedes où l'on tient le semblable, pour la nuque, en cas de coup du lapin même à l'arrière : “A la merci d'un as du volant, pire qu'un Italien, on n'est jamais trop précautionneux…”, marmonne-t-elle, évasive, au sujet des coussins et de l'éviction de Fouad laquelle est présentement hors du sujet, puis elle ouvre la bouche au plus large, les incisives et les yeux, derrière les lunettes d'acier qu'elle a juchées sur son nez avec une violence terrible, jettent des éclairs, elle plisse, écarquille, se cure le nez dans une hypnose profonde : son fils était en vue, qui dégringolait la passerelle comme un jeune homme – mais il n'a que vingt-sept ans, voyons, et avec tout le sport qu'il fait c'est normal, mais que racontait-elle, que venait faire le sport ici, encore ces benzos. Massimo ! s'écria-t-elle sans que la rumeur de l'aéroport permît à quiconque (à un autre Massimo, le prénom est courant) de s'entendre interpeller, c'est lui, c'est mon Romulus, fondit-elle, accompagné de – une femme, une petite fille.

Qu'était donc cette robuste brune, mal fagotée et puis pas de première jeunesse, et où l'avait-il ramassée, eh bien, au Tyrol, en Carinthie, en Carolingie, au fin fond des alpages où elle élevait la petite, un genre Heidi, et étaient-ce des pauvres, en ce cas instinct en déroute mais bienheureuse occasion de charité, ou alors la brune était une intellectuelle, un prix Nobel qui attachait peu de prix aux apparences et Massimo était tombé amoureux d'une géniale, voilà, ou encore quelqu'un comme mère Teresa, qui pour les apparences, idem que le Nobel – distinction que, du reste, Teresa se devait de recevoir bientôt, car qui plus qu'elle, en faveur des déshérités – dont ces deux étaient peut-être, on tournait en rond. Elle stoppa les conjectures tournantes, les Neumann s'avançaient, *perbacco*, siffla-t-elle, nul besoin à l'enfant de se cacher dans les jupes de sa mère pour disparaître, cette mère – cette personne qui la précède est grasse qu'on en ferait des savons, je suis mince à côté et l'enfant aussi maigre qu'une hindoue, version aryenne, blonde comme les blés et qu'est donc cette affaire.

Dès la portière ouverte par le Levantin (qui en une heure quarante, c'est que le jour est sans précédent, n'a pas pris le temps de sa petite bière, observa-t-on, dans l'erreur : c'était la seconde brune que s'envoyait mon *copain*, à la buvette), Carla Cuori se rua sur son fils en grand bruissement d'étoffes et odeur de cigare, imprima à ses zygomatiques une saccade persuasive, sourit à l'adresse de ces malheureuses, la fillette (treize ans environ) et sa mère, grand-mère ou tante, qui à compter de cet instant étaient ses hôtes, se jura de troquer états d'âme contre devoir d'hospitalité pour mieux cuisiner Romulus au moment psychologique c'est-à-dire après le dîner, Romulus se révélant toujours de meilleure composition quand il avait bu et mangé – et tout ce beau monde, à table dans soixante minutes si pas trop de bouchons, à vingt heures précises comme d'habitude. Ensuite, leur suggérer ce bain dont elles avaient grand besoin parce que sales comme des peignes en plus, le bain aurait été mieux avant le repas mais Lietta, après les vingt heures fatidiques, avait de tout temps refusé de servir pour s'abîmer dans ses prières, qu'opposer à cela, bref les nourrir, penser à Abraham accueillant tout un chacun, les mettre à l'aise, à table, au bain et au lit.

Les présentations faites, la voiture roulant dans les cercles dantesques (d'un nombre supérieur à sept) des banlieues milanaises pour parvenir jusqu'à l'éden Chiaramonti, elle fut soulagée d'une chose : ces Neumann ne parlaient pas un mot d'italien, juste un peu d'anglais et leur patois allemand, donc aucun Nobel, rien que des pauvres, terrées, forcément peu loquaces au fond de la voiture, on ferait au moins une économie, celle des frais de la conversation, ce serait reposant. Non, éviter toute disgrâce quitte à se fatiguer, complaire à Massimo qui possédait si parfaitement l'allemand, rassembler au mieux les bribes disponibles de la langue de Goethe et faire avec l'anglais véhiculaire qui avait contenté, sur le territoire Cuori, jusqu'aux ambassadeurs de toutes les nations, anglais dont elle retrouvait les idiotismes, passé le Channel, question d'oreille et don de naissance. Encore un piéton esquivé par Fangio ou plutôt Manolete, il conduisait comme on torée, elle s'éventa avec le chapeau de paille à jugulaire, en rade sur la banquette et sur lequel l'énorme avait failli s'asseoir, se gourmanda : Massimo me parle, je n'ai pas écouté, il va encore dire que je n'écoute jamais, et il aura raison. *Prater*, vient-il d'énoncer. Peut-être qu'elles mendiaient du côté du Prater ? Trier les questions sur le volet, tout de même, et ces questions au moment des liqueurs, s'apprêter à un dîner comme avec les Noailles, les Brandolini, et ce qui tombe bien, c'est que malgré le stress, je meurs de faim. Elles aussi, ce doit être chronique et l'on en voit les effets désastreux sur cette enfant en pleine croissance, nous pourrions peut-être employer la mère aux cuisines, histoire d'être servis après vingt heures, de temps en temps, et l'enfant, je ne sais pas moi, la garder le temps qu'elle se remplume, la charité d'abord, car première des trois grandes vertus théologales, la foi et l'espérance après, c'est curieux d'ailleurs. Fais l'aumône sans que ta main gauche sache ce que fait ta main droite, notre Père te le rendra, c'était d'un confus, mais dans Matthieu, ecco, faire œuvre pie, l'air de rien, en ménageant leur amour-propre.

Se tournant vers les indigentes, elle leur dédia le sourire immolé d'une logeuse flouée d'avance, puis un autre, gai et quasi entreprenant pour qu'elles sachent combien volontiers on les acceptait.

Et nous en arriverions là, exactement là, et pour Carla qui, au moment des liqueurs, me vit disparaître, cornaquant mes invitées jusqu'à leurs appartements, il s'en faudrait d'une nuit d'insomnie malgré trois tasses de mélisse et d'une matinée où elle me confessa avoir subtilisé à Attilio un bêta-bloquant et doublé sa dose de benzos (les palpitations, le raptus anxieux), il s'en faudrait pour moi d'une nuit inoubliable car Nora, les grilles du palais une fois ouvertes, se révéla d'une ferveur et d'une tendresse toutes romantiques, dont elle me donna les preuves les plus dignes, qui étaient celles de son impardonnable savoir ; il s'en fallut de ce temps où le canapé-lit destiné à la fille et accolé au lit de la mère ne fut ouvert par personne et où Magda ronfla seule dans la plus belle chambre qui lui eût été allouée à ce jour, avec autant d'air conditionné que dans la voiture, et Magda dut terminer sa nuit dans une jouissance gelée, et il ne nous manque qu'un Léviathan hilare pour découvrir le détail des secrètes saynètes qui se jouèrent cette nuit-là dans chacune des trois chambres. Il s'en fallut de ce temps-là et que le soleil du lendemain fût au zénith et d'un déjeuner sous la tonnelle pour que je présente officiellement Nora Neumann comme ma fiancée.

TROISIÈME PARTIE

— Viens, Gretel, lui dit son frère, nous allons enfin pouvoir nous régaler. Je mangerai un morceau du toit tandis que tu croqueras une fenêtre.

Hänsel arracha un morceau de la toiture tandis que Gretel commençait à grignoter une vitre de la fenêtre. Ils entendirent alors une voix suave venant de la cabane :

— Nic nac noc, qui mange ma bicoque ?

Les enfants répondirent :

— Le vent, le vent !

Et continuèrent à dévorer à belles dents.

GRIMM, *Contes d'enfants et du foyer,*
"Hänsel et Gretel".

XVI

A Milan, pendant les premiers jours, c'est un peu comme les coulisses d'une scène que vous voyez briller, mais où ce n'est pas encore à vous d'entrer, une antichambre où, sentinelle anonyme, vous regardez les gens qui passent, et je regarde Nora, exclusivement Nora, qui opère ses magies. Nora survient, vaque çà et là, affairée comme une petite chatte à trouver ses repaires – puis le flanc au soleil, terrassée de l'incompréhensible, philosophique bonheur des chats. C'est là où je vole d'elle ce que j'ai de plus précieux, des instantanés, N. à table, au bord de la piscine quand, après dîner et à proprement parler, elle me laisse *faire tapisserie*, et rien encore des lumières fiévreuses de ce *Verrou* de Fragonard, et aucun verrou, rien que ces images d'elle – d'elle dans une liberté toute relative, qui ressemble d'assez près à celle dont dispose le détenu pour faire son tour matinal du préau, lequel encore a de la compagnie : Nora est seule ; résignée en apparence à ce que cette liberté ne passe pas les murs, elle se venge – avec quelle allègre désinvolture ! – en me préférant ses retraites nocturnes dans le jardin, un lecteur de cassettes, les rengaines nouvelles-nées de la musique disco, et ce David Bowie qui n'est plus que le talentueux interprète de ma propre solitude ; elle regagne la chambre quand bon lui semble, assez fréquemment quand je m'endors, me réveille donc de son poids, de sa tiédeur (le chat saute sur le lit), d'un soupir, puis descelle ses genoux avec un second soupir qui trahit un soulagement peu flatteur à mon endroit – mais indéniablement proche du bien-être : ce cours-ci des événements est normal, c'est du moins ma traduction de ce soupir amphibologique ; puis se laisse manier avec une insensibilité à laquelle aucun amant plus compétent que moi ne saurait remédier (c'est l'avis du mâle Romulus, qui a grandi, que morfond l'approche de chaque soir...). Qu'ai-je donc à dire du sexuel, ces premiers jours, sous ce toit... fort peu de chose, entendez-moi, car il n'existait pas, que rien n'existait fors des éjaculations souvent précoces, qu'alliez-vous imaginer après ces heures de procrastination, qu'existait seule la séduction que Nora déployait, enchantement majeur qui vous fige, annihile et rapte au firmament : le Ravi de la crèche avec ses pieds terreux et ses yeux exaucés se fiche pas mal qu'on lui refuse le sexuel, qui est anecdotique, il est au-delà, et moi jusqu'à demain matin j'ai largement passé le cap, et elle a éteint la petite lampe de son côté, toute contente de n'avoir pas veillé longtemps, parant aux assauts récurrents du Ravi, d'où manque de sommeil et cernes désastreux, de surcroît le matin, elle le sait, le Ravi n'a pas que les yeux au ciel – "... le matin, pas que les yeux au ciel... !", dit-elle à l'étalon redevenu, dit-elle d'une aigre petite voix de corps de garde qui me met les nerfs à vif, quand je la vois au réveil, inchangée à cet égard depuis Vienne, dans les meilleures dispositions, prête à tous les compromis – ce dont j'use et j'abuse – du moment que le soleil luit sur l'argent de la théière ou cafetière, pénètre brasillant une rubescente confiture de fraises, et qu'elle puisse poser des questions. Quand elle n'en posera plus, ce sera ce moment où l'été est trop fort pour durer.

Assise sur le lit, elle dévore ses tartines, manducation première de la journée, et souvent se tient les lombes d'une main, ce qui me précipite dans un gouffre de culpabilité parce que, cette dorsalgie, elle ne peut que la devoir au soudard qui vient de la malmener : *die Kleine* a le dos fragile, c'est la raison invoquée de tant de longueurs de piscine, dans une hantise invétérée de tassements vertébraux – qui lui vient sans doute de sa mère, précocement rhumatisante, et d'autres, de non moins précoces remuements. C'est aussi le moyen du détenu de faire un tour de plus dans la cour, je n'allais pas la prendre dans l'eau, avec tous ces domestiques pirouettant, tout près, sous la ramée, porteurs de ces thés et de ces cafés qui se servaient et desservaient à toute heure et non seulement celle du petit déjeuner, ce qui aux yeux de Nora restait suspect, qu'avaient donc ces gens à boire toute la journée ces liquides réveilleurs ? Eh bien, aimée – le désir commun que, grâce au trolley des thés et des cafés, la conversation fût un feu roulant. En voilà qui se distendent l'estomac et gaspillent de la salive ! gouaillait-elle, tant soit peu épargnée par la permanence trépidante de notre vie sociale : ainsi, des Verdurin de Parme ou d'ailleurs jetaient-ils un œil intrigué sur l'adolescente de la piscine, n'osaient rien demander avant qu'elle ait fini ses battements et qu'on la leur présentât, ma mère respectait le temps des battements, ou plutôt le dégustait car c'était ce suspense qui dans les films lui serrait délicieusement l'épigastre, et celui-là était *maison*, et debout en pied, jaillie de l'eau, sa belle-fille – dont la jeunesse effarait les Verdurin de Parme qui, le temps de se ressaisir, m'en félicitaient comme si j'y étais pour quelque chose, une chose absurde, qui ayant un ténébreux rapport avec la morale régnante, faisait néanmoins la soudure et les confortait profondément. Mais rien n'irait à la cheville de ce protocole bouffon, cette lâcheté vétilleuse des présentations, en petit comité, le jour du déjeuner sous la tonnelle…

Au préalable, encore ceci : ce que j'ai à dire dès maintenant, c'est ce qu'aussi je tiens de Nora, c'est ce dont parle ma mère si souvent pour la raison que cette vertu la fâche, à laquelle elle n'arrive pas, et elle abomine cette vertu qui la recale à tous les coups – la charité ? non, la compassion. Et sur toutes les photos de Nora et tous mes souvenirs de cet été-là, si brûlant, la compassion s'étend comme une main douce, immobile même si on la scarifie et blesse, têtue même si la fillette, dans un jour de rage hermétique, lui arrache les ongles comme elle le ferait des plumes aux ailes d'un aiglon tombé du nid, ou d'un ange qu'elle n'aurait pas reconnu pour le sien. La compassion s'étend bien autour, bien après elle, parce que la main est restée aussi fixe que le ciel au-dessus de notre histoire. C'est la nôtre, petite N., que tu le veuilles ou non, et je ne tente guère, ici, que d'écrire dans, avec et sur la compassion, c'est ce dont je m'aperçois au fil d'une majorité de pages raturées, récusées, et du quota restant de chapitres acceptables, et quand j'aurai fini, brûlerai-je ce quota pour que mon amour et ma vie aient une petite, unique chance d'accéder au ciel en fumée, comme dans les cérémonies funéraires de l'Empire du Milieu ? si je ne brûle rien, ce sera à cause de la compassion qui affleure çà et là, gisement sans prix dont ma passion désertique ne surprenait pas même l'éclat élusif : trois lettres, et deux mouvements inconciliables, l'un vers le dehors (partage de la compassion, qui fait mieux vivre – un arbre secoue ses fruits ensoleillés), l'autre vers le dedans (à souffrir mort et passion, à résister à cette dernière, à lui obéir, à tenter de lui commander encore, on ne s'occupe horriblement que de soi, on va, centripète et affairé – c'est le désert). Etais-je capable de compassion, et comment aurais-je pu seulement l'évoquer, alors que j'attendais Nora, la désirant trop pour que, ouvrant la porte de la chambre, elle fût confrontée à autre chose qu'à mon accablement hostile, jaloux des heures sans fin où dehors, elle m'échappait, les nuits vestibulaires d'un été qui ne reviendrait pas… ? Etais-je *a fortiori* capable de compassion ou du moindre de ses ersatz envers cette Hannah "qu'ils avaient violée à cinq, me dira N., dans une cave de l'Operngasse, près du Sacher, cette Hannah qui couchait aussi pour de l'argent, bien forcée !… et un étourneau, toujours très gaie, distraite à un point que le ciel un jour devait lui tomber sur la tête" – il tomba en l'occurrence dans la cave, et – "fais-moi plaisir, Massimo, écoute, arrête de…". J'arrêtais. Au Sacher, il y avait un type sur les cinq, un Russe, qui louait un appartement à l'année, qu'Hannah allait croiser souvent et, auquel, pressentait Nora, dès que ce serait le tour d'Hannah de monter un plateau, elle le monterait avec, sous la serviette pliée, un des couteaux de la cuisine ; elle espérait au moins que les côtes et la clavicule de cette fille, Hannah, s'étaient ressoudées, qu'ils avaient cassées à coups de pied et en lui tordant un bras – et non, rien ne se voyait à Vienne, on venait juste de lui retirer son gilet de plâtre, elle pouvait travailler de nouveau. Le Russe et sa bande, pires que son Vlad Drakul à elle : des œuvres de Vlad, sodomite enragé, elle avait cru rester ouverte pour la vie, que ça ne se refermerait pas. (Tout à l'heure, j'ai eu raison d'arrêter.)

Mais alors, ces premiers soirs où je l'attends dans la chambre, je ne sais rien d'Hannah – chouette fille, affaire viennoise classée ; je ne saurai que très tard, à Rome, à propos d'Hannah, et Nora serait-elle restée, et les choses en l'état, que je n'en aurais pas su davantage – pourquoi montrer l'envers misérable du décor enrubanné à qui méritait tout sauf sa confiance ? Et en effet, la compassion est venue à son heure, qui sonne toujours trop tard : lors de l'exorde milanais, je n'en ai aucune à son endroit, je crois qu'elle atermoie pour valoir davantage, je suis entre l'amour que j'ai d'elle, ce hurlement gelé, cette barbarie clinique, et ce que l'ironie peut en sauver, que j'exerce à mes dépens, par hygiène autant que pour ne pas perdre la face à ses yeux ni aux miens ; de Nora, j'ai seulement cet amour pétri de manque où s'infiltre une vindicte d'homme trompé, quand j'ai un peu bu. Sur un sourire d'elle et quand je n'ai pas bu, ce qu'il y a de vindicte dans cet amour fond comme neige au soleil, sous le hurlement on distingue quelques paroles humaines, brûlantes, égarées, mais c'est encore trop peu, et à leur naïveté drastique, elle ne comprend rien. Au fait, au fait

– la princesse et sa duègne ont posé leur bagage, nous déjeunerons dehors.

*

Je l'avais introduite comme la fiancée autrichienne – cet irréductible fantasme du patriciat exsangue et de la roture prospère, en notre Italie du Nord, depuis la dernière guerre. De la fiancée autrichienne, ce sujet scabreux, professais-je à une Carla méfiante (que va-t-il encore trouver pour m'embobiner ?), Visconti avait amplement traité, après avoir failli en épouser une, *e vero* Carla – et je parlais à quelqu'un qui finissait par détenir son propre Visconti, aux yeux de qui ce Visconti-là n'avait pu être *sincèrement* antifasciste, communiste et homosexuel sinon par simpliste et vaine réaction à une éducation aristocratique quelque peu étouffante, qu'on ne la lui fasse pas, et si le cinéaste avait si magistralement dépeint le prolétariat, c'était d'autant mieux qu'il prenait du recul pour le voir. On sait, pour l'avoir entendu dans la voiture, que Carla apprécie *Senso*, cette pauvre comtesse Serpieri, si elle ne trouve aucun intérêt à *La terra trema*, ces pauvres gens, vivant si mal de la pêche aux anchois.

A jouer la fiancée autrichienne, ma Loreleï, avec sa fraîcheur abrupte, sa blondeur de neige, ses pommettes ivoirines (la goutte de sang sémite est insoupçonnable), fera aussi bien l'affaire, à mes propres yeux, que Romy Schneider – l'idole de ma N. – particulièrement dans ce court métrage dudit Luchino où elle s'appelle Pupe... "Comme il surnommait la princesse danubienne qu'il voulait épouser, qu'il n'oubliera jamais, qu'il réincarnera dans nombre de ses films", signifiais-je à ma mère, pour un instant aux anges, que rien n'enchantait comme les ragots pourvu qu'ils fussent susceptibles de l'introduire dans l'intimité des génies ; au vu de son sourire évoquant ici celui du bondissant dauphin (la gamme d'expressions animalières de Carla est d'une étendue peu commune, et rares, celles de caractère typiquement humain), j'espérais avoir mis dans le mille, qu'au prix d'un petit effort de ma part, nous aurions bientôt, outre un passé pharmaceutique, ceci de commun avec les Visconti Di Modrone et en particulier l'homme le plus remarquable de la famille, oublions *La terra trema* et le désaccord qui m'oppose à ma mère à propos d'un des tout premiers chefs-d'œuvre du maître – ceci : une Pupe promenant au long des marbres dédaliques d'un palais de Milan, ici ceux d'une résidence bourgeoise, dans d'exquis tailleurs Chanel roses, la sournoiserie glacée qui si souvent caractérisait Nora, dans les tailleurs roses comme les peignoirs blancs, ceux des hôtels de luxe où elle avait servi – et qu'elle portera avec tant de satisfaction dans la chambre de nos noces, au bord de la piscine, via Chiaramonti puis via Appia, sur sa nudité laiteuse et quelques coups de soleil, avant de monter sous les combles.

Pupe, hier encore, sortait d'un hôtel borgne avec des bleus au bras, Pupe, la mienne, aurait sûrement fasciné Visconti lors d'un casting, mais le temps du déjeuner sous la tonnelle, il m'apparaît que rien ne sera si facile, qu'est déjà retombée, chez ma mère, la flambée euphorique suscitée par mon éloquence et son imaginaire de midinette qui est bien la seule chose qu'elle partage avec Nora, que Carla a déjà tacitement décrété qu'on n'entrerait jamais, grâce à un oiseau de passage, dans l'univers immémorial des ducs et pairs, qu'on ne la lui fera pas plus qu'avec les vices confessés de l'illustre metteur en scène… à table tout le monde.

Sous la tonnelle, le 3 de juillet, Carla Cuori sait que c'est elle, l'enfant que j'épouse, la cendre du cigare est tombée une seconde fois sur sa jupe, et elle la regarde, et Nora la regarde, Nora fait venir son regard de derrière l'horizon pour mieux la regarder et jamais personne n'a regardé ma mère avec ce qu'elle appellera du mépris, et qui est autre chose, une interrogation subjuguée à propos du destin, des Parques et des Moires, et est-ce que tout est écrit, et qui est donc cette femme en noir pour la jauger et soupeser au-dessus de son verre de cristal gravé que rosit un Chiaretto du lac de Garde, d'une table rutilante (le banc des accusés), et qu'est-elle allée faire, l'été de ses seize ans elle ne sait où en Italie, sous une tonnelle où un vent zéphyrien encense le sucre du chèvrefeuille, qu'est-ce que cette procédure qui la ravale d'emblée au rang des prévenus et au nom de quoi : l'imaginaire de Nora est loin d'être seulement celui d'une midinette, on va le voir grâce à Shakespeare et Goethe et Beethoven, la rare dualité de cette jeune fille est sans doute le secret du charme, la formule magique qui fait qu'elle joue avec le temps, qu'il ne passe pas sur elle comme sur vous et moi, qu'elle a autant de visages que les mouches, de facettes à leurs yeux, qu'elle est impossible à classer, indéfinissable donc unique.

Mais à cette heure du premier déjeuner, c'est au nom d'une envie consternée qu'on juge mon amante, sur les apparences et sur pièces dont tiennent lieu son extrême jeunesse, ses pommettes orgueilleuses, sa beauté slave.

Carla a toujours été sourde à la parole "Ne jugez pas afin que vous ne soyez pas jugés", a contrario de Péguy qui la tenait pour une des plus redoutables qui aient été prononcées ; Nora, usant de la formule magique, ne s'est pas encore vieillie pour les besoins du rôle, elle a tous les attributs de son état, celui des farfadets dont le chewing-gum fait une bulle et éclate entre leurs lèvres mornes, blop, elle a craché le chewing-gum juste avant le déjeuner ; à ce *déjeuner de famille*, elle semble deux ans de moins que son âge et moi comme à l'ordinaire une dizaine de plus que le mien (ce matin : poignées de cheveux sur la brosse, ceinture desserrée d'un cran), et je n'ai définitivement rien du David Bowie ou du Travolta de ses rêves, rien de ceux envers lesquels, dévote, avant midi et la convocation sous la tonnelle, elle promenait dans les rues piétonnes un lecteur de cassettes flambant neuf et toutes les cassettes trouvables du premier des demi-dieux et, honneurs avidement rendus à mon second, la bande originale du film *Saturday Night Fever*, en sus de la discographie complète des Bee Gees : elle n'aime l'opéra que pour s'y montrer, voilà qui est acquis et acquis aussi, que nous y allions dans ce but, d'autant plus acquis qu'elle ne poussera la porte ni d'un restaurant ni d'une boîte de nuit avant que le mariage ne l'émancipe légalement, ce qui nous épargne toute démarche administrative pour les deux, trois mois d'un été bienveillant… Nous avons légiféré là-dessus ce même matin, pendant que Carla cuvait benzos et bêta-bloquants, entre disquaire et boutique de mode, Travolta, Bee Gees et acquisition de la panoplie suivante : un pantalon corsaire de vichy quadrillé rouge et blanc, un dos nu de coton fuchsia, des mules vernies écarlates, tandis qu'à cette symphonie torride, je rajoutais la note vermeille du cœur de céramique qui oscille sur le bréchet de ma petite vamp, et que Carla fixe en ayant l'air d'avoir la berlue.

A ce déjeuner en plein air, si nous ne sommes que cinq à table, ils sont légion à bombiller autour, le ballet ancillaire se déploie comme jamais, ses exécutants passent et repassent autant de plats que dans un festin chinois, destinés moins à assouvir la faim des maîtres que la curiosité de Leporello et Zerline qui chacun, comme les vendeuses du magasin de vêtements, me prennent dès lors pour un pédophile patenté : il faudra la via Monte Napoleone et ses sanctuaires de la haute couture, les bijoux et les fards pour que Nora paraisse les dix-huit ans requis, toujours deux de gagnés, deux susceptibles de triompher d'un scandale dont je sens déjà le parfum.

Sous la tonnelle, c'est une gamine en rouge qui se demande ostensiblement et avec une fureur vertueuse, ma foi, à quoi servent des gens comme cette femme, cette Carla Cuori qui ne donne même pas aux chiens ce qu'elle laisse dans son assiette, ces poivrons tièdes à l'ail et aux anchois, cette montagne de risotto aux moules et puis les pêches au vin du dessert, peut-être que les chiens n'aiment pas, peut-être qu'elle craint d'avoir mauvaise haleine à cause de l'ail ou trop soif à cause des anchois, mais non, de l'entrée, elle a mangé les anchois, et Nora ignore la querelle des anchois et tout de

La terra trema – ensuite les moules du risotto et pour le dessert tout le vin des pêches, à la cuiller sans faire le moindre bruit avec la bouche, du reste avec la bouche elle n'a pas fait grand-chose, elle n'a adressé la parole qu'à son fils et à une autre femme, elle aussi en noir, qui va et vient comme d'autres autour de la table, qu'on complimente, et qui d'autre complimenterait-on que la cuisinière d'un pareil risotto – et les gens qu'elle reçoit, juste un peu mieux traités que les chiens, et elle pue non seulement à cause de son cigare, cette femme qui fume au lieu de manger, et le bleu du regard afflue à la longue vitre de l'œil, assombrit la prunelle jusqu'au noir d'encre, Nora pose sur la table ses coudes aigus pour s'assurer que cette femme existe, pour cette femme ma mère, c'est tout le contraire, la prunelle délavée, dans son embrasure flétrie, oscille de droite à gauche, cette enfant lui fait mal aux yeux, ce qu'il y a alors de commun entre les deux, c'est cela, c'est qu'elles ne se font pas plus l'une que l'autre à leur existence respective, elles sont l'une pour l'autre quelque chose qui dépasse l'indécence.

Il faudra que je montre à ma mère les papiers qui attestent que Nora a seize ans pour qu'elle soit autre chose qu'une agression de cauchemar, pour qu'elle prenne corps, qu'il faille compter avec – et avec ma décision, irrévocable. Mais Nora lui fera toujours (quinze jours, le temps des fiançailles, de l'anniversaire, du baptême) mal aux yeux, elle lui sera toujours une présence aveuglante, une lumière trop crue qui la fait pleurer, même quand elle se sera vieillie ce qu'il faut, quand les vêtements d'adulte cesseront d'être un déguisement, quand lui sera venue une espèce de maturité théâtrale – quand, en un tour de passe-passe, elle ne sera plus l'enfant de l'aéroport ni le Chaperon rouge du déjeuner, mais une jeune fille nubile, une femme éducable et mariable. (Bourgeois lombards et bohémiennes furtives sortent de table).

*

C'est d'abord dans son bagage que je découvre toute la dualité de Nora, toute une sensibilité désespérée, désemparée, et toute l'œuvre ou presque de Shakespeare en édition de poche bilingue, et Goethe et Schiller, et peut-être a-t-elle suivi des cours de comédie en Autriche, à Prague, au berceau, et combien l'ai-je mésestimée à Vienne, elle qui aurait volontiers été sur la tombe de Beethoven et de Mozart, qui ressort d'un second magasin de disques avec les symphonies de Mahler et les quatuors de Beethoven, que donc passionne le "Sturm und Drang", qui est la même adolescente qu'hier et dont, pire encore aujourd'hui, je ne pense qu'à chaparder le slip, la même à qui je promettais la Scala pour répéter la scène du *Staatsoper*, ce qu'on peut trouver pavloviennement romantique, ce qui est de la gorillerie et le triomphe du salace, triomphe aussi tonitruant que les chœurs de Verdi dont j'ai dit du mal, aussi.

Pour m'épargner un remords, il se trouve que dans le monde diapré de l'art, seuls lui indiffèrent : 1) le bel canto, ici elle n'a rien à justifier auprès d'un Milanais qui a déjà vu tant de générations entremêlées s'assoupir à la Scala, 2) le roman, parce que la vie n'y ressemble jamais, que toute intrigue l'ennuie, dont elle perd vite le fil : “Pour les romans, sauf pour Goethe, vraiment rien à faire, me dit-elle, baissant un front vaincu. J'ai l'impression que pour boucler à tout prix une histoire, les auteurs oublient de l'écrire. Moi, je n'aime que les pièces en vers ou les poèmes, je n'ai pas eu le temps d'en lire beaucoup, mais je les comprends parce qu'ils vont vite, droit au cœur, qu'on peut les relire cent fois, qu'ils vous rentrent dans le sang…”, et ses yeux brillent d'un fanatisme ingénu, c'est comme un coup de main de l'ange, un signal de l'étoile, les drames de Schiller, de Shakespeare (il arrive), et Rimbaud et Baudelaire… Les vers de ces deux derniers, elle voulait que je les lui lise en français, elle était sûre que dans les traductions, quelque chose clochait toujours, elle préférait entendre la musique initiale des poèmes, que je lui explique ensuite un peu de leur sens, un sens qu'on percevait sans même posséder vraiment la langue, rien qu'à travers le rythme des mots, et à travers les trous du paletot de Rimbaud elle devait voir le ciel, c'était sûr ; et puis elle revenait aux romans, dont il y avait tant ici dans les bibliothèques et une pièce entière toute de bibliothèques, elle disait qu'elle était trop bête pour lire des trucs comme ce *Guerre et Paix* si long et si compliqué, trop bête pour comprendre où ces gens de plume voulaient en venir, trop nulle pour ces romans qui faisaient des histoires, de ces histoires auxquelles on ne croyait pas, disait-elle qui n'avait presque pas été à l'école, quoi, quelques années juste pour savoir lire et écrire, disait-elle, morte d'humiliation, complètement géniale, si merveilleuse que pendant quelques heures, le temps que j'oublie sa beauté, je la laissais avec son génie, elle avait la paix.

Plus léger : si je ne tentais rien en faveur de Dostoïevski, vous pensez bien que j'observais le silence le plus total quant à mes propres, pâles œuvrettes (planquées dans le geste furtif de qui s'envoie une rasade en cachette et dissimule la bouteille, comme elle le faisait déjà avec le whisky) et je lui sus gré, à table, de ses subites timidités qui lui interdisaient, lorsque Carla, flagorneuse, abordait ce sujet (mes écrits, leur succès fugace mais indéniable), de demander à en savoir plus – soit, elle ne se demandait même plus à propos de quoi pérorait la maîtresse de maison : même lorsque celle-ci se donnait la peine de parler allemand, aussi fermement alors que le fit Clara après la mort de Giuseppe, Nora, sans que personne fût mort, faisait la sourde oreille aux sentences d'une mère aussi folle que la sienne, nous étions deux à savoir *cela*, et aussi que mes parents se préparaient à partir à Londres, à Rome, au diable.

Léger encore, léger a priori : *La Fièvre du samedi soir*, à la maison seulement puisque la kadine ne sort pas du sérail – la chèvre du samedi noir, marmonnerai-je bientôt, chèvre devenant dans la chambre désertée pendant qu'elle se disloque devant les demi-dieux, dehors ou dedans, ce qui dépend du temps qu'il fait, jamais de mes humeurs. "Il n'y a qu'avec les siennes qu'il faut compter, apparemment !" grince Carla qui fuira aussi pour aller dormir ailleurs. Or Carla ne devra pas ses insomnies qu'à John Travolta, mais aux dix symphonies de Mahler, aux dix-sept quatuors à cordes de Beethoven et à nombre de monologues shakespeariens déclamés en allemand ou tentés en anglais sous les cèdres la nuit, comme celui de la Reine Mab, où N. est un Mercutio onctueux :

C'est la sorcière, quand les filles sont sur le dos,
Qui les presse et leur apprend à l'endurer la première fois,
Faisant d'elles des femmes de bonne charge !
C'est encore elle –

Sarcasme plus manifeste de la part de ma baladine, entendez ce chenapan d'Autolycus dans *Le Conte d'hiver* :

... Coiffes d'or et gorgerettes,
Garçons, faites-en l'emplette,
Epingles, fers à friser,
Parez de la tête aux pieds
Celle à qui vous faites fête.
Allons, allons, achetez,
Allons, allons, achetez,
Sinon elle va pleurer
Allons, achetez.

*

A devenir une femme mariable, le tempérament de comédienne de Nora devait se révéler d'une efficacité sidérante : le tour sera joué, l'air de rien, des doigts graves et malicieux d'une prestidigitatrice de renom, en quelques après-midi aux entours de la via Monte Napoleone. “La rue du shopping !” annonçais-je à qui je savais bisser l'argument suprême, déjà avancé *in Viena*, et qu'elle arrêterait de nager, de bronzer, de se vautrer sur toutes les balancelles et de ne rien faire, pour cette artère élyséenne et ses attraits plus invincibles encore que piscine ou promenade ou tennis, compter avec les intermèdes, moins rares, toujours obligés, dans la chambre. Après la métamorphose qu'on va voir, que je n'eus rien de plus pressé que de photographier, on ne pouvait que donner une rassurante majorité à mon modèle qui, pour prendre la pose, ne se faisait jamais prier, qui là seulement devançait mes désirs – et tour à tour Orphée et Circé (fors ses talents de comédienne, Nora Neumann figure encore à mes yeux abusés l'exemple le plus réussi, le plus fulgurant, ce qu'on fait de mieux en matière d'adaptation humaine à un milieu inconnu et donc ennemi, apanage qui était jusqu'alors celui d'une seule, ma mère), elle séduisit, en même temps que nos animaux, tous de noble extraction, mon père, brave homme dont on sait la sienne et qu'il ne s'en vantait pas.

Attilio ne vivait plus, en ce début d'été, que pour le Rogier Van der Weyden de Sotheby's, le 20 de juillet, et comme tous les jours de sa vie pour sa passion de collectionneur (et dans la voiture, Carla a omis les pierres rares et les papillons) ; à propos de cette passion et de son objet, Attilio se découvrit, à l'intention de Nora, d'un prosélytisme enthousiaste : sous les yeux incrédules de ma mère, il lui fit les honneurs de la pinacothèque Cuori, lui ouvrit les pièces qu'il n'y avait que lui pour visiter avec prudence en raison de la lumière dont il craignait l'effet sur un retable de Van der Goes, une Mort de la Vierge du Maître de Flémalle ou une Sainte Barbe de Dieric Bouts, et laissa ma future épouse inventorier à son gré les trophées de l'amateur – le musée familial et ses réserves, depuis toujours soustraits au soleil autant qu'aux regards : tout cela, avec l'orgueil aberré mais touchant d'un enfant exhibitionniste auquel on n'a pas encore dit qu'à se montrer tout nu à une petite fille, on risque des châtiments exemplaires – le morveux, surpris – par la puissance dominante, sera étripé et châtré et je ne vous dis rien des coups de règle sur les doigts que j'ai reçus, moi, de Carla, et des ongles bleuis et des panaris en nombre, Carla étant une version très plausible de l'antique et méditerranéenne Thémis.

Autant dire que la beauté de Nora avait mis au jour, chez mon père, des abîmes de candeur que je lui connaissais, moi, ce pour quoi je l'aimais et qui étaient, à ma mère exaspérée, la partie sibylline d'une niaiserie par bonheur indevinable aussi bien au commun qu'à l'élite, dissimulée à l'instar des réserves du musée, enfouie très profond chez un homme aussi brillant, à l'ingéniosité maffieuse duquel nous devions la prospérité toujours croissante de nos laboratoires – et à la variété ébouriffante de psychotropes qui en sortaient, et au malheur des gens, dans cette ville froide que je voyais jour après jour noircir, comme carbonisée, et oublier Visconti.

Après une semaine environ, je crus, ô combien à tort, que ma bien-aimée avait fini par conquérir les faveurs de Carla, grâce à l'intérêt que, tout autant qu'aux pièces de notre collection, elle porta aux textes saints et la joie qu'elle parut trouver à être baptisée comme elle le fut à toute vitesse par le curé de notre paroisse, un adorable et érémitique vieillard que nous ne reçûmes que deux chiches fois, à cette occasion – qui jusque-là avait décliné toutes nos invitations : "Après tout, vous n'avez que neuf ans de différence, ce n'est pas la mer à boire..." proclama Carla, la veille du départ pour Londres.

Ce départ tint néanmoins d'une fuite dont la raison était, pour Carla, que cette fille lui faisait toujours autant mal aux yeux, et les fous rires et les incongruités que Nora ne pouvait s'interdire, le plus souvent lors de nos interminables repas, et les tourments et les fameux raptus que ma mère devait à l'apparition de la plus gracile de mes concubines et à la perspective contestable d'un devenir conjugal avec celle-ci : sous couvert d'accepter ma promise comme en témoigne la lettre de Londres qu'elle adressera à Riccio, et même si elle redoubla de dacryo-cystite, ma mère que l'amour n'aveuglait pas, ma mère qui haïssait Nora, avait observé et jugé comme autant de périls chaque détail de cette figure qui ne se fondrait jamais dans les fonds fuligineux de notre tableau de famille (et qu'on va découvrir, en revanche, dans le triptyque Portinari et aussi dans le Van der Weyden de Londres – qui n'avait rien à faire dans cette croûte). Actrice-née, *die Kleine* était ductile comme l'or et prodigue de changements à vue, mais dès l'abord, rien n'avait échappé à Carla de ses attributs lucifériens, ceux d'un archange duveteux aux yeux cruels qui venait de s'abattre dans un jardin avec la brusquerie du feu céleste et l'éclat véhément de la faux de la mort, et elle me parlera plus tard de la faux de la mort, elle ne me parlera jamais de cet éclat, elle ne reconnaîtra jamais qu'elle ne pouvait le soutenir ; moins lyrique, elle parlera aussi, et longtemps, de ses "dents longues et de ses regards de louve" – ceci, quand tout fut consommé, quand tout fut derrière nous, quand elle me laissa feuilleter *in extenso* les brouillons de la correspondance qu'elle adressa au père Riccio, avant de m'en confier quelques spécimens, lesquels témoignaient d'une souffrance qu'elle n'aurait jamais cru mériter, et de la réalité de son calvaire, outre de son souci, évitant du même coup toute dissension entre elle et moi, de trouver chez N. des qualités insoupçonnables au premier regard ("auquel toujours se fier, et comme on l'avait roulée dans la farine !") et de l'acuité des raptus dont on me précisa le caractère affectif, parce qu'il y en avait d'autres qui étaient de nature hallucinatoire ou épileptique, que nous n'en étions pas là, même si à Londres et à Rome elle n'avait pas cessé d'être sujette à ces crises incontrôlables.

La première lettre est datée du 8 de juillet : trois jours avant son anniversaire, mes fiançailles avec Nora, la fête où Nora porte la robe de dentelle blanche. Nous étions arrivés le soir du 2, ma mère avait mis cinq jours de haut espionnage et cinq nuits de veille à se faire sa petite idée. Celle qui prévaut, c'est qu'elle ne partira pas avant que l'intruse ne soit baptisée. Elle le sera le 15. C'est alors que Carla peut partir, qu'elle l'écrit à son confesseur attitré, qu'elle me dit qu'elle fermerait les yeux sur ce péché capital, ces "rapports sexuels" avant la célébration prévue en automne, alors que c'était sur cet éclat de Nora qu'elle les fermait, Nora tout entière et mon amour pour elle qu'elle ne voulait pas voir. Lorsqu'elle nous invita à venir à Rome, la deuxième quinzaine d'août, quand elle et mon père seraient dans la Maremme, elle fuyait encore, elle mentait, elle mentait même à Riccio en lui écrivant qu'elle commençait d'approuver ce mariage ; elle mentait encore en glosant sur la cérémonie splendide (grand genre, j'en avais peur) que ce serait, après l'été, le temps d'une catéchèse aussi approfondie que le baptême avait été hâtif. Elle mentait bien plus que Nora ne mentait. Elle ne voulait que surseoir, elle était sûre que quelque chose arriverait pour empêcher ce mariage, qu'il fallait donner du temps à cette chose, de celles dont on dit "c'est plus fort que moi", à ce que cette nature de Nora prît le dessus, elle savait, pour avoir vu le diable en la personne de Biondetta et sans avoir jamais lu Cazotte, que, pourvu qu'on gagnât du temps, elle gagnerait elle.

— Pour la santé de la petite, le beau temps de Rome, en août… mentit-elle, sauf à propos du temps. Et puis c'était vraiment la campagne, là-bas, la vraie et pas la banlieue, même agréable, d'une ville industrielle comme Milan ; et puis… "vous serez tranquilles là aussi, vous emmènerez Lietta… et tu sais combien le personnel de Rome est discret, c'est qu'ils sont dressés, et assez bien payés pour ça, encore plus discrets même que ceux d'ici qui vont plus facilement à la ville, qui peuvent parler. Tu connais nos Romains, de braves culs-terreux peu loquaces qui ont trop à faire du matin au soir pour cancaner. Tu vois combien je respecte votre *privacy* à tous deux (dans le second courrier adressé à Riccio, elle employait la même formule, les "yeux de louve" figurant dans le premier). Ton père insiste pour que vous profitiez de la villa en notre absence, il apprécie beaucoup sa belle-fille, s'il s'interroge davantage, et moi aussi sur la réelle personnalité de cette Magda… A ce sujet, on pouvait s'interroger à perte de vue, Magda ne décrochant pas un mot, et à qui aurait-elle parlé allemand sauf à moi qui l'évitais sans trop de difficultés car elle n'était guère trouvable qu'à l'ombre sur le transat où elle dormait, car elle se contentait de boire du petit-lait, de razzier le bar et de fumer les cigares de ma mère, les trois, en silence et, entre deux siestes, juchée sur son mirador qui faisait face à celui de cette dernière, d'examiner la situation sous tous ses angles, de s'assurer, au-dessus de ce panorama, de la présence de l'ange et l'étoile, tous éléments célestes et indispensables dont ce mirador la rapprochait : je n'eus qu'à étouffer, aussi prestement qu'un feu sous une couverture, les algarades lors desquelles les Neumann manquèrent s'entre-étriper et que je pouvais prévoir, elles avaient toujours lieu après que Nora eut reçu un cadeau, un bijou, une robe, les disques ou les recueils de poèmes de son choix – ou à l'approche d'un de ces orages estivaux que Magda ne supportait pas, elle avait sa phlébite, elle ne se traînait presque plus et Seigneur, qui eût cru à ses trente-deux ans, même approximatifs – ou encore lorsque je n'avais offert ni bijou ni robe ni rien et que je l'entendais glapir de ce contralto aviné et rêche à vous glacer le sang, qui portait aux limites de la propriété, aux oreilles de ma mère, à celles du personnel, que Nora... Qu'elle n'en faisait sûrement pas assez pour me satisfaire, qu'elle la connaissait, sa fille, toujours à tirer sa flemme et là quoi, c'était quoi, ces leçons de langues, pour faire la distinguée, c'était à s'occuper d'une maison qu'elle devait apprendre et à donner à chacun son travail de chaque jour, mais que le travail, pour elle ou pour les autres, pas question de lui en parler et puis moi, pour en revenir à moi, je me lasserai d'une peste avec un baobab dans la main, il fallait voir la poseuse, toujours à se faire prier – et elle le savait, Nora se faisait prier, tirer l'oreille, allait en traînant des pieds (c'était de famille) et j'en aurais assez et je voudrais une femme mûre, responsable et tendre, en plus, et ainsi avaient été toutes mes maîtresses, aussitôt reniées, Magda darling – bref si la petite n'y mettait pas un peu plus du sien dans tous les domaines, le coup, un flop. Puis ce sursaut de vitalité la lui ayant tarie toute, elle retournait sur son transat, vaincue par le chianti Antinori, le soleil, et comme tout un chacun sur cette terre, un seul regard coupant de Nora.

Elle aurait pu profiter plus longtemps du bel été de Milan et de Rome, en effet, et elle n'aura plus jamais seize ans au soleil de l'Italie et il ne me reste que quelques pellicules photographiques, que ces portraits d'elle qui grandissait et brunissait, souriait comme si elle montait les marches du Palais des Festivals à Cannes, au bras de Sean Connery, souriait de toute sa sinueuse arrogance quand ce n'étaient pas ces autres sourires, ceux étirés, diffus et cloutés de toutes les constellations, ces autres sourires qui étaient comme un bâillon étoilé contre sa bouche – ceux de la vérité de son rêve de bonheur. Ceux que je surprends au bord de la piscine, la nuit, quand elle ne pense pas à Hannah par exemple.

Il y a ces photos que je regarde encore, même si aucune ne me restitue exactement cette Nora de l'été 79, parce qu'il y avait une essence d'elle, quelque chose de volatile et de dévorant à la fois, que la pellicule refusait de fixer. Il y a que je pensais acheter une caméra pour la filmer, et mon plus grand regret d'avoir remis cet achat à plus tard, d'avoir présumé du temps. Derrière la caméra, j'aurais pu être son metteur en scène, quelque chose de l'un se serait peut-être réfléchi dans l'autre, nous aurions alors peut-être été en miroir ou sans en espérer tant, j'aurais tourné les miroirs pour qu'ils se renvoient l'un l'autre la luminescence singulière de Nora (tour à tour, la nacre d'un coquillage qu'embrase un crépuscule délicat, ou l'ardeur du givre et du gel, cet éclat qui est bien celui de ces *stars* pour lesquelles on écrit des scénarios sur mesure), j'aurais eu moi le rassurement de jouir à mon aise, me passant et repassant les films, de cette plénitude quasi divine qui me pénétrait les veines rien qu'à la regarder, ce sentiment que le spectacle offert suffisait, que, *nunc dimittis*, l'ayant vu, je n'avais plus rien d'important à faire ici-bas – et j'aurais pu rendre Narcisse captif de sa beauté, et Nora de son image sur l'écran. Il n'y eut pas de caméra.

Il y a déjà, comme je l'ai dit, qu'elle se vieillit, qu'elle m'offre ou me refuse le minois boudeur d'un ange fardé qui se met du rouge garance aux lèvres, une poudre d'un rose pointu aux pommettes, du noir aux yeux, des faux cils battants, elle est dans ses tailleurs à boutons dorés ou les autres tenues des photos, les fards sont violents comme des gifles, stridents comme des cris sur son étroit visage, c'est comme si, sur ses yeux, ses joues, ses lèvres, on avait écrasé des fruits trop mûrs, des fruits blets, il y a un peu de ridicule et un orgueil à vous faire mourir de tendresse et une naïveté et un charme indicible dans ce maquillage. Elle paraîtra tantôt les dix-huit ans de mise, dans les tailleurs et les robes, tantôt pas plus de quatorze, en maillot de bain dans la piscine ou sur la pelouse, et comment oublierais-je (tout n'est pas sur les photos) les espadrilles à semelles de corde haut lacées sur le mollet, toutes les robes voltigeantes, cette folie des robes, et elle tournoyant dans leurs grands plis roides… Sur la photo que je tiens là, elle pose dans une de celles que je préfère, une de tulle blanc, toute droite, rebrodée de longs fils de strass blanc qui scintillent dans le jardin la nuit, comme des gouttes de rosée répandues sur elle, et il y a cette autre, plus longue, qui lui fouette la cheville de sa mousseline rose, ses épaules graciles et nues et brunies qui jaillissent de la mousseline rose, les hautes sandales argentées, les sandales seront de plus en plus hautes, à talons aiguilles, et cette robe de mousseline (Nina Ricci), elle me l'avait loyalement *payée* d'un soir sous les combles, où elle se plia à toutes, absolument toutes mes exigences – celles d'un psychopathe, elle le déclarera bientôt sans ambages, elle n'en tiendra que mieux le rôle demandé, en toute conscience de le jouer, que c'est un engagement, que demain sera un autre jour, celui d'un autre emploi… Prise par qui, en revanche, je l'ai oublié, de Lietta ou des autres seconds couteaux, cette énième photographie où elle vient de cracher son chewing-gum, se tortille parce que son tampon périodique la blesse et qu'elle va aller mettre une serviette, à moins qu'elle n'aille pas, ou qu'elle garde le tampon et lui adjoigne la serviette, à cause de la robe, pour être plus sûre, c'est ce qu'elle vient de chuchoter à l'oreille de, voir le cliché, son mystérieux garde du corps en costume sombre, dûment cravaté, mourant de chaleur dans ses chaussures de cuir lacées et certain, dès qu'il les ôtera, de leur devoir une mycose carabinée entre les orteils, et encore une chose à cacher à ma Cinderella…

Avec le maquillage strident, mais judicieux, les robes, une nouvelle pour dîner chaque soir, Nora à son insu, mieux que ce glamour hollywoodien qu'elle recherche, obtient quelque chose de beaucoup plus inquiétant, de chimérique, le gouffre peint de ses yeux, la pulpe rayonnante et sombre de ses lèvres sont inquiétants, irréel le casque de ses cheveux pâles que le soleil a encore décolorés et qu'un figaro en vogue, à sa demande impérieuse, a coupés au carré, qui frôlent ses épaules d'une seule vague lisse, exquisément incurvée, d'un argent sensuel et compact et tendre, de cette tendresse qu'il n'y a pas ailleurs, ou alors dans les sourires sublimes qu'elle adresse à son seul destin, que je ne fais que représenter fortuitement, pétrifié là, aussi massif que l'exercice de ma dialectique amoureuse, et que Nora est légère de toutes les stratégies cristallines que je la sens échafauder en dilettante, et qui ne pèsent rien encore… Quelles qu'en soient les vicissitudes, le rôle a commencé de l'intéresser, et elle ouvre large, à l'intention de l'objectif, l'ombre palpitante de ses yeux marins, elle recourbe une mèche derrière son oreille pour dégager le clip de nacre et d'or, elle dit comme les femmes disent, que sans rien aux oreilles, elle se sent toute nue, à Dieu ne plaise, et les clips ont cette vertu énigmatique, en effet, de durcir et vieillir d'aussi puéril visage que le sien, lorsque la nuit, dans mes bras, elle est effrayante d'enfance, de cette minceur chaste, miel et fiel, où rien n'est à prendre, le corps est ravissant mais qui vous coupe les mains, et elle le sait, elle sait qu'elle est pour moi comme un fétiche armé de petites lames ; qu'elle est aussi la jeune vedette – *introducing Nora Neumann* – qui descend de son jet privé, et quel *fan* oublierait les yeux candides, la gaieté du salut qu'elle fait de la main, l'élégance des épaules et des hanches sous le costume de lin blanc, et plus tard quand il n'y a plus d'autre *fan* que moi, la courbure parfaite du pied hâlé qui vient de repousser un mocassin au vernis immaculé pour éprouver la fraîcheur des dalles de la terrasse, et ce que je sais des lingeries qui sont noires comme celles du *Vier Jahreszeiten*, dès qu'elle ne craint pas qu'on les devine sous tout ce blanc dont elle raffole autant qu'un Bédouin... quelques autres détails, et autant de flammeroles inextinguibles, et autant de rubans de Charlotte : le crêpe beige vanille d'une autre robe sur l'amande exacte de son genou, ce vernis à ongles Orange Brûlée sur ses griffes renaissantes – nous avons passé l'après-midi sous la lumière glauque des verrières d'une galerie marchande et dans une parfumerie dont nous ne sommes pas ressortis bredouilles, et Massimo Cuori transformé en mouillette, car il lui a fallu essayer à ses poignets les dernières créations d'autres laboratoires que les nôtres, ceux où l'on alchimise les fleurs et le musc, sur ses poignets à elle il n'y avait plus de place, ni à la base de son cou, ni à la saignée du coude, quand, à la stupéfaction de la vendeuse, elle a ôté ses collants sur ses jambes dorées pour essayer, derrière le genou, parce que les odeurs montent, c'est ce qu'elle a dit à la vendeuse en la toisant de son mètre soixante-six, avec les talons, puis de son mètre cinquante-huit, parce qu'elle venait de faire comme chez elle, comme souvent, pour passer plus à l'aise la fin de l'après-midi (une bonne heure) dans un des temples de la consommation ambrosienne, d'un coup de pied retirant ses sandales, avant le tour des collants.

C'est ce jour-là que, fraîche et dynamique, elle a voulu que j'achète une Ferrari – insigne suprême de la caste à laquelle elle parvenait, à la possession démonstrative duquel, puisque c'était, précisément, une caste de parvenus, je m'étais refusé jusque-là, pour le lui promettre à la rentrée : Nora n'était rien moins qu'une adolescente dont il faudrait encourager les efforts scolaires, et la Ferrari dans ce but. Oui, rouge, bien sûr. Et cette caméra, son œil magique, dans le même but.

Ferrari et caméra étant en sursis, au dîner, je ramasserai trois fois la serviette de table amidonnée qu'elle a jetée par terre juste avant d'éternuer dedans, et elle oublie tout le monde à cette table, elle entend le bruit velouté du moteur de la Ferrari, celui des grillons devient insupportable, un peu plus tard elle plantera là les Cuori, leurs nappes damassées, leurs couverts de vermeil et pour une fois, la seule, la fois de la Ferrari, de la caméra, ce qu'il y a dans son assiette : cette Ferrari, cette caméra amorcent une institution, celle de mon chantage, non pour qu'elle s'offre à ma dévoration saturnienne, non pour quelque caresse tardive alors qu'elle tombe de sommeil, non pour qu'elle m'abandonne ses membres que le soleil embrase – pour qu'elle fasse sagement ses classes en compagnie d'autres gamines qui, elles, ne porteront pas d'alliance. Amorce bien pusillanime dudit chantage car si elle m'oppose sa vocation des planches pour l'épanouissement de laquelle précepteurs de langues et cours de comédie sont seuls exigibles, je sais qu'elle aura gagné d'avance, que je lui jurerai que j'ai senti chez elle la fibre de la Duse et de Louise Brooks réunies, qu'il s'agit de n'affecter en rien de telles natures, de les laisser suivre leur cours, de ne jamais l'endiguer par des barrages convenus, et aurait-elle gagné Ferrari, caméra et cent robes Nina Ricci à l'heure de cet autre *finale*, que je serais resté seul avec l'angoisse inavouable qu'elle devînt la "Petite Fiancée de l'Italie", puis celle de l'Amérique – Mam'zelle Vedette, une Shirley Temple juste un peu plus âgée – et qu'elle m'échappât alors avec la technique éprouvée des étoiles filantes. Le plus inacceptable, c'est que je sais que cet autre *finale* eût été possible, et sa suite improvisée dans nos jardins, et qu'elle ne connût rien des caves d'une rue en Autriche ou de squats berlinois, ou. (Devant la pétulante hypothèse, Parques et Moires se tordent de rire, qui connaissent péroraisons, épilogues, codas, de tout ce qui a été écrit et composé au monde, puisque c'est par elles, qui savent aussi le jour et l'heure où les choses seront accomplies, où il n'y aura plus rien à ajouter, où ça y sera. Ce sont mes copines, on va voir qu'il y en a un que j'aime aussi, encore un psalmodieur de vin et de cendres, un brave homme qui s'appelle Omar Khayyâm, que je tiens, celui-là, pour une mesure de salubrité publique.)

Parler de ce soir de refus, n'est pas revenir sur mes pas : ce soir de refus, ou du moins d'ajournement, elle se claquemurera entre les marbres gris de la salle de bains, elle y passera la moitié de la nuit dans son pyjama de soie, elle s'arrachera un ongle et torturera les ballerines lamées or sur lesquelles elle glisse avec son déhanchement retors de patineuse, et c'est ainsi que je la vois venir chaque nuit vers le lit des fiançailles, cette nuit-là je l'entendrai prendre deux bains, casser quelques flacons de parfum, et voyez-moi donc qui, accoudé à la fenêtre ouverte, oppose à la nuit ma carrure taurine, mon visage aux joues tombées sur l'éperon romain des maxillaires, toute ma despotique veulerie… Et toujours les grillons et ma solitude et cette fille dont on ne peut savoir si elle m'aime, qui a peut-être sa façon de le faire, qui sanglotera jusqu'au matin dans les marbres gris et dans le salon désert, le salon sombre puis livide d'aube ; et toujours les grillons, et soudain les violons, ceux du Sixième Quatuor à cordes du sourd, de la *Malinconia*.

Il est inutile que j'aille voir – ce voyeurisme-là, au contraire de ses autres manifestations, elle ne le pardonnerait pas comme elle pardonne lorsqu'elle se sait "reluquée par un maniaque", et qu'elle s'essaie au crawl ou au tennis avec entêtement et, sur le court, une adorable gestuelle, si vive, soudain empêtrée, et elle est accablée et hait le témoin oculaire, et puis elle hausse les sourcils, les épaules dans une impuissance rieuse et baisse les bras, elle ne peut rien en effet contre mon amour, lequel la déconcerte, qu'elle absout pour ne pas avoir à en parler, savoir jusqu'où il va.

Cette nuit, elle est agenouillée près de la chaîne, entre les colonnettes des baffles, les coudes fichés sur la petite table Louis XIII qui est devant, les mains sur les joues, j'ai cette vision précise pour, à la dérobée, l'avoir déjà surprise ainsi à l'heure où les mômes sont au lit, où les amants font l'amour, où elle écoute Beethoven ou Mahler. Si le second adagio du Sixième

Quatuor à cordes de Ludwig Van l'a si profondément envoûtée, c'est qu'il lui ressemble, que de la *Malinconia*, elle a la gravité traînante, la rigueur hautaine et rauque, la beauté plaintive, l'audace noire, les tourments secs, la tristesse énervée qui tout à coup s'abat comme un vent. Depuis la visite au magasin de musique, il ne se passe pas un jour ni surtout une nuit sans qu'on entende les timbres tchèques du quatuor Janáček, et je me dis que le quatuor Janáček (ou Karajan ou Travolta) a le mérite de me la garder, non loin, dans notre salon, qu'elle n'a pas été rôder ailleurs, que ce n'est pas cette épouvante, qu'elle soit partie sur la route juste devant elle avec sa robe qui chavire sur ses genoux et ses talons invraisemblables et qu'une voiture s'arrête par exemple. Cette épouvante qu'elle soit partie.

Pendant qu'aux aguets dans la chambre : encore quelques zooms et déclics de mon Nikon, ce vieux compagnon de bordée qui a portraituré parmi mes conquêtes quelques rares jeunesses très belles et très idiotes, et deux hindoues merveilleuses, une Gujeratî, une Ceylanaise, *oui maman* – mais bien davantage de Frederika, imposantes créatures finement lettrées et parfaitement somnifères, ce Nikon qui ne méritait pas de capturer toutes les parcelles de grâce, et l'or blanc et l'or jaune et toute cette voltige corrosive de Nora N. – et qui du reste échoua en partie, ce pourquoi, à restituer encore un peu d'elle, je n'ai, dans la mesure de mes moyens, que le secours de la plume : jeu preste des prunelles, vite inaccessibles, en coin, au ciel, on ne sait où, soudain d'un bleu opaque, presque couleur d'obsidienne, ou occultées par la tombée des longues paupières et le lustre animal des faux cils de vison ; laide, parfois, quand la bouche se tord, amère comme je n'en ai jamais vu, qui l'instant d'après se retrousse dans un sourire qui est une morsure aigre et étincelante, quand elle sourit à quelqu'un et non à la Voie lactée, à l'eau de la piscine ou à la laque qui à présent rougit des ongles ovalaires – quand elle me sourit, on dirait toujours qu'elle plante ses dents dans une pomme crissante et verte qui les lui agace, qu'elle va jeter comme elle jette les choses, comme un trognon scarifié et déjà bruni que je voudrais tenir au creux de ma main parce qu'il y a dessus le poinçon de ses incisives, tenir mon trognon, reluquer à loisir mon trésor, le trognon, le garder à disposition comme Pharaon ses femmes, filles, intendants et mets favoris dans le secret du mastaba, vous voyez que Pharaon en demandait davantage que moi, et les fruits frais des oasis et les poissons pour toujours pêchés au Nil – et je mens, car ce n'est pas si peu ni moindre que les desiderata de Ramsès, que de demander qu'on me la rende, et tout d'elle, ce roulis obsédant des cheveux sur les épaules, l'arc remarquablement net des sourcils, ces joues trop creuses, cette petite griffe malveillante qui tire vers le bas les commissures de la bouche, en filigrane, les rides du lion : la sénescence a déjà commencé, ma colombe – et ce rire de cristal, qui vient d'un monde de lutins condescendants, le sien, ce rire qui égrène aussi des perles sur du verre dans un jeu où vous risquez votre tête, et jusqu'à ces sanglots de la nuit qui sont noirs, heurtés, sans larmes, elle est aussi de celles qui disent qu'elle n'en a plus, elle dit comme ma mère, sa mère, elle a seize ans et dans le mélo sans concession de la vie, et, ou devant vos lisses et perplexes figures de procureurs (les vôtres, à vous qui me lisez) – et si Riccio savait ça, et il va bientôt le savoir – qu'est-elle d'autre que la victime d'un désir sans visage : c'est mon désir, et mon visage n'est plus celui de l'écrivain, il a filé en douce, il est vaincu pour toujours, autant dire que je n'en ai plus.

Heroes, Bowie cette fois et tous ceux qui ne capituleront pas, des gens comme elle. Du salon obscur, c'est ce qu'on me donne à entendre plus ou moins délibérément, c'est du moins ce qu'il y a dans la chanson qu'elle connaît par cœur, *"We can be heroes just for one day…"*. Ce que j'explicite dès maintenant : hormis des perspectives olympiennes (Nora est une vedette de cinéma et l'épouse d'un satrape… oh, laissons là les commodités du burlesque !), cette même Nora avait en elle, prompts à apparaître et disparaître selon la nuit et le moment, les stigmates de ce que l'on appelle l'héroïsme, terme qui sous-tend si souvent un malentendu, un de ceux, innombrables, qu'on apprend à l'école. En ce qui concerne Nora Neumann, qui avait tout appris dans la vie, pas de méprise possible, et à mes yeux – à ce qui restait d'intégrité aux yeux du fou que j'étais d'elle, Nora Neumann était une héroïne, et une héroïne tragique : souriant et relevant la jupe noire de la première fois dans ce geste bien plus dépourvu d'érotisme que le drapé mouillé qui dévoile les formes de pierre de tout un peuple de déesses plus que nues, souriant et relevant, elle était l'essence même de l'héroïsme le plus absolu, le plus désincarné, le plus alarmant ; peut-être aussi, quand je l'observais, écoutant les derniers quatuors à cordes de

Beethoven, et si semblable à eux, de cette pureté si proche de la mort, si radicalement intraitable et qui vous fait frémir parce que si vous aimez ceux qui la possèdent, vous savez qu'on ne leur fera pas de quartier, qu'on ne leur en a jamais fait, que ce n'est pas pour demain, qu'ils vous quitteront toujours pour aller dans une nuit où il y a des couteaux – aujourd'hui, toutes les nuits des villes, et c'est la petite putain viennoise qu'on accoste dans leurs rues – ou tombent sous les murs de Troie, et c'est Penthésilée, et c'est un peu la même.

Et de ce que j'avais pour Nora qui allait au-delà de l'amour, je ne lui ai rien témoigné, et que méritait-elle d'un amour de singe, encore que l'amour d'un babouin ne puisse exiger du babouin, envers son objet, quoi que ce soit de meurtrier – ou alors l'animal est malade, dangereux, on l'abat. L'homme fait des crimes sexuels un peu tous les jours, ensuite il va au bureau : après l'été de 1979, j'irai moi comme mon père au sommet de la tour Cuori, convoquerai au crépuscule la lectrice de mon choix, qui me lira des poèmes, et des tas de passe-droits à celle qui aura la voix rauque d'un très jeune ménestrel – d'un *Minnesänger* en l'occurrence – qui fume trop de cigarettes. Une Camel, Sophia ? Si vous arrêtez d'un coup, vous prendrez dix, vingt kilos, je vous jure, même trente et là ça n'irait plus du tout, je vous dis ça dans votre intérêt et ce serait cher payer pour ne plus tousser le matin et le soir aussi entre deux ballades de Villon, avec le terrible accent que vous avez et le délice que c'est, que vous n'y compreniez rien. Seulement ce n'est pas Sophia qui, en congé de maternité, a déjà pris dix kilos, ne fume plus, c'est (je vous demande pardon Mademoiselle) une nouvelle, une Giannina que j'ai vue arriver avec une masse de cheveux châtains, et dirais-je à Giannina que ce blond d'opale lui va à ravir, que tellement mieux qu'en brunette, qu'il s'agit seulement d'entretenir les racines, d'autant plus que des hauteurs de mon bureau (celui du satrape) nul n'a une vue plus plongeante que moi sur celles-ci. Je ne dirai rien à la secrétaire, qui vient pour la seconde fois remplir cet emploi adventice, j'aurai juste un sourire plus engageant que d'habitude pour lui infliger davantage d'heures supplémentaires, à cause de l'impromptu, l'artifice saisissant de cette blondeur ; le sexe des jeunes filles blondes semble souvent un oisillon polaire, ou un morceau de soie neigeuse et rapportée de très loin, ou un soleil arctique, il y a là quelque chose qui vient de voir le jour ou que les ans ont éteint, quelque chose de poignant qui point ne s'improvise – et certes pas un mot de ces considérations à Giannina qui a été chez le coiffeur sans penser à mal ni à bien ni à rien qu'à changer de tête, ce truc de femme, et N. aussi avait des trucs de femme, pas assez hélas pour que je dormisse tranquille ; pas un mot à Giannina à propos de la plus extraordinaire de ses initiatives, qui est la seule jusqu'à présent, et si elle en prend hors du domaine capillaire, elle risque sa place : le pire était à craindre, qui se produisit, que je devinsse cela, ce potentat démagogue et patelin sur les cimes molletonnées de ses fauteuils tournants. Ce soir, Giannina, nous lirons quelques quatrains des Robaïyat, et voici mon homme, et je sais ce qu'elle pense, que je ressemble à un morse, que je ne dois pas être si méchant, c'est, Giannina, que je suis déjà ce vieux qui comme Khayyâm ne cesse de remplir de vin de dattes une coupe intarissable – *"aucun sultan n'est plus heureux que moi, aucun mendiant n'est plus triste"*, en effet Giannina, je connais les quatrains par cœur, ce que c'est que d'aimer la poésie persane, ce que c'est aussi, c'est l'heure de mon armagnac, oui comme la première fois.

C'est le silence. La nuit de la *Malinconia*, je finis par sortir de la chambre, aller la débusquer. Flic flac flic flac. Aux entours de la piscine… si vous la cherchez, c'est là où vous trouvez l'insomniaque, ces nuits où la trahissent la clarté des cheveux, des robes et des sandales, même si elle ne chantonne ni ne parle toute seule, même si elle ne donne pas la réplique à un cabot imaginaire ou à Laurence Olivier (Hamlet quand elle est Ophélie, Titus Andronicus quand elle est Lavinia ou encore, et encore plus délicieux, à Richard Burton qui apprivoise sa mégère, Cateau du Château-Gâteau, sa superfriande…).

Flic flac, assise au rebord du bassin, sa jupe bleu pastel en corolle autour d'elle, les pieds clapotant dans l'eau phosphorescente, elle lève la tête et regarde le ciel pâlir, elle a ce sourire qui n'est adressé qu'aux violons, aux grillons, au lever du jour, ce sourire flottant, médusé, et il y a ce petit moment qui arrive parfois, où pourvu que je ne me manifeste pas, que je ne bouge pas (au premier de mes mouvements, un craquement de branchage, un souffle, tout s'évanouit, le provisoire reparaît, le providentiel fout le camp), il y a ce petit moment où je sens que l'infini recueille le sourire qu'elle a quand elle est seule, cet infini guérisseur, allant à travers toutes les morts, l'infini de sollicitude sans bornes qui est déjà dans la musique.

*

C'est une autre Nora qui hier recevait les petites-filles des voisins, des filles de son âge, pour un goûter qui, à la brune, a tourné en surprise-partie, où je suis apparu impromptu, en lieu et place de notre majordome pour lequel du reste, parmi le gang des jeunes invitées, il était impossible aux quelques nouvelles venues de ne pas me prendre ; hier où je venais m'enquérir d'un manque éventuel de jus d'orange, de Coca-Cola et de cigarettes, faute d'avoir eu le temps de planquer le whisky, elle a sifflé que, "pour gâcher l'ambiance j'étais un peu là" – et puis cette autre Nora, la fête finie, loin des yeux et des oreilles d'autres naines fardées, ses petites camarades qui lui sont aussi précieuses que sa solitude nocturne, redeviendra celle que je viens chercher à l'heure où paraît Lucifer, celle dont les sandales aux talons de plus en plus hauts cambrent leur profil doré sur le marbre luisant, ces fichus marbres qu'il y a partout, dans le bleu de la nuit qui passe – et à propos des marbres elle m'a dit aussi que cette baraque, on croirait le *Tombeau hindou*, est-ce que j'ai vu le film ? Ces aubes-là : rossignols pathétiques, douceur de glycine, la ville dort – s'éveille – déjà des enfants courent dans des jardins de roses, tristes jardins de la Perse, nous disions Khayyâm,

"... *J'ai prononcé la première*
lettre de l'alphabet,

et mon cœur m'a dit :
maintenant, je sais.
Un est le premier chiffre
du nombre qui ne
finit pas", et c'était ce que je voyais au bord de la piscine.

XVII

A quelques jours de son anniversaire et de mes fiançailles, je décèle au faciès de ma mère une sensible transformation : redoublant de bossages et d'éminences, il se catapulte vers Nora avec une sorte de cupidité belliqueuse, et sous le front rudement bombé, bruissent un concile à présent permanent et autant d'arrêts que je pressens sans appel – ceux des marâtres envoyant se perdre dans la forêt leurs innocentes belles-filles ; en attendant, faisant patte-pelue, elle a entrepris N. devant laquelle et une tasse de thé, elle archive minutieusement les encycliques et bulles des pontificats écoulés depuis sa naissance jusqu'à celui de l'actuel Karol Wojtyla dont les positions intransigeantes l'ont séduite sur-le-champ, assez vivement pour éclipser en son cœur Jean XXIII, Paul VI et les autres : “Elle a un faible pour le Polak, dit Nora, venant au rapport, parce qu'il radote à propos de la Famille, grand F, Sanctuaire de la Vie et tout le toutim, j'y ai eu droit avec le five o'clock quand tu discutais plantations avec le jardinier, et à quoi encore, au Mariage Route de l'Eglise, oui exactement… et ça aussi, attends – au chemin inlassable des époux derrière le Christ, Roi de l'Univers, tu vois que sur scène je n'aurais pas besoin de souffleur, et ces époux, de vrais randonneurs, c'est pour qu'ils s'habituent qu'on les met en bas âge chez les scouts : je suis d'ACCORD avec toi, Massimo, être catoche à la façon de ta mère est le moyen tout trouvé d'être barjot et de le rester sans qu'on vous inquiète... quant à la famille, si c'est son obsession, c'est tout simplement qu'elle n'a pas mis bas plus d'une fois !" triomphe la mignonne, qui ajoute qu'elle veut bien des enfants, pas plus de trois, et pas avant ses dix-huit ans. A l'issue de ces apartés avec Carla, qui seront sans suite, je l'entends manier en virtuose son paradoxe premier, sa papolâtrie qui n'est qu'une forme de vénération ébahie de tous les singes suprêmes, et la stupéfaction enjouée que lui inspirent les propos de ma mère : pour preuve de cet état d'esprit – le grégarisme, aussi, de ses seize ans –, elle me fera des scènes que je revois avec tendresse car, après tout, c'étaient des scènes de ménage, et, ces scènes, parce qu'on ne va pas tout de suite à Rome, qu'on ne fait pas l'aller et retour, rien que pour rencontrer le Saint Père dont elle est sûre d'obtenir une audience illico ; pour preuve de ce grégarisme emmêlé comme ses cils au réveil, son empressement à afficher dans la chambrette qu'à notre étage elle s'est adjugée (son "dressing", sa "cellule de méditation"), un portrait du polak entre un poster géant des Sex Pistols, un autre de Marilyn et de Jane Russell sigillant des pieds et des mains le ciment frais du Grauman's Chinese Theatre, toutes deux décolletées jusqu'à l'aréole de ces globes qui méritaient bien davantage une impression éternelle devant le Grauman's que leurs paumes et leurs voûtes plantaires, à mon avis que Nora réfute, qui possède à propos des déesses de l'écran un savoir encyclopédique : Marilyn en avait eu l'idée, qui l'avait suggérée à Jane Russell, et... mais oui, mon petit sucre, *Les hommes préfèrent les blondes* ; côtoyant le pape, voire empiétant légèrement dessus, Marilyn, seule cette fois sur une photo prélevée à un magazine, se déhanche dans un de ces fourreaux qu'on cousait sur elle, en l'occurrence celui de *Comment épouser un millionnaire*, comment en effet – et, au-dessus des portants (aux murs du sanctuaire), les Grâces d'Hollywood au grand complet me montreront leurs dents, seins, croupes et jambes emblématiques, quand elle sera partie, elle qui aurait pu être des leurs, et je parviendrai même à trouver qu'elles se moquent du gars, du plaqué, et un esprit cruel à leurs sourires gingivaux, et une majesté qui n'offense que moi dans leur bestialité poseuse, et achevant le travail de ma mère, j'arracherai d'une poigne paranoïaque les photos épargnées – une grassouillette Taylor en nuisette sur son *Toit brûlant*, en maillot blanc sur la plage de l'*Eté dernier*, une Marilyn encore dans *Le démon s'éveille la nuit*, une Bardot (cheveux blond-blanc, jupes valsantes, face camuse de chat persan...) dans l'Italie du *Mépris*... oh, ces titres de films formaient une charade trop cynique, et il me restait à mettre en pièces le visage d'idole de Gene Tierney dans *Péché mortel* avant le tour de sainte Rita qui est arrivée en dernier, qu'on doit à Carla, qui ne sera éradiquée qu'avec plus de fureur. Allez, assez anticipé – le rideau tombé sur un jardin lombard, le chœur va s'éclipser, ne laissant que deux des protagonistes sur une scène vivement éclairée. Les tailleurs roses de Pupe, ses perles, les glaïeuls rouge-noir, pendant qu'il pleut sur Hyde Park, que ma mère regarde la pluie, qu'il pleut sur les rues de Londres qui la nuit sont des coupe-gorge, dit N. la cinéphile, et avec cette brume en toute saison qui peut vous filer des pneumonies et ta mère déjà qu'elle fume ! Reste à Carla, si l'on suit les pronostics de la petite-fille d'une voyante tchèque, reste à Carla de mourir d'une piqûre de tarentule dans la Maremme marécageuse, de s'y faire embrocher par un sanglier enfui de sa réserve, ou d'avoir maille à partir avec un trousseur de vieilles peaux au hasard d'une promenade via Appia qui, à m'en croire, est si mal fréquentée. Ravie et impunissable, la petite fille de Petra fait de la magie noire et essaie sa robe de fiançailles.

XVIII

C'est le soir des quarante-cinq ans de Carla, le soir des fiançailles, c'est juste avant la nuit d'Hänsel et Gretel, avant que le soir bascule dans cette nuit où la lune roule au ciel comme la grosse roue d'un char, que le verrou se tire, et même si je l'avais aimée autrement, un peu mieux, un peu moins, que je ne puisse plus rien oublier. Que reste-t-il de ce moment d'avant, quelles miettes de ce festin, quelles traînées – elles étaient roses, elles étaient tièdes, elles étaient tendres – de ce crépuscule d'antan, maintenant qu'*aucun démon ne s'éveille la nuit* et que l'œil frontal de David Bowie ne me lorgne plus, du fond de l'oratoire mis à sac : l'oratoire est redevenu un dressing où pendent quelques tenues de blattes mâles, femelles, adultes et moroses, près des vêtements d'été de mes petites-filles, toute une papillonnerie multicolore. En voici une qui s'approche, grimaçante, arborant au coude un œdème grenat, elle dit qu'elle a été piquée par une méduse dans la piscine, et c'est plutôt une guêpe… une abeille des ruches du père Cecchi ?

Des six que nous étions à table, quatre places sont vides, celle d'Attilio, celle de Cecchi, qui sont sous la terre l'un comme l'autre – mais non

Gina, dis-je à Ottavia, on ne meurt pas des piqûres de ces horribles méduses qu'on ne compte plus à l'époque des grandes marées, dans la piscine… –, et vides celle des deux, venues, posées là à cette table de fête par le vent le plus coupant de la forêt de Grisélidis. Des convives de ce soir-là, la Cène véritable vient après, il n'y a plus que moi et ce centurion catholique qui a nom Carla pour être sur terre, le centurion, de façon irrécusable, son fils de façon ectoplasmique et regrettable, dont il se peut que Carla suive le convoi funèbre : elle a, du moins officieusement, renoncé à ses Schimmelpenninck, à son second péché avoué qui est de gourmandise compensatoire, à tout excès de spiritueux, du même coup à ses migraines et à sa conjonctivite, tient une forme d'enfer, va sur ses quatre-vingt-huit ans, et les troubles de sa ménopause sont révolus depuis presque un demi-siècle comme tout est révolu depuis ce temps.

Je revois… Allons confier je ne sais plus laquelle, qui pleure à cause de la méduse, aux soins de Simonetta, qui ôtera ce qui est, définitivement, sous la peau translucide, le dard d'un insecte de la laborieuse famille des apidés – bourdon, frelon, guêpe, abeille sauvage et non sociale comme celles de feu Cecchi, *Apis mellifera* ; revenons au temps où Cecchi parlait à ses abeilles, se consacrait à l'élevage des *mellifera* davantage qu'à ses ouailles : cet homme effacé ne jouit pas aux yeux de Carla du prestige d'un Riccio, mais Riccio est à Rome, si près du pape, et l'apiculteur de province suffit apparemment à l'évangélisation sommaire des barbares, on a nommé Nora Neumann qui hier encore soufflait sur le minestrone pour le refroidir et, à peine avait-elle sous le nez fettucine ou foie de veau, injuriait le talent de la cuisinière en les salant et poivrant sans les avoir goûtés. Aurait injurié si Lietta ne s'était entichée d'elle au point de lui pardonner l'outrage, au point, pour satisfaire le goût des épices qu'a ma jeune fille, de s'essayer à la cuisine indienne, et nous serons bientôt confrontés à ce morceau de bravoure, hare Krishna, le curry transalpin, mijoté avec un enthousiasme électrisé et rien que d'indigeste.

De ces hommes en smoking, de cet autre en soutane, de ces femmes en robe longue, je me demande toujours, avec un zeste de malice dont l'âge n'a pu avoir raison, exutoire à ma détresse presque aussi invisible que le dard de l'insecte sous la peau de l'enfant – je me demande toujours si la grand-mère Petra, reine, elle, du kouglof et pythonisse éminente, de ce meilleur des mondes où elle était déjà, voyait qui viendrait en premier lui présenter ses respects. Ce qu'elle voyait peut-être, ce que je revois encore, c'est le poudroiement d'or des chandelles, leur reflet palpitant aux flancs de cristal des carafes, sur leur bouchon de vermeil, la pâleur crémeuse de la porcelaine, l'incarnat des roses, Nora dans sa robe blanche qui à la table fleurie contemple l'enfilade des verres disposés devant son assiette, qui n'en a jamais vu autant à son seul usage, regarde avec anxiété son éducateur, coupable d'une impasse, de ne lui avoir pas dit pourquoi, tout d'un coup, parce que c'est, comme le dit ma mère, lèvres pointées tel le museau de la tanche : "une double occasion", elle a quatre de ces verres devant elle, et cette profonde tulipe dont elle tente en vain d'évaluer le contenu. A peu près un quart de litre de champagne, ô diligente émule de Khayyâm : les verres se remplissent, dans l'ordre, d'aqua simplex, ras bord, d'un blanc du lac de Garde destiné à la mousse de saumon, d'un château-margaux que Lietta a ouvert hier, qui a vu le jour en 1945, trois ans avant Magda, et le château-margaux accompagne le faisan rôti, corrompu au frais pendant six jours, suspendu par la tête à un crochet, spectacle qui m'est familier autant que l'odeur pugnace des plumes et des duvets flambés, depuis que Lietta nous convoie par le truchement d'un bon ami qui est garde-chasse dans le Tessin, ces faisans qu'elle cuisine de trente-six façons, et cuit en terre glaise et à la cocotte, avec des truffes – de la chair mortifiée de l'animal, les Cuori au grand complet se voient contraints de jurer au maître queux qu'ils ne se lassent pas, sinon elle rend son tablier. Ce premier faisan de sa vie, Nora le salera, poivrera, ensevelira sous la moutarde jusqu'à ce qu'il soit méconnaissable et tout aille pour le mieux.

Dès le *primo piatto*, je subodore la question de *mein Liebchen*, qui est si exactement l'image surannée d'un petit Saxe, d'autant plus exactement qu'elle vient de là-bas, et qui à seize ans, pourrait ingurgiter assez de dom-pérignon pour en baptiser tous les bateaux d'un port, c'est ce qu'elle dit, et qu'elle puisse en tarir une bouteille au petit déjeuner, c'est ce que du moins j'ai vu. La question tacite est : pourquoi tant de cette eau qui est sans goût ni rien et pourquoi ce vin d'allure souveraine, servi comme à la pipette, dont le niveau ne dépasse pas la moitié du verre, et Mentor ne juge pas l'instant propice pour initier son élève à ces raffinements convenus, s'il ne s'agit pas là de sensibiliser l'assemblée à l'intérêt passionné de l'ingénue pour les alcools : quand les bouteilles disparaissent, et c'est d'ores et déjà dans un crescendo du diable, Massimo C., afin de ne pas croiser le fer avec sa génitrice, ne fait que pointer le menton vers les amples jupes de la grosse Neumann, qui elle peut contenir à vue de nez les seize litres d'un nabuchodonosor. "Voyons *maman* (si vous trouvez ce *maman* toujours en français dans le texte : Carla est snob – sine nobilitate au sens propre – et raffole de cette langue prestigieuse qu'on entendit dans toutes les cours d'Europe, et dont j'émaille mes discours pour la tenir d'humeur passable, ici à bon escient), seule Magda Neumann, *maman*..." Or, la fille est bien plus portée sur les tord-boyaux que la mère, qui se contente de la torpeur des vins sucrés et des liqueurs, de ce mossolis blond qui est le petit verre de ces dames pourvu qu'elles aient les papilles un peu frustes, et qu'on tolère sous ce toit depuis l'arrivée des Neumann. Le muscat mousseux fait aussi bien l'affaire, qui est bon marché, toujours ça, dit Carla. Et, dit Carla, il y a cet asti spumante, lui aussi sans prétention, pour lequel l'idiote a une prédilection à cause du bruit de pétard de l'asti quand on le débouche, ce qui doit lui rappeler les fêtes foraines. Et quoi qu'elle porte, même griffé Givenchy, nous y mettons du nôtre, toujours l'air d'une dame-pipi ou d'une placière à la Scala... Qu'elle soit une pocharde, vu sa couperose et ce sommeil qui la prend tout le temps, qui en douterait, qui s'en soucie d'ailleurs, elle n'a qu'à demander au lieu de voler : si elle vole, c'est que c'est dans sa nature, qu'elle est kleptomane – souffle *maman* par les naseaux, gagnée à ma cause, *maman* à qui, pas davantage qu'à son fils, la moindre lumière prophétique n'éclaire un futur où l'on ne parlera pas plus de la disparition de crus italiens ou français que de celle des Neumann – "et si elles ont recelé des alcools millésimés, c'est dans leur sang", dira *maman*, dans le florilège de ses ultimes sentences.

*

Le soir des fiançailles, je prémédite de traiter le plus drastiquement possible un cas d'éthylisme adolescent, celui de mon épouse qui aura tout juste droit au vin de messe ; or, ce même soir, le paterne Massimo C. n'a pas cessé d'acheter les services rétifs de ses mains, de sa bouche, de son sexe d'une manière bien plus damnable que les liasses de billets ou les robes, et c'est l'argent d'abord, les robes d'abord, la maison ne fait pas de crédit… Oh, vous ne me croirez pas ! J'ignorais toujours où elle en était avec les drogues dures, j'aurai toujours peur des Kurfürstendamm jalonnés de dealers persuasifs – et c'était moi qui, tentant d'y mettre la candeur de Lietta envers notre table et les faisans du Tessin, puis les currys, me faisais convoyer de Vienne le philtre favori d'une native nostalgique (qui avait l'âge où l'on se contente des bulles revigorantes du Coca-Cola ou autres tonics), moi qui le réservais à son seul usage, le lui cachais et chambrais sous les combles – moi qui monnayais des faveurs qui n'avaient rien encore de singulier, sinon l'impossibilité où je me trouvais de m'en passer, avec le vin de chez elle qu'elle préférait, le pâle "Vin de Pierre" de Franconie, d'Allemagne et d'Autriche… Elle n'avait donc pas été si malheureuse, à Vienne, appréciai-je en la voyant ravie de notre affaire de contrebandiers – et je promettais des caisses de ce vin de son pays, de ce *Steinwein*, parce qu'elle m'en avait prié, parce que je savais que, d'une langue ardente et ébrieuse, elle me lécherait comme un sucre d'orge au bariolage aguicheur, un rouleau de réglisse, un médicament agréablement dragéifié à l'effet immanquable : laissez fondre dans la bouche, jeune fille, et ce vilain mal de ventre que vous doivent vos menstrues depuis déjà trois ans va s'évanouir et vous pourrez reprendre votre partie de tennis avant qu'il ne pleuve, module le monstre aux doigts palmés, qui, joignant le geste à la parole, tend à la fleurette un antalgique Cuori propre à l'assommer tout net et qu'elle reprenne tout autre chose que la partie de tennis et n'importe comment il pleut déjà, et elle aurait attrapé froid, second prétexte pour la cajoler brûlante de fièvre et d'encore plus près sans qu'elle offre de résistance ; je l'achetais avec le *Steinwein* pour qu'elle m'aspirât jusqu'à la dernière fibre comme elle le faisait du noyau mouillé d'une pêche violette et rose, ou de son index qui, en douce, nettoyait une assiette de sa sauce incendiaire, je pense en particulier à celle des spaghettis "Mafiosi", ces spaghettis maffieux dont le secret repose pour toujours entre les mains de Lietta – et les maffieux et les gousses écarlates, vernies d'huile d'olive, de leurs piments se révéleraient un des échecs majeurs de Simonetta. Mais je vous perds. Mais, parlant d'échec, je ne vous perds pas tant que ça. Nora vient de finir de saucer l'assiette des maffieux (le pain négligé, le doigt sucé – Carla la fusille du regard), le dessert est une de ces bombes glacées pyramidales pour laquelle, pas de quartier non plus. Et contre le flacon ovale du vin aux transparences sourdes de vitrail, contre ce vin-là pour lequel elle donnait tous les autres, je savais que plus tard, en baissant les paupières comme il faut, en les relevant de même (comme celles des poupées anciennes, basculant sur les mêmes yeux bleus), histoire d'avoir l'air d'être à ce qu'elle faisait, elle m'absorberait dans sa bouche lourde et douce, et qu'il ne resterait pas plus de moi, après cet exercice, que de la sauce rutilante des maffieux ou d'une glace dite à l'italienne, ces tortillons outrancièrement crémeux dont elle s'empiffrait, dont elle arasait la spirale fondante à petits coups de langue insidieuse en dédaignant la réprobation de qui s'apercevrait que les ruines gaufrées de trois ou quatre autres cônes gisaient à ses pieds de faunesse… Aux yeux empourprés du satyre capripède que j'étais moi, rien à faire, *mafiosi* et *gelati* rappellent ce qu'il y eut d'ironie gentille dans mes amours d'alors, quand, de figurer dans la ventouse musclée et lente de ses lèvres un succédané de ces délices restait ce que je pouvais espérer de mieux ; or j'avais des prétentions, des préférences, j'ôtais les vestiges de son rouge, d'un baiser ou d'un kleenex, j'aimais que cette bouche fût sans fard pour mieux en sentir la pulpe neuve et parfois les étranges gerçures, celles des lèvres qu'une adolescente se mord parce qu'elle a des états d'âme (et Nora est une pauvre gosse qui, chez ces gens sans cœur ni culture, meurt d'angoisse et qui ne sait pas ce que veut ce type hormis d'écraser sa nuque d'une poigne efficace sur son membre dressé en lui racontant de ces billevesées sentimentales qui, même de son David Bowie ou autre Terence Stamp, lui feraient horreur). Un autre flacon ovale de Vin de Pierre, son vert-de-gris mordoré comme un grain de raisin que transperce le soleil, et je sais que tard dans la nuit, une autre fois encore… Un autre flacon, et fini des replis renfrognés au bord de la damnée piscine, observais-je, et c'était alors la coupe de mon amour que je remplissais, mon vieil Omar, pour qu'elle la bût et que, ménade léthargique, elle me livrât son corps fluet et fauve, qu'elle jouisse dans le vertige du Vin de Pierre et que je retrouve ce sursaut étonné de la loge d'opéra, avant qu'elle s'endorme contre moi – quel amant ou quel dieu au pied de bouc pouvait-il demander de plus ? Rien au début d'une passion irrépressible, davantage, oui davantage – l'énergumène est latin, et un pervers qui s'ignore –, après avoir épuisé les joies flatteuses du sursaut… Le sursaut me va encore. Et il y a que la raison du plus fort est toujours la meilleure, et le vin pour avoir sa force propre, et elle ses raisons pour en abuser, repensant à Vienne où, voyez-vous, elle était libre, et anonymes les chambres et les hommes et les désirs des hommes, et je le savais, en souffrais, la soûlais, déjà tristement l'empoisonnais.

Oh, nous faisions cause commune : "j'ai besoin de mon petit sucre", affirmait-elle en secouant ses cheveux dans tous les sens, à toute heure du jour ou de la nuit, à propos des *gelati* aussi bien que de ses crus préférés parmi lesquels, les vins tant célébrés des Castelli Romani, ces blancs alertes des collines d'Albe, le rubis léger du valpolicella vénète, ou celui profond du chianti toscan (de l'antinori s'il vous plaît ou du broglio à la rigueur). Biondetta partageait avec sa mère le goût impérieux du sucré, en solide ou en liquide, et il y a encore que je viens, à la minute, d'abandonner les quarante-cinq ans de Carla et le dîner de fiançailles pour le mitan du lit, où il se peut que sa langue butinante me métamorphose en quelque chose d'aussi irrésistible que cette pomme d'amour vermeille sous sa pellicule de givre crissante, et la neige est bleue qui crisse aussi : c'est à Salzbourg, un ou deux Noëls avant celui de Munich, elle a dix ans ou à peu près, elle écoute le *Requiem* de Mozart pour la première fois et elle l'aime tout de suite, elle l'aime vraiment, nous entendrons davantage ce *Requiem* qu'aucun Roméo de disco après les fiançailles, je suis au lit avec elle qui pendant la fellation, pour s'assurer de l'excellence de sa technique (toquement de pic-vert, subtil enroulé d'une vague) et d'une politique de résultat, lève des yeux sagaces, lesquels, malgré le *Steinwein*, sont peu ou prou ceux de Lietta quand elle surveille la cuisson d'une sauce ou son déglaçage – et il y a la passion du sucre qu'a mon hétaïre et, hélas, cette salure du sperme, oppressant mucilage que je donnerais n'importe quoi pour transformer en une rivière de sorbets aux goûts variés, ce qui serait un miracle de l'amour, ni plus ni moins, et la tête blonde, qui est blanche dans la nuit, balance ses mèches amples et lisses comme des palmes sur ma virilité cramoisie telle la pomme de Salzbourg, dans cette scène du lit, je ne sais plus si nous sommes avant ou après le dîner des fiançailles, je sais seulement que nous sommes de pauvres gens.

*

A ce dîner (pardon, que disiez-vous, *maman* ? pardon, je rêvais...), chacun a faim et soif de choses si différentes. A ce dîner, pour moi, il n'y a que Nora dans la merveilleuse robe. Nora a fait une tache de margaux sur la nappe, qu'elle contemple avec consternation quand sa mère s'écrie que ça n'est rien, les taches de rouge, que ça s'en va avec du vin blanc. Considérant le faisan sans savoir comment s'y prendre avec ces os et cartilages qui lui défendent la chair brune et chaude, en désespoir de cause et après le sacrilège moutardier, Nora y va avec les dents et les doigts de sa dextre où ce soir-là brille le saphir des fiançailles – ensuite rien au monde n'arrêtera Nora de manger et de boire, ce qui plus que jamais me subjugue, me subjugue encore autrement, parce qu'elle est la même chimère gloutonne, le même Gargantua lilliputien que l'enfant impubère qui engouffrait les restes d'un autre banquet où il y avait cent personnes dans les mêmes tenues de soirée ou à peu près, et aussi celle qui dépêchait une énorme part de gâteau au chocolat, à cet hôtel d'hier dont, au contraire de l'Opéra (la même enfant, en arrêt, comme traquée, puis le même plaisir énervé), il me semble pourtant que des lunes et des lunes nous séparent. Je ne vois qu'elle, ses épaules nues si lisses que les bougies pourraient se refléter dessus comme sur la porcelaine ou le vermeil, elle comme une mouette dans sa robe blanche : la robe est une réplique à peine plus sobre de celle d'Angelica, au bal du *Guépard*, à son entrée dans le monde. Cette robe d'Angelica, Nora l'a voulue pour faire elle aussi son entrée dans une sphère différente, non celle des princes mais de ces *barjots*, comme siffle la crâneuse qui ne peut savoir combien vandales et violeuses sont leurs certitudes, qui se haussent en mascaret devant elle, notre mariage d'automne, qui voudraient que cette saison n'existe pas ni la fille aux épaules nues, moirées de clair-obscur, insolemment surgies des dentelles. Tous ainsi à cette table, sauf le père Cecchi, Annibale, avec ses yeux de chérubin, ces yeux du bleu qu'ont ceux des tout petits enfants et qui foncent après, cet Annibale qui a tout gardé de l'enfance y compris de grosses joues de hamster, qui est aussi chauve qu'un nourrisson, que j'adore et qui a plu d'emblée à Nora.

L'assemblée mandibule, seule ma mère intervient pour barrer le passage des anges, dont, Nora mise à part, nous avons un à table, ce prêtre qu'elle ignore avec soin : ma mère ajuste sur sa large face le masque de la disponibilité, s'arme de son sourire de jubilé qui s'étire sur l'or des incisives, remet dans sa toilette quelque chose qui va de travers – un nœud de faille noir sur son bustier noir –, et je me tiens prêt à ce qui va suivre, que chacun finisse d'honorer la cuisine de Lietta tandis que Carla dans sa pratique personnelle du devoir d'hospitalité, jeûne presque aussi strictement qu'avant de communier, enrageant Lietta qui sait la trouver aux cuisines après minuit, rompant en toute quiétude son carême social : c'est qu'il s'agit qu'au prix d'un conflit douloureux de l'amphitryonne avec son estomac, personne ne s'embête, et qu'ici ce n'est pas sur Attilio qu'il faut compter, Attilio n'a jamais amusé personne. Et ma mère, nourrie des amandes salées de l'apéritif, crève la dalle et se répand en mondanités nuageuses, égrène un choix de ragots sémillants suivis d'un court silence de rémission puisque les gens sur lesquels ragoter sont dans l'erreur, s'enlisent dans telle ou telle tourbière, ce qui est l'effet d'une seule cause, leur manque d'élévation d'âme et ensuite vous avez le système infaillible de délestage de l'âme, on vous le détaille, j'ai l'habitude des bacchanales Cuori où l'on n'entend que Carla Cuori sauf en la présence de Riccio, qui lui coupe la chique dès que possible pour parler du temps, de la pêche, de la chasse et de ce qu'il a de savoureux dans son assiette, jamais de la scène vaticane dont pourtant il connaît les coulisses, je n'ai pas dit que Riccio était un sot, ce n'est pas parce que ma mère lui voue un culte ébahi qu'il l'est. Mais nul Riccio, rien que l'infortuné Cecchi qui vit dans une austérité suspecte, à le soupçonner de penchants réformistes, et ce soir de liesse, après les mondanités nuageuses, ma mère un peu grise et morte d'inanition se prend à clamer des slogans militants, elle clame que nous sommes là car le Seigneur veut que nous nous réjouissions, que c'est un humble repas et *(bis repetita...)* que seule l'Eucharistie est le Festin du Royaume, Nora boit d'un trait le margaux qu'on lui ressert, éclate d'un rire plus incongru et séditieux qu'Angelica, à la table des Salina – et cette table, la nôtre, pour cette fois dont la lettre du 8 juillet mentionne le précédent, elle me fera la faveur de ne pas bruyamment la quitter. Du reste, elle attend son dessert.

Attilio lui tourne un compliment sur une robe qu'elle regarde comme si elle ne l'avait pas essayée cinq fois, c'est la robe de sa vie, non la première qui soit une robe du soir mais la première que ne lui aura pas prêtée une pute ni personne ; comme les corsets d'antan et malgré sa minceur, la robe serre sa taille à la lui blesser, trois jupons de tulle baleinés guindent, font bouffer et chavirer cette robe de bal, et tout à l'heure quand elle entrait à petits pas sur ses sandales dorées, il n'y avait rien de plus beau que son chavirement, le frisson sec de sa chevauchée de dentelles immaculées ; sous la robe il y a aussi les bas blancs, le haut des cuisses brunies, les lingeries blanches, il y a ce que je vois à travers le singulier vitrage des larmes qui me viennent quand je la regarde, il y a aux oreilles les fleurs de nacre blanche, sur la saillie des clavicules les perles qui semblent encore, comme les roses de cette table, concentrer ce pourpre blessé, ce sang fadi du déclin du jour, c'est comme s'il ne devait jamais s'effacer, c'est comme si le soleil avait couché et éteint son cuivre rose sur sa peau, qu'elle en ait absorbé les moindres parcelles radieuses, comme si la nuit ne devait jamais vraiment venir.

Je ne sais pas si j'ai pensé à autre chose alors, qu'à ce qu'elle buvait beaucoup, qu'elle serait ivre, que j'ôterai la robe et l'embrasserai, ivre. Elle boit du marsala pour le dessert qui est une monumentale bavaroise à l'italienne, et il n'y a pas ici que le curé pour être bienveillant, il y a Lietta pour signer avec les Neumann son propre traité de Milan grâce à la bavaroise à l'italienne.

Croquant du bout des dents les biscuits au rhum de la bavaroise, Carla édictera que la durée de la rencontre avec Dieu diffère pour chaque enfant et d'une fois sur l'autre (la formule est ambiguë), que ce rapport vital vient à point à qui sait attendre, elle est morte non plus tant d'inanition que d'avoir mélangé tous ces alcools, ne se souvient même plus que c'est pour fêter une mésalliance et qu'il lui faudra vraiment mourir un jour dont cet anniversaire la rapproche et qu'alors, muette dans le noir et que pour elle rien ne viendra à point fors cette mort à laquelle elle ne veut pas croire, à ne pas y croire, en conséquence à se convaincre d'immortalité, elle met ce qu'elle prend pour de la foi, qui est cette coquetterie farouche des vieilles qui ne veulent pas vieillir, pas le voir, ne rien voir, qui se cachent à l'ombre de leurs chapeaux ou se maquillent énormément, ainsi d'elle et de sa vie si maquillée par son terrible conte de fées où le sorcier est tour à tour un prophète punisseur et un poupon rose églantine tendant des bras dodus sur sa paille rêche, ainsi de sa vie maquillée depuis trop longtemps par l'affolante légende pour que, dessous, il y ait encore trace de quelque chose d'humainement palpable ; depuis tout ce temps il ne sort plus de sa bouche que des formules métalliques, mécaniques, qu'on ne comprend pas, qui la mettent dans son autre monde d'imagerie convulsive où elle jouit comme elle peut sous de noires jupes à l'odeur de crêpes cuites – cet autre monde, celui d'une psychose que j'ai vue aimable, qui révélera sous peu sa nature, et ce sera cette hystérie, ces crises de ma mère impuissante contre ce crime que c'est, de désavouer ce monde-là, et devant celles qu'elle voudra tuer alors, qui seront dans le leur, inatteignables.

Le père Cecchi achève les biscuits de ses longues dents jaunes, la visite de Nora est pour le surlendemain où elle en apprendra davantage sur l'apiculture que sur les Evangiles, elle sera exemptée du Centre de Formation à la Foi et des Ateliers de Réflexion que préside Annibale Cecchi de façon erratique, ainsi que des conférences où ce gaillard s'évertue à "faire découvrir aux jeunes la présence de Jésus et trouver un sens à leur vie", débats en faveur desquels Cecchi, désespérant de leur trouver une issue, a élu la crypte de l'église paroissiale qui est d'une rare fraîcheur et où par conséquent l'été on trouve volontiers l'homme d'Eglise, qui fait ce qu'il peut avec des convictions qu'il n'a pas. Magda écrase les biscuits d'un geste de terrassier comme elle le fait du sucre dans son café pour qu'il fonde plus vite, Cecchi s'excuse, il doit se coucher tôt pour s'occuper aux aurores de la réfection de son clocher, qui s'écroulant, "nuit à l'image de dynamisme de la communauté", nasille l'exquis bonhomme qui sourit de tous ses ivoires charbonneux et bombés, et souriant davantage, enchanté de sa péroraison, découvre les chicots du fond. Le père Cecchi s'éclipse, qu'on ne reverra plus dans ces murs, que la mort emportera gaiement juste après le baptême de Nora alors qu'il faisait sa sieste à l'ombre de la maison curiale après avoir coupé des plants de salades dans son potager et parlé à ses abeilles comme François aux oiseaux d'Assise. Nora revenait souvent avec une salade, et je tiens d'elle qu'il parlait aux abeilles.

Je ne sais plus quand les images se sont rejointes, je ne sais plus quand j'ai cessé d'être un homme exemplaire, je sais juste que lorsque j'ai tiré le verrou, la soupente était blanche de lune, blanche comme un ossuaire, et blancs les cheveux incurvés sur les épaules, blanc d'argent, et plus que blanche la robe, je revois ce blanc dur comme le blanc des îles grecques dans la mer bleue comme le bleu de la nuit, cette dureté cassante de la robe aux envols anguleux, cette robe qui lui ressemble, cette robe de poupée ancienne, si ample et raide, haussée comme le fut la jupe sombre aux lés flasques sur les jambes de la fille à douze ans, je sais que se sont mêlées, pour ces instants que foudroie la mémoire, l'image de l'enfant, de l'adolescente du Sacher et de cette autre qui venait de si parfaitement tenir, ce soir-là, le rôle d'une Angelica qui n'avait, pour valser, aucun prince Salina, pour l'aimer, aucun Tancrède aux yeux turquoise, rien qu'un fou, roi et fils de fous pour lui faire une requête dont tout d'abord la subjuguerait la folie, précisément parce qu'elle croyait cette folie loquetée, inexprimable, que pour elle j'étais une sorte de muet.

Elle l'a sûrement fait parce qu'on ne lui avait jamais demandé. Ces fantaisies-là, jamais. Magda aurait dit – et si sa fille a avoué, Magda a sûrement dit – que c'était bien là l'exemple d'une dépravation plus fréquente chez les fils de riches que chez les quidams, Magda aurait voulu dire, les types des maisons de passe. Est-ce qu'un seul avait exigé cela, ce… de la petite ? Jamais, évidemment jamais. Magda m'amuse toujours, pour qui ç'aurait été, selon un de ses termes favoris, *la cerise sur le gâteau* : et tout autant outrée devant un vice aussi indéfendable que certaine, par là, de me tenir au plus serré, elle aurait tenté d'autres surenchères avant que je ne fusse bon pour cette camisole chimique que nous avions sous la main, qu'on reconnût mon aliénation mentale, et qu'on annulât ce mariage et qu'on m'enfermât. A cette seule occasion, j'aurais réussi cette prouesse, d'en remontrer à une Magda Neumann pour qui en principe le monde du sexe avait aussi peu de secret que la cuisine austro-hongroise… Non ? Et souvent ? Ah, c'était bien la dernière chose pensable, alors qu'on croyait en avoir fini avec les mains tavelées de tous ces vieux dégoûtants et leurs petites manies – aimable et préférable était sans doute aucun la panoplie de Sacher-Masoch. Le Sacher, Magda, n'était que le nom de l'hôtel. Exit la rombière – et ce fut cette nuit de pleine lune et ce serait sous les combles et le faux Fragonard, l'exercice d'une seule stratégie fatale destinée à ce que mon amour desservît, sur mon vœu, mes menaces, mes chantages, mes suppliques, tout y passa, le culte le plus étrange, or elle se mouvait dans le seul monde de l'étrange avec une grâce nonpareille au contraire de ce monde du sexe tel qu'elle me l'évoquait, à de rares moments où elle désespérait de parler à quelqu'un, où elle me trouvait et compulsivement se confiait puis me faisait jurer de tout oublier... oh cette solitude de la petite, et ces envies initiales que j'eus, pour l'écouter en paix, d'en finir avec une virilité priapique qui me renvoyait l'image des autres, de ce monde opaque et aveugle contre lequel elle ne pouvait rien, terrible de toutes ses parois de chairs arc-boutées auxquelles elle heurtait son regard et son visage d'enfant ; dans le monde du sexe, elle s'allongeait sur un lit, écartait les genoux et attendait que ce monde-là capitule, on sait dans quelles conditions et la seule transparence de l'affaire, sa seule légèreté, sa seule magie, était celle des billets de banque, et si l'on se met à sa place, on voit bel et bien luire une liasse de billets de banque comme un feuilleté saupoudré d'un pollen aux vertus miraculeuses, ou couver un éclat de lampyre au cœur du sempiternel hiver de l'enfant – une gosse aux yeux à bascule – qui, la peau grenée de froid, ouvre les genoux dans les chambres de villes du Nord, de l'Est, dans ce monde noir qu'irradie pourtant l'argent d'Hécate, les nuits et les jours où elle met cet argent, de sa main de tricheuse, dans ses bottes, son soutien-gorge, ses lingeries de pute dont les dentelles sont extravagantes, délicieuses, atroces, sur son corps de garçonnet.

Et je me suis mis à sa place et je l'aimais assez pour presque tout voir d'elle, et qu'elle était comme tout le monde, qu'elle allait comme elle le pouvait vers un fanal derrière un sas au bout d'un couloir, mais qu'elle l'aurait atteint, elle, même si on lui avait tranché les pieds. Qu'importe ce qui pour vous ou moi représente la lumière, si pour elle cette lumière était celle de l'argent, et avec une telle éclaboussante intensité que de lui en donner (ou de jouer avec elle pour qu'elle crût l'obtenir de son fait) me transportait sur le plus sublime tapis de soie, avec un bon gros génie volant en dessous et en direction de Bagdad, vers cet autre monde de fanatisme ensorcelé (qu'ensorcelaient, quoi, trente, cinquante mille lires) qui, était le sien et le seul que je pus partager avec elle.

Avant de la prier de monter sous les combles, je savais atteindre ce monde-là qui, comme tous ceux qui sont interdits, vous harcèle jusqu'à ce que vous en franchissiez le seuil : allez, dit le dealer, dit le serpent, disent-ils tous comme je me le dirai parce que j'ai peur, allez, poussez-moi cette porte une fois au moins dans votre existence, dont on vous fait ressortir qu'elle est brève – si vous voulez bien risquer un peu de votre raison, observent à titre indicatif le chef des djinns et la Compagnie de la Tentation, obséquieuse et hilare, juste après que vous avez tiré chevillette, bobinette et verrou, que vous êtes cuit, mon gars. Il en va également de votre vie, et on vous a déjà pris votre bourse, miaule Baba-Yaga qui est aussi de la fête, sous les traits de Magda Neumann. Nous allons atterrir à Bagdad, soit devant la bicoque de massepain, nic nac noc.

Tout à l'heure, quand ma mère a allumé son dernier cigare, quand sirotant son café, Nora a planté son regard dans le mien comme une lame, comme elle le fait en la tordant délicatement ensuite, j'aurais soudain juré qu'elle savait ce que je voulais, ce pour quoi Carla m'aurait déshérité, ce que Magda, prenant des gants, aurait qualifié de *spécialité*, la manger, la boire, boire ce qu'elle avait bu et j'ai pensé lorsqu'elle reposait sa tasse à cette opale mordorée du Vin de Pierre, l'unique alcool auquel ce soir-là ma Gretel n'avait pas touché, le premier de nos secrets, et maintenant tout est comme le silencieux prodige de la neige qui tombe dans une boule de verre sur un arc de triomphe doré, tout est comme anesthésié, le doigt des princesses, sur la pointe du fuseau, et cette contrée de légende, la sienne, la mienne, et pour un temps la peur, le mal, les autres, hors les murs : le dealer est coffré, le serpent a perdu langue et crocs, le chef des djinns s'est planté, la sorcière de la maison de massepain va griller dans son four quand Nora sous les combles établit les règles d'un jeu, qui seront versatiles, auquel je perdrai, qui me fait vivre encore – et pas un psychiatre à la ronde, Schliemann est très bien qui ne sait rien non plus, et le mal sous les combles, du moins au commencement, chassé par quelque chose de plus fort que lui, ce coup de poing bleu, ce regard, les yeux à bascule. Avec un minimum initial de surprise confondue, elle va dire oui, qu'elle fera comme je veux.

XIX

Dans la copie du Fragonard, le drap de lit est rouge sang, livide la lumière qui éclaire le verrou que va pousser la main de l'homme vers laquelle s'envole celle de la femme dans le mouvement d'une défense sans suite, et j'ai toujours pensé que le type allait la violer et l'assassiner, cette femme, non lui prodiguer des caresses mignonnes, qu'il n'y avait aucun libertinage dans ce tableau.

Sous le tableau, c'est elle qui relève les jupons, les volants, les armatures, le frisson des dentelles empesées, elle qui dit Bois-Moi, et je ne sais pas si elle a lu une ligne de Lewis Carroll.

Elle l'a sûrement fait parce qu'on ne lui avait jamais demandé, certes, et cette nuit-là avec un ravissement implacable. Et les jambes apparues sous la corolle relevée étaient les mêmes que la première fois, les jambes de la sirène qu'a mutilée le couteau de la goule, dans ce domaine de périlleuse féerie où Nora m'avait entraîné ou, plus exactement, remmené, les mêmes, lustrées de ces bas noirs qui les amenuisaient encore, ces jambes qu'on pouvait croire aussi victimes d'un supplice ancien tant elles étaient longues, ces jambes comme des javelines, ce genou comme un silex taillé, ces mêmes jambes dans des collants noirs qui ont jailli de la robe de mousseline noire et des sequins rouges, le soir de l'Opéra de Vienne, où le noir de la mousseline se fondait graduellement dans le creux des reins, où cette robe la noyait dans des ombres lâches... C'est, cette autre nuit à Milan, celle de dentelles immaculées qui lui gaine de si près la taille, les reins, celle dans laquelle elle a tourbillonné avec tant de plaisir que je m'en voudrais de lui en ôter un seul, et cette robe-là, elle ne l'enlèvera pas, le miroir est en face où elle se verra, sur moi plongée comme pour une révérence du haut de toute sa majesté nymphique et elle se trouvera belle, elle sera folle d'orgueil de cette beauté surgie de la robe de fête, je ne pense pas que son plaisir vienne d'ailleurs quand je boirai tout le champagne qu'elle aura bu à la mousse d'or blanc de son sexe – *deine Nachteule*, et c'est la petite de Vienne, que certains auraient trouvée d'une vulgarité divertissante, qui avait déjà tout de cette statue au-dessus de moi, avec ses yeux fixes qui voient à travers les murs.

Quand elle se relève en sautant sur ses pieds, tout son corps a un tressaillement brutal, flottant, de pantin aux fils précaires, beaucoup du charme de sa gestuelle tient dans cette vivacité saccadée suivie de lenteurs songeuses où elle râpe le sol d'un talon traînant, dans cette façon incertaine de se mouvoir, comme si elle n'évaluait jamais la distance qui la sépare de la terre, comme si elle n'était pas sûre de la trouver sous sa voûte plantaire, ni que ses jambes soient les siennes mais des échasses sur lesquelles on l'a juchée, c'est sans doute ce qui donne à ses jambes cette grâce infinie, pourquoi on a tant envie de les ouvrir, et une raison de plus à la gorge tarie, au cœur serré de mon calvaire quotidien : désirs insatisfaits, mornes après-midi du faune. Tout cela change, cette nuit-là. Cette nuit-là, dans ce tableau, il n'y a pas eu plus de libertinage que dans l'autre. Jusqu'au point du jour, je l'ai laissée seule qui faisait miroiter les facettes de sa bague, et c'est moi qui suis resté près de la piscine avec, au fond de la gorge, un goût sucré-salé, et la résolution de ne plus jamais pousser ce verrou, de ne plus jamais lui demander ce qui, à son regard insensible, ne pouvait que me faire passer pour le chef et l'âme de la conjuration des fous. Revenu dans la chambre, je l'ai regardée dormir, elle dormait avec la bague et, sur ses lèvres, le sourire du bonheur sans pitié de tout à l'heure, la Joconde était recalée et j'ai eu peur pour elle, j'ai eu peur pour moi.

*

Nous sommes seuls dans la maison avec Magda et les domestiques, tout va aller très vite maintenant et je lirai plus de choses dans les yeux bleu sombre que je n'ai pu en lire dans aucuns. C'est elle qui me demandera, après le départ des Cuori, de remonter sous les combles, et que voulez-vous qu'il advînt de ma résolution première, lorsque les yeux bleu sombre s'ouvrent sur ce qui naïvement les fascine : la pomme est mûre, Eve a feuilleté toute l'œuvre de Sade, elle se promet d'y revenir – c'est ennuyeux, mais stupéfiant ; aux yeux d'icelle, je serai donc un pervers polymorphe, un crédible meurtrier en série – et voyez que je prends l'envergure des aigles, et le profil d'Yvan le Terrible à la dernière scène du film… Dans ses yeux, dès lors, il y aura tout un défi inquisiteur et le début d'une haine qui ne reparaîtra que çà et là, dont toute la force est d'être imprévisible, dont je ne décèlerai infailliblement l'approche qu'après quelques semaines encore et beaucoup des nuits phosphorescentes de cet été-là.

Ensuite nous irons sur la terrasse, et jamais la Voie lactée ne sera plus proche, à la toucher du doigt comme sur le Toit du Monde – et parfois elle me regarde comme si j'étais un client ordinaire (aux goûts spéciaux, le prix fort, comme l'aurait dit sa mère), elle me considérera comme tel sous le ciel la nuit, d'un de ses innombrables regards, un client, oui, rien de plus, dont elle se déferait comme on chasse une mouche, quand je ne suis que celui, attitré, qui achète sa vie au lieu de déposer son bagage dehors et de fuir moi-même en lui laissant tout cet argent dont elle manque, pour ne pas tout gâcher encore pire que les autres, pour que plus jamais le sourire de Grinzing et seul ouvert devant elle le bitume des Kurfürstendamm… Mais quelque chose de sa vigueur à elle, qui semblait souvent ne pas tenir sur ses jambes trop fragiles, qui étaient en réalité des racines puisant leur eau au centre de la terre, solides à fixer les sables, ce quelque chose s'est enraciné, s'est pris en moi, qui me dit qu'elle a passé nos murs à temps.

Sous les combles, je serai et elle sera tant de choses que je vais dire : je suis loin de vouloir épater le bourgeois, *maman*, mais dans l'exceptionnel de la situation, il y a que les putes refusent souvent cette pratique – ce que Magda n'a pas à m'apprendre, ce que je sais par de gaillardes confidences, et à laquelle je n'aurais jamais cru m'adonner. Cet ondinisme, dont on parle dans des ouvrages de sexologie aussi rébarbatifs qu'hautement spécialisés ? Ce culte étrange ? Mes goûts spéciaux ? Ce que l'affaire avait de spécial, c'était la certitude que, de la magie qu'exerçait cette fillette, je ne retrouverai plus jamais rien, nulle part. Ores donc, dénonceurs de fou et, ou, ami lecteur, pouvez-vous comprendre que de lécher avec la tendresse effrénée des animaux, tout ce qui filtrait du tamis argenté de ses glandes, des pores de sa peau, de sa vulve poivrée – une feuillée qui, de son rose nacré au nacarat profond que j'ai exploré des yeux, des doigts et des lèvres, avait les déclinaisons suavement brûlantes de ses lèvres, sa bouche, son palais, sa gorge –, qu'à boire sa mouille, sa sueur, sa salive, son sang, je mettais simplement plus de religiosité que l'animal à faire de vous son territoire d'amour, marquant vos draps, vos vêtements, votre peau, de la foulée cadencée de ses griffes exultantes, clignant des yeux noyés, vous donnant des coups de tête sous le menton ou l'aisselle, se coulant sur l'éminence pubienne de l'aimée ou sur le lombric inerte de l'adoré, s'y endormant, puis léchant un à un vos orteils, dont il trouve l'odeur excellente, puisque c'est la vôtre ; cette religiosité, et aussi la passion avaricieuse de qui sait que la cassette qui recèle le trésor aura disparu demain ; que le vil vautour qui achète la complaisance, entre autres sentiments dont la gamme est vertigineuse, d'une jeune fille – d'une comédienne – qui joue admirablement l'alternance et se défait, non du précité client, mais du rôle dès qu'elle a descendu un étage, que ce vil vautour ne manie le corps de cette jeune fille qu'avec la même attention chaste et âpre de laquelle, cinquante ans plus tard, il extrait l'épine d'une rose ou une écharde, de la main, de la dent ou d'une pince métallique, de sous la peau bronzée d'une autre enfant qui pleure, pour qui il a de l'affection.

Certes, il aurait fallu la témérité, la douleur patiente, le désespoir, les somptueux silences désertiques où l'on entend des cuivres et des chants d'oiseaux, ces ralentis de barques qui vont sur des eaux définitives et tout ce qui fait le génie d'un Pasolini pour tourner ces scènes des combles – et accordez-moi d'être encore jeune cet été de Milan, je ne vois guère que Pasolini et l'homme de Nazareth pour avoir, sur un regard d'elle, pris par la main, emmené cette fille dans un monde désirable – loin de moi, être insuffisant qui pourtant connaît l'existence de ce monde-là, comme Clara la connaissait, celui que pour l'avoir vu une fois vous n'oubliez jamais, celui où les traces de pas s'effacent sur le sable sans qu'il y ait du vent, celui de la merveilleuse mort qui est ce qu'il y a dans la vie, de plus vivant, celui où le miracle est normal. Avec le Christ et Pasolini, en haut de la dune d'un désert de sel, elle aurait souri pour toujours, et elle savait ce genre de choses, elle savait que pour ces choses d'éternelle beauté il lui fallait attendre, tenter de ne pas y penser, jouer à chaque instant pour qu'on ne devine pas qu'elle y pensait. Dans une certaine mesure, j'y parvenais, et son hermétisme revêche avait échoué, mais comme j'aurais voulu davantage, et lui retourner l'âme comme un gant… sous les combles, la mettant dans une circonstance extrême de sa vie, j'espérais aussi la percer à jour, et que, lorsque plus rien d'elle ne me serait étranger, elle aurait ce sourire de joie confiante, ce sourire qu'elle avait eu dans la triviale et coquette guinguette de Grinzing, qui était parti comme une flèche, droit au ciel. Tenez, je crois bien que, dans la même joie confiante, elle aurait pu se faire nonne, que ce parti-là lui eût tout à fait convenu – autant que vous le sachiez déjà, qu'importe le temps gagné sur votre verdict et ma condamnation : mort, j'en prends pour perpète.

Dans ce temps privilégié où je me fiche bien de ce que vous clabauderez quand, tranquille entre mes sombres planches, il y a cet homme étendu sous cette jeune fille, dans la sourde lumière de lait d'une lampe posée sur une colonne d'albâtre, cet homme vaincu par une jouissance qu'il n'est guère de mon ressort que vous connaissiez un jour, il n'y a que cette jeune fille qu'il m'importe de vous faire connaître, qui regarde le sperme sur le ventre de cet homme, comme si c'étaient les gouttes d'une pluie opalescente et lourde, qui s'en désintéresse puisque la pièce est finie. Les asiles psychiatriques sont combles, mais il y aura toujours une petite place pour toi, me dit-elle, se relevant, une nuit. Je t'aime, Massimo, me dit-elle, une autre, avec une tendresse maternelle – comme si elle venait de me donner le sein – et là dans ses yeux, c'était tout un monde de belles saisons et de maisons blanches, le monde que je lui offrais, avec lequel j'étais confondu dans une alchimie inextricable, celle d'un amour affleuré de compassion et de sa gravité soudaine, celle de son amour à elle. Oui, d'elle, la compassion. D'elle – et c'était là aussi, tour à tour, l'ogre clandestin, la princesse désabusée ; une Cosette définitivement dépravée par un chèvre-pied ventru qui est quelque chose comme son beau-père ; la victime exsangue, aux cernes violacés, d'un Vlad Drakul II, Jessica

Lange frétillant dans la pogne de King Kong, Blandine livrée aux lions – et puis, impromptu, prise au jeu, l'air expérimental, intrigué, ayant trouvé le plus détraqué ou le diable lui-même (derrière ce masque de bonhomie, se cache...) et se flattant in petto de s'être adjugé un personnage aussi hors du commun ; de vive voix : "Je l'épatais, tout de même..." ; vindicative, aussi, au nom de la masse prolétarienne, car le fou grandiose ou le diable se sont évanouis en un instant devant le caprice d'un déficient sexuel qui a beaucoup d'argent, et une lumière qui n'a plus rien de surnaturel s'allume dans l'œil céruléen de qui n'a plus rien d'une nonne, parce que ce qu'il va carmer, celui-là, dès demain ou mieux, sur-le-champ. Demain toutefois signifie qu'on accepte les cartes de crédit, et elle se mire dans l'American Gold, des heures où je ne sais pas où elle est, ni où j'ai encore fourré cette carte bancaire. Aussi bien, se prêtant, se donnant ("C'est pour rien ce soir, tes envies bizarres sont contagieuses, *ce n'est pas seulement pour te faire plaisir*" – et allez décrypter ces quelques mots du fabliau, trouver les arcanes de ce mystère arachnéen dont l'inconnaissable ne peut qu'être pauvrement souligné, et non approché, par des italiques...). Soit, pragmatique et enjouée : cette fantaisie est innocente et au pire, un jour, le liquide défendu me brûlera la langue et l'estomac, voire me causera un empoisonnement foudroyant, et nous serons dans de beaux draps ; soit, me traitant en sympathique camarade d'une classe supérieure séduit dans le préau du même collège, ou comme un professeur et pédiatre rencontré par un de ces coups de bol ; imprudente et simplette ; feutrée et fourbe ; accordant aux scènes des combles, avec ce naturel étourdissant qui la caractérise surtout quand elle joue, une valeur sensiblement juste : à ma demande qu'elle gardât un peu de ce qu'elle avait bu pour m'octroyer ce philtre unique – quelques larmes piquantes de son sexe d'or et de cendres –, la raison qui lui apparaissait la plus claire, restait que c'était là la seule chose sans précédent que j'aurai jamais d'elle, puisque le reste, même contre son gré, elle l'avait accordé à d'autres – et si je tenais le type de Buda… Il y avait beaucoup de la matière massive de la jalousie, et un vœu dément de possession et rien de masochiste à ce que j'exigeasse d'elle, dans ma hâte d'homme traqué et sans l'obtenir souvent, de prendre place sur mon torse, de disjoindre ses cuisses dont le soleil n'avait pas cuivré la soyeuse face interne, ce creux enfantin qu'éprouvaient mes lèvres, pendant que j'enserrais du poing du primate (le gorille brandit derechef sa blonde proie au sommet foudroyé de l'Empire State Building) son quadriceps fuselé, musclé par de consciencieuses longueurs de piscine… Mais par le Ciel, pensais-je une seconde avant d'approcher mes lèvres de la coupe, nous ne devrions pas, je ne… par le Ciel… ! et l'invocation durait une autre seconde, où j'attendais en vain du Ciel qu'il me dissuadât, dans le naos du temple, de sacrifier au rituel interdit, en vain, en vain, et encore un instant où je m'assurais de la fermeté croissante d'une cuisse de naïade, où je cajolais cette preuve tangible que la piscine, le grand air, le sport, les promenades entre les pins, métamorphosaient on ne peut plus normalement une adolescente normale qui rêvait de vie normale, laquelle lui était toute acquise et que seuls démentaient mes *goûts spéciaux*, ici en italiques, messieurs les imprimeurs, juste pour faire plaisir à sa mère… Or si Nora n'était plus cette fillette blême, qui ensorcelait son monde d'un éclat blessant et déjà corrompu, celle qui à Munich puis à Vienne portait les stigmates de son état (la prostitution, les nuits blanches, les nourritures de pauvres ou les reliefs refroidis des goulaschs de Magda quand Magda travaillait aux cuisines d'une quelconque taverne des Carpates – et vu les ambitions de Nora, je crois volontiers que, craignant les ravages qu'opèrent les drogues dures, elle y avait renoncé pour de bon, sans même que je puisse me vanter de l'avoir tirée de ce piège à loups, moi qui pourtant lui fis jurer, croix de bois croix de fer, de ne plus chercher à en tâter jamais, lorsqu'on ne voit pas comment elle aurait pu faillir à sa parole, cet été italien où je ne la lâchais pas d'un pouce), si Nora n'avait plus ce visage poignant, ce visage de jeune vieille femme qu'après un cauchemar, une dispute avec la grosse N., ou sur les clichés à la définition cruellement parfaite qui défilent encore dans ma mémoire, et s'il n'y a que mon imaginaire pour se préoccuper d'elle aujourd'hui et, sur ce même écran, projeter d'autres instantanés – nul au monde, hélas, devant ce qu'elle est maintenant sur cet écran, une Vénus vénale et acariâtre qui taille une pipe au dentiste pour qu'il lui remplace un composite qui se décomposait, eh oui ma petite, comme tout ici-bas (je sais : perpète vous semble trop court, ou une notion trop floue)… nul en ce monde si bas, et il s'agit peut-être de ses bas-fonds, à Buenos Aires, voyant entrer cette femme encore belle dans une chambre où la clim est en panne, n'ira chercher bien loin, n'ira chercher autre chose que les australes – c'est la monnaie d'Argentine – de sa rétribution, et un verre de rhum pour la route.

Mais la Nora de Milan, celle que je vois moi de mes yeux d'aveugle, de guérisseur, d'envoûté, et à travers celui d'un Nikon qui la traque, la Nora qui grandit et dont la peau est encore plus lisse, sous laquelle les os n'impriment plus leurs reliefs bleu de neige, cette Nora se montre aussi dépourvue de scrupule que de vice et, passée d'une tutelle à l'autre, partage le sentiment des enfants que tout ce qu'on leur inflige est normal (et revoici cette normalité dont elle a un besoin tenaillant), que tout châtiment l'est, que de monter sous les combles n'en est pas toujours un, tout dépend du contexte, que lorsque le contexte cloche, c'en est un tout de même – dans ce cas, qu'il est bien équivoque, qu'il se pouvait aussi que je me punisse d'être un Cuori en me soumettant à elle, *Platz da*, *Platz nehmen*, et elle m'enserre dans l'étau de ses jambes ensoleillées... Or si moi je savais très exactement, ceci sans mérite, ce que je voulais d'elle et pourquoi, je savais aussi que sous ses prunelles qu'elle vitrifiait si bien d'indifférence (comme elle les cachait de ses lunettes noires de starlette) se dressait ce mur griffé par des anges taggers d'interrogations sans réponses et qu'un jour au-dessus de ce mur, elle verrait des barbelés, qu'elle verrait ce qu'il y avait vraiment derrière, les chiens qui n'étaient pas là seulement pour les promenades, et les miradors qu'étaient les yeux de ma mère qui va rappliquer tout de suite, et ceux de la proxénète qui se demande si l'on ne pourrait pas, ailleurs, vendre sa fille un peu plus cher, pour un peu moins de spécialités et un contrat sans clause de préférence. "Oh, dixit N., on lui avait bien parlé... (entendre : des acolytes en veine de confidence, ces petites Hannah du Sacher, lesquelles disparaissent un jour ou l'autre sous forme de fait divers, que l'ombre ravale, n'en faisant qu'une bouchée – *dolente... dolore !*, ce sont ces sonnailles, leur écho qui va jusqu'aux volcans et brusquement cesse, dans une autre nuit, celle de Cuernavaca – et ce sont ces petites des hôtels, qu'on convoque dans des chambres pour qu'elles apportent à manger, dans d'autres chambres pour leur donner censément de quoi manger contre une ouverture de jambes, *dolente... dolore !* et sortant de la chambre, elles ont peut-être déjà liquidé le client, il y a des risques à l'être, j'observe que, me parlant, c'est au client que soudain s'adresse N.)... on lui avait souvent parlé, oui, de ces tordus qui se ruinent pour ressortir d'une chambre de torture, le dos zébré de coups furieux, bref, de ces types à qui, jeunes ou vieux, il fallait des scénarios..." Et le sourire aigu de qui avait le premier rôle dans celui des combles, et n'avait jamais oublié Hannah, flottait sur les points de suspension que je viens de respecter, et quand elle acceptait, presque avec fièvre, de se produire dans la représentation nocturne, c'était aussi pour s'acquitter brillamment de son emploi et ensuite, fermant les yeux, mieux percevoir les échos d'une ovation inlassable, quand elle ne remportait que ce qu'elle avait déjà, mon amour, bien plus inlassable que l'engouement des foules. Et elle oscillait entre l'admiration pour ce marquis de Sade que j'étais sans en avoir l'air (sur la liste rebattue des loups-garous, plus proche de moi, garou torturé et lypémane, n'oublions pas Mr Hyde...) et l'impassibilité de l'enfant dont j'ai parlé, à qui l'on apprendra plus tard qu'il existe une limite tranchée entre le normal et le pervers.

A seize ans, elle ne la voyait pas, et le temps qu'elle mit à la voir me permit non d'éviter, de sa part, toute revendication, mais de repousser le moment où elle les exprimerait, où les chantages majeurs ne seraient exercés que par elle, où elle serait malheureuse. A ces seize ans et des poussières qu'elle avait en juillet (presque dix-sept, qu'on ne m'accuse pas à la hâte de pédophilie – elle est néanmoins mineure), que je fusse ou non intervenu dans sa brève existence, il apparaissait comme flagrant que, dans l'espèce humaine, toutes races confondues, le sexe dit fort, l'homo faber, sapiens ou loquax, animal proche des grands singes parmi lesquels elle ne prisait que ce King Kong qu'on a vu tout à l'heure, qu'elle a vu hier dans le film de Guillermin, la pénombre du cinéma le Louxor et en ma compagnie – et le pape, et tous les papes, rois et dictateurs n'étaient là que pour qu'on les renverse, *heroes just for one day*, ou asservisse, *platz da !*, et qu'alliez-vous croire d'une nuque pliée ? Les lions, babines avenantes, joignent les pattes sur leur tabouret, les gorilles secouent sans conviction les barreaux de leur cage, les centaures portent un licol, ainsi des papes et chefs d'Etat... A ses seize ans presque échus, s'offrait l'évidence que cet être muni de l'arrière-train d'une bête, c'est le centaure qui n'est sagittaire que s'il est armé, que cet être-là, hier encore cavernicole, incarnait l'essence d'une couardise cauteleuse susceptible de n'éveiller rien d'autre que l'instinct du prédateur : ce type-là est à presser comme un citron, c'est le sort le plus tendre qu'on lui réserve. Aux seize printemps... ces printemps-là sont irrémédiablement fanés, geindrait Carla si elle avait la moindre idée du passé de ma bien-aimée, en m'offrant avec véhémence de se couper un bras au cas où ce sacrifice pût me déterminer à renvoyer celle-ci, mesure d'obédience toute païenne que dans d'autres circonstances, juste un peu moins éprouvantes, elle m'avait déjà menacé de mettre en application. Mais ne tournons pas plus autour du pot que ne le faisait Dulcinée : à ses seize ans avertis, et Dulcinée est un "cas social", ici *maman*, vos lettres sont des pièces à conviction, c'est du reste le seul point sur lequel nous tombons d'accord – tous les membres de la gent masculine, pris un par un ce qui vaut mieux qu'en bande (et il n'y avait que celle d'*Orange mécanique* pour lui plaire) ou en foule (éviter les mouvements de ladite, et de se faire pincer les fesses dans les grands magasins, gratos, soupira-t-elle un jour...) étaient – verrückt ! nuts ! zinzins ! postillonne *die Kleine*, aussi affirmative dans sa langue que dans les deux autres. Il n'y avait pas à chercher ailleurs le secret de son flegme, de l'atonie blasée de sa voix à me répondre, lorsque je lui demandais *cela*, qu'elle y consentait. La voix ne grimpait dans les aigus qu'à l'heure du marchandage, à l'instant où elle finissait une boîte de chocolats devant la télévision, ou posait le pied sur la première marche, et la livre de chair lui vaudrait, si c'était *cela*, dix nouvelles vidéos de ses films préférés, une casquette de marin et que sais-je moi, *cela* n'avait pas de prix en ce monde – et si c'était *cela* de quémandé ou d'imposé, le quidam responsable de toute cette procédure ne pouvait être que le plus abject client de sa vie, et ce dernier avec un peu de bon sens, comment l'aurait-elle épousé ? Allons donc ! Et fors les moments où la nature originale de ma perversité en remontrait à sa candeur, où la pomme crissait sous sa dent, où elle s'éployait sur moi dans une sujétion hypnotisée, toute bizarrerie ayant sur elle l'ascendant de la lune sur les marées – ma lubie, ou marotte, ai-je entendu en je ne sais plus quelle langue à propos d'une passion qui ne tolérait pas de bornes –, où endoctrinée, un peu décervelée, chevauchant (oui comme dans les rêves, bella…) un monstre bienheureux, tendu à se rompre, dont la respiration se précipite et qui, au-dessus de lui, l'entrevoit et perçoit, palpitante, comme caressée d'une aile hypnique, intimidée, aimantée… fors ces moments, elle aurait hurlé avec les loups, à savoir ma mère ou la sienne. Chapeau de l'article d'un magazine laissé pour compte sur la balancelle : “Le sujet du magnétiseur se révéla tout à fait perméable à son action”, et certes, certes, dont passes, attouchements, troc sexuel et – vole, pouvoir de la formule ! – cette jupe volantée, ce briquet en laque, ce parfum chypré qu'elle abandonnera aussi vite que le magazine. Vole, pouvoir de… et le plaisir du fou n'est que salves hagardes, et fors ces nuits du début où je la tenais sous influence, elle aurait sans nul doute participé du tollé mondial des honnêtes gens : tous les vices n'étaient-ils pas derrière la porte, une fois le verrou poussé, la simarre jetée et la *fente vermeillette* que chanta Ronsard à nu sous sa parure d'hermine… Tous les vices, tapis là, croupissants et un en particulier qui était pire que la zoophilie (et l'on ne me suspecta jamais, par chance, de guigner le vagin complaisant des chèvres et truies du fermier romain le plus proche), que la nécrophilie (j'ai toujours jugé qu'il fallait que le cadavre fût encore un peu frais pour qu'aucune rigidité ne fasse obstacle à son maniement, que seuls donc les embaumeurs pouvaient s'y adonner au moment *ad hoc*, en toute sérénité) et je glisse, mortels, sur peccadilles et troubles bénins comme l'exhibitionnisme où l'on sait que le type finit toujours par se faire appréhender, et la spectatrice inopinée, par obtenir un dédommagement conséquent du choc visuel infligé par le maniaque – et l'on imagine que certaines s'en félicitent parfois en loucedé, arborant leur air le plus chafouin, surtout si la pulsion primitive du coupable, loin de lui accorder le temps de chercher et trouver des yeux dignes de ce qui va leur être montré, ouvre d'un coup sec les pans de sa gabardine éculée sur un théâtral Triomphe de Priape non devant une écolière, mais Magda Neumann dans le métro berlinois, et la zoophilie est préférable où en plus, faute de plainte, on se fait rarement gauler.

Ainsi, le crime sexuel était à la porte, de l'autre côté d'une porte hermétiquement close sous laquelle *maman* l'aurait déjà vu dispenser ses miasmes, dans les corridors des combles hantés de vents coulis et de cliniciens sur les dents – hors de la soupente enchantée où Nora a tout loisir d'admirer, à la fenêtre, sous le faîte de la maison, la cognée indolente de la nuit d'été, où je fixe, hébété comme elle tout à l'heure, les sandales qu'elle a envoyées valser, une sous le lit, une sous le lavabo et dont tout à l'heure, comtesse aux pieds nus et absolument furieuse, elle cherchera en pestant à rassembler la paire… Le crime sexuel cogne à la porte comme la nuit à la fenêtre, quand un peu plus tard, de ce côté où le verrou est poussé, cette fille, ma fille sourit alors que je lui donne le prix de mes pratiques, qui est l'argent de son départ, soudain graciée, sourit comme à Grinzing et serre les biffetons sur ses seins retroussés et il n'y a ni vierge ni ange ni muse ni dryade, rien de plus joli qui soit peint et exposé aux Offices de Florence, *papa*, ni recelé dans les placards de ces trafiquants boiteux et borgnes et autres petits frères de Vulcain dont j'ignore pourquoi ils sont tous si laids, que tu visites assidûment à Bruxelles ou ailleurs, dans ces greniers ou sous-sols où je t'ai souvent suivie car on sait que la curiosité me mène par le bout du nez et car, on ne l'apprend qu'ici, il n'est pas toujours question de Sotheby's. A pillard, pillard et demi. Et, *maman*, ce dont il s'agit, cette déviance implaidable, qui pour Nora est une lubie, voire un hobby, n'aurait pas été, à ton sens, autre chose que le sacrement du sabbat, un rituel que les sorcières les plus débordantes d'imagination n'avaient pas trouvé, qu'on sache, pour pimenter leurs conciles avec le Bouc, une corrosive onction du Malin, et en effet c'est assez acide, enfin la PREUVE, digne d'une belle et bonne embolie qui, précédant l'infarctus d'Attilio, eût empêché plus tard *maman* de plisser des yeux sans réussir à déterminer les frontières de son patrimoine foncier, la PREUVE PAR NEUF que son fils était ce dangereux érotomane qui avait passé un accord avec l'Abîme, poussé à cela par qui en sortait tout droit – victime de mes errements et tout autant leur instigatrice, Nora aurait vu se retourner contre elle la meute des loups, et aucun Cuori n'aurait convenu que d'errer était de famille, lorsqu'il ne me restait plus, sur une tombe profanée, que de planter une croix à l'envers.

Il y a aussi cette journaliste d'une feuille de chou féministe qui vient de surgir sous ma plume, et qui se soucie de la santé de ma petite concubine, qui veut en savoir plus, qui veut tout savoir, qui parle de harcèlement sexuel, qui en plus est de gauche et haïsseuse de Cuori… A cette importune, il faut élucider un point crucial et qu'elle reparte convaincue que c'est ma seule passion qui terrorise Nora, non la tyrannie de mes requêtes pour qu'elle satisfasse à mes penchants crapuleux. Car en effet. Car en effet, et c'était une chose de plus que je voyais dans ses yeux, le pire demeurait souvent non tant l'extravagance de mes pratiques et leur assiduité, s'il arrivait que j'en appelasse à son bon vouloir quand elle tombait de sommeil et ne comprenait strictement plus rien à ce qu'elle acceptait de faire, le marchand de sable passait et qu'est-ce que je voulais encore – le pire demeurait souvent ces baisers que j'imposais, smac, à sa chaste bouche qu'elle pinçait alors, en même temps qu'elle refermait, clap, l'ouvrage dans la lecture duquel je venais de la déranger : et j'étais certes le plus immonde des obsédés, qui la distrayait, en gros, de toutes les choses utiles en ce monde et de leur étude. Clap, de Buzzati en italien, et clap du dictionnaire à l'appui : *Un amour* obtint un succès immédiat parce que, sans doute, ma bayadère se trouvait quelques points communs avec la brunette du roman, une mineure débauchée ; puis ce fut Colette et nombre de ses courtes œuvres, que N. échoua à savourer dans leur langue d'origine – une VO cette fois inaccessible à ma Pupe vexée, pour qui je mis la main sur une traduction allemande que n'eût sans doute pas désavoué la romancière : *Chéri* et *La Fin de Chéri* recueillirent autant que le livre de Buzzati, des suffrages enthousiastes, ceux d'une assez crédible réplique féminine de *Chéri*, et qui étais-je donc pour l'arracher à ce plaisir de la lecture auquel je l'avais initiée, même s'il avait fallu attendre Colette pour la convertir au roman à intrigue, ce coup-ci c'était fait, sous la plume de Colette elle le révérait et voilà que je lui faisais perdre le fil, à quoi cela pouvait-il bien rimer, signifiait *Chérie* avec cette moue querelleuse qui tordait sa bouche toujours de la même façon et tenait davantage de notre *Mégère apprivoisée*, aux deux premiers actes, que de celle de Bardot, bien qu'elle avançât soigneusement la lèvre inférieure en forme de rebord de bidet, pour faire sexy et colère en même temps. *La Mégère* ? Bien sûr, *La Mégère* et je la dérangeais encore, plongée avec une telle concentration qu'on l'aurait dite sous la mer, une pierre au cou, lorsqu'au beau milieu de l'acte second, Petruchio déclare qu'il épousera Catarina-la-Harpie et que… "Mettons qu'elle crie, eh bien, je lui dirai sans détour que son chant est aussi suave que celui du rossignol… qu'elle reste muette et s'obstine à ne souffler mot, je vanterai sa langue volubile et son éloquence pénétrante ; qu'elle me dise de faire mes paquets, je la remercierai comme si elle m'invitait à demeurer la semaine chez elle ; qu'elle refuse de m'épouser…" *Katharina enters*, et la studieuse Nora se faisait fort de lire la pièce en anglais, quand j'aurais dû comprendre moi que :

"Epagneul, femme, noyer,

Plus vous les fouettez, mieux ils se comportent…"

et que de ma Catarina ou autre Xantippe, je n'avais pas à attendre la soumission finale : "Je vais te donner un baiser. A présent, restons, mon amour, je t'en prie." Rien de tout cela, en substance, et elle pouvait bien se plier à un caprice qui en eût déstabilisé plus d'une, mais PITIÉ, que je n'aille pas encore l'embêter par ce témoignage de tendresse des plus arbitraires, plaquant mon mufle sur sa pommette brûlante, ou, comble de l'obscénité, lui imposant un baiser d'amant, fouillant incongrûment sa cavité buccale de cette langue inlassable pour laquelle elle semblait avoir autant d'intérêt que pour du foie de veau mal cuit et sans oignons, et elle me considérait alors comme un aspic aux crocs par bonheur limés, mais dardant cet organe charnu et affreusement mobile jusqu'à ce qu'elle acceptât de le laisser s'enrouler au sien, soyeux et rose et inerte, là était le trivial et Massimo Cuori bon pour le cabanon si avec cette température de trente degrés, n'importe qui de sensé eût évité tout attouchement, si au moindre contact de deux épidermes, ceux-ci ne pouvaient que s'enflammer et carboniser.

Nanti de mon baiser, je repartais ensuite, au fond du blues, et elle vers ses merveilleux petits copains, *Chéri*, *La Mégère*, etc., et mon blues s'accroissait encore en pensant que j'étais aussi bien le premier à désirer encourager sa constance d'autodidacte, par trente degrés à l'ombre, que jaloux de Chéri, de la diablesse de Padoue, de David Bowie, de Mozart et sa *Flûte enchantée* dont on venait d'acquérir l'enregistrement sous la baguette de Karajan (Massimo Cuori en Papageno plumeux : “Der Vogelfänger bin ich ja – oui, je suis le joyeux oiseleur...”) et de toutes les *choses utiles* dont je me retenais de la priver complètement : parmi lesquelles de se baigner, ce dont la pauvre n'avait jamais eu le loisir sauf dans des piscines municipales aux cabines pleines de cafards, et sa brasse se perfectionnait au rythme de ses études protéiformes et de cette science de la fellation dont je reconnus pourtant *ab initio* la compétence ; *utile* aussi, de se dorer au soleil, de promener les dogues allemands, tout noirs, le labrador jaune, de mignoter les chats, particulièrement le siamois, une sale bête qui avait ses yeux fendus et bleus, ses sautes d'humeur et griffait pour un rien, auquel elle manifesta d'emblée une affection torride dont on lui rendit la pareille, qui prit deux kilos au moins parce qu'elle le nourrissait tout le temps, et voici qui nous ramène à Colette et Nora n'a pas encore lu *La Chatte*... Utile encore, de s'épiler le mollet qu'ombre un duvet pubescent, de méditer nez en l'air sur un de nos balcons sous lequel, à la fraîche, je pouvais toujours chanter – or sur l'avancée de ces balcons à balustres, c'était ma captive qui chantait, souvent à tue-tête, un de ses airs favoris, complaintes ou rengaines, *La Palummella* ou *Message in a Bottle* ("I'll send an SOS to the world...") du groupe Police, toutes paroles écrites à son intention, et qui va libérer la colombe de sa cage diamantée, et que fait la police, *Heroes* encore et toujours, *Helden* dans sa version allemande, *Helden* qui sera la dernière chanson que je l'entendrai fredonner sous les pins de la via Appia, qui ne m'aurait peut être pas brisé aussi sûrement le cœur si je n'en avais compris les paroles dans une langue comme dans l'autre, si David Bowie n'avait été de ses pairs, et pétri dans l'éther, si moi j'étais fait du terreau des Marches et de Lombardie et d'une poignée boueuse des rizières de la Lomellina. *Confutatis maledictis*, c'est Mozart, et rien à ajouter.

Elle était double, voyez-vous, elle dont je piquais la curiosité par l'*inquiétante étrangeté* de ma lubie, salut encore à notre vieux Sigmund, moi qui du fait de celle-ci voyais monter autour de ma personne les quelques vapeurs de soufre susceptibles d'éveiller son intérêt – et double aussi, car tout autant que de révolte (cette révolte qui couvait déjà en juillet quand montaient les vapeurs de soufre et quand c'était bien, par trente degrés à l'ombre, la fournaise de l'enfer, celui du moins qui m'était réservé, en avançant d'un pas...), Nora n'avait faim que de respectabilité : en cela seulement, Nora était une pute, aux tréfonds une pute, et de l'espèce la plus répandue, une de celles qui n'ont de cesse d'exorciser trop de pas clandestins dans la nuit des villes, trop de furtives échauffourées sur le skaï ou le cuir de banquettes arrière où l'on ne saura jamais vraiment s'ils étaient trois, s'ils étaient vingt, et ces bas-côtés des routes et ces bois noirs et inconnus où, la portière claquée, elle ne sait pas plus où elle est que combien ils étaient, et marche, et son talon est cassé et ses lingeries arrachées et elle a tout aussi peur que Blanche-Neige dans une forêt où les nains n'auraient pas été très gentils avec elle... une pute et une de celles qui font les meilleures maîtresses de maison, dont on vante l'accueil et la table, une de celles que ma mère reçoit et dont il n'y a que moi pour savoir ce qu'elle a fait de ses vingt ans avant d'épouser le fils des Surgelés Montesanto, diable j'ai des lueurs là-dessus, elle m'avait refilé une de ses chtouilles, et maintenant, triple menton du rengorgement social, petit doigt en l'air et paonnante devant la tasse de thé, et autant de messes que ma mère, seulement la signora Montesanto y somnole, et Cecchi est son confesseur qui ne peut avoir appris, des lèvres jadis fruitées de sa paroissienne (on a sauvé la Traviata), rien que d'expiable.

J'ai beau déceler chez Nora une fibre commune avec ces créatures, il y a cela chez Nora, cette différence qui tient dans ses bravades, une témérité bien incompatible avec le caractère de l'espèce en question et surtout, cette tragique lumière de scène qui n'éclaire qu'elle, qui en fait à son insu quelqu'un de stigmatisé. Pourtant, et là elle ne diffère pas de Carla Bazzini, elle veut tout ce qui a manqué, des wagons de respect, que la croisant dans la rue, on soit encore plus poli qu'avec une Odette Swann, qu'on la salue comme la Swann, la Cuori, la Montesanto mais qu'on ne chuchote rien derrière son dos, surtout : il y a des heures où elle ne convoite plus que cette respectabilité, tout son protocole et sa lumière propre, celle, suave, de petites lampes à abat-jour saumon, celle qui est à l'opposé des feux de la rampe et aussi, de la lampe braquée d'un flic anonyme. Or, cette respectabilité, je ne la lui offrais que trop, de l'assumer demain l'aurait autant accablée qu'aujourd'hui les manifestations canines de ma tendresse, et elle me donnait d'excellentes raisons de penser qu'en cas d'échec de sa carrière artistique, elle se serait satisfaite de l'existence d'une brave ménagère à livres de comptes, lesquels elle aurait tenus de près, et d'épouser ce professeur de natation, ce kinési ou au mieux ce notaire de province qui lui auraient procuré de la respectabilité à doses filées, avec qui elle aurait eu des enfants et, au fil de la plus médiocre et quiète vie conjugale, retrouvé le sourire de Grinzing, ou presque. Rien de tout cela ne pouvait venir, en son dix-septième été, de ce Pluton monomane, extorqueur de baisers et friand d'autres osculations qui la mettaient au bord de l'hystérie : "tu me scies les nerfs, tu ne peux pas me foutre la paix, et puis j'ai mal au cœur et mal au ventre..." A la niche, bonhomme, et cela, je le répète, non quand je la priais d'aller sous les combles, mais au moment où, faute de pouvoir me museler, elle finissait souvent par ouvrir la bouche comme elle retroussait sa robe ou ôtait son short, avec une lenteur de narcomane qui avait succédé à sa rébellion contre l'inanité de mon dessein, l'inanité de son sort, toutes les inanités de la terre, comme les guerres qu'il y a dessus, auxquelles elle ne pouvait rien. Et elle reprenait ensuite, dans un soulagement ostensible, comme épuisée d'avoir porté un moment le poids du monde et de ses conflits, sa lecture de *Peines d'amour perdues* – et qui eût plaidé contre elle ?

Quant au devenir honnête de Nora Neumann et à ce qu'elle fût domestiquée par un Petruchio quelconque (c'est mon double, mon sosie, qui peut aussi être commis voyageur), le plus proche futur devait apporter un démenti cuisant : les figues de la fin de l'été seront mollettes et mûres, qu'elle volera aux branches du figuier comme elle vole tout, toujours, dont elle écrasera contre ses dents les bourses violâtres, la pulpe vermeille et grumeleuse, dont grimpée sur une échelle, elle dépêchera tout ce qu'elle peut sans que j'obtienne qu'elle en cueille un plein cabas et qu'on lave sa provende aux cuisines. Lorsqu'elle est partie, les figues de l'été étaient noires, et je me souviens d'avoir pensé qu'elle ne serait plus là pour se faire les dents, comme un jeune chat, sur celles de l'automne, sur celles poisseuses et dures et ambre foncé que Lietta fera sécher comme elle le fait tous les ans pour manger avec des noix : le figuier maintenant m'est aussi sacré que ceux de l'ancienne Athènes ou celui au pied duquel Bouddha parvint à l'Illumination, la tige du figuier pleure son lait, et il y a aussi que nos lycanthropes, Romulus et Rémus, sont nés dessous ; je me souviens encore que ce fut un de mes ultimes plaisirs faunesques que de l'embrasser quand elle venait de craquer la pellicule de son fruit apoplectique, quand elle en avait les grains crémeux entre les dents.

Massimo Cuori, pythonisse déchue, manie de ses doigts gras des tarots menteurs, louche pour plus de concentration sur une bougie dont la cire se ride et dont la flamme ne fait que refléter celle qui dansa un été sous les frondaisons lombardes et les pins du Latium, et Petra, qui savait tout, rigole derrière l'oranger. Mais qu'aurais-je pu présager de juste, quand, des heures de procrastination après le vol du baiser, elle venait se couler dans mes bras, elle me demandait pardon, elle murmurait à mon oreille qu'elle ne me quitterait jamais, que ce soir elle aimerait... Oh, c'était un délice ! C'en était un en effet, mais rien des jardins de Cythère ni de la montueuse Ida où s'accouplent loups et panthères... C'était, mes frères, une spécialité de Bohême venue et faisant appel à d'autres sens, que ces quenelles aux abricots ou aux quetsches, ces *knedliky* que sa mère réussissait aussi bien que Petra, que, selon les préceptes de Petra, la gourmande coupait en quatre, sommait d'une colline de sucre, couvrait de fromage blanc, noyait de beurre fondu et dévorait en jurant de la légèreté de ce dessert qu'on ne sentait même pas fondre dans la bouche, que c'était, en été, ce qu'elle aimait – et elle aurait convaincu Ronsard de renier ses fraises et sa crème, et elle me convainquait moi de ce qu'elle voulait et même qu'elle disait la vérité lorsque, après son désir de quenelles aux fruits, *ovocné knedliky*, elle exprimait cet autre : que nous "prenions un dernier verre dehors" (à ces mots reparaît l'Aphrodite aux sourires, en même temps que surgit une petite américaine *middle-class*, et il ne manquait, dehors, sous une vapeur d'étoiles, que nains de jardin et bonne de Porto Rico) ; qu'ensuite, intramuros, ayant respecté la mise en condition d'amour (les étoiles, le verre), je la caresse et l'embrasse, longtemps, comme je le faisais si bien, comme personne ne le lui avait fait ; or objectivement, ici elle ne pouvait mentir puisque personne, avant moi, ne l'avait aimée. Pour encore plus d'objectivité et la perte du faune qui, lui après tant d'autres, la bûcheronnait à son gré : l'amour était bien la dernière chose dont, à seize ans, elle eût besoin – cet amour qui la menait dans des chambres aussi obscures que des salles de cinéma (et comme elle les préférait !) dont elle ressortait les yeux flingués, pour retrouver un jour éclatant, un soleil sous lequel elle restait avec stoïcisme (et ni insolation, ni indigestion, a contrario des deux qui, aujourd'hui sous la tutelle de Massimo le Vieux, y sont souvent sujettes…), et c'est elle que je vois simulant le sommeil et grillant sous un engobe d'huile à la bergamote, à plat ventre sur un tapis de bain, et je la revois lever la nuque et un vif cou de serpent et cligner des yeux vers le ciel pour l'adjurer de ne pas retrouver cette maudite chambre avant la nuit.

Pas toujours maudite, cette chambre : sous mes doigts elle ne jouit pas qu'à l'Opéra, et la seule chose susceptible de tempérer encore ma jalousie est que sa sensualité semble si définitivement réduite à la partie vibratile de sa vulve rose et ciselée, qu'elle n'aurait, en mon absence, crié que sous le doigté scrupuleux d'une tribade au grand pied, à moins que, et celui-là qu'on me le désigne, que je sache qui, que j'achète un marabout tout l'or du monde pour l'occire à distance, ou un Smith & Wesson pour m'en charger de plus près – à moins qu'un autre ne la vénère à ma façon, et chaque pore de sa peau. Une autre hypothèse parvient à m'arracher un sourire : les agaceries de la tribade peuvent certes produire leur effet, pourvu toutefois qu'elle ait ma science papillonnante, sinon, en cas de tâtonnements vains, les nerfs à vif, et tout aussi renfrognée qu'après les tentatives pathétiques, peu hollywoodiennes, de ces baisers qui ne la sensibilisent en rien, et aujourd'hui encore, d'entendre Cateau-la-Harpie (une N. de cinquante-cinq kilos) houspiller cette forte gouine de l'atroce voix aigre qui est celle de son dépit, d'entendre ce feulement hargneux où l'on retrouve un peu du timbre de Magda – voici qui me remonte le moral, de temps à autre.

Celle de mes petites-filles qui se chope tous les moustiques vient de s'ébouillanter avec le lait qu'elle entreprenait de chauffer, il m'apparaît clairement que, si elles sont nées du même œuf, ce n'est pas sous la même étoile, sur ce, il me faut vous quitter un instant, et y a-t-il de la gaze verte dans l'armoire à pharmacie ?

*

Oh comme je comprends Nora au fond, cette autre petite fille qu'excédait si souvent cette chambre (une de plus, une de trop) et ce qu'on y faisait, qui la dérobait au rêve, la confrontait à cette routine sans grâce, celle d'une chair si triste que j'aurais voulu, tellement voulu, ne pas convoiter moi ce qu'il y avait entre la fuite de ses cuisses et qu'on restât là à rêver tous les deux, à traîner à table pour palabrer au crépuscule, à nager ensemble après le dîner dans la piscine luminescente, à courser des chats comme Alice son lapin, à cesser de perdre tout ce temps au déduit, et j'aurais été de ses copains et le bonheur serait venu, bleu et blanc, aux couleurs mariales de Grinzing... Amants de jeunes filles aux cils entremêlés, chantres tristes et doux de ces fées du sureau aux bras trop minces, Catulle et Pétrarque de tous pays, unissez-vous, adoptez-les et laissez-les jouer dans le bleu et le blanc. Après, chair de boucherie, viande glandeuse, mamelles lupines, larges globes arrière – vous les perdrez, celles à la poitrine frêle sous le vieux T-shirt troué, et sous la chair ne les retrouverez plus. Ainsi était Nora, sont Laure et Loreleï, métaphysiques quand elles se mettent du noir aux yeux.

Il y avait aussi dans ceux de Nora que tout ce temps qu'on perdait dans les chambres à des devoirs préconjugaux ou à des fantaisies jugées, en juillet, un peu moins assommantes que les premiers, que ce temps-là, on pouvait en user à convoyer des médicaments et des vivres sous les bombes, pendant le siège d'une ville ou d'une autre, où elle se serait peut-être fait violer et tuer par des soudards avec l'insensibilité étrangère, à peine hostile que son amant connaissait si bien, pour qu'elle le lui manifestât, et pourvu qu'ils ne lui aient pas laissé le temps de trop souffrir, ce temps dont elle avait eu assez. Cette autre prescience était bien la plus troublante, qu'il s'en fallait de peu pour que la midinette, la ménagère, la starlette disparussent en même temps que l'enfant prostituée et cette souffrance que je maintenais comme on maintient une paix, un statu quo – conditions minimales où je pouvais espérer ne pas la perdre –, et que cet autre rôle, elle l'aurait tenu mieux que tous les autres, dans cette démesure butée qui, seule, lui permit de survivre dans le camp doré, truffé de miradors où l'on abusait d'elle grâce à la magie sommaire de l'argent ; et grâce à quelque chose de moins sommaire, qui était que, pour un temps provisoire, cet argent comblait ce gouffre dont j'avais approché les bords et les vertiges rien qu'à l'observer – à la manger des yeux, à la scruter et sonder à ma façon de limier souvent si gênante pour elle qui me demandait si je voulais sa photo, des jumelles, et l'on sait qu'il n'y avait que pour les photos qu'elle était toujours d'accord. (Bon, tu l'auras, ma photo ! et elle allait se noircir les yeux.) Quant au fils Cuori, sans la vertu télépathique de la passion, comment aurait-il pu seulement entr'apercevoir ces gouffres, ces vertiges d'une pauvreté qui rend les gens fous à moins qu'ils n'en aient fait vœu, qui la rendait, elle, intouchable… Ces vertiges, à l'heure de son départ, elle ne semblait plus les éprouver en froissant les billets desquels, plus je l'achetais, plus je lui exposais crûment cette pauvreté : juste avant son départ, elle avait l'air serein de qui a triomphé d'une épreuve, et c'en était une autant que la tentation du Christ auquel on demanda de regarder en bas, et si elle triompha de moi, c'est que je n'étais que sur son passage, et tout ce que je prie c'est qu'ensuite, elle aura su marcher droit sur le bord des remparts les plus hauts, ne plus jamais regarder ce qui est en bas comme l'argent qui y est toujours.

Du reste à la fin, quand les figues furent blettes, l'argent tombait vite, comme des feuilles mortes, de ses mains déçues, et l'écu se transformait en feuille sèche comme entre les paumes des sorcières – car la magie de l'argent va comme la foudre et retombe aussi vite, sauf aux yeux des gens de peu dont elle n'était pas. "Du cash, pour le flash", me disait-elle, ouvrant son sac pour que j'y glisse les billets, me disait-elle avec un écho attristé du sourire de Grinzing, pendant que le siamois me regardait lui aussi de ses yeux bleus, nictitants et fendus. Elle révérait les animaux et les étoiles et a-t-il su, ce chat, a-t-elle su, cette étoile du matin dont elle guettait souvent la naissance, et qui me dira s'ils ne l'ont pas arrêtée à la frontière ?

Le 2 d'août, un peu moins de naturel enfantin dans les propos de Nora : "Ce que nous faisons est TABOU. Un des derniers TABOUS de l'Occident. *Ondinisme* est bien le mot, à t'entendre ? Je l'ai cherché sans le trouver dans tous les dictionnaires de toutes les langues de la terre, qui sont ici. Suis tombée dessus dans un abrégé de sexologie complètement délabré – on se demande qui l'a appris par cœur, et il est tout jauni, c'était dans le temps, quand tu avais mon âge. C'est drôle, ces filles qui m'en avaient parlé ne voulaient pas le faire, même pour tout l'or de Crésus et un jet privé… et moi qui ne veux jamais rien faire, j'ai bien voulu, pour des robes et des vacances en Italie… Ne me regarde pas comme ça, comme si j'étais méchante, je n'ai pas trente-six façons de te prouver que je t'aime, tu as celle-là que je n'aurais donnée à personne et que je ne donnerai plus jamais."

*

Un peu plus tard, un oiseau s'est posé sur la table, auquel elle parle sa langue. Nous mangeons les *knedliky*, Magda hurle (incompréhensible) à Lietta qui riposte idem, Magda se lève révoltée dans le même mouvement que sa fille lors d'un précédent repas, et je vois arriver une guerre de plus entre l'Autriche et l'Italie, une guerre sur terrain plat, celui des cuisines, *ô wie süss*, flûte Nora au museau chocolaté du siamois, qui vient de rater l'oiseau et exprime son ire dans une langue que Nora comprend comme celle des oiseaux, une radio déverse une rengaine de Celentano du côté de chez Fouad, tout à l'heure Nora s'en prenait à une chanson de Piaf (vue et entendue hier à la télévision) : "Mon légionnaire" ai-je cru comprendre, moi pour qui toutes les chansons d'amour n'ont été écrites que dans un but de persécution – *il sentait bon le sable chaud*, c'est le gars de Sidi Bel-Abbès, et Babel a définitivement ses assises via Chiaramonti ; tout l'été ultramontain luit dans cet autre vin, un broglio honnête qui n'a pas les pouvoirs du Vin de Pierre dont je serre toujours précieusement le flacon ovale sous les combles – au sommet de cette autre Babel, d'où on pourrait même entendre le pape, se payant d'audace, béatifier et canoniser en latin et en polonais, et Marilyn et Jane Russell papoter sur le plateau de *Gentlemen Prefer Blondes* avec ce nasonnement américain que j'abhorre et que Nora adore, ce qui, parce qu'elle a vu trop de films produits par la Warner, Fox et MGM, tombe sous le sens et demeure le seul souci de son précepteur, si ma mère était là, elle avancerait “qu'il fait un peu chaud pour déjeuner dehors” en français que revoici, pour le chic, à son habitude et juste avant d'allumer le cigare hollandais, les grillons grillonnent, je saisis le genou de Nora sous la table et quand, abandonnant son légionnaire, elle s'attaque à une quatrième quenelle, à toute vitesse parce que les quenelles se mangent tièdes, je peux lui dire que je l'aime dans toutes les langues de la terre, qu'elle n'en entendra rien. Babel donc, et sur ses murs, on sait ce qui sera écrit, que tout sera *compté, pesé, divisé.* Man spricht deutsch, c'est Magda réapparue, qui se rassoit à grand bruit, entonne son antienne, vante l'inspiration culinaire qu'elle tient de Chère Petra, et cette spécificité de la pâtisserie tchèque, qui est de suivre les saisons et les fêtes, assène avec une cruauté bien involontaire que “le temps des quenelles ne dure pas toujours”, et est-ce qu'aux abricots elles étaient meilleures qu'aux quetsches, elle peut aussi demain en faire à la rhubarbe puisqu'au chapitre des desserts (ici l'on voit que la guerre est déclarée *via* les quenelles) Lietta a renoncé d'imposer sa loi, ce qui est déjà *sehr freundlich* ; puis un croassement de miel, surtout destiné à mes oreilles, nous instruit qu'après le temps des quenelles, viendra celui des *Strudel*, du *Kouglof* aux pommes de l'automne et enfin, enfin, des petits gâteaux de mariage qui sont des sablés dont ce sera “l'occasion et la saison”, et une vie sublime avec ma bien-aimée défile au rythme desdites saisons, et la Nora de l'été lèche la dernière goutte de fromage blanc et le coulis de fruits chauds au creux de sa cuiller, la même (qui porte désormais un fin jonc d'or à l'annulaire) croque les beignets bavarois de l'automne, les couronnes à la crème vanillée et tout ce que la cuisine de Bohême réserve de chatteries dorées, crémées, beurrées, sucre-glacées, et je rêve de ces croissants de lune aux noix qui sortiront du four quand les arbres seront rouges, et de toutes les pâtisseries de Noël que nous détaille Magda, un peu en allemand, un peu en tchèque, dont une extraordinaire variété de ces petits croissants séléniques qui sont, *vanilkové rohlicky*, aux amandes et au citron, d'autres au chocolat et au cognac, d'autres aux clous de girofle et aux raisins, je considère avec tendresse l'arrivée, à cette table, de mon unique petite madeleine – le glaçage presque noir de la Sachertorte qui, dans la tradition bohémienne, m'apprend-on, est typiquement hivernale, ô saisons ô gâteaux, et alors peut-être Lietta rendra-t-elle son tablier exactement comme la serveuse du Sacher, qui sera mon épouse depuis deux de ces déterminantes saisons, qui ne m'aura pas quitté de tout le cycle des quatre lorsqu'elle plantera ses dents dans ce mystérieux *bublanina*, ce *bublanina* des beaux jours qui semble un cousin germain du clafoutis aux cerises – "Et je veux bien qu'à ce régime, notre petite Nora prenne les rondeurs qu'il faut, mais enfin, on sait qu'il n'est de gastronomie que de la patrie de Brillat-Savarin, et nous nous lasserons de ces étouffe-chrétiens, ma bonne Magda !" se serait écriée ma mère, trouvant là le moyen de placer en français la phrase la plus longue de sa vie et horrifiée à la perspective de ne savoir résister, elle, à ces *pusinky*, entre autres meringues, et que penser de ce sidérant *jablkovy salam* dont la dépositaire de toute une tradition d'Europe centrale vient de nous révéler les arcanes, ignorés jusqu'alors, d'une des tables d'Italie dont on a toujours entendu vanter l'excellence et jamais l'éclectisme – le *jablkovy salam* est un "saucisson de pommes", fait d'une purée de sucre bouilli jusqu'à ce qu'il se laisse tirer fil par fil, du fruit d'Eve, cuit, d'autres fruits, confits, et d'amandes sans peau… Et l'épouvante de ma mère croît, qui se voit aller, au jugé, sur les quatre-vingt-treize kilos de la maritorne, et si Lietta entend ça, les amandes sans peau, le tablier est dénoué dans l'instant, et si elle apprend qu'ensuite, il s'agit de saupoudrer la planche à pâtisserie de sucre, toujours lui, Lietta grinchera que cette femme-là veut la mort de Don Attilio, condamné par son diabète aux édulcorants, que ce calorique de malheur, depuis toujours banni ici en faveur de la santé de chacun, *e chi mangia troppo ingrassa, e l'appetito vien mangiando*, que sous ce toit, tout *al dente* et sans beurre et moins d'huile, Lietta je vous prie – et voici cette dernière, lassée de bouder et de broder des crocus sur une nappe dans la fraîcheur de la maison, qui se carre derrière Magda, bras croisés, et dont je perçois encore plus distinctement la rumination, qu'est-ce qu'elle a fait à se rompre la tête pour servir tout suprêmissime et allégé à la fois, hein, que ça ne se voit pas que les festins de Balthazar, avec presque rien comme pendant la guerre et c'est ça qui vous en demande, de l'art, parce que tous à genoux devant mes pot-au-feu à la viande maigre et au faux sel, indispensable le faux sel quand Donna Carla a pris deux grammes, et j'en connais là des qui vous les roulent dans le sucre, qu'est-ce qu'elle dit, c'est bien la première fois que je regrette de piger un peu l'allemand, moi qui croyais que les gitans mangeaient des hérissons, la voilà qui parle avec ses mains, je pige encore mieux, il s'agit de roulotter la chose dont le pourtour doit faire quatre centimètres, à vue de nez... Ecœurée, Lietta s'en retourne à sa nappe, Magda achève la recette des saucissons, qu'on emballe dans du papier sulfurisé, qui sèchent sous une autre couche de sucre (excédentaire du point de vue, forcément rabat-joie, du diététicien autant que de celui d'une cuisinière ombrageuse) pendant une semaine pour être enfin débités en rondelles épaisses de un centimètre, *à vue de nez*.

Satisfaite de son exposé, Magda reprend son souffle et vide son verre, Nora exprime sa dilection pour les recettes généreuses de Petra et en particulier le saucisson de pommes, ma mère est à Londres, Lietta s'est envolée, auxquelles absentes échappe cette vérité première : que je suis prêt à tout (absolument tout) pour suivre avec ma petite déesse le cycle annuel des douceurs danubiennes. Eh oui, ma pauvre Lietta, les gros doigts de cette buse savaient faire tout cela, et le saucisson de pommes, nous y aurions droit sans attendre Noël, avec les pommes jaunes de l'été, et le Noël d'après en Lombardie serait un vrai Noël où il neigerait, où aucun flocon ne tomberait sur les cheveux de neige de Gretel disparue, où cette femme charmante, Silvana, serait mienne qui préméditerait un séjour à Cortina d'Ampezzo.

XX

Londres le 21 juillet

Mon Père,

"How do you do ? Je profite du High Tea time, mon moment préféré d'une journée en Albion, pour tout vous raconter de notre séjour londonien dans ce style télégraphique que vous m'avez dit vous amuser, ce pourquoi je me le permets toujours : London, si propre et fleurie et une des choses que j'y apprécie le plus, ces taxis où aucune promiscuité avec le chauffeur séparé de son client par une vitre, ainsi devrait-il en être dans toutes les villes du monde pour éviter les oreilles espionnantes et les commentaires météorologiques toujours fastidieux de qui n'a qu'à conduire le véhicule. London, Mrs Thatcher, Premier Ministre depuis deux mois, force déclarations musclées, une femme d'envergure, et fille d'épicier ! Flâneries adorables, mais trop rares, lors desquelles j'ai tout de même entr'aperçu un aspect inconnu de Londres, dont je vous reparlerai plus avant à propos de sweet little Nora. Certes ce ne sont pas (vaines espérances) la merveilleuse princesse Diana and her Charles que nous avons croisés... De royal, nous n'avons vu que les parcs sous la pluie, d'où un rhume hélas qui me fait tout de même moins éternuer que ce que je déteste par-dessus tout dans la capitale du Royaume-Uni, cette infecte cuisine indienne qu'Attilio prise pour son exotisme, et du coup bonne une fois au moins pour le poulet rouge, l'agneau sauce verdâtre, autres mets indicibles fors le yaourt qui du moment qu'indien trouve encore le moyen de m'indisposer. Pour la première fois, pris le métro direct de l'aéroport d'Heathrow au centre : beaucoup moins cher que les taxis, très onéreux malgré toutes leurs vertus, et très propre, je n'en revenais pas. De flâner, nous n'avons donc pas eu beaucoup le loisir ni d'aller saluer la Tour et Westminster, ni de voir grand-chose et après que nous nous sommes ruinés avec le Van der Weyden, je ne voulais plus rien voir du tout, heureusement que j'avais fait mon shopping avant et même si la pièce est admirable. Ruinés, ai-je dit à Attilio en gardant mon humour, donc tout juste accessible un petit sandwich beurre salé chez Blooms, et changer de crémerie, munis de notre *Ecce Homo* foncer vers le Bed and Breakfast, B&B déjà mieux que le terrain de camping : ce Sotheby's-là, pas prête de l'oublier. Bien que ruinés, même au tarif insensé des hôtels anglais et au point où nous en sommes, we like to be comfortable et pas question de quitter ce bon vieux Hyde Park Hotel où je ne me lasse pas du décor edwardien d'origine. Chambre sur le parc pour lequel j'ai toujours les yeux impressionnés du futur Napoléon III. Sous la pluie donc, qui n'a pas cessé une seconde, arpentage des pelouses et souvenirs de jadis où nous canotâmes avec Attilio sur le bassin de la Serpentine.

La vente, maintenant. Comme prévu pas le Jap, et le petit Suisse, K.-O. : les enchères se sont envolées à mille lieues au-dessus de l'estimation, hauteur où l'on retrouve Attilio. C'est une folie, vous dirais-je à quel point ? Non, Uberto, mais le plaisir que j'ai à ce que vous découvriez ce retable un jour à Milan ne m'interdit pas de redouter les ambitions sans bornes de l'amateur ! Juste quelques chiffres : la pièce tiendrait sur l'autel d'une cathédrale, hauteur 1,70 mètre, largeur 1,30 mètre, date environ 1435 comme la *Déposition* du Prado, exemple ni plus ni moins saisissant du réalisme des Flandres, qui ne prend qu'un peu plus de place et qui ne figure qu'un seul thème tandis que le trophée Sotheby's, tellement qu'on s'y perd, qu'on s'y perdrait sans ce fameux réalisme et cette minutie du peintre qui fait que c'est de l'orfèvrerie, que tout est ressemblant, qu'on voit comme au microscope, que chaque épine de la couronne du Fils de l'Homme a son caractère, et quel don narratif ! Sur les trois volets, se déroule la Passion du Seigneur depuis l'Arrestation, volet gauche, l'Ecce Homo, panneau principal, Flagellation et Portement à droite, avec les centurions, je vous dis qu'on n'a oublié personne – pourtant la Flagellation était avant la Présentation aux juifs, mais ce sont les libertés de l'artiste et qu'importe ! Il faut voir cet Ecce Homo du centre, comme le soldat du Ponce Pilate le tient aux cheveux tout en le poussant en avant du haut de ce balcon où il apparaît aux israélites, c'est à faire peur que ce visage livide sous la couronne d'épines, que ces mains tordues sous les liens, avec tout autour ces groins d'ivrognes grimaçants qui sont toujours ceux du plat pays de la bière, et le Ponce Pilate caricaturé en bourgeois de l'époque, et cette verve dans le trait, et cette émotion poignante qui se dégage de la scène ! Visitation ou Adoration sont des sujets plus aimables, vous me l'accorderez, mais nous en avons déjà une de chaque, toutes deux flamandes. Et voici la chose curieuse : vous connaissez le triptyque Portinari des Offices où dans un coin est représentée une petite Portinari – eh bien, il y a là aussi, sur le volet gauche, un peu moins encombré que le droit, une fillette du genre de la Portinari, enfant des commanditaires de l'œuvre, qui est aussi du genre de Nora, cheveux lisses et blonds, front bombé, yeux clairs, coiffure de velours noir piquée d'un bijou. C'est toujours très bien peint, mais le serait-ce moins que ce seul détail du retable pousserait notre amoureux transi, j'ai nommé Massimo, à le trouver le plus beau du monde : j'ai eu mon fils au téléphone hier, il ne savait pas très bien s'il avait reçu ma carte postale de Westminster Abbey, c'est vrai que, de chez les anglicans, je lui envoie toujours Westminster Abbey, ce sont mes distractions, quant à lui aujourd'hui, il oublierait père et mère, il est si mordu de sa future que c'en est touchant !... Bref, chemine vers Massimo une carte de Marble Arch, pour changer de Westminster et le préparer au Van der W. En ce qui me concerne, Uberto cher, le séjour à Londres m'a remis les yeux en face des trous et je m'en vais vous faire part ici de mes méditations dans les allées de Hyde Park sans lesquelles je ne serais peut-être pas revenue sur mes craintes et préjugés à l'endroit de notre bibelot viennois. Je lui rapporte même un cachemire perle luxueux de Burlington Arcade, car pour vous dire, depuis que Nora est devenue enfant de Dieu par le baptême, tout va mieux et prend une tournure acceptable. Les yeux en face des trous vous disais-je : le temps parfois long de trouver un cab, il y a toute cette faune que nous avons surprise au hasard de nos sorties, pourtant si peu fréquentes, et cette faune, Uberto, est un cauchemar auprès duquel la petite Neumann, une vision du paradis. Qu'elle nous ait cassé les oreilles tard la nuit avec sa musique à danser ou son David Bowie n'est pas grave, ni qu'elle accroche des posters de ce dernier en tenue de scène dans le petit dressing qu'elle s'est approprié et défense d'entrer sous peine de mort. Pas grave, ce sont des engouements de son âge, David Bowie n'est pas mal physiquement et tout à côté de ce chanteur, une grande photo du Souverain Pontife, l'assemblage est hétéroclite mais à nouveau, elle a seize ans. Or ce que nous avons fait ici, outre d'acquérir un fleuron de l'art religieux, ressemble à un voyage dans un train fantôme à travers le pays du punk rock, ainsi se nomme le phénomène : surprendriez-vous un groupe de ces individus au coin d'une rue à la brune, que vous préféreriez avoir à faire avec Jack l'Eventreur et recevriez aussi un inoubliable électrochoc ! Le mien fut salvateur : Nora est une jeune fille coquette, assez passivement consommatrice, adepte du tailleur Chanel et des robes type Bal des Débutantes, c'est son petit côté province, vieille Europe et vieux jeu, qui est loin de me déplaire, du reste ; ma future belle-fille n'a jamais ressemblé, et ne ressemblera jamais, vous savez que j'ai l'œil et le pronostic justes, à ces émeutiers aux cheveux teints en vert, violet, orange et coupés à la mohican, vêtements lacérés, bas résille ou jambes et pieds nus, ceci tous sexes confondus, tatoués sur chaque pouce de leur chair de croix gammées et de têtes de mort, harnachés il faut voir comment, avec des choses de cuir, des pointes métalliques, tout cela panoramisé en quelques minutes, de-ci de-là, par votre amie qui est aussi une femme que la découverte de cette dégénérescence met aux aguets ! On croirait ici récapituler les versets de l'Apocalypse, cela m'a presque porté au foie, encore un feu de paille sur l'occiput et je vais vomir, ai-je dit entre deux cabs, à Attilio ; nous allions dîner au Savoy et j'avais pourtant faim quand j'ai vu le clou, et je n'imagine guère notre petit Saxe dans ce costume : une grande bringue en robe de bonne sœur, si largement ouverte qu'elle dévoilait tout de ses seins teints en jaune poussin jusqu'à leurs extrémités, seins assortis aux cheveux, couverte d'autant de breloques que les fous du Moyen Age, et un autre de la bande avec une tonsure en forme d'araignée sur le sommet du crâne, dernier cri, évidemment toute cette créativité capillaire et même les seins ont échappé à Attilio qui ne pensait qu'à son *Ecce Homo*, sur ce un troisième larron s'est approché quand nous hélions le cab et quand je commençais à n'être plus rassurée du tout, et cet autre arborait un méchant sourire édenté, un lézard doré serpentant sur une oreille, et sur sa tête rasée comme au pochoir, j'ai discerné une véritable trace de pas, on se demande si c'est de l'asile ou d'un salon de coiffure que sortent ces, je ne sais plus que dire à leur propos, et je l'avais, cette nausée, en entrant au Savoy – enfin ce qu'ils sont tous, c'est chômeurs, cela on ne se le demande pas. Dieu aide Mrs Thatcher, Churchill en jupons à ce qu'on dit déjà, à moins que ce ne soit elle qui le dise (plus plausible), autant qu'adepte de la morale victorienne : face à de telles prémices du chaos, rien de trop. Quittant cette Capharnaüm, je suis bien heureuse de regagner mes pénates avant de replier bagages direction la via Appia, laissant d'un cœur léger la maison aux enfants dont je respecte la privacy. J'ai néanmoins besoin de me retrouver at home pour observer une dernière fois Nora, avertie que je suis : cette jeunesse britannique m'a donné l'aune à laquelle évaluer la moralité de celle-ci, à qui après tout on ne demande rien de victorien ! Avant d'avoir bouclé les valises du voyage à Rome, j'aurais fait le tour de la question. Ceci évidemment serait discutable sans le flair et le sens psychologique que vous me consentez, en vous moquant parfois un petit peu et me traitant de Miss Marple. Bref, jusqu'au prochain Sotheby's, il me reste d'oublier cette dérive insulaire que, du Hyde Park Hotel, on ne peut soupçonner…"

Elle lampa trois gorgées de Lapsang Souchong, une pour le policeman, une pour le clergyman, une pour le gentleman, ensevelit un toast sous une marmelade d'orange pailletée de ses écorces, savoura l'amertume incandescente de la marmelade, et sans même qu'elle l'eût trempé dans le thé, le premier muffin lui fit un considérable effet mnémonique, ressuscita tout entière la gentry tant aimée, croisée et guignée d'un œil torve dans les halls et salons des Dorchester et Savoy, au second muffin surgirent cottages, vallons et moutons du gentil Sussex, encore un sirotage du liquide fumé auquel secrètement elle préférait sherry ou brandy et elle vit les jeunes filles de Reynolds (et pourquoi n'avait-on rien de Reynolds ?) courir dans les labyrinthes de tous les jardins d'Angleterre, elle enfourna un crumpet, se dit qu'avec un petit fond de sherry ou de brandy, plutôt de brandy si remontant, Thatcher apparaîtrait en pied, garante de la quiétude retrouvée d'un pays où, même dans une maison en flammes, nul ne vous décrocherait un mot si vous ne lui avez été présenté au préalable. Le High Tea ayant été pris, elle ne dînerait pas, il se trouvait du reste qu'outre-Manche, où en principe on mangeait le plus mal du monde, elle prenait toujours deux ou trois kilos, un pour l'angoisse avant Sotheby's, un pour la compensation après Sotheby's si Sotheby's, et tout particulièrement ce Sotheby's-là, en un coup de marteau, avait liquidé un petit rien conséquent du patrimoine, lequel on retrouverait à la cimaise de la galerie franco-flamande, entre Annonciation et Adoration – et un troisième kilo à cause des muffins du High Tea, si Lietta savait ça, qui ne le saurait jamais ni non plus la dépense somptuaire, à qui on montrait toute nouvelle pièce une fois, pour qu'elle ait un aperçu des choses de l'art avant de clore la porte sur lesdites. A propos de l'affaire Neumann, ne pas vendre la peau de l'ours avant de l'avoir tué, dit-elle en traquant dans les plis de sa jupe une miette briochée qu'elle débusqua et mangea. Et compter avec l'inavouable, cette pilule bleu foncé que je me suis résignée à prendre, quatre jours de bleu foncé et déjà assuétude certaine, l'effet en est rapide et me voilà à voir tout en rose, pouffa-t-elle, le coup du triptyque, le mariage de Massimo, un peu plus de bleu foncé et je vais trouver la mère de la petite mieux que Lady Diana, ce produit de nos laboratoires est des plus performants et fait comme une grande caresse intérieure, elle repoussa la tentation d'un dernier délice à effet proustien parce qu'inutile voire malsain, par exemple, de retrouver le temps du canotage british avec Attilio, vivement ce soir et l'heure du bleu foncé car plus personne pour la caresser de l'intérieur ni de l'extérieur et puis elle pleurait trop souvent la nuit.

*

Le somnifère ne marchait pas, à cause des tourments que la pilule bleue ne faisait que métamorphoser en simples et coriaces soucis : qu'ils fussent coriaces, demeurait la preuve d'une lucidité préservée et d'une assuétude pas si terrible que ça, les substances n'ayant pas sur une personne équilibrée le même effet que sur les autres. Cette privation du bien essentiel, le sommeil, de la faute aussi de ces rues londoniennes où elle en avait tant vu, de la faute encore du rhume britannique d'où mucosités étouffantes, sinus engorgés, à peine l'effet du Morphée-Nortar s'était-il fait sentir que – réveillée par des ronflements épouvantables qui étaient les siens ; enfin cette insomnie, aggravée par l'irrésistible High Tea, quatre tasses de Lapsang et crampes d'estomac après toutes ces petites brioches sans dîner, Attilio avait dîné pour deux, d'où le choix pour une fois opportun d'un restaurant himalayen, le Gurkhas Tandoori House, et thali végétarien mouton roganjosh, enfin du lamb sauce verte, tous plats suspects, et ces godets fluorescents de ce qui s'appelait un thali, c'est qu'elle commençait à comprendre la langue hindoue qu'apparemment les Népalais parlaient aussi puisque, pour désigner ces horreurs, c'était la même chose sur les mêmes cartes, chez les Gurkhas ou chez les Rajpoutes, la plupart de ces derniers étant maharadjahs, passant parfois par Londres mais vivant toujours là-bas, dans leurs forts du désert, servis comme les princes qu'ils étaient, ne mangeant que des côtes de bœuf et ne buvant que les meilleurs vins français, elle l'aurait parié, pas fous les maharadjahs. Après le Gurkhas donc, mourant de faim au Hyde Park Hotel où rien que des alcools dans le minibar : nous étions en Angleterre, aucun service vingt-quatre heures sur vingt-quatre, contrairement aux States. Au Hyde Park Hotel, en tout cas, on pouvait périr d'inanition qu'aucun room service in the middle of the night, c'était fou quand on pensait au prix de la chambre, donc à l'occasion des prochains franco-flamands ou des bronzes Renaissance, changer pour le Dorchester, fuite en avant car plus étoilé que le Hyde P., mais où peut-être davantage de flexibilité dans les horaires du room, rien que pour les émirs auprès desquels nous étions peu de chose. D'un mal sortait toujours un bien, c'était dans ce Shakespeare que rêvait de jouer le Saxe, le Saxe, répéta-t-elle, enragée par la faim, cette expression old fashion de Massimo, gâteux devant le Saxe, ne pas contrarier, ne pas toucher, ça va casser, et ainsi nous retrouverons-nous avec, précisément, un mariage qui vole en éclats et dans le fracas subséquent, divorce d'avec la rose en bouton. Sauvage, en plus, et grognant et montrant des dents, les sauvages avaient toujours fait de l'effet sur les fils de famille, on lisait ça dans tous les romans où on les qualifiait de sauvageonnes, terme lénifiant qui nous fait de ces furies des mignardises à croquer jusqu'au petit orteil, même sale, c'était là la poésie de ces créatures, on voyait ça aussi sur tous les écrans, c'était ce qu'avait incarné la Bardot à son heure, et eux adorant ça, surtout si écart d'âge, ainsi depuis l'affaire Pygmalion, et de la choyer, combler, de faire le poirier, tout pour qu'elle rigole, ensuite jouer le maestro inflexible devant la môme qui prend son air d'orphelinat et coince son chemisier dans son blue-jean et tire dessus pour qu'on voie ses seins, qu'il y en a, bourgeonnants et pointés vers la lune, et de trouver enfin un père, et ainsi de la Nora dont le présumé, aux neuf dixièmes, a disparu de sa mémoire pour des raisons qu'on s'explique, un clochard, et elle a honte d'en parler – et le pire, le pire, grinça-t-elle, c'est bien la réussite fréquente de ces couples dépareillés, et que la meilleure société accepte de voir la non sevrée entrer dans ses salons au bras du puissant, et rien à faire cela me dérange, et ses yeux me dérangent et sa bouche me dérange et ses seins dont je disais qu'il s'agissait de les couvrir d'un bra, me défaire de l'anglais, d'un soutien, c'est que je n'en peux plus de la voir tirer sur son chemisier jusqu'à en faire voler les boutons pour que nul n'en ignore, que tout à fait sevrée et nubile, ah Uberto, si seulement vous étiez là !

Eh bien, s'il était là, cet homme, même en soutane la petite le prendrait pour Ben Hur, à juste titre, Riccio a une de ces charpentes, d'où effet redoublé de chemisier et redoublement de mes brûlures d'estomac, dit-elle qui se leva, alla enfiler un peignoir, le ceintura, se mira dans la glace de l'armoire. Corpulente, du moins plantureuse et demain joues effondrées à cause de l'insomnie, or demain, déjeuner indispensable avec elle ne savait plus qui, genre Chambre des lords. Elle jeta un regard jaloux sur son mari qui lui, dormait, thé ou non, car nerfs d'acier ; envia le souffle profond sous le torse noueux, décharné comme le Christ de Van der W., ce salaud, le husband qui repoussant toujours les draps, sans un poil de graisse pour lui tenir chaud, aurait dormi nu dans le parc, ah c'était un autre monde, celui de ces gens qui, telles des chaudières emballées, incinéraient sans même bouger le doigt un nombre incroyable de calories. Lever le doigt du reste devenait sa seule façon de s'exprimer, une fois, deux fois, adjugé… Ma foi, c'étaient des placements inouïs que peu pouvaient se permettre, se le répéter chaque jour : après tout, ayant les moyens, Attilio aurait pu donner dans l'enfer du jeu – préférable, celui des salles des ventes où l'on achetait autant d'images du Fils de l'Homme que de cupidons et de nymphes toutes engrossées par Jupiter et de Jupiter lui-même, sous tous les traits animaliers qu'il lui chantait de prendre à en croire les Grecs et les Romains, le tout, en bronze, et c'étaient ces bronzes, coulés quelque chose comme cinq siècles auparavant par la main de Cellini, Benvenuto, qui avec les franco-flamands constituaient le plus rare de la collection et suscitaient chez son conjoint une hystérie majeure, exemple, cette salière de François Ier par Cellini qu'Attilio aurait volontiers achetée au musée de Vienne où elle était exposée. Vienne, éviter le moment dépressif dû à cette évocation, elle chaussa ses lunettes, pointa le menton vers le dormeur : ce transfuge d'un autre monde digérait également des briques, ici du gigot en quan-tité massive et les choses indiennes. Cardiaque, bon, mais nous enterrera tous, profiter de la nuit blanche pour se remettre au courrier Riccio. Finir sur quoi, avec cette pilule bleue qui vous mettait sur un nuage, surtout quand prise avec un doigt de sherry, ce qui fut fait après le jeûne hindou, trésor, murmura-t-elle tendrement, et ce Nortar complètement nul, je vous demande vraiment, mon Dieu, sur quoi finir. Ah, les Faldini, chute irréprochable, allons pour les Faldini, c'était ce qui s'appelait lutter contre le pouvoir ténébreux de ces substances coupablement ingérées mais on n'avait pas le choix, mais sans elles elle aurait déjà arraché un à un les faux cils que la petite se collait pour les soirées schproum et l'effet Scarlett O'Hara. Enfin, O'Hara, mieux que ces ponques, pong ! spong ! bref ceux-là dans la rue rasés tatoués, O'Hara, mieux, s'en tenir là dès qu'en face de la future vedette ou doubler la dose de bleu foncé. Et ces cheveux platine, une teinture, on verra bientôt les racines ainsi qu'on verra bientôt beaucoup de choses mais les verrait-on à temps, calme-toi, chérie, tu étais si bien tout à l'heure, c'est cet épuisement nerveux, elle alla à la fenêtre, regarda la nuit pâlir sur Hyde Park, se tourna vivement vers la petite table de la chambre, imprima à son peignoir un mouvement O'Hara.

"Une bonne nouvelle que je tenais à vous donner dès maintenant, Uberto : vous souvenez-vous du dîner que nous avons donné l'été dernier pour les fiançailles d'une fille Faldini… ? Parmi nos voisins les plus chers, à Rome, nous avons les Faldini dont le fils cadet fait partie du Mouvement Œcuménique International à Base Catholique, nous en avions parlé à table devant des brochettes de bœuf aux truffes, un des succès de Lietta, si vous ne vous en souvenez pas moi si car tout ce qui se rapporte à vous reste à jamais imprimé dans mon cœur – et zut, il les avait mangées ces brochettes, et plein de truffes, il en avait même repris –, il se trouve donc que le petit Faldini part faire sa coopération au Bénin, dans l'intention de combler le vide intérieur que certains Béninois doivent forcément ressentir. Il leur apportera des médicaments aussi."

Cinq heures du matin, estomac en feu, le yaourt aux concombres du Gurkhas, évidemment, même un dé à coudre, et puis ce n'était plus une heure chrétienne pour aller se coucher, nuit fichue. Mentir sur l'heure.

"Pendant que je vous écris, le soir tombe doucement sur Hyde Park, c'est l'heure où le jardin est le plus romantique, et romantique aussi notre dîner d'amoureux, moi et Attilio seul à seul, quelle occasion de se retrouver qu'un petit voyage…" Elle sursauta, un peu plus et on oubliait l'essentiel, on faisait la boulette, reprendre ailleurs sur l'harmonie conjugale. "Mais parlons plutôt du vôtre, ce douzième pèlerinage en Terre Sainte, avec vingt-cinq de vos paroissiens ! Que ne donnerais-je pour vous accompagner, si je n'étais retenue par mes obligations familiales ! Quelle joie de mourir en ayant prié à Gethsémani ! Etre à vos côtés, quelques jours de recueillement au bord du lac de Tibériade ! Lors de votre dernier pèlerinage, vous vous étiez amusé, je crois bien, d'une nuit de veille que vous avait causée, dans un hôtel de Tel-Aviv, le vacarme de la boîte de nuit au-dessus de laquelle était votre chambre ! C'est tout vous, qui aviez dû prendre la chambre la plus bruyante par égard au repos de vos ouailles, qui êtes si indulgent à l'égard des jeunes, lorsque moi, je n'imagine même pas cela, en Terre Sainte… Pour ma part, Uberto, je suis sûre que dans ces lieux sacrés, l'émotion m'empêcherait de broyer du noir ce qui m'arrive parfois vu une situation qui accroît mon besoin de vous."

Primo, transition un peu bâclée, secundo, tout, sauf évoquer l'antidépresseur. On recopierait demain, elle signifia au père Riccio l'expr. de sa gratit. p. une écte. si vigilte., espéra se relire facilement parce qu'il n'y avait pas que ça en abrégé, et même des formules anglaises. C'était qu'elle pensait en anglais, quasi indépendamment de sa volonté, que donc si elle avait eu des professeurs particuliers à seize ans – trois, quatre, cinq langues, apprises les doigts dans le nez, voir comment déjà venait l'hindou, rien qu'à lire des menus ! Aujourd'hui, on était au mieux avec l'anglais, passable en français, langue sublime qu'on parlait jusqu'en Russie au temps non moins sublime du Roi-Soleil, dont le rayonnement culturel n'avait pas cessé et elle, francophone dans l'âme et anglophile dans les manières, et si l'on se trouvait moins bien avec l'allemand, ce serait toujours assez pour ce qu'à l'avenir elles auraient à se raconter, la petite et elle. La petite possédait des rudiments d'anglais glanés de-ci de-là, on avait peur de savoir où, on faisait mine de croire qu'aux cuisines où travaillait sa mère, dans ces villes de l'Est où son père conduisait des tramways, concernant le quidam, c'était l'essentiel de l'info. Bon, mais charmante dans le cachemire perle de Burlington Arcade, pour l'hiver ce cachemire, antimites en attendant et en attendant aussi, se reprendre au chapitre des sauvageonnes dégoûtantes, la petite fleurait Cabochard de Grès et mettait des robes de bal pour dîner avec son chéri, rien de trop beau et pour mieux se laisser aller plus tard, sourit-elle à l'attention du chéri, à qui était destiné le spectacle virtuel d'une Nora en friche.

Ravie de sa lettre, seule riche admise d'emblée au Royaume des cieux et chameau passant par le chas de l'aiguille, elle écarta les pans du peignoir blanc, jugea à la ceinture de son pantalon de pyjama (à l'hôtel, toujours le pyjama Old England, pudique en toute occasion, celle où on n'entendait pas le larbin toquer à la porte, qui surgissait au débotté, soit qu'on ait fini d'attendre l'en-cas commandé avant le déluge, soit qu'il se soit trompé de chambre, grâce à l'Old England, pas de retroussis dû à la seule distraction ni d'ombres chinoises à craindre) qu'elle avait pris non trois mais quatre kilos, prémédita un régime, rien que des salades à Rome où la chaleur jouerait les coupe-faims. Ne pas devenir comme la vache Neumann, quand la petite, un hareng saur, émaciée pour l'instant par des années de misère, qui prendrait des formes grâce à l'huile d'olive et à l'appétit de son âge, et il fallait voir comment elle le manifestait, un appétit vengeur, c'était le mot – à moins que cette maigreur ne fût d'origine endocrinienne comme chez Attilio, autre hareng saur et figure de carême-prenant. Ayant épuisé sa glose sur le gras et le maigre, saisie d'une délicatesse florale, elle se promit de faire le mieux possible l'autruche à propos du péché de chair commis humainement, forcément, quotidiennement, à Milan par des amoureux seuls au monde : elle et Attilio, à Numana… et la lumière qui filtra entre les rideaux de la chambre fut celle d'une aube timide sur Hyde Park, non celle de la plage des Marches, elle murmura que oui ça avait commencé sur la plage rien qu'avec des baisers, elle sourit à sa jeunesse et aux baisers de l'homme riche qui alors n'était pas cette momie qui soudain respirait bruyamment sur le lit de l'hôtel anglais, baisers de Numana, cœur battant, dit-elle, toute à sa légende, quand l'autre avait des extrasystoles, oui pauvre Attilio, de plus en plus fréquemment.

XXI

Fin juillet. A l'enterrement du père Cecchi, c'est la seule fois où je la verrai pleurer, au cimetière et plus tard dans la nuit, la chambre et le noir. Il faudra des heures pour qu'elle me rejoigne au lit et un archaïque et très puissant somnifère pour qu'elle y dorme, agrippée à son bastingage, mussée à bâbord quand je recroqueville tant bien que mal ma carcasse à tribord – mais après la mort de Cecchi, le navire des caresses et des rêves n'est déjà plus que fantomal, sabordé et errant où, tyran insomniaque (les hypnotiques sont sans effet), je ne ferai que veiller le sommeil de ma proie.

Instruite par la seconde carte postale de Londres de l'acquisition du triptyque franco-flamand, Nora brame, goguenarde, que ce ne doit pas être un faux, celui-là, et repart dans les larmes à cause du père Cecchi. Pour la consoler, je lui promets que nous répondrons à l'invitation de mes parents d'aller à Rome dès qu'ils seront dans la Maremme ; comme ce jeu de chaises musicales l'inquiète, et qu'entre-temps rappliquent ces fâcheux, je lui assure qu'elle ne les verra pas plus de quarante-huit heures, pressés qu'ils seront de gagner la Ville éternelle puis cette Maremme toscane qui longe la mer Tyrrhénienne, où la propriété jouxte Punta Ala, luxueuse station balnéaire sertie dans une vaste pinède juste en face de l'île d'Elbe, et Dieu qu'il y fait frais, plus frais que dans la capitale ; qu'à prendre le frais, ils resteront jusqu'à la fin d'août ; qu'avant la fin d'août, lassés ou non de la contemplation de l'île d'Elbe, mes parents, guère rousseauistes (guère quoi ? guère écolo, ma jolie), ne rateront pas leur incursion annuelle dans la giboyeuse réserve de la Maremme, où il y a autant de moustiques que de ces sangliers massifs desquels ils rapporteront quelques hures, tu as dû remarquer qu'aux murs, les trophées cynégétiques ne manquent pas… (cynégéquoi ?… Nos murs, Norinella, ne sont plus des murs mais une tempête de cornes, de ramures, de mufles, de griffes et de crocs, que c'en est un cauchemar – le cauchemar de mon enfance, à dire vrai). Elle hoche un crâne approbateur, je jette promptement le voile sur les chasses à courre où s'empressent les Cuori pour y suivre des tueurs titrés, leurs chevaux dont ils baiseraient bien les sabots, et leurs chiens dont, idem, le derrière, autant lui confesser que les Cuori sont des suiveurs-nés, qu'ils regrettent en sourdine le Duce et estiment qu'on l'a indûment lâché, lui et son équipage, autant dénoncer les Cuori comme meilleurs chasseurs d'homme que de gibier, et la gentille décampe à l'instant. Loin de la mystique fasciste, elle pousse un soupir fortement *écolo*, s'indigne à cause de ces pauvres animaux qu'elle préfère aux humains, qui en douterait, et nous laissons mes parents s'ébattre au bord de l'onde amère ou s'embusquer à travers plaines et maquis toscans, dans l'espoir, entretenu avec une complicité qui m'enchante, qu'ils se noient ou trépassent dans un accident de chasse, elle étouffe un bâillement tout rose, je n'ai plus qu'à lui promettre qu'elle connaîtra plus tard la Maremme, sauf sa réserve, la mer Tyrrhénienne, le Stromboli, les Lipari, la Grande Muraille de Chine, ce qu'elle voudra. Le tour est joué ou presque, serait joué sans ce rougissement imprévu de l'œil limpide, non ce n'est pas à cause du massacre des marcassins, mais du père Cecchi qui était aussi bien que les animaux, et à tu et à toi avec les abeilles de sa ruche, et elle m'invite à porter un toast à la mémoire du défunt à propos duquel elle ajoute qu'il était bien trop gentil pour être vraiment un homme – sur cette oraison funèbre qui est une vacherie sidérante, elle cingle vers le bar, et je ne peux qu'observer in petto qu'elle tient de sa mère, que tout lui est bon pour lever le coude, y compris, pour tolérer d'être le jouet de mes instincts, de vider chopine sur chopine du vin de son pays. Fin de la scène de genre.

Plus tard, elle me dit qu'elle veut aller à l'Opéra, que Fouad est fou d'opéra (mais je ne suis sûrement pas au courant !), qui l'a informée d'un *Macbeth* à la Scala… que moi, qui y suis pourtant abonné, ne lui avais même pas dit, qui fais tout pour qu'elle sorte le moins possible, qui ne tiens pas, texto, mes promesses électorales. Impromptu : qu'elle a un souvenir si divin de "**nos** *Puritains* de Vienne"… Et là, une fois ma fillette endormie, j'ai pleuré comme jamais depuis la mort de Clara, sous le même vélum étoilé que le soir de l'enterrement de Cecchi, veuf des deux, d'elle bientôt, honteusement pleuré en la compagnie du labrador aux yeux lustrés d'amour avide, espérant, idiot, de son amour de faible, exalté et sans vergogne, content parce que je flattais son crâne de miel clair, soudain content et fou, de tout son grand corps osseux sautant, voulant jouer, qu'on s'amuse, qu'on oublie, et lui ne sait pas qu'il mourra qui, bien nourri, bien soigné, jouit d'une liberté relative qui lui est suffisante (il nous aime), toutes conditions requises pour connaître un bonheur de roi, et ces conditions, ai-je dit au chien, il les faut aussi pour ne pas être méchant mais traitable et tendre, et toi le chien, si tu ne les avais pas, tu grognerais et mordrais, tu serais peut-être un tueur, on te descendrait illico. Allez, vieux, on va se coucher, chacun sa niche et puis non, pas de Scala encore, et surtout pas pour Verdi, et si je frustre moi ma fiancée de ces seigneurs, sorcières et serpents dont elle raffole, c'est que je préfère garder **nos** *Puritains.*

*

Il y a alors cette soubrette hongroise… je ne saurai jamais au hasard de quelle promenade *centro città*, Magda l'a racolée, je saurai seulement que je l'ai engagée pour qu'elle soit au seul service de Nora : ce hasard-là est plus consolateur que toutes mes promesses, tenues ou non (elle a vite oublié cette Scala), puisque Nora retrouve un peu de son sourire, ravie qu'elle est de la Hongroise qui, autre heureux hasard, ne se mêle pas de cuisine, et Lietta dit qu'au moins celle-là qui a un de ces genres, n'est pas à fourgonner dans ses jambes, qu'elle ne sait que frire les œufs du petit déjeuner de *la mia fidanzata*, glisser les toasts dans la machine et les regarder quand ils sautent, enfin si la signorina est contente comme ça, et puis cette troisième romanichelle, même si elle se fait trop les yeux et porte des jupes ras-le-bonbon, au moins elle se lave même si ensuite elle gâche tout avec ce parfum de cocotte qu'on la suit à la trace, bref, pas mauvaise fille et toujours une fleur sur le plateau du *breakfast*, comme disent la signora et la signorina, qui n'ont que ça de commun, de se tuer à vouloir parler toutes les langues… Tous propos dépourvus de rancune dans la bouche d'une Lietta qui savait où trouver le véritable adversaire, campé sur ses positions (à l'ombre du grand marronnier, Magda ne dort que d'un œil, et sous son poids, ce bon vieux transat rayé finit ses derniers jours), et c'est ici que l'histoire de mon amour prend les subtilités tortueuses d'un plaisir chinois et quelques flamboyances rabelaisiennes, et tout ce qui m'importait à moi, à coups de soubrettes hongroises, de vacances romaines, de ce que Lietta, mi-réprobatrice pour ce qu'ils signifiaient d'excès, mi-flattée s'il s'agissait de son art, qualifiait de "festins de Balthazar" (où, encore une fois, la main mystérieuse écrit sur les murs du palais babylonien, le *Mane, thecel, pharès* prophétique) et dont elle n'avait jamais préparé autant, deux par jour, pour aussi peu de convives, trois, ni vu les assiettes lui revenir aussi nettes – tout ce qui m'importait, c'était que Nora retrouvât ce sourire devant lequel, à l'est d'Eden, tout ange baisse la garde, le mythique sourire de Grinzing.

Ce sourire, ou son reflet, elle ne le retrouva guère que pour les chats et les chiens (mon pote le labrador jaune) et aussi pour cette table, à ces heures de repas qui me la conciliaient ; c'était avant que tout se gâtât, que je fusse à bout d'arguments et que la bonne chère n'en fût plus un ; avant, juste avant que je lusse dans ses yeux, dans ses regards rasants comme un vol d'oiseaux pélagiques, qu'elle ne pensait plus qu'à un rapt justicier de ce qu'on lui voulait, non donner, qui mystifierais-tu, Cuori – mais troquer, non tant contre du sexuel que sa présence, qu'elle ne me quittât pas : cette vie de princesse au prestige égal à celle des ladies de Buckingham Palace, mais comptant moins d'obligations, cette vie que je m'obstinais à croire qu'elle pouvait, voulait vendre, alliant les fastes de B. Palace à ceux des palais de souverains et souveraines qu'on trouve précisément chez Shakespeare (que bien souvent découronne un vent mauvais, et dont les mains se tachent d'un sang indélébile, tu sais ça par cœur, et ce *Macbeth*, ma petite Duse, nous ne l'aurons pas vu du tout) et de ces autres illustres que traquent les paparazzi de la presse à fort tirage, que lisait la petite Duse, d'ailleurs. A propos de Buckingham Palace : *papa* et *maman* ont pointé leur nez, effleuré les futurs époux de regards vides, les portent aujourd'hui sur les aqueducs romains, un ciel aussi placide que les collines, *La Stampa*...

*

On sait la vertu sacramentelle de toute réunion autour d'un couvert mis. On a beaucoup écrit sur la gastronomie du sexe, sur le lien essentiel entre la nourriture, la boisson et l'amour, il n'est pas un essayiste en mal de publication qui n'ait tenté de nous refaire cette histoire-là, depuis les origines, et pourquoi lui jeter la pierre, si c'est une des plus naturellement, profondément culturelles, si rien ne s'est perdu de sa très ancienne religiosité. Ceci est mon corps, dit-il. Bois-moi, dit-elle, et elle enlève sa jupe aux plis frais et si votre voisin le sait (on ne voit pas comment), il brûle d'alerter les mœurs, par trouille s'en abstient, se contente de passer sans plus jamais vous saluer et d'interdire à quiconque (son exquise petite Briséis bouclée, qui a quatre ans) de vous laisser l'aider à traverser la rue. Aux Etats-Unis d'Amérique, parce que vous heurtez ses convictions, qu'il est armé comme son père l'était, il peut aussi vous descendre, il a bu, pris un coup de sang, décroche sa carabine. Pan. *Ecco fatto.*

On sait que, de la déplorable alternance du trop et du trop peu qu'avait jusque-là connue Nora, procédait cette peur dont aujourd'hui elle était faite aux trois quarts, cette peur du manque, laissons un quart pour cet aléa (d'être une actrice, et riche et célèbre) qui eût de fait écarté la peur d'un jour à l'autre ; de plus, on peut tenir pour certain que, prévoyant le possible désaveu d'un public versatile, Miss Neumann eût placé ses royalties au plus judicieux… Sait-on… oh oui, mon lecteur sait déjà – que je regarde alors d'outre-tombe sans que nul, à moins d'un impondérable, ne m'ait tiré dessus – qu'il n'y aurait eu que moi pour ne la désavouer jamais, ce dont malgré sa sagacité, elle doutait ostensiblement, comme elle doutait de tous les hommes. C'est un euphémisme. Elle caresse l'échine du labrador, lui fait des yeux confiants, sentiment qu'on lui rend au centuple, c'est une bête vertueuse, aux muscles huilés, au souffle salubre et au cœur simple, qu'il est en train de lui donner dans un halètement, je réprime une grogne ombrageuse, j'ai oublié le nom du mâtin, je me souviens qu'elle avait tant de choses en commun avec les animaux. Par exemple, on a vu son réflexe d'animal qui était de manger au-delà de sa faim, quand c'était possible, parce qu'elle avait connu cet état qui est au-delà de la faim à proprement parler, où m'avait-elle dit, on était trop faible pour en sentir même les tiraillements, où on n'avait plus qu'un parti à prendre, essayer de dormir pour restaurer ces forces qui faisaient défaut et qu'alors souvent on ne le pouvait pas, parce qu'on était au-delà du sommeil aussi bien que de la faim. On sait combien je fus troublé par ce plaisir qu'elle montrait à manger et à boire : à la rigueur, au buffet de l'hôtel de Munich, elle ne pouvait que se hâter de rafler les reliefs d'un autre *festin de Balthazar*, celui-là dont rien ne lui était réservé ; or c'était, au Sacher, la même avidité à avaler le café viennois dont je revois encore le frémissement dans la large tasse de porcelaine qu'elle porte à ses lèvres, et le nuage épais de crème qui le pâlit, et son coude fiché comme un mince javelot sur la nappe, et encore cette compulsivité à boire cul sec, comme si c'était de la vodka, le verre de cette eau si fraîche, qui vient du Schneeberg depuis le début du siècle, c'est du moins ce qu'atteste une tradition qu'au Sacher, on ne peut faire mentir ; je revois ses doigts serrant le verre d'eau du Schneeberg comme si, de sa vie, elle n'aurait plus jamais à boire. Et c'était de cette même petite main prédatrice qu'elle renversait à sa grosse bouche pâle la coupe de champagne pour en lamper la dernière goutte dans le palace de Munich, cette main si vive, pianoteuse main, sautillantes serres de pie voleuse, et elle volait avec cette adresse que donnent l'irréflexion et l'instinct, ne sachant de quoi demain serait fait et ayant statué une fois pour toutes qu'il pouvait l'être du pire, trouvant à voler une jouissance supérieure à celle qu'on a à recevoir un cadeau – et si mes cadeaux la plongeaient dans l'extase, c'était bien qu'elle savait que le troc sexuel n'existait pas, qu'elle escroquait l'idiot, qu'elle ne donnait ni ne donnerait rien de ce qu'en échange voulait l'idiot, et quant à porter mon nom, c'était, cela, le plus ambigu : d'un côté, quelque chose d'offert aussi bien que d'imposé, donc dépourvu de tout attrait ; sous ce nom, elle aurait été prise, coagulée, pétrifiée, peut-être même aurait-elle disparu, c'était aussi cette crainte-là que je voyais chez elle et qui le disputait à sa soif de respectabilité : à ce nom trop pesant, elle préférerait peut-être un jour celui du précité kinésithérapeute ou d'un prof de gymnastique, de ce Rinaldi ou de ce Rapelli qui sera gentil et ferme avec elle, ou encore elle aura pris cet autre parti d'épouser un camionneur sans états d'âme, le front bas et le poing gros à assommer un bœuf, sillonnant les routes d'Italie, cisalpines ou transalpines (il s'appelle Horst Müller, elle est revenue en Autriche, en Allemagne), et Nora Müller, avec qui il est très gentil et ferme, le trompe avec le commis voyageur dont il a été question aussi, et si elle a épousé le camionneur et couche avec le commis voyageur, elle aura vécu et non tourné dans un chef-d'œuvre du néoréalisme. Non, trop pauvre, le camionneur, et de respectabilité tout à fait insuffisante.

Il restait que je savais Nora tout autant terrifiée par notre excès de richesses et d'honorabilité que par l'évanouissement du rêve, et qu'on dérobât d'un coup sous la cambrure dansante de ses pieds le tapis d'Orient qu'y avait déployé

Massimo C. – le génie anonyme que je devais rester – et qu'à nouveau, il fallût aller de jours gras en jours maigres, ces carêmes obligés où les Neumann se nourrissaient de pain, de patates et de soupes aux patates, et si elles dînaient à l'eau, ce n'était pas celle du Schneeberg mais, bien sûr, celle du robinet qui, à Budapest comme à Prague, coulait jaune, sentait le calcaire et la rouille, et c'était dans ces villes-là, me confessa-t-elle, qu'elle avait commencé à boire de la bière, de la piquette, à les chaparder dans les magasins.

L'écoutant, je pensais à ce que les Français et les Chinois, frappés par des disettes séculaires, élevèrent la cuisine au rang d'un art assez subtil pour que rien de la nourriture disponible ne fût dédaignée, quitte à en manger à l'excès pour s'assurer de ces livres de chair sur lesquelles compter au temps de la famine à venir : ainsi de l'Europe centrale et de l'Inde, où l'usage des épices sophistique si bien le plaisir d'un repas qu'on le prend même sans faim pour conjurer l'abstinence future. Quant à ce désir que j'eus de nourrir Nora Neumann, dès le *Vier Jahreszeiten* et le seuil où, lestée de son doggy bag, elle se retourna en me lançant un sort immémorial – ce désir que j'eus et ne pus satisfaire que quatre ans plus tard dans la ville des Habsbourg, on peut me le consentir quelque peu médiumnique : Nora avait la beauté déchirante des enfants maigres, mais elle pouvait l'être par nature (hypothèse de Carla – la lettre de Londres), et, bien que troublant, ce désir de la nourrir était celui de la chérir, de m'occuper d'elle et j'ignorais complètement, je croyais impossible qu'on pût souffrir, voire mourir de faim en plein cœur de l'Occident.

Cet été-là, si elle me stupéfiait par la prompte allégresse avec laquelle elle engouffrait ses deux repas et trois collations par jour, c'était pour toutes ces raisons, et elle raflait encore à l'étalage – cet été-là, à manger autant qu'une famille musulmane les soirs de ramadan, elle battait déjà ses records de vandalisme avant de songer à l'exercer vraiment, et ceci, de cette main brunie et nervurée comme une feuille, cette main fraudeuse de laquelle ma frêle Dalila commettait encore un larcin jubilatoire quand elle me caressait en maraudant, technicienne flegmatique à qui ce divertissement ne coûtait rien, et la simple résolution de mon désir, infiniment moins que ma traque infantile de baisers, et rapporterait beaucoup plus… Voyez ce tapis déroulé, la jarre et ses trésors, la paix de l'été dans un parc aux cèdres bleus, cet homme au poitrail épais, bien trop indéniablement sexué pour être celui de ses rêves, qu'un amour intraitable mettait à sa merci, et au dîner (celui du 23 de juillet, j'ai sous les yeux le cahier où je tenais nos menus avec une rigueur de moine copiste, ainsi que le compte rendu des moindres faits et gestes de mon aimée), ce *dobrota*, sa crème glacée et ses biscuits boudoirs, dont elle avait exprimé le désir ardent à une Magda qui, sans doute, ne montra jamais autant de complaisance à exaucer sa fille.

Elle adorait les boudoirs comme les quenelles et toutes sortes de pièces montées, mais, jugeais-je souvent en estropiant un sourire, je ne craignais rien d'un coup de dent, le phallus du faune et sa chair veinulée lui semblant à l'évidence bien plus insipide que les pâtes de Lietta ; or, de ces phallus, de ces bétyles tous semblables, sauf si le gars est circoncis, elle avait vu s'ériger trop sous ses yeux de petite fille pour ne pas trouver le spectacle d'une rebutante monotonie, j'en tenais pour preuve sa semi-frigidité et ce vaginisme spasmodique qui m'interdisait parfois toute intromission : détestant l'intromission autant que les pâtes au beurre, elle n'aimait que la caresse subtile et le piment enragé, et quoi de plus sensé que de consacrer ma vie à la caresser subtilement et à la nourrir d'une considérable variété de piments, et je m'étonnais, sachant son aversion pour le sexe fort, circoncis ou non, de ne trouver aucun remède à une jalousie rétrospective qui s'exerçait à ses dépens, beaucoup par le biais de mes chantages. Aborderais-je ce sujet ici ? Voici Ottavia qui vient de retrouver sa souris blanche noyée dans le lavabo. Qui a tué cette souris blanche qu'épargnaient mystérieusement les chats ? Le semblable air nigaud des jumelles me semble soudain sournois, et Gina, la coupable désignée, que j'interroge, m'oppose un front aussi buté que celui de mon amante de naguère, les cèdres balancent soudain des ombres infernales, celle d'un démon velu et matois et lustré rôde autour des ifs, et qui a tué la souris blanche, qui va se rouler dans la poussière de l'allée en éructant, qui le mal va-t-il posséder et quelle langue parlera-t-il, et qui possédait-il en ce naguère de Milan où on les parlait toutes – qui a tué la souris blanche, voilà un but d'enquête, et l'ombre était celle du chat noir, *sans doute.*

De ces chantages, je vais reprendre dans un instant la nomenclature, et chacun sait qu'ils sont le hideux moyen du plus faible, lequel j'étais, lesquels avaient été, même à leur insu et à leurs risques et périls, tous ces hommes qui payaient une fillette à la langue efficiente et aux yeux murés.

Pourtant ma Gretel était si pure, son corps comme lavé par le déluge, et pur son front où croulaient des mèches cendrées qu'elle recourbait derrière son oreille menue, et pure sa langue dont elle se léchait inconsciemment les lèvres dans sa ferveur à étudier Shakespeare, et on ne pouvait croire qu'un contingent de larrons eussent remué cette chair stricte, et il ne restait à une adolescente pauvre que d'aimer les mets coûteux et copieux, *encore un peu de caviar, bitte*, il ne restait à une adolescente aux sens transis que de rechercher le plaisir oral, et surtout celui des épices et des sucreries, s'il ne me restait à moi que de combler cette faille, m'accommodant qu'elle prît ce plaisir-là du moment que je restais le seul à le lui donner, qu'il passait 1) par moi, 2) par son corps et que je pouvais en recevoir l'écho le plus fidèle possible. Parmi les chantages que j'exerçais sur elle pour qu'elle montât dans la soupente… oh, à ce pitoyable chapitre de ma narration, j'avancerai à pas de loup et ne livrerai qu'en suivant leur crescendo savant ces sésames qui ouvraient les portes des combles. Faisons un sort au sempiternel et paternaliste : "Tu ne mangeras pas de dessert ce soir, ni zucotta (qui est une charlotte), ni cassata ni ricotta ni babovka (c'est le kouglof mondialement connu) ni dobrota (ce délice estival et ses boudoirs…). Ou : pas de via Monte Napoleone demain, et oublie cette besace de cuir vert tressé (devant laquelle et ses sandales assorties, elle avait pantelé à la vitrine de la Bottega Veneta), quant à ce ciné-club où l'on donne *Das Cabinet des Dr Caligari*, j'espère que ce formidable cauchemar sera toujours à l'affiche quand tu auras changé d'humeur..."

Gina, bras et mollets rougis de piqûres de puces, se gratte férocement et maudit le chat d'Ottavia. J'observe que Gina se plante lascivement les ongles dans la chair, qu'un filet vermeil coule sur sa jambe, et je vois ensanglantées les petites mains de la fillette candide qui ne résistait simplement pas à se soulager d'un prurit, ces petites mains sont soudain capables et peut-être coupables d'avoir tué la souris blanche, et l'enfer tout entier se balance dans les branches du séquoia.

Plus tard : la nuit tombe sur les larmes d'Ottavia, exténuée d'avoir cherché son chat un peu partout. Plus tard encore : dans l'aile des petites, bruit confus de mêlée auquel il ne manque que des jurons en allemand et en volapük – et le baryton de la vieille qui a bu deux bouteilles de ce vin blanc des collines d'Albe et les piaulements de l'adversaire à qui l'on tente d'arracher les yeux – pour restituer très exactement les scènes de l'été de jadis où, surtout à l'approche des orages, les Neumann se prenaient aux cheveux. De ces tournois, le poids lourd ne sortait pas toujours indemne, et j'avais beau tenter des prouesses diplomatiques pour ratifier une paix durable, je n'obtenais que des trêves précaires tant Frau N. était partagée entre le désir d'exploiter la beauté de sa fille et celui de s'en venger. Je revois cette fois où Nora parut au dîner, arborant, sur la pommette gauche, une griffe éloquente, et cette autre où, plus spectaculairement, elle cracha un fragment d'ivoire rougi : Frau N. eut droit alors à la menace, qui aurait très bien pu être suivie d'exécution si le temps n'avait pas manqué, de devoir répondre des sévices à enfant dont j'étais le témoin : diantre, Nora était mineure pour un an encore. Nora était, avant tout, une enfant battue par sa marâtre – cette même Nora qu'après tout je séquestrai dans un premier, puis un second domaine où (dans l'un comme dans l'autre) elle pouvait faire ses quatre volontés, ou à peu près, où tous ses vœux, à peine prononcés, se voyaient exaucés, sauf celui d'en sortir le nez au vent.

M'en vais-je remettre Ottavia et Gina à la raison ? C'est ce qui se fait sans moi d'ordinaire, mais ici encore la moiteur électrique qui annonce l'orage attise le brandon de la discorde, et il n'y a pas d'air, il n'y a que le souffle de Nora à mon oreille : "Cette guenon me ferait cuire pour me manger, si j'avais assez de chair sur les os – attends qu'à force d'Entrecôtes Neumann et d'anguilles du Pô, je m'arrondisse vraiment, et tu la verras à l'œuvre. Mais je l'aurais TUÉE avant. Je la TUERAI, tu m'entends, et ce sera moi qui dégusterai le spectacle de son interminable agonie..." Dans le hoquet gouailleur qui suivait sa déclaration, dans sa virevolte et sa fuite de feu follet dans le parc, sous la malice et la pasquinade, il y avait une vérité, qu'elle aurait volontiers liquidé la vieille qui l'avait mise dans cette kermesse où l'on vend de la chair humaine – qu'elle l'aurait liquidée pour cesser d'en avoir honte et non parce que cette femme l'avait vendue impubère, ce dont elle ne lui en voulait pas vraiment : elle avait, un peu comme envers ma perversion, un rapport d'hostilité subjuguée avec ce métier qui fut le sien, qu'elle trouvait (ô géniale trop souvent !) moins inconvenant non tant que d'écrire, mais de publier des secrets qui auraient dû le rester, inconvenance patente dans mes ouvrages, qui me poussa à prestement les lui dissimuler, qui, chez ses maîtres à penser, n'était qu'une généreuse audace, si une fois pour toutes et avec justesse, elle avait arrêté qu'on n'écrivait jamais que ce qu'on vivait et que romans ou pièces de théâtre n'étaient, du vécu, qu'un travesti plus ou moins grossier... Et puis elle aimait l'argent qu'on donnait pour son corps comme une Baalat de Canaan, le sang des sacrifices ou l'encens qui monte à sa tête de bois ou de bronze, elle refermait sur l'argent une griffe granitique et des yeux soûls, repus, un peu entransés à ces moments où elle ne calculait plus, où il n'y avait plus rien chez elle d'une tension goulue et éreintée, où elle était plus que jamais un abrégé d'instinct et l'image du faisceau du plaisir, où elle avait le sourire de volupté pure, les yeux que j'ai dit, clignants et noyés, d'un chat nourri et caressé.

Chat ? A l'heure où je me suis retiré dans mes appartements, point n'avait reparu l'animal, un burmese brun qui n'est noir que la nuit, l'orage n'a pas éclaté, un silence de mort règne du côté de chez les jumelles et je m'apprête à aller aux nouvelles quand on toque à ma porte. C'est Ottavia, toute tremblante sur le seuil, qui ne crache aucune dent mais dont je devine, à la lueur des lampes, la joue cramoisie, les yeux gonflés et, sur le haut du bras, une ecchymose bleuâtre. Le mal a indéniablement surgi et frappé, mais nous sommes toujours en paradis car, à Ottavia pleurnichant sur mes genoux (et où a-t-elle dissimulé le cadavre du chat, soit jusqu'où est-elle allée avec la complicité d'un homologue corrompu de Fouad, pour perdre le burmese dans les bois avoisinants, à moins qu'elle ne l'ait porté dans ses bras pour qu'il glissât à travers la clôture des Faldini, toujours eux depuis l'été de N., les très catholiques et procréateurs Faldini, qui ont d'autres dogues allemands que les nôtres, lesquels sont réputés pour ne gracier ni hommes ni bêtes... ?), je me surprends à promettre, un par un, tous les objets que convoitait ma princesse lorsqu'elle avait un peu plus que l'âge des deux que j'ai en garde, et un appareil photo auprès duquel le Rollei des années quatre-vingt semble dater d'avant l'écriture – et je ne saurai jamais ce qu'aura capturé, de la vie de Nora Neumann, la dernière pellicule de cet appareil dinosaurien qu'elle désirait tant et qu'emportèrent un jour une main leste, un camion et les dernières brises de l'été. Ottavia pleure encore plus fort, je promets, au hasard, des chats pour tout le monde et un ordinateur pour chacune – pas d'ordinateur dans les listes que Nora me dressait de ses désirs, et surgit l'ombre satanique (hier incarnée dans celle du chat au poil ras et sombre) de ma petite Viennoise qui secoue ses cheveux d'argent, qui éclate d'un rire que je reconnaîtrais d'un monde à l'autre, quand la houle des sanglots cesse de secouer les épaules d'Ottavia, quand elle lève sur moi des yeux nouveaux dans lesquels pour la première fois je vois filer une autre ombre, le lustre rapide, métallique, des yeux de Nora Neumann, et Ottavia me confie qu'elle voudrait bien que sa mère reste toujours en vacances et sa grand-mère en cure de thalassothérapie, que ces deux-là sont toujours sur son dos, que c'est moi qu'elle préfère, dans cette maison, finalement – et c'est une femme sans âge qui, pour un instant sans prix, me regarde, dont le poids léger tiédit mes genoux, et qui ne retrouvera pas ses dix ans avant d'en avoir dégringolé. Et j'ai déjà la nostalgie de cette essence diabolique si subreptice et si soudainement révélée, bien que je sache qu'à trop en chercher reflets et stigmates, je risque tout bonnement de les inventer : Ottavia est une enfant modèle et je traînerais devant les tribunaux l'Héliogabale porcin qui, aujourd'hui ou demain, tenterait de la soumettre à des caprices dont l'extravagance la traumatiserait à jamais. Le rideau tombe sur une scène hantée des ombres de la dissolution, je reconduis par les jardins la fille d'Immola titubante de sommeil et je la couche et la borde et c'est un vrai petit ange mais il me semble encore voir dans la couronne de ses épaisses boucles noires et dans le feutre des cils qu'elle allonge sur sa joue, dans la meurtrissure de sa pommette, quelque chose de ce diable qui n'est jamais à court d'apparences et qu'elle ne tient pas d'Immola, laquelle, de sa mise au monde à ce jour, n'a jamais frôlé, a fortiori pénétré, la brave fille, le souffle de ces minuits lointains où voulut siéger Lucifer.

D'Immola, j'ai reçu hier une carte postale de Pompéi et de ses ruines qui, par un hasard insipide, est peu ou prou la même que celle élue par Silvana et envoyée à ses beaux-parents lorsque nous visitâmes la fabuleuse pétrification en touristes exemplaires ; au verso de la carte, calligraphié de façon ataviquement exemplaire : "Le yacht a eu quelques avaries. Avons mis le cap sur Amalfi et comptons rester quelque temps à quai dans ce petit port plein de charme, pour faire des excursions dans le coin. Embrassons très fort, Luchino et moi, notre petit papa. Espérons que les jumelles ne te causent pas trop de soucis, ni ne te dérangent dans ton travail." Et le vin d'Amalfi sera perdu, qui sera bu par ces deux crétins sur une terrasse fleurie au-dessus du bleu insoutenable de la baie de Naples, ce vin sera perdu comme le reste de leur temps et ce bleu, soutenu sans ciller par les yeux de ma fille et de mon gendre qui n'ont jamais, censément jamais, égaré de lunettes noires. Désespérant de trouver le sommeil, je m'en vais arpenter les allées, rôder autour de la piscine, priant que paraisse, au cœur de mon Pompéi personnel, sous le volcan dont les laves ont toujours ce brasillement rongeur du moment même de l'éruption – assise en tailleur sur la pelouse, l'adolescente de minuit, et c'est bel et bien l'heure de son médianoche, et je vois l'éclair de ses dents qui mordent une de ces piquantes tartines de radis noirs au raifort, salées des larmes de Lietta qui en grattait la pulpe, ou encore, elle évide à la cuiller un avocat dans lequel elle contemple tout Beverly Hills – parce que Sophia Loren en avait mangé pour la première fois à Beverly Hills chez un producteur célèbre. Au lieu du pique-nique, elle a comme toujours laissé ses sandales qui elles aussi brillent dans la nuit, et j'ai largement dépassé l'heure de mon bêta-bloquant.

*

Ce qu'on vient d'apprendre, c'est que depuis que nous sommes en tête à tête, je tiens rigoureusement les menus non seulement de nos déjeuners et de nos dîners, mais de ses collations, goûters et desdits médianoches. Je tiens rigoureusement ces menus, puisque le goût de ce que je bois s'en modifie d'autant, et le parfum même de sa peau, celui de ses muqueuses, cet effeuillement miellé de friandise orientale, et il y a là une réalité affolante et peu de part à l'imaginaire. L'imaginaire tient dans ce sentiment idolâtre de la manger autant que de la boire, et non seulement sous les combles – nous ne sommes jamais tout à fait seuls dans le parc ou le jardin, mais après les heures, elles sacro-saintes, de bronzage recto verso, quand elle se dresse tout engourdie et moite sur son tapis de bain, il m'arrive de vouloir goûter à cette peau qui a comme absorbé le soleil, de poser un baiser sur sa nuque (quoi de plus chaste que la racine des cheveux clairs et relevés d'une barrette fluorescente...), et vite, avant qu'elle ne rassemble ses esprits, son attirail de plage et file, un autre au creux des seins où la bergamote de l'huile solaire se mêle à un poivre subtil, à cette odeur des îles qu'elle a sous le soleil, ce qu'elle ignore, elle qui n'a rien vu des îles et pour qui la sueur est chose prolétaire dont le rance ou l'aigre n'émanent que des salles de gymnastique ou des cuisines du *Csarda Piroschka*, par exemple – et qu'est-ce que j'ai à ne pas attendre qu'elle ait pris son bain ? Et N. n'aime que les mousses et les savons des grands parfumeurs qui dénaturent cette alchimie torride, et nous voici du côté de chez cet Henri IV qui les voulait dégoûtantes, me rétorquerait-elle si elle avait connaissance du proverbial penchant du monarque... Il m'arrive enfin, près d'elle au soleil, près d'elle dont la peau de blonde sent si singulièrement les épices lointaines, de songer que depuis belle lurette je connais cette odeur pour être celle d'un bazar levantin, qu'en fermant les yeux plus fort encore, c'est bel et bien une Dalila sémite au corps sombre, aux cils noirs et recourbés qui somnole, le nez dans son coude et non la Gretel du conte – une *mägdlein* aux yeux bleus.

Précédant sa mère, surviennent des sodas effervescents et le sensationnel du jour, qui est le troisième repas des Neumann, une spécialité de la Bohême du Sud : "Une tarte, dit-elle en jetant à l'amateur de spécialités le regard qu'il mérite..., une tarte à la confiture *du* prune avec de la cannelle, du citron, juste un zeste et je vous assure, Massimo, très peu de beurre, un soupçon de lait, rien que deux jaunes d'œufs, petits, et *ein wenig* de sucre..." "On s'en fiche, de la recette, coupe Nora, de toute façon j'aurais préféré de la brioche et si tu te poussais un peu, je pourrais encore profiter du soleil, il se trouve, *maman* (c'est bien un des seuls endroits où l'on voit s'opérer *ein wenig* de mimétisme amoureux) que, dès que tu es dans le champ, c'est la nuit noire... Bon sang, c'est un kilo par jour qu'elle prend, Massimo !... rien qu'à regarder le sucre et le beurre, elle enfle à vue d'œil, heureusement que je ne tiens pas ça d'elle parce que je serais bien incapable de suivre un régime !"

Et par le fait, et l'insolente s'adjuge une phénoménale portion de la spécialité bohémienne, l'arrose gaiement du soda, allume une Craven en disant qu'elles sont bonnes, ces clopes, parce qu'un peu opiacées, mais que dans le gâteau maison, il y avait assez de graines de pavot pour en faire pousser dans le jardin, et est-ce que vraiment je ne veux pas la finir, cette tarte... ? Le papier glacé d'un magazine de cinéma réquisitionne l'attention de Nora, la vieille étouffe un petit hoquet, observe que vraiment même à l'ombre, dans son peignoir de bain, c'est le hammam, Massimo Cuori lance que, tant qu'à faire, elle devrait s'en prendre un suivi d'un bain glacé dans ce qui se nomme sauna, et dont nous disposons, sa fille miaule que c'est une idée de première, que rien de tel pour fondre comme une bougie, qu'il vaudrait mieux, que – *à tout à l'heure, maman*, et voici une seconde génitrice congédiée en français dans le texte.

*

Plus tard, au tarif de nuit, à l'heure où les animaux vont boire, je laperai à chaque embrasure de son corps une indéfinissable odeur d'écorce après la pluie, au long de son sexe et loin dedans, la cannelle brune et piquante du thé indien et de la tarte de la Bohême du Sud – le goût fauve et noir de ce dont elle se nourrit, de la cuisine de sa mère, c'est du moins l'argument du conte : ce qui reste indéniable, c'est qu'elle est blonde à n'en pas revenir, et que je n'aurais jamais manié de corps plus parfumé, dont la senteur m'imprègne longtemps les doigts, la gorge. Elle est à elle seule un banquet des Dionysies antiques autant que l'unique circonstance de ma vie où j'aurais communié de quelque chose dans la foi et certes pas dans cette crédulité primitive qui, chez les Cuori, en tient lieu, et il n'y aura qu'elle pour m'avoir confronté à ce sacré que j'avais été chercher dans des monastères du bout du monde, sans le trouver. Bien sûr, tout cela ne serait que le fait banal de ma passion sans ce charme étrange que Nora disperse un peu partout, et sans ce paradoxe : qu'elle m'entraîne à sa suite dans ce *vert paradis des amours enfantines* où tout est permis, qu'en même temps bien des fois j'abuse d'elle dans ce même réflexe qu'elle a et qui la fait manger pour quatre, de crainte que demain, la faim n'étende sur le monde ou du moins sur le sien, cet empire qu'elle connaît. La faim de son enfance a disparu dès que des hommes se sont mis à la prendre, la faim a disparu avant qu'elle soit pubère, c'est ce que je me dis, mais que, cette faim, elle ne l'oubliera jamais, qu'elle n'en guérira pas. Aussi, et c'est elle qui me le dit, elle ne voulait pas toujours être prise, même si sa mère la battait alors. La vie est un mélo, je ne savais pas ça ? Elle hausse une épaule par-dessus laquelle je me penche et se replonge avec concupiscence dans un article sur ces tigres mangeurs d'hommes qui déciment les villages bengalis, et jusqu'au soir, je ne connaîtrai moi que ces heures vaines et ruinées à l'issue desquelles je mûris mes chantages.

"Vole, pouvoir de la formule… !" ai-je dit, usant de toute la panoplie de mes piètres pouvoirs pour recueillir sur ma langue le goût ferrugineux du sang d'une fée qui a ses règles, mais d'une fée – il n'y a de réalité que dans la féerie, ma vie entière, ma vie d'après, sceptique, insaisissable et sans but, n'en est que l'accablant constat ; plus intéressant que mes chantages, il y a ce qui les motivait, cette folie que j'avais d'elle et que tout un public aurait pu éprouver : c'est que cette fille avait, au plus secret d'elle-même, affleurant à ses yeux, cette lumière qui poussait le passant à se retourner sur elle sans même la trouver spécialement jolie, cette lumière que mon Nikon n'a captée qu'avaricieusement, à laquelle il fallait, pour éblouir le monde, lutter avec celle des caméras de plateaux où elle l'aurait arrêtée, sans rien en laisser pour personne, pour ces autres acteurs qu'elle aurait recalés, mis dans l'ombre avec une impassibilité de fossoyeuse qui n'a qu'un entêtement conscient à faire son boulot et à le faire bien. Comme elle faisait du reste son boulot de prostituée, pourvu que ce fût à ses heures.

Seul spectateur d'elle, j'étais sous cette influence. Seul, mais comme tout *fan*, je voulais d'elle la sandale oubliée – jetée en pâture à une masse inidentifiable –, le foulard abandonné qui a frôlé le cou merveilleux pendant l'interview, le lambeau de T-shirt trempé de sueur du chanteur de rock, et le cheveu sur le rebord du lavabo et le croissant de l'ongle fraîchement coupé, si le fétichisme ne touche jamais que ce qui lui est le plus proche : cette bonne vieille magie d'appropriation, qui est noire – cette magie noire où le chantage au suicide est toujours là, tapi, "sans toi je ne peux pas et rien ne vaut la peine sous ce ciel lourd et laïque", n'est dit que par la minutieuse consécration de chaque objet dont on peut déposséder l'idole : Werther et les rubans de Charlotte, Cuori et les socquettes de Nora, auquel Cuori elles sont mieux que les gants de Gilda, et il arrive à Cuori de coucher avec, serré contre son estomac, un chapeau de paille fiché d'une marguerite, parce qu'elle me manque, qu'elle est au bord de cette irrésistible piscine, avec son lecteur de cassettes, David Bowie, *Heroes*, Mozart, "O Isis und Osiris", ses flûtes enchantées.

Le 8 d'août.

La Nora diurne jaillit de la piscine, parce que le soleil à son zénith présage l'heure du déjeuner et que, comme chaque jour que Dieu fait, elle a les crocs, on notera que je m'évertue à restituer l'étendue et la saveur de son vocabulaire, si j'épargne au lecteur ce polyglottisme enragé auquel moi-même je fais parfois la sourde oreille. Trêve de digression, Nora est une adolescente qui prend les courbes et les centimètres requis pourvu qu'elle jouisse d'une alimentation équilibrée, Nora est une adolescente pourvue de dons indéniables (d'ores et déjà, pour les langues et la comédie), au QI susceptible de s'élever à la vitesse où, cet été, le mercure grimpe dans le thermomètre pourvu qu'elle puisse dévorer, outre les nourritures terrestres, ces autres de l'âme, dirait ma mère, et elle vient d'aborder le théâtre de Genet, que ma mère n'a jamais lu ni vu représenter, convaincue par on ne sait quel survol de la biographie de l'auteur que l'âme ne pouvait s'y trouver ; la sensibilité de Nora n'est encore éveillée que par la prose ou les vers des dramaturges dont elle rêve d'avoir les mots en bouche, comme ceux de ce Genet dont elle a commencé d'étudier *Le Balcon* à Vienne, dans ce cours si enthousiasmant et énigmatique qui me suscite autant de jalousie rétrospective que ce que je peux savoir de caresses furtives et stipendiées : où l'on voit que, dans son obscénité, ma jalousie garde quelque discernement et que la passion m'aveugle un peu moins que je me plais à le dire… Pourtant, Nora affiche envers mes congénères une indifférence de marbre, ne jure que par Thespis et Thalie, roule des yeux d'épileptique à la pensée de monter sur les planches avec le premier ahuri qui lui donnera la réplique en savonnant son texte et en bandant monstrueusement, oui-da, tout comme à Vienne… Allons, parle-moi de ce cours de Vienne ! N'y avait-il pas là un professeur chenu, rémunéré lui pour la sinécure adventice de mater ces blancs-becs ? Et et en effet, il y avait ce professeur, pas si chenu, mais au faciès noyé (Hérode Antipas, rôle que je tins pour de bon dans la ville de Vienne), il y avait... parle, ma nymphe des bois ! Lors, se démarquant des ahuris, s'avance sur le proscenium un Iokanaan de noble figure, à pommettes émergentes, œil large ouvert, que tout naturellement Salomé préfère au tétrarque... Où voudriez-vous donc que se porte cette jalousie ? Aveu : il arrive qu'elle se disperse un peu partout comme le pollen d'une fleur empoisonnée, lorsque m'échappe ma Nora nocturne, pieds nus dans la piscine (que je vais faire vider sous prétexte de nettoyage), toute à la dégustation de sa mélodieuse solitude – et subtiliser le fichu lecteur de cassettes, qu'il faudra racheter le lendemain, et voici, elle ne m'aura plus aimé du tout pendant une nuit entière, autant dire jusqu'à la consommation des siècles, avant que tout ne rentre dans l'ordre, que l'eau chlorée ne recommence de chatoyer sous les pins, que – *heroes, we can beat them just for one day*, on ne s'en lasse pas, et surgirait-il du fond du parc, au débotté, un hermaphrodite muni d'un troisième œil pailleté, lequel excellerait aussi dans le monologue d'Hamlet et cajolerait le crâne d'un bouffon de ses doigts gracieux, que je n'en serai pas surpris, ce que je serai, c'est cuit.

Je préfère définitivement ce Genet à bouleuse tête de forçat qui ne saurait être son genre, et de ce brave Genet nous venons d'acquérir en ville les œuvres complètes dans leur traduction allemande, qui étaient en français, sous la couverture blanche de la *nrf* et sur un étage de la bibliothèque où Nora refuse toujours d'entrer : persiste son hostilité envers la bibliothèque, où les bouquins sont comme morts, dit-elle, leurs reliures trop belles pour qu'on les ouvre, leur papier trop fin pour qu'on en tourne les pages sans les corner, les livres de la bibliothèque lui sont comme de grandes personnes acariâtres, fermées, avares – œil pour œil, dent pour dent, elle boude avec constance cette vaste pièce froide et verte et or, et puis elle argue qu'elle a peur d'abîmer, qu'il lui faut des livres dont, si l'on tache leurs pages de café ou d'huile solaire, ça ne fait rien, qu'elle prend toujours des notes dans la marge, que la bibliothèque n'est pas pour elle – et j'envisage, et j'ai déjà commencé, de lui racheter la nôtre, volume par volume, en collection populaire, maculable, déchiquetable, annotable à souhait et quel Shakespeare ne serait flatté d'être aimé avec ce zèle tétanisé, quel Shakespeare ne s'enchanterait que les doigts mêmes de sa Titania ou de son Ophélie laissent sur ses pages vite dépenaillées leur cachet à l'huile de bergamote, et parsèment la tirade d'Obéron *(love at the first sight)* des traces polychromes de ce qu'elle sirote ou grignote, sur un tapis de bain.

Dans la bibliothèque, imposante châsse de chêne, d'acajou, de vitres et de grillages, on ne trouve guère qu'Attilio et moi-même, parce que, sans mérite, nous y sommes à l'aise – comme des poissons dans l'eau ! persifle N., et du reste, on dirait un aquarium… L'aversion de Nora pour la bibliothèque, qui pire qu'un aquarium, lui semble un cimetière hautain qui stupéfie la vie des livres mieux que les musées, la peinture, ne m'apparaîtra que plus tard comme une des manifestations les plus immédiates de l'imbécile lutte de classe que la pauvre ait eu à soutenir ici, où, même en l'absence de mes parents, la marqueterie de chaque console, le marbre des volées de marches, la démesure quasi cyclopéenne de chacune des ailes du logis, ne sont qu'emblèmes redondants d'une vanité belliqueuse. Seule et à juste titre, la fait rêver cette collection que mon père a mis une vie à réunir, et dont les pièces ont une histoire que je redouble de verve pour lui conter, et fassent les anges que son seul regard émerveillé les ait chargées d'une puissance tutélaire, c'est à me souvenir de ce regard que je me dis qu'ils n'ont pu lui porter malheur et qu'elle n'a pas croupi des années dans un cachot du bout du monde.

"Vole, pouvoir… !", on a vu l'efficacité de ces quelques mots, or ce n'était, cet abracadabra, que l'expression de chantages bénins qui portaient sur tout ce qu'une enfant de son âge peut désirer, et elle plus âprement qu'une autre. Bijoux, spectacles et chapeaux de paille, et dans le désordre (si elle n'a jamais roulé en Ferrari, si je n'ai acheté de caméra – un caméscope – que pour filmer les premiers pas d'Immola sur ses grosses petites jambes roses), voyages sur la french Riviera, à Monaco ou en Californie (les trois Eldorado du conformisme adolescent), ce Rollei 24x36 avec objectif rétractable, cellule incorporée, qui tient dans une poche, ces cours de claquettes, que sais-je encore ? Plutôt que de réels chantages, bénins ou non, les moyens dont j'usais pour la circonvenir étaient des slogans menaçants, une pluie de funestes avertissements, tout un prêche apocalyptique (dont les prophéties se réaliseraient si elle sortait de mon giron), et rien que des abus de pouvoir commis sur une enfant terrorisée ou, à tout le moins, que désarçonnait une seconde formule, goétique celle-là : *Je ne t'épouserai pas.* Et elle béait, incrédule, et ne sachant plus et se contredisant, voulait soudain, à nouveau, aussi follement qu'appareil photo ou séjour à Monaco, cette alliance et devenir comme cette Odette Swann… Je répète, à moins que je ne l'aie encore dit, qu'elle n'avait pas lu Proust : j'avais juste eu le culot de lui montrer Odette Swann en exemple, sachant que la force de l'institution charme (au sens littéral, au sens maléfique du terme) tout le monde, les Odette et les autres, toutes créatures de fable, ces Gretel, ces Elisa, ces Nora, ces Belles que l'amour de la Bête fascine, qui finissent par subir son ascendant, en qui surgit l'envie irrésolue du bien, l'envie obscure d'en faire à cette pauvre Bête bourrue qui se meurt d'amour (le labrador, la nuit suivant l'inhumation du père Cecchi – mais cette bête-là, solaire, aux flancs moirés et musculeux, n'a rien pour éveiller la compassion de la Belle : de plus, il a un pedigree du feu de Dieu, une de ces dentitions, et tout d'un seigneur de la guerre…). Et elles avancent vers l'autre Bête dans une valse vacillante, et elles tendent la main pour la caresser, et elles battent des paupières comme si c'était le prince, elles n'en reviennent pas d'être tant aimées, elles se disent avec un bon sens de concierge qu'il n'y a que la Bête pour aimer ainsi, et la mignonne aux sentiments élevés fait des yeux endoloris à la Bête affreuse devant laquelle, d'odeur nauséabonde, chacun se bouche le nez, elles non, elles soudain saintes comme elles le sont si volontiers, et quoi, on s'y attache et habitue, à cette Bête qui n'ira pas cavaler ailleurs car ô combien monstrueuse, herpétique, eczémateuse, capable de se tuer pour de vrai si elles fichent le camp, chose flatteuse et comment en encourir la culpabilité, et puis elle a la clé du pavillon des richesses et mon père des dettes de jeu ("mon mari n'a laissé que des dettes", arguait Magda, on s'en souvient, à propos du défunt) ; "ce monstre est bon", font-elles du même soprano fragile et elles pleurent comme des madeleines et se réjouissent en dessous de ce qu'elles vont faire, sauver l'horrible d'un seul regard d'amour et là grisées de leur pouvoir (soutien-gorge 85 B, longs cils, etc.) accordent à nous autres Bêtes une impudente foi, ne souhaitent pas que la Bête se transforme en prince, surtout pas ce prince dont elles rêvaient hier – blond aux yeux bleus, qui lorsqu'il ne surfe pas sur les rouleaux des mers du Sud, est directeur du marketing dans une agence de pub, avec lequel elles auraient eu de vigoureux rejetons. Rusées, et aux pelotes le prince, et toi la Bête si tu te métamorphoses, divorce et pension alimentaire : la Bête est mieux, un Valium sur pattes, et si commode, du moins avec elles, car considérant tout intervenant comme un agresseur potentiel, la Bête sans merci plante ses crocs dans le tibia du malchanceux, sans hésiter, encore un avantage, et c'est le meilleur parti que de prendre et de garder toujours cette Bête. Cuori et le camionneur ont, après tout, des chances égales.

O femmes, qui vous l'êtes toutes dit, même rien qu'une fois, et cette autre fin du conte, on la voit à tous les coins de rue parce qu'aussi elles sont seules, parce qu'aussi elles ont peur et qu'il y a leur insigne intelligence pour parler alors, et ce bon sens de concierge est un génie démétérien qui m'ébahira toujours… et à travers les yeux soudain nigauds de Nora, dans son regard voilé, mouillé où reculait le doute et qui semblait s'élargir d'un bonheur à elle-même à peine concevable, je voyais ce mariage prendre la forme enviable d'une récompense – et *gelati* et *far-niente* pour le restant de tes jours... ma petite sublime, aurait-ce été suffisant ? Un vent soulève le sucre du chèvrefeuille, elle amorce un dialogue enfiévré avec Fouad (je ne saurai jamais de quoi ils parlaient, a fortiori en quelle langue), le soleil se lève et pour ne rien rater de son incendie sur le parc, ses chênes et ses cèdres, ma courageuse starlette (ou Scarlett, *maman* je suis de ton avis, il y a de ça, et c'est peut-être maintenant sur d'autres terres qui sont les siennes que l'aube flamboie, qu'importe, ce qui importe aux Nora Neumann, c'est que *le soleil se lèvera demain*, toujours au même endroit) saute du lit dans sa nudité que Phébus va bigarrer encore davantage tout à l'heure, et je ne connais pas de costume, de masque plus chatoyant que le tracé confondu de ses maillots de bain (une quinzaine) sur sa peau dont j'ai connu et savouré la pâleur de gel. Il suffit de ces choses et d'un vol de papillons blancs pour qu'elle oublie l'attrait de l'anneau et qu'elle mûrisse, elle, de son côté, d'autres plans.

La Bête bourrue est toujours dans sa soupente où n'entrera plus la Belle à qui l'on doit tous les palais... Qui va là ? Ce n'est que le joyeux Dr Schliemann, lequel posté derrière mon dos et m'écoutant des heures aujourd'hui, ne découvrira pas plus qu'hier le secret de ma vie : Je suis une tombe, mon bon Schliemann ! Diantre, j'ai aimé une jeune fille jusqu'à la déraison, et que je sois devenu si raisonnable est un problème, le sien, ardu à résoudre... Le Dr Schliemann est un bougre aussi sympathique que feu le père Cecchi, mais oui, ma rose de bruyère, il a une tête à élever des abeilles et à s'occuper de ses plantes potagères, comme Cecchi, il confesse les gens et comble leur solitude, a contrario de Cecchi, il leur coûte beaucoup d'argent. Ici, Schliemann, tendez vos oreilles mercenaires : que je vous dise ce qu'elle avait de passionnément différent des autres Belles vis-à-vis de la Bête, ce monstre à l'échine broussailleuse, dévorateur, dupe et aveugle, qu'on trouve "au vague pays des contes de fées", Mme Leprince de Beaumont *scripsit* – qui n'est autre, dans l'hinterland des symboles, que l'ogre fétide qui avale ses propres enfants, et dans la contrée distrayante de la psychanalyse "l'image pervertie du père", tranche Schliemann qui a décidément tout trouvé.

Certes, elle me disait que j'étais bon, le meilleur des hommes qu'elle eût rencontré, comme les autres Belles disent aux Bêtes... un bon gros matou et formidable ratier – et je regrette d'être moi cette chatte aux flancs sinueux et aux yeux durs comme le noyau du ciel, celle-là que tu n'auras pu domestiquer, taisait-elle, et songeuse, elle faisait miroiter les facettes de son saphir où elle voyait le futur avec la sûreté de sa grand-mère tchèque, c'était évident à observer le pincement bref de ses lèvres, le raffermissement de tout un visage qui devenait adulte et presque masculin, celui d'un éphèbe ravissant, d'où s'évanouissaient scrupule, apitoiement, regret et désarroi – "Je n'ai à faire que ce que je vais faire", se gardait-elle de dire, entendais-je souvent. La Bête est ainsi qui a l'ouïe plus fine que les hommes, et j'étais cette Bête et je me voyais avec la tête roussâtre du lion enfoncée dans des épaules couvertes de poils, et n'avais qu'une crainte : qu'on révélât cette condition, qu'on dénonçât l'usurpateur, si dans cette forêt légendaire où Schliemann n'a pas accès, elle était la princesse qu'enfant on a délibérément perdue, la fille du bûcheron chassée de la cabane en temps de disette, la vaillante et itinérante, à elle seule toutes ces petites nomades ingénues et brise-fer que la reine jalouse a bannies du royaume ou, du taudis, la marâtre avinée (qu'on a déjà évoquée, qui a nom Carla, qui a nom Magda), et qu'ont capturée gnomes ou géants, monstres suintants et extragalactiques, ou – cette Bête : "Non mais, tu crois que je ne peux pas t'échapper, tu crois que je ne vois pas tes manigances, tu crois que j'ai froid aux yeux ?..." entendais-je de plus en plus souvent ; et si elle était une Gretel, version intrépide de Blanche Neige, je n'étais pas Hänsel, ni aucun de ces fougueux compagnons avec qui elles se fraient des chemins dans les bois profonds, et nul de leurs geôliers ne les revoient jamais, qui agonisent dans d'épouvantables souffrances quand, affranchies, elles rient dans leur camp-volant auprès de l'avenant acolyte qui est l'homme de leur destin – et cet acolyte dont je tentais avec une telle gaucherie de m'arroger les droits, le seul Hänsel à qui la grande bouche à l'haleine de pêche, les fortes dents sans tache permettent de manger avec Gretel le logis de la sorcière (pour moi le toit de pain d'épice, pour toi la fenêtre de sucre candi)... Puis il boira et mangera le corps de Gretel qui est tout pain d'épice et sucre candi, ce gaillard, et il la soumettra la nuit, oh si celui-là existe, et si je ne peux le voir en face, qu'il meure d'une indigestion ou pour avoir chu de son destrier, cet Hänsel qui a mille noms, qui est Siegfried et Fabrice del Dongo ou autre héros rédempteur et ranimateur de princesses ou filles d'Odin, ce promis, dû et attendu, qui doit être mon contraire comme le jour l'est à la nuit, et la Bête mourra de cette jalousie qu'elle a de tous ces bellâtres à sourires en sabre, Schliemann, c'est aussi simple que ça, c'est mon conte à moi et je ne suis pas moins jaloux si maintenant ses seins sont comme des outres vides et non plus comme de petites pagodes…

Oh, ma douce griffue, *the thin white duke* n'était pas mal non plus, pour revenir à d'autres mythologies, à celles de tes seize ans d'alors, qui dédaignant les contes du temps passé, s'en inventent d'inédits (mais ce qu'ils peuvent y ressembler !), et c'était la rock star, Hollywood, toutes les Babylone de cinéma où règne la confusion des langues comme elle régnait via Chiaramonti… Quel zoo, quand j'y pense ! Via Chiaramonti (l'adresse du geôlier) ce ne fut que babil babélien contrarié de jacassements, beuglements (Magda) et feulements (sa fille) jusqu'à ce qu'on ne s'entende plus – sauf ces nuits désertes où, flic, floc, talons dans le quadrangle d'eau tiède au bord de laquelle toujours, la sandale oubliée, le cheveu d'or… Et la fille est au bout du monde, que, dehors Schliemann, je débauchais assez coupablement pour risquer la taule, moi précoce décrépit et bestial cent fois plus que la Bête trapue, comme elle terré et attendant qu'on l'aime et que tombe la fourrure mitée, que sonne l'heure d'en surgir avec des boucles d'hyacinthe, et la différence est là, c'est qu'elle, au contraire des autres, ne préférait pas se jouer d'une Bête, qu'elle aussi attendait cette heure-là, où je serais venu des fonds monotones de ce parc noir, sans un sou et sublime redevenu, lui dégainant un sourire de – *Heroes, just for one day*, dit la chanson, *Helden, für einen Tag*, dit l'horrible chanson, et elle s'agenouille bénie entre toutes, et voici, Schliemann, des fois que vous eussiez fait une fausse sortie, elle pouvait être bien davantage que l'égérie d'une brigade terroriste, elle pouvait aimer, et de le savoir, de l'avoir perçu, et Dieu sait qu'elle s'en cachait, est ma damnation de chaque jour : ainsi – le taraudant rêve de flic ! –, de m'interroger toujours à propos du vaillant mortel qui aura sorti ses membres dorés de leur léthargie magique... Nul d'entre ceux qui les ont maniés au fond d'une voiture garée via Appia Antica. Nul de ceux-là... quel maigre réconfort ! Et ce n'était peut-être pas elle, il n'y avait que les lucioles pour éclairer cette autre nuit, et c'était peut-être, celle qu'une horde venait de bousculer sans fioritures à l'arrière d'une Lancia rouge, c'était peut-être, cette blonde platine, une brunette décolorée, une fausse suivante, une Thisbé de comédie (la pièce est dans la pièce et c'est une nuit d'été, le onzième ?, le douzième ? après sa disparition – c'était cette autre ère, et celle de Schliemann), ou simplement sa doublure (ce soir Miss Neumann est indisposée) ou encore une vision cornue : au dîner, Schliemann et moi-même avions abusé des vins du lac de Garde. D'accord, elle lui ressemblait autant que se ressemblent deux jumelles monozygotes, et maintenant couché, le flic.

Mais la Bête est de nature policière, on n'y peut rien, qui reparaît et rampe au long de ses propres murs qu'elle a ensorcelés pour n'en plus sortir et épouser une dame d'honneur de la princesse évanouie, une haute et élégante au col et au port de girafe qui se satisfont de la couronne, et personne n'y voit que du feu, et la princesse court encore qui est cette vieille dame qui n'aura jamais vu blanchir ses cheveux – c'était déjà un pacte avec le diable que ces cheveux de centenaire, à douze ans, et ce Lucifer qui logeait dans son corps duveteux était, lui, bel et bien le plus beau des anges.

Et la Bête était ainsi qui tenait la Belle en captivité, à la moindre esquive geignait et pâteusement menaçait : "Pas question de ces cours de comédie à la rentrée, seulement les cours de langues, tu seras traductrice dans une vénérable maison d'édition, voilà ce qui s'appelle un métier, et oublie ce miroir aux alouettes… sinon, puéricultrice, institutrice, éducatrice, sage-femme, à moins que tu ne préfères l'emploi de réceptionniste dans un cabinet dentaire, je t'épargnerai seulement d'être standardiste au siège des laboratoires Cuori, et il nous reste, voyons… encore cette migraine ? Voyons donc, vendeuse en parfumerie, voilà où pourraient s'épanouir tes compétences, et tu épouseras… non, pas même un photographe de mode – un garde forestier (tu aimes la nature), un vétérinaire ou un toiletteur de chiens (tu aimes les animaux et il n'y a pas de sot métier, et je lui épargnais Horst Müller et consorts). Si toutefois entre-temps, tu ne recommences pas à faire des bêtises, et que t'accueille, j'y veillerai, un Centre d'Observation pour mineurs… un de ces Foyers de Semi-Liberté dont les directrices sont des guenons qui t'arracheront les cils par poignées pour voir s'ils sont vrais." Un mot d'elle aux keufs, et mieux que si rappliquait le prince au troisième œil ou un de ses pairs, j'étais fait, et elle me regardait, épouvantée, roulait sur le haut de ses cuisses le coton jaune d'un short à pinces, hurlait qu'elle préférait sa vie d'avant, qu'elle partirait.

Et qui croyez-vous, Schliemann ou autre lecteur, et c'est égal que ce soit vous, Schliemann, puisqu'à l'infini bien-être d'un spectre arpenteur de remparts et de jardins, vous ne pourrez plus rien – qui croyez-vous que torturait alors une migraine qui lui interdisait de digérer le plus léger repas ? Et quant à l'œil qui fixait ce Caïn, où pouvait-il s'ouvrir sinon déjà dans ces toilettes de marbre, sépulcrales avant l'heure – elle partirait – où me catapultait la nausée…

QUATRIÈME PARTIE

Je portais Votre image, avec les noms
d'Ambroise et de Milan, dans un scapulaire.
Et mon Ange gardien
When he looks into it
He will find in it
Just a Tiny Girl.

VALERY LARBAUD,
Les Poésies de A. O. Barnabooth,
Milan.

XXII

Le 10 d'août.

Les jours raccourcissent de quelque quatre minutes, leur décompte commence, je crois qu'il s'agit de ceux qui nous séparent de notre séjour à Rome : moins d'une semaine et nous serons dans cette campagne du Latium, là où tout est plus grand, plus bleu, plus vert, plus chaud.

— Ah, ce soir, l'avantage est à Lietta ? dit ma petite précieuse, pointant des lèvres orfévrées et peintes. ALORS JE COMPTE SUR LES SPAGHETTIS "MAFIOSI", avec plein de piments rouges et beaucoup d'anchois : et aucune autre sorte de nouilles, par pitié ! Il n'y a que les Mafiosi pour être franchement bons !

Et le seul palais que je pus offrir à ma Gretel de rêve fut non celui du massepain, mais celui du basilic, de l'ail, du poivron vert et de ces piments rouges qui seuls sensibilisaient ses papilles de sultane, si vite désabusées par ce qui ne les incendiait pas… c'était le palais de son seul vrai plaisir, car le temps d'un été je tins dans mes bras une princesse frigide, une princesse vorace, une princesse cupide : un de ces êtres égoïstes et escroqueurs de rois séniles, prêts aux mensonges les plus éhontés pour régner sur leur cœur et leurs terres où s'encaissent des fleuves dont le limon est d'or – repoussoirs et teignes des contes dont je parlais, qui sont punies en conclusion. Belle à consoler n'importe qui de n'importe quel malheur (c'est du moins ce que dit l'amoureux), Nora a été punie comme les autres affreuses, je ne peux hélas en douter. Il y a de fortes chances. Non, je n'irai pas consulter de voyante qui lira dans les feuilles de thé et me dira que cet homme svelte aux yeux fendus comme les siens, est son mari maintenant, qui a d'amples cheveux blancs et ce même air de mouette… La Bête, quand elle a ses humeurs de bête, préfère croire que c'était elle, la fille de la via Appia Antica, qui, une estompe de rimmel autour de ses yeux battus, pointait hors de la voiture rouge un pied nu et brun dans une sandalette usée.

Nous ne sommes pas encore cet été où, hasardant mes pas au côté de Schliemann vers le tombeau de Cecilia Metella, je crus revoir son regard morne, ses cheveux pâles… nous sommes un autre été, qui se rapproche de moi et de ma vieillesse comme l'étoile, de la lunette d'un télescope, chaque jour se rapproche et renvoie les autres dans un cosmos éteint ; il ne l'est pas encore, et nous sommes à l'heure de Vesper, devant la table mise, en l'attente des spaghettis Mafiosi. “Il n'y a que les Mafiosi…” et les Mafiosi eurent l'heur, parmi la centaine de façons d'accommoder les pâtes, de seuls trouver grâce aux yeux cyniques de mon amante, alors qu'éclatait cette querelle des fourneaux dont la férocité drolatique m'aida à oublier de temps à autre ma peur de son départ. Ce fut en effet un duel fiévreux qui opposa deux cuisinières, l'une défroquée, j'ai nommé Magda, l'autre offensée par un adversaire dont elle ne mésestimait pas la pointure, toutes deux strictement inconscientes de ce qu'elles jouaient un rôle dans les scènes des combles ; ce fut aussi la guérilla d'une latinité solaire et d'un Orient pénombreux – une bisbille qui opposa deux Europe et où tout le monde perdit, puisqu'elle ne se déclara que pour triompher aux yeux de quelqu'un qui disparut comme un chat haret qui a restauré ses forces sous votre toit, qu'au matin vous ne trouvez plus, que vous ne reverrez pas.

"Il n'y a que les Mafiosi..." et les voici venir sur la table, sous le grand store rayé qu'on tire quand menacent pluies brèves ou orages qui nous chassent sans recours dans la salle à manger pendant que Nora fulmine, qui a un culte pour cette terrasse et ces repas sur la terrasse où le vent du soir caresse ses membres ardents de soleil, échevelle les bougies, fait pleurer leur cire, charrie le parfum exténué de la rose, le sifflement caustique du merle, le chant croassé du grillon et du crapaud, et à l'heure du hibou, nous aurons quitté cette terrasse où elle passerait sa vie, nous serons dans la chambre ou sous le toit.

Mais avant... je me souviens, cet été-là, de ma rare sobriété, de n'avoir pas mangé la moitié des solides ni bu la moitié des liquides que s'octroyait une fillette qui avait si simplement, si insolemment faim et soif – je me souviens, la Bête se souvient, d'avoir maigri comme jamais, atout qu'on ne parut pas remarquer, dont le dérisoire ne pouvait être pour quelque chose dans la décision qu'on prit à Milan et exécuta à Rome, ni dans le sort qu'on me réservait et sur lequel, lors de ces dîners arcadiens, on commençait de statuer...

Avant donc l'heure du hibou, dans le parfum des roses et des pâtes maffieuses, ma passion ne veut rien entendre, qui, à l'extérieur comme à l'intérieur, me résume à une procrastination cuisante et, sous la table – et ce store ou ces lambris –, à une érection titanesque dont je sais cette malheureuse seule capable de me délivrer plus tard, plus tard, bien après les Mafiosi, bien après qu'elle en aura fini avec leurs filets d'anchois tiédis dans l'huile, les bris de leurs olives noires, leur ail pelé, le zeste d'un citron, le monceau cramoisi des lamelles du piment et la sécheresse râpeuse de ce fromage de chèvre, le pecorino, dont on les saupoudre : Saturne attend de dévorer son enfant, et c'était la recette.

Le piment est aphrodisiaque, dit-on, le piment assoiffe et c'était ce à quoi je songeais dès l'apéritif, en l'attente muette de l'élixir postprandial, j'applaudissais donc à cet emploi du piment et à la joute culinaire de chaque soir, où Lietta n'aspirait qu'à battre Magda sur son propre terrain, celui de lourds brûlots mijotés des heures, où Nora disait : "… quand le chat n'est pas là, les souris dansent, je crois bien que ta mère DÉTESTE les épices !", où je plébiscitais Magda quitte, fâchant Lietta, à renoncer bon gré mal gré aux attributs de la cuisine italienne, qui est saine, digeste, subtilement aromatique – cette cuisine du Sud où la tomate est un fruit, l'huile de nos oliviers une liqueur plus verte que l'absinthe, qu'on ne verse qu'en filet sur le brocoli dru, qui confit et mordore les petits artichauts pointus, cette cuisine franche où l'asperge roide fond sous le citron, où le sel est dans l'anchois et la câpre, où la capiteuse figue violette côtoie le copeau sec du parme, où tout crisse et agace la dent avant de satisfaire chastement le palais, cette cuisine qui a le goût du feu, de l'iode et des herbes sauvages, le moelleux de la lisse mozzarella, de la ricotta mousseuse, une cuisine à laquelle il faut la main économe d'une ménagère attentive à ses effets, à la truculence d'une sauce au pistou et à autant de modestes mystères, alors que l'herbe est en pincées, le poivre, en un tour de moulin, la farce en noisette et tout le reste dans une science ingénue... Les cuissons sont brèves, la feuille de menthe verte suffit à piquer les courgettes gentilles, un peu de moutarde à relever les vinaigrettes sur la moule lavée vivante, la palourde, le poulpe, la crevette grise ou rose... Qu'est-ce d'autre, en effet, à nos tables vénitiennes, milanaises ou romaines, que le triomphe du naturel, du probe et du leste, qui a la rusticité provocante des femmes italiennes, ces beautés aussi anciennes que l'olive d'Athènes ou de Rome, femmes de Naples, de Lucanie, aux larges hanches, aux pieds rapides, à la peau mate et pâle sous le vent chaud, les embruns, la poussière, Piémontaises emmitouflées qui veillent des heures sur la marmite où bout le bœuf avec l'oignon et la carotte... Il y a ce patrimoine septentrional des viandes bouillies, les marinades et le gibier qu'on faisande, toutes chères qui recueillent les suffrages de ma difficile petite hétaïre, mais pour moi, c'est sans conteste que l'Italie règne sur le cru et le frais : la péninsule, et même la froide Lombardie, est un potager, un verger où tout mûrit sous le soleil, qui n'est pas tendre, calcine la terre, l'appauvrit, l'effrite en rocailles, passé Naples – et sur la côte amalfitaine les oranges sont d'or pourpre, bonjour ma petite Immola, et y a-t-il de chair plus fine, au goût plus pénétrant, que celle de l'oursin pêché au large, qu'on ouvre ruisselant sur le pont d'un bateau, pour découvrir et gober son fruit d'un vermeil profond qu'a saumuré la mer… Le fruit est partout, il est de mer aussi, et il est presque fleur, voyez le magnolia doré dans son beignet, le bouquet compact du brocoli émeraude, les chairs des poissons sont rigides et vives, et c'est ce que patriotiquement je préfère, cette cuisine lumineuse et frugale que, sous un ciel d'un bleu nu, on mange heureux sans penser à autre chose, cette cuisine d'été qu'on mange quatre saisons, son honnête gaieté, ses jeunes parfums volatiles. Bien sûr, loin d'avoir ce caractère dont la rigueur était, à Nora, de la fadeur, certaines spécialités de Lietta suscitèrent l'enthousiasme de celle-ci jusqu'à ce qu'on servît un peu trop souvent *(abusus non tollit usum)* ces anguilles du Pô dont elle fouaillait les têtes d'une fourchette acharnée et ces faisans du Tessin dont elle rongeait carcasse et cartilages d'une dentée catégorique – tout poisson, tout gibier que je ne peux plus voir à ma table… n'oublions pas qu'elle mangeait cinq fois par jour, que la chose donc était d'importance, laquelle je lui accorde, que Nora prit donc sous mes yeux dans les trois cents repas quand je rêvais de chambres closes et que les Argiens (M.) et les Troyens (L.), dans cette rixe taciturne où seules parlaient senteurs et couleurs, manquèrent se tomber dessus plus d'une fois – ô Homère, ô Rabelais déjà cité, ô Pétrarque que je peux toujours invoquer, Laure dans sa prairie florentine détourne la tête.

A ce culte du cru, du pur et du noble – la mer n'est jamais loin qui bat incandescente les rives dures de la Calabre, brumeuse quand elle meurtrit Venise et ses belle îles tristes – Magda opposait celui, continental, du cuit, du gras, de l'onctueux, où la pâte, le beurre, la crème, la moelle, le saindoux, la mie de pain sont travaillés d'une main prodigue et inlassable, où tout est pilonné, délayé, haché, passé, fouetté, revenu, ô cent fois revenu et l'odeur est tenace comme l'arrière-goût du paprika, du kummel, où à part les truites au bleu, il n'est pas de recette simple, il n'est rien qui soit servi sous son aspect initial mais longuement frit dans de doux capuchons de farine ou sous une de ces sauces que Magda avait si peur de voir tourner entre la cuisine et le parasol, toutes sauces qui ensevelissent de leur épais velours jusqu'à la viande rouge, qu'on ne grille pas, jamais, qu'on fait sauter, qu'on tourne, retourne, supplicie dans la casserole couverte, voici qui vous tient les femmes aux fourneaux, et elles coupent le bœuf ou le mouton en mille morceaux, puis les assortissent d'un nombre effroyable de légumes, les mouillent avec le vin blanc et ce que Magda appelait une “sauce espagnole” sans que j'en comprenne jamais le pourquoi, voir l'Entrecôte à la Esterhazy et celle à la hongroise que les dés de lard frais et le demi-litre de crème aigre rendent à plus de *naturel* encore, ou cette autre dont j'ai oublié le nom et qui d'ailleurs n'en méritait plus aucun, cette autre, farcie de sa chair à saucisse, de ses champignons, de son kilo d'oignons et noyée *seulement* d'une moitié de “sauce espagnole”, sorte d'énorme quenelle cuivrée que j'ai vu nombre de fois ficeler et déficeler – le point a été fait plus haut sur l'Entrecôte Neumann, qui est une synthèse des trois recettes susdites, et si j'avais signifié à la fille de Petra que la fonte, le feu et un peu de persil sont les seuls vrais complices de cette nourriture qui se doit d'être sans apprêt et juste perler de sang, elle m'aurait fait sa tête de cochon, *Krenn-fleisch*, que, du reste, elle réussissait à merveille, qu'elle désossait et dépeçait avec une science effrayante, couvrait avec un de ses courts-bouillons où entrait assez de vin blanc (presque tout était au vin blanc) pour que l'arôme vous soûle net, et Nora applaudissait et exigeait un peu plus de raifort râpé, dessus.

Pour remplir un ventre qu'elle avait eu trop creux, Nora préférait définitivement la cuisine maternelle, qui avait du goût, ce goût prégnant et aigre-doux qui vient des lisières embrumées de l'Est, de ces pays de l'intérieur où tout se gagne, où l'on n'a pas qu'à tendre la main pour cueillir la pêche et l'abricot, où tout macère longuement, perversement, où tout doit, en flattant le palais, en finir avec la faim, où la nuit tombe rude, qu'on affronte aussi avec des alcools forts. Les déclinaisons fastueuses, la pesanteur de la graisse, du sucre et de l'épice mêlés, cette saveur de la cuisine de Bohême était celle de sa vie d'avant, dont elle avait une nostalgie erratique mais certaine, déplorais-je dès les premiers jours à Milan où je la vis bouder les rubans plats des trenette, malgré l'ail, les lanières des tagliatelles, malgré la truffe, les serpentins des spaghettis malgré la tomate et l'origan… ainsi de toutes les pâtes, *vae victis*, de ces nourritures matriarcales préparées à la maison depuis l'époque de la Grande Grèce, selon une tradition avec laquelle, ni avec aucune, un Cuori ne saurait rompre, surtout pas moi en mon soixante-neuvième été – et mon indulgence envers les fautes vénielles des gamines n'en est qu'une autre, celle de cette permissivité qu'on accorde aux grands-pères, ce qui est une façon de clémence envers le gâteux, et tout cela se mord la queue et offre aux bambines un petit temps d'anarchie ensoleillée pendant que le gâteux vaque à ses propres affaires, après quoi Carla rentre de la Maremme, Immola d'Amalfi ou de Naples, Silvana de la campagne émilienne, elles rentrent, et tout rentre dans cette norme prétendument adulte qui, celle-là, est un autre dada des Cuori. Les habitudes de ces gens sont une seule étiquette vertigineuse que je n'ai bannie qu'une fois, à cause de la petite qui repousse l'assiette de spaghettis, hausse vers Lietta des sourcils désolés, plaide qu'elle n'arrive pas à les tourner autour de sa fourchette, qu'ils glissent, sourit qu'elle apprendra.

*

Elle n'apprit jamais, coupa les Mafiosi au couteau ou les porta à sa bouche par poignées, les enfournant tout de go lors de nos romantiques tête-à-tête, et de quelle autre gosse aurais-je toléré ces manières préhistoriques – las, on pense ici un peu plus à Ferreri qu'à Pasolini, et je n'allais retrouver d'autres pâtes que les maffieuses que lorsque tout (las !) serait revenu à la norme Cuori : notre Simonetta du Latium, à l'égal de feu la Lombarde Lietta, mourrait plutôt que de les acheter chez l'épicier, coussine de ses mains les raviolis carrés, façonne le fettucine, verse le lait et l'œuf dans le cratère encoquillé de la farine, pétrit la pâte d'une paume immémoriale et tout le reste à l'avenant jusqu'à cette opération qui me fascine toujours, qui est de la ciseler et roulotter en cylindres et manchons de diamètres variés, qu'on fourre, à la romaine, de parmesan, mortadelle, cervelle *e tante cose*… Qu'elles ressemblent à un nid d'olympiennes vipères blanches, à des tronçons de colonnes doriques, à des chérubins potelés ou à une colonie de papillons joufflus, les pâtes de Simonetta restent des farineux, lesquels *al dente* ou non, quoi qu'en disent les Lietta, les Simonetta et les diététiciens de toute obédience, font grossir, et ainsi ai-je pris cette panse où rebondit parfois une des jumelles comme sur le water bed, ainsi moi-même ai-je connu la compensation orale, ainsi cher Dr Schliemann (mon psychanalyste va bientôt rentrer des Dolomites qu'il a, lui, la manie d'escalader et à la disparition duquel, lors d'un accident de montagne, je me prépare doucement), ai-je fait, Gretel envolée, une partie du "travail de deuil" en bâfrant de mes dents sénescentes (bridges et jaquettes), des tonnes de ces rubans de malheur. D'autant qu'aujourd'hui mon épouse est végétarienne, affiche une répulsion épouvantée pour les protéines animales et son goût exclusif des légumes : ce n'est pas que les légumes, bien assaisonnés, soient insipides, ni cette polenta dont on reparle dans une seconde, ni ces aubergines à la casserole, ni ces tourtes aux blettes – et à qui cacherai-je maintenant une vocation de cuisinier bien plus impérieuse que celle du romancier… ? Quant à diriger une entreprise, j'en ai tout juste eu la capacité flegmatique et ce, pourvu qu'elle fût familiale, que je n'eusse qu'à prendre en marche le train de mes prédécesseurs et à me faire lire des vers le soir ; quant aux végétariens, s'ils m'ont toujours paru symboliser cette fadeur qui suscitait à ma gourmette une moue hostile, c'est que je leur trouve un pacifisme séditieux, une résignation suspecte, c'est que je vois les zélateurs de cette diète y perdre muscles et nerfs et globules rouges jusqu'à ressembler à ces endives dont ils se nourrissent entre autres scaroles braisées. En ce qui concerne Silvana, depuis le jour de notre rencontre sur les bords du lac de Côme, elle va toujours du même pas, comme gréée et toute faite de transparences, un sang au bleu fluet coulant dans ses veines, pâli de quantité de potages et de vermicelles, Silvana m'apparaît aussi comme un Arcimboldo, constituée de courges, de champignons et de pieds de salades terreux : si Schliemann savait ça, il comprendrait comme vous la continence que je suis contraint d'observer, malgré l'affection que je lui porte, envers une telle créature – mon épouse végétarienne.

La première à revenir dans les murs du sérail sera celle-ci, fourbue comme elle l'est toujours après sa cure à Salsomaggiore et, sur la terrasse où j'écris pour l'amour de Nora Neumann, nous fêterons l'anniversaire des jumelles : nées le 4 de septembre sous le signe consterné de la Vierge, les Ménechmes ne sont pourtant qu'aisance babillante et rires argentins, et l'on dirait toujours que leurs yeux s'ouvrent sur des parcs diaprés, des crépuscules de miracle, la rose fléchie, le bosquet consumé, les jours les plus longs d'un éternel été, et tenez, quant à l'éternel été, c'est comme moi à cause d'une seule, c'est comme moi qui me suis enfermé dans la belle saison et ne veux plus rien savoir des autres, pour ces deux-là c'est en partie, c'est sans doute qu'elles sont d'une famille qui a de l'argent.

Immola est parfois une bien mauvaise mère, ceci reste à souligner, qu'on n'attend que quelques jours après l'anniversaire, à moins qu'elle ne se lasse du soleil d'acier sur Capri et plante là, dans son palais en ruine, l'ombre du vieux Tibère malade, pour retrouver plus vite cette autre ombre qui est la mienne et le fruit de sa grossesse gémellaire – et souffler avec les bouches semblables de l'une et de l'autre deux fois onze bougies, sur un gros gâteau gourmé. Onze ans, cette paire de brunettes, allure de santons, joues de brugnon, et au seuil d'une adolescence que j'espère insoumise, pour changer, et si j'avais fini mon livre le soir des bougies, je soufflerais bien la mienne, je ne souhaiterais bien qu'une chose, que d'aller dans la nuit qui descend sans plus me retourner que Nora ne l'a fait, et que ces deux m'oublient pour les mutineries de leur âge, qu'un peu moins santons, elles regimbent et embêtent considérablement ce harem assoupi, qu'elles aient quelque chose de moi qui regimba un coup, qu'on n'entendit plus après, qu'elles aient quelque chose de moi et de mon sang le plus secret, de Nora qui ne fut rien d'autre que ma fille illégitime.

Quoi qu'il en soit d'elles, de leurs seins qui poindront, fringants crocus, et de l'intrigue divine – de ce qu'il leur adviendra d'atroce, de tolérable, de charmant… et pourvu que le pain blanc, les chiens de race, les caprices satisfaits et les grands ciels bleus ne s'évanouissent pas comme ce rêve que fut leur enfance, sur lequel elles se retourneront, elles, incrédules dans le fracas ou les silences pires de la troisième guerre du monde : l'hypothèse est plausible, sa réalisation a déjà tardé, j'y pensais déjà dans cet hôtel d'Allemagne qui justement s'appelait les Quatre Saisons, j'y pensais déjà, à ces saisons sombrées, quand on décida de ma vie et d'un peu plus de crème dans mon café... Féru de littérature apocalyptique, j'étais de ces gommeux assez fats pour, pénétrés des textes de Jean, s'en effrayer à plaisir, persuadés qu'ils ne verront pas la fin du monde, ni rien d'approchant, la jeunesse adore qu'on glose sur l'extinction de l'espèce humaine et la résorption de notre globe dans le néant, le néant les emballe, et il leur faut bien sacrifier à un peu de romantisme noir pourvu qu'il soit gratuit, ensuite ils iront au bureau, à chaque jour suffira sa peine et fini du dandysme eschatologique qui, à travers les siècles, prend tous les rictus – qui devient à mon sens chaque jour plus obscène parce qu'il y en a trop, sur la terre, peu soucieux d'attendre les milliards d'années de son anéantissement, pour vouloir qu'elle saute, qui n'ont qu'un mot à dire, qu'ils se sont déjà dit ; les dandys d'hier salissaient leur redingote à s'asseoir sur des ruines, je suis servi, j'ai les miennes qu'on n'aura pas visitées de mon vivant, or, et voilà qui ne m'amuse pas, peut-être les sceaux seront-ils ouverts de celui de ces enfants qui cabriolent dans la majesté du parc, luxuriante émeraude et forêt pluviale où il ne pleut pas, pendant que le soleil disjoint les bois, passe les étoffes et me boucane le cuir... Quoi qu'il en soit d'elles, de leur vie, de ce que j'en verrai – et leurs arrière-petits-enfants peuvent bien migrer sur Mars –, que je n'omette pas un détail qui nous ramène peu ou prou à mon prône culinaire : sous la censure détachée de Silvana qui perche sur les hauteurs myopes du Capricorne, avant celle, aussi stricte qu'aléatoire, d'Immola qui est Bélier, qui prend les problèmes de front pour les oublier juste après, dès le retour de l'aïeule puis de la génitrice, l'une assez mise à plat par sa cure pour n'en pas redouter grand-chose, l'autre redoutablement bronzée qui sévira le temps de blanchir, Gina et Ottavia, du jour prochain de leur anniversaire, devront renoncer à jouir d'une tolérance qui, loin d'être aveugle (la sentinelle est accommodante, mais voit tout), n'est à dire vrai qu'un sarcasme jubilatoire de vieux rat, une vengeance dérobée de ce mal qu'on aura fait à ma N. – mais le putsch miniature, la conspiration des gamines et de leur impénétrable grand-père n'a qu'un temps, celui de la canicule : l'heure sonne où l'on ne jette plus son bonnet par-dessus les moulins, où elles renonceront aux McDonald's que je leur consens et, j'en ai peur, à ces sémillantes pizzas dont elles raffolent tout autant, dont les miettes d'or brun s'éparpillent sur le transat, et une olive qu'a écrasée mon espadrille vient de glisser sous la table où j'écris, et l'autre jour, mon regard atone tomba par hasard et s'englua sur une des deux qui mordait dans sa galette grande comme une feuille d'automne et avant l'automne les figues seront noires et tomberont comme sont tombées leurs dents de lait, et qui a tué la souris blanche, et je deviens fou car, dans la lueur des yeux et des dents de j'ignore laquelle – qui au crépuscule était une négresse –, j'ai cru voir une fois de plus surgir un démon enfantin, celui qui vous attend et m'attend au bord des piscines, des ruisseaux, à la porte des cimetières, *ad catacombas*, à l'entrée (c'est à deux pas) de cette Rome souterraine aux murs peints, dédales dans lesquels il est à son affaire, qui m'attend aussi derrière les feux d'une rampe qui ne s'éteint jamais ; j'ai cru voir les doigts fourbes du rebelle qui a un rire si grave serrer cette galette comme frite dans les laves du Vésuve, tendrement craquelée, pliée sur ses rêches pignons de pin, j'ai cru encore le voir et l'entendre rire et froisser la pénombre mi-close d'une haie de lauriers-roses dont la fleur âpre perce les nuits si claires, ces nuits toutes pénétrées de jour qui se posent, s'étendent sur Rome et sa campagne aux pierres blanches, ossuaire dispersé que çà et là ensanglantent les vieilles argiles et la brique des tombeaux païens dans l'ombre noire des pins et des myrtes verts. Et le jour semble se refléter dans la nuit comme ces enfants se reflètent l'une dans l'autre, et qui ne serait troublé et je ne le suis qu'à ces instants où mon œil complice et patient s'intrigue, et puis je me reprends, qu'elles soient en miroir m'est habituel, n'est-ce pas, je me reprends donc, c'est du moins ce à quoi je m'efforce de plus en plus malaisément. Tout à l'heure, j'ai cru qu'une vapeur de soufre… et puis je ne sais plus laquelle a éclaboussé la piscine d'un plat retentissant, ni laquelle a ri dans des aigus puérils. Vierges donc, et idem à l'ascendant, et insouciantes, et sous ces fronts droits, la bombure nette de ces franges frais lavées, vous lisez à livre ouvert, vous lisez tout, absolument tout, sauf le sceau de Satan et le nom de qui a tué la souris blanche. Donc vous n'avez rien lu.

Vous ai-je dit que Nora était Poissons et que je n'ai jamais pu lui souhaiter son anniversaire ? Oui, j'ai dit son signe astrologique, c'était au Sacher, et au diable les sciences exactes ! Du Poissons, son regard dissous dans le plaisir de manger et de siester au soleil, ses yeux liquides, sa souplesse ondoyante, tout ce que le flux a emporté et rejeté ailleurs. Vous ai-je dit que je suis moi Taureau, un taureau pesant qui bâtit des labyrinthes, y enfouit ses trésors – ceux qu'elle cherchait, et cette fascination du dédale aurait pu nous être un début de connivence, celle que j'ai avec les jumelles, conspiratrices allègres qui ont trouvé l'âme et le chef de leur machination de bonheur estival, lequel en plus, me dit-on, est un conteur électrisant : c'est que de me faire la cour, elles ont toutes les raisons, avant de lire un jour ce que j'écris sous leur nez, l'histoire de ce calme taureau qui, une fois mis en branle, garde le rythme, ne s'arrête plus, flancs dévoués et frémissants, et d'aimer Nora Neumann, j'ai persévéré comme en tout. Orson Welles était Taureau, avec lequel à mon âge j'ai des points communs, l'embonpoint, la peau grumelée, le sourcil en aigrette hargneuse, le mufle à babines lâches, les yeux cachés et perçants et le cou, bien sûr, un cou de taureau, et cette prestance jovienne qui me manquait à vingt-sept ans : ce n'est qu'aujourd'hui que je commence à me ressembler. Le Taureau est un potentat possessif et, si je l'incarne parfaitement, je ne le suis que de mon souvenir. Le Taureau est profond, et c'est au fond du puits qu'elle m'a mis pour que j'y sois bien, que je puisse tout approfondir encore et creuser plus avant le puits. Je me suis tué non au travail, mais à creuser ce puits. Le travail peut reposer, à l'encontre d'aimer sans arrêt, ce qui est à proprement parler tuant, dont je mourrai avant l'heure et Schliemann n'y pourra rien. Schliemann est Scorpion, qui ne pense qu'au sexe, quelle scie. L'intéressant Scorpion qu'est Schliemann ne comprend rien. Il ne sait pas à propos de l'ondinisme. Vous savez qu'il ne sait pas. Mais vous ai-je dit à vous que Nora pouvait être bonne ? Non, c'est à Schliemann que je l'ai dit, oyez donc, et nous en aurons fini avec mes humides élégies, mes histoires de cuisine et celle de Lietta qui repose non loin du prêtre qui élevait des abeilles, et la famille de Lietta, on ne sait où, personne n'en a jamais entendu parler, elle aimait le petit cimetière à portiques, elle y est maintenant, je vais parfois sous les portiques : cette femme était bonne, Nora pouvait l'être aussi, et de le savoir me déconcerte bien davantage que d'avoir perçu chez elle une capacité d'amour aussi terroriste que sa froideur – bien davantage, c'est le moins, que tout ce qui s'explique comme le reflet des jumelles l'une dans l'autre.

J'ai dit qu'elle aimait les bêtes, toutes races confondues, elle aurait volontiers élevé des otaries ou des tigres, elle ne voyait des tigres qu'à la télévision ou sur les photos des magazines, mais elle leur vouait une passion égale à celle de Borges, et elle me lisait parfois le soir quelques vers borgésiens, dans une langue ou une autre qu'elle commençait d'apprendre ou n'avait jamais apprise mais semblait comprendre comme le langage des bêtes : sa voix, ces soirs où elle se faisait à son insu ma première lectrice, n'avait plus rien d'une stridence parfois désagréable, et cette voix me bouleversait, qui semblait venir d'une autre, dont je ne connaissais rien ou aussi peu qu'elle d'espagnol ou de français, il y avait dans cette voix une tristesse d'un gris tendre, une plainte posée, à peine gutturale, et un pardon irréductible, un pardon parce que les poèmes existaient, qu'on ne devait ni gémir ni pleurer dès ce moment-là, qu'elle laissait cette indécence à d'autres ; entendant à travers les mots de Borges ce pardon impérieux, j'y voyais la trace de son indéchiffrable bonté, qui était son secret, qui allait et venait, que je ne pouvais saisir, qui me la rendait encore plus admirable et étrangère :

"La lune est claire
Le tigre d'or et d'ombre

lèche ses griffes
Il ne sait rien d'une aube
Et d'un homme en morceaux"... lisait-elle, ou encore sa voix berçait les vers de ce poème, l'*Autre Tigre*, que je lui avais fait découvrir et dont elle ne se lassait pas plus que moi, de son timbre rauque et roucoulé :

"Desde esta casa de un remoto puerto
De América des Sur, te sigo y sueno,
Oh tigre de la margenes des Ganges."

— "Que ne suis-je poète ou chat ou puma ou ocelot, allons jusqu'à ce tigre mangeur d'hommes (vu à la télé, n'est-ce pas ?) et au lion roi des animaux, tu serais plus gentille !", meuglais-je ensuite pour la remettre de gré ou de force dans cette enfance introuvable, qui avait fui de sa voix, dont je tentais de sauver des bribes grâce à ces plaisirs de fillette prénubile, la nébuleuse de ces plaisirs qui me la concédaient pour un moment dont mon œil brûlant d'insomnie guettait le suivant, divin et inconnu, dont je sentais l'approche à cause, par exemple, de cette tendresse éteinte qui ne demandait qu'à se rallumer et ce, erratiquement, dans mes bras, plus souvent dans ses inflexions de velours noir, à l'heure des poèmes : des ruines où je séjourne, rien ne risque de s'ébouler, ni de se fendiller aucune fresque rouge et blanche de mon *cubiculum*, et quant aux traditions, je veillai tout particulièrement à ce qu'on maintînt celle des lectures, entrez donc, Sophia ou Giannina, on ne vous mangera pas. Elles entraient et lisaient, incomestibles et patientes.

De la bonté, Nora en avait encore pour Lietta, qu'elle aimait presque autant qu'elle aima le père Cecchi, voisins du cimetière à portiques où elle vint rôder sans moi (question : “Mais qu’as-tu fait avec Fouad, cet après-midi… ?”, réponse : “Je lui ai demandé d’aller au petit cimetière à portiques”). A son insu, elle y côtoyait l’ombre de Stendhal qui s’y rendit avec une femme *fort jolie sous son voile noir*, un dimanche d’octobre 1814, et trouva le cimetière *joli* aussi. Je ne lui ai pas parlé de Stendhal, j’étais déjà assez jaloux de Borges, comme je l’avais été du père Cecchi et commençais à l’être de Lietta.

*

La voici qui arrive, robustes hanches tournantes, et nous ramène aux rives du Gange dont elle n’a jamais entendu parler : désespérée par le dédain qu’opposait Nora à une table appréciée du tout-Milan et des proches du pape, et à des pâtes aux œufs que Sa Sainteté n’aurait pas désavouées, pures et sans taches qu’elles étaient à l’instar de l’agneau, Lietta avait dégotté en ville le livre de cuisine indienne d’un certain Gupta, et ne comptait plus que sur lui pour triompher de Magda dans ce qui tournerait à une bataille de brûlots, puisqu’il n’y avait pas d’autre tour à jouer pour réjouir le rajah (N. N.) ; Lietta arrive, certaine que la surprise sera plaisante à ce Massimo qu’elle a nourri au sein, tant, un peu plus tard, il s’est engoué de continents misérables et lointains où l’on mange des choses si fortes que la sueur vous en coule dans le dos à la première bouchée.

Ainsi surgit en gloire, sous le store et un ciel blanc de chaleur, le premier curry de la vie de

Lietta. "– Porc Vindaloo aux herbes et aux épices, spécialité de la région de Goa, port de l'Inde, sur la côte de Malabar", annonça-t-elle, ravie de fraîches connaissances, quand il me revenait qu'à Goa, je ne tâtais guère que de la langouste et des poissons en feuilles de bananier, que sur les plages de la mer d'Oman, je n'avais jamais vu grand monde manger du porc, que sur la côte de Malabar ou partout en Inde, seules les basses castes mangent du porc, influence qui se fait sentir dans chaque restaurant où l'on refuse parfois les intouchables et mangeurs de porc, détail dont Lietta ne pouvait être au courant : "– Très fort ! explosif ! pour palais avertis !" clama la néophyte en posant le Vindaloo devant les convives, très inquiets. "Avec du piment VERT que j'ai eu du mal à trouver, qui est mieux que le rouge des Mafiosi, il paraît, et j'ai goûté ! mieux ! et encore meilleur le lendemain, si toutefois il en reste !" menaça-t-elle avant de tourner les talons, nous laissant seuls face au Vindaloo. Lequel s'avéra une sorte de marinade calamiteuse, et ce fut cette seconde fois où je découvris que Nora pouvait avoir bon cœur envers les humains, morts comme le père Cecchi ou vifs et pleins d'entrain comme Lietta : tandis que je chipotais, que Magda tentait de découvrir une ou deux bribes de porc de leur sauce d'un brun dissuasif et à la forte et unique senteur d'oignon, *die Kleine* se força à avaler ce – il n'y a pas de mot –, fidèle à une règle à laquelle pour une fois, par charité pour son estomac, elle aurait pu déroger, en refusa la moindre bouchée aux chats et aux chiens qui assiégeaient la table et alla jusqu'à en redemander avec ostentation.

De ce fait, succéda au porc Vindaloo un Désossé de poulet aux noisettes ("– Plat du

Cachemire ! facile à réaliser ! Se fait en un clin d'œil ! et digeste, rien que des blancs sans la peau ! Avec du cumin torréfié à la poêle sans matière grasse !"), qui, lui, sentait exclusivement l'échalote, qui relâcha les intestins des chats comme des chiens – que Nora dépêcha sans inconvénient ultérieur, que je sache. A la troisième expérimentation, celle de Brochettes d'Agneau des Maharadjahs du Punjab, l'odeur familière de l'oignon, comme pour le Vindaloo, et celle de l'ail méditerranéen, étouffant la chaleur mordante du gingembre et l'amertume fruitée de la coriandre, eurent raison de ce régal moghol, ainsi transformé en ragoût : Nora déclara forfait, murmura qu'elle n'avait exceptionnellement pas faim et depuis le début de l'histoire Gupta plus personne n'avait faim à cette table et Lietta dans la cuisine était en larmes, qu'alla sécher Nora, et voyez-vous, elle aimait Lietta définitivement autant que le père Cecchi... Pour la consoler, elle lui offrit son bracelet de perles dont je rachetais aussitôt le semblable, une radiocassette, toutes celles de Pavarotti dont une anthologie lyrique d'ouvrages majeurs et mineurs, l'*Iris* de Mascagni, le *Mefistofele* de Boito, puis sûre de son succès, une compilation de mélodies religieuses et une autre de romances napolitaines ; dès lors, les *Panis Angelicus*, *Gesu bambino* et autres *Minuits chrétiens*, ou leur alternative, *Funiculi funicula*, *O sole mio*, *Parlami d'amore*, s'élancèrent assidûment des cuisines. Pour faire bonne mesure, elle gratifia Fouad de tous les disques d'Adriano Celentano, et un autre traité austro-italien fut conclu : Lietta renonça à toute tentative d'évasion culinaire, répudia Gupta, traître dans son ensemble, fit une exception pour ses œufs brouillés à la mode Parsi – qui ne l'étaient qu'au curcuma ("J'aurais pu trouver la recette toute seule, on peut brouiller les œufs avec n'importe quoi !", pesta-t-elle), mit au ban les pâtes à l'exception des maffieuses qu'on sait, se targua de servir les plats les plus riches de la péninsule, qu'ils fussent piémontais, romains, napolitains comme les romances, des Pouilles, ou même de la farouche Sicile – éclectisme dont je n'aurais jamais cru capable cette femme grandie à l'ombre de notre Duomo et la première que, de mes yeux encore bleus, je vis de près : Carla fut cette mère abusive qui ne se passionna pour mes propres abus qu'après mes quinze ans et n'eut jamais de lait.

En matière de péroraison, la polenta, remède souverain à la faim dont Nora ne discutait pas la vertu, la polenta, nourriture ancienne et alpestre – la plus humble de mes petites madeleines, si je ne supporte plus la Sachertorte, ni les romances napolitaines, ni le piment vert ou rouge, ni David Bowie, si j'ai cette chance que Silvana partage mes goûts et mes dégoûts faute d'avoir d'opinion précise sur quoi que ce soit… Il n'y a que cette polenta, et là le bât blesse, dont Silvana dévore de considérables quantités, particulièrement à Cortina où nous allons souvent et où je dois bien subir la vue et le parfum de la polenta, parce que c'est, avec les pâtes, un des rares aliments italiens qui tienne au corps, qu'il n'y a rien de plus normal, à la montagne, que de s'en lester après avoir sillonné les pistes jusqu'au soir qui tombe aussi froid que le jour est cuisant, à Pâques, or il n'y a pas de Pâques sans Cortina, ni manifestement, de régime végétarien sans polenta. Je me souviens que Nora découvrit la polenta, avec de petites saucisses, lors d'un de nos soupers après une *Butterfly* à la Scala, où j'aurais dû l'emmener plus souvent, où Jurinac fut admirable, où les bonzeries la séduisirent, où elle pleura, à la fin, quand elle comprit que cette idiote de Cio-Cio-San se passait au fil de l'épée à cause d'un Ricain qui l'avait plaquée… "Vogliatemi bene", c'est moi qui le lui ténorise encore, "Vogliatemi bene", il se peut que je m'adresse, en dernière hypothèse, à une large Autrichienne mafflue, qui a atteint les quatre-vingt-dix kilos de sa mère, et mon royaume à qui retrouvera non la princesse, mais l'obèse bonniche, pourvu que la dernière chose que je voie de la vie soient ses prunelles qui, même sous des paupières bouffies, seront toujours celles du chat siamois, et nombre d'autres preuves décelables à moi seul (un parfum des îles, un mezzo feutré, un rire cassé) qu'est revenue la princesse, tout juste travestie sous la graisse, le suif et les guenilles.

XXIII

Le vin blanc, la crème aigre mijotent dans les casseroles couvertes – et des heures de dyspepsie, la nuit, après avoir abusé d'une fillette qui en a repris deux fois, de ce goulasch à la Petra, et dort de ce sommeil de plomb qui bafoue mes insomnies, qui autant que ses retraites sous les étoiles, me prive d'elle, que je ne dérangerai pour rien au monde avant le matin. L'amertume est déjà là, auprès de Nora qui dort et mange comme on prend des forces avant de s'en aller en guerre. L'amertume croustille dans les graines de pavot dont Magda sertit ses petits pains tressés. La peur est là, qui est celle de Nora, qui est la mienne quand je la vois et l'entends crier et se débattre dans les cauchemars qu'elle a souvent, que le sommeil vient gommer ensuite, dont à présent, elle jure qu'elle ne se souvient plus : encore une chose pour me faire regretter Vienne, cette confiance donnée à Vienne où elle me les narrait par le menu. C'était sans la peur. La peur va, tortueuse, ce jour où, très fardée et dans un de ses tailleurs Chanel roses, Nora entre dans la cuisine, son amant et un chat sur ses talons, nous recevons ce soir une huile de la pétrochimie et son épouse, Magda vient d'assassiner de petites truites pour les faire au bleu, je l'ai déjà vue décapiter un brochet, tronçonner une carpe, nous avons mangé énormément de carpes farcies – peut-être, ce *gefüllte Fisch*, à la mémoire de l'époux juif mort sur un banc –, je l'ai déjà vue aux prises avec des poissons vivants sans en être incommodé, tant que l'odeur de poisson s'en tenait à cette cuisine où je n'avais jamais autant plantonné, où je suivais Nora, qui elle suivait l'odeur de poisson.

Ce jour fut un jour particulier, non parce que nous recevions l'huile, mais parce que Nora, si plausible fiancée, si singulièrement adulte ce jour-là dans le tailleur rose, regardait, hypnotisée, le sang couler des mains en battoirs, s'en approchait – et j'ai cru une seconde qu'elle allait saisir le couteau, que, tant qu'à avoir envie de sang, c'était celui de sa mère qu'elle voulait, qu'il y en aurait sur le tailleur Chanel, la peur a occupé cette seconde-là, avant que je mette sur le compte de mes nuits de veille ce genre d'hallucination, tu as la berlue, vieux.

— Les petites truites seront comme il faut, assura le chef, c'est-à-dire de vraies *Forellen* comme chez nous, d'un bon bleu, courbées ou cassées, ça ne fait rien, c'est la PREUVE qu'elles ont été tuées quelques minutes avant de les cuire.

Elles m'ont ignoré, elles se regardaient, Magda a souri, il était hors de doute qu'elle aurait aimé en faire autant avec sa fille, lui rompre les os, la cuire et la manger. Et la peur campait dans toute la cuisine, dans l'odeur fade des poissons que la vieille vidait, dans leur sang fluide et rosâtre, et si ces deux-là partaient, elles se battraient jusqu'à ce que mort s'ensuive : Nora n'était pas fille à rester au bord d'une piscine à dépenailler des magazines en rêvant de rôles mirifiques, et ce fut soudain devant moi cette autre Nora, résumée à la griffe et la dent, qui partirait, sévirait pire que le Dieu d'Abraham et de Moïse, se vengerait de tous ceux qui comme moi l'avaient réduite à merci, et j'étais celui qui l'avait fait de la façon la plus carcérale – qui tirait un verrou.

Au dîner, reparut la première N., chatoyante et rose dans le tailleur chiné rose, déjà *casée*, déjà conjugale, remplissant avec pétulance son premier devoir, d'être maîtresse de maison avant, oh bien avant, d'être la mienne, martyrisant avec maestria l'italien qui se laissait faire, qui dans sa bouche volubile devenait un sabir ensorcelant, et maintenant elle se servait très bien des couverts à poisson quand hier elle leur préférait une fourchette à viande et une cuiller à soupe, car de rassembler puis repousser les miettes de chair tendre contre la mince truelle d'argent lui semblait une perte de temps proche de l'hérésie : on sait qu'elle se jetait sur la nourriture avec la voracité butée de ce svelte siamois dont le descendant a encore griffé Ottavia ce matin.

Voici pour les truites que Magda Neumann, dans les règles de l'art, assassina une dernière fois à Rome, la veille du jour où Nora hésita entre la visite du Colisée et des Chambres de Raphaël, ces dernières l'effrayant autant que nos bibliothèques parce que, me dit-elle, elle ne savait rien de la peinture, parce qu'elle ne savait pas la voir, qu'il fallait qu'on la lui explique, que je ne serais pas là pour ce faire à cause de cette fichue fièvre qui me retenait à la maison, qu'elle se déciderait en chemin, qu'elle serait là à cinq heures. Dans ma fureur qu'elle sortît seule, ce jour de Rome, je m'amusais méchamment de son incapacité mortifiée à apprécier la touche de Raphaël, or c'était la seule vérité de sa dernière tirade, elle sort de scène ensuite ; or les truites du dîner de la veille étaient du bleu requis, en faucilles parfaites, leur chair savoureuse, je me souviens seulement du léger recul que j'eus cette fois-là devant la cassure précise, la torsion foudroyée de leur mort subite, qu'elles semblaient empaillées, mais je ne me souciais pas de truites au bleu dont c'était le sort, je me souciais de cette grippe et de cette migraine qui me vaudraient qu'elle se passât de moi le lendemain pour visiter le Colisée ou les Chambres de Raphaël comme elle en avait l'intention, et qu'était-ce qu'une grippe sinon l'occasion de maudire la clim, qu'était un malaise passager quand Nora pouvait profiter d'une belle après-midi ensoleillée pour jouer les touristes, munie de l'attirail idoine, sa casquette rouge, son appareil photo, ses lunettes noires, et flanquée d'un chauffeur à la carrure de barbouze – un Fouad de toute confiance... ? Et puis les jours s'amenuisaient, qui disaient déjà septembre et ce soleil sourd des arrière-saisons, celui sous lequel j'écris, celui de ma propre arrière-saison dont je ne vois plus les ors et les bleus de reliquaire, ce n'est plus qu'un bleu intense que je vois, qui cogne aux fenêtres des combles et aveugle celui qu'une main transparente a loqueté là, dans l'été.

XXIV

J'aurais pu être loqueté autrement et pour sévir, sans attendre le Dieu d'Abraham et de Moïse, il y avait les hommes et les lois. Nous avions ceci de commun, l'atroce Neumann et moi, de tomber sous le coup de celles qui visent à la protection de l'enfance et de l'adolescence, et diantre, il y avait là sur la personne même d'une adolescente, attentat à sa liberté, aux mœurs, excitation à la débauche, assortie de menaces et sévices sexuels… Détournement de mineure ? Non, je n'avais en rien soustrait la mineure à l'autorité de qui en avait la garde : à moi et à d'autres, Magda l'avait vendue, qui n'était qu'une proxénète assez retorse pour, jusque-là, passer à travers les mailles du filet. Magda avait sans doute tenu sa fille en tentant de l'accrocher aux drogues dures, j'étais arrivé juste à temps, avec leur meilleur substitut – l'argent, dans le cas de Nora. Considérons, dis-je au célèbre criminaliste qui, dans mes cauchemars, sonne à la porte, considérons qu'il s'agit du détournement sans fraude ni violence (et cette gifle que tu as esquissée, pas plus tard qu'avant-hier ?) de ladite mineure, d'un *rapt par séduction*, le Code pénal *dixit*, qui est mon livre de chevet ; à quoi le célèbre criminaliste réplique, au présent du cauchemar, que si Nora Neumann avait été majeure, j'aurais encore été coupable de cette séduction dite dolosive grâce à laquelle on amène une femme par manœuvre frauduleuse, abus d'autorité ou promesse de mariage jusqu'au mitan du lit : la femme est une haquenée fourbue, qui en a vu d'autres, fête ses quarante ans, ne demandait que ça, ne demandait que vous qui avez du bien, et parce que rien n'a été à l'allure qu'elle voulait, elle qui va d'un amble pressé, qui n'a plus le temps, vous traîne sans remords devant les tribunaux pour l'avoir connue charnellement sans lui passer au doigt la bague par laquelle alléchée – et je vous demande bien quelle séduction n'est pas dolosive, de quoi on parle, et vous me direz d'amour et de malheur, le criminaliste, de lois, de ces lois qui n'ont rien à faire avec le genre humain, ce dont il peut même convenir avec un sourire de miel fleuri et pour vous, dont on ne veut rien entendre de plus, une grosse amende et de la taule avec ou sans sursis… Coupable êtes-vous donc, jumeau de Landru, d'avoir amené la vieille rosse "*à consentir à des relations hors mariage*, ce qui figure noir sur blanc, mon ami, dans ce Code pénal auquel vous portez un intérêt justifié", éructe le jovial juriste. Reconduisons-le et restons entre nous à causer.

Il y eut bel et bien détournement si celui-ci, qu'il soit de fonds, de valeurs, de titres ou de jeune fille avertie, est le fait de "disposer indûment de ce que l'on détient à titre précaire" : nous nous étions détournés l'un l'autre, mais c'était moi qui, corrompant Nora par tous les trésors souterrains des Enfers, en avais fait ma Perséphone aux yeux empoisonnés, quand Nora ne m'avait séduit que par le regard de Munich et le sourire de Grinzing, et les lois pénales n'ont jamais tenu les regards et sourires que dispense une jeune fille comme un crime dont on exige la répression.

En revanche, l'atroce Neumann et moi, l'un comme l'autre (et c'est ce *l'un comme l'autre* qui me paraîtra toujours le plus impardonnable d'une affaire qui, en effet, aurait pu être jugée), multipliions les abus de pouvoir sur une nymphette qui aurait pu elle-même aller nous dénoncer tous deux à la police, laquelle, parmi les plaintes qu'elle aurait pu porter, aurait entendu avec beaucoup plus d'intérêt celles qui me condamnaient – le récit de la vie qu'elle menait sous ma tutelle, cette bague de fiançailles qui ne faisait qu'aggraver mon cas, la fable maléfique du verrou –, que les doléances d'une adolescente exaspérant forcément sa pauvre mère par ses caprices, et réfractaire à ce que celle-ci la remît dans ce droit chemin qui, blanc comme la raie sarclant les cheveux de Marie, sillonne de part en part un *monde plus sûr* (je cite Carla qui, de vive voix ou par écrit, l'appelait de tant de vœux), la poussant à cette fin dans les bras d'un homme assez amoureux et assez responsable pour l'écarter à jamais de l'ornière toute tracée de la délinquance juvénile... Nul n'aurait parlé des hôtels de passe d'Europe centrale, nul n'aurait vu en Frau N. une mère filicide, dans le principe, et l'entremetteuse qu'elle était dans la réalité, mais au pire une virago peu avare de raclées envers une enfant difficile qui l'en accusait, qu'on aurait qualifiées de *mauvais traitements*, et l'attention de l'auditoire aurait molli devant un cas hélas fréquent. Le mien, maintenant. C'en était un, dangereux, de psychopathologie sexuelle : comme plus haut, mais ici devant un aréopage compétent, on aurait vu le crime rôder dont j'étais le coupable en puissance, et si elle n'avait eu d'autre intention que de me voir boucler non dans l'été de mes vingt-sept ans mais à l'ombre des cachots (une prison modèle où j'aurais été bibliothécaire, fait de la gymnastique tous les matins, où l'on m'eût fort bien nourri, où tout aurait été aussi calme qu'avec Silvana… ? … un asile de fous ? … le service psychiatrique de la prison ? … l'aile carcérale de l'asile ?), à écouter ma talentueuse Nora, derrière le pervers notoire qu'est l'ondiniste, que stigmatise en ces termes le Précis de Sexologie qu'a dégotté la plaignante sous les combles et les toiles d'araignées : *ondinisme*, n. m., sexol. : érotisation des fonctions urinaires, SYN : urolagnie – derrière le psychopathe, on aurait débusqué le violeur, l'ombre générique du meurtrier et, moins une, *abyssus abyssum invocat*, le corps de Nora Neumann gisait au fond d'un étang de la Maremme, découpé en rondelles selon le principe qu'inspira au furieux, parmi les recettes tchèques d'une certaine Petra, aïeule de la victime, celle du saucisson aux pommes.

Oh, mon amour, restons parmi les ondes, les ondins et ondines, dans ce monde ondoyant et ondulant, à la beauté sous-marine, où tes cheveux irisent à tes tempes leur nacre délicate, viens que je te boive et te mange… et comment, à nouveau, ne permet-on pas à l'homme d'être tendre à la façon des animaux qui viennent râper de leur langue les embrasures du corps endormi de cet Adam, de cette Eve, qui sont leurs amis humains, s'approprient la chaise où il s'est assis, en mordillent, sucent, dépècent le coussin, ouvertement extatiques, l'œil intimement lévitant, tout occupés, en puissant vertige intérieur, à se pénétrer de l'essence unique qui hante le siège abandonné ?... Je voyais trop, moi, Nora comme une enfant sacrée pour ne pas boire à tous les puits étroits de son corps, à ces sept orifices d'où, comme sur les eaux étendues, je percevais le souffle du démiurge – ou celui, bienheureux, d'un démon captif –, et j'aurais volontiers fait craquer sous ma dent sa petite oreille au rose carminé et jusqu'au dernier de ses cartilages. “Ceci est mon corps”, a dit le type de Nazareth, et c'était celui de mon épouse, la seule de toujours et le pain de ma vie, et cette source de mon fleuve m'était aussi sainte qu'à d'autres celle du cœur de Jésus, et j'écris ceci en mémoire d'elle comme le Christ a dit “Faites ceci en mémoire de moi” : le délire de l'amour n'est qu'une Visitation hurlante, sa dévotion, un record d'indigence et d'inhumanité, et l'amoureux reste, dans sa bauge sentimentale, le seul merveilleux et miraculé, ainsi étais-je quand elle apparaissait le matin du côté de la terrasse en traînant des pieds, les cheveux dans tous les sens. Pour le reste, la visibilité de l'amoureux est nulle, lui indiffère un monde englouti dans une commode purée de pois, un monde qui après tout n'était pas si beau – c'est le seul point qu'on ne peut discuter – et lui, l'œil confit devant les charmes de sa Calypso, qui s'appelle Josiane, a le genou massif et les dents si écartées qu'elle s'abstient de salade en public, surtout la frisée, lui macérant, ronronnant, embaumé dans son histoire, qui en vaut d'autres, desquelles il ne veut plus entendre parler, son truc est tellement mieux, il garde poliment, en référence, les amants de Tintagel et Goethe, le voilà qui a perdu les neuf dixièmes de ses facultés, on lui souhaite d'être fonctionnaire pour user du reste à somnoler poétiquement derrière un bureau avec en fin de mois un salaire destiné, selon, à l'achat de fleurs, de gants ou de voitures puissantes grâce auxquelles convoyer Josiane, baba, d'un paradis à l'autre, faute de pouvoir acheter la fille tout de go, puisque nous étions avec ce doux Jésus qui était terrible et puisque c'est mon cas. Le triptyque de Van der Weyden était terrible aussi, *maman*, mais nous ne l'aurons pas vu longtemps.

Exaucé ou non, l'amoureux se retire du monde puisqu'il n'y voit ni entend plus rien, bien forcé. On le retrouve parfois, prodigieux, hagard et outre-tombal, surgissant et se frottant les yeux. Il écrit souvent ce rêve après lequel il les frotte. Parfois aussi il s'appelle Proust, soit il écrit sur ce qu'a écrit Proust, il s'appelle Barthes. C'est sans surprise. Je reviens sur ce moment où l'on peut qualifier mon cas de particulier : l'amoureux disparaît, reparaît pratiquement toujours, ou bien il s'est fait moine et poursuit ailleurs les mêmes pratiques, psalmodie, circumambule, se met à genoux, c'est qu'il n'avait pas envie de changer. Je n'ai pas reparu, j'ai même veillé, pour être tranquille, à ne rien laisser de moi auprès des autres, qui n'étaient plus les miens, qui ne l'avaient jamais été, la fille qui traînait les pieds allant vers la terrasse m'avait juste fait mettre le doigt dessus. Bien sûr, j'ai sauvé les apparences, et je me demande souvent si les chats, les chiens, les jumelles, tous êtres sagaces en leur qualité d'animaux et d'enfants, sont dupes. Les autres, oui, c'est quasiment certain. Après la publication de ce livre, je ne serai plus là pour tempérer les humeurs des survivants, qui m'ont cru de leur bord et vont tomber de haut : blousés, et prêts à rouvrir la tombe du paria comme on l'a fait de sépultures juives dans un cimetière juif, quand j'étais jeune. Mais non, de l'ordonnance du Cimetière Monumental, ils ne dérangeront rien... Quand on pense qu'en plus, ils m'ont cru athée et de ce matérialisme glaçant qui les mettait aux cent coups et que j'affichais pour que – arrière ! et qu'ils ne viennent pas me renifler sous le nez, et qu'ils aillent se coucher, ce qu'ils faisaient en geignant.

Nora N. me signala que je n'avais rien à voir avec ceux-là, et partit. Elle alla vite à émettre ce signal, je mis du temps à le recevoir, je fis exprès, ce temps me servait à l'aimer, il était compté puisqu'elle ne pouvait, moins que moi encore, être de leur côté et que si elle s'y efforça, elle n'y parvint pas ou plutôt se lassa d'un effort aussi vain. J'eus néanmoins conscience de ce temps qui marchait à l'horloge, pendant lequel je vivais sous le régime d'une terreur familière à tout amoureux. A approcher l'amoureux, on entend tic-tac. C'est là ce qui le rapproche de la mort, là où tout butor solennel porte au poitrail ses blessures comme des décorations, là où certains disent que la souffrance les a élevés, je vous demande vers quoi, Carla dira qu'elle l'avait fait sans manquer vers les mystères de mon âme, alors que je ne pensais qu'à copuler avec une gamine gracile aux yeux sinueux et au doigt déviateur.

Coupe des bénédictions, disais-je moi des lèvres et du sexe d'une petite putain viennoise, et voici, j'aurais volontiers tenu les liquides de son corps dans des fioles précieuses, une de nacre pour sa salive, une d'argent pour sa sueur, une de rubis pour son sang, une d'or pour son urine, et je les aurais données aux malades et miséreux pour qu'elles leur dispensent santé et prospérité – les liquides de son corps auraient opéré des miracles, et une troupe de gueux et de gueuses, de rois et de voleurs, plié le genou devant l'enfant et ses pouvoirs. Très bien, mais on me l'aurait soustraite tôt ou tard (je la perdais de toute façon) pour monnayer chacun de ces magistères, le sang de ses règles qui avait le goût du métal, de la pluie, de la rouille, et sa sueur, ce parfum des îles – et je bénissais ces jours caniculaires où ma fille turbulente avait joué avec chats et chiens, où sa peau exaltait son poivre âcre, et si un orage avait éclaté, une excellente odeur de chien mouillé parce qu'ils avaient couru sous des hallebardes, elle et le clebs ; je bénissais les brûlots du dîner car, incendiant jusqu'à sa glotte, ils embrasaient sa salive et je sentais alors monter, de l'automne du Moyen Age, une autre senteur, celle de cochons à la broche, celle des bûchers où nous aurions grillé après le plus expéditif procès en sorcellerie. Ç'aurait été, jadis, un procès guère différent de celui qu'aurait intenté Carla Cuori envers moi et ma Lilith de Bohême pour l'abomination suprême de notre communion des combles – un procès et brûler comme des fagots ? pire, et ce n'est pas seulement à son confesseur que Carla Cuori aurait alors livré le fond de sa pensée : glosant avec ses pairs, prenant à partie toute l'Eglise catholique romaine et chacun de ses diocésains et paroissiens, c'est en chaire que Carla Cuori aurait invoqué une Eucharistie satanique propre à la rendre folle ou la tuer, ceci pas avant, comptant sur le mutisme assermenté du corps médical, d'avoir suivi une première démarche bien contemporaine, et pour moi une lobotomie, vite vu. Chez des gens comme Carla, on n'observerait, après une lobotomie, aucun changement flagrant, vous les verriez toujours s'ébranler sur un rythme à quatre temps, sous le drapeau, les enseignes, les ordres, leurs processions étant en général annoncées par le clairon, ainsi marchent-ils en carré ou en colonne sur l'Adversaire, ainsi nomment-ils le démon, idem l'étranger et ses yeux luisants dans la nuit comme des yatagans, ils sont grands lecteurs de romans policiers pourvu qu'à la fin l'on y découvre l'assassin, je n'ai pas dit de romans noirs. Ils n'aiment pas le noir, ils allument des veilleuses, baissons le drap sur le tableau de famille que vous aurez reconnu. La petite aurait pu me donner à ceux-là, comme j'ai dit, s'il n'y avait eu ces moments où, sous les combles, je l'effrayais de mon amour, où elle voyait quelque chose de grand – et une énigme à résoudre – dans cet homme dressé devant elle, puis la maniant puis étendu sous elle, et elle me contemplait longuement, elle me disait non plus que j'étais bon, mais que j'étais beau, alors que je ne le suis pas. "Tu es beau parce que tu es fou", disait-elle, miséricordieuse, berçante, avec la douceur qu'on doit à un enfant qui a la fièvre, droguée de l'amour que j'avais d'elle, parfois. Et parfois donc elle se livrait volontiers parce que j'appartenais soudain à son monde coriace, celui d'une enfant à qui le sexe est naturel, voire indifférent, à un monde indemne où il ne l'est pas moins si c'est un service rémunéré, et digne d'attention toute expérience assez originalement tournée pour le rendre moins ennuyeux, ce monde-là, cet ancien monde de troc dont elle venait avec des yeux que je parvenais encore à surprendre… Nora Neumann était innocente, et à l'innocence, la pipe au premier barbouze est oubliable dès l'instant où on a été poliment se rincer la bouche, c'est l'instant où Nora revient avec un visage de dragée fine, ce visage d'après les fellations que je lui connais, jamais plus madonal, et l'avantage que j'ai à cet instant sur le barbouze (Fouad ? il a disparu depuis un demi-siècle), c'est, du fait d'une gratification qu'elle sait conséquente, d'obtenir ce sourire courtois, pensif, de qui a vu, de ses yeux vu la paix étendre son empire jusqu'aux confins du monde : elle vient seulement d'avaler avec componction une lampée de cette semence moite dont, selon mon vœu, sa gorge a fini par transfigurer le goût, qui se change en mossolis, en liqueur de rose, je ne sais pas, je sais seulement que c'est, outre grâce à la circulation clandestine de billets filigranés, pour aller au théâtre le lendemain.

Frau Neumann, votre fille est un coup d'enfer, et au banquet des anges, j'ai tant mangé son sexe que j'ignore ce qu'il en reste, et sa nuque pâle et ses aisselles d'argent et l'œillet rose thé de son nombril et le bleu de gentiane à la saignée du coude, et tant léché et consacré ses pieds et roulé sur eux ma pauvre tête et sa calvitie naissante, tant et tant baisé ses pieds comme le fit la pécheresse de ceux du prophète en Galilée, que j'ai dû la recouvrir d'un vernis que rien n'aura pu craqueler, j'ai si souvent étendu sur son corps le zaïmph des prêtresses de la lune que scintille encore, j'en jurerais, dans chaque pore de sa peau un mica suspect qui n'est que poussière sidérale, ce même si elle a passé le plus clair de son temps d'un barbouze à l'autre, et pour Fouad je ne saurai jamais, au fond des chambres noires de villes ruinées ou de cités neuves et pauvres et sans grâce, après. Après, ma vie s'est perdue en conjectures comme un fleuve dans la mer. Dans cet après, il y a aussi ces terres, cette fazenda, la demeure d'Amérique du Sud où elle dort dans une chambre aux meubles anciens, sous un crucifix et les larmes baroques d'un Christ lusitanien qui saigne de toutes ses plaies dénudées, ces Christ qu'éventrent les siècles et les pluies, là-bas, dans ces contrées que j'aime, où le bois moisit et suppure, où mille crucifiés semblent surgir comme les troncs, foudroyés au Chéol, des arbres qui furent en Eden. Elle a oublié les convulsions de toute nature, celles des arbres, les miennes, les siennes, quant à celles du Christ de bois, elle s'y est faite et l'œuvre est de bonne facture, juste un peu ultérieure à cet *Ecce Homo* (une peinture flamande qu'autrefois elle a trouvée belle), et elle dort sous le haut prophète, sa couronne et les rondes gouttes de sang pâlies à ses membres tendineux, elle dort aussi sous une moustiquaire, elle a des petits-enfants, et si c'est un rêve que de la voir dormir ainsi, tout ce que je veux, c'est qu'on ne m'en réveille pas.

Le 13 d'août.

Nous serons à Rome dans trois jours, Nora souffre de ses règles et m'a appris aujourd'hui que son cycle menstruel ne s'est rétabli qu'ici, que c'est bien la première fois qu'elles reviennent à heure fixe, qu'avant, depuis sa nubilité – treize ans, un an après le *Vier Jahreszeiten* –, elle ne les avait que très rarement, qu'un docteur lui avait dit que c'était normal, que c'était parce qu'elle était en dessous de son poids, on ne pouvait jamais savoir si elles allaient débarquer, même un tout petit peu, m'a-t-elle dit, autant savoir si on allait bouffer ou non.

Maussade, à l'ombre, imprimant à la balancelle une oscillation tempétueuse qui m'inquiète soudain, et tout soudain me semble improbable ou, plutôt, probable que disparaisse ce soir la chatte siamoise murée comme Nora derrière un masque crépusculaire où s'ouvrent ses yeux félons, probable la fuite de ces deux avec leurs yeux étirés, fardés et félons, ou bien la balancelle ne s'arrêtera jamais de tanguer, toujours plus fort, plus haut, et ces deux, hop, volatilisées dans le silence du soleil.

Mon trouble est en partie justifié : on sait que les dérèglements hormonaux affectent les humeurs d'Eve, on sait que les chats siamois sont d'affreux tartufes – il semble que cette race ait été conçue spécialement pour les Cuori, et je n'ai jamais vu que des siamois, un cauchemar de siamois, sur nos lits ou dans les jardins –, on sait hélas que fillettes vénales et chats siamois peuvent d'un instant à l'autre filer, sauter le mur du jardin, je sais que Nora le ferait, même celui que défendent des tessons de bouteilles, que pour m'échapper, si l'envie lui en prenait, elle s'ouvrirait les genoux à l'os.

Je marche sur la balancelle, je veux arrêter le roulis de la balancelle, arrêter cette nausée, chasser les présages, je ne peux chasser que le chat qui, pour la première fois depuis que je le tolère, crache et gronde ; Nora se lève, soudain charmante, m'assure que demain elle ira mieux, grommelle une tirade dont je saisis qu'elle s'enchante de Rome, qu'à peine arrivée elle voudra visiter le Vatican, le Forum, les palais, les catacombes, tout, absolument tout... ses périodes seront par bonheur finies, il lui faudra juste d'autres vêtements, plus légers, puisqu'il fera plus chaud, qu'est-ce que j'en pense ? La balancelle est immobile, l'Apocalypse arrêtée, et c'est moi qui la nuit précédente n'ai pu dormir du tout, qui ai vu l'aube pointer, d'un rose narquois, en fer de lance. Insomnie de l'un, douleurs menstruelles de l'autre, et dans trois jours, vacances romaines. Elle se cure le nez dont ne peut sortir que le diamant de Salzbourg, m'avertit qu'elle va commencer de faire ses bagages, qu'elle est habituée, qu'elle n'a besoin de personne pour plier ses vêtements, que ces valises, les Gucci, sont si commodes, qui ressemblent à des coffres volants, que les autres, ça fait longtemps qu'elle les a jetées. Comme tout d'avant ? demande Cuori – quand elle me répond oui, comme tout d'avant, elle a chaussé ses lunettes noires, elle n'aime pas que je scrute sa prunelle myosotis avec, j'en conviens, une opiniâtreté exaspérante "pour lire le fond de ses pensées, ou comme un serpent tente d'hypnotiser un lapin, dans les deux cas, c'est se donner du mal pour rien", soupire-t-on, et est-ce que je comprends combien c'est embarrassant d'être dévisagée tout le temps comme ça ?

Il fait très chaud en ce mois revenu des moissons, où le serpent s'est assoupi dans le lit asséché de la rivière.

XXV

Que le plaisir de Nora fût uniquement clitoridien… oh, l'horrible mot qui sent le cabinet médical, les étriers métalliques, le doigtier de caoutchouc, toute une asepsie rebutante – mais ne les mâchons pas, ces mots, pour explicites qu'ils soient et quelque goût qu'ils aient, ici, l'amertume… ; que Nora n'eût que ce plaisir estropié ne commença de m'être insoutenable qu'avant d'emmener ma captive d'une prison à l'autre – et d'avoir raison de ma fausse résignation et de cette idée que j'entretenais avec soin : faute d'être "révélée" (le terme est gorillesque), elle ne s'évaderait pas s'il s'agissait, hors nos murs, de chercher quelque chose dont la notion lui faisait totalement défaut. Ce plaisir âprement circonscrit à une agrafe de chair pourprée ne me devint une offense et une crainte qu'après que je me fus heurté, trop souvent, trop manifestement, à ce front, ces yeux opaques, cette lippe marmoréenne, cet univers clos dont elle était maîtresse, et de ses sens et de son imaginaire : à quoi pensait-elle quand je la caressais, peut-être me trompait-elle avec un jouvenceau rencontré cet après-midi dans une pizzeria, lequel l'avait dévisagée longtemps, et ce n'était certes pas le premier, et elle savait déjà assez d'italien pour apostropher le gêneur qui, malgré ma présence, ne la quittait pas des yeux – et de l'apostropher n'était sans doute qu'une façon de me tenir tranquille : *Vuole la mia fotografia ?* vociférait Nora pendant que la tranche de cassate fondait dans son assiette ou que refroidissait la vaste hostie dorée et gonflée de fromage liquescent qu'elle attaquerait après avoir engagé l'importun (l'était-il vraiment ?) à aller se faire voir, *andate a farvi benedire !* – mot à mot, se faire bénir, et le gars détournait ses regards de la mégère délicieuse et de son geôlier, et le geôlier, exigeant blue-jeans et probes tenues de collégienne dans les pizzerias (ma nièce est en vacances), fut et demeura assez odieux pour refuser qu'elle arborât ses robes de rêve dans quelque grand restaurant de la ville : à ce candide plaisir de coquette, ma jalousie lui refusa même le droit, et elle ne porta les robes que dans la plus stricte intimité, à l'heure où nous réunissaient un verre, le dîner, où elle n'avait que moi à injurier parce que je la regardais d'une façon tout aussi salace que l'inconnu de l'après-midi, soit, ces joyaux de la haute couture défilaient – envols étourdissants, retombées nuageuses, perlées, aurorales sous le genou aigu, à la cheville ailée… –, devant mon objectif auquel le mannequin adressait ses sourires les plus professionnels, lesquels étaient charmants, toujours, parce que l'objectif qui lui offrait d'immortaliser ses seize ans dans un flash glacé, ne lui demandait rien en échange.

En échange, je lui demandais ce que je me révélais tout spécialement impuissant à obtenir, cette jouissance où l'on se perd, où je voulais la voir se perdre de mon fait, et sous moi, par moi, je n'ai pas dit avec moi : le gorille est ainsi, qui mesure son pouvoir de tuer à celui de faire jouir, avec un immense intérêt et de tout son amour-propre le jauge aux cris et au sang qui affleure sous la peau, tient sa petite comptabilité des rougeurs flatteuses, preuve patente de ce plaisir qu'on ne doit qu'à lui, qu'il surveille avec souvent, écartons le gorille, une gueule de pion, parce qu'aussi elle peut feindre, et il ne veut pas qu'on la lui fasse, il veut savoir jusqu'où, dispensateur de bienfaits – et la fille hurle comme si elle agonisait, ce qui s'appelle un orgasme, le roi est couronné, le bûcheronnant bûcheur diplômé, il s'empresse d'aller manier son nœud de cravate devant d'autres. Dans mon cas, aucun maniement de cet ordre, mais – le pire étant de le savoir – ce même orgueil invétéré, cette même volonté de ligaturer dans le plaisir la fillette que j'aimais, de la noyer dans ce monde du sexe, ocellé, placentaire, dont on ne sort pas impunément, et pas au mépris de qui vous y a mis, c'est ce que rumine le gorille, c'est aussi ce que dit l'amoureux. Il s'y croit. J'étais amoureux mais ne pouvais trop m'y croire : comme dans un film fort connu de Buñuel, Nora aurait pu porter le carcan lacé d'une gaine indesserrable, toute autre ceinture de chasteté et son cadenas dont je n'aurais pas eu la clé ou se corseter dans de la pierre, que rien n'aurait changé ou plutôt que ç'aurait été peu de chose, cet obstacle tangible, auprès du vide de ce ventre que je pénétrais, de ces hanches immobiles, presque ankylosées, fortes de leur soumission. Nora ne jouissait que lorsqu'elle mangeait (sous sa dent, le sucre d'une pêche, l'onctuosité de la figue, la bourrative pizza de tout à l'heure), lorsque d'une langue faufilante ou d'un doigt reptilien, je courtisais, chiffonnais, exaspérais sa vibrante nervure médiane, seule corde dont l'archet du violoneux, donnez-lui deux sous, jouait avec sûreté : embrassée, caressée, et c'est à l'Opéra de Vienne la première fois, elle jouissait toujours – oh, plus fort, et elle trépignait et tremblait, se figeait dans une cambrure chasseresse, médusée par la brusquerie de ce qui semblait une délivrance masculine, celle d'un jeune garçon, et elle me regardait, bluffée d'elle-même pendant que le sang nimbait tout son visage d'un rose vaporeux et profond, de ce fard de la caresse, poudré, appuyé aux pommettes. Et, loin des gorilles ou étant bien incapable d'en être un avec elle, je m'apercevais que rien de Nora ne me torturait davantage, que j'eusse préféré que cette frigidité fût totale, car alors j'aurais peut-être perdu cet espoir tuant de la vaincre, cessé d'être obsédé de cette autre jouissance que je harcelais, qui se refusait.

Au bienheureux mois de juillet, j'acceptais ce paradis restrictif – comment n'aurais-je pas compris pourquoi la pénétration la plongeait dans un ennui cataleptique ? –, je me contentais de l'accabler de douceurs de tous ordres, pourvu qu'elle trouvât son plaisir de toutes les façons qu'il lui plairait : "fais ce que voudra", et il y avait celui de manger avec cet appétit triomphal, que certes il me revenait d'assouvir, mais avais-je jamais eu un autre rôle, et aurais-je bientôt fini de lui tourmenter les reins, quand, ce soir, ces anguilles à la braise, recette des bords du Pô, et les têtes de ces anguilles dont elle ne laissait rien, aucune miette de chair à la saveur incomparable – et j'étouffais entre ses hanches impavides le dernier spasme d'une passion sans recours, avec de surcroît la sensation du dérisoire absolu, voire de la laideur, du viril hoquet précédant l'inévitable léthargie de l'étalon – d'un homme qu'elle laissait se soulager, qui l'était bien moins qu'elle lorsqu'à la fin des opérations, elle ne se souciait plus que de deux choses : de n'avoir pas oublié cette pilule contraceptive qui semblait, au contraire de beaucoup, lui creuser l'estomac, et qu'elle ne cesserait de prendre, selon les accords dits de Milan passés entre elle, moi et Carla Cuori, qu'à ses dix-huit ans où son utérus, majeur comme le reste de sa personne, serait en âge de concevoir un, une Cuori et de le garder les neuf mois requis. Il n'était pas très difficile de lire dans les pensées de Carla, qui jugeait l'utérus de ma Juliette (encore Nora était-elle plus âgée de deux ans que la petite Capulet) irresponsable et capable d'égarer le fruit Cuori par mégarde, parce qu'elle aurait trop couru ou plongé ou nagé ou dansé : jetant un voile sur Numana et sa plage miragineuse, Carla condamnait sans appel ce qu'elle qualifiait de *rapprochements* tant que le but n'en était pas la conception et avant que leur eût été concédé le sacrement du mariage ; ce que, par vœu de modernité, elle aurait voulu s'interdire de penser, ce qu'elle se gardait de dire pour la même oiseuse raison ; ce dont elle n'avait rien dit, parce que je me serais fâché tout rouge, et qu'elle aurait préféré, de crainte de ne pas savoir tenir sa langue et de provoquer tôt ou tard cette fâcherie, fuir à toutes jambes ce toit où, non loin d'elle, se commettait un péché capital – la luxure, "qui souille les sources de la vie", proférait-elle avec son emphase ordinaire et citant comme à l'ordinaire Romain Rolland. Et rien que d'ordinaire dans le regard porté par Carla sur les amours importunes de sa progéniture, amours dont ma mère (qui, à Numana, s'était vendue de façon bien plus rustique que ma Loreleï) ignorait tout comme de ces combles d'or qu'il y avait sous le toit.

J'en reviens à cette seconde chose qu'hélas ma perspicacité m'interdisait, moi, d'ignorer et qui était, juste après l'oubli potentiel du contraceptif, le souci ultérieur de Nora, alors que je reposais près d'elle, sur le flanc, soit qu'un sourire mystérieux errât sur ses lèvres, soit qu'elle eût très exactement l'air d'une enfant devant qui les portes de l'école viennent de s'ouvrir sur une cour radieuse où jouer au basket le temps d'une récréation, et en effet, mon amour, ce n'était qu'un sursis éphémère car, ne t'en déplaise, et puisque les références théâtrales étaient de mise, je n'avais pas l'âge d'Arnolphe, ce qui t'aurait formidablement *arrangée*... Le mot est de toi, cette vulgarité, la tienne, et cet élixir revigorant dont j'avais éprouvé les vertus dès les premiers jours, qui me galvanisait à puissantes salves, s'il me rajeunissait sans qu'on pût le déceler à grand-chose – à mon regard sans doute qui, depuis ces premiers jours, semblait lavé comme celui de mon arrière-grand-père Giuseppe, et à cet air bonhomme du même, qui m'étaient venus à cause d'elle, aussi spontanément qu'ils me quittaient, autour de Ferragosto, jour férié tel, pour elle comme pour moi, tous les autres, le quinzième d'août et la veille de notre départ de Milan.

Gobée donc, cette pilule contraceptive, et – non, ce soir, pas d'anguilles, erreur, les anguilles étaient pour demain, ce soir officiait Magda et nous aurions du Fricandeau de Veau à la Karlsbad, et elle souriait au délice de Karlsbad, à sa barde de langue écarlate et à ses cornichons, ensuite allait se laver avec, cette fois, l'air de quelqu'un qui a tenu ses engagements, l'air le plus honnête que je lui ai jamais vu : *fair play*, juste un peu pâle et lasse – redeviendrait pétulante après avoir sauté dans ses blue-jeans et chaussé ses tennis, parce qu'il fallait se promener, trotter autour du parc, s'aérer, que diable, et puis garder la ligne, lançait à mon intention la petite Nora qui aurait fait l'honneur d'une fraternité scoute ou de tout autre mouvement éducatif offrant aux jeunes des activités de plein air et une gamme de jeux tendant à développer chez eux 1) résistance physique, 2) sens pratique et 3) sens moral, à l'exclusion des autres. Elle possédait parfaitement mon petit un et mon petit deux. Quant au sens troisième, s'il lui en était resté l'ombre, nul mieux que moi ne se chargeait de la dissiper, ceci par amour, ceci parce que je la payais. Et si je l'ai vue rougir, et le sang lui battre aux tempes plus fort qu'après l'orgasme, c'était à l'instant où les billets, cent, deux cent mille lires en cas de conduite irréprochable, crissaient sous ses doigts – chez Mme Ermelina, la passe est à vingt mille, gardais-je pour moi, avec mon meilleur souvenir de Mme Ermelina – et c'étaient ces scènes de l'argent, de ce plaisir qu'elle avait avec lui, cette adoration qu'elle avait de lui et mille ans d'angoisse éteinte, étouffée comme ma triste jouissance dans les lacs et lacis de ses entrailles soyeuses, ainsi étouffée dans les liasses froissées, défroissées, regardées, qu'elle broyait carrément dans son petit poing qui voulait posséder et détruire – qui n'appliquait pas la sentence de Kleist, "aimer, déchirer, cela rime", qu'à l'argent.

Monnayant chaque faveur, chaque caresse, elle poussait les enchères pour grimper dans la soupente, les poussait jusqu'à l'impossible et que je ne puisse qu'ignoblement lui opposer la kyrielle de mes menaces, bien aussi ignobles que mon ravissement à exaucer tous ses désirs, ce qui revenait, pour ne pas la perdre, à risquer de la rendre folle, et n'importe quelle enfant, en effet, serait devenue folle à ce jeu dont insensiblement je faussais les règles : jaloux de mon argent, je voulais encore être aimé pour moi-même, et qu'étais-je, devant elle sous les combles, qu'un maître chanteur doublé d'un aliéné, sans pour autant disposer de la plus mince circonstance atténuante. Et je me serais tué pour elle (c'est le moins), soit par la vertu de mon sacrifice et un legs conséquent, pour lui assurer des jours sereins jusqu'au dernier, soit (moins généreux) simplement parce qu'elle aurait vidé les lieux. Je ne me tuais pas, autour de Ferragosto : devant ce poing crispé et ce soudain bonheur, les joues fiévreuses et cette exaltation de ma jeune maîtresse à être payée, je me détournais, c'était tout ce que je trouvais à faire et j'allais me réfugier loin d'elle, dans la bibliothèque, ce seul lieu où elle se sentait minuscule et où la narguait une puissance terrible, plus terrible que celle de l'argent et autant que celle de Dieu, car inintelligible.

Elle avait fini d'entrer dans la bibliothèque et moi de la surprendre, feuilletant furtivement ces ouvrages à la reliure trop précieuse : l'effet était toujours le même, et des plus saisissants – c'était comme si elle avait entre les mains non des pages imprimées, mais un miroir magique, celui d'un autre conte, celui qui lui disait qu'elle n'était pas la plus belle. Ou pire : ils étaient opaques, ils ne la réfléchissaient pas, ils étaient bien les seuls à mettre au défi la force de sa séduction, omnipotente par ailleurs ; l'adversaire était de taille et, opposantes à sa mesure, ces intrigues de fiction la déconcertaient davantage que celles de Dieu, à cause sans doute des dons reçus de la grand-mère Petra – j'ai l'air de me moquer, mais aujourd'hui encore, comme je suis d'accord avec elle : que nous font donc ces histoires chantournées et la plupart du temps étrangères… Pour une Colette dont la conquirent la langue somptueuse et les récits laconiques, pour les quelques Homère et Dante qu'elle aurait adorés au même titre que Shakespeare parce qu'ils parlent de la même chose, et de leurs écrits elle aurait corné les éditions sur papier bible, pour ceux-ci, il n'y eut pas de temps, et lorsqu'elle commença de tout casser dans la maison, à l'heure des déprédations, que je n'omette pas de dire par quoi elles commencèrent, ce fut par les livres de la bibliothèque, les romans, et sur leurs hauteurs académiques, Balzac et Zola et Manzoni – oui, Manzoni, le voisin du Cimetière Monumental –, c'est juste avant qu'elle parte.

Reclus dans la citadelle de papier où je savais qu'elle n'entrerait pas, je priais seulement cela, cela d'inexcusable : qu'elle se fît à l'habitude d'être riche. Or ce sont les habitudes des pauvres qu'il ne faut pas briser comme je l'ai fait, que j'aurais dû défaire progressivement, mettre de la science, de la patience, du respect à défaire et à ainsi éteindre cette fièvre intermittente, récurrente, du manque, à attendre que pâlisse le tatouage que le manque a laissé loin dans la chair, et ainsi de son souvenir sur lequel on se clôt, se glace et se mortifie, à la façon du nerf d'une dent qui meurt et dont ne restera que la précaire facette d'ivoire. Cette fièvre intermittente, je pouvais la prendre au pouls de Nora ; ces douleurs des choses organiques qui sont en train de mourir, ces douleurs-là, Nora me les hurlerait, juste un peu plus tard. A l'heure de la bibliothèque, elles vivaient encore, palpitantes et curables, quand j'en restais à cela : la conscience aiguë autant qu'étroite que j'avais du lien puissant qui relie le manque et la difficulté de s'en départir, parce que ce manque vous devient une seconde nature, que vous lui appartenez, que même si vous balancez entre comblement et vacuité, il vous possède nuit et jour, et ces jours qui viennent après les nuits sont terribles s'il ne surgit jamais mieux qu'à l'aube, ces aubes où j'ai vu Nora se tordre dans des sueurs d'angoisse, frissonnante jusqu'après son réveil où elle ouvrait les yeux sur une maison de riches et ne se faisait pas une raison, ne l'acceptait pas : cette maison qu'elle reconnaissait peu à peu dans la lumière montante était comme le rêve qu'elle venait d'avoir, magnifique et spécieux, un de ces rêves qui souvent tournent ex abrupto au cauchemar (lesquels à nouveau elle me narrait avec minutie, ce qui n'était qu'une façon détournée de me dire qu'elle était malheureuse) – et que peut-on à la tournure que prennent les songes, au contraire de la vérité d'une vie sur laquelle elle avait un pouvoir, qu'elle était à même de changer toute seule, où tout dépendait de cette force formidable, presque surnaturelle, que visitait une fillette manœuvrière qui ne savait rien d'autre qu'agir, qui était faite pour cela dont je la privais.

Lors de ses réveils de l'aube, elle ne savait plus rien, s'agriffait à mon épaule, se serrait contre moi qui ne pourrai lui offrir, jusqu'à la prochaine nuit, que l'apaisement ponctuel qui tient dans une main, un estomac pleins. Et tout au long de messidor, cet apaisement m'avait suffi, qui chez elle apparaissait aussi manifeste que celui qui suit la cessation d'une névralgie après une piqûre de morphine. Mais point ne guérit la morphine.

Ne voyant rien de cette guérison, de cette satiété impossibles, lorsque travesti en héros salvateur (l'usurpation du nom de Hänsel, de Siegfried...) je l'enlevais de son taudis viennois, je n'avais plus qu'à me forger, et je n'y manquais pas pendant les trois semaines à Milan, de la bonne conscience ; c'était que j'ignorais le sentiment que Nora avait pour l'argent, dont je ne découvris la nature qu'après l'avoir vue souffrir, c'est-à-dire trop tard... Oui, trop tard, ce coup de truelle donné dans cette histoire de l'argent, dans celle de Nora.

De l'argent et de sa magie, elle attendait tout avec un mélange de vénération et de confiance terrifiées, d'où sa prudence à aller à pas de loup, d'où son audace, et elle relève sa jupe dans tous les *Vier Jahreszeiten* de la planète. Elle était horrifiée d'amour pour l'argent, et inhorresco, et inardesco, écrit saint Augustin. Il n'y avait que son corps pour fléchir le monde, il y avait de quoi être terrifié : il vieillirait, et n'importe quel accident, n'importe quelle maladie, pouvaient l'abîmer. Sollicitant cet argent qu'elle avait élevé au rang de puissance suprême, elle risquait d'être sa première victime et elle le savait. C'était, depuis la chambre de l'hôtel de Vienne, un corps consacré à l'argent que je maniais – consacré, donc sacrificiel, tabou, ascétique. Il y avait cet ascétisme fanatique dans chacun de ses gestes et dans la façon dont elle se prêtait à moi pour s'offrir à l'argent. Dans la façon dont elle se privait de son plaisir, au lit : afin, même hasardeusement, de ne pas en éprouver avec moi, ce qui n'aurait pas été de jeu et trahir l'authentique enchanteur qui la tenait sous influence (l'argent, mon rival et seul allié), elle se fermait toute et si, très formellement, le sésame prononcé, la languette de chair rose convenablement torturée, elle tolérait que j'ouvre les parois tendres de son sexe, c'était comme immolée au souverain bien, avec une troublante figure de sainte. Prémices offertes du corps de Nora : je crus d'abord que son calme, l'acte achevé, était celui de quelqu'un qui vient de s'acquitter d'une dette ; je ne compris qu'ensuite qu'il s'agissait d'autre chose, d'une paix bien plus profonde, car le danger était provisoirement repoussé, la réponse du dieu ne pouvait se faire attendre, ni la manne de tomber. Et elle tombait, de fait. Nora Neumann vivait dans un monde infiniment plus religieux que celui de ma mère, un monde implacable de forces souterraines qu'elle invoquait dans un hurlement silencieux, et rien qu'en s'allongeant près de moi et en attendant que je la prenne. Tout cela, elle le vivait, littéralement, à corps perdu, et je profitais de cela, de ce corps perdu, tout entier dédié à cette mystique qu'était pour elle l'argent, d'un corps par là gorgé de ces forces qu'elle tirait d'un recours sans compromis au sacré, et d'où lui venait encore le mana impersonnel, irrésistible qui l'irradiait de la tête aux pieds. Fors une verve paillarde dont le charme cru se perdait, du reste, la fillette de Vienne était loin, que j'avais vue décidée à “s'en sortir” comme elle le disait, consumée de mille fringales et prête à tout pour les assouvir – la fillette avait cédé la place à la servante-maîtresse de l'enchanteur dont, moins que le valet de pied, je n'étais que le translucide truchement ; le luxe et la beauté, les sortilèges supérieurs de la villa romaine la bouleversèrent, la poussèrent à agir plus vite.

A l'issue de ce premier huis clos où elle se cachait encore de souffrir, je percevais néanmoins assez vivement pour ne plus même tenter de dormir le branle de forces trop prestigieuses, et qu'elle touchait de trop près à un domaine redoutable et archaïque où j'étais bien le dernier à avoir accès : Nora était ce primitif – une enfant sauvage et animiste – qu'attendent, en cas d'échec, les pires châtiments : elle tomberait en poussière jusqu'au plus petit de ses osselets, sa beauté s'envolerait, sa chair serait pelée comme l'oignon, elle serait défigurée comme, plus près de nous (sur ma table de chevet, oui, *maman*), une coupable Merteuil, et la gale sur sa peau de soie et l'herpès sur sa lèvre insolente. Insolente, elle tentait de le rester, ces derniers jours en Lombardie qui ne furent, à proprement parler, qu'un déjeuner de soleil – *delenda Carthago*, sourit Magda, sourit sa fille, et il n'y a plus beaucoup de temps pour personne. Mais je ne les verrai que dans la villa romaine, livides, comme éclairées un instant par la foudre, ces peurs de folle et cette main qui se retient de trembler lorsqu'elle porte à sa bouche son verre de vin frais, puis le bouscule et renverse sur une table qu'elle quitte gauchement, lentement, avec une sorte de stupidité horrifiée – et elle ignorait que je voyais sur quoi, à travers moi et le photophore et la danse flasque des noctuelles, s'arrêtait son regard ;

cette jeune fille blonde qui finissait un plat de fraises (et alors, via Appia seulement, sa voracité devint distraite), mourait de peurs superstitieuses, croissantes et confuses : pour avoir par avance volé l'or maudit, l'avaleraient les entrailles de la terre, à moins qu'on ne la jette à la mer dans un canot sans agrès – je lui dirai que je ne l'aimais plus, soit, que si cet amour la rendait malade, je n'avais pas le droit de continuer à l'aimer ainsi.

J'ai tu cela, qui l'aurait blessée davantage : qu'elle n'était pas assez forte, comme elle l'avait cru, en face de l'argent ; qu'il ne fallait surtout pas qu'elle paraphât le pacte avec l'enchanteur, ni, seule chose de nature enchanteresse que je détins moi, un contrat de mariage l'appariant à un type insuffisant qui ne pourrait plus rien pour elle ensuite.

C'est pourquoi il était temps qu'elle parte, qu'elle fuie ces demeures patriciennes où créchait Trimalcion, c'est pourquoi quand je l'ai vue reprendre d'un beau sursaut sa peau d'animal, sa figure de renarde, sa vivacité et tout d'elle-même et récupérer ses billes, j'en éprouvais une sorte de soulagement – le seul sentiment humain que j'eus jamais à son égard. Hors la loi, elle devait le rester. Retourner d'où elle venait, à la périphérie où la lumière se dissout, où l'ombre règne et rôde, effervescente, où on brûle les choses pour qu'elles ne se décomposent pas, et je la vois allant entre des brasiers, loin de la pourriture. Quitte à ce qu'elle arpente des ceintures de misère, quitte à ces Kurfürstendamm du monde entier, à la drogue et à son corps trafiqué, à ces rues des villes dont elle connaissait les lois qu'elle avait cru pouvoir oublier pour en braver d'autres et enfin s'arrêter quelque part où elle ne risquait plus rien, où on ne la jugerait ni la condamnerait, ce qu'il n'y avait que mon amour pour défendre qu'on fît : or ce fut le contraire, or cet amour, outre qu'il la tourmentait et l'exaspérait, n'était rien par rapport à la magie immémoriale de l'argent. Or – et alors, et aussi – au hasard de ces rues des villes où elle avait grandi pendant que sa mère cuisinait ses brûlots aux parfums d'Orient, çà et là, d'un restaurant à un hôtel, à un motel, à une cantine – et c'était comme une seconde et très lisible menace, inscrite par le feu, aux murs d'un autre palais (la villa du Latium) –, au hasard des rues des villes, se postait une mort impatiente et semblable à sa proie – et un corps retrouvé dans une chambre anonyme, deux jours après une overdose ou le crime d'un maniaque, celui pour qui j'aurais pu passer aux yeux de ceux dans les rangs desquels je suis revenu, moi qui étais bel et bien sur le point de passer pour tel aux yeux des susdits quand elle est partie, rompant ce rang dont je n'étais fait pour sortir ni le pied ni l'orteil. Et maintenant, rotules sur un prie-Dieu, priant pour que loin de moi tu vives, priant aux côtés de ceux qui montrent à la messe de formidables chapeaux (ma mère, Silvana), qui ont choisi le Christ, ainsi disent-ils, à croire qu'ils ont voté, prient que le pays (ce "pays" est de Carla : chauvine toujours) qu'ils légueront à leurs moutards ait une forte vie spirituelle, et déshériteront les moutards d'un encombrant patrimoine, qui n'est que du matériel, en cas de sortie du rang. Voyez-moi au centre de celui-ci, au cœur du monde fraternel qu'ils construisent avec le renfort de Dieu et de la tendre Marie – et où, sinon gabegie, encore plus de ces miradors que n'en connut l'intruse ; voyez-moi, priant pour que cette mort de coin de rue change d'avis, aussi faussement évangélisé qu'un fils d'Indien nambikwara, communiant du corps d'un Christ qui à l'Indien nambikwara, demeure, solidement configuré dans le bois, l'argile et sa mémoire, le dieu de la guerre ou tout autre dieu des vieux rois d'Ifé ; mais en rien tartufe car pour elle, par elle, croyant, pour elle priant, pour elle retournée chez ses pairs, radieusement exclue du centre où sont les palais (la maison de Trimalcion est vide, il a empoisonné ses convives un par un) et d'un ordre diurne qui n'était pas le sien, revenue à celui des transhumances incertaines, ébranlées au crépuscule, ces nuits gardées, ce seul monde libre, elle va le dire – avec les papiers de qui a-t-elle franchi la frontière ? –, ce monde de ceux qui s'en vont tout seuls, ce monde du chat de Kipling, qui, n'attendant rien des hommes, s'en détourne un beau jour. Elle était ce chat, et un autre, on va le voir.

Si mon échec fut plus grand que le sien, c'est une justice car je n'aurais pas dû la laisser venir près des totems, des sanctuaires, des figures de cet argent dont elle avait fait le sacre, et lui interdire les parcs et les terrasses et les balancelles et les lucioles et les plats d'argent fourbis et le reflet des bougies qui luit dedans et sur son visage bruni et fardé et au cœur des quatre rangs de perles qu'elle porte à son cou et se brise aux arêtes du saphir de nos fiançailles ; j'aurais dû, pour qu'elle ne risquât rien, la baiser au fond d'un bordel (chez Ermelina), la payer beaucoup et ne jamais la revoir. Je reste désormais du côté de Pétrone, chez les festoyeurs flattés et esclaves de leurs esclaves, ceux qui n'auront jamais osé défier, comme elle de son mètre cinquante-huit pieds nus, héroïne sans le savoir et grecque en le sachant encore moins, ce que les anciens justement appelaient le destin et le ciel ; je reste donc chez ceux qui n'osent rien, et ma mère et Silvana, dès que de retour, seront à mes petits soins, il est vrai que tout le monde a eu chaud, mais ce n'est plus la raison des petits soins, c'est parce que, chaque jour davantage, je suis vieux et morse et gentil : en attendant, je veille à ce que mes petites-filles ne se cassent pas un bras chacune en plongeant inconsidérément dans la piscine, c'est-à-dire la nuit, tout habillées, parce qu'il fait très chaud et qu'elles auront sifflé le fond de mon verre de frascati en douce. Ces choses charmantes, et le vigoureux grand-père est cet homme du commun qui ne peut se défendre de chercher dans le regard lustré, sous les cils entremêlés de ces enfants, la brutale sournoiserie du tien et sa candeur de fable.

XXVI

Si elle en a fait et dit autant, dès l'avant-veille du départ à Rome, c'était peut-être pour me dégoûter d'elle, que je ne l'aime plus, que je ne l'emmène pas, qu'elle disparaisse comme dans l'éblouissement que j'avais eu devant la balancelle (le plein soleil ? mes nuits blanches ? ces pressentiments, ces doutes de chaque jour, ces trompe-l'œil, ce qui-vive qui me tordait les nerfs ?) et qu'elle déjoue son propre plan, qui se devait d'être mûrement conçu à l'instant de la balancelle, puisque nous pliions bagages, laissant la maison de la via Chiaramonti à l'un des deux jardiniers (un colosse qui se mettait à lever le coude), outre à notre gardien, sentinelle sexagénaire que menaçait la surdité, qui répondait au nom de Paolo, du moins quand le bougre portait son appareil, et dont Carla ne voulait se séparer à aucun prix malgré les protestations d'Attilio : on sait que mon père n'eut jamais le dernier mot, qui, sans courir le risque d'en lâcher un seul, sortit son carnet de chèques et décida d'un système d'alarme des plus modernes dont on découvrit d'un jour à l'autre les toiles arachnéennes, clignotant aux murs de chaque bâtiment pour mieux enserrer ceux de l'aile principale – l'aile du trésor : à l'intention de Nora, j'avais pris soin de consigner sur un petit carnet les codes, chiffres et lettres, de ce dispositif de sécurité (la revanche d'Attilio), pour qu'elle pût le déconnecter au cas où il se mît à mugir intempestivement, aléa perpétuel s'il suffisait pour cela du passage d'un chien ou d'un chat dans une des zones à risques, si on ne comptait plus nos chiens ni nos chats, si la maison n'était qu'une vaste zone à risques, si la main d'Attilio, que trop mue par une paranoïa légitime, pour ne pas à tout bout de champ brancher le système qui, lançait-il, enjoué, était tout de même mieux que les Oies du Capitole – et seules feu Petra et Magda auraient pu lire alors, sous le front de Nora, *rira bien qui rira le dernier* ou tout proverbe approchant.

*

Mais personne ne va rire cette avant-veille du départ, où nous avons acheté une tonne de vêtements légers, où Nora, revenue de chez le coiffeur, se vérifie dans un haut miroir de Venise, brosse le casque lumineux de ses cheveux, coupés à l'égyptienne d'un carré strict et souple, déboutonne la veste d'un de ses tailleurs Chanel – parce qu'il fait un peu frais, dès qu'il fait frais, elle paraît dans un des Chanel, je crois me souvenir qu'aussi, quand il faisait chaud. Ce soir-là, je me souviens avec une précision qui ne souffrira pas d'estompe, du tailleur rose, du feu dormant des perles, de ces rangs de perles qui pèsent à son cou, ses poignets, qu'elle est très pâle, aussi pâle que si elle n'avait été sous aucun soleil, les joues exsangues et creuses, très belle.

Elle se tourne vers moi, allume une cigarette, tord des lèvres amères, et derrière la fumée de la cigarette, dans la pénombre du salon où flambent depuis mon enfance les mêmes immenses bouquets, les roses rouges au feuillage presque noir, les verges guindées des glaïeuls mauves, dans cette pénombre distinguée qui polit l'ébène, l'acajou, allume à peine la nacre des meubles marquetés, c'est, devant moi, la Nora de Munich, de Budapest, de Prague, de Vienne. C'est surtout la Nora de Vienne, de la vieille bicoque de Vienne.

Qui s'assoit dans une bergère, qui me dit : "Tu n'as pas eu le temps de voir comment c'était, à Vienne. Tu n'as pas pris ce temps, tu voulais juste me mettre la main dessus. Tu as peur de ma vie d'avant, tu ne veux pas la connaître. Remarque, tu n'as pas tort, tu n'y comprendrais rien. Mais si tu m'avais vraiment aimée, tu l'aurais regardé, ce meublé de Vienne, ces deux pièces. Ç'aurait pourtant été intéressant, de voir d'où je sortais."

Ensuite elle crie, en allemand. Elle crie à propos de l'appartement que je n'ai pas vu, des rideaux déchirés, des nappes trouées, des fils électriques nus, des lézardes au plafond, des vêtements neufs ou encore présentables dont elle changeait après être sortie, des vêtements vite fourrés dans des housses noires pour éviter le jaunissement des cols, des poignets, ces soins déments pour ne rien abîmer, cette hâte à remettre le pull guenilleux, la jupe qui s'effiloche, *die Lumpen*, puisque personne ne la verrait plus sauf sa mère jusqu'au lendemain, au soir prochain, ça dépendait, entre-temps, elle fermait la porte sur la planque où, de tacher des vêtements fichus, *die Lumpen*, n'avait pas d'importance ; que de tacher quelque chose de neuf était hors de question comme de jeter la nourriture en trop, que ça je le sais, que ça je l'ai vu, que pour le reste je ne peux pas me douter, qu'il n'y avait pas de machine à laver quoi que ce soit dans le gourbi, *all schmutzig*, que de toute façon ni elle ni sa mère ne sont foutues de laver quoi que ce soit correctement, est-ce qu'elles ont des mains à ça, que le pressing, tellement trop cher mais pourtant la seule dépense obligée ; que pas étonnant que je n'en ai rien vu, de ce meublé, on n'y voyait jamais rien, à la fin toutes les lampes étaient cassées, il restait le joli néon dont la barre pétait tout le temps, dans la salle de bains où elle n'a jamais tenu en même temps que sa mère, *die Schmutzige Küchenmagd*..., que personne n'aurait jamais tenu nulle part avec sa mère, pas seulement parce que *Küchenmagda* a toujours été énorme, *fettleibig*, mais parce que si souvent en colère et gonflant comme un chat. Que parfois au boucher, on demandait de la viande pour chat, quand il n'y avait pas de chat, qu'on faisait croire, qu'elle en avait appelé un "Strudel", celui pour lequel on demandait aussi des abats, que le boucher, tous les bouchers, souriaient à la petite fille et à son chat Strudel, et donnaient la viande pour presque rien.

Elle se baisse vers le siamois qui se faufile sous la table basse, le coince rudement entre ses genoux, darde le menton : et est-ce que je savais pour le chauffage de l'immeuble, eh bien cet immeuble, aucun souvenir qu'il ait jamais été chauffé, des souvenirs elle en a, en veux-tu en voilà, de ces autres immeubles à Budapest ou à Prague, quand son père rentrait, il rentrait soûl, il fonçait droit sur les vitres, c'était sa manie de les casser pour avoir du sang sur le front, les bras, en foutre partout et qu'on le soigne après. Qu'avec le nombre de vitres cassées, enfin le nombre, les vitres qu'il y a dans un deux-pièces, ce n'était pas la peine de chauffer, on chauffait le dehors, que le jour de la mort de son père, un peu plus et elle croyait en Dieu ; qu'elle a menti, que son père est mort quand elle avait plus que l'âge de raison, et assez de raisons de le détester en tout cas, qu'elle est bien placée pour savoir que Dieu n'existe pas, aux premières loges, mieux qu'à la Scala, qu'elle a menti aussi en me disant des mots d'amour, qu'elle ne m'aime pas. L'unique chose, cette chose à laquelle elle dit des mots d'amour, c'est à l'eau courante partout, aux douches qui ne sont plus sur le palier à trois kilomètres de marche, et puis à la clim, et puis aux draps frais, à la piscine et aux bulles du jacuzzi ; que ce soir-là, c'est à elle de m'emmener sous les combles et qu'exceptionnellement, elle ne veut rien pour ça. Parce que si elle ne m'aime pas, elle va me le prouver et autrement que d'habitude, cette habitude qu'elle a prise de mentir pour un pourboire.

Les perles cliquetaient, luisaient comme ses dents et le blanc de ses yeux, et les perles et ses dents et le blanc de ses yeux étaient, dans les ténèbres de ce soir-là, bleuâtres, surtout le blanc de ses yeux, des yeux de Tzigane. Elle riait, elle disait qu'elle me tuerait bien, qu'elle me couperait bien la tête comme sa mère celle des carpes – et qu'elle avait adoré faire des passes, qu'elles les aurait faites d'elle-même, sans que sa mère l'y pousse, et est-ce que je savais cette merveille d'ouvrir les jambes, jamais la bouche, jamais les yeux, d'attendre d'être baisée, aimée parce que souvent les clients aiment, qu'en tout cas, elle, beaucoup l'avaient aimée et s'y étaient cent fois mieux pris que moi... Qu'elles avaient quelque chose du paradis, les passes, que c'était la liberté, le plaisir de ne plus rien devoir à personne dès qu'on a fermé la porte, la porte de la chambre d'hôtel, qu'on reste derrière cette porte en se disant qu'il a basculé dans une trappe, le gars, qu'avec un peu de chance, on ne le reverra jamais... Mais que souvent, de le revoir était une chose bien plus tendre que tous les dîners d'amoureux, les nôtres, ces trucs de fausse guinguette où je ne pensais maniaquement qu'à lui prendre la main, qu'un jour elle planterait sa fourchette dans la mienne, droit sur la table, que ce ne serait pas une première, que parfois elle était à faire peur, qu'elle le savait, qu'elle tenait ça de son père. Que de la tendresse des clients, elle se souvenait avec plaisir, parce qu'elle était gratuite, cette tendresse, qu'ils avaient déjà payé, qu'elle les voyait souvent revenir sans rien demander d'autre que de prendre avec elle, par exemple, une tasse de café avec de la crème, la même qu'au Sacher si moi je me souvenais bien.

J'essaie de l'approcher, le regard est comme jamais des couteaux qui tournent, plus que jamais ces épées tournoyantes des anges, à l'orient d'un Eden où sont les maisons de passe. Et sous ce qu'elle crie, martèle, siffle, il y a en effet cette chose féerique que je perçois pour la première fois – la valeur, à moi-même stupéfiante, d'un argent étranger, celle qu'ont seuls les trésors volés, et la naine fardée est bien Alberich orpaillant le fleuve, et elle poursuit, quand, dans une espèce de tranquillité abominable, je sais ce qu'elle va dire, qu'elle a déjà dit à Vienne : qu'elle serait morte plutôt que de gagner un sou à la sueur de son front, dans une boutique, une usine, un bureau, un hôtel – et ceci, qu'elle m'apprend et dont seule une Petra aurait eu la révélation infuse, que pour le Sacher, elle avait menti aussi, elle y avait pris son service la veille parce qu'un client très riche y était descendu, que c'était pour le voir, qu'elle m'avait préféré *tout de même*, que lorsqu'elle était rentrée dans ma chambre, l'autre l'attendait dans la sienne, qu'est-ce que je crois, que c'était ça qui l'avait mise de bonne humeur, cette nuit-là et la journée de Grinzing. Une autre chose importante que je dois savoir, à propos d'une autre nuit : qu'à Munich, si elle s'était détournée sur le seuil de la grande salle, ce n'était pas de sa vie d'avant, pour l'amour de moi, comme elle me l'avait dit, mais des restes qu'il y avait au buffet, qu'elle savait, avec moi, en finir avec ça, les restes, qu'elle a ce don de sa grand-mère, que même, plus forte encore, est-ce que ça ne m'a pas sauté aux yeux. Qu'elle en avait fini avec les restes, mais qu'à ce sujet, et là rien à voir avec le don, elle s'était mis le doigt dans l'œil : bien meilleurs que tout, les restes, parce que jamais achetés, pris, escroqués comme pour le chat Strudel.

Elle parle encore, et je ne sais plus exactement ses mots, des mains douces des inconnus, des passes qui sont indolores, de cet argent des passes, prodigieux ; c'est alors qu'elle dit ce que je sais trop, qu'elle parle de l'argent, de la pensée de l'argent qui ne la quitte pas ; de la certitude qu'elle avait qu'un jour, elle marcherait dessus, cracherait dessus, l'aimerait toujours, toujours, en même temps. Jamais mariée qu'au manque et à cet argent-là, celui du manque, c'est ce soir d'août que je la vois ainsi, et ce mariage, indissoluble, que je la vois exténuée de ce manque, qui a tout fermé chez elle, tout empêché du sourire, des larmes. Elle dit encore que je devrais avoir honte d'être né riche, ou alors lui donner bien davantage que ce que je lui donne, tant qu'à faire, que du reste je ne donne rien, que c'est elle que je vole, dont je fais ce que je veux, que je vide, je n'ai qu'à me servir, que bientôt il ne restera plus rien d'elle à cause de moi, du sale vampire, elle arrache les rangs de perles, au poignet, les perles roulent sur le tapis, le chaton joue avec, qui reçoit un coup de pied, elle dit que c'est pour le chat Strudel. Hier, elle a cassé un vase chinois du temps de Confucius, mais quelle gourde ! et aussi quelques-uns des précieux flacons de parfum qu'elle collectionne, la salle de bains pue l'enfer et elle ne l'a pas fait exprès, elle a aussi taché la robe d'hier soir, la jolie de mousseline bleue, une robe chère qu'on ne met pas quand on a ses règles, que ça ne fait rien, que, ce modèle qui lui va si bien, je le lui rachèterai demain, en rose et en vert ; qu'hier était un mauvais jour où elle a égaré ses bagues grecques, celle avec le dragon et les rubis, celle avec le lion et les diamants, à moins qu'elle ne les ait vendues, sourit-elle, c'est que Fouad ne l'emmène pas toujours causer avec les morts, qu'est-ce que je crois ? Il y a aussi qu'hier pour la première fois, elle n'a rien gardé du dîner, ah je ne me rends pas compte de ces choses-là, c'est qu'il faut toujours me mettre les points sur les *i*... Si elle n'a pas gardé le dîner, c'était, et ça je ne peux pas l'avoir déjà oublié, que je l'avais préparé MOI-MÊME et fichu dehors de la cuisine Lietta et sa mère en racontant que le curry, il serait sublimissime, parce que mijoté par les mains de l'amour. Intolérable, ce curry de moi, qu'elle a dégueulé parce que des pieds à la tête elle est loyale, par exemple est-ce qu'elle fait semblant comme les autres pouffiasses, quand je la baise, jamais, parce que loyale, il est temps d'insister sur cette loyauté, c'est à force d'être loyale qu'elle finit toujours par dire la vérité, ça s'appelle brûler ses vaisseaux, c'est plus fort qu'elle.

Elle s'est étendue sur le tapis, comme parfois elle le fait quand elle me lit Borges, elle a joué avec le chat, ce chat était en même temps le chat Strudel qui n'existait que pour le boucher, le tigre de Borges qui n'est pas dans le poème et cet or des tigres qui n'est nulle part, et j'ai pensé que celui qu'on trouve en ce monde ne la contenterait jamais, que du reste ce n'était pas celui qu'elle cherchait même si elle ne le savait pas encore – qu'elle allait dire exactement le contraire en jurant ses grands dieux, et c'est ce qui s'est passé, elle a dit le contraire.

Elle a dit qu'on pouvait tout guérir avec de l'argent ; qu'on n'était pas malade QUAND ON EN AVAIT, QU'ON N'ESSAIE PAS DE LE LUI FAIRE CROIRE ; que quand on n'en avait pas, on pouvait bien ne plus se laver, parce qu'aucun geste ne valait plus la peine, que les pauvres sont fatigués tout le temps ; que longtemps quand elle était petite, à douze, treize ans, elle ne se lavait qu'à condition de sortir avec ses vêtements neufs, ou ceux qu'on lui prêtait, du reste je n'ai vu qu'eux, toujours un peu grands, ceux qu'elle mettait pour aller en ville aux rendez-vous que la vieille prenait la plupart du temps pour elle ; que c'étaient des jours merveilleux, les seuls, des jours d'aventure, un but de vie, ce but qu'ici elle avait cherché, jamais trouvé.

Elle a allumé une autre cigarette, elle m'a invité, d'un timbre moelleux, à prendre mes aises, comme elle, un verre, une cigarette, parce qu'elle n'en avait pas fini avec moi. J'ai obtempéré, je voulais qu'elle parle. Elle a dit plus doucement que sa mère l'obligeait à manger des pommes de terre, du pain, du lard, même quand on pouvait se payer autre chose, pour grossir, avoir tout ce qu'il faut pour plaire à un homme, c'était ce que disait sa mère, que chaque kilo valait, devant et derrière, qu'ils les paieraient chacun. Que c'étaient d'autres chantages, avant les miens, pas pires que les miens. Qu'elle n'avait commencé de se prostituer qu'avec moi.

Elle prend le chaton par la nuque, elle le frappe sur le museau, elle me dit, regarde, ce chat luxueux, comme il crie, Strudel lui ne criait pas. Même quand il avait faim, il attendait gentiment son dîner, il mangeait avec nous, pas toujours des carpes farcies ou des escalopes de veau à l'impériale, le pauvre, le poisson et la viande, c'était quand sa mère travaillait ou quand elle-même rapportait assez, et si sa mère passait tant de temps à ne pas travailler, c'était qu'elle finissait toujours par se faire renvoyer et du coup, mauvaise réputation, personne ne voulait plus d'elle, cordon-bleu ou pas, c'était pour ça qu'il fallait changer d'endroit, de ville, d'aller même de l'autre côté du mur de Berlin, que ça leur plaise ou non, à sa mère et elle.

— Magda et moi, dit-elle rêveusement, nous avons ça de commun, de ne pas savoir la boucler, que ce soit plus fort que nous… Magda par exemple, eh bien Magda ne pouvait pas s'empêcher d'injurier le client qui voyait à redire à sa salade de harengs ou de faire attendre une heure à un autre la même salade de harengs, parce que cet autre client avait une tête d'assassin, ou encore elle tombait à bras raccourcis sur le maître d'hôtel, *ein Kretin* qui avait froncé le nez devant sa tenue parce que *schmutzig*, même si elle faisait des efforts de propreté, toujours *schmutzig*, on aurait dit que la poussière l'enrobait de façon naturelle, elle avait l'air comme ça, toujours sortie d'une cave, d'une cheminée, d'un placard à balais, vous passiez le doigt dessus, sur son corsage, sa jupe, son tablier, même vingt-quatre heures après ce pressing si cher, que de la poussière, vous en ramassiez une traînée, ça tenait du miracle, et cette crasseuse, *die Schmutzige Küchenmagda*, renvoyée toujours, quand ce n'était pas parce que, juste pour mettre un peu de fantaisie dans l'affaire, elle prenait toutes les commandes de travers, que le type en costard avec sa rutilante à côté, au lieu des saucisses qu'il attendait, voyait rappliquer un petit pain en tire-bouchon, des bretzels à l'anis et une tourte au chocolat, pour le caler. Donc le chat Strudel, un caractère en or, par moments on avait même l'impression qu'il compatissait, qu'il les plaignait, en tout cas ils étaient trois dans la même galère. Allant aussi d'une ville à l'autre, passant le mur de Berlin comme les chats passent les portes, sans un bruit quand ils les ouvrent, se faisant une raison quand dans son écuelle il avait la même chose qu'elles deux, et est-ce que je sais ce que c'est que le mou de veau, que le cœur de veau, la rate, les mamelles, des abats je ne dois connaître que les rognons flambés au cognac, une spécialité surfine qu'on doit même servir à Paris dans les temples de la gastronomie, et là ce que je suis en train de lui faire, c'est la gueule du tripier et de l'assassin réunis.

Elle se relève, va vers le bar sur ses hauts talons argentés, le siamois serpente entre ses chevilles, elle ôte une sandale, la lui lance à la tête, déclare qu'elle ne les supporte plus, ces chats, avec leurs noms à tiroirs, et tatoués et vaccinés contre davantage de maladies que les hommes et roupillant sur des coussins de brocart, que ces douillets elle les déteste, que là encore elle vient de dire la vérité, qu'avec elle pour la vérité, il suffit d'attendre et de ne pas être sourd. Si j'objecte qu'elle a électrisé de mille caresses le dos des chats, une vérité seconde surgira, qui est que, oublions la lutte des classes, ils sont beaux, au contraire de moi.

Elle se verse un verre de marsala, dit que normalement elle n'aime pas le marsala, que là ça ne fait rien, qu'elle a envie de cet alcool, sucré à y piéger des mouches, qu'on réserve à sa mère, dans cette maison, qu'elle ne voit pas pourquoi elle aurait des choses meilleures que sa mère, qu'elles sont pareilles toutes les deux, encore une chose que je n'ai pas voulu voir – et un que je ne verrai jamais, c'est Strudel, qui avait lui aussi l'air d'avoir ramoné la cheminée d'un immeuble entier, qui était tout noir, trapu, un véritable Hercule, que Strudel, des coquettes mauviettes fignolées qu'on passe au peigne fin, qui sont tout le temps dans vos jambes ici, il n'aurait fait qu'une bouchée.

Dans la séquence suivante, au déroulement de laquelle j'assiste en spectateur cloué sur sa chaise par un sort ou une hémiplégie, ce qui revient au même au sens où, incapable du moindre mouvement, je ne suis plus que l'œil, aussi sensible que passif, d'une caméra –, elle razzie le bar, boit du kummel, du Grand-Marnier, un porto qui a quatre ans de plus qu'elle… Je ne sais plus quand elle a voulu du vin de Stein, des coteaux bavarois, celui, mordoré, dans sa flasque ovale, je sais que j'aurais tenté n'importe quelle opération *stricto sensu* antéchristique pour changer mon sang en vin de Stein, mais je ne suis ni Dieu, ni Son fils ni le diable, et il n'y avait plus de vin de Stein ; elle n'a pas admis qu'ici, quelque chose manquât, elle s'est soûlée méthodiquement, elle a porté des toasts à l'univers, à un univers qui l'ignorait sauf moi dont elle ne voulait pas – qui n'ai jamais vu personne être aussi seul que Nora Neumann ce soir-là, assise par terre et me fixant de ses yeux où cognait la force de l'alcool comme la nuit noire aux fenêtres de ces combles où elle ne m'emmènera pas, moi qui, renvoyant Lietta et le dîner à vingt heures trente et reprenant l'usage de mes facultés locomotrices, l'ai portée dans la chambre, ivre morte.

Ce soir-là, elle avait réglé à l'argent un compte provisoire, quand il l'était une fois pour toutes à ma bonne conscience (ce sophisme inique) et à la rudimentaire imposture de base (sur mes faux papiers, le nom de Siegfried), quand au charlatan démasqué, il ne restait, veillant sa princesse jusqu'à l'aube et redoutant les séquelles d'une intoxication éthylique, qu'à ôter pièce par pièce son armure en toc, jeter son épée en bois – Siegfried n'était que Pantalon, ce libidineux jobard, et crédieu, Nora Neumann tenait vraiment de sa mère, de son père à coup sûr, même si elle n'encourait pas les risques de qui se trouve à cuver seul sa bouteille, sur un banc, par une nuit d'hiver ; or nul n'aurait pu croire, précédant ce sommeil serein, à une quelconque soûlographie : c'était comme si quelqu'un d'autre avait bu l'alcool, c'était juste comme un éclat qui sur elle finissait de s'éteindre, comme s'éteignent les fleurs dans la nuit – et jamais, lorsqu'elle serrait les liasses de billets, qu'elle crispait le poing dessus, se pétrifiait sur l'argent (dont elle était alors gardienne, et donc ce dragon femelle dont elle avait un instant le masque chimérique), jamais même quand l'argent lui donnait cet acmé de jouissance, elle n'avait eu cet éclat, lointain et doux et tendre, qu'elle avait sur ce lit où je la voyais exorcisée, délivrée de son seul escroqueur : Nora Neumann dormait comme ceux que leur étoile (et à l'église, je me confonds en oraisons pour qu'elle croie toujours en la sienne), le hasard, le doigt de Dieu, les pompiers, un chien policier ont sauvés, des décombres (Pompéi, un supermarché californien) dont un séisme aurait fait leur sépulture.

Elle était possédée par l'argent comme moi je l'étais d'elle, que voulez-vous, et l'un veillait le sommeil ingénu de l'autre – et je voyais mon amour s'avancer sur elle, grondant, suppliant, saturnien, militaire, imprécateur, sirupeux, servile, inexorable comme une coulée de lave pierreuse qui, si aujourd'hui elle s'en était tirée, la statufierait demain au fond de nos jardins, et cet amour disposait des pièges dentés sur le chemin fantasque de sa proie, et c'était le même amour (et mes veules mains d'ecclésiastique) qui avait empoisonné la malheureuse d'un curry aussi monstrueux que le reste, et nulle Belle n'eut une peur plus justifiée de sa Bête, de son échine houleuse, de son allure lente et sûre – de ce cannibale morose qui la traquait et débusquait au long des couloirs sombres, jusque dans la salle de bains, quand elle se démaquillait, pour lui extorquer ce baiser qu'elle rendrait à demi, les bons jours... Et c'était cela, la vie saine dont elle rêvait, et comment la mener auprès de la tarasque pataude aux griffes efficaces, cette vie radieuse à laquelle elle avait cru, cette vie où s'épanouir à l'ombre de précepteurs conciliants grâce à des études plaisantes (en manière d'apothéose, les cours de comédie) tout en goûtant au florilège des activités nécessaires à toute adolescente de son âge (en vrac et en sus de la natation et du vélo d'appartement : prouesses de patineuse, randonnées en montagne, équitation, plongée sous-marine, pêche au gros dans l'océan Indien, concerts et myriades de spectacles qu'offre une métropole...), toutes choses évocatrices d'une paix impossible, sous ma férule – mais cette nuit du 14 d'août, j'étais loin de statuer ainsi sur son cas et le mien. Priant seulement que le lendemain, elle eût tout oublié, j'allais être, pour cette fois, exaucé : le chaton avait disparu qui demeura introuvable comme, à Nora, les souvenirs de la veille, le chaton avait disparu comme elle le ferait, de la même façon, comme si la terre les avait engloutis tous deux...

Le chaton a trouvé d'autres jardins, mon amour, et qui a tué la souris blanche, nous allons revenir sur cette question qui taraude le vieillard d'aujourd'hui, qu'une récente prothèse dentaire agace, qui se souvient des crocs non limés qu'il masquait de force sourires pourlécheurs, tout en gencives et muqueuses, ainsi de celui que j'arborai, à treize heures le 15 d'août 1979, frappant à la porte d'une chambre qui s'ouvrit à treize heures quinze sur une Nora à peine défaite, une Nora qui se plaignit pourtant d'une migraine atroce, de douleurs menstruelles persistantes, qui cisela un rictus jovial où s'abolissait la mémoire d'une bonne cuite et de tout désaveu – que seul navra, un peu plus tard, l'annonce de la fuite du chat ; pour me faire frémir et me replonger dans les affres de la nuit, alors que j'augurais, sur ses humeurs, les effets pervers et durables de la disparition du siamois qu'elle semblait avoir adopté, qu'elle nourrissait et choyait, il y eut ce sourire qu'elle retrouva dès son café bu, insoucieuse du sort du chaton dont elle ne devait jamais demander de nouvelles, qu'elle oublierait avec une indifférence égale à celle qu'on attribue hâtivement aux petits félins eux-mêmes – elle l'oublia pour ranger dans ses valises les derniers paréos, chapeaux et maillots nécessaires à notre séjour romain, mais non à la visite du Vatican, en vue de laquelle et des incursions dans chaque église vantée par un guide exhaustif, elle avait souhaité, fors les souples et cinématographiques panamas aux larges rubans, de sobres foulards et des jupes au genou.

La balancelle a repris son oscillation pendulaire, menaçante comme celle de la faux qui, dans une des *Histoires* d'Edgar Poe, approche son acier courbe de la carotide d'une victime ligotée ; après un déjeuner solitaire (N. m'avoua être "un peu barbouillée" et s'en alla siroter un Fernet-Branca au soleil), Massimo le Preux, fuyant pour une fois la compagnie de sa bien-aimée, se replie à l'ombre du côté des tennis, Massimo, de moins en moins preux, n'est plus qu'une mémoire, celle, aux stigmates définitifs, de cette nuit du 14 au 15 d'août, qu'une sensation cénesthésique pourvue de la puissance d'une lame qui naît au fond de l'océan sous des eaux à l'immobilité perfide. Du côté des tennis, je ne fais que me rappeler ("c'est plus fort que moi", professerait *die Kleine*) d'avoir battu hier soir les grands-mères Petra et les fillettes Nora sur le terrain d'une voyance qui n'est pas sans support : mieux que les cartes, il y a cette balancelle qui la veille, sous mes yeux hébétés, envoyait Nora au noyau du ciel, hop, avec ce chat qui lui aussi avait disparu pour le meilleur ou le pire, ce chat que j'avais cru voir escamoté dans un autre monde en compagnie de mon aimée grâce au mouvement sournoisement furieux qu'elle imprimait à son escarpolette... Cette image d'elle est loin d'être la dernière qu'ait foudroyée ma mémoire – mais pourtant, Nora est à jamais cette fille aux yeux de mouette, posée sur son siège dodelinant, prête à l'envol, un regard insensible filtrant sous les cils peints, à mon adresse, à celle de l'univers et de ce chat qui, les jours précédant notre voyage à Rome, fut le seul objet de son attention, jusqu'à éveiller cette jalousie sans secret qu'on a envers les bêtes qui reçoivent la caresse que vous attendez vous.

Jours d'avant Rome, jours si riches de prophéties hostiles qu'à ce départ vers une riante villégiature, j'eusse préféré pèleriner, sur les traces de ma mère ou plutôt de Clara, ma petite aïeule morte, par les chemins montueux de l'Ombrie, à la basilique Sainte-Rita – qui, assurait Carla, répondait aux problèmes de toute nature – et aurait peut-être entendu la mâle devineresse aux abois, ce Massimo C. qui, près des courts déserts, ne contrôlait plus le tremblement de ses mains ni une fureur prophétique sans précédent chez qui jusque-là se targuait du minimum exigible de rationalisme pour vivre, ou plutôt survivre, dans la société des humains, ceci surtout depuis qu'il avait cessé d'écrire des romans, ce Massimo C. qui voyait, revoyait, se dérouler devant lui ces jours incalculables qui étaient, sans elle, comme la tombée aveuglante d'un kakémono où rien n'a été peint, et plus déserts, la nuit, que les courts de tennis maussades de nos blanches demeures : au soir tombé, les courts de tennis m'ont toujours plongé dans une mélancolie pire que forums et ruines capitolines – c'est qu'on ne sait pourquoi, une fois que n'y résonnent plus les balles ni ne volettent les jupes ni ne s'entend le pas du joueur, les tennis ont cet air moisi de désolation coloniale sur laquelle va s'avancer une forêt vierge. Quant à ce que tout ici fût désert et vide, je n'imaginais pas à quel point.

N'importe, elle aurait tout aussi bien pu filer pour ne plus me voir, en oubliant ses culottes, ses panamas et ses perles, ç'aurait été la même Nora, qu'aurait un peu moins circonvenue sa mère. Sa disparition, je l'avais vue lors d'un étourdissement étrange, un jour des plus étranges ; et vue encore, en témoin monolithique, la nuit qui suivit, dans le feu pâle des perles, l'eau sombre du saphir, le brun fauve d'un verre de porto, dans les yeux de ma petite amante, cristallins et ivres : comme elle avait raison de craindre que leur bleu, bien que changeant, ou à cause de l'éloquence de ces changements, ne trahît ses secrets… ! J'avais vu sa fuite dans l'eau du miroir de Venise, dans les prunelles fendues du chaton siamois, aussi encensé que l'âne de Titania, puis répudié comme lui… Le chat Strudel était son double, qu'elle n'aurait pu répudier, le chat Strudel est ce beau démon noir qui rôde autour des trembles à Milan et des ifs à Rome, dont j'aperçois souvent l'ombre lustrée et musculeuse – qui selon toutes probabilités a tué la souris blanche, ai-je tranché aujourd'hui même. C'est le chat Strudel, ai-je dit à Ottavia, qui n'avait jamais entendu parler du chat Strudel, lequel j'ai attribué à je ne sais plus quel voisin.

Cet été de Rome où j'écris, le chat Strudel se fait terriblement plus présent que tous les autres étés, plus présent même que celui qui, devant Alice, s'abrège à son sourire, ce chat Strudel est partout chez lui comme les rois, les voleurs, les Neumann et parce que chez lui, c'est chez moi, qu'il me hante comme il hante les jardins, le verger, la pinède, les abords du bassin où depuis deux siècles le bec d'un griffon hargneux gargouille son eau de pluie, et parfois le chat Strudel se met en turban sur la tête du griffon, parfois sur la mienne, il confond les deux, il va aussi entre chien et loup, n'en a cure ni crainte, ouvre les nuits les plus closes – les miennes –, descend quand il veut de la Montagne de l'Assemblée, flexueux et puissant Lucifer, amoureux comme moi de l'étoile polaire, évanoui quand paraît le jour et son étoile homonyme. Pendant que, la nuit, sur la terrasse seule éclairée, j'écris, lotionné de citronnelle et bravant un poisseux nuage de moustiques, je le vois bivouaquer, tourner, se ramasser, et tuer pour tuer dans cette innocence du mal où Nora vivait, innocence pour laquelle je plaiderai le restant de mes jours dont, sans ce mal qu'elle m'a fait, je n'aurais rien vu ni compris, et comprendre est le seul fait du bien.

Le mal peut faire ce bien sans du tout que ce soit exprès, comme la patte soudain fatidique du chat Strudel, qui ne dévorera pas forcément sa victime, qui peut s'en détourner : d'autres proies, d'autres jardins l'intéressent, vers lesquels, sacrifiant sa faim au plaisir supérieur de la chasse, il ira d'un pas aussi résolu que posé, jusqu'à cet endroit où il s'embusque, et c'est cette patte gantée de noir qui se tend et s'arme, qui, sans que vous n'ayez pu rien voir, joue déjà avec le passereau, la fauvette charmante. Il n'a pas fait le mal. On ignore la nature du mal, on sait seulement sa trajectoire, et qu'il vous déporte et décale : le mal est aussi cet étranger qui, entrant dans vos murs, en fait flamber les couleurs douillettes, en bouscule les routines passées comme l'étaient les couleurs, change le décor en un rien de temps, s'empresse de défroquer votre terne parentèle (on lui doit déjà ce strip-tease, au second chapitre de la Genèse), les voici nus, ce dont tels les protagonistes initiaux, ils s'aperçoivent, et qu'ils ont de lourdes épaules villeuses et un fond franchement abominable car, dès que dépouillés de leurs frusques sociales, ayant froid et faim, ils n'ont qu'une hâte, se tomber dessus pour un croûton de pain, ici l'un assomme l'autre, fait cuire ce dernier et mange le croûton – la civilisation ne tenait qu'à un fil, celui du vêtement. Combien amère et précieuse, la pomme croquée... Mais aussi, ce savoir de la pomme peut, dans son pragmatisme, vous faire gagner un temps fou ; le mal est utile, c'est ce qui en fait le grand perdant ; le mal vaut parce qu'il vous apprend cent fois plus en un éclair que des années de cette quiétude tamisée qu'a défendue pied à pied votre tout naturel égoïsme ; le mal vaut par son héritage ; le mal est quelque chose de riche : sous terre, Pluton est un gros bonnet. Il vaut pour une de ses seules natures identifiables, celle de l'épreuve : l'hôpital, la prison, la passion, les guerres. Le mal est maladroit qui, des guerres, fait surgir des résistances. Le mal va jusqu'à des extrémités proprement inhumaines, le mal ne peut connaître l'humain, ni de bornes, c'est un gigantisme que vous n'évaluez qu'après son passage, pour autant que vous lui ayez survécu ; de ce combat, à l'hôpital, en prison, dans une ville en guerre, dans une ville en Suisse, face à l'idiote pour qui, une passion et ses trésors dilapidés (et toute votre énergie, et le flingue, et les lettres, sont dans le tiroir du bureau), de la rixe avec cette puissance que Carla n'identifie jamais que sous l'aspect simplifié du bouc qui grimace sur la lame XV du tarot de Marseille, il vous reste quelque chose de sans borne à vous aussi. Sinon, c'est bien le diable – qui parfois joue avec les mots quand on ne lui laisse que cette occupation. C'est celle de mon psychanalyste, et ce n'est là rien de très sérieux, gardons ce sérieux. C'est bien le mal qui vous renvoie cette grandeur que vous ne vous connaissiez pas, avant lui, et ces mesures, les vôtres, qui auront changé, après lui – à affronter l'inhumain, se haussant et s'éployant à coups d'on ne sait quelles musculations spirituelles (qu'on n'a pas apprises, ce qui rameute bien des questions), on parvient forcément au-dessus, même d'un rien, de l'allocation de départ, dite condition humaine, ce dont il demeure toujours un souvenir ébahi : d'où vous est venue cette force prométhéenne – ce noyé, rescapé quand vous n'êtes pas si bon nageur, et oui, pour elle vous avez rompu avec père et mère, lâché votre job afin de ne pas la quitter car elle est malade, et vous auriez marché sur le feu, il vous revient l'immunité providentielle, le moment de grâce… Et puis ensuite, même si vous rétrécissez, il vous reste la nostalgie de cette chose entrevue, de cette bonté océanique, de ces eaux libres, qui est mémoire de Dieu. C'est là que, tel le bodhisattva renonçant à la paix éternelle pour redescendre au charbon, vous êtes à même de reconnaître chez d'autres, tassés comme des paquets dans les halls de gare de notre bas monde, les stigmates de l'épreuve : amochés parce qu'ils ont perdu, certains peuvent devenir méchants, et la plupart ont perdu, et on ne vous interdit pas d'aider les pauvres méchants, c'est même votre lot, faites-le mieux que moi, qui ne l'ai fait qu'après Nora Neumann. Après Nora Neumann, je me suis penché sur ceux qui crachent sur la main nourrisseuse, bien m'en a pris car cela rend heureux, d'un bonheur éveillé, cuisant, dont je ne connais pas l'égal, qui ne rancit ni ne tiédit, et ainsi, toujours vif et joyeux, joyeux et soulevé puisque ces autres que vous aidez à se tirer de leur bauge, ç'aurait été vous tout aussi bien. Loin de regretter le microclimat du paradis, vous rendez grâce à la salubre pomme, et je rends grâce à ce mal qui venait de Nora, qui était une forme de connaissance des plus vitaminées.

Davantage à ma place, simplement, ce soir de Milan, dans la peau du chat de luxe que Nora frappait, à qui elle donnait ces coups que moi et les autres méritions au nom d'elle, j'ai juste basculé dans une trappe, comme les autres clients, et elle doit tenir pour une des chances de sa vie de m'avoir jamais revu. Dommage, j'avais un petit peu changé en dessous, sans que ça se voie – pour être honnête, ce changement était si profond que personne n'en a rien vu.

J'en ai fini sur le mal et ses effets, j'aurais sans doute fait un passable curé, si j'ignore dans quelle mesure ma mère trouvera à ce propos un caractère pastoral. Par ailleurs, outre la forme biscornue que le mal prend dans le tarot de

Marseille ou le Disneyland catholique, on sait (c'est un truisme) qu'il raffole du travesti, et je me satisfais assez, aujourd'hui, de son incarnation dans le chat Strudel qui, comme tous les chats, a un visage de démon. En attendant, et même si Shakespeare, moins gloseur que moi, se contentait de cette parole de sourcier, si extraordinairement vérifiable : *que du mal sort toujours un bien*, de cette parole que Carla applaudit pour ne rien contrarier de la mémoire de l'illustre, de mes propres convictions, nul singe vêtu ne me pardonnera l'indécence : sentencieux, bien lavé, à l'abri de costumes confortables, on fera référence aux génocides avec lesquels on n'a rien gagné, rien en effet que de nous voir comme nous sommes, qui les avons générés, perpétrés, puis tus, admis pour mieux les ranger dans le décor le plus familier – ce familier qui est parfois une honte, ces décors où sont les Cuori, que la scène soit à Milan, à Rome, au diable vauvert, où au contraire de Nora (Nora paraît, les fleurs rougissent, bleuissent, les miroirs étincellent), à peine entrent-ils que tout se confond dans un sfumato insensible, inintelligible, donc dangereux. Aussi bien, émule de Paul-Emile Victor, marchez donc sur ces glaces, elles peuvent céder à chaque instant. C'est l'impression que j'ai lorsque j'entre dans la salle à manger où s'est abattue la famille, en cercle, la table est ronde.

Les Cuori ne souffrent que de maux physiques qu'ils soignent avec leurs propres panacées. A cette table, ils se parlent entre eux de Nora Neumann, qui n'est pas comme il faut, ils tombent d'accord là-dessus, ils sont à l'unisson, l'autarcie est sans faille, l'harmonie à son comble, quelque chose va craquer, c'est l'histoire du livre.

Surgie de la matière fluide et brûlante, par une brèche de la terre, Nora Neumann allait y rentrer, c'est ce que je sus cette nuit d'été à Milan où j'étais déjà aussi plaintif que les tennis déserts. Oubliable, Nora ? Peut-être, un petit peu plus, si elle n'avait été, d'une façon aussi imprévisible que le bond du chat ou le heurt de la foudre, d'une façon d'avant la faute, capable de cette générosité que je lui voyais déployer pour tout être vivant sauf moi – quand parfois je la voyais toute simple, ici c'est Heidi, brave fille née dans la vallée de la Kander, allant entre gazon et cascade, pommettes lactées, nez en trompette (c'est elle ! c'était déjà elle, dans les yeux de Carla, dès qu'aperçue à l'aéroport...), mollet bouleux, cheveux dorés comme les röstis, toute de laitages et d'alpages – elle qui, les prunelles bleues comme le Blausee, sort d'une maison de bois noircie à la façade décorée de rosettes... elle vraiment, à si peu de chose près ! elle, la gentille et scoute, demain épouse pieuse et fidèle, elle sans les villes, elle comme elle fut conçue, propre et vive, une bonne petite – et oui, elle était cela aussi. Mais spoliée de son adolescence davantage par un seul, opprimeur et féal, que par tous ces autres dont, à compter de ses douze ans, elle avait eu entre les cuisses ou dans la bouche le membre congestionné, assez semblable à une stalagmite qu'elle eût pu briser d'une dent ou faire fondre juste pour se rafraîchir le palais, et dont elle détournait à son gré son regard transparent. C'étaient ses chasses des nuits d'hiver à Vienne, la tête du client est fichée sur le thyrse de la fille qui s'enfuit sur la neige, le client, elle l'a racolé au billard du café Sperl. Oh, je sais, j'ai déjà dit ces choses autrement, ailleurs et j'aurais pu aussi ne dire qu'elles, sans même parler de moi.

XXVII

Ce matin, le burmese de Gina a reparu, que j'ai appelé Strudel, nom auquel il a répondu à la stupéfaction des gamines que Satan possédera peut-être quand elles auront du sang dans leur culotte, ce qui sera le problème de leurs parents, et un spectacle raffiné dont, goguenard, je ne manquerai rien : ce Satan, c'est celui, espiègle et rose, qui se cache sous le drap du *Feu aux poudres* – et le même qui se penche, interloqué, au-dessus du Tombeau de Juliette et se demande comment on a pu en arriver là ; chérubin délirant et doux, tout de fossettes et replis de lait cramoisis, c'est ce tueur, celui par qui l'esprit vient aux filles, celui du revolver dans le tiroir, de la corde et du tabouret, Margot se pendra parce que Mieux-Aimé n'est pas venu, etc. Fragonard l'a peint au cœur de son enfer potelé, sous les yeux clos des jeunes filles, maton d'une prison de courtines, qui les écarte et s'insinue, preste à brûler ou ôter les chemises, à refermer sur les captives, surprises et contentes au début, tout un piège de draperies empêtrées, les voilà dedans, bêtes rondes, suffoquées, macérant, on sent déjà la tétanie, la maladie, dans cet enclos qui fume de fièvre, à force de surchauffe, d'embrasements feutrés, dans cette chiourme de plaisirs solitaires où il y a parfois sur le drap ou dans les bras ou à bout de bras un petit chien, où les têtes et les mains sont naines, où le sang monte trop vite aux joues, les déserte de même, où la chair, trop pleine et trop fine, va se déchirer sous la foulée du sang, les filles de ce diable-là ont le ventre abondant et ne sont qu'une seule partie secrète et vulnérable de peau, rien qu'une peau tendue et secrète aux lueurs d'écorchement. Dieu, que ces alcôves pâles et moites et ces risettes et ces petits rubans sont funèbres, sans qu'ils évoquent rien du sexuel tragique qu'il y a dans *Le Verrou* – funèbres comme ces parcs italiens qu'il a tant peints aussi.

Retournons dans celui où courent les gamines : ce matin, un soupçon précis quant à l'imminence de leur nubilité – je ne sais quelle chaleur de leur corps élastique, une brume dans leurs yeux de jais, à quoi donc ont-elles rêvé cette nuit ?... Sortant de chez Morphée, comme se reprenant d'un vertige, l'air tout étourdi, et rien n'a encore rougi leurs cuisses ou leur linge, ni la mystérieuse ponction menstruelle, ni a fortiori le dard d'un Eros passe-muraille... Le serpent est néanmoins lové au creux de leurs reins, une langue d'ange a laissé un peu de cornaline à leurs lèvres, il est à supposer qu'elles supplicieront plus tard nombre d'édiles et quelques présidents du Conseil constitutionnel qui leur mangeront dans la main, et que cet âge qui s'annonce ne leur sera pas ingrat, Immola n'a qu'à se faire une raison.

Ce matin en tout cas, elles semblaient droit sorties, avec leurs bouches humides et leurs regards vacillants, du monde démoniaque et satiné de Frago. Je vois l'une d'elles courir derrière son chat : puisque le burmese a juste réussi une brève évasion, nous ne tenons pas de preuve, rien que deux indices – la mort de la souris blanche, cette forte impression de tous mes sens – à propos d'une emprise du Malin sur les deux fleurettes ; la vengeance n'a point guidé la main de celle qui aimait tant sa souris blanche vers la nuque du chat et un des petits lacs du fief domanial afin qu'il connaisse le sort du rongeur, au nom de la loi païenne et éprouvée du talion ; et pour l'heure, il n'y a que moi pour tenter de débusquer alentour l'approche du Tentateur – qu'on a vu sous sa forme de nourrisson bandant arc d'or et sexe d'orgeat, que voici avec sa fourche, lorsque vient quêter ma caresse un siamois au masque bleu qui aurait pu être l'arrière-petit-fils de celui qui servit d'exutoire à la détresse de Nora... Chats, démons, fillettes et matriarche : parmi les siamois, l'introduction du burmese a été une petite révolution, fomentée par Gina qui voulait un chat noir, qui a un chat foncé, qu'on a toléré pour sa beauté et pour sa robe rase, si Carla Cuori, en raison de son asthme et de sa propension à toutes sortes d'allergies, redoute une aggravation de son état à cause des poils longs, à l'approche de la moindre gêne respiratoire, incrimine maintenant les poils courts, et d'une manière générale ne cesse de s'en prendre à notre cheptel félin. En vain, car chacun sait n'entendre que la parole d'une hypocondriaque et d'une personne que la foi hallucine, à se demander ce qu'il y a dans cette hostie et ce petit vin, disent Gina-Ottavia ; votre mère n'en a pas fini avec la manie obsessionnelle, dit Schliemann.

— C'est que la fourche du diable ressemble si terriblement à la griffe du chat, clame Carla, responsable, cette griffe, d'affections pustuleuses, d'enflure du membre griffé puis de ganglions gros comme des œufs, bref d'un genre de PESTE

BUBONIQUE, hurle Carla, cette peste que normalement seul le RAT transmettait à l'homme par morsure ou l'intermédiaire de ses PUCES, glapit Carla qui exécrait la souris blanche, que sa disparition mettra aux anges, qui, sourde au proverbe “à bon chat bon rat”, se prend à regarder les uns et les autres du même œil meurtrier, que ces fauves puants et transfuges de l'égout s'exterminent donc entre eux, sur quoi ma mère maudit tous les mammifères de cette planète où tant d'enfants meurent de faim, et quel scandale de nourrir des chats au mascarpone double crème comme ça se fait ici, et il se peut qu'Ottavia, après sa souris blanche, envisage d'élever des surmulots, régime gorgonzola, que de scandales à taire, taisons alors le prix de nos chats, *maman*... Ces bêtes, gronde *maman*, toutes ces bêtes...

Maman, à quatre-vingt-sept ans, donne toujours de la voix, se porte à merveille, a oublié migraines et bouffées de chaleur de l'âge critique, n'allume que rarement ses cigares hollandais dans de vaines cachettes : l'odeur la trahit toujours ; le grand âge de ma génitrice ne se manifeste que par la fréquence de ses sautes d'humeur et une acrimonie accrue envers le genre humain et animal, le végétal allait encore jusqu'au jour de sa première crise d'asthme, provoquée par le pollen, c'était avant que sa suspicion ne se portât sur les greffiers. D'autre part et de tout temps, Carla n'a jamais aimé que moi, ce qui ne s'arrange pas, et c'est un vieillard qu'elle aime et traite comme un bambin – comme je tente de ne point traiter moi-même ses arrière-petites-filles –, Carla n'est pas retombée en enfance, c'est moi qu'elle tient à remiser dans cette ornière, elle refuse que l'enfant mâle soit cette antique baderne, Carla refuse énormément de choses, c'est une femme qui dit non, c'est dans sa nature dont rien ne semble périssable, et s'il y a encore une chose contre laquelle elle milite, c'est que nos âges respectifs maintenant reviennent au même ou presque, âges de la rouille qui mouchette les mains, se plaque à nos articulations comme au fer d'une grille qu'ont trempée trop d'averses... Carla a juste les idées plus fixes encore qu'auparavant, fixes et arrêtées sur l'instantané de ma jeunesse, cette petite Neumann qu'elle ne m'aura jamais pardonnée ; si elle s'en prend aux chats, c'est d'autant plus volontiers qu'ils avaient avec Nora un air de famille qui, dans le tableau de la nôtre, aurait déparé.

Ces bêtes ne sont que des prédateurs sournois, voleurs, flemmards, bref peu chrétiens, qu'on laisse éhontément prospérer dans nos murs, maugrée Carla chaque fois qu'ayant eu un différend avec l'un des chats Cuori et désireuse de les renvoyer tous au diable d'où ils viennent, pour preuve cette fumée qui leur reste souvent au bout du museau, elle évoque ces éleveurs de chez qui ils viennent aussi, et j'en connais qui pourraient y retourner, dit-elle, et il y a ces ligues de protection animalière où des gens de bien se chargeraient même d'accompagner les derniers jours de nos bêtes primées, et je soupçonne Carla, au terme de son réquisitoire, de rêver en sourdine que celles-ci soient confiées à d'autres laboratoires que les nôtres : tout comme Strudel le Noir, les chats Cuori, censés être d'appartement, sont des prédateurs d'une cruauté suprême, le sang du carnassier ne sachant mentir, et nos latifundia s'étendant génération après génération (le fin du fin des psychotropes sort de nos alambics, j'ai une pensée attendrie pour le Biphosphate de Chaux), deviennent des réserves qu'ils se sont appropriées, où pourraient s'ébattre des pumas – mais jamais les tigres de Borges, et nul autre que moi n'y verra le chat de Nora et Nora juste derrière. Ma mère mourrait si elle voyait le chat Strudel, ce serait la seule façon. Ma mère néanmoins se retient d'évoquer l'Inquisition d'avant-hier et, d'hier, la décimation expérimentale du chat, tout en menaçant du pire celui qui lui a soufflé et craché dessus, avant de régurgiter avec sympathie, sur l'ourlet de sa robe longue, une bouillie de ces orties et cataires qui ne sont certes pas l'orgueil de nos jardins mais dont rien ne peut entraver la croissance, ainsi de l'entropie, ma brave *maman*.

Or donc, c'est ce que je disais et que j'écris pour Carla que l'entropie scandalise et que les chats exaspèrent, il n'y a, il ne peut y avoir que mon œil, soudain pétillant sous des paupières batraciennes, pour traquer les menées du démon sur des enfants brunes et roses, hier d'apparence si désespérément limpide et saine – moi que voici désormais aux aguets parce que, dans leur limpidité, elles apprennent à mentir, elles font de petits mensonges trop clairs pour qu'on ne voie pas l'ombre trembler déjà dans cette eau de source qui en sera tout obscurcie quand elles feront des mensonges de femmes qui seront les mêmes, en mieux tournés et en plus grands.

*

Entrepris depuis peu (les quelques jours où il m'a paru digne de m'y attacher) à propos des jumelles, ce travail d'augure me repose d'écrire, mais implique la même vigilance et quelque inspiration : il se trouve que je m'y connais, que je suis versé dans les arts divinatoires depuis cette mi-août de l'année 1979, où la nuit, envahissant un salon gourmé de Milan, était celle d'un oracle, delphique, dodonien, qui aurait très bien pu brûler au-dessus du Péloponnèse, cette nuit où je voyais partout le départ de Nora, inscrit non seulement sur nos murs, mais dans ma chair et mes veines et celles de l'agate à la beauté morte dont je fixais la structure rubanée – autre support de voyance et cadeau d'un ambassadeur néerlandais – pendant qu'elle tempêtait, et ce départ était là, mieux que dans les livres sibyllins, je l'avais lu noir sur blanc, il était là, partout sauf sous ses cris : ce qu'elle criait n'avait que la valeur d'une vérité enragée, mais aucune quant à ce départ, si elle avait déjà été, même sans l'emprise de la boisson (ici, une débauche de spiritueux), cette mégère pire que la Padouane, outre le portrait de sa mère.

Quant à l'emmener à Rome, je faillis en effet y renoncer sans que ce retournement justifiât l'hypothèse avancée tout à l'heure : elle voulait me dégoûter d'elle par une scène de dernière minute ; nous irions n'importe où au soleil, là où je pourrai la serrer de près, loin des labyrinthes furtifs d'une capitale où grouillaient des minotaures de dix-huit ans, aux cheveux en huppe rouge et aux sourires phosphorescents, les mêmes qui aujourd'hui sont en bandes armées, et que font donc les anges du Château Saint-Ange ? Autant l'enfermer dans un palace crétois, autant… Il y eut que nous partîmes, il y eut que les présages, jusqu'à la date élue, ne me quittèrent pas plus qu'une fièvre latente, des frissons et des crises d'hypertension intracrânienne où je crus que le sang allait me jaillir des orbites – ce n'étaient que des larmes, que je refoulais et cachais en maudissant l'émergence de mes dons pythiques, en appelant à la rescousse Dieu, Descartes et Pascal, sourds tous les trois, et en gobant nombre de ces gélules bleu paon que je revois encore, que nous avons retirées du marché à cause de la sévérité de leurs effets secondaires, parmi lesquels états ébrieux, nauséeux et fébriles, ceux-là mêmes qui me transformaient en mirage grelottant.

J'invoquais la dernière intempérie, un refroidissement dont je me remettrai dans les pinèdes brûlantes de la campagne romaine : ce serait mieux à Rome, et je m'adjurais de refuser tout crédit au phénomène subjectif de la prescience, fi donc, ce n'était nulle *prescience*, mais la *pression* des circonstances, celles que j'avais imposées de vivre à Nora avant qu'elle fût ma femme, c'étaient, ces circonstances, un étau que seul le mariage pouvait desserrer si, la chose faite, je ne craignais plus aussi maladivement de la perdre, c'était l'âge de Nora, c'était le seul regard de son abominable mère, éternellement soupeseur et surtout, coupable d'en avoir trop vu, c'était qu'une Nora Neumann aurait ébranlé les nerfs d'un lama tibétain, c'était que je n'étais pas un lama tibétain, mais quelqu'un qui se prenait pour Tirésias ; ce sera mieux ailleurs, pense tout amoureux pour qui, là où il est, ça tourne au vinaigre, pense et repense l'énergumène, au sens propre du terme, avec la jugeote d'un hamster en cage, acharné à sa noria.

Oublions la Lombardie, ses frênes et chênes et trembles, cette nuit d'enfer – la première du cercle, dépourvue des roses irrités ou exsangues d'un Fragonard – et partons, partons, partons vers les cyprès, lauriers-roses et pins parasols, oublions cette nuit où tu as été une vilaine fille, Norinella, pour l'amour du ciel – et qu'elle m'absolve moi de l'avoir entraînée sous ces combles où parfois, convaincu par une ataraxie rechignée, je ne la possédais même pas, où de l'embrasser, de respirer le parfum de ses cheveux me suffisait, ces nuits chastes des combles, ces nuits d'une nostalgie indéfinissable où elle était plus que jamais ma fille, que je caressais ni mieux ni plus mal que toute autre petite tribade de son âge l'aurait fait – cette Hannah du Sacher ? –, où parfois je la berçais jusqu'à ce qu'elle s'endorme, et, de sentir sa tête s'appesantir et rouler sur mon épaule était la preuve de confiance majeure qu'elle me donna jamais, que je ne méritais pas, et j'entremêlais ses cheveux blonds d'un doigt rêveur, j'aurais voulu ne plus être ce tyran endolori, mais son père, son grand-père, l'éduquer et cajoler comme les deux Ménechmes dont le dressage revient, il est vrai, à Immola qui s'en acquitte au gré d'humeurs regrettablement versatiles, au contraire des miennes… Chaque été où elles sont sous ma garde, jusqu'à celui-ci qui est un rite de passage, je souscris à leurs fantaisies en patriarche complaisant qui n'a cure, avant tout, que de sa propre tranquillité, qui l'assure en déversant à leurs pieds, au temps des roses, la hotte du Père Noël (du room service à toute heure aux feux d'artifice impromptus) pourvu qu'elles taisent ces prodigalités : croyez qu'elles m'obéissent, qu'elles obéissent au géronte et vrai *sugar daddy*, un de plus qui écrit ses

Mémoires, bien heureuses qu'elles sont d'échapper aux agréments des colonies de vacances (levers en pleine nuit au cœur des Alpes dolomitiques pour entendre mâtines ou à l'aubette, ânonner les laudes, gamelles pour chiens, marches forcées sous les montagnes impassibles et un soleil de plomb suivies de douches en commun… et quand il pleut ? oh, toutes à l'atelier où on tresse un bestiaire en corde et fil de fer – passionnant ! s'est exclamée Gina, et il se peut définitivement que Nora eût préféré cette discipline à une autre : de l'impossible contentement, ou du bien comme tonneau des Danaïdes). Et plus encore ravies, ces deux, quand rentrent les dresseurs, de goûter au mensonge par prétérition auquel elles commencent d'exceller car il n'est pas question de rien dévoiler de la Thélème saisonnière sur laquelle le rideau tombe, et comment douter de la parole auguste de qui jure ses grands dieux que non, elles ne se sont jamais couchées après dix heures du soir, etc.

Reste à soigner les caries dues à une orgie annuelle de sucreries, qui leur auront fait gagner plus de kilos que de centimètres, reste à tenir vos langues, Gina-Ottavia, au sujet de toute cette fronde et des McDo et de leurs petits pains spongieux, et je les vois clandestines, m'adorant et prêtes à subir des sévices chinois sans qu'on leur tire les vers du nez – et si l'Esprit Immonde souffle indéniablement via Appia dans le vent de l'été et sous leurs jupettes de tennis, va-t-il, et quand, s'incarner dans l'une ou l'autre de mes dynamiques brunettes comme il le fut il y a un demi-siècle dans le corps d'éphèbe de Nora Neumann ?… Au membre du collège des augures tel jadis Cicéron, malgré, au-dehors et depuis peu, une tenace odeur de roussi qui peut être le remugle de l'haleine infernale ou celui des mauvaise herbes et des branches mortes que font brûler les Ricordati, il semble que nulle des deux ne lui vendrait encore son âme : pour preuve, jusqu'à présent elles ne veulent pas faire de cinéma, elles se contentent d'y aller, elles ne sont ni kleptomanes ni sensibles aux attraits des alcools quels qu'ils soient, la semaine dernière l'une a parié son télescope à infrarouges que l'autre n'avalerait pas cul sec un verre de vodka (la scène m'a été racontée après que l'autre – c'est Ottavia – est sortie blême des toilettes et avant que je la couche), et cette fois Ottavia croyait dur comme fer qu'elle avait le *malocchio* en plus d'un estomac révulsé, parce que les boutons vermeils d'une lucite estivale ou de je ne sais quelle allergie solaire lui grêlaient le thorax et les avant-bras, si urticante et douloureuse que je la gratifiai d'un des assommoirs maison qu'on trouve infailliblement dans la chambre conjugale et le tiroir de la console où les serre Silvana. Refermant la porte sur les derniers mots d'Ottavia : "Je suis si malade que peu m'importe le... de Gina", et comme, grâce au somnifère qui est un autre passe-droit, les derniers mots d'Ottavia s'enfonçaient dans la tourbière d'un coma provisoire, j'ai repensé à la nuit du 14 au 15 août 1979 de l'ère chrétienne et neumannienne, lorsque celle que je portais au lit comptait six ans de plus que la progéniture d'Immola – et le télescope de Gina, sa sœur en a cassé la lentille le lendemain, à cause du *malocchio*.

"Si elle a le *malocchio*, et ça je crois bien, c'est à cause de qui ? Parce qu'à la naissance, nous étions pareilles, normalement j'aurais dû l'avoir aussi, donc c'est quelqu'un qui lui a jeté, ce putain de sort, mais QUI ?" a demandé Gina qui n'a que l'été pour dire des gros mots, qui n'a dû pleurer pour de bon qu'un jour dans sa vie, celui où elle avait fait son deuil du burmese, Gina qui m'a tiré par les basques jusqu'à ce que je lui réponde, que je lui promette qu'on le saurait, ce nom du malveillant, en même temps que celui de l'assassin, pour la souris blanche d'Ottavia : "C'est le même, ai-je déclaré avec tout le nuancier d'une aigre-douceur dont la petite n'a rien pu saisir – le même, auquel seul le burmese a résisté jusqu'à présent, le même, un de ces tueurs en série de naguère (je te raconterai) qui vient d'entamer en ces lieux le processus de la transmigration (c'est d'accord, je te prêterai tous mes livres sur le sujet – ouvrages que la main de Silvana a perchés au plus haut des bibliothèques qui sont toujours là), bref un spectre en costume de Colombine, un lutin macabre ou encore, mais voici qui me semble moins plausible, un extraterrestre..." J'opérai ensuite une retraite prudente car, à l'évocation des entités susdites, Gina montre une curiosité insatiable, comme tous les enfants depuis qu'ils peuplent la terre et qui, en trouvant avec raison les apparences d'un formidable désintérêt, vont chercher dessous jusqu'à temps qu'on les en dissuade sous prétexte que ce n'est pas comme ça qu'ils gagneront de l'argent. Aux yeux de Gina, je suis un prodige qui ai gagné de l'argent tout en restant ferré en matière d'ectoplasmes, ce pourquoi elle essaie toujours de coincer son *nonno* pour l'empêcher d'écrire sur – quoi d'autre ? – ceux de sa vie, et qu'il fasse tourner les tables, qu'on puisse enfin les cuisiner, ces transfuges de l'au-delà, et Nora savait par cœur l'affaire des murailles d'Elseneur, y faisait ses rondes de nuit, croyait en des instances tutélaires, *nil novi sub sole* ; que je m'essaie à faire tourner les tables est bien la seule requête de la Gina d'aujourd'hui qui me laisse de marbre, moi qui m'en vais d'un pas déterminé vers mon propre exercice de spiritisme pendant que, fulminante, en attente des livres sur la transmigration, elle va se jucher sur un escabeau et dénicher, dans l'Enfer de notre vidéothèque, accessible au contraire de celui des bibliothèques, une cassette interdite : l'autre fois, celle des *Liaisons dangereuses* de S. Frears.

Ainsi Gina, en Fructidor… cette prédilection pour le calendrier révolutionnaire ? une maîtresse française, historienne et essayiste chevronnée, grands yeux pailletés et joues fossettées, pas de chasseur sous d'amples jupes et autres péplums vagues et sombres, exquise au demeurant, avec laquelle, une Isabelle dont je n'oublierai pas la lourde frange cuivrée ni qu'elle pouffait souvent derrière sa main, Silvana fut vulgairement, furieusement trompée bien des mois en *or*… Ainsi Gina se repaît-elle commodément, à des heures indues et sur une copie remise à neuf, des péripéties licencieuses du couple effrayant, en même temps que des restes du tiramisu ou de la cassate qui fondra dans son assiette dont elle léchera le fond d'une langue aussi assidue que celle du chat Strudel, et je vois d'ici ses petits ongles carrés croître en griffes d'onyx, qui seront celles, laquées, de son adolescence – qu'elle ait l'imagination vive (mais les fantômes n'ont pas beaucoup changé depuis que je les voyais moi entrer dans ma chambre, tous plus ou moins revanchards, avec aux commissures décharnées de leurs lèvres, une bave épileptoïde) et un sens éveillé parmi les cinq qui est le gustatif, me conforte jour après jour, et davantage depuis ce matin, dans l'idée que la puberté des jumelles réserve quelques surprises à leurs parents qui, pour les voir si lisses et empesées, jamais *schmutzig*, les croient sorties d'un des ouvrages de Sophie née Rostopchine.

CINQUIÈME PARTIE

Quand la lune se lève et que la nuit vient, il est le Chat qui s'en va tout seul et tous lieux se valent pour lui. Alors il s'en va par les Chemins Mouillés du Bois Sauvage, sous les Arbres ou sur les Toits, remuant la queue et tout seul.

RUDYARD KIPLING,
Les Histoires comme ça pour les enfants.

XXVIII

Le 16 d'août.
Nous ne sommes pas encore sous les Cupidon soufflés, les aurores triomphales des fresques du palais Farnèse, sous les Bacchus, les Ariane, les Hermès et les Pan confits dans les roses de dragée et les bleus azurins d'Annibale Carrache ; je n'ai pas encore acheté, piazza Navone, à ma petite protégée, un ballon rouge qu'elle crèvera d'une épingle à cheveux, ni visité, lui serrant la menotte d'une poigne carcérale, l'église Saint-Louis-des-Français, nous n'avons pas contemplé de concert, dans les hauteurs de l'édifice, entre les marbres, les ors et les stucs, les trois œuvres du Caravage illustrant la vie de saint Matthieu (le vieillard écrivant les Evangiles sous la dictée de l'Ange, Norina, le même, dans un tripot enfumé, comptant les deniers des joueurs derrière ses besicles, et la porte s'ouvre sur saint Pierre et le Christ, qui élit l'homme d'un index pointé, le promet à la vie éternelle et entre-temps à un martyre auquel nous assistons sur le troisième tableau, Norinella, dans ce clair-obscur abrupt, typiquement caravagesque, qui était celui du tripot…). "Non, c'est là qu'il sert la messe, ce copain de ta mère, comment s'appelle-t-il, déjà… ?" dira-t-elle, bluffée parce qu'il lui semble incongru qu'une église aussi rupine, aux murs ornés d'œuvres

aussi célèbres, serve à autre chose qu'à combler le sens esthétique des touristes (nous revoici dans le domaine pictural, je ne l'ai pas fait exprès), et cent lires dans la fente d'un tronc pour éclairer les tableaux du Caravage – parce que le Beau ne doit *servir* à rien, qu'il est tout à fait offusquant qu'une panurgerie de fidèles vienne salir de ses prières mesquines et fortement intéressées ce haut lieu du sublime – et enfin, de parlementer avec Dieu pour le salut d'autant de petites âmes noirâtres, est-ce que ça se faisait, dans un musée ?

Ici, sans le savoir, la petite Nora touchera le point obscur, la problématique inexplorable du lien entre l'art, l'argent, le sacré : sa main simoniaque les aurait bien soustraites, ces peintures du Caravage, à leur lieu d'origine, pour les vendre à un amateur fortuné et athée convaincu, chez qui elles auraient été à leur place, et il n'y aura ni concussion ni simonie quand notre patrimoine culturel disparaîtra avec elle, rien qu'un vol qualifié, du brigandage loyal, la seule chose loyale qu'on ait jamais vue sous le toit des Cuori, Nora insistait à juste titre sur ce trait de son caractère. Mais quittons à tire-d'aile Saint-Louis-des-Français : N. n'a pas encore jeté dans la vasque de la fontaine de Trevi, lui tournant le dos suivant le conseil de son cicérone, deux pièces de monnaie, l'une afin que se réalise le vœu d'un heureux retour à Rome, l'autre concernant un souhait second que l'usage veut qu'on taise, et j'ignore combien de pièces j'ai jetées, enfant, aux reflets frissonnants de l'Océan sur son char qui somme la fontaine de Trevi, si, du vœu secret, j'ai été exaucé la plupart du temps par le sort – mais comme je me souviens, glissant les pièces dans sa paume tiède, d'avoir eu la conscience soudaine, éhontément superstitieuse, de lui donner à mes dépens la lumière et la clé – et plus personne sous ces verrous que tu entendis tomber les uns après les autres, dottore, dans le cliquetis des pièces votives... L'eau de la vasque a englouti les lires et chassé ce qui n'est qu'une pénible sensation de plus, lorsque nous prenons des cafés au Caffè Greco (dernier domicile romain de Stendhal, module le chaperon d'une basse chantante), vingt cafés, cent cafés, car c'est l'endroit où il faut se faire voir, où en conséquence nous irons souvent, et parce qu'au Caffè Greco comme dans un temple hindouiste, il y a assez de miroirs pour réfléchir à l'infini votre image et votre tasse de café, assez de miroirs pour que j'aie vu cent cafés et cent petites poseuses aux cheveux de lin, masquées d'un hâle superbe, d'énormes lunettes noires et d'un sourire dédié aux miroirs, à tous les passants des miroirs et jamais au guide, elle aura oublié le guide dont la seule présence lui interdit d'entrer dans l'eau des miroirs, quelle brute, qui, sous la table du Caffè Greco, joint et entrave ses poignets osseux à la façon dont on passe les bracelets, et son café refroidit, elle est furieuse.

Non, rien de tout cela n'a encore eu lieu, ni ce dîner où je la vis presque triste, dans une trattoria du Trastevere, après une flânerie via del Corso, del Tritone, del Babuino, dans ce triangle dit *de la ruine* qu'elles forment avec la piazza del Popolo – et qui jamais mieux ne mérita son surnom. Lors d'un autre dîner, via Veneto, après la fermeture des boutiques, elle me regardera, cette fois comme si elle me découvrait, elle retiendra des larmes avant de se lever, de repousser sa chaise, de faire tomber sa serviette, de trébucher dans deux cartons à chapeaux, de se cogner dans le premier garçon convoyant un édicule de macaronis fumants, de l'injurier dans un idiome barbare où j'aurais à peine reconnu le patois autrichien, de revenir à table avec non plus la morgue d'une future vedette (dans notre remake de *Vacances romaines*, le prototype de la gracile héroïne est une blonde boudeuse), mais les yeux incrédules et patients de Giulietta Masina dans *La Strada*, les yeux de quelqu'un qu'on vient de débarquer au bord d'une route la nuit, géniale avec ses yeux de bestiau fichu, ses gros grands yeux niais étoilés de fard, et elle géniale Gelsomina ce soir de la via Veneto, un des derniers où je l'ai vue, où s'il s'était trouvé un bouffon de service pour lui chuinter *"Mademoiselle, vous devriez faire du cinéma"*, je lui aurais crevé la panse, ça se peut.

Nous n'avons pas encore... mais peu importe ce qu'il nous reste à faire car ce Thermidor qui s'achève historiquement le 17 ou 18 du mois d'août, cette saison chaude qui finirait le 28 du même mois, rien qu'à mon intention, cette année-là – car la réalité n'est plus alors que le frisson qui crispe l'eau des fontaines et des miroirs, celui, consumant, d'une fièvre intermittente, une substance mercurienne qui fuit par saccades imperceptibles et sûres et silencieuses. L'été continuera sans moi, achèvera de convoyer sur ses plages des singes à étui pénien et des filles aux joues mordorées qui lèchent des glaces, l'été s'arrête là, celui-ci comme les autres à venir, il m'a fallu attendre d'autres enfants pour que renaisse la buée de chaleur qui mêle la terre et la mer au ciel, tout ce toutim adorable et clownesque de la belle saison, sa liberté clinquante, ce sont ces vacances des enfants et il n'y a qu'eux pour voir passer les saisons et le temps, le temps singulier de l'enfance qui s'étire précisément comme les jours les plus longs, qui se rallonge indûment, dont les enfants voudraient bien voir la fin, à cause d'une autre liberté, beaucoup plus noire, qu'ils devinent derrière la splendeur stupide des plages au soleil.

C'est avant Rome, donc, mais les jours sont comptés comme chacun de nos cheveux, dit ce Matthieu qu'a peint le Caravage de sa truelle violente. C'est à Milan, le 16 août, cet aéroport de Linate où Nora – voyons la Nora de l'aéroport de Linate, les genoux ensevelis sous de subjugantes revues de cinéma que pour une fois elle dédaigne, une Nora aussi guillerette, malgré qu'elle va aborder sa dix-huitième année, qu'une Ottavia ou une Gina, d'aspect si juvénile qu'à tous ceux qui attendent le vol de Rome, je suis plus que jamais l'aïeul de quelqu'une, allez ne pas prendre vingt ans d'âge (comme ce porto d'avant-hier, ma belle) auprès de ces pieds nus et ballants dans des tennis immaculés, ces yeux cillants qu'elle n'a pas rimmelisés, ces seins et leur percée aiguë de jacinthe sous un polo aussi céleste que les blue-jeans savamment tailladés au genou… Mais l'avion tarde comme a tardé celui qui nous emportait de Vienne à Milan, la plupart des avions tardent, et particulièrement pour qui se voit vieillir de vingt ans pendant qu'il plantonne, l'avion a vingt ans de retard quand s'enfle une rumeur que je perçois aussi parfaitement que, dès lors, tout phénomène surnaturel, et qui gronde à propos de ce bijou de mahârâni au doigt de la fillette, de ce parent à ses côtés dans le regard duquel, errant sur *La Stampa*, nul ne peut discerner l'aveuglement et la démence et la honte, ni voir ce qu'il voyait encore, cette scène de l'avant-veille où d'autres anges que ceux du palais Farnèse et tous les démons créés par l'homme (ceux-là : de miséreux, haineux, compétents assassins et guillotineurs, qui convulsaient Nora des pieds à la tête sans qu'elle y fût pour grand-chose) peuplaient un salon crépusculaire… Le jour du départ pour Rome, cet âge que j'ai aujourd'hui m'est venu pour toujours, l'âge de Priam, soit, étant hors d'âge, je sentais mes dents se déchausser, mes cheveux refluer à l'arrière de mes tempes, toujours plus à l'arrière à chaque balancement des jambes impatientes de la Nora de l'aéroport qui n'a d'autre âge que celui, et rapplique encore ce bougre d'Edgar Poe, de qui a *parié sa tête avec le diable* ; la Nora de l'aéroport est cette naine non fardée, prête à passer devant un maire et un curé pour copuler légalement avec le sinistre écuyer qui lui emprisonne la rotule d'une paume aussi lourde que veloutée (rentre tes griffes, bonhomme), la Nora de l'aéroport vient de proclamer, avec une fougue de conquistador, que nous allions tout recommencer dans un monde neuf, n'est-ce pas – et fonder un foyer, susurre, béate, munie d'un but de vie qui était le dernier auquel s'attendre, et de l'imprévu, de l'exotique dont elle semble se repaître à l'avance, cette petite N. de mère indigne, de père ivrogne, celui-là est mort sans qu'elle l'ait jamais vu à jeun, cette N. de l'aéroport de Linate, si parfaitement orpheline, que j'épouserai à l'automne, saison que j'ai toujours chérie, sauf celle qui va venir avec ses attributs d'humus et de meurtrissures blettes, son odeur de cendres.

Magda rumine des cacahuètes et sa terreur des transports aériens, non loin. J'allais oublier

Magda. J'ai bien dû, dans les tourments du départ, oublier quelque chose… En effet, c'est, via Chiaramonti, la Hongroise : "Pah ! Elle a filé avec un livreur, un couvreur… !", s'esclaffe Nora qui décidément sait tout, "ou un troisième qui lui tournait autour, du genre manutentionnaire balèze", précise ma compagne en dardant un bras immense et une main de sapajou vers le sac de cacahuètes qui me semblait pourtant à distance respectable. "Oh, elle était gentille, elle est partie sans faire de ramdam – après avoir touché une avance sur son salaire de fin de mois, si je ne me trompe… Va, elle me confiait tout !", souffle-t-elle, le naseau dilaté par un soudain mépris envers cette Hongroise qui, manifestement, avait démérité en visant trop bas. Complices, tout de même, et j'en apprends de belles, songe l'écuyer. Et si nous allions en Californie, pour ce voyage de noces ? Venise est trop près, le chemin trop battu, nous irions un jour au Carnaval, je promets le Carnaval, une occasion de plus d'avancer masqué.

Hollywood prend le pas sur Cinecittà pendant tout le vol où une Nora logorrhéique, en proie à ses chimères américaines, aurait convaincu n'importe qui, et moi en premier lieu, qu'il n'y avait nulle ombre au tableau, qu'elle figurerait sans manquer dans celui qui réunit les faciès canins, simiens des Cuori, parmi lesquels, jusqu'à présent donc, aucun félidé, aucun œil fendu, aucun mufle bref et frais, parmi lesquels vous trouvez aussi des ophidiens, tous venimeux, et nombre de sélaciens (requins, raies – quelques-unes de mes vieilles tantes à dents longues et jaunes, toutes plates et corsetées par-devant, le bassin rigide sous des atours crinolinés jusqu'à la cheville, Carla elle-même, dans cet appareil qu'elle a remis au goût du jour...). Durant ce vol, il eût été clair à tout témoin qu'une jouvencelle aux pommettes slaves rosies par la prompte ingestion d'un quart de champagne, que cette alerte étudiante avait trouvé, sans avoir à le chercher longtemps, l'élu de son cœur simpliste, et où donc étaient les lacs, les ténèbres, les épines – la jeune personne, de surcroît, n'était pas de nature à tergiverser, menait déjà rondement ses propres affaires, et celle-ci, capitale, approchait selon toute apparence de sa conclusion, *mazel tov !* dit-elle en levant son verre de plastique où pétillait l'opale d'une de ses boissons favorites, *mazel tov !* fit-elle dans un gloussement cascadant, entrechoquant son gobelet avec le mien : le dottore est tempérant, qui n'use pas du privilège des premières classes pour lever le coude à n'importe quelle heure, qui boit de l'eau, apprécie le type penché sur son siège, à ma droite, témoin entre tous ces autres qui ne seront pas ceux de notre mariage, mais du vol de Rome, de la scène dont découle un happy end immanquable... Quoi de plus normal, la jeune fille rêve de ce dont elles rêvent toutes, et quoi de moins extravagant que de passer en revue la liste de mariage, sujet qu'aborde aussi une ménagère en herbe, et qui penserait à la harpie de Padoue quand la charmante est de plus en plus américaine et que nous en sommes aux soupières et théières ?... Quoi d'autre ? Oh, un cœur de midinette, tout occupé, et il l'était sincèrement, d'une traversée des mers pour rallier l'été perpétuel de son Eldorado de starlette, et alors sans blague, toutes les rues faisaient des dos d'âne, à San Francisco... ?

Ce fut un Massimo Cuori aussi résolu que résigné à finir ses jours avec une étoile qui naîtrait mais ne brillerait pas que pour lui, ce fut ce Massimo, lequel avait déjà accepté, bien que tacitement, les leçons de chant à cause de Judy Garland, qui préleva les bagages et leur tonne de vêtements légers sur le trolley de l'aéroport de Fiumicino ; qui usait de la méthode Coué afin de se voir répéter ce geste, d'un biceps aguerri, sur un autre trolley, celui qui débarquerait polos, paréos et panoplie de colon (la sienne) sur un autre aéroport, celui de San Francisco ou de Miami car entre la côte ouest et la côte est du continent américain, Nora n'avait pas encore fixé un choix définitif – qu'y puis-je si, empilant les valises, mallettes et havresacs des deux femmes, je lus dans les yeux de mon aimée l'interrogation suivante : pendant que le préposé n'aurait d'yeux que pour le trolley, dans un de ces halls du bout du monde aux vitres embuées, était-il préférable de frétiller en attendant, elle, son Sam Spiegel (côte ouest) ou un Hohenlohe dégarni, infiniment plus riche que moi, gavé de tranquillisants après les trois divorces dispendieux qui l'ont laissé sur le carreau mais non sur la paille, et qui veut soudain, ce Crésus teuton, le regard rivé à la nuque puis à l'ensellure puis au fond délavé des blue-jeans de la sirène, se refaire un petit bout de vie dorée en compagnie de ladite (côte est)… Elle détourna les yeux, toute la moiteur cognant aux vitres des aéroports du bout du monde s'en prit à mes tempes, et le trolley se fondit dans un effet des plus cinématographiques avec celui de Vienne, de Milan et chacun des trolleys virtuels de ma vie en compagnie de Nora Neumann, et la balancelle de mes cauchemars avait encore tangué la nuit dernière, et ce fut le même martyre (une migraine, un vertige ocellé, des troubles oculaires, un cœur qui s'épuise, un sol qui se dérobe, tous syndromes de la vagotonie : c'est l'affaire du parasympathique ou *nerf vague* – l'amoureux ne peut avoir le nerf autrement) quand, comme apparaîtraient cent cafés dans les miroirs du Caffè Greco, repassaient cent fois les bagages de Nora Neumann sur tous les trolleys de la planète, masses informes et déguenillées hier, paradantes cantines d'aujourd'hui, et nul ne parvenait à saisir ces bagages, ni ceux d'avant ni ceux d'après, hoquetant côte à côte sur le trolley universel – le trolley de ma mort, parce qu'elle n'était pas là pour les attendre, qu'aussitôt arrivés, un petit tour et puis s'en vont, ils repartaient au-dehors où ils disparaissaient à jamais, mus par la seule volonté d'un lutin fanfaron qui n'a aucune intention d'arriver nulle part.

Je me retournais, je crus les valises volatilisées dans une dernière saccade sur le trolley de ma mort, je les vis repasser de l'autre côté, du côté des départs, du côté où se tenait, nez au vent, une Nora hors de portée, pour qui le monde balisé où décollent les avions n'était plus qu'un champ libre et ascensionnel, comme les plafonds baroques de nos églises romaines où la matrice céleste aspire les saints jusqu'à ce qu'on n'en voie plus que la plante des pieds et un bout de tunique.

De fait, ces premiers jours à Rome, plongé dans un tournis permanent, je ne vis plus rien ni personne toucher terre, ni moi entre le cauchemar de la balancelle et celui du trolley, la nuit, les patrouilles harassantes d'un lieu saint à l'autre, du matin au soir, et l'effet hypnotique de ces fichues voûtes en trompe-l'œil dont je parlais, comme celle où lévite saint Ignace, dans une agile torsion d'anguille, au firmament peint par Pozzo… En revanche, tout vertige dissipé, allant de voûtes en coupoles, dont la contemplation me valait un fameux torticolis, il me paraissait de plus en plus clair que mon lot était de rester arrimé au sol, condamné au spectacle de cieux inatteignables où seuls parvenaient avions et élus de Dieu, et où je n'entrerai jamais. La vagotonie me semblant trop peu, je pensais attribuer au vertige de Ménière, dont Attilio avait souffert, ces étourdissements et ces nausées que je me devais de cacher pour, surtout, aux yeux de Nora, ne rien écorner de mon image tutélaire (la planche est pourrie, se diraitelle) ; je pensais que pour qu'on le diagnostiquât et y remédiât, il me faudrait subir des examens éprouvants, et la petite attendrait qu'on ait fini de me faire pivoter sur un tabouret, après instillation de divers collyres dans les mirettes, la petite attendrait que je ne puisse plus contenir ma nausée et imaginez dans quel état elle me récupérerait au sortir d'un supplice dont Attilio m'avait conté les raffinements… Je répudiais le vertige de Ménière, je n'avais ni le temps ni le loisir du vertige de Ménière qui provoque ces troubles de l'équilibre dont mon père attestait qu'on ne voyait jamais la fin, il n'était pas question que le colosse bâti à chaux et à sable vacillât sur ses bases face à la lilliputienne – que je cessasse d'incarner, outre l'agent de la Providence, cette stabilité qui demeurait, pour la garder, mon atout majeur. Stabilité ? Il s'agissait d'une position que je lui octroyais. N., allez lui en faire accroire, riait en disant du type de la soupente qu'il était Nosferatu en personne et le plus fou des fous, gloussement aigu, duplice, caressant, flatté, intrigué que j'entends encore.

Intriguée, ma petite amante ne pouvait que l'être, des pieds à la tête, je l'intriguais, elle n'avait jamais aimé.

Je pris, à tout hasard, les bêta-bloquants d'Attilio qui, bien que périmés de deux mois, obtinrent les résultats non négligeables de la méthode Coué. Je pris les cachets et je me repris. Nora ne s'étonna que de la fréquence avec laquelle je m'épongeais le front et de mon ardeur à me ruer sous la douche après avoir arpenté forums impériaux et palais princiers. Nous voici, Nora, chez les Cenci, où retentit encore l'écho d'un drame qui au XVIe siècle défraya la chronique, d'une tragédie qui mêle l'usage de l'opium, la perpétration de l'inceste et l'assassinat, au final on décapite les coupables, la fille Cenci, son frère et sa belle-mère, Nora exulte, je maudis les Cenci, leurs complots et leurs crimes, je maudis l'adoratrice de scandales sanglants ou de potins d'alcôve et la Ville éternelle qui en est si riche, quand Milan est un paradis sans trop d'histoire ni grand-chose à voir… Il me revient que, dans la foulée de ce matin-là, encore plus brûlant que les autres, Nora exprima le désir de visiter les palais Mattei, certes proches mais au nombre de cinq, et qu'une sueur froide colla ma chemise à mon dos. Elle me gracia des Mattei, mais non, au retour, d'une tirade réprobatrice : je devrais suivre un régime d'acier, j'étais trop fort, ce qui fatigue le cœur, le mien devait être enrobé de graisse, or elle avait cru comprendre que l'infarctus montait la garde à la porte des Cuori, et j'étais peut-être en train d'en faire un, ou sur le point. “Ce qu'il y a aussi, c'est que tu devrais choisir, du moins pendant quelque temps, entre ta satisfaction sexuelle et celle de m'en donner une, d'ordre esthétique, *chéri !*” s'était exclamée la luronne.

Le soir des Cenci, je n'ai pas même eu à faire le choix tant attendu par ma nymphe de glace, je me suis endormi tout habillé pendant que s'éteignaient à mon oreille ses chuchotis fervents à propos du film *gore* que devraient inspirer les Cenci, où elle tiendrait le rôle principal, celui de cette Béatrice Cenci qui liquida son père vite vu et moi celui du susdit, tyran porcin et débauché qui ne méritait que son sort.

*

Quelques retouches à la fresque romaine, quelques amendements à propos de ce que j'ai écrit plus haut : j'ai franchement maltraité les Carrache du palais Farnèse, que Fragonard révérait à bon droit, j'ai complètement oublié, entre autres raids touristiques si précipités que n'importe qui aurait déclaré forfait, la visite de la sépulture patricienne de Cecilia Metella après laquelle – c'était cela l'inoubliable – Nora se contredit ex abrupto ; Nora, cette nuit-là, coula dans mes bras, se révéla une exquise amante et s'endormit pour la première fois, non plus sur mon épaule pour un court instant, mais jusqu'à midi sur mon poitrail taurin, une main autour de mon cou qui offre cette même robustesse – ainsi du Taureau zodiacal, ainsi du cou des Cuori, et celui de Carla s'affaisse, après avoir, par homotypie, pris la forme d'une colonne basaltique. Les Cuori ont le cœur parfois meurtri, toujours malade, non celui de Carla qui n'a pas jugé opportun de pousser aussi loin le mimétisme, qui nous enterrera tous, prédit Simonetta au-dessus de chaque gâteau d'anniversaire que découpe ma mère, et plus nous avançons dans le troisième millénaire dont celle-ci est, sans conteste et vu du Duomo, une des figures de proue, plus je me persuade que Simonetta a raison.

La fin du XXe siècle n'a pas encore sonné, une lettre de ma mère arrive bientôt. Demain, au programme de Nora la Pérégrine – la même qui languissait au bord d'une piscine de l'étouffante Milan –, a été inscrit le morceau de roi, la visite du Vatican, et l'infatigable attend du spadassin qui l'accompagne de savoir par où commencer.

Si le spadassin est fourbu, réparons, à ce point de mon récit, une omission de taille : il n'y a que moi pour promener Nora dans la Mercedes conduite jusqu'à Rome par Fouad sur qui je comptais pour cornaquer un jour sur deux mon exploratrice, Fouad qui a filé sur la French Riviera où agonisait sa vieille mère, exportée du Liban avec ses voiles de veuve, quantité de crucifix maronites et les quelques biens qui reviennent tout naturellement à son fils unique. Le père de Fouad est mort d'une de ces balles du hasard, de ces balles qui sifflent et se perdent dans les rues de Beyrouth, le père est mort sur une place de Beyrouth, devant un cinéma où il allait acheter son billet pour voir un de ces films d'amour hindous où des Krishna gominés et terreux enlacent des Radha aux hanches grasses, ces love stories gluantes, douceâtres et bitumées comme le regard d'un enfant bengali, ces films que le père de Fouad aurait passé sa vie à voir, et ce que je tiens de Fouad, c'est que celui-là il ne l'aura pas vu, que le noir s'est fait devant le cinéma. Fouad lui-même disparaîtra, et toutes ces esquives me harcèlent encore, qui me terrifieront jusqu'après ma propre mort, dans les couloirs incertains où, si l'on croit à la survie de l'âme, j'errerai, lorsqu'on aura publié mon livre, si jamais on publie mon livre, si jamais quelque chose ne trouve pas encore moyen de se défiler, si aucune chausse-trape ne s'ouvre pour que s'y perdent mes souvenirs, si cet éditeur ne disparaît pas, lui aussi par hasard, sans qu'il y ait de guerre, parce qu'il est féru, comme Schliemann, d'alpinisme et qu'il suffit d'une seconde, et que le pied vous manque.

Nous ne reverrons jamais Fouad, qui, l'élocution pâteuse, les yeux éteints, avait dû redoubler ses prises de cachets au moment de plier bagage – et c'était compréhensible, c'était ce choc terrible, le pauvre, et tu as l'air de t'en battre l'œil, en voilà un qui n'a de sentiment pour personne, ou bien si c'est pour moi exclusivement, appelle plutôt ça un problème de libido, cracha la belle, exprimant pour la énième fois son avis sur la question, pour me reprocher ensuite de détester les gens du peuple, donc de n'avoir rien de commun avec Visconti, de n'être ni duc ni prince ni rouge, après quoi elle fit le contraire de la nuit qui suivit Cecilia Metella, elle alla dormir dehors où je la trouvai à l'aube, sur un transat, à l'ombre pyramidale d'un pin parasol.

Visite du Vatican. Matin de la visite du Vatican. Nausées atroces, sueurs chaudes et froides, brusques tétanies qui me rebroussent les doigts et me crampent les muscles un par un, fibrillations cardiaques, à Rome le dottore se déboulonne, qui cette fois ne peut espérer cacher son état. Ces vertiges, surtout, qui démentaient le diagnostic apaisant d'une vagotonie passagère. Menaçait le Ménière et son cortège de troubles neurovégétatifs, dont des bourdonnements d'oreilles, prélude possible à une surdité future. "J'ai des bourdonnements d'oreilles, le Ménière a son terrain de prédilection, celui qu'ont déjà atteint une névrose ou une autre", avançait timidement Attilio sans jamais parler de celle qui lui avait provoqué ce mal récurrent : Attilio fut toujours cet homme exemplaire dont Carla s'empressa de transformer la réserve en inhibition pure et simple, et je revois encore le malheureux repousser son assiette, tout vert, se replier dans ses appartements pour des heures de malaises giratoires, puis sorti de l'affaire, tenter, dans un but de rassurement, de m'éclairer à propos de ce que j'hésitais à prendre comme une manifestation du choléra… Le vertige de Ménière, professait sa victime alors que ses joues reprenaient des couleurs, est 1) une des pires choses du monde, 2) peut cesser de se produire sans qu'on sache pourquoi et de façon définitive, 3) reste d'origine endolabyrinthique et peut également évoluer sur un mode paroxystique jusqu'à ce que vous ne jouissiez plus de votre sens acoustique – le Ménière se prête aux rimes riches, le mal d'amour se prête définitivement et en premier lieu au Ménière, me semble-t-il encore ; quoi qu'il en soit, depuis l'été 79 jusqu'à ce jour, je n'ai plus jamais souffert d'un vertige que j'ai rebaptisé syndrome de Neumann, il n'y avait pas que cette jeune fille pour faire de l'esprit.

Quant aux labyrinthes, aux paroxysmes de toute nature, pour les premiers, nous étions bel et bien dedans, je ne suivais, sans fil conducteur, que des chemins enchevêtrés entre des murs sans fenêtres, pour les seconds, je me risquais jusqu'à des cimes inexplorées – et Nora Neumann faisait du tourisme, ne connaissait de détours que ceux des pavements des églises où sonnaient les talons de ses sandalettes, qu'elle arpentait jusqu'au recoin le plus furtif où l'accueillait la statue d'un prophète, mains tendues et cireuses, surgie des ors, des ténèbres et de l'encens. Quant à mes malaises, je les attribuais aussi à tout cet encens, à ces coupoles qui happaient à l'empyrée trop d'apôtres tourbillonnaires, à ces éprouvantes randonnées diurnes, de dédales palatiaux en catacombes, à l'enfilade de mes cauchemars, à la climatisation, trop poussée, à la chaleur, trop humide et puis à cette lettre de ma mère, s'il est fréquent qu'à la réception d'une lettre de ma mère, je ne sois pas très vaillant.

A propos de la Rome maniériste avec saints lévitants et simarres vineuses, et juste avant la lettre de ma mère : nous sommes loin de Raphaël et de son pinceau bienheureux, et pourtant j'aurais tant voulu que ces fresques du Vatican n'existent pas, qu'elles se soient d'un coup évanouies, décolorées et détruites comme tout le serait bientôt, or elles sont là, ce mois d'août où elle est sortie de scène, sortie pour les voir, elles sont là un demi-siècle après, elles sont là dans un caillot du temps, les Chambres et les Loges de Raphaël Sanzio, peintes pour elle, dans leur douceur tragique, leur clarté rêveuse, leurs ombres rouges, leur grave fierté – et nous allons les approcher de plus près, si par la grâce de Nora Neumann, toute ma vie s'ordonne principalement autour de deux peintures : il y a Fragonard, les nuits étouffées dans une chambre, les chiffonnages de soieries chaudes, cette mollesse excédée d'un monde qui n'en finit pas de jouir à saccades convulsives, il y a ce *Verrou* de Fragonard qui a la brusquerie retorse d'un instantané pris par hasard, ou par un œil espionnant avant que le crime se commette, et c'est ainsi, je l'ai dit, que je vois ce tableau dont ma copie préservait l'étrange, le frelaté, l'alarmant, et ses blancs crémeux qui virent blafards, son clair-obscur niellé, le rouge de sang séché de la tenture qui s'affaisse sur le lit défait, la séduction affolée de ce monde qui ne jouira plus, qui s'écroulera dans de riches petites pièces où les parfums se corrompent, ces pièces qu'on n'ouvre jamais, cette pièce du *Verrou* où le plaisir a déjà des airs accablés, où il sent le coup de grâce, l'assommoir… Il y a le contraire, les Chambres et les Loges, il y a la fresque des Sibylles à Sainte-Marie-de-la-Paix, il y a l'art de Raphaël, cette polyphonie qui a des accents de fraîche victoire, cette peinture qui a l'air de sortir du petit matin, d'être faite du premier soleil, du premier nuage et aussi du noir de la nuit qui s'étend au-dehors, peinture plus farouche, plus violente qu'on ne l'a dit, ce grand bercement maritime, ces embrassements qui sont des arabesques de chair compacte et neuve, caressée, empoignée, ces gestes coulés dans l'ardeur et la patience et la force comme dans du feu tendre et du marbre, et le feu lèche les bras tendus où parfois le marbre tourne son reflet de lait, et les robes jaunes des femmes s'ouvrent comme des fleurs, çà et là, au gré d'une vie multiple et pure, de ce mouvement des formes qui, au contraire de celui où les confine Fragonard, va sans fin, dont rien n'aura raison. Le talent dit l'Histoire, aux cahots de l'Histoire, le génie ne comprend rien, il ne voit que les hommes, il se perd dedans, il n'a pas l'œil pointu, il a cette myopie qui fait d'un point une étoile, il est inlassable et nous dit toujours tout, il a compris l'ensemble, cette condition humaine qui ne rime à rien, qui n'est tenue qu'à sa transgression, qu'à l'impossible, et alors vous voyez l'impossible, qui est la grâce, çà et là, la manne divine éparpillée dans le vrac, dans le foutoir, celui de la nature au premier jour ; l'impossible n'est, pour la plupart, que l'impensable, il leur faut diminuer un peu tout, que ce soit à leur échelle, qu'ils s'y retrouvent, et tout plutôt que de se perdre, et épouvantés par le génie, cette chose étrangère, ça vraiment ils sont contre, xénophobes, contre cette chose qui sort du magma fracassé du début, du bouillon effervescent, gluant, pierreux, aveuglant, du chaudron grondant, de la fusion, là où le détail n'existe pas ; le talent cultive, c'est le fait des civilisés, et cultive d'abord le détail, le talent est minutieux, le talent se donne un mal dévot et ostentatoire pour lequel il se sait félicité d'avance, il se rengorge bien un peu, il a la main acharnée du copiste, il orfèvre tout, aux marges de vieux parchemins où l'écriture peut s'évanouir sans que ça embête personne, il enturbine des roses dont les calices compliqués sentent la sueur et ça leur plaît, à tous ces gens, ils mettent des lunettes pour ne rien perdre du fignolage admirable, il y a dans le fignolage quelque chose d'avare qui est bien de chez eux, il leur faut de l'accessoire, ils détestent le tout et médaillent la partie, la broutille ravissante, le miniaturé, et une intrigue dans le roman ou bien qu'il n'y en ait pas et ils bêleront devant l'élégance que c'est, que de s'en passer, bêleront comme devant ces tableaux abstraits qui s'adressent à leurs tripes, ils vous le diront, friands d'un viol qu'ils voudraient bien, qu'ils inventent s'il n'a pas lieu, est-ce qu'un carré blanc sur fond blanc a jamais violé personne, ils se font des extases tout seuls mieux qu'Onan, bref s'inventent des remuements du bas, puisque le haut reste muet, puisque rien du tableau abstrait ni de la page blanche de ces romans qu'on écrit comme avec une gomme, rien de cela ne peut leur titiller les neurones, faute de quoi cela, le talent au nom duquel les tableaux sont dûment exposés, les livres amplement diffusés – cela, du tout petit tarabiscoté à la grandiose absence, finit tout de même par leur monter au cerveau, les envape et fait des sujets de conversation, quand ils mangent ensemble ; pourtant, la sueur, ça sent la sueur, et peut-être même l'odeur de l'argent qui est sa raison d'être, à ce talent qu'on dit à juste titre précieux : il coûte fort cher, et l'autre chose, vaguante car infinie, a une odeur qui n'est pas celle des bouquets du salon, qui pour peu qu'ils la sentent par mégarde, allez savoir où on met le nez, les repousse d'emblée parce que c'est celle de l'inconnu, du territoire sur l'autre rive, et ils flairent, et s'ils débusquent la chose en train de se faire, malheur au type sur son escabeau ou qui essaie de finir son manuscrit sous la dictée de l'Ange, comme ce saint Matthieu d'un Caravage duquel on les a dressés à dire du bien, de l'œuvre, pas de l'homme qu'ils auraient tué de leurs mains sans attendre que justice se fasse, pensez qu'il prenait des putes comme modèles de ses madones, qu'il en repêchait les cadavres du Tibre pour travailler sur le motif, que la noyée vert-de-grisait toute boursouflée pendant que le tableau se faisait, moi, il me manque une chose, c'est d'avoir respiré l'odeur de l'atelier du Caravage qui à mon avis devait être celle de la sainteté. C'est mon avis, et le Caravage, condamné pour meurtre à la peine capitale, a fini sur la plage d'Ostie sans atteindre le Vatican et le pape dont il espérait la grâce – si j'ignore quelle grâce Nora attendait du pape, elle n'a pas pu le voir davantage que l'autre génie assassin et Dieu seul sait si elle est morte elle aussi, sur quel Kurfürstendamm de mes angoisses ou sur quelle grève abandonnée... Ces autres – les miens – ne trouvent pas très raisonnable de mourir, au fond, même très croyants, ils trouvent que ça n'ajoute rien, on a recours aujourd'hui à toutes sortes de momifications qui au contraire de celles, sublimes, de l'Egypte ancienne, ne font que témoigner de cette peur intrinsèque que ces macabres salauds m'ont léguée, à la seule différence que moi, je me suis toujours échiné à la tenir en respect et qu'à l'âge que j'ai, je la combats comme je peux. Des gens comme Raphaël, comme la fillette Nora m'y auront bien aidé. Ceux de ma famille donc prisaient le talent et l'achetaient son prix, ils ne voulaient rien d'impossible ni d'impensable et au début j'étais comme eux. Outre d'être de bon ton, le talent est contenu, circonvenu, vous savez toujours où le trouver et combien on le vend, il a sa cote, c'est rassurant.

Le talent est comme certaines très jolies femmes qu'aussi bien vous savez où trouver, dans quel haut lieu de la décence, et à quoi elles servent, il suffit de jeter un œil sur leurs plaisants visages déchiffonnés, et leurs cuisses sont ouvertes sous leur jupe comme, dans leur visage, ce sourire, ces sourires tôt refaits, la dentisterie y est pour quelque chose, toujours un travail d'orfèvre, aussi réussi que l'encadrement du tableau juste derrière elles, et ils décorent ensemble. Je ne connais rien de plus triste, de plus prudent, qu'une jolie femme – que ces jolies femmes à qui la beauté sera toujours inaccessible, bien sûr, et de surcroît, comme la beauté recèle toujours du terrible, elles l'appellent laideur, pincent les naseaux et redoublent d'enjolivures, on sait également combien coûte, sur pied, la jolie femme, voilà encore du rassurant, et la place qu'elle prendra, et qu'elle s'y tiendra, elle est comme cet homme au talent reconnu ou sur le point de l'être, pareils, rien n'émarge, il faut tenir la clientèle, se monnayer d'une main sûre, être son propre maquereau, c'est d'un ennui mortel, et le pire c'est qu'ils se cachent pour le faire. Nora ne se cachait pas, elle n'était pas jolie, elle était trop maigre avec d'énormes lèvres, elle avait du courage et du ton – je l'aimais ; et enfin, ces autres, c'est un peu sale, toujours, leurs planques d'animaux en attente de primes. La jolie femme et le talent collaborent, serviles tout autant, sourient à la gorillerie de concert, s'apparient volontiers. Ils ont de la chance, c'est ce qu'on dit, cette chance ils se la fabriquent chaque matin qui se lève et qu'ils ne regardent pas. Valeureux galériens de la chance et rois de la compétence et fort conséquents quant aux matins qui se lèvent – autant ne pas les voir puisqu'ils ne reviendront pas, voilà qui est gênant et il ne faut à aucun prix cette pensée de mourir, ça peut même empêcher d'aller à un rendez-vous, tenez, ça les décourageait, pourquoi alors ces efforts quotidiens pour un emploi qu'on va perdre un jour, une valeur qu'on ne reconnaîtra plus ? Immortels, ils se bichonnent pour le rendez-vous, ils font des plans de travail, camelote de leurs jours, remettent sur le métier cent fois leur ouvrage, et cet ouvrage c'est cette trame et ce fil dont on sait le sort, sous le ciseau, le jour dit.

Allez, laissez-moi à mon désert où j'ai du moins, comme chance, qu'y folâtrent deux enfants aux yeux courbes. Dieu, que Silvana était judicieusement maquillée, et sorti d'autres laboratoires que les nôtres, quel agréable parfum exhalait sa toilette, le soir où je la rencontrai.

Silvana était de trop noble figure pour parvenir à la joliesse, ç'aurait été un tour de force, et l'âge lui va, qui ne peut friper ce qui n'a jamais été rose en bouton, qui rend touchante, parce qu'elle tangue un peu, son allure de haute chamelle mauritanienne ou de voilier solitaire grâce à laquelle elle traverse mes déserts et mes océans en s'y fondant parfaitement, sans rien en déranger. Nous parlions de Raphaël. En termes de rétribution, vous me direz bien sûr que Raphaël fut le plus mécéné de tous les peintres, eh bien voilà quelque chose dont du reste il n'a rien peint, il n'aurait pas su, à Raphaël on a juste permis de peindre cette grandeur qu'il voyait.

*

Raphaël trempait son pinceau dans un espoir inaccessible aux cyniques, qui sont des minables, et voici la suite de l'histoire, la petite, la mienne : c'est ma mère qui, par le plus drolatique des sorts, ouvrit à Nora les portes de la maison, sur le seul de ses conseils que Nora suivit de bon gré, et c'était à croire que ma mère savait que, de cette visite, elle ne reviendrait jamais, que ma mère elle aussi avait un don. C'était douer trop de gens. Elle n'en avait aucun, et rien de celui, tant vanté, de Petra : ma mère avait pour elle d'être vivante et de haïr Nora de tout cet instinct dont elle se prévalait – de tous ses sens, de tous ses nerfs, de tout son cœur ; c'est elle qui joua à la perfection ce rôle annoncé, celui de la marâtre qui, tous folklores confondus, dépêche les enfants au fond des bois pour que jamais on ne les retrouve.

Il y a cette lettre, maintenant, que pas plus que les autres je ne peux m'interdire de mettre un peu en scène, parce que je connais Carla comme si je l'avait faite, non l'inverse, qu'en ayant cette lettre sous les yeux, je la voyais l'écrire tout comme les premières, celles destinées au père Riccio.

XXIX

Punta Ala, le 25 août

Massimo caro,

“Au regard d’une vie, il est des moments où l’on est appelé à changer de cap, c’est ce que tu as fait dans ta vie privée, c’est ce que tu vas être amené à faire dans ta carrière et c’est au sujet de tels bouleversements que j’ai vu Uberto Riccio la semaine dernière, avant de quitter Rome. Toujours une telle joie de prier à Saint-Louis-des-Français, sous ces admirables peintures du Caravage. Mes entretiens avec Riccio ont été tout aussi profitables qu’à l’ordinaire, bien que l’heure fût plus grave…”

Pas de vent aujourd’hui, la chaleur rend la plume pesante, dit-elle, en gandoura et chéchia d’un vert pomme qu’elle n’osait qu’à Punta Ala, comme de brunir et d’abandonner des vêtements de veuve qui n’avaient jamais passé pour tels aux yeux évasifs d’Attilio. Brique cuite dans tout ce vert pomme, claquemurée dans le salon de la villa, poignet, chevilles, saignées du coude et du genou laquées de lotion antimoustiques, elle se demandait parfois pourquoi, au lieu de la Côte d’Azur française, si chic, une île grecque, un peu austère mais du même chic, les deux jouissant d'un degré hygrométrique très bas, pourquoi ce séjour obligé dans la Maremme, région hier pestilentielle où sévissait la malaria, où rien que de l'olive, du grain, du maquis, par bonheur on était juste sur le cap de Punta Ala où en principe, le vent de mer. Pas un souffle depuis l'aube, et ces moustiques, armada de fin de journée : "Le *repellent*, Gunilla ! comme le collyre, toujours à portée de ma main, le *repellent*, Gunilla !" hurlait-elle à la Suédoise au pair, longue carotte qui ne rêvait que des brises mentholées et des cimes mystiques du Népal, qui en conséquence fulminait toute la journée – tout en gardant son quant-à-soi car éduquée, et deux ans de plus que l'Autrichienne, deux ans de mieux ! enrageait très ouvertement Carla, forte, elle, de la dispense d'éducation dont son mariage tenait lieu. Découvrant Gunilla l'année qui précède ce courrier et le reste, lors d'un séjour furtif à Punta Ala, je fus moi loin d'être insensible à ses yeux bleus, à son museau de fennec et à sa passion pour le Népal, dont nous parlâmes longuement : ayant séduit Gunilla sans tirer la chose à mon avantage, je garde un tendre souvenir de notre promenade nocturne, jalonnée de stûpas, sur le cap de Punta Ala balayé sous la pleine lune par de formidables bourrasques montagnardes, histoire de faire plaisir à Gunilla. Ramenons l'œil de ma caméra sur ma mère et les voilages désespérément immobiles du salon pendant que Carla, *off* : ... Deux ans de plus que l'Autrichienne, la rouquine, bien des vertus et rien qu'un peu dans la lune comme les jeunes filles romantiques, et puis elle préférerait ascensionner l'Himalaya en compagnie de sherpas, nostalgiques des sherpas et terrifiée par les aborigènes de Punta Ala qui ont repéré cette torche qu'elle a à la place des cheveux et la traquent dès qu'elle met le pied hors de la propriété. Punta Ala n'est pas un endroit pour les jeunes Scandinaves adeptes du trekking, celle-là fille de général, de militaire en tout cas, celle-là très bien, me dit s'intéresser aux chevaux et ne boit que du lait en quantité extraordinaire. J'aurais cent fois préféré Gunilla. Ne plus engueuler Gunilla, quand on pense à l'autre qui est en train de boire notre fortune, prosit, et ce n'est pas avec du lait qu'elle nous porte des toasts, cette autre, et c'est tout plein de sarcasmes entre les dents, ecco quand on y pense on se dit que, si voyage de noces il y a, elle n'aura qu'à profiter du champagne, des dernières coupes de sa vie, mais oui ma petite au Danieli on ne verra que toi puis cure de désintoxication dans les fins fonds du monde. Boucler la lettre de Massimo, moins longue que d'habitude à cause de cette lourdeur du temps.

"Riccio m'a confortée sur bien des points. Au sortir de nos entretiens, je n'ai jamais été plus consciente de ce qui fait la grandeur de notre existence, c'est que, vois-tu, *chéri*, nous tenons la barre de notre propre esquif, que, dans la navigation de nos vies, il n'y a pas de pilotage automatique, que..." Au fait, c'était un peu libertaire, voire olé-olé, ce qu'elle rapportait des sentences de Riccio. Riccio tournait à gauche, se méfier. Elle rajouta pour plus de sûreté que seul le vent de l'Esprit-Saint soufflant dans les voiles du navire pouvait lui imprimer une direction inattendue, laquelle il s'agissait de suivre sans se poser de questions, se sentit quitte, ouvrit le haut de la gandoura, recueillit de l'index quelques perles de sueur entre les seins, juste sur la marque immaculée du maillot Punta Ala. Ce marathon du mariage maintenant. Comme changement de cap, rapport aux Frederika, c'en était un, à quatre-vingt-dix degrés, et sans que l'Esprit-Saint se mêlât de souffler dans les voiles, c'était que son fils n'en faisait qu'à sa tête et Riccio au fond plein de bon sens, tenir la barre de l'esquif et cap sur Jésus. Certif de baptême et livret de famille catholique, premiers passeports que nous détenons. Ouvrir un agenda de la rentrée des catéchismes, puis le marathon, puis s'accorder ici même quelques week-ends d'automne où chasser le perdreau et le sanglier, pour se défouler. Pan pan.

Elle épaula, visa, tira, abattit un perdreau, rata un braconnier, baissa son arme, entendit les chiens, avaient-ils donc levé une compagnie de canards sauvages, non, mais dépisté, débuché et forcé la Jézabel, elle tira de nouveau, un accident de chasse était vite arrivé, traîner la belle-fille dans cette réserve, et au cas où manque d'âme chasseresse, il lui semblait bien que Massimo lui avait bafouillé quelque chose à ce sujet, lui vanter la splendeur farouche des crépuscules sur la Maremme et les bienfaits de la marche en pleine nature. Ravie du fantasme si déclaratif (un pruneau entre les omoplates de la garce), témoignage de cette honnêteté envers elle-même qui, pour la raison qu'elle en était incapable, était son dada et une scie pour tout le monde, elle reprit la plume d'or, somptueuse, d'un nouveau stylo de la marque Parker, s'enjoignit de taire la courageuse honnêteté.

“Massimo carissimo, fais visiter le Vatican à Nora, elle sera sûrement éblouie ! Amoureuse de la capitale du monde chrétien, et plus près du Vicaire du Christ ! Parle-lui du mécénat de

Jules II, de Léon X ! Au Vatican, commencer par les Chambres de Raphaël l'impliquerait plus directement, à mon avis, que d'approcher d'autres œuvres plus complexes : qui, même profane en la matière, n'apprécierait une peinture d'un style si élevé, comme peinte par les anges, et l'apogée du classicisme – ce qu'il y eut avant et après le classicisme, elle aura tout son temps pour l'apprendre ! Il se peut que comme moi, elle ne soit pas très sensible aux contorsions du baroque, et Dieu sait que ce courant est richement représenté à Rome…" Ne trouvant pas par qui, elle sourit aux points de suspension qui, tels ceux d'exclamation, faisaient le charme d'une correspondance toujours leste et vivante. Puis – puis elle m'assure de son amour, elle griffe un *nota bene* qui m'instruit que, finalement, le triptyque sera accroché entre l'Annonciation du Maître de Flémalle, ce tableau de chevalet, et cet autre retable que j'adore, la Sainte Famille avec sainte Anne de Memling, elle me garantit de l'effet.

Elle se lève et tourne, se tient un point névralgique du dos, elle dit que bref, tout sauf Cinecittà, et combien de fois devais-je relire sans y croire cet impératif de ma mère, qui envoie Nora aux Chambres du Vatican, vers l'or du Vatican, tout l'or du monde et celui qui est dessous, elle répète que bref, tout sauf Cinecittà, les chiens aboient, la tour Borgia est en flammes, la croix apparaît aux yeux de Constantin *("In hoc Signo Vincis")*, la chasse est ouverte en effet, nous sommes la veille de ce jour du Vatican quand je reçois la lettre.

XXX

Seule, elle voulait sortir seule pour une fois, et comme elle se souciait de moi qui, un pied dans la tombe, étais hors d'état de visiter quoi que ce soit, a fortiori le Vatican – un marathon pire que le mariage, à lire le guide Fodor et la prose de ta mère ! s'exclama-t-elle d'une voix d'oiseau chamailleur, puis radoucie : elle ne me priait que d'un peu de bon sens, elle irait en taxi, personne ne la mangerait et quel parano je faisais, et elle brûlait de voir ce siège de la papauté et ces chefs-d'œuvre du peintre Raphaël dont Carla parlait si bien dans sa lettre.

— D'accord, mon amour, dit Massimo C., va pour les Chambres et les Loges, mais fais-moi le plaisir de m'attendre pour découvrir le reste des trésors du Vatican… la basilique Saint-Pierre, les musées, la bibliothèque Apostolique, la pinacothèque, le Musée missionnaire et d'Ethnologie, nous ne louperons rien, absolument rien…

— Ce que tu viens de louper, c'est seulement la Sixtine ! jubila-t-elle, serrant le Fodor sur son cœur avant de franchir le seuil de la chambre, quand je savais son ardeur imprévue à découvrir une capitale tellement plus grandiose, disait-elle, que Budapest ou Munich, Vienne n'était pas mal, ne parlons pas de Milan… Je la savais si éblouie par les ors théâtraux de la Contre-Réforme, que j'aurais eu mauvaise grâce à exiger qu'elle restât près de moi, par ce beau temps, et à décourager sa brusque boulimie culturelle. Cette nouvelle version romaine de Nora – dont après tout, en la matière, ses précepteurs avaient tant loué le sérieux – me paraissait prometteuse, elle grandissait, et pour ses dix-sept ans conjugaux, à la fin de l'hiver prochain, je ne manquerai pas de rameuter une troupe de comédiens qui jouerait *La Mégère*, *Le Balcon*, au gré de la signora ; son champ d'intérêt s'élargissait, elle s'était engouée de l'Italie, sa passion d'autodidacte pour l'architecture et la peinture imposait le respect, ce dont son Pygmalion n'avait qu'à se féliciter. Mais la même n'étant pas fille à *louper* les Sibylles de la Sixtine ni les grappes de ses réprouvés ni à tenir une parole quitte à faire tarder un plaisir en faveur du mien, il y avait de grandes chances ce jour-ci que je ne la revisse qu'à la brune... Ceci admis bien à contrecœur, je remarquais seulement qu'elle portait une jupe un peu trop courte sur des jambes au galbe de plus en plus harmonieux à force de longueurs de piscine, celle de Milan et celle de Rome – depuis qu'elle avait appris à nager ; que sous le strict blazer bleu marine à la poche écussonnée, le T-shirt était trop collant, et cette jupe, une autre que celles, décentes, prévues pour explorer l'Etat pontifical, les palais des Papes et cette chapelle Sixtine que je ne redoutais alors que dans la mesure où cette visite la ferait rentrer plus tard : les musées du Vatican ferment à dix-sept heures, l'été, mais ensuite, elle voudrait prendre un café à une terrasse, quoi de plus naturel, peut-être s'offrir je ne sais quelle babiole, et quelle confiance avoir, en l'absence de Fouad, dans un chauffeur de taxi qui pouvait relâcher sa surveillance à tout moment, ou ne pas la surveiller du tout, et me la ramener après qu'elle aurait pris rendez-vous avec un étudiant du Vermont ou de l'Illinois, pétrifié comme elle devant le Jugement dernier du Buonarroti, et dont le coude l'aurait frôlée durant cette extase (*L'Etudiant* : Jetez-moi cet œil bleu, *lovely little girl and what a gorgeous face*, sur ces damnés dévorés par la dent des démons, les morts surgis des tombeaux et béante, la porte de l'Enfer juste par-delà l'autel... *The lovely little girl with a gorgeous face* : Oh, prêtez-moi vos jumelles ! etc.)... A moins que le chauffeur de taxi ne l'enlevât tout de go, empochant par la même occasion le pourboire colossal que j'avais estimé judicieux de prévoir pour que, tout au long du parcours, il la suivît comme son ombre.

A quatorze heures, j'appelai le taxi duquel elle était censée ne descendre que pour cette incursion au Vatican ; à quatorze heures et des poussières, et pour la dernière fois, je glissai des billets de banque dans sa main (ici, dans son sac), et c'étaient les mille lires de son billet d'entrée aux musées, les mille lires d'une douane que j'ignorais – et un quart d'heure, un quart de siècle plus tard, c'est alors que les montres ont cessé d'avoir quelque importance, le taxi glissait sous nos murs et comme la première fois elle partait en se retournant sur un seuil, non plus celui du palace bavarois mais celui de notre chambre, avec sa jupe trop courte et cette insouciance que je lui avais vu perdre jour après jour, à mes côtés, et seules migraines et nausées m'empêchèrent de me méfier de ce changement, bien plus lourd de sens que le port inopportun d'un bout de jupe... Et pourtant, rien ne m'échappa de ce que, légère comme un nuage d'été, elle ne semblât déjà plus toucher terre, de ce détachement, de ce sourire flottant, de ce flegme mercurien qu'ont ceux qui savent où ils vont, qu'ils ont leur temps, qu'ils ne rebrousseront pas plus chemin qu'on ne les rattrapera ; il y avait dans son aisance à me quitter ce jour-là quelque chose d'effaré et d'indiciblement nostalgique, et comment malgré la houle de mes malaises n'ai-je pas vu qu'elle se tenait comme devant la porte grande ouverte de la salle d'embarquement de mes cauchemars, et comment n'ai-je pas stipendié le chauffeur des voisins, homme sûr et conducteur circonspect, ce Nanni qui avait dû abandonner son emploi de coursier après une embolie pulmonaire, ce pauvre Nanni que lesdits voisins – les Ricordati, âmes méritantes qu'à ce jour et un peu trop à mon gré, nous n'avons cessé de recevoir – avaient promu au rang de chauffeur de maître afin qu'il fût le moins souvent possible derrière un volant, tour facile à jouer si les Ricordati, *mi ricordo* et diable de patronyme, possédaient chacun leur voiture, et cinq enfants qui auraient la leur au lendemain de leur majorité : Nanni était tout le temps libre, les Ricordati rentraient tout juste de Saint-Tropez, de Monaco, des îles Borromées... d'où donc revenaient les Ricordati et leur portée, *alcuno ricordo* – ce fut la seule absurde question qui me vint à l'esprit avant de tomber dans le sommeil sans merci qui succède aux vertiges, et je dormis, voyez-vous, d'un sommeil d'ivrogne ou d'enfant ou d'idiot à la fin duquel seulement émergea ce rêve d'un désert de pierres, de poussière et de lapilli que le vent soulevait, qui me recouvraient – oh, je n'ai rien oublié sauf de mentionner ce songe sépulcral, qui a cinquante ans d'âge, à un Schliemann que fâchent les précognitions et que je continue de payer pour qu'il dresse, de mes nuits, des genres de procès-verbaux qui me dérident encore.

*

Je reste foncièrement persuadé qu'elle a fait un détour par le Vatican, parce que le plan des Neumann était imperfectible, que sonnait l'heure de son exécution, parce qu'elle avait l'après-midi devant elle et toute sa vie ensuite et que, mon Dieu, il faisait si beau. Au fur des temps, cette conviction, dans tout son irrationnel, s'est raffermie. J'en jurerais. Je jurerais qu'avec la tranquillité exaltée de qui voit poindre une révolution irréversible dont il est l'agent, je jurerais qu'elle les a vues, ces Chambres et ces Loges de Raphaël Sanzio, et les fresques de Michel-Ange au plafond et au mur de la chapelle de Sixte IV, qu'elle les a vues par foucade et avec une bonne prime de plaisir, je crois que, de par la clandestinité des circonstances, elle les aurait trouvées belles de toute façon, qu'elle a levé des yeux charmés sur la Messe de Bolsena et son hostie qui saigne, les mosaïques dorées du fond des Chambres, sur la matière en fusion aux arcs de la Sixtine, que les Sibylles de la Sixtine l'ont suivie de leurs vastes regards effrayés qui voient les guerres à venir, qui ont peut-être vu cette jeune fille partir en premier lieu. C'est moi que suivent encore les regards des Sibylles, la Persane, la Libyenne, celles d'Erythrée et de Cumes et la jeune, puissante et merveilleuse de Delphes, celle que je préfère, celle-là parmi les viriles, archangéliques ogresses de Michel-Ange, parmi les autres, colossales statues peintes dans le fer, visages polis, heurtés, à arêtes dures, celle-là de Delphes, apeurée, arrêtée, bestiale et exquise, que son savoir confond, qui vient à l'instant de détourner ses grands yeux de l'intolérable livre des destins.

Qu'importe ce qui se passa jusqu'au lendemain. Ce lendemain, j'allai moi jusqu'aux musées du Vatican, jusqu'aux Chambres et au corridor des Loges, je trébuchai dans la Chambre de Signature et celle de la Dispute du Saint-Sacrement, et le vertige aspirait les voûtes peintes – je revois encore la prunelle rêveuse d'un Christ aux lèvres molles et aux yeux de mage haschischin, je revois s'ouvrir à l'infini les horizons des fresques, trembler les fortes arcades, les murs et leurs niches et leurs statues, puis dans un vertige hélicoïdal, la lunette en demi-cercle du Parnasse foncer sur moi, puis je péris à moitié dans les flammes de l'Incendie du Borgo, on me chassa du temple avec Héliodore, des perles blanches roulèrent sous mes yeux, et c'est à l'état de vibration, résumé à une douleur pulsatile et je ne sais comment, surtout, que je parvins à l'étage des Loges, et avait-elle vu, aux Loges, ce que Dieu créa, ce que le pinceau de Raphaël caressa, le soleil et la lune, la femme et le péché et l'Ange et le jour du bannissement – je m'évanouis sous la travée où Dieu partage la lumière des ténèbres, je n'atteignis jamais les arcs de la Sixtine.

Quand je repris conscience et découvris à mon chevet une infirmière aux hanches généreuses louchant sur sa seringue où grimpait un liquide pâle, j'eus la sensation bénéfique que tout dans

Rome était revenu à sa place, où se trouvait également l'infirmière, où se tenaient le plafond et le plafonnier, qu'aucune fresque ne se détacherait plus jamais des murs des chapelles ou des palais, et à l'instant où, sur le vœu de l'infirmière, je me déculottai du bas d'un pyjama que je ne me souvenais pas d'avoir jamais acquis, m'alerta une odeur de brûlé venant des cuisines, c'était que Lietta avait oublié quelque chose sur le feu, or Lietta n'oubliait jamais rien sur le feu, et en même temps que l'injection d'une panacée Cuori qui avait la consistance du plomb, je subis un reflux de mémoire : la veille avait bel et bien existé, les valises escamotées sur le trolley de mes songes n'étaient qu'une seule vision prémonitoire, la veille, à midi trente, Lietta avait servi un osso buco à Magda qui ne laissa rien de l'os ni de sa chair ni de sa moelle, puis sauça son assiette avec cette goinfrerie que Lietta honnissait, qui semblait sur le point de s'en accommoder le jour où, après l'osso buco, Magda s'éclipsa au plus vite, contrairement à son habitude qui était de traîner à table, voire de s'y assoupir.

En tout état de cause, Magda Neumann déserta, mais ne lâcha son os qu'une fois creux et blanc comme la lune, sa moelle dûment sucée, Magda Neumann laissa cet os comme quelque chose d'une pitance qui m'était réservée, et l'image, pourtant familière si nous mangeons souvent le jarret tomaté du veau, l'image de cet os vide du veau tué a failli me rendre aussi végétarien que l'est aujourd'hui Silvana : Magda Neumann, sous sa forme la plus traditionnelle de Baba-Yaga du Blizzard, devait multiplier par la suite et jusqu'à aujourd'hui les os à ronger, que, secouant les larges manches de la robe de chambre de turquerie où elle les serrait comme font les sorcières slaves, elle dispersait à terre à l'attention d'un Massimo que plus d'un de ses cauchemars réincarnèrent en chien (un de nos dogues allemands), et je brisais la nuit beaucoup de ces vestiges d'osso buco parfaitement nettoyés, qui craquaient sous la formidable dentition du canidé et les bridges et les couronnes du vieux renard que je suis, et qui rêve encore, pour preuve, et c'en est une des seules, qu'il est encore de ce monde.

Avant que Silvana ne s'endorme et ne commence à ronfler, ce songe de l'osso buco lui donne une raison de plus de mettre les boules Quiès auxquelles moi je ne me suis toujours pas résolu – et ces boules Quiès, parce qu'il paraît que dans mon sommeil, je suis d'un bruyant, parfois, que je grince des dents, ce qui contribue certainement à leur mauvais état, qu'elles crissent si fort les unes contre les autres que c'est à croire que, vraies et fausses, elles vont choir, que j'aspire l'intérieur de mes joues dans un boucan humide et effroyable, que je rumine et grogne, masséters acharnés, lèvres retroussées et vultueuses et me tournant de gauche à droite sur l'oreiller, il paraît que je bave aussi un petit peu, les yeux clos sur un mystère de bonheur, comme les animaux qui font des rêves de chasse, c'est que je suis en train de dévorer l'os de veau et de goûter en effet un bonheur sans partage – et même pour cet os, Magda, je te suis reconnaissant. J'aurais pu aller l'enterrer, toujours comme un chien, cet os, dans le fond du potager, du verger, du parc… Croque-mort d'os de veau, lui faisant une sympathique sépulture et attendant de Riccio qu'il entonne une petite oraison pour les obsèques du veau. Ce que j'ai fait ? Rien, mon truc, rien sauf cet autre rêve dont je m'éveille en jappant, plein de poussière, de terreau et d'herbes folles, crispant mon poing sur l'os que je viens de déterrer, que j'irai remettre à sa place, l'os est inhumé sous l'abricotier, dis-je alors avec componction, et seul me répond le ronflement de Silvana et je me rendors serein, je sais où est mon os, je suis le seul à savoir, et voici encore un songe qui échappe à l'œil analytique de Schliemann.

*

— La signora Neumann a été faire sa sieste comme toujours après le déjeuner, me dira, m'avait dit Lietta (cet antivertigineux est plus lourd que le plomb) à propos de l'autre vivandière qui ne reparaîtrait plus. Il me revint alors que, l'avant-veille, avant le dîner, j'étais entré dans la cuisine où Magda décapitait une énième truite, avec le geste sans reproche du bourreau ou de la Parque tranchant le fil ; que les Neumann mangèrent de leur formidable appétit quand je me contentais d'un consommé, mon estomac m'interdisant de toucher à toute autre chose et surtout, ma répulsion grandissante envers les mains de la tueuse de truites et pourfendeuse d'anguilles à cause de laquelle sans doute je rêvais désormais de balancelles en acier et de hachoirs étincelants, sans qu'au matin mes yeux et mes oreilles parvinssent à arrêter le mouvement des premières et le bruit des seconds lorsqu'ils s'abattent. Mais je ne verrai plus ni balancelles ni hachoirs, tout était en ordre et l'os, nu, la porte, ouverte, et Nora et Magda participaient de cet ordre, puisqu'elles avaient disparu comme le vertige – le syndrome de Neumann – allait le faire, sans qu'au moment où l'infirmière appliqua coton et alcool sur mon fessier, je pusse encore m'en louer.

Quant à l'odeur de brûlé : pour la première fois à ma connaissance, Lietta avait réellement laissé brûler quelque chose, qui était on ne sait quoi, dans un trouble dont elle-même ne savait pas davantage, ce qui ne devait plus se reproduire jamais puisque l'ordre susdit réinstaura son empire sur ce monde survivant où je respire encore de toutes mes branchies.

Mais nous sommes ce soir du 28 d'août où le monde s'abolissait mais vivait et palpitait et souffrait et se tuait encore à espérer et attendre, c'était, ce soir du 28 d'août, ce monde que saigne à blanc l'espérance, sifflante schlague, et qui va prosterné, agenouillé, rampant, ce monde des espérants attendants où les prières s'écorchent comme les paumes sur la pierre des prisons, c'était ce monde implorant, de déraison superbe, foncièrement païen, trépignant et avide d'honneurs, de promotions, élévations et allocations diverses du Tout-Puissant, ici le premier démiurge fait l'affaire, de toute façon on ne l'a jamais vu et les statues ont suffi naguère, et que veut-on par-dessus tout, de l'amour, toujours de l'amour, des plus-values d'amour et des baisers vermeils – c'était ce monde qui se souhaite des tas de choses, et bon appétit, et bonne santé et qu'il fasse beau demain, ce monde où maintenant je rirais bien qu'il pleuve jusqu'à un prochain déluge, où je serai dans l'Arche avec le chat Strudel, vous voyez bien que je peux être quelqu'un d'optimiste – c'était, ce soir du 28 d'août, ce monde d'idiots sublimement vivaces et j'avais là cette chance que je ne connaissais pas, j'étais encore l'un deux.

Ce soir du 28 d'août, il y a que je l'attendis elle, prostré et soignant mes migraines au Chivas, que je n'ouvris la porte de la chambre que sur Lietta et un autre ersatz de minestrone dont l'odeur seule me fit un effet semblable à celle du sang des truites, des paumes cramoisies et de l'aigre sueur de Magda – je ne voulais qu'un parfum des îles qui montait de la nuque d'une jeune fille envolée. Nora avait fui à tout jamais, et il y a que je n'appelai pas les flics, lesquels nous verrions assez tôt à Milan ; que nul ne découvrit l'escamotage des valises et de Magda avant le soir où Nora ne rentra pas du Vatican ; que je crus mourir d'un infarctus du myocarde avant Attilio ; que trois jours après que Nora et sa mère eurent pris le large, la maison de Milan fut cambriolée de fond en comble (nos combles) ce dont le gardien, qui n'avait rien pu garder du tout et passé à trembler le reste de la nuit, ne m'avertit qu'à l'aube par téléphone ; que si lui, Paolo, ficelé et bâillonné sur une chaise de la façon la plus conventionnelle, avait vu de ses yeux une bande de soudards diligents se saisir des collections de mon père – et toutes les conditions du roman noir étaient respectées, pensais-je alors, et j'imagine l'envergure du camion qui attendait dehors la compagnie de malandrins à la solde des Neumann –, le jardinier, à l'heure où m'appelait Paolo, ne serait au courant que lorsqu'il mettrait un pied hors de son lit après sa cuite de la veille. Et les Sibylles de la Sixtine étaient mieux placées que moi pour témoigner d'une éventuelle similitude entre les trognes des repris de justice qui razzièrent le

Borgo et celles des gangsters qui venaient de sévir via Chiaramonti… Savaient-elles, ces Sibylles, si Fouad, si cette Hongroise qui elle aussi court encore, avaient été complices de la mise à sac de la maison Cuori ? Etaient-ils, ces mercenaires, une horde de chrétiens maronites ? ou des vandales venus comme naguère de Germanie, ou encore des petits-cousins de Magda, dégringolés des plaines danubiennes ? Seules les Sibylles… et qu'importe ! Ce qui importe, quant à ces Petra grecques, africaines, et celle de Cumes, une compatriote de Campanie, c'est qu'elles n'aient rien su – ou se soient gardées de me rien faire savoir –, de ce probable complot entre notre Beyrouthin, qui ne revint pas plus du midi de la France ou d'ailleurs, que, du Vatican, une Nora qui escortée par Fouad "n'allait pas toujours causer avec les morts", lorsque Magda, entre deux siestes, avait quartier libre pour orchestrer l'opération dans ses moindres détails, et celle-là était la plus facile et la plus lucrative qu'elle eût jamais conçue, passez muscade, quand sa fille, rencognée sur son escarpolette, dévorait revues de cinéma et glaces à la crème.

Nul besoin de Sibylles, jugeais-je en raccrochant le combiné, pour augurer que les Cuori tomberaient tous d'accord pour étouffer l'affaire au plus tôt, qu'ils se soucieraient davantage de mon état mental que du préjudice subi, qu'il y aurait ma mère pour gronder que la Jézabel aux yeux de louve m'avait coûté plus cher que toutes les grandes péripatéticiennes de l'Histoire, et qu'on se ruerait sur le contrat d'assurance.

Nora hors de vue, je ne voulais plus être spectateur de quoi que ce fût sur cette terre, où tout était accompli et déchu et mort. Je me fis une promesse que je tins – de ne plus jamais retourner aux Chambres de Raphaël, ce qu'on comprendra : les Chambres de Raphaël, rien que de les évoquer, eurent longtemps sur moi un effet hallucinatoire que, dans leur majesté classique, elles ne peuvent avoir sur personne.

Un tour dans le verger, maintenant, où les figues sont prêtes à me tomber dans la main, ces mains dont tout se vide sauf de ces fruits que l'été du Latium mûrit trop vite, et que la petite mangeait avec de la ricotta, que Gina, qu'Ottavia, mangent avec de la ricotta. Laissées pour compte, quelques-unes de mes offrandes, toutes propitiatoires, qui sont autant de petits fantômes, ces paréos et ces chapeaux des vacances romaines, et oublié un des tailleurs roses, le plus clair, chiné de gris. Et résonnant encore, un des mots de ta mère, *Um Gotteswillen*, ce "pour l'amour de Dieu" qui était dans sa bouche juron, insulte et supplique à la fois – et toujours l'écho d'une fureur aux causes disparates : que sa fille fût trop belle, trop aimée des hommes, qu'elle refusât trop souvent de s'en laisser aimer (de me laisser faire, disait Nora), qu'elle l'acceptât parfois pour deux sous, qu'elle fût cette garce qu'on payait ce qu'au fond l'honorable Neumann, en sa qualité de mère, avait *peine à admettre* (à la bonne heure !... c'était ce qu'elle faisait sentir depuis l'hôtel de Vienne avant de me le déclarer haut et fort, c'était une part de ce fanatisme qu'ont les maquerelles pour les conventions, une énormité charlatanesque, et pour cela seulement je l'aurais bien étranglée, pour ce mensonge où elle se soudoyait elle-même, qui relevait du blasphème et d'un crime bien plus grand que de voler les riches) ; *Um Gotteswillen*, et comment se conduisait cette arrogante, et qu'étaient ces manières de duchesse et ce dédain de nos munificentes demeures, à croire qu'elle hésitait à les préférer aux hôtels de passe, et Magda, votre fille hésitait en effet, debout sur un seul pied – et puis elle ne se lavait pas assez souvent les dents, *Um Gotteswillen*, ça n'allait jamais et elle n'était pas digne de moi qui ne la supporterai pas longtemps (cet argument emporta, je pense, la conviction de la rombière quant à l'opportunité du raid sur la maison de Lombardie) – *Um Gotteswillen*, mon amour, ne m'oublie pas tout à fait.

Pour preuve que tu ne m'oublies pas, le chat Strudel a surgi ce matin au pied de mon lit, j'ai recueilli la corne d'une de ses griffes sur la rosace du tapis de cette chambre dont Silvana a banni tous les chats depuis le jour de notre mariage, le chat Strudel perd griffe après griffe, et si je suis ses traces en les ramassant, peut-être me mènera-t-il jusqu'à l'entrée du souterrain, accueillant labyrinthe de buis et de roses sans épines au long duquel court mon Alice, le chat Strudel se fait vieux lui aussi et mes petites-filles en ont assez des feux d'artifice improvisés, et à ce qu'il semble – c'est ma seule surprise revigorante au temps des figues et de la fin de cet été d'aujourd'hui – de leur torse plat et de leurs grosses joues, et elles me regardent comme si moi seul savais ce qu'il faut faire pour sortir de l'enfance, ce mauvais pas. Bien sûr, ce n'est qu'une impression, et seule Nora, de surcroît, aurait pu leur donner sésame et potion magique, Nora qui pourtant, sortant du ghetto malodorant de sa propre enfance, avait ouvert les yeux sur autre chose que nos parcs et nos pinèdes et nos fontaines.

Ores, trouver un cadeau pour leur anniversaire. Elles font des yeux frits quand leurs parents leur parlent de la Maremme et des parties de chasse, passion atavique chez les Cuori comme celle, moins sanglante et plus dispendieuse, des œuvres d'art – leur offrirais-je un fusil de chasse ? Au fait, et au dire de Paolo, les hommes, à Milan, n'étaient pas armés.

XXXI

Vous souvenez-vous du petit dressing ? C'est ici que j'ai à traiter de son triste sort, maintenant que Carla en a arraché de ses ongles furieux tous les posters, celui du pape polonais, même lui, surtout lui, qu'elle aurait trouvé déplacé de laisser en si mauvaise compagnie (les Sex Pistols, leur épingle à nourrice à l'oreille), si près des seins de Jane Russell et de la culotte de Marilyn, et que dire de ce freluquet frelaté (la formule est de moi, celles de ma mère étaient inaudibles et traduites en un sifflement monocorde qu'entrecoupaient des trilles vengeurs) puis elle a barri, puis elle a éclaté en sanglots, puis moi aussi devant elle qui brandissait un David Bowie gigantesque, avec son œil frontal et ses mèches fluorescentes, et si je pleurais, c'était parce que si j'avais eu un œil frontal et des cheveux teints d'écarlate ou d'orange, Nora serait sans doute tombée à mes genoux. Les affiches furent lacérées, les lambeaux froissés par un poing suintant, je me souviens que Carla transpirait terriblement à l'heure où elle razzia le seul sanctuaire de ma bien-aimée, que toute cette rage avait décuplé ses bouffées de chaleur, lorsque, broyant l'œil frontal entre ses doigts convulsifs, elle avait quarante-cinq ans et un mois et demi, et c'était l'expiration injurieuse et chaotique de son cycle menstruel, et c'était aussi la fin du mois d'août dont j'apprécie toujours la douceur, mais là, il n'y avait plus de douceur à trouver nulle part – mais là, j'ai cru qu'elle allait nous faire cet infarctus qui était pour Attilio un peu plus tard, j'ai cru du moins que dans l'état où elle s'était mise, elle ôterait, selon le principe de l'oignon qu'elle chérissait tant, le châle qu'elle superposait à un cardigan dès cette fin août à laquelle succéderaient septembre et ses pluies dont elle prévoyait toujours la nature torrentielle, d'où la nécessité de se couvrir car les poumons risquaient gros à affronter les précoces automnes de Milan, assurait-elle en finissant la boîte de Schimmelpenninck, j'ai cru des tas de choses et rien de ce qui devait se passer après qu'elle eut détruit les idoles et leur autel : dédaignant le verre d'eau que lui tendait ma main prévenante, Carla se contenta d'absorber, à sec, trois tranquillisants Cuori, ceux dont la dose létale était pour moi dans un délai plus bref que l'infarctus pour Attilio.

XXXII

La disparition de Nora Neumann fut définitive, mais exactement semblable à celle de ces astres à jamais morts qui ne sont que le leurre étincelant de nos ciels nocturnes : si je la revis avec une précision obsessionnelle, et sans convoquer son image, qui venait toute seule, qui se cachait partout et me faisait des farces, si je ne pus jamais, plus jamais lui échapper, c'était dans la mesure où j'étais certain de devoir me contenter de cette image, de ces contours, d'un écho de son rire, d'un reflet de sa voix et surtout, avec une minutie dévastatrice, du souvenir poignant de chacun des parfums de son corps – mais certain aussi de ne jamais plus tenir dans mes bras, jusqu'à la fin de mes jours, tout ce qu'un vivant a de compact et de dense et de vulnérable, le corps et sa chair et sa pulpe, les trente-sept, trente-huit kilos, ce poids d'enfant de ma pâle renarde cambrioleuse qui, par un dernier essai de sa malice, me confrontait à l'invulnérabilité d'un souvenir où elle ne vieillirait pas et à une impuissance qui s'exerça graduellement sur ma main et ma plume et mon art et mon sexe et sur ce qu'il est convenu d'appeler le cœur, si, Nora disparue, je me découvris incapable de sentiment pour personne. Ainsi, autant dire tout de suite que je ne pus aimer celle que j'épousai le plus vite possible après que tout fut ruiné, que le monde ne me fut plus que le spectacle d'une débâcle morne vers un horizon où m'attendait pire défaite encore – celle de mon esprit, et peut-être cet espace où tout était délié, dénié et vide, ce lieu hagard et tari où j'errais épuisé, peut-être ce lieu était-il celui de la folie la plus ordinaire. J'épousais Silvana Di S. pour ne pas devenir fou et qu'on m'enfermât après examens, électrodes et électrochocs, je me mariais pour pouvoir m'enfermer moi-même dans la soupente enchantée où nul, où rien ne mourrait jamais, où ma mémoire avait exercé, sur chaque cérémonie secrète qui y avait eu lieu et sur le rituel nocturne qui m'avait brièvement séparé du monde sensible, le travail merveilleux d'un embaumeur thébain.

Merveilleux, en effet, ce travail de la mémoire qui rend les choses à leur beauté, leur donne de la clémence et parfois les éblouit du sens qu'elle leur découvre, qui fait du sens rien que parce que nous avons besoin de continuer, qu'on ne peut pas être dans l'incompréhensible, qu'après il y aura ce qui pour beaucoup est celui de la mort ; fureteuse infatigable, cette mémoire qui ne fait que chercher du sens, donc du bonheur, et l'absurde recule et nous reconnaissons avec une gratitude stupéfaite les cailloux qu'on a semés tout du long d'un chemin terrestre qui est bien le reflet d'un autre, et que la mémoire aide à parcourir dans un calme relatif jusqu'à ce qui m'est le but extraordinaire, la fin des manques, la mort et sa perfection. La mémoire n'est qu'une arborescence, d'autant plus complexe que ce sera simple après. Il y a ce temps d'avant, où l'on est vieux, où l'on devient mémoire sans qu'on n'y puisse rien, où comme dans l'état amoureux on franchit un à un les degrés de l'hyperesthésie, où d'inexplicables lames vous soulèvent jusqu'à un luxe d'intuitions déferlantes, où tout n'est plus que pathologie de la vue, de l'ouïe, du toucher, de tous les sens, et ces nerfs tendus, lâches, à nu, de l'amoureux sont ceux de ce vieux, là, au bord de la piscine, avec sa mémoire énorme, transparente, médusée.

Ces gens dont je suis né, embaumons-les, c'est une occasion de leur vider la cervelle par le nez : d'eux par exemple, misfits de la richesse, je garderai ce souvenir qu'ils vouaient au genre humain un mépris sans mesure, celui qu'ils ont voué à ma petite aimée, qu'ils allaient de prosternation en prosternation devant la force que, dans une innocence mystérieuse autant qu'éclatante, ma petite aimée révérait aussi – et c'était devant celle d'un gorille suprême que les miens pliaient le genou (il est au Vatican, sa cage est dorée d'où il achète les bonnes conduites, et il est encore plus fou que les Cuori car il vous marchande le ciel pour que vienne au monde un enfant que vous ne pourrez pas nourrir ou qui naîtra malade et souffrira d'emblée, avant l'âge où la souffrance vient normalement, entre autres exemples pour lesquels la place du gorille suprême devrait être au zoo) ; et encore, l'adoration dudit, c'était officiellement ; officieusement, on sait laquelle, celle de la norme où j'ai grandi, son caractère militaire, aussi : concentrons les troupes en un point du territoire, et c'était via Chiaramonti où tout se faisait par peur (et des terroristes et de leurs commandos qu'à force de craindre, on incarna en la personne des Neumann qui firent on ne peut mieux l'affaire), où je n'ai vu les Cuori prendre conscience que d'un seul réel danger : celui que dressaient, en face d'eux et de mon atavique veulerie, ces hautes révoltes d'une enfant foncièrement irréductible à toute concession et souillure – qui, même si elle avait fait deux cents passes dans sa vie et parce qu'elle les avait faites, pouvait se vanter de connaître, des hommes, quelques-unes des faces les plus cachées. De celui de Nazareth, elle aurait été copine, j'en suis sûr, ils avaient beaucoup d'idées en commun et ni l'un ni l'autre n'apportaient la paix. Nora était aussi étrangère à la souillure qu'aux démissions et capitulations, à cette folie de servilité que je connais pour être né dedans.

Quant à la capitulation, mon suicide en fut une et de taille. Juste avant de le rater, je ne parvenais plus à vivre que dans un mouvement, celui de la fuite de Nora, l'espace-temps de sa fuite et le silence de cette fuite que je percevais comme celui de la neige et comme cette anesthésie, cette façon qu'a la neige de frapper la terre d'un mutisme dolent et hypnotique, la neige et sa valse qui pouvait bien être la dernière sur cet Occident dont le climat changeait et d'où bientôt, à mon sens, tout ce que la vie offre de palpitant et de fervent allait disparaître, là aussi comme cambriolé, et j'en étais là lorsque je pilais dans un verre à dents quatre-vingts comprimés de Nortar Cuori (secobarbital – *maman*, je dormirai bien ce soir, le Nortar vous emmène *presto* au pays des rêves, c'est cette boîte de bonbons roses sur ta table de chevet), auquel, pour ne pas hâtivement le régurgiter, j'allais adjoindre cent vingt autres comprimés d'un antihistaminique bien connu, le Phénergan, très efficace aussi en ce qui concerne le mal des transports, ici je priais le Phénergan de me laisser aller aussi loin que possible, en compagnie de mon vieil acolyte le Chivas – un Chivas de vingt ans d'âge qui cajolerait une dernière fois mes papilles –, et, dans ma crainte des convulsions obscènes d'un estomac qui ne voudrait pas entendre parler de l'âme et de ses états, pour parfaire mon cocktail et m'assurer de son effet, je m'en rapportais aux vertus supplétives d'un second antiémétique, le Dramopax, qui avec le rose Nortar et… le nom de cette dope ne me revenant pas, appelons Antiblues, *Cielo d'Azzuro* ou encore *Come un bel di'di maggio* en hommage à la chanson populaire italienne, cette pilule bleu foncé qu'on voit dès le début de cet ouvrage à portée de la main de Carla, et qui comptait parmi les derniers succès des laboratoires Cuori, au dire des sondés, comme le Dramopax, à ceux des femmes enceintes : grâce au Dramopax et aux femmes enceintes, au Nortar et aux insomniaques, à l'Antiblues et aux grands ou petits déprimés, nous réalisions déjà de considérables profits – qui néanmoins n'auraient pas suffi à reconstituer le dixième du musée volé ni à ressusciter cette orfèvrerie, cette laque minutieuse des toiles franco-flamandes, ni cette Nymphe ni ce Persée de Benvenuto Cellini : le moule en est cassé, et Nora, dans sa délicatesse, avec une même conscience de ce que certaines choses sont sans prix et l'assentiment de ses comparses, (qui, lui, allait de soi) avait épargné ma collection de faux dont le Fragonard, et rien, fors cette attention de Nora, n'aurait pu m'arracher le sourire qui retroussait mes lèvres sur mes dents et que je voyais, tel celui du chat de Lewis Carroll, flotter, nébuleux et dément, au-dessus de ce nouvel élixir Cuori dans l'efficacité duquel je croyais à fond : "Bois-moi", disait à mes seules oreilles la bouillie saumâtre au fond du verre à whisky, "Bois-moi" et tu seras délivré des affres du choix et tout sera enfin sans issue, et il m'apparaissait clairement que cette injonction parfois enjôleuse et presque exaltée, parfois hautaine et cassante, que ces deux mots prononcés par Nora sous les combles, n'avaient jamais eu d'autre sens. "Bois-moi", disait Nora et il ne me resterait que trois ou quatre heures de coma ébrieux avant de rentrer dans la soupente enchantée.

*

Quelques mots à propos de ce qui précéda et rendit inévitable mon suicide, soit ce qui suivit le jour où ma bien-aimée exécuta son plan – celui d'une évasion sans retour vers quelque probable métropole de cette Amérique latine où l'on trouve, en nombre, nazis en fuite et amateurs au goût assez sûr, à la fortune assez conséquente et à la morale assez accommodante pour financer une entreprise (une chasse au trésor) comme celle que Nora mena à bien, et confier à une sorte particulière de délinquants flegmatiques le soin que passent, d'une main à une autre jusqu'à la leur, à travers énormément de frontières, les joyaux de ces collections, apanage patrimonial de gros bonnets en général européens, qui se voit condamné ensuite au secret des chambres fortes, du côté de Buenos Aires. Du côté de Buenos Aires, les Banques des Yeux recèlent aussi des cornées volées aux yeux d'enfants pauvres pour qu'on les greffe sur ceux des riches. Et je n'avais pas besoin de promener un pendule sur un planisphère pour augurer que c'était ce côté-là du miroir et du monde – ces contrées torrides, misérables et maffieuses – qu'avait élu une fille comme Nora sans me concéder la moindre chance de lui remettre la main dessus, car c'est bien dans le creuset et la foule latino-américaine que se fondent le plus facilement les renégats de sa sorte. Au chapitre des délicatesses, j'ai oublié la principale : me laissant à mes faux et aux souvenirs qu'ils rameuteraient quotidiennement (comme une main romanesque, dans le sauve-qui-peut d'un exil imposé, abandonne foulard ou mouchoir à l'amant qu'on ne reverra plus), je la remercie encore d'avoir pris soin d'embarquer avec elle son abominable mère, qui dut tergiverser, j'imagine, tant elle appréciait l'opulence de notre bourgeoisie milanaise, en laquelle, mon Dieu, elle croyait voir récompensée quelque chose d'une vertu à l'antique, où elle eut espoir de se ménager une petite place en vendant sa fille beaucoup plus cher que d'habitude.

Sur les lieux d'un crime qu'il était impossible de ne pas lui imputer, Nora ne reviendrait jamais : cela, je le savais d'instinct, et le sien propre était bien celui d'une bête qui rejoint sa forêt en ayant pillé un poulailler où l'on marchait encore sur des plumes ensanglantées dans l'odeur fade du carnage (celle du sang des truites me monte au nez) et un soudain silence de mort. Ce soudain silence de mort tomba, de la via Chiaramonti à l'Appia Nuova et Antica, dès le lendemain de l'affaire : dans la famille Cuori, ainsi que l'exigeait l'honneur des Cuori, plus personne n'en parla, sauf, une fois, Carla Cuori pour me signifier qu'elle prierait pour cette malheureuse, son repentir et le salut de son âme, ce à quoi je rétorquai que lesdites prières ne seraient pas exaucées, *no way*, à moins d'un pèlerinage, de Milan à Rome sur les genoux, et d'une entrevue avec le Saint Père, assortie d'un pot-de-vin, sinon, *no way*, répétai-je avec l'aplomb de qui détient le cocktail idoine pour en finir avec les grimaces pharisaïques et toutes les complications de ce bas monde – et ma mère tourna les talons en me maudissant moi, ce qui était un peu fort, et en menaçant de me déshériter, ce qui était sans surprise et prouvait la ténacité du lien existant entre l'Eglise, ses fidèles, et les biens temporels.

Personne, dans les murs des trois bâtiments de la maison de Milan ni sous les pins parasols de la villa romaine, ne devait plus jamais parler de Nora ni de Magda Neumann, personne, ni majordome ni jardinier ni même la cuisinière qui, à son insu et en alternance avec Magda, avait joué un rôle de tout premier plan dans les scènes clés (quel terme conviendrait mieux ?) de cette sarcastique tragédie que seuls mon égoïsme et ma soigneuse ignorance du malheur me firent prendre alors pour une pièce de caractère mouvementée, mais au dénouement heureux – un naïf, mielleux et rosâtre happy end de cinéma.

Ces scènes ont été jouées, néanmoins, quelle que soit la méconnaissance radicale des motivations de l'autre qu'avait chacun des protagonistes, ce pourquoi sans doute leur étiquette était-elle empreinte d'un respect si rigide : nous n'avions que cela de commun à respecter, mon amour… Allons, de la légèreté, *illico*, de cet humour requis pour briller dans un dîner auprès d'une coterie… un peu de l'éclat grossier de ces verroteries, de cette pacotille sociale dont nous ne pouvons guère nous passer, du moins pas un type dans mon genre, encore lui a-t-il toujours fallu un verre. Mais non, je n'ai ni envie ni besoin de ce verre et nul faiseur à épater, grâce au ciel, j'ai le seul besoin, d'une plume à la tristesse intègre, de dire que les pages se tournent, écrites ou non, sous un doigt inconnu, que nous mourrons tous avec quelques scènes reprises indéfiniment dans notre cœur, en emportant ces trésors courageux et d'infinie valeur, le seul précieux geste d'une épaule, son haussement qui en a fait surgir un parfum, une aria de Bellini, le jour ensoleillé où nous étions étudiants et, sur une barricade, brandissions de nouvelles Tables de la Loi, imperturbables et mignons esbroufeurs.

De ces scènes que j'emporterai moi, l'action est essentiellement à Milan, peu se passent à Rome, nous n'avons fait que les répéter à Vienne, et c'est parmi celles-là que, selon son tempérament et ses convictions religieuses (le public est latin, l'œuvre refusée ou interdite au plus tôt, Carla Cuori qui, que je sache, n'a rien compris à l'histoire, se mord les doigts de ne m'avoir pas déshérité à temps et ouvre le gaz quitte à aller en enfer), l'on découvre la bizarrerie première, ou le vice le plus secret, ou le stigmate le plus sorcier de la passion selon Massimo Cuori. "A travers cet ondinisme que l'on range prudemment dans les plus rares perversions sexuelles, ce n'est que de l'histoire d'une passion qu'il s'agit et de la cérémonie la plus occulte de cette histoire..." : quand paraîtra ce livre, je serai à l'entière merci d'un directeur de collection et de ce texte flambard en quatrième page de couverture, si ce n'est de bien pire. Le fil, reprenons-le, il sera cher à ce directeur de collection, conscient de ce que, a contrario de ma géniale, le lecteur réclame à cor et à cri intrigues captivantes et personnages auxquels s'attacher, et qu'on les lui serve décortiqués comme si c'étaient des crevettes – payé, le directeur de collection, pour vendre de la gentille escapade qui vous change les idées et pour savoir qu'à la seule perspective d'analyser une desdites, le public fuit terrifié, guère soucieux de Platon et détestant ce qu'il appelle des digressions, ce dont toute la vie est faite avant que la camarde ne rompe un bon coup avec le caractère évasif de l'affaire. Je suis à vous.

Plus un mot donc au sujet de la grosse Frau ni de la fluette Fraulein N., et pas davantage de la bouche couleur de fraise de l'acide petite soubrette hongroise qui nous échut cet été-là, et dont Nora s'était entichée, à qui la Hongroise servait les œufs, les toasts et le miel et le beurre de son petit déjeuner, sur le coup de midi, sauf – j'allais oublier cela malgré l'énormité de ma mémoire – les deux notables fois où, avec un entrain dont elle ne daigna rien m'expliquer, elle se leva au chant du coq pour accompagner ma mère à la messe de neuf heures, en semaine. Cela que j'oubliais, après le baptême de Nora, parce que ce baptême devait précéder les noces ; cela que j'avais revêtu d'un oubli balsamique que ma mère s'empressa de dissiper : "pour que je ne meure pas idiot – parce que c'était une singerie de plus". Quand ma mère crache le morceau, Nora vient de partir. Mais voyons ce plateau qui précédait, au milieu du jour, la Hongroise qui le lui servait au lit, sur le bord duquel elle s'asseyait, quand l'autre se haussait sur ses oreillers avec un sourire d'ange – j'ai surpris une fois cette scène-là, j'ai vu une fois le tableau, un autre Fragonard – pour "papoter", plaidait

Nora, le même sourire voltigeant à l'arc de ses lèvres, comme voltigeaient ses mains désinvoltes où brillait le saphir des fiançailles et son eau profonde, "parce que je n'ai aucune fille de mon âge avec qui parler, dans cette maison !", lançait Nora à son promis qui, muni déjà d'une jalousie de propriétaire, envisageait de renvoyer cette Hongroise pour sa jeunesse et sa loquacité, et pour ce que, dès qu'entre elles, les Eve traitent leurs Adam comme des chiens, c'est immanquable et elles n'en sont que plus volontiers coulantes, ensuite. Je n'eus le temps de renvoyer personne et m'accommodais du "papotage" de Nora avec la Hongroise, je le lui accordais, même, sachant le "papotage" impossible avec aucun des autres membres du personnel, tant ceux-ci, attachés de longue date à la respectabilité du clan, vouaient à ses pièces rapportées de haine suspicieuse... Et aujourd'hui, que ne donnerais-je pas pour que ces deux-là se répandent encore en médisances pétulantes, à propos de tout, de rien et de moi, au-dessus du plateau d'un petit déjeuner et de ces quelques roses que j'allais cueillir dans le jardin, chaque matin, pour qu'elles fussent toujours fraîches.

Au trentième jour d'août donc et au consensus omnium, ce fut comme si le saphir de Nora Neumann n'avait jamais brillé à sa main, ni ses yeux sous les arbres du parc. Ce fut comme si elle n'avait jamais existé, et le silence neigeux et bienséant dont je parlais accabla doucement les demeures des Cuori, pendant que je renonçais à m'occuper de vendre les opiums légaux des romans et des drogues, et aussi à l'espoir d'un bonheur conjugal qui, comme tout espoir de toute nature, est la plus assassine des arnaques du Très-Haut que, pour n'être pas de reste avec l'épouse de Giuseppe, Carla Cuori affirme avoir vu de ses yeux, au balcon de Saint-Pierre, un jour de Pâques, à la gauche du pape. Le silence se fit pendant que je passais quelques jours tranquilles, dans la certitude de ne pas me louper, grâce à ces connaissances pharmacologiques que possède tout Cuori dès l'âge de raison, si l'on en croit la rumeur depuis le succès du Biphosphate – une rumeur bien païenne si elle donne également (et plus clairement encore aujourd'hui) à entendre que le sort de l'Italie et la longévité de ses citoyens dépendent des laboratoires Cuori ou de leurs homologues davantage que du plaisir de Dieu, quand le mien était de me tuer, quand j'ignorais que les laboratoires Cuori, comme beaucoup d'autres, minoraient le principe actif contenu dans les barbituriques jusqu'à ce que celui-ci ne soit plus létal même en cas de surdosage – ou alors il nous faut imaginer une absorption massive seule digne du gosier d'un géant et d'une glotte au dynamisme comparable à celle de Saturne dévorant ses enfants, ce qui nous ramène tant soit peu, un peu, beaucoup trop peu et dans une mesure de plus en plus païenne, dans la soupente enchantée.

J'ignorais tout des nouvelles dispositions prises par nos laboratoires et me plaisais seulement à penser que le Nortar m'aiderait, dans quelques heures, à gagner l'autre monde, que le génie même de mon terrifiant lignage servirait à me supprimer, que j'étais la victime qui, dans une vengeance posthume, maléficierait la fortune des Cuori en me tuant au moyen des substances (ici, des toxiques) auxquelles nous la devions en majeure partie ; c'était comme si, enfin, je parvenais à ce que mon père flanqué de ma mère atteignissent leur but – qui avait toujours été de me rogner les ailes et de faire de moi, Attilio prêchant par l'exemple, un mort-vivant qu'avaient rendu pour un temps à une condition fiévreusement, passionnément humaine, disons-le, à la vie, le caprice, les chantages, qui n'étaient qu'une réponse aux miens, et la vénalité d'une fillette blonde.

J'avais pris une chambre dans un tout petit hôtel de ce village d'Arezzo que j'avais choisi pour revoir une dernière fois, au chœur de l'église San Francesco, les fresques de Piero où certaines figures, de par leurs gestes formidablement calculés, leurs regards arrêtés et indéchiffrables, avaient quelque chose de Nora ; absents et seuls dans leurs vêtements magnifiques, ces acteurs de la Légende de la Croix avaient quelque chose encore de Nora dans l'expression que je lui découvris tout particulièrement le jour de son départ – expression proche aussi de celle de la fillette pâle au bandeau noir du triptyque disparu, cette enfant parée à l'œil sage et froid qui hésite à comprendre pourquoi le sang coule, qui n'entend pas les huées, qui ignore qui est cet homme condamné et pourquoi, observe et va se détourner, elle aussi en recul, dans un détachement attentif de sourde qui lit sur les lèvres ou d'apprentie nécromancienne en quête d'une ombre… et c'était pour ce que la fillette au bandeau noir me rappelait de Nora quand je la surprenais, pensante et inaccessible au bord de la piscine, que je regrettais l'œuvre du maître flamand.

Ce fut dans la chambre d'Arezzo, quelques heures après ma visite à l'église San Francesco et exactement deux heures après l'ingestion des produits sous-dosés, que me trouva, juste très mal en point, une soubrette délurée que je pris pour la Hongroise, qui avait toqué énergiquement à la porte pour servir je ne sais quelle collation tardive au client qui l'attendait, dans la chambre d'à côté : sans doute parce qu'elle avait hâte de terminer son service et d'aller se coucher, la fille s'acharna contre cette malheureuse porte, qui était aussi délabrée que dépourvue de loquet, dont on pouvait forcer la serrure sans grand mal, et ainsi en alla-t-il. Ce n'était certes pas mon heure, parce que cette fille aurait très bien pu ne pas avoir la poigne qu'il fallait, ni la volonté de forcer cette porte derrière laquelle personne ne répondait, ou encore, que cette porte eût pu être en meilleur état.

Après cet échec du ridicule duquel Nora aurait fait des gorges chaudes, je l'entendais d'ici, et un lavage d'estomac en milieu hospitalier, à Florence où j'ai le vague souvenir que m'emporta une ambulance rugissante, j'allais soigner sur les bords du lac de Côme les séquelles de l'aventure – la pire dépression nerveuse, que je refusais de traiter grâce à la pilule bleu foncé, cet Antiblues dont j'étais bien placé pour savoir qu'on se sevrait à peu près aussi aisément que de la morphine ; dépression que j'entendais vaincre moi-même par le calme, la lecture, la marche à pied, l'absence de tout Cuori à l'horizon et le sommeil le plus réparateur possible, lequel je ne retrouvais que grâce au Nortar de mes fins dernières, cette fois à dose filée – et de piler quatre-vingts comprimés de barbituriques fut sans doute mon dernier geste exagéré.

Silvana Di S., en effet, s'apprête à sortir des coulisses : la scène est à la villa d'Este, où je rencontrai mon salut, soit ce puissant sédatif qu'est une belle femme trentenaire, laquelle offrait une faible bien qu'indéniable ressemblance, non plus avec un ange de Piero della Francesca mais avec cette Frederika qui n'a, dans ma mémoire, pas fini de cuver son dompérignon et ronfle à faire trembler les plafonds à moulures du *Vier Jahreszeiten* tout comme Silvana Di S. allait ronfler sous peu, à mes côtés, sans qu'elle ait besoin, elle, de forcer sur le chianti, mais parce que, pour un rien, elle s'enrhumait et avait le nez pris, ce très grand nez à la cassure patricienne.

Ce qu'offrait d'essentiel, au premier regard, la duchesse Di S. était toutes les garanties de ne jamais, au grand jamais, rien m'évoquer de la fillette blonde – cette Ondine au sexe de laquelle je m'étais désaltéré comme à un fleuve du paradis, elle dont j'avais bu tant de baumes, et l'eau de ses yeux et les pleurs qui leur donnaient tant d'éclat, qui ne coulaient pas, qui étaient sous ses paupières comme de durs gravillons, les gravillons de sa haine, cette haine zélée qui, bien sûr et bien qu'elle serait morte plutôt que de l'avouer, lui faisait mal, un mal particulier sans lequel elle ne pouvait pas vivre, cette passion de haine qui m'avait sans doute tout autant subjugué que sa beauté même, qui avait quelque chose d'admirable comme toutes les choses brutes et obéissant aux seules lois premières, comme l'envol des oiseaux migrateurs ou le réveil d'un volcan.

Ni moi ni personne ni aucune Silvana, bien née entre toutes, qui ne saura rien d'elle, n'aurait été en mesure de juger la haine pierreuse de ma jeune fille contre l'univers, qui arquait si souvent ses membres dans une rigidité cataleptique et arrêtait ses regards comme le sont ceux des anges justiciers de Piero auxquels j'avais cru rendre une visite sans lendemain : une contrariété, un cauchemar, et à nouveau, dressé devant elle, le mur révoltant du refus, contre lequel elle ne pouvait aller que de ses poings et de ses ongles, quand je n'avais fait que tarder à satisfaire un vœu dont elle avait presque oublié la teneur, mais non qu'il n'avait pas encore été exaucé, et Nora se voyait de nouveau bannie par ces puissants que je représentais à moi seul, et autant juger sa haine contre la partie nantie de l'univers, que le juger lui-même dans son ensemble, nous qui ne l'avons pas fait, qui ne sommes pour rien dans sa création. Or, des pieds à la tête, elle en incarnait les lois, celles de l'ensemble, et il y avait là assez d'absolu, assez d'impassible extrémisme pour faire de ce sentiment une vertu paradoxale – et moi, fils de fous pusillanimes et déliquescents, je la respectais sincèrement pour cette haine solitaire qui ne reculait devant rien et qui aurait aussi bien pu s'appliquer, dans une sempiternelle résistance, à éliminer de la terre tout ce qui a nom abus de pouvoir, et à en punir les auteurs, et il n'y aurait rien eu à attendre, ici, de la charité de cette fille. Cela aurait pu être. J'ai dit que l'énergie de N. était voyante, c'est-à-dire pleine d'un génie de sourcier, non à voir le mal partout, mais à le détecter et le combattre, ce qui pour elle revenait à s'en défendre : si Nora avait eu la disponibilité, le temps de donner libre cours à ce don de voyance, ou même celui de regarder autour d'elle, elle aurait fini par voir les parcelles de sacré qu'une irréfutable instance (seule ma mère l'appelle par son nom, qui est au nombre de trois) égare un peu partout, ce Beau et ce Bien dispersés, qui sont là, qui reposent, et l'on se demande s'ils ne reposent pas à l'intention de ceux qui ont assez d'aisance et de santé pour les voir, tant la souffrance aveugle : peut-être même, si elle avait moins souffert, tantôt me le cachant, tantôt me crachant cette souffrance au visage, tantôt se la cachant à elle-même dans l'espoir qu'elle cessât, Nora aurait-elle vu tout l'amour que j'avais d'elle. Ses yeux alors n'auraient plus eu leur opacité de vitre murée par la nuit, ils auraient peut-être pleuré ailleurs qu'aux funérailles du père Cecchi, – il est vrai qu'elle pleura une fois – et peut-être serait-elle tombée tout au moins amoureuse de mon amour, et là quelque chose en elle aurait cédé et guéri, si elle avait eu ce temps luxueux, confortable et barricadé des riches, temps qui n'est jamais relatif, la notion leur est inquiétante – et que tout adulte civilisé aménage à se marier, divorcer, se tuer au travail, prendre des vacances, écrire des fictions, oui j'en veux à ceux-là, ou agence en faveur d'autres insanités : Silvana un moment s'était mise à l'aquarelle. Mais N. n'avait pas ce temps-là, elle agissait en urgence, elle s'était adaptée à l'urgence avec l'aisance sidérante de ces animaux qui étaient ses pareils – et même quand je l'ai vue souffrir, à la fin, il y avait dans ses gestes cette grâce étrangère, sans poids parce qu'elle n'est que souffle, qu'elle est inspirée, cette grâce de l'instinct.

Quant au souffle, si plane sur les eaux celui d'un dieu exorable, qu'il pardonne aux Cuori la difficulté d'être riche, qu'il les sauve mais qu'il ne me pardonne pas à moi qui n'ai pu la sauver elle. A moi qui, pour mieux cajoler ma monstrueuse passion, lui refusais ce qu'elle voulait, de l'amitié d'abord, moi que révulsait cette amitié qu'elle ne pouvait que témoigner aux chiens, et j'ai été moi-même bien moins proche de cette humaine qu'on ne l'est d'un chien. A moi qui n'ai pensé qu'à la payer pour me l'adjuger et en avoir la preuve qui était non tant le mariage que cette jouissance, la sienne, insaisissable et seul objet de ma quête d'homme nargué, et ainsi je l'épuisais et en quoi aurait-elle pu aimer l'épuiseur et payeur qui lui terrassait l'âme et le corps un peu plus tous les jours, non, les chiens n'avaient pas, comme je le jugeais, une chance injuste d'avoir droit à ses caresses, les chiens attendaient seulement qu'elle vienne courir avec eux dans le vent et cela encore, je n'ai su l'attendre, je n'ai su que la torturer de cette erreur où j'étais, stérile et impatiente erreur, à toujours tendre ainsi une volonté quasi hostile pour obtenir cette preuve parodique de son amour – qu'elle crie quand je le lui faisais ; je n'ai pas compris que j'avais simplement à l'aider, à filer un coup de main à un frère humain, qu'il fallait que je l'aide à ce que la jupe ne se relève plus et surtout pas pendant que les billets crissaient dans sa main (oh, j'ai dit que je ne parlerai plus de ces scènes de l'argent, de l'unique mariage de Nora, celui avec l'argent...), qu'alors seulement son amour à elle m'attendrait, que peut-être j'aurais pu la voir vieillir près de moi. Avant, elle aurait souri et ri autrement, et pleuré donc, et joui puisque cela aussi était en elle, dérobé, retenu, interdit comme on s'interdit une faiblesse qui vous met dans un danger mortel. Une femme qui doit prendre en main une situation comme elle le fit en régentant ma vie, mon âme et mes sens, cette femme-là qui n'est plus qu'un stratège, ne peut pas jouir, comme l'animal ne peut manger s'il est menacé : je n'avais rien tenté pour la confesser de ses angoisses, ni, par tous les moyens dont je disposais, l'en délivrer ; je les aggravais en la payant comme d'autres l'avaient fait pour écarter ses genoux, non en la mettant sur les miens et en tentant d'exorciser les démons – ceux, tout proches, tout juste jaillis de l'enfer de son enfance vendue, de sa vie qu'elle continuait à vendre. Au lieu de cela, pour la garder près de mes serres et de mes crocs, pour me nourrir chaque jour d'une présence qui suffisait à éloigner mes propres démons, à me rassurer moi qui savais, en outre, que chaque nuit elle serait mienne, j'avais préféré la murer vive dans son combat de pierre, la tenir ainsi, traquée et constamment sur le qui-vive, pourvu qu'elle m'offrît sa fausse et toute relative docilité.

*

Wagner, à qui Silvana voue un culte, d'où le voyage annuel à Bayreuth. Ondoient le prélude du *Ring*, les eaux profondes comme les quatre mesures de double basse – ébats en *mi* bémol des filles du Rhin, cor et violoncelles s'élançant du côté de chez les petites. Feuilletant tout à l'heure les premiers livrets de l'œuvre, Gina m'a dit les trouver excitants, mais que vraiment si le cycle complet vous occupait trois soirées de suite et quelque chose comme dix-huit heures, ça devait être un peu long, et quand est-ce qu'on mangeait pour tenir le coup ? Avant ou après ? Est-ce que Silvana et toi, quand vous allez à ce festival en Allemagne… Oh, *ma fille du Rhin* ! oh, Freia, jeunesse et beauté ! "Bientôt refaites, les filles du Rhin, et maudit leur trésor jusqu'à ce que – mais ne déflorons rien du spectaculaire embrasement du séjour des dieux ni du plaisir de Gina, à qui épargner aussi le masque grisâtre de ma contrition –, jusqu'à ce que ça finisse mal, comme toutes ces histoires de reine Mab, de Mabuse et de monstres dont tu raffoles encore plus s'ils ruissellent de pus et de sang et se démultiplient en métastases de monstricules, c'était déjà comme ça de mon temps où, tous boyaux dehors, sifflant et crachant, ils investissaient de lointaines planètes et des milliers de salles de cinéma… ici, c'est une armée de gnomes habiles et teigneux qui, à la rigueur, coiffant un casque enchanté, se transforment en colonne de brume, en serpent ou en crapaud… il y a aussi des Géants, des pommes dorées, des forges souterraines, quelqu'un de tout petit – un activiste minuscule, c'est le monstricule – qui, aux fins de dominer l'univers, renonce à l'amour : toujours rien de nouveau." Loin de partager ce dernier avis, Gina m'achèterait si elle le pouvait pour que je lui parle toute la journée des Nibelungen et de leur anneau : la gosse est latine, qu'ennuie notre Olympe trop bichonné, azuréen et paillard pour ne pas ressembler à un club de vacances, ces dieux-là vous reçoivent à la bonne franquette, ça ne lui va pas, mais nous n'escaladerons le versant ombreux et âpre de cette montagne et les hauteurs delphiques (du sang sur la neige) qu'à travers Homère et Eschyle, l'été prochain si j'y suis.

Le plus judicieux, Immola, ai-je déjà dit à ma fille, serait, encourageant la passion de Gina pour le terreau mythologique de toute culture, de l'orienter vers une étude raisonnée de celui-ci, Jung, Lévi-Strauss, leurs pairs et suiveurs – et, psychanalyste ou ethnologue, le tour sera joué et je vois moi une ÉTOILE au-dessus des deux têtes brunes, Immola, je t'assure, et Immola me regarde bizarrement, qui elle aussi me prend pour un sorcier (ou du moins un devin aux verdicts d'une justesse alarmante), ainsi avons-nous des chances qu'elle tienne compte de mes avis au lieu d'en changer elle-même chaque jour au sujet de sa progéniture, laquelle, pleine d'un indulgent bon sens, n'en n'écoute plus rien. Mais de M. le Fossile, on veut tout savoir, qu'on tire par la manche, dont on exige une réponse avant qu'il s'en retourne à un travail plus énigmatique que les pouvoirs de l'Anneau : "Et qui sont ces Walkyries dont on parle juste après les nains ?" "De jeunes vierges traversant les orages, montées sur de splendides destriers, direction le Walhalla et retour, chargées en général de la dépouille des héros."

Que Wagner me pardonne si j'ai réduit le *Ring* à des histoires de farfadets – mais elle n'a même pas ONZE ANS, que M. le Fossile SE LE RÉPÈTE CHAQUE JOUR et cesse dans le même temps de se demander, sur le mode caustique, ce qu'une Silvana peut bien trouver à ce génie cyclopéen, d'où lui vient cette tête extatique, dès les premières notes de l'ouverture de *Tristan* – la musique la plus sensuelle, la plus surnaturelle qu'on puisse entendre, ces deux notions étant a priori totalement étrangères à mon épouse. Peut-être, comme Nora à l'Opéra de Vienne puis à la Scala, atteint-elle l'extase rien qu'à être vue à Bayreuth, gravissant en robe du soir et en plein après-midi la "Verte Colline"... ? Le wagnérisme de Silvana est inexplicable : qu'il le soit et quand j'y pense, voilà qui me met d'une bonne, d'une brave, d'une mordicante humeur pour toute la journée.

Ce que je lis à l'instant dans les yeux de ma poupée de velours noir, c'est que, sa mère revenue, les carrosses redeviendront citrouilles et plus question que les basses wagnériennes fassent trembler les murs *after hours*, comme dira Carla, itou Silvana dans sa langue natale et même si elle ne jure que par l'auteur de la Tétralogie, et avec l'auteur de la Tétralogie, nous retrouvons Ludwig et Visconti, duquel avec Silvana nous ne risquerons pas de nous éloigner – ce qui reste l'agrément de mon mariage.

XXXIII

Avant que mon neuropsychiatre m'eût envoyé sur les bords du lac de Côme avec une valise de médicaments, pendant mon séjour sur le lac de Côme et même après avoir rencontré Silvana, je me surprenais encore à parler comme Nora, avec cet accent poisseux, rude, et cette stridence qu'elle imprimait non aux vers de Borges, mais à l'italien en prose, pour, usant d'une sorte de ventriloquie, m'adresser par sa bouche à moi-même, lors de ces crises où Nora Neumann n'avait pas fini, littéralement, de me posséder, comme un adepte du candomblé que terrasse la transe et dans la dépouille inconsciente duquel s'introduit le Maître de sa Tête. Ce, en public également : ainsi, se retournait-on sur cet homme en costume sombre qui monologuait d'un timbre étrange sous les lustres et au long des labyrinthes de buis de la villa d'Este, au bar et sortant du bar, le soir où je découvris Silvana. Faisons un sort à la voix de l'intruse : elle s'étrangla rapidement et s'étouffa dans un ultime gloussement devant ce que chacun tiendrait pour la *femme de ma vie*, sans que celle-ci, responsable du phénomène et de bien d'autres, en remarquât rien.

Silvana Di S. descendait le grand escalier de marbre de la villa d'Este et cinglait vers la salle à manger, accompagnée de qui je tins avec raison pour une de ces parentes séniles et éloignées qu'invitent les cœurs solitaires afin d'avoir quelqu'un avec qui partager officiellement deux repas par jour, et que la solitude ne se repère pas trop. Dînant avec la gâteuse peu bavarde, au moins nonagénaire, qui somnolait entre les plats, Silvana Di S., qui me coulait des regards de braise au-dessus des chandelles et de son foie de veau à la vénitienne, cette Silvana dont je remarquais tout d'abord les très grands yeux noirs, étirés jusqu'à la tempe (ceux de Clara, qui seraient ceux de Gina, d'Ottavia...) et le nez qui surplombait de sa proue busquée les chandelles, le foie de veau, et qui, au dessert, luisait terriblement sous une poudre envolée, cette Silvana de la villa d'Este n'était autre que la solennelle créature que j'allais épouser dans le délai le plus bref ; que j'épousai au moment où j'aurais dû épouser Nora dont elle fut, au pied levé, la remplaçante ; que j'épousai à la fin de cet été-là, avant même que les premiers vents d'automne ne glacent les rues de ce sombre Milan où elle allait passer le reste de ses jours sans émettre le moindre regret de quitter les collines limpides de sa Toscane.

Silvana Di S., qui se laissa sans mal conduire à l'autel, reconnaissante qu'elle était qu'on la débarrassât de la solitude et des pis-aller auxquels elle recourait pour la meubler, dont la nonagénaire (une grand-tante) que nous ne revîmes que le jour des noces – Silvana Di S. offrait donc, de ne ressusciter en rien l'ombre de ma seule passion, les gages suivants : *good table manners* ; dragées d'un rose pudique des ongles impeccablement manucurés ; rides de sourires sociaux étoilant le coin des très beaux yeux ; haut front nobiliaire – diantre, le premier duc Di S. figurait, de profil, avec le même nez, en médaillon dans une des chapelles du Duomo ; visage osseux aux reliefs alpestres, pic de la pommette, crête du nez fameux, crevasse d'une longue joue glissant, encore ferme, vers le palier d'un menton fier, bouche à l'arc effilé, aux commissures désabusées, grandes dents bombées : cette belle cavale avait tout de grand, qui se leva, défroissa sa robe et son mètre quatre-vingts, s'arrima sur ses pieds chastes, aussi grands que le reste et que, handicap alors indevinable, son vagin aimant dans la moiteur duquel je me perdrai conjugalement comme elle se perdrait pour le restant de ses jours dans les rues de Milan, quand il lui prendrait la lubie d'aller baguenauder seule.

Passant en revue la duchesse, de son chignon en couronne à ses grands pieds, je sus en un instant que, n'ayant rien pour me plaire, elle avait tout pour me sauver, si j'ignorais que j'allais payer ce salut au prix fort : celui de l'impuissance quasi totale de l'homme et, absolue, de l'écrivain, ces impuissances jumelées dont j'ai plus haut brandi l'épouvantail. Du jour de mon mariage avec Silvana, je n'écrivis plus une ligne que celles que je propose ici à mon lecteur potentiel, à ce lecteur que, surtout, je ne connaîtrai jamais, dont je ne recevrai pas plus le courrier laudatif ou scandalisé : l'ondinisme ? l'ondi… – on ne dit rien, Monsieur, on ne dit que l'histoire d'une passion exagérée et unique comme le fut mon geste d'Arezzo. Ma fillette aux jambes de soie était partie non seulement avec tableaux, bronzes et bijoux, y compris ceux que je ne lui avais pas offerts, mais avec ce que certains appelaient mon talent, pour lequel on sait déjà mon peu d'estime – lorsqu'il ne s'agissait pour moi que d'un erratique prurit d'écriture ; et mon encre pâlit pour ne reprendre une teinte discernable (le bleu-noir des yeux de Nora) qu'aux premières lignes de cette confession (d'un apocryphe… ?), affublée par l'auteur d'un pseudonyme qu'il tarde à trouver. De préserver la veuve et l'orphelin m'est encore un prétexte à me planquer. Et je planque le cahier, les feuilles dactylographiées, dans un de ces secrétaires au double fond inexpugnable qu'affectionnent les Cuori, et dont la symbolique est assez grossière pour égayer Schliemann.

Avant Schliemann, cette impuissance à écrire se manifesta concomitamment à l'autre, qui demeura sous Schliemann et jusqu'à aujourd'hui d'ordre sexuel, et pendant les quarante ans, aujourd'hui révolus, de mon mariage avec Silvana, l'on ne devait rien voir de plus tempérant, conforme et (hélas pour ma belle Florentine) continent, que le couple que je formais avec elle.

Je me vis battre à ses côtés et sous les yeux charmés de ma mère mes propres records de modération, je me vis aller jusqu'au point de non-retour de celle-ci : semblable à un point dans une cible, et susceptible de se transformer en gouffre alors que vous l'aviez vu tout petit, le juste milieu m'aspira de sa force, bien aussi formidable que celle des institutions, dont le mariage ; si cette force m'était dangereuse comme à Ulysse la voix des sirènes, le paradoxe voulait que ces êtres surnaturels aux appels anesthésiants, me serrant de près et menaçant les quelques façons qui me restaient d'agir sur le monde, s'incarnassent uniquement dans ce que celui-ci reconnaît comme le canon de ce qui se fait, quelque chose d'une symétrie idéale, les olympiades de l'équilibre ; roulé par le torrent d'une harmonie sans faille, aussi arrondi et aplati qu'un galet sous le flux, je devais avoir la tête d'un damné qui a fini d'attendre de l'être, or quoi que ce soit qu'on attende, il est toujours préférable que cesse cet état, qui rend nerveux, et d'être là où l'on doit. Nul en effet ne me dérangerait de ma ravine – des lieux qu'on va voir, qui sont autant de panoramas éclatants, et ce fut, par moments seulement, et c'est peut-être le plus dur à dire – ce fut par moments une inexistence horriblement bonne.

Je ne vis plus personne mais on me vit et on vit Silvana. Outre la colline de Franconie, on nous vit hanter les hauts lieux de la civilisation, ces derniers exclusivement. On vit la signora Massimo Cuori, dans les relais gastronomiques les plus cotés d'Italie et d'Europe, exiger courgettes et endives en face d'un conjoint réfractaire à ce seul point de détail : la doctrine végétarienne qu'après les noces, elle adopta sans crier gare, séduite par de persuasives lectures, et ainsi m'échappa, entre autres, ce beefsteak à la florentine qu'on grille toujours pour deux, et les côtes de bœuf, à la Villette, et tous les restaurants de la Villette, et Paris, privé de ses steaks-frites, perdit bien de son charme aux yeux de qui ne maniait plus que sushi et sashimi entre deux baguettes sceptiques pendant que son épouse se débattait avec des algues, du côté de l'église Saint-Sulpice. On vit la signora Massimo Cuori et son époux à Paris, devant d'interminables défilés de mannequins, à l'Opéra où Silvana dégottait toujours un *Parsifal*, dans beaucoup de ces galeries de peinture que jouxtent malignement les restaurants nippons et leurs spécialités gommeuses. On les vit au Lido de Venise, sous les orangers d'Amalfi, sous les pics dolomitiques et dans les neiges de Gstaad avant que Silvana ne tranchât de façon définitive en faveur de Cortina d'Ampezzo, on les vit nomadisant à Salzbourg et enrôlés à Bayreuth – et je n'allais pas emmener ma wagnérienne à Munich ni à Vienne, pénates du roi du leitmotiv où je craignais d'entendre les miens. On nous vit, hors festivals, aller nous coucher tôt car Silvana, parmi les règles de vie qu'elle s'imposait et qui firent de notre quotidien une tyrannie aimable, comptait celle de ne jamais veiller après minuit, règle qui recueillit mon assentiment immédiat, puisque je me voyais immergé sans recours dans la routine la plus hygiénique et que mon sexe ne servait plus à grand-chose qu'à se perdre dans les terribles solitudes du vagin de Silvana, quelque chose comme le Grand Canyon, une vallée perdue où dans un demi-sommeil, après minuit, je rêvais d'apercevoir des Indiens.

On ne vit pas Massimo Cuori, infidèle et cornaquant son Isabelle aux amples jupes jusqu'à l'appartement lumineux et tout rond qu'elle louait dès le printemps dans le donjon d'un palais derrière la piazza Navona, on ne vit rien de sa nostalgie et nul changement à ses humeurs après que l'appartement rond eut trouvé un autre locataire, à l'année, quand Isabelle épousa un professeur de langues orientales (le persan, je crois), et disparut : d'après ses lettres, je soupçonnai toutes sortes d'errances bovaryques puis déplorai un réel accident de voiture qui la laissa boiteuse, remède à la symétrie qui me l'eût rendue plus chère encore. Isabelle fut la dernière femme avec qui je partageai le beefsteak à la florentine et tout ce qu'on fait griller pour deux, ainsi que sa couche et mes derniers moments d'hilarité : l'humeur facétieuse d'Isabelle parvint à me contaminer jusqu'à la fin de notre liaison, lorsqu'elle s'esquiva avec un rictus de légitime défense (elle voulait se marier) et le souvenir, qui nous était commun, de fous rires incontrôlés et d'orgasmes qui, bien que l'étant davantage, restaient éminemment flatteurs pour moi qui ne devais plus guère connaître les uns ni prodiguer les autres. Quant à Isabelle, elle trouva sa ravine et s'y encaissa avec une fougue vite désabusée, si j'ai bien compris. Quel âge avions-nous alors ? Qu'importe – celui où, après Isabelle, je ne trompais plus Silvana qu'avec parcimonie et une hâte grossière, avant que tout commerce adultérin ne finisse par me peser, pour ce qu'il suppose de ternes complications.

Survivant dans un monde tari, il n'y avait rien d'étonnant à ce que ma plume s'y fût asséchée : dans ce monde-là où il m'était plus que jamais impossible d'échapper à la magie d'un symbole (celui-ci est tout-puissant), il n'y avait plus rien à boire, ni à manger, ni à écrire, ce qui me valut de diriger les laboratoires Cuori d'une main de maître que rien ne distrayait : je me carrais derrière le bureau successoral à compter de mes trente-cinq ans (ici l'anachronisme sentimental n'est pas de mise) et de l'embolie conjointe à un infarctus du myocarde auxquels mon père Attilio se garda bien de survivre en chaise roulante.

Au sommet de ma tour (quel havre de paix translucide !), j'abattis un travail considérable, qui n'était qu'un mélange d'assuétude et de fuite, les deux de première nécessité ; sans craindre d'éveiller les soupçons, j'aurais volontiers passé mes nuits sur mon fauteuil pivotant, dans mon purgatoire moelleux et inexpugnable et désert, entre cette purée de pois et ce scintillement profus qui sont le ciel et la terre de Mediolanum. Dans ma solitude de gardien de phare ou de dieu châtié, je pensais souvent à cet autre donjon d'Isabelle, puis rentrais à la maison où m'attendaient un lit quadrangulaire, une femme brune et loyale au grand nez. *In illo tempore* (quand j'étais président-directeur général), m'attendait la présidente Cuori et *sa dévotion, son amour conjugal*... J'avais en effet ma Tourvel, d'une espèce incorruptible au chapitre des mœurs, je crois en connaître qui s'y sont cassé les dents. *In illo tempore*, sortirent des laboratoires Cuori quantité de nouvelles panacées, parmi lesquelles le Cantaril, dont les gélules ivoirines remportèrent, sur le marché des stimulants, un succès massif, triomphant de la racine du ginseng rouge semi-sauvage de la Chine et de ses vertus millénaires aussi bien que des psychotropes les plus en vogue, dont l'extrême délicatesse d'emploi faisait trop souvent des bombes. Ce que j'affirme pour avoir découché une fois, et trompé Tourvel avec une radasse allemande au nez retroussé et à la peau de lait : au matin le nez était trop manifestement revu par un plasticien, le teint brouillé, et Tourvel aux cent coups, qui cette fois (une des dernières où elle aurait eu à se plaindre de moi) m'avait tout simplement cru victime d'un malaise dû à un excès de boisson, au surmenage et à ces stimulants archaïques que je persistais à prendre, qu'elle jeta avec une rare autorité, pour m'enjoindre de préférer dorénavant le Cantaril, qui n'était pas pour les chiens ni tous les surmenés sauf moi.

Le Cantaril Cuori n'avait rien d'un placebo, auquel Silvana dut d'être enceinte, tardivement, rien qu'une fois, et d'accoucher de notre délicieuse petite Immola. A la conception d'Immola, participèrent, outre le Cantaril, un soir de pleine lune, la convocation impérative de l'ombre de ma petite muse qui choisit le moment d'une des dernières ovulations de Silvana pour parader de la façon la plus efficace sous la lampe de mon imaginaire, et ce fut au mépris de toute morale et à l'insu de Silvana et grâce à cet ultime appel que je fis aux pouvoirs de la fiction, que ressuscita une Nora rampant sur le lit dans l'intention de me tailler une pipe formidable, ce fut grâce au velours de sa langue mercenaire, aux pépites d'or que tamisait son regard félon sous ses cils dorés, et à cette faveur qui lui vaudrait dès demain cette paire de sandales de cuir verni qu'elle avait repérée chez le meilleur bottier de la via Monte Napoleone, à moins que ce ne soit ce kimono de shantung… ce fut grâce à une mise en scène onirique, que je dirigeai à la perfection, qu'Immola, neuf mois après, vit le jour.

La photo de famille a succédé au portrait, la poigne de Luchino, à la mienne, et Luchino, enfoncé dans le Fauteuil Analogue, n'a pas même cette *tête ailleurs* que j'avais le soir, devant le premier de mes apéritifs, à l'écoute du soprano relaxant d'une Giannina et des quatrains de Khayyâm, ni mes doigts indulgents, tapotant le cuir du fauteuil comme on flatte la joue d'un enfant et en éprouve le galbe et le grain indemne, tout en félicitant une employée sur le choix de sa nouvelle teinture, preuve des attentions dues à la masse salariale. Luchino n'est ni morse ni gentil, brocarde mes prétentions d'homme de gauche qu'il tient pour un mensonge éhonté, qu'il faut bien pardonner au vieux Nestor, et il le fait de toute sa hauteur voûtée, quant à me pardonner il n'a pas le choix, sans moi, il n'y serait pas, et cet imbécile croit que j'ignore la condescendance sarcastique qu'il me voue – *homo homini lupus*, outre un personnage tout à fait gothique, hier de taille élancée et valseuse, aujourd'hui rompue, presque bossue, mais aussi inébranlable que l'appareillage d'une croisée d'ogives, c'est un loup aux masséters serrés comme l'est souvent son poing, et flasque, la ceinture de son pantalon : c'est un loup qui maigrit pour un rien, et je n'ai de commun avec lui que d'être taciturne. Immola est ravie, qui parle pour deux sans que souvent, nul ne l'écoute, jusqu'à ce que les sourcils de son époux se joignent en une terrible barre transversale, dardée et poivre et sel, que d'incroyables rides tailladent le front de mon gendre, que ce front, ainsi tuyauté, rétrécisse au moment où ses yeux s'embusquent, et qu'il n'ait plus rien d'un loup mais tout d'un primate, de ce primate qui a su éveiller, chez Immola, je ne sais quel masochisme, un sentiment amoureux qui ne semble pas se démentir et auquel nous devons, en tout cas, les jumelles : Luchino fronce les sourcils, je regrette d'avoir appelé Immola Immola et, cherchant de qui elle tient ce penchant à cela qu'elle ne montre qu'en présence de son mari – une soumission subjuguée –, m'assaillent nombre d'hypothèses.

Approche l'anniversaire de Gina-Ottavia, imprévisible affaire de sosies qui aura du moins le mérite d'enchanter jusqu'à ma dernière heure : elles sont aussi impossibles à gauler que l'était

Nora en une seule personne. Le stylet d'une piqûre sur la cuisse, un gnon au genou, un chandail déchiré aux branches du laurier, une baignoire qui a débordé (on s'est empiergé dans le lacet mal noué d'une chaussure de tennis en courant après un chat haret, on a attrapé des puces, un bain urgeait), et ces papiers de bonbons sur le perron, et qui a éborgné Simonetta avec la baleine revêche d'un parapluie, qui a collé ces timbres tête-bêche sur une trentaine de cartes de vœux et qui, pour s'en vanter ensuite, a aidé l'aveugle à traverser la rue au risque de se faire casser les deux jambes ? Ottavia, voilà qui accable Ottavia et qui soulage tout le monde car on sait que c'est elle qui du coup trouve à qui parler et s'entend dire d'éviter les aveugles aux poches bourrées de bonbons, et moi qui suis le dossier d'un œil impartial, je m'en vais réprimander Simonetta qui exagère à répéter à qui veut l'entendre, dont la pauvrette, que quelqu'un, ici, a le *malocchio.* Si ça tombe, c'est justement Ottavia, la mangeuse de pain noir, cette Ottavia qui trouve tous les moyens pour que le monde lui fasse mal, qui mangera plus tard son pain blanc, moissonnera les lauriers et laissera dans l'histoire le souvenir d'une personne remarquable (qui, comme Giuseppe, aura sa rue), qu'elle soit égyptologue, sinologue, idéologue ou entomologiste : elle a un contentieux avec les insectes. Remarquable, il y a de cela dans cette gamine qui, aux premiers jours de ses vacances, me semblait encore si terne et dont s'approche, comme de l'autre, cet ange rebelle et duveteux dont je discernerais l'empreinte la moins accusée ; cette approche, faussement musardière, est toute de douceurs stratégiques, riche de ces métamorphoses desquelles le Déchu a une maîtrise chaque jour plus subtile, à ce que je vois, et à quoi qu'il lui prenne fantaisie de ressembler (au chat Strudel) il ne m'échappe pas, jamais – je l'identifie plus vite que Gina d'Ottavia, c'est là où je me perds, c'est là où je ne crains rien pour la pérennité de l'enchantement. Et puis, faute de signer avec le diable un pacte que, devenant une artiste célèbre et n'échappant pas à ce déplorable négoce – une usure sans merci –, elle aurait paraphé comme tout un chacun, faute d'aborder ce jardin périlleux de la création et de la tentation où quoi qu'on vende de son âme ou de son corps, poète ou comédien, on rencontre inévitablement le pied fourchu, notre mangeuse de pain noir peut aussi épouser un prince : c'est la petite-fille d'une duchesse, je ne vois pas où serait la mésalliance, et bien qu'assombris de quelques obligations, elle verrait s'ouvrir des horizons plus sûrs que les précédents, lirait les poèmes des autres, irait au spectacle joué par les autres et finirait par ressembler à sa grand-mère et à ces gens qu'il s'agit toujours d'amuser. Salzbourg, Bayreuth ou le bel Avignon ?... Mais, dis-je à Simonetta qui déplore que la salle de bains des enfants devienne une infirmerie, à qui je confie mes états d'âme et qui, en bonne campagnarde à moitié étrusque, me prend, elle, tout de bon pour un envoyé de Dieu parce que, parmi d'autres indices, à en croire ma ligne de vie, je suis mort avant trente ans, eh oui, et c'est ébouriffant et Simonetta retourne et cambre ma main, fait des yeux plus larges que longs et me soutient que, vraiment, je ne devrais plus être là depuis un bail, depuis exactement... *ebbene !* ces années quatre-vingt où *Monsieur* a épousé *Madame* ! et en voilà encore une que je dois retenir d'apprendre le français pour gagner les faveurs de ma mère… Mais, dit à Simonetta le souriant sursitaire, même si à cause de mes rhumatismes, je suis aujourd'hui de taille à dire le temps qu'il fera demain comme – à vous en croire, Simonetta – je l'étais hier à déjouer le destin, je sais pertinemment, ce qui m'obsède et m'attriste, ignorer celui d'Ottavia et de Gina, auxquelles "Carpe Diem" reste le seul conseil à donner, tacitement s'entend. Or la cuisinière n'entend pas tout ce que je dis. Or le devin subodore quelque chose d'intrigant, sous le couvert d'une nuit, celle de cet anniversaire dont le Malin soufflera peut-être les bougies, de ses poumons volcaniques et en même temps qu'elles, qu'Immola et Luchino, qui font des manières pour rentrer mais rentreront quand même, candides, expéditifs et très occupés à ne rien voir comme au jour de leur baptême, de leur mariage et le troisième où il faudra aussi un prêtre. Ce que je note au quotidien de cette belle saison – ce que je sens de façon aussi sûre que ce que je sentais dans le salon de Milan la nuit d'avant Rome, et décidément la chiromancie est un de ces arts (je suis en effet mort dans ce salon, ensuite je n'ai fait que m'évanouir en public puis en privé), c'est que, quant à souffler, le Malin le fait, encore imperceptiblement, par les pores de la peau qui du reste s'assouplit, de mes deux *putti*, s'il n'a pas encore pénétré leurs membres hâlés, s'il n'y manquera pas de ce bras aminci et de ce coude poli de Gina, de ces jambes longues et robustes qu'elle croise maintenant un peu haut pendant que l'autre la regarde de ses yeux à la pupille montante comme une lune noire sur un désert blanc, et le regard d'Ottavia ruisselle d'un charme que le premier benêt en rut qualifierait de diabolique, même si ce regard n'est qu'adorablement étonné et avide d'horizons qui ne sont imprudents que parce qu'inconnus... Tout cela, ce dessein de l'ombre dont je suis témoin, datant de la veille, est frais comme l'œil, fourbe comme le soleil de la Chandeleur, et ici une dernière touche, mi-figue mi-raisin, à apposer au tableautin : des deux Ménechmes et Ménines qui rêvaient tout à l'heure, la croupe sur les pierres chaudes, les doigts entrelacés sur le manche d'une raquette de tennis, il y en a une, c'est Gina, qui vient de cisailler ses blue-jeans au genou pour que nul n'en ignore la finesse, comme la mode l'exigeait lorsque ma ligne de vie s'est arrêtée – comme Nora ne le faisait pas, qui eût trouvé idiot de saloper ses blue-jeans sous prétexte de dandysme adolescent.

Cette rotule brune et insolente, dardée entre les effilochures, il y a fort à parier que Carla voudra la voir couvrir comme Tartuffe, qui n'est jamais loin de chez nous, le sein de Dorine, ignorant que là, Nora l'aurait chaudement approuvée dans la mesure où, en plus, *questi calzoni* sont taillés dans la toile légendaire par les soins d'un couturier romain et que rien de ce que portent les jumelles, pas une salopette, ne sort d'une solderie. Je sais – riches honteuses, elles coupent les étiquettes.

Carla Cuori donc, Carla Cuori que Dieu néglige de rappeler à Lui depuis un bail, qu'oublie la Charrette Fantôme qui emporta Annibale, Carla ma mère va jaunissant, toussant, asphyxiant avec ou sans cigare et n'adulant plus que moi – Carla qu'un second flash-back (une dernière petite mise en scène, très convenable celle-là et due à ma seule mémoire) nous permet de revoir et d'entendre, dans le siècle d'avant : "Cette jeunesse est maigre comme un coup de trique et on se demande ce que tu lui trouves, et ce qu'il y a aussi, c'est qu'elle a toujours l'air de se moquer du monde !" tonne Carla Cuori sur qui les pouvoirs de ma Circé ne s'exercèrent jamais qu'en vain, et nul ne les entendit échanger plus de deux mots entre la soirée des fiançailles et le jour où les Cuori transhumèrent vers la villa romaine – peut-être l'avaient-elles fait de quelques impressions, sur le chemin de l'église, à deux reprises, ces deux reprises où Nora, inexplicablement, assista à une messe du matin. "Dure et intéressée – cette fille n'a pas de cœur, nous reparlerons de ce mariage sous peu, je ne te donne pas un an pour DIVORCER (et Dieu gracia Carla Cuori de ce mariage et surtout, du subséquent divorce qui, à l'entendre et comme nombre d'autres péripéties plus ou moins fâcheuses, eût hâté sa propre fin) et en un an elle se sera fait mettre un polichinelle dans le tiroir et acheter un palais à Venise et fasse le ciel que les pierres suintantes, comme toutes celles de Venise, s'en écroulent sur elle, ou une villa à Vicence, avec des murs peints comme par Palladio parce qu'elle aura pris goût à toutes sortes de choses qui ne sont pas de son monde. Elle n'est pas du nôtre, et n'en sera jamais, ce qu'elle sait et qu'elle te fait déjà payer chaque jour, Massimo caro…" avait gémi Carla Cuori, levant des yeux emphatiques à un ciel qu'il était encore temps d'invoquer, à son avis, avant qu'un silence claustral ne se referme sur les secrets de ces quelques mois chimériques autour desquels s'organiserait – se démantèlerait – ma vie d'homme.

Le temps des invocations échu, pendant le silence claustral – qui règne sur la scène – on entendit pourtant, des coulisses, les quelques parcimonieuses injures que ma mère réservait à N., condamnée par défaut, si l'on entendit rien de ce qu'elle avait tu jusqu'alors et qu'elle m'avoua dans un souffle, lequel passait exclusivement par le nez, qu'elle avait enflé à cause des larmes, et c'était la Jézabel, et ce n'était plus la dacryo-cystite dont le départ de Jézabel l'avait miraculeusement guérie : Carla Cuori n'avait supporté cette épreuve (l'amour de son fils pour sa Gretel de conte) que grâce à l'aide spirituelle, de laquelle témoignait une correspondance nourrie, de ce padre Riccio dont je gardais moi pour seuls souvenirs sa carrure de pugiliste, et qu'il eût été magnifique, ouvrant la mer Rouge de son bâton afin qu'Israël traversât à pied sec, ou en toge, jupette et spartiates dans un péplum, qu'à notre table il avait la fourchette qu'on attend d'un tel homme, presque aussi magistrale que celle de Nora – que le padre Riccio était tout sauf abstème, qui humait et savourait nos meilleurs chiantis en professant au-dessus de chaque verre, d'une voix de tribun, qu'il faisait une exception, une petite exception en notre honneur. Ma mère mit du temps à décharger sa conscience et à me tendre les brouillons des lettres adressées au prélat, du bout de ses doigts baignés de larmes.

Même entachés, pour les premiers, par le Mont-Blanc, et loin d'avoir la lisibilité des lettres auxquelles ils donnaient naissance, je pouvais tenir ces brouillons pour la copie conforme du pli définitif : dans sa tentative désespérée d'estropier le moins possible la langue italienne, une fois le brouillon commis, je savais Carla hors d'haleine et hors d'état de modifier quoi que ce soit à son écrit ; au jour qu'il est, de pondre le moindre mot lui reste un travail de force : rien ne lui coûte tant, dit-elle, qui continue de se donner ce mal harassant pour honorer une tradition qui se perd comme beaucoup, vois-tu Massimo, quand on pense à ces belles “lettres de châteaux” qu’on écrivait naguère après avoir été reçu... Il ne pouvait donc y avoir l’ombre d’un subterfuge dans un domaine où elle parvenait à son principe d’incapacité, et nul doute quant à ce que Carla me remît d’intègres duplicatas de ladite correspondance ; en sus, ma mère tenait ce qu’elle avait consigné de l’été 79 comme la mesure et la preuve (l’écrit reste – il a jauni comme son auteur) d’une souffrance qu’elle me devait, *et la vérité, Massimo, rien que la vérité à propos des nuits sans sommeil et des pleurs de ta mère, toute la vérité même si elle est dure à entendre comme l’est la parole du Christ*, qui rappliquait alors, qui, dans la bouche de Carla, rappliquait forcément, muni de vérités propagandistes et mortifiantes, dès qu’il fallait faire passer une pilule.

Si la première des lettres de ma mère figure en tête de cet ouvrage, et si je l’ai mise en scène comme la seconde, celle de Londres, et la troisième qui m’est adressée de la Maremme, c’est qu’il me paraît hors de question d’en priver mon lecteur, pour ce que ces courriers, les hoquets répugnés de leur rédactrice, puis sa cautèle, en même temps que sa surprenante certitude de l’assentiment du prêtre qui les lirait (une catéchiste exemplaire, face à ce qu’elle qualifiait de *cas social*, duquel, notre Antiblues à l’appui, elle faisait son affaire), témoignent de l’univers fantasmagorique où tient toute la mythologie chrétienne, où se tenaient les Cuori, en toute urbanité, comme ils prévoyaient de le faire dans cet abri antiatomique où ils n'auraient pas été plus à l'écart des autres que d'ordinaire et où, entre fous, ils auraient très bien survécu ; si cette épître de Carla préface le livre, c'est aussi parce qu'à sa parution, elle sera vraisemblablement peu susceptible de se formaliser d'un tel sans-gêne (de mon dernier sursaut et suçon vampirique d'écrivain), parce qu'au Cimetière Monumental, elle sera muette sous sa pierre tumulaire et que le silence se sera fait sur elle aussi ; et s'il ne reste trace, au fil de ces pages, que de deux des lettres de Carla au père Riccio, c'est que, après m'avoir confié celles-ci, qu'elle considérait comme "plus synthétiques eu égard à la situation", prise d'un remords – et à peine, serrant mon butin, avais-je tourné casaque –, elle en déchira avec soin les autres spécimens, au nombre de sept, des mêmes ongles qui arrachèrent les photographies du pape, de David Bowie, des Sex Pistols et les seins de Marilyn et ceux de Jane Russell et j'en oublie – toutes les figures sacrées du petit temple anéanti ; si elle détruisit les lettres qu'elle m'avait bien imprudemment et en sa présence données à lire (avec quelle avidité les avais-je survolées !), c'était de crainte qu'une pulsion narrative (le sursaut du plumitif) ne me reprît et que je me servisse de toute cette prose, dont on ne pouvait tirer qu'une conclusion : à aimer son prochain comme elle-même, Carla née Bazzini s'était évertuée en vain.

Les lettres déchirées n'étaient en effet, à l'endroit de ma bien-aimée, qu'un seul crescendo imprécatoire scandé d'accusations sans preuves ("un éthylisme qui, pour être aussi fortement ancré chez une si jeune personne, devait remonter à sa petite enfance") et de pures calomnies (la drogue – d'hypothétiques cigarettes de marijuana dont Fouad aurait été le pourvoyeur et qu'ils auraient fumées ensemble, entre autres choses qu'ils faisaient ensemble lors de leurs non moins hypothétiques virées au petit cimetière à portiques, où en effet, *maman*, Nora n'allait pas toujours, elle me l'a dit une nuit où, pour sa part, elle ne me disait que des *vérités* fort *dures à entendre...*). Voici pour ces courriers disparus, que je n'aurais pas dû lire, qu'elle avait tant honte que j'aie lus, qu'elle ne datait plus, dont elle avait cessé d'indiquer la provenance : après celui du 8 de juillet qui traite de Nora-Jézabel, étaient-ils, ces courriers, encore inspirés par la première rencontre des deux femmes à Milan ou du second séjour de ma mère en ce même Milan, lorsque pourtant elle avait semblé "accepter" Nora... ? ou bien était-ce le seul souvenir de Nora, quand ma mère était à Rome, à Punta Ala, qui provoquait ce crescendo enragé, la voyait-elle à la terrasse de chaque café, à Rome, derrière chaque bosquet de la Maremme – quand la lettre que je reçus moi de la côte toscane restait correcte, et la plume de Carla, onctueuse : à compter ici avec la ménopause et la prise de l'antidépresseur maison, cet assommoir, le bon sens se réfugiait là où il pouvait et tout à l'étroit... Pour certaines, elle me soutint ne les avoir ni recopiées ni envoyées, que s'y livrant trop, elle s'y montrait sous un jour impudique, ce à quoi je ne trouvai rien à redire – qu'elle les avait gardées pour elle, et pour moi donc, le jour du malheur annoncé où il serait nécessaire que j'en prisse connaissance ; quant à Riccio, elle craignait par contre qu'à travers ces missives – qu'un vague sens moral, que l'écho du respect d'autrui mêlés à une bonne bouffée paranoïde avaient épargné à leur destinataire –, ce dernier désapprouvât son emportement et cessât de le voir comme un élan du cœur, faisant bon marché du drame que vivait sa vieille amie. De mon jugement, elle ne craignait rien, bien entendu, il ne s'agissait que d'interdire un remake de ce film cauchemardesque dont voici la pellicule, *mon chéri*, et je ne vis aucune pellicule, ce qu'on déroula devant mes yeux fut comme un tapis de bazar oriental roulant ses bagues aux chatons empoisonnés et soulevant une poussière âcre sur les traces de mille piétinements furieux et de larmes, et il y en eut d'autres durant la scène des lettres où, chiffonnant une masse de kleenex et sacrifiant à son antienne de prédilection, elle renifla qu'elle venait de les tarir toutes, or avec son caractère, le plus ombrageux du monde et cette dacryo-cystite qui devait se remanifester peu après que les *yeux de louve* (qui étaient bleus) aient cessé leur clignement, elle ne pouvait avoir liquidé le stock à tout jamais.

— Nous ne les verrons plus de toute notre vie, Massimo, m'assura l'épistolière, m'informant du sort des billets doux, et, scène II, je vis autre chose, je les vis plus simplement déchiquetés en lanières et confettis, et je vis ses ongles sur le papier comme les becs d'onyx de méchants merles noirs, et puis – et puis ici je doutais : il se pouvait qu'elle mentît, qu'elle se défiât simplement de moi, qu'elle eût gardé les premiers jets, certains des originaux dont j'ignorerai combien avaient été envoyés, et même, dans l'intention absurde de constituer un dossier, des photocopies de ces originaux, parce qu'avec elle on ne pouvait jamais savoir, parce que les brumes étaient toujours de son côté, devant elle sur sa face jaune, devant elle comme les tulles sur les superbes, les graves visages des femmes de Visconti, ces médailles martelées, cette peau qui s'écorche à l'os, ces lèvres qui tremblent sur des dents parfaites, ces visages construits pour être mieux ruinés. Carla, elle, ne redevint jamais plus Bazzini qu'en rédigeant ces lettres à l'intention d'un prêtre qui, il est encore possible qu'ici elle mente de plus belle, ne lui donna peut-être jamais les réponses qu'elle se contenta diplomatiquement de mentionner.

SIXIÈME PARTIE

Les accomplissements même les plus élevés dans la recherche de la beauté, par exemple dans l'art ou la science, ne sont pas réellement beaux. La seule beauté réelle, la seule beauté qui soit présence réelle de Dieu, c'est la beauté de l'univers. Rien de ce qui est plus petit que l'univers n'est beau.

SIMONE WEIL,
Attente de Dieu.

XXXIV

Il y a ce silence qui attend Riccio en Terre Sainte et nous autres près de l'écrivain Manzoni, il y a ce silence qui, lourd comme le sel de la mer Morte, s'appesantit, se figea sur l'été de Nora Neumann, cet été dont je tiens encore entre mes paumes le brûlot de ferveur, comme dans ma gorge, tout au fond, la saveur du magistère doré qui emperlait le sexe de Nora Neumann.

Le démon, aurait dit Carla Cuori, infaillible et au courant de ce qui, aux yeux des psychiatres, sexologues et de tout un public averti, demeure une des plus rares et rebutantes perversions sexuelles – cette fille est le démon, il a fallu que tu rencontres l'Adversaire, et toujours plus infaillible, elle aurait ajouté que les voies de Dieu étaient impénétrables sur lesquelles Il avait placé ce démon gros comme une ablette, et impénétrables également si j'étais le meilleur des fils, mais loin d'avoir la carrure nécessaire à qui entend se mesurer aux Puissances des Ténèbres, moi qui ne supportais pas les orages, moi qui n'avais rien de commun avec ces élus et majestueusement visités qui peuvent vous prendre Belzébuth et ses légions au collet, ni avec ce Jacob qui, après la castagne, boita de la hanche – ce à quoi le fils n'aurait rien rétorqué. Le démon aurait-elle dit et elle aurait convoqué cet exorciste que je ne sus être moi-même, qu'il me revenait d'être ici-bas pour le bonheur de mon amour – et certes c'étaient bien des démons, ma pauvre Carla, qui assaillaient ma fleurette musquée, elle dans ses vieilles jupes trop grandes ou dans la merveilleuse robe blanche de ses fiançailles, mais il s'agissait de bien d'autres démons que ceux invoqués ici, et qu'ils reculent devant bien d'autres exorcismes que ceux que pratiquent diacres ou archidiacres en brandissant leur croix, et les démons dont je parle s'en seraient retournés dans le plus noir de leur géhenne, pour peu qu'on leur eût montré (et à celle qui en était, en effet, la victime) autre chose que la croix à la façon d'une massue et des dents grinçantes, des lèvres vultueuses, apostrophant pour le congédier un sommaire Satan : vois-tu, Carla, il fallait seulement montrer à Nora Neumann, à l'enfant Nora, de l'amour, cet amour que je n'ai pas su donner, que j'ai payé, je ne le dirai jamais assez, je le dirai jusqu'à ma mort.

Avant la péripétie sans suite de mes romans, qui dispersa çà et là, sur le tableau de famille, la lumière provisoire de ses spots (ceux des plateaux de télévision), ma seule forme de discernement ou de courage, comme on veut, fut ce que ma mère, selon toute logique, déplora le plus : mon refus obstiné, dès l'âge dit de raison, d'accepter les contorsions de la théologie catholique. Dans la beauté, Dieu est partout. Simone Weil dit : “Tout ce qui a quelque rapport à la beauté doit être soustrait au cours du temps. La beauté est l'éternité ici-bas.” Elle dit : “L'amour charnel sous toutes ses formes, de la plus haute, véritable mariage ou amour platonique, jusqu'à la plus basse, jusqu'à la débauche, a pour objet la beauté du monde” (et en tout premier exergue de ce livre, il y a encore sa parole, avant celle de Jean). Tu haïssais Simone Weil, Carla. Quant à ma foi, après le succès de publications où je ne parlais en rien de Dieu ni de Diable, elle t'apparut comme une preuve de plus de ce conformisme désabusé que j'arborais pour ne déranger personne, elle t'apparut, ni plus ni moins que mes chapeaux, mes gants, mes manières et ma conduite, comme un sacrifice congru et indolore aux us et coutumes du monde selon les Cuori (où nulle Loreleï n'avait sa place, autant parler du couvert, mis à notre table, du Juif errant). Tout ceci avant Nora, et rien ne vint démentir, juste avant Nora – ni même l'écriture saugrenue de fictions juvéniles – cet assentiment pacifiste au monde selon les Cuori, qui revenait à prier avant de manger et dormir, à se confesser de broutilles (la radasse allemande – de la tendresse que je gardais à Isabelle, je ne me confessais qu'à moi-même) pour s'entendre absoudre, quand on ne rêve que d'occire son prochain (de mon vœu matricide, nul ne sut rien, évidemment), à courir aux messes dominicales et à faire maigre le vendredi où, bouilli, rôti, grillé par les soins de Lietta, le poisson surgissait à notre table… oh, les prunelles élargies de Nora, devant ces tables des Cuori, leurs nappes mousseuses, la transparence d'un vin blanc dans la pureté du cristal, ces tables des Cuori qui se voulaient viscontiennes et qui étaient bien la seule chose des Cuori qui y parvenait tant soit peu, grâce à l'éclipse graduelle des fautes de goût qu'on devait à la lecture de manuels de savoir-vivre et autres vade-mecum du savoir-plaire, aussi assidue que celle des Evangiles et bien moins que celle de mes romans…

Quant à ce texte, qui n'est qu'autobiographique et le seul du genre, c'est au fils de l'éditeur de mes écrits initiaux, Mattei, il s'appelle Mattei, que je viens de confier le soin de le publier à l'heure dite, et après qu'aura sonné celle de Silvana, que je n'ai jamais vue ouvrir un livre, qui ferait une exception ; des Mattei, gens compétents, fiables et dévorés de père en fils par la passion de l'alpinisme, je n'ai trop rien à craindre d'un zèle abusif ni de coupes du même ordre au vif d'un sujet pénombreux – ce qui n'interdit pas, comme de juste, au sportif Mattei junior de me réserver une mine de notaire dès que j'entre dans son bureau. De ces dispositions que j'ai prises, Mattei junior et senior ignorent pour moitié la raison : autant pour préserver mes dieux lares que pour Nora N. où qu'elle soit, il eût été impensable que je publiasse *Le Verrou* de mon vivant et de celui de mon épouse, au risque qu'un fin limier des lettres vînt à en soupçonner l'auteur, le dénonçât au monde, à sa famille abasourdie – à une Silvana réduite au désespoir. Or, me direz-vous, il aurait fallu non un limier, mais un voyant hindou pour débusquer le faciès originel de l'écrivain sous 1) un pseudonyme assez opaque pour en remontrer à Romain Gary : le nom supposé d'un prosateur hongrois, ou plutôt tchèque, en hommage à la petite-fille de Petra, 2) cet autre masque, aux traits basanés de sourires absents et épaissis et durcis par l'alcoolisme mondain, entre autres effets d'une indifférence obligée, de l'ex-directeur des laboratoires Cuori. Quant à ma bien-aimée, si je lui ai donné un nom d'emprunt, je l'ai élu avec le soin requis pour qu'il sonne exactement comme celui qui la désignait sur ses papiers : même allitération d'ensemble en un N. fermé, nasal et dur ; pour le prénom, même assonance ouverte du *o* et du *a* (l'accolade sonore et fruitée d'un baiser, les lèvres rondes des Lola, Mara, Mona...) et Nora N., campée devant la fenêtre, chante à tue-tête un air de Vivaldi ou une rengaine à la mode, sait par cœur ce qu'elle va faire de sa journée, ferme les yeux, tend son petit museau vers le soleil, qui brûle ses lèvres disjointes dans le joli sourire d'abandon qu'elle a, que je surprenais si souvent dans ses moments de solitude, ceux-là dont je ne lui laissais pas, ou si peu, le loisir. Voyez-vous, j'ai préféré que nous continuions à avancer masqués, elle et moi, dans la foule des vivants où je ne serai plus qu'une ombre, et elle, je ne sais pas. Voici pour ce que j'ai tenu à élucider en dernier lieu à propos du caractère posthume de cet ouvrage et des rares harmoniques que j'ai voulues dedans, qui lui étaient absolument nécessaires – qui peut-être résonneront à quelques oreilles comme le son mystérieux, au fond d'un parc, d'une flûte dont joue on ne sait qui, la fine grêle triste d'un piano que miracule le doigt véloce d'un être immatériel (ceci pour Gina, qui a déjà la chair de poule), une cloche dans la nuit qui sonne on ne sait quelle agonie, on ne sait quel espoir, ou l'aspiration sournoise, satinée de la mer qui se retire, invisible sur le sable du soir, la mer sublime qui fuit sous vos pieds sans que vous n'y puissiez rien. Nul fondu au noir ne s'impose ici puisque nous revenons au sublime, ce n'est pas avec Simone Weil que nous allons le quitter, et puis j'ai encore à parler de Dieu et de mon amour, et qui sait si Simone Weil, de son ailleurs, ne m'entendra pas.

J'avais toujours senti, à l'instar de Simone Weil, Dieu présent dans chaque chose. Comment alors ne l'aurait-Il pas été de façon plus sensible encore dans le pur corps d'enfant, dans le visage étincelant de ma seule aimée ? Vouloir la boire et la manger, m'attabler à ce petit corps fluet, en faire mon festin et communier d'elle, n'était sans doute qu'une des expressions que peut revêtir l'amour, l'expression même de l'amour, qui veut toujours lécher, embrasser, toucher, voler de ses doigts, de sa bouche, un peu du mana de l'idole, cet amour est ainsi, dont on veut avaler l'objet pour ne plus le restituer au monde – et tous se contentent pour cela de simulacres. L'amour est ainsi qui dans son puéril, avide cannibalisme, vous fait aller les larmes aux yeux, lèvres ouvertes ventouseuses, enfant redevenu, titubant, bras tendus et crucifiés sur le ciel vraiment, donnant follement et follement voulant recevoir. Et comment n'aurais-je pas voulu la manger de baisers, et, de ce visage, de ce corps, de ce qui magnifiquement l'irriguait et proclamait sa vie, une vie hurlante et douce, à travers la foulée de son sang, les battements de son cœur, de tout cela faire mon vin et mon pain quotidien, rompu et dégusté morceau par morceau, et comment n'aurais-je pas voulu connaître l'alchimie irisée de ses reins, parmi tout ce qui entretenait le secret de sa vie organique, cette sève aussi profonde que la lymphe, les sucs et les rosées de son jeune corps, tout cela de nourricier, tout cela qui n'était qu'un même arcane que je ne pouvais désirer approcher autrement qu'avec une rapacité obsessionnelle, je voulais tout d'elle, comprenez-vous, je rêvais tout autant de la croquer tout entière et de boire la moelle de ses os que de la garder dans mon ventre, là où elle n'aurait plus eu ni froid ni mal ni peur, qu'elle n'en sorte plus, que son sang passe dans le mien, qu'on me la transfuse toute, c'était ma façon de l'aimer, je voulais, en effet, qu'elle demeure en moi comme le Christ demeure en qui mange sa chair et boit son sang, et de ma façon d'aimer cette fillette, le mystère n'était pas moins grand que celui du pain consacré dans le ciboire et du vin dans le calice – *en effet*, Carla, et ce que je suis à tes yeux, c'est précisément excommuniable, ainsi aux yeux de bien d'autres qui ne comprennent pas qu'il s'agit d'amour, de celui-là qui est le principe actif des angéliques fortifiants de la messe – qui est cet horizon sans limites, ce puissant désert au-dessus duquel brillera toujours, fixe, guideuse, l'inexplicable étoile.

Il y a ce sentiment, sur lequel on pourra me reprocher de m'être étendu trop longtemps – mais que m'importe une critique que je n'entendrai pas ; il y a qu'en revanche je réfute l'incarnation de l'Esprit-Saint dans le corps d'un homme et d'un seul, et qu'on fasse, du corps de cet homme-là, le fétiche supplicié d'une religion escroqueuse qui vous le ressuscite après un petit moment, pour plus d'effet. L'Esprit-Saint est dans tous les hommes, il est aveuglant que ce n'est pas autre chose : il y a cette lumière crayeuse braquée sur la petite Nora, au buffet dévasté, se haussant sur un pied pour attraper le dernier chou d'une pièce montée, le portant à sa bouche et croquant sa douceur friable en me regardant de ce regard qui venait du fond des âges, ce regard de la prêtresse d'un oracle dont avaient dépendu des guerres anciennes. Et c'étaient, ces étoiles de Noël au-dessus de la tête de la petite Nora, une seule étoile, celle pour laquelle tout quitter et la suivre, qui, péremptoire et muette, faisait qu'on ne voyait qu'elle dans cette grande foule sombre, qui l'a éclairée elle vers qui je suis venu quand j'avais l'impression de parcourir la nuit bâillonnée de tous mes labyrinthes pour, en un instant, arriver au jour, à un buffet où une gamine volait des choux à la crème.

*

Tous les enfants volent. Ottavia et Gina ont volé tous les abricots aux branches des abricotiers, ignorent que tant, de cette histoire de ma vie, sont morts, sautent sur mes genoux, ignorent, aussi fermement que leurs animaux de compagnie, qu'elles mourront, et Lietta n'est plus là pour initier leurs papilles barbares à l'honnête volupté de cette gastronomie qui était son art : devant ce que faisaient les doigts de Lietta à la cuisine, j'avais la même impression de saisir l'essence des choses, des nourritures, leur origine et le pourquoi inquiétant de leur destin qu'en regardant, chez Rembrandt et les Hollandais, ces viandes sombres où le sang se corrompt, chez Chardin, la pulpe de lourdes pêches pâles, cueillies à l'instant, l'or beurré, tout chaud de la brioche impondérable... Magda n'est plus là non plus, qui triompha un moment de Lietta – et le sang des poissons coule encore, mêlé de l'eau d'où ils viennent. Dieu sait où est Magda et si elle excelle toujours dans sa discipline – cet autre art qui était bien le seul dont elle eût une rare maîtrise, cet art peu chaste de la cuisine d'Europe centrale – si, de ses mains à elle, rustaudes et rouges, dans un hôtel de bon renom, une riante auberge de campagne, une guinguette ou une gargote, elle prépare pour d'autres ces délices de Bohême et leurs voluptés déshonnêtes, ou si, assouvissant son ambition la plus passionnée, elle trône dans sa propre boulangerie-pâtisserie, quelque part en Autriche, en Bavière ou encore à Prague, à l'instigation de feu sa mère Petra et à condition que Neumann mère et fille soient tombées sur un receleur assez magnanime pour ne pas céder à la tentation d'escroquer ces malheureuses au vu de leur incapacité notoire à apprécier la valeur de leur butin : juste bonnes pour la resquille ou la grivèlerie, peut-être le premier expert marron les aura-t-il convaincues que l'amas de leurs trophées n'était qu'une époustouflante collection de faux. Il y en avait quelques-uns aux murs, en effet. A moins que… oh, que de suppositions harcelantes et gratuites ! c'est que tout, absolument tout, de ces deux femmes-là, est possible, par exemple, que Magda Neumann fasse la plonge dans une pension de famille de Berlin ou toute autre froide ville d'Allemagne dont Nora arpente les trottoirs pluvieux de son pas encore traînant et élastique, le mur est tombé depuis des éons, et elle tend la main sous la pluie ; exemple ultime – ô combien préférable et obnubilant et ni plus ni moins crédible : Magda et sa fille servent des saucissons aux pommes dans un autre hémisphère, quelque part entre Santiago du Chili et Valparaíso… mais non, mais quelque chose me dit que c'est à Buenos Aires que Magda sert des saucissons aux pommes, juste pour ne pas perdre la main, par amour de son art, parce que Nora vit entre pampa et Patagonie, épouse du petit-fils d'un dictateur argentin dont l'oncle participait de l'important trafic de cornées qu'on dénonça un peu avant l'an 2000 : Ramón est propriétaire de cette hacienda dont elle parcourt les terres toute la journée, à cheval, du coup le type est refait qui ne la revoit qu'au dîner qu'elle dévore de son superbe appétit encore aiguisé par le grand air pour filer au lit et s'endormir tout de go, refait le type, et juste avant de s'endormir, au moment hypnagogique, elle a dit en espagnol ce qu'elle dit tous les soirs, que seul le Fragonard des combles était vrai, refaite Nora. Elle parle merveilleusement l'espagnol, elle s'y est mise tout de suite, le type est étonné, et *Madame*, bien sûr, *servie*.

Ou encore, Magda a consenti à rejoindre Petra : cela se peut, Magda, à vingt-sept ans, était déjà incroyablement vieille à cause de la pauvreté, vieille à cause de tantôt bâfrer ou faire maigre, déjà vieille au *Vier Jahreszeiten*, et elle mentait toujours sur son âge lequel il m'importait peu de retenir, je l'ai toujours vue avec ce visage dévasté, gonflé et suppurant d'envie et griffé par l'âpreté du mal qu'elle voulait aux autres, ce visage-là a dû lui venir à vingt ans et si je fais à son propos l'effort d'un calcul évasif, elle doit en avoir dans les soixante-dix et peut-être est-elle morte à force de manger, peut-être a-t-elle mangé à mourir ses quenelles, ses entrecôtes et leur terrible sauce, toutes spécialités dont elle s'enorgueillissait comme de la beauté de sa fille et qu'elle rêvait de vendre comme elle vendait sa fille dans la réalité, peut-être sont-elles mortes toutes les deux à force de cet argent que valait la beauté de Nora et à force de le manger trop vite, parce qu'elles avaient eu trop faim. Allons, ceci n'est qu'allégorique.

En tout état de cause, on ne pouvait aimer, chez Magda Neumann, que sa cuisine, et peu me chaut ce qu'il est advenu de la virago, si j'ai cru moi à plusieurs minables reprises bisser l'exploit d'Arezzo, si je n'ai rien bissé du tout, si je mourrai moi dans une longue torture rien que d'ignorer le sort de Nora Neumann. Je sais celui des autres. Lietta est morte, qui eut un autre mérite que, miraculant la farine, l'œuf et la pomme de terre, d'en torsader des gnocchis plus tendres qu'à Vérone – qui fut la seule, avec l'éphémère soubrette hongroise, à éprouver de la sympathie pour ma Loreleï ; Lietta est morte qui eut cette façon joviale et délicate de faire passer ma nymphe blonde de la civilisation de la *wienerschnitzel* à celle de l'escalope dite milanaise, en lui servant, au premier dîner qu'elle prit avec moi en tête à tête (la terrasse blanche, un crépuscule violet, quelques moustiques, en contrebas, une piscine miroitante – une fillette aussi timide qu'était faraude celle qui, au Sacher, dénouait son tablier), une escalope plus authentiquement viennoise que celles qu'on nappe de beurre dans un palace international – une escalope viennoise panée et cuite au saindoux, mais si légère que, comme le veut le dicton, "une mariée pourrait s'asseoir dessus sans graisser sa robe blanche". Voilà encore un détail que je m'en voudrais d'oublier. Dans son dépit que la prééminence de son talent fût menacée par celui de l'Autrichienne (adjectif qu'à l'instar de ma mère, Lietta éleva au rang de substantif et prononça avec la hargne de la France révolutionnaire désignant Marie-Antoinette), et étant donné que l'Autrichienne l'éclipsait dans l'usage sorcier de ces épices dont, en outre, la réputation aphrodisiaque n'est plus à faire, on sait qu'aux abois, après l'insuccès de ses currys, Lietta se résolut à l'humilité et à ne plus servir, à la manière hindoue, que des œufs brouillés au curcuma, parce qu'elle avait toujours réussi les œufs brouillés et trouvé après une quête épuisante (*maman*, nous ne sommes pas à Londres !) un excellent curcuma, un vrai de vrai, avec son arrière-goût amer de gingembre, au fin fond de la seule boutique cinghalaise de Milan. Et Nora s'enchantait des œufs au curcuma, faisait des mines de chatte, et les commissures roses de ses lèvres du bas avaient l'air de menues babines encore retroussées quand j'en approchais ma langue, tendue vers l'incandescence blonde du curcuma. Et tout le sexe de Nora avait l'air de sourire, et l'arc de ce sexe, l'arc de ses petites lèvres, celui de ses jambes (sous les combles, un écart de trente-six centimètres environ), tous ces arcs souriants avaient un tracé aussi parfait que celui des sourcils eux souvent frondeurs, et celui, ondé, de la ligne d'or qui ourlait la naissance de ses cils – tous ces ors bruniront sans doute sur du papier pour, livré aux lois bâtardes de la Providence, c'est-à-dire à qui n'a fait qu'hériter d'une maison d'édition, être réimprimé au hasard des engouements, des événements (on lit peu pendant une révolution, davantage pendant une guerre, dit-on), à moins qu'on ne le pilonne prestement, et je ne peux pas même offrir à mon amour une éternité semblable à celle du profil fuyant, que cerne l'ocre rouge, d'une gazelle peinte sur la roche, dans la préhistoire gardée par le Sahara et ses dunes, au Tassili des Ajjers.

Le père Uberto Riccio est mort en Terre Sainte, lors du trente-sixième pèlerinage où il menait ses troupes paroissiales, quelque part au bord du lac de Tibériade et, pour rappeler ici un des vœux les plus exclamatifs de ma mère – "Quelle joie de mourir en ayant prié à Gethsémani !", c'était la trente-sixième fois qu'il connaissait cette joie, par le fait, et peut-être n'avait-elle plus rien pour le surprendre ce dont au contraire se chargea une brusque rupture d'anévrisme.

Et je vois toujours arriver à la même allure les nuages d'automne, cette allure qu'ils avaient lorsque j'ai épousé Silvana et toute son exemplarité ; je vois dans les nuages d'automne, souvent sculpté, le front baissé d'un agneau noir et les ombres chaotiques de cette troisième guerre mondiale dont l'Evangile de Jean nous entretient dans les moindres détails. Je vois au ciel cet agneau noir, juste avant, comme il est dit dans l'Evangile de Jean, que tout soit changé et qu'un nouveau ciel recouvre une nouvelle terre. Mais, encore un peu avant ces extrémités, il est l'heure que j'aille honorer de ma présence le goûter fastueux des petites d'Immola, une bouchée pour papa une bouchée pour maman, et Gina si férue d'histoires de fantômes se satisfera de cette amorce : une bouchée pour Riccio qui était un brave homme et une pour Lietta, ses faisans du Tessin et sa méritoire tentative de cuisine indienne et une pour Nora qui, si elle ne foule pas la terre de l'hacienda, est peut-être dessous, loin des haciendas, pour avoir eu trop d'amis de cœur à qui acheter de la drogue. L'argent était le maléfice de ta vie, *mein Liebchen*, et notre amour, à sa naissance, maléficé par cet argent, son manque ou son excès, cet argent qu'il y avait partout, exposé, dans les demeures des Cuori – et tes yeux criblés de haine froide quand tu ne souffrais plus de n'en rien recevoir, à la fin, rien de ce salaire d'un travail que tu aurais exercé avec davantage d'impudente sérénité dans une maison de passe ; encore ceci à propos de cet amour qui avait comme subi un envoûtement de mort, et s'il fût envoûté jusqu'à en mourir, ce fut non seulement à cause de la seule passion fatale (hélas pour moi) qu'avait Nora pour l'argent, et cette Nora, bien davantage que Circé et Loreleï, était surtout la sœur d'Alberich, régnant, avec cette impassible hystérie qui me séduisit tant, sur le trésor volé au Rhin (*"So verfluch'ich"*, chante Alberich, et c'était cette dérive de bleu scintillant, ces paillettes d'or dans son regard perdu, à la première heure du vol, quelque part au ciel, entre Vienne et Milan...) – mais parce que Carla Cuori, pour que tout finît très mal et rentrât dans l'ordre, y alla aussi de sa magie noire, ceci sans qu'elle eût jamais tenté de tirer le loquet des combles, il ne lui en fallait pas autant : si on a trouvé, une nuit, Nora Neumann inanimée dans les toilettes crasseuses d'un bar berlinois, Carla cara, il faudra bien, quand ce sera ton heure, que tu en répondes devant les juges d'un tribunal bien moins équanime que je le fus jamais, et peut-être alors se lèvera un ange à la voix rauque, hier revenu au Royaume, qui te condamnera comme tu nous as condamnés, qui te condamnera dans ce grand rire de cailloux, d'eau vive et de brumes traînantes qu'elle avait parce qu'elle fumait trop, et que j'entendrai, moi. J'entends, ici, du côté de chez Gina, le cri de triomphe du Nibelung, et c'est fait, elle a hérité du wagnérisme de sa grand-mère – les dieux vont bien, mais la malédiction du Nibelung plane toujours, le peuple du brouillard ne désarme pas.

*

Silvana trempe ses longs doigts fins dans le rince-doigts avec la même élégance discrète qu'ils en effleurent l'eau du bénitier, et j'ai toujours une certaine satisfaction à observer combien, outre d'être wagnérienne et végétarienne, ce qui relève de la même notion d'apprentissage, combien profondément, naturellement viscontienne est mon épouse, du même chignon qui à la villa d'Este sommait son crâne, qui aujourd'hui est d'un blanc brillant et dont Silvana, pas plus que de le faire teindre, ne dénouera la magnifique torsade hors de la chambre à coucher ; le temps s'est suspendu au-dessus du crâne de Silvana, le temps se suspend dans l'harmonie rigoureuse, la dextérité insensible de chacun de ses gestes, et je ne connais rien de plus rassurant que de la voir tremper un biscuit dans la crème d'un tiramisu puis croquer ce biscuit avec tant de bienséance qu'elle réussit ce tour de force : que personne ne s'aperçoive qu'elle mange, elle mange dans ce temps olympien des pendules arrêtées, et comme ce papillon de nuit qui, du fond des jardins noirs de la villa romaine, vient se brûler à la flamme du photophore, car nous maintenons aussi cette tradition de dîner aux bougies, elle écarte d'un simple revers de main la marche du siècle et l'Apocalypse annoncée, je crois que nous maintenons tout ce qui peut être maintenu, toujours avec les chiens, toujours derrière les hauts murs de nos vastes demeures – nous nous maintenons en vie, du moins, et quant à Silvana, elle peut mourir un jour, elle, sans qu'on s'en aperçoive davantage que de ce que son assiette est vide, de ce qu'elle vient de finir son tiramisu : l'air du temps, de ce temps arrêté, semble seul soutenir mon épouse, cette Silvana aujourd'hui septuagénaire qui paraît également exemptée de toute fonction organique, ce dont sans doute participe son adhésion à la secte, toujours plus prosélyte, des végétariens, son respect de ce qu'elle nomme *hygiène nutritionnelle*, qui est sa seule manière d'extravagance, figure pour Simonetta d'inimaginables fourches caudines, et pour moi, riant sous cape, une façon de divorce alimentaire. Hier, Silvana penchait front et chignon au-dessus de sa centième assiette de riz complet, qui la changeait agréablement du millet et de l'orge, complets eux aussi, et j'ignore ce que Silvana peut bien ingérer d'incomplet, ni l'incomplet ni l'inachevé n'étant de son ressort ; du riz complet, elle écroulait pensivement la pyramide brune, jouxtant une escalope d'orties, à moins que l'escalope d'orties fût un autre jour, et qu'hier, juste ce tofu, mariné ou frit, qui, fumé, à le goût du hot-dog que c'est à s'y tromper, de l'avis de la Signora, module avec prudence Simonetta qui vient de cuire du pain azyme au soleil et bénit le ciel qu'au moins, pâtes, riz et polenta aient ce caractère fédérateur qui lui permet de cuisiner parfois, pour deux personnes ou pour toute une tablée, sensiblement la même chose. Simonetta reçoit ses instructions de ma moitié sur un petit cahier mentionnant, pour la semaine, ses menus et les miens. Compulsant ce bréviaire à mes heures badines, je me tiens au courant du châtiment que Silvana entend se réserver avant dimanche prochain : de ces beignets de plantain auxquels on ne convertira jamais un honnête homme, de communes lasagnes qui, pour mon épouse, seront aux blettes, et, un dîner sur deux, ce millet dont point on ne se lasse, un pilaf de millet, et là on m'a oublié, qu'importe ce qui échoit à l'omnivore – qu'importe en effet : chacun est libre de se détruire comme il veut, m'a signifié une fois ma compagne, en pinçant les lèvres presque aussi fort que Carla, et j'ai tout à fait conscience que le bruit de grêle du millet, du sésame, de toutes ces graines sautant telles des puces dans une poêle culottée sera la petite musique de mes derniers jours. Grâce à sa diététique, Silvana, elle, a décidé de vivre centenaire (l'ouvrage et Mattei attendront), ce qu'elle confirme assez souvent, avec cette naïveté de vieille enfant qui vainc ma complaisance à échafauder, à mes moments atrabilaires, les scénarios rebattus du film noir. Centenaire, dit-elle, nébuleuse, mondaine et cillante – ce à quoi je lui rétorque qu'elle m'aurait survécu même sans l'orge complet et les flocons, voilà que j'oubliais les flocons. Ces oignons farcis aux flocons étaient-ils bons ? Ils ont valu bien des pleurs à Simonetta et je pense à Lietta pleurant pour avoir goûté du piment rouge ou vert, et je me retiens de pleurer moi sur l'épaule de mon Arcimboldo – une femme sans reproche.

Seuls ses cheveux de neige témoignent du passage du temps, et ces cheveux de neige – que j'ai connus à une autre qui avait seize ans –, ce hennin argenté rend mon épouse plus patricienne encore, dont la seule chose qui me rappelle qu'elle est vivante, la seule faille désarmante sous le glacis d'un visage que l'âge a adouci, sous le marbre dont elle semble faite et qui évoque par son poli celui d'un mausolée, d'un Taj Mahal que duplique l'eau immuable de ses bassins, la seule chose qui me rappelle qu'elle n'est pas ce monument indestructible dont je serais, par ailleurs, l'unique visiteur, cette chose est qu'elle ronfle de plus en plus fort, de tout ce grand nez qui lui n'a pas changé du tout, ce promontoire héraldique qui se met à s'enfler un petit peu et à barrir si formidablement, après chaque dîner sur la terrasse. A chaque dîner sur la terrasse, face à ces châles de cachemire dont elle se drape dans un geste majestueux de vestale romaine, je donnerais n'importe quoi pour que l'un d'eux reçoive une goutte de sauce bolognaise, la lanière d'un spaghetti, un bon cèpe à l'huile d'olive, voire que, un peu soûle, elle se mouche dedans, mais rien à faire, rien ne se passera de la sorte et Silvana mourra comme elle mange et comme elle fait le reste, c'est-à-dire strictement rien d'autre que d'être mon épouse, tout cela sans en avoir l'air.

Parfois, percevant une lente effusion de globules blancs dans ses veines diaphanes, je dois écarter le spectre de la leucémie, car, à bannir ainsi les protéines animales, Silvana est quelqu'un que chaque pas semble essouffler. Ce spectre écarté (elle a, pour je ne sais qui, un adorable sourire chaviré au-dessus de son yaourt), je me permets à nouveau de noter que nous sommes revenus, sans conteste, à toutes sortes de blancheurs : les murs de nos maisons sont plus blancs que jamais et la joue de Silvana et l'émail de son œil, et Simonetta est cette perle dont seuls les saltimboccas de veau, qui est une viande blanche, souffrent la comparaison avec ceux de Lietta, dont les pâtes sont aussi différentes de celles de Lietta que le jour de la nuit, et qu'on peut accommoder de cent façons s'il y en a une seule, *al dente*, de les cuire : marchant sur les traces de sa devancière et consciente que d'assurer sa succession est un tour de force dans les conditions susmentionnées, Simonetta, plongée des heures dans les cahiers de cuisine qu'a laissés celle-ci, autant dire le testament de la Succulence Ultramontaine, ne pense plus qu'à cette proche réunion familiale où, oubliant le handicap des brouets, elle pourra exalter les vertus roboratives de la cuisine romaine.

Rappelons que Lietta naquit à Milan pour y mourir sans être sortie de ses faubourgs, les nôtres, et combien sobre et vigilante était sa main d'ange, combien elle veillait au taux de cholestérol d'Attilio et à ce que "chacun, dans cette maison, gardât la ligne", dixit l'intéressée ; si chacun sait que rien n'est ardu que de réussir des plats simples, on apprend ici que Simonetta vit le jour dans la station thermale de Bagni di Viterbo, où l'on trouve à la pelle rhumatisants et néphrétiques, et voici un sujet de conversation tout trouvé avec mon épouse qui, une fois déjà, s'est laissé persuader de tâter des sources sulfatées, alcalines et sulfureuses de Bagni di Viterbo et de ces bains de boue et de vapeur sans lesquels elle ne fait que survivre : Silvana ne se sent réellement bien que dans une gangue de fange brûlante ou suffocante, ruisselante et cramoisie dans ce que je persiste à appeler, que ce soit dans la province de Viterbe ou de Parme, des hammams ; de l'Etablissement de Bains, où je l'ai accompagnée puisqu'aujourd'hui ce serait folie de la laisser aller seule quelque part, serpente un chemin que j'ai suivi jusqu'au lac de Bullicame, dont les eaux volcaniques bouillonnent à 61,3 °C, que mentionne Dante dans *L'Enfer* (XIV, 79-81), et où j'ai rêvé, un instant – une séquence filmique – très banal, d'engloutir ma conjointe. Celle-ci s'entend à merveille avec

Simonetta, non seulement parce qu'elles ont les stations thermales en commun, même si mon épouse ne réalise absolument pas que son interlocutrice n'aura jamais le loisir de se rouler dans d'onéreux bains de boue – c'est qu'elle est là pour faire la cuisine et qu'elle passe ses vacances sur la populaire plage d'Ostie, auprès d'un grouillement de frères et sœurs : née sur la route vallonnée de Rome, au pays des nécropoles étrusques, Simonetta a, de leurs figures, le teint ocre, le nez de rapace et le sourire perpétuel auquel répond celui de Silvana, qui ne peut pas plus se priver de stations thermales que des pâtes de Simonetta – cette fille du Latium qui nous nourrit, d'une main bien plus infatuée que celle d'une Piémontaise, des tortellinis, raviolis, gnocchis qui vous font un repas à eux seuls, pour qu'ensuite Silvana file prendre les eaux dans un but d'élimination, ceci jusqu'à ce que ce ne soit plus la peine d'éliminer quoi que ce soit, et la vie de Silvana se passe entre les terres fumantes d'où surgissent force thermes et, fumante encore, l'assiette de ces tortellinis à la crème, bourses ventrues et chiffonnées qui m'ont toujours évoqué, surtout au moment de dyspepsie qui suit leur ingestion, ces autres boulettes que sont les terrifiants *momos* tibétains.

Il y a, dans ce recours à une cuisine prodigue en même temps qu'exsangue, aux pâtes farcies d'herbe à chat ou de chair à pâté (à Naples, on connaît les gnocchis sous le nom "d'étrangle-prêtres"), quelque chose qui va de pair à mon sens avec la fidélité conjugale, les bonnes mœurs, un épicurisme placide – et *no sex at all* car loin d'être aphrodisiaques, elles ne vous poussent à aller au lit que pour les digérer. C'était ce que je faisais, c'est ce que je ferai les soirs qui restent, à cause de cette consolante nourriture d'eunuque, caractère qui ne gêne en rien Silvana. Tenez, une chose surprenante d'une personne si sensible à l'omniprésence des toxiques, c'est qu'elle ne ferme pas l'œil sans son barbiturique vespéral dont, pour épargner cet estomac délicat qu'auraient révulsé les épices, elle privilégie la forme de suppositoire ; ce qui, par contre, n'a rien pour surprendre, c'est que la cire de ses joues s'enflamme, c'est que la voilà qui rougit comme une rosière quand elle sent mon regard fixé, dans une sincère distraction, sur la boîte de barbituriques sodomisateurs. La suite : une envolée évanescente aux toilettes, le preste retour de Silvana qui serre ses nobles fesses comme pour se frayer un passage au long de la rangée des fidèles, des fois qu'elle soit en retard à la messe car les messes, bien sûr, ont repris aussi, et Silvana crampe sa joue d'un sourire charmé et, *à l'étrusque*, déplie ce mètre quatre-vingts que les ans ont à peine tassé, déplie et déplie encore, ça prend un temps fou, nous finissons par la trouver étendue toute raide au côté d'un époux lesté de tortellinis, nous la trouvons comblée par l'assurance d'une nuit réparatrice, grâce aux vertus du dernier barbiturique Cuori et au temps d'assimilation requis par les hydrates de carbone – grâce enfin à l'irrémédiable manque de désir que je lui ai toujours manifesté sans qu'elle ait semblé s'en soucier outre mesure, et dont, après la conception d'Immola, il m'apparut clairement qu'elle ne se souciait plus du tout.

Il est minuit, Silvana vient d'introduire, après le cône du barbiturique dans ses parties les plus inviolées, au creux de ses oreilles, les boules Quiès qu'elle modèle de ses doigts prudes en forme d'hameçon, dans une seconde elle arrime le ruban de son masque Quiès derrière son occiput, et la seconde suivante elle ronflera à une cadence dont je connais les trilles. *Ecco*, ma vie serait maintenant le retour à toutes ces choses pour lesquelles, suivant son cours, elle était vouée – *ecco*, si je ne parlais pas la nuit dans mon sommeil, ce qui réveille Silvana pourvu qu'une boule de cire ait chu sur l'oreiller et parce que, de surcroît, c'est à haute et intelligible voix que je parle alors, avec, paraît-il, des inflexions tour à tour caressantes ou comminatoires, et c'est cela que je dis dans mon sommeil, je dis en tourmentant mes draps que, *si tu ne veux pas monter ce soir sous les combles, piccolina…* qu'*eh bien, plus question demain, de cette excursion à la chartreuse de Pavie ni à Monza ni ailleurs et plus d'espoir de cette Scala samedi prochain et tant pis pour Verdi et ce film de Pasolini,* ***Teorema****, qu'on donnait au ciné-club…*

Il m'arriva, joignant le geste à la parole, de somnambuler jusqu'à la pièce des combles où me trouva mon épouse, au beau milieu d'une nuit d'hiver où il neigeait, endormi de tout mon long sur le plancher, la nuque sur le rebord d'émail de la douche, serrant contre mon torse nu comme le reste, une robe de bal aux dentelles jaunies et maculées de sang séché, et Silvana me dirait a posteriori le plus extraordinaire : s'approchant du corps de *Monsieur son mari*, elle avait vu, de ses yeux vu, que sous l'ampleur crénelée des dentelles, la chair de ce dernier dressait un hommage irréfutable à la créature de son rêve ("tous les hommes bandent quand ils rêvent, et les femmes mouillent, c'est scientifiquement reconnu, et je crois que tu devrais changer de somnifère ou envisager un suppositoire et demi", lui assenai-je, exaspéré, ce matin-là, et la crudité de cette réplique relevait d'une telle invraisemblance que Silvana eut beau jeu de n'en pas croire ses oreilles, sur lesquelles néanmoins elle appliqua ses paumes comme pour atténuer le bruit d'une fusillade lointaine et tout à fait improbable dans le pays à jamais en paix qui est le sien). Entre-temps, pénétrant plus avant le domaine de l'extraordinaire, les doigts de Silvana avaient éprouvé la chaleur de ma peau et la légère sueur, fleurant le citron et tous les parfums des îles, qui l'emperlait quand le thermomètre indiquait cinq degrés en dessous de zéro. Une dernière chose, qui n'avait pas échappé à un regard soudain policier : "Cette robe… qu'était donc cette robe du soir, à la taille si étroite qu'elle ne pouvait convenir qu'à une enfant… ?" "– Eh bien, Silvana, tout ce qu'il y a, c'est que, même somnambule, j'aurais dû fermer cette porte, conclus-je, brandissant moi-même le rameau d'olivier, et je te prie de ne revenir sur aucun de ces détails – quoi, une digestion difficile, je n'aurais pas dû prendre ces lasagnes en *primo piatto*, et avec toute cette béchamel, ou m'arrêter là et renoncer à ces calamars en cocotte et à toute cette polenta…"

Et j'usai d'une autorité aussi inhabituelle que le reste pour endoctriner Silvana que l'âge rend à une obligeance de plus en plus désinvolte, comme peut-être sa narcomanie : fors l'affaire nutritionnelle, on ne fait pas plus traitable que Silvana au soir de sa vie, et ce fut à celle-là que je donnai l'ordre, qu'on ne discuta pas, d'oublier cet incident au plus vite et de n'en plus jamais parler – et mes doigts envoûtés et irradiés de la chaleur du corps d'une fille au cœur froid, aussi froid que les nuits d'hiver en Lombardie, au cas où ma mère ait eu raison, ces doigts par mégarde n'avaient pas tâtonné jusqu'au verrou, et je me promis bien en vain d'attendre le jour, l'état de veille et des petits matins comme celui qui suivit, où un soleil pâle baignait le parc blanc pour, par la grâce d'un amour qui ne finirait pas, pousser ce verrou sur la beauté de Nora Neumann, lorsque, prenant toutes ses aises avec une chorégraphique impudence, elle s'asseyait sur moi de son faible poids d'enfant et rejetait ses cheveux en arrière, se cambrait et arquait ses cuisses de garçonnet et me tendait, avec une impétuosité étrange, ce sexe qui était bien celui que j'avais vu avant qu'il ne saigne, semblable à une amande et comme juste fendu d'un coup d'ongle, pour que je boive à cette source qui brille au fond des forêts de légende, que j'entends encore frémir sous la mousse feutrée, qui va et veut se perdre loin sous la terre dans les horreurs de l'oubli et se perdrait sans l'infaillibilité de la mémoire amoureuse qui est cellulaire, qui est trame et trace, seule défieuse de mort qui dans son excellence va jusqu'à nous restituer indemnes les arômes et les musiques du passé – qui est tout ce que nous avons ; et quand s'éteint l'or-argenté du sexe, se dérobe son rose flammé, son brun de cannelle, je sais là que c'est quelque chose que cette jeune fille reprend et, bien qu'elle vienne de me céder une fois de plus, qu'elle n'est qu'une mélodie étroitement resserrée sur elle-même, que la guitare est à elle dont, telle la Concha de Pierre Louÿs, elle joue à qui lui plaît, elle se lève alors sur un genou comme une petite archère, et la lampe d'albâtre éclaire une main (la sienne, la mienne) qui s'envole, comme celle du tableau, pour tirer le verrou sur la touffeur bleue qui a envahi la maison de la via Chiaramonti, la touffeur bleue du ciel d'été et elle regarde la nuit et ses étoiles et, nue et longue et nonchalante, elle dit qu'il fera encore beau demain, et qu'elle voudrait ce maillot de bain et aller à ce pique-nique ou que sais-je encore, et que puis-je contre la droiture dégagée de ses épaules, la grâce hostile et le rythme imprenable de tout son corps, ses seins hauts et brusques, ce déroulement soyeux de son dos, cette façon d'insolence muette que donne la minceur, elle est contre la fenêtre et c'est comme si tout d'elle, et ses seins et sa croupe, était cueilli, porté entre ce ciel qu'elle regarde et la terre où je rampe, par les mains des anges, des anges scabreux qui aujourd'hui se promènent avec elle sur les Kurfürstendamm de mon agonie – “et tout, oui tout, tesoro”, dis-je la nuit à Silvana que je réveille encore et qui, depuis la scène de la soupente, dès qu'elle m'entend parler en songe, ôte les deux boules de cire à cause de la curiosité d'Eve qui n'épargne pas les duchesses.

Les jambes de Nora Neumann ne se fermeront jamais, elles qui peut-être ont jailli une autre nuit d'un autre été, celle, piquetée d'autant de lucioles que d'étoiles, de la via Appia Antica, la seule fois où je me suis demandé si elle n'était pas revenue sur les lieux de son crime ou sur les lieux d'un amour, même irrésolu, qu'elle aurait eu pour moi sans rien pouvoir en montrer ni donner, puisque pour elle le don signifiait la perte, que c'était bien un luxe qu'on lui avait appris à se refuser : les animaux chassent et prennent, c'est la loi de leur vie. Mais l'amour ne connaît ni limite ni mesure, qui maudit celles que j'ai imprimées à ma vie d'aujourd'hui (*so verfluch'ich*, siffle le gnome), qui ne sait que convoquer l'impossible par son atroce magie d'enchanteur indifférent – et donc c'eût été possible que ce fût elle qui, sur la via Appienne, sortait de cette Lancia aux vitres murées par des journaux comme beaucoup de ces voitures qu'on gare près des ruines rougeâtres des aqueducs et des tombeaux, entre catacombes et cimetière des Papes, pour de hâtives copulations avec des filles qu'en général on paie, ce qui est une preuve indicielle de plus quant à l'identification d'une femme, qui était peut-être celle-là, et ma femme à jamais, dont pour la dernière fois, dans la nuit romaine, j'aurais vu les jambes minces et nues, la cheville duvetée de poussière, le pied hâlé dans des sandalettes au cuir écorné, puis, quand elle ploya le cou pour sortir de cette Lancia, les cheveux lunaires.

*

C'est à elle que je pense au goûter de mes petites-filles, une bouchée pour papa une bouchée pour maman, et elles m'ouvrent des lèvres pralinées du sucre de la cassate, et les voilà d'une gourmandise éhontée, c'est nouveau, dira Immola et Silvana tend la main vers cette autre nouveauté – primeur apparue à la veille de son départ pour Salsomaggiore –, un tube de tranquillisants dont les barrettes entrechoquées font un bruit de maracas, se lève, se dirige vers le buen retiro dont la porte se clôt par une targette cliquetante ; si j'apprends seulement celui des maracas, je connais par cœur tous les bruits de ma Silvana nocturne et il m'arrive, au moment de la targette, d'éclater de rire, parce que les toilettes sont aussi proches de la chambre que la roche Tarpéienne du Capitole, et que le bruit qui va suivre est celui, robuste, d'une miction véhémente, et que, de mon lit, je vois les hanches distinguées et le fessier aride et toute la disgrâce de cette belle femme que Silvana était encore hier, et je loue le fonctionnement irréprochable de ses reins et ce mouvement d'horlogerie parfaite que, Dieu, Diable et surtout la rigueur de ses observances hygiéniques, ont transmis sans aucune discontinuité à ce corps qui ne m'émut jamais. Wagner était-il végétarien ? il me semble l'avoir lu dans un des manifestes écologiques qui traînent ici… Ensuite elle viendra posément, pudiquement, étendre près de moi sa toujours remarquable charpente et se rendormira, sereine comme ceux qui n'ont jamais eu à répondre de rien : "A celle qui n'eut à répondre de rien", ainsi graverais-je son épitaphe si je ne présumais pas, et on connaît la valeur de mes présomptions, que malgré les recettes de longévité que mon épouse applique avec un si gentil scrupule, ou à cause d'elles, exauçant par là Mattei, nous mourrons, elle et moi, au même instant, de la même mort bien élevée qui viendra dans notre sommeil afin qu'aussi, ne rompant en rien avec notre mode de vie, nous soit épargnée toute souffrance dépassant les bornes.

Reste que nous sommes tous deux catholiques, et qu'il faudra bien en passer par le viatique et le dernier des sacrements de l'Eglise ; ainsi je mangerai une dernière fois le corps du Christ, Nora, puis je boirai son sang, et la réserve que tu fus la seule à me faire perdre s'appliquera encore à ce que je prenne cette ultime collation en taisant au prêtre que ton corps et ses essences lointaines, celles des îles, celles de l'Orient froid d'où tu venais et celles de ton sexe qui avait parfois le parfum désuet d'une sèche poudre de riz, et ton sang iodé, qui était chaque mois celui d'une femme, que cela seul sera le viatique sur lequel je fermerai les yeux, qu'il n'y en aura pas d'autre, que tout autre est faux et toutes les paroles qui l'accompagnent, sans importance.

Tu es à la fenêtre, tu dis qu'il fera beau demain et débarquera le second sacramentel secours pour passer les portes, et le prêtre trempera son pouce droit dans les huiles du saint chrême, et je serai frotté et oint du baume et de l'huile d'olive (oléum infirmorum), graissé à souhait de cet ingrédient sans lequel il n'y a pas, Loreleï, de cuisine transalpine, je me ferai assez l'effet de cette “bruschetta” dont tu raffolais, t'en souviens-tu – de cette brave tranche de pain de campagne grillée et frottée d'ail, toute pénétrée de la saveur profonde de l'huile d'olive, et salée et poivrée et croquée sur la nappe de nos pique-niques –, graissé je serai tout autant que ces pulpeuses tomates ou ces anchois crus que tu préférais parfois à la brûlure des épices bohémiennes, peut-être parce que c'était l'été et que dehors, quand je ne parvenais pas à te drainer par mille moyens, dans l'ombre des chambres, il faisait déjà assez chaud ; graissé je serai comme une serrure qui grince, les gonds grippés d'une porte, un loquet, te souviens-tu, ou encore comme avant un de ces bains de soleil que nous prenions sur la terrasse, parce que pour la chambre, rien à faire, et à ce frictionneur du dernier instant dont l'avis ne risque pas d'importer, parviendrai-je vraiment à taire que j'ai connu moi, à moult reprises, une onction digne du sacre d'un roi hébreu ou de celle d'un roi de France, par la sainte ampoule de Reims ? Passé le seuil de la maison, ces mots seront, à un autre padre Riccio, une énigme, où tient ton secret et le mien, celui que j'emporterai quand je sortirai du temps.

XXXV

J'y suis encore, où Gina-Ottavia me retiennent de leurs petites griffes, et je sens moi les prémices de l'automne et sa senteur de brûlé. Les lampes s'allument plus tôt. La grive et les oies sauvages s'envolent au ciel de la Maremme. Gina vient de sauter sur le lit, que j'ai prise pour Strudel, et qui me crible de questions à propos du film qu'elle vient de voir. Quel film ? *Les Visiteurs du soir*, et puis elle souhaite m'entretenir de ce qu'elle a rapporté de sa chasse aux papillons, engouement récent qu'Ottavia, inclinons-nous devant le fait, partage avec un peu moins de bonheur : hier, c'était un paon-de-jour ocellé de turquoise dur que, collectionneuse et digne arrière-petite-fille d'Attilio, elle a déjà piqué, roidi sur sa plaque de liège, près d'autres estimables trophées, dont le vulcain à bande rouge – qui sont si beaux qu'Ottavia bisque, qui rêve de capturer un argus, et les voici, telle une Ada double, chassant les papillons.

Rebondissant sur le lit, ma primesautière Gina veut que j'éclaire sa lanterne à propos de ce diable des *Visiteurs du soir*, savoir si une fois je ne l'ai pas rencontré, lui ou ses émissaires… "C'est, Gina, que sa saison s'approche, mais c'est plus volontiers l'hiver, par des nuits d'hiver, qu'il envoie ses enfants, comme il est dit dans le film en voix off, pour *désespérer les hommes*... Ainsi dit la voix off, ainsi dit la légende, ainsi disent les histoires immortelles où l'on voit, flanquée d'une énorme nourrice et d'un jouvenceau émacié, d'autres Nora Neumann chevauchant vers d'autres châteaux, et qui est Nora Neumann – Nora Neumann n'est personne comme dans une autre histoire immortelle, ou bien c'est un de ces noms d'emprunt dont use le diable lui-même, que je ne sais qui des enfers de Bullicame m'a soufflé sur le ton d'une confidence, sans que je sache pourquoi. Si je l'ai vraiment rencontré ? A Milan ? A Rome ? A Bullicame avec Silvana ? Ailleurs, avant, entre les déserts ou les montagnes, quand je voyageais sans Silvana ? S'il planquait une queue à écailles ? Si j'avais parié quelque chose avec lui un jour ? Signé quelque parchemin fatal ? – *Si. E si*, et oui, je l'ai rencontré, Gina ou – définitivement – j'ai rencontré quelqu'un qu'il avait dépêché de là-bas : née avec la fonte des neiges, elle avait les yeux brumeux, c'était une fille. Elle est venue à ma rencontre, par un soir gelé, comme ça se fait – si le diable, ou ses créatures, préfèrent l'ombre tôt tombée, c'est pour mieux abriter des secrets factieux qui risquent d'être découverts par le premier demeuré sous un soleil écrasant comme, du reste, la bêtise. Ces créatures, le soleil les assomme et horrifie. Elles le subissent un temps, puis repartent vite au royaume des Neiges qui Brûlent, en oubliant complètement qui elles laissent ici, avec le sirocco et cette chaleur de Rome par-dessus le marché. Celle-là, disons ma créature, quand on lui demandait de faire quoi que ce soit, sifflait *Später*, ce qui signifie *plus tard*, et tordait une grosse bouche de gargouille pour – *Später !* A propos de gargouille, et de l'esprit séditieux qui me tourmenta comme jadis ce vieux Saül, je vais te donner un tuyau : on peut le voir... non ? je te dis que oui ! Il n'a peut-être pas tout oublié, en tout cas, il se plaît ici, il est souvent entre dragon et démon, c'est-à-dire du côté de la fontaine du Dragon et de cette avalanche de roses rouges sur un feuillage vert-noir, Démon, ainsi se nomme le grand rosier aux roses écarlates, c'est là qu'on peut le voir chevaucher la tête du monstre à bec clapoteux et l'entendre glousser avec l'eau... Jusqu'à ce jour, je l'ai vu se contenter de ricanements d'une assez formelle banalité. Hier, et si on exigeait de lui quelque chose qui l'ennuyait terriblement, ses lèvres n'étaient plus qu'un caducée de serpents qui se convulsaient, souples et vermeils, et il crachait *Scheisse !* ce qui signifie ce mot interdit que ta sœur emploie moins souvent que toi, même l'été, même en vacances sous ma seule férule – ce mot qui signifie *merde*, en français pour faire plaisir à votre arrière-grand-mère. Il parlait toutes les langues du monde. C'est un signe. Quand on l'invitait à manger, là seulement, il accourait sans se faire prier, comme le chat Strudel. Quel chat ? Strudel. Tu sais bien – c'est mon chat, quand j'étais petit. Il – ma créature – transformait l'écu en feuille sèche comme la gitane de Victor Hugo, dans ce roman que tu as fini de lire la semaine dernière, il aimait Verdi, Puccini, pour Wagner, je ne réponds de rien. J'ai eu avec lui un commerce régulier, pendant près de deux mois, dans ce jardin et dans un autre. Il portait des jupes amples, en corolle, et buvait trop. Et surtout, ne va pas seulement te méfier, sur le conseil de ta mère, des athlètes tatoués au sourire incandescent, ni des hommes d'affaires qui sortent des caramels de leur attaché-case, ni des aveugles qui idem, ce qui est plutôt l'affaire de ta sœur." A cette Gina toute pâle aux yeux d'ébène, je dis qu'il était peut-être bien là, que j'ai dû le convoquer par mégarde, qu'il doit être reparti, qu'il reviendra, demain peut-être, et on me répond très judicieusement que le réchauffement de la terre ne doit pas leur convenir, à ces suppôts du Malin, du moins à ceux que je connais, ceux de l'ombre et du froid, et est-ce idiot de représenter l'enfer comme une grande rôtissoire ? Ça l'est vraiment, et l'heure qu'elle se couche. Près de la fontaine et des roses rouges (le rosier est, *in vino veritas*, réellement et abusivement nommé Démon par je ne sais quel pépiniériste titillant la lyre), deux chats vont s'entr'étriper et pour une fois je n'irai pas, avec l'une ou l'autre, surprendre leur choc électrisé, ayant au préalable parié avec l'une ou l'autre – c'est la nuit et parfois encore je ne sais plus – sur la victoire du gras ou du maigre.

Elle sort, elle va avoir onze ans, à douze ans, l'enfant dont je parle n'était plus vierge, et quelque chose encore aura changé pour tout le monde après son passage par les jardins de cette saison-là – c'est la chapelle Sixtine dont on a rénové les peintures, devant la métamorphose desquelles Silvana se pâme, qui ne revient toujours pas d'une hardiesse qui, flattant un sens esthétique qui se confond chez elle avec le sens moral, lui semble justifiée de manière indiscutable : entre-temps, dans ce temps qui changea et où les pendules s'arrêtèrent au-dessus de Silvana et de son millet, eut lieu la réfection de la chapelle, qui perdit ses pénombres jaspées et gagna en clarté abstruse, celle du zénith, et il y fait beau et plein jour, comme si l'heure de midi et une lumière de plage sans mystère avait quelque chose à voir avec le début du monde et sa fin. En bas, à droite de la colère du Christ, ce penseur bouleux qui me ressemble et que, le mordant au cuissot, entraînent au supplice éternel des chauves-souris larvaires, le bouleux bat sa coulpe, roule des yeux blancs, courbe sa forte échine, bref agonise de remords dans des pastels de bonbonnière... Caverne profonde d'un tumulte passionné, nigrescent et fauve, peint dans le suif et la sueur et le suint, la Sixtine dont on a tout ramoné, douché, lavé, la Sixtine que vit Nora n'existe plus, abolie dans le mat, le lisible et le précieux. C'est comme tant de choses, qui ont changé dans ce sens, ainsi de lois d'une traîtrise limpide, qui sont pour mieux vous manger, mes enfants. Je ne voudrais pas que le soient les petites, nées dans d'incroyables douceurs et peu préparés à un tintamarre pandémoniaque : Gina-Ottavia, 2011-..., quid de vous, quid de Terra ? Mais laissons-les chasser les papillons, ces deux au mollet glabre, aux yeux d'antilope et au pied leste, puis se réfugier près de moi sous la lumière cerclée des lampes, écloses contre la nuit de septembre où l'été s'éraille dans les lenteurs déchirées de la *Malinconia* de Beethoven, alors que c'est plutôt Wagner qu'on entend, que j'entends encore à l'instant – ces deux qui veulent, je réponds de cela, en finir avec leur enfance aussi vite que possible : tacite et résolu, c'est l'avis qu'elles ont, qui est le mien, parce que précisément je ne suis pas pédophile. Et c'est cette nuit-là que j'ai eu cette idée d'un feu d'artifice suprême où le vieux pyrotechnicien ferait passer toutes les munitions de la maison, pour qu'ils soient tous à le regarder en se crampant les cervicales tandis que je tiendrais la main de mes deux qui, ressemblant de plus en plus à Clara et l'une à l'autre, font une louable crise d'identité : j'hésite à promettre lentilles de contact violettes et vertes, perruques multicolores – mais voici que s'élance le "Siegfried-Idyll" de *La Walkyrie*. Silvana, à Bayreuth, drainée vers le Saint des Saints, processionne au milieu des smokings, dont le mien, et jamais je ne connaîtrai rien de bizarre comme ce spectacle, autour de quinze heures, dans ce bourg de Franconie. La Franconie est la partie sud-ouest de la Bavière, et si j'ai ce soin d'éviter Munich, je ne le peux, sous peine d'affliger gravement Silvana, de Bayreuth, ni contourner sa fichue colline qu'il me faut gravir derrière la nuque et la croupe de Silvana, et un flot de lamés, de paillettes, de mousselines qui brillent ou louvoient en plein soleil quand une bouffée de parfums pesants et vénéneux nimbe la phalange wagnérienne et grimpe vers le théâtre. *"Tu es l'image que je tenais cachée en moi"*, c'est Siegmund qui le chante, et il n'est pas rare, et on s'explique que, pénétrant la salle, je sois encore plus en sueur que les autres.

Les bijoux sont dans le ciel, Nora – c'est ce feu d'artifice d'anniversaire et mes dernières cartouches qui éclairent tous les visages, ils sont tous là, debout, droits comme les arbres du parc, ils sont là, dans leur défilé de vie, fusillés des éclats du feu d'artifice comme par des balles à blanc. De ceux-là, ces visages, présents ou passés, ceux du passé sont les plus réels, et il m'arrive souvent, comme cette nuit du 4 de septembre, de ne plus comprendre comment j'ai conçu une lignée, et pourquoi toutes ces femmes et d'où viennent-elles ? Plus réelles sont les silhouettes de Giuseppe, de Clara, du chat Strudel qui vient de disparaître entre les ramures du cèdre. Croulant en flammes au-dessus des rotondes et des bosquets de buis noirs, il y a ces croix qui chavirent, qui sont celles du cimetière de Torrette, et je sentirais presque le vent de mer ; il y a ces mains d'un génie obscur, qui lâchent leurs perles brûlantes sur un bal de campagne, dans la fraîche Ombrie, et Giuseppe me sourit de toutes ses dents moins deux, et voilà que Clara monte au ciel, je la vois distinctement, et puis au-dessus de ces visages d'ossuaire des vivants, une étoile a filé, indifférente à nos braseros étiolés, qui allait dans le ciel comme un lion à travers des cerceaux, qui allait pour se perdre, déterminée et de grand éclat, comme tous les phénomènes naturels munie de formidables, de dédaigneuses raisons, quand les nôtres pour faire un seul pas sont bien minces, quand les nôtres pour vivre, avoir cette raison de vivre, sont encore plus minces. Et si cette raison s'incarne, c'est dans une folie, l'amour, la vue d'un visage qui justifie tout, qui prouve que Dieu existe, qu'Il a le doigt sûr, qu'Il a créé cette exactitude de la beauté. Elle était déjà dans celle de la campagne romaine, dans les grands arbres sombres de ce parc, absolument juste, mais vos yeux tâtonnaient. Après avoir vu le visage de l'amour, ils voient tout de la sidérante exactitude, mais le visage est parti qui n'était là que pour vous laisser avec ces yeux qu'on vous tient ouverts, voyants comme par force, quand vous aimeriez les refermer car dessous, c'est une grande erreur mouvante, quelque chose entre le vice et l'hébétude, une confusion où tout se fait par inadvertance, comme le chauffard de ma famille qui renversa un piéton et mit les gaz, et qui était moi. Mais je ne suis qu'un exemple, peu s'arrêtent, est-ce que vous vous êtes arrêté, quand le choc était juste perceptible ? Et elle, avec son sacré visage justifiant, n'est plus là et vous n'avez fait que du tourisme sur ses terres, vous n'en avez rien pénétré, dégueulasse dilettantisme – espérons au moins que vous ayez été prudent, que vous n'avez rien dérangé de là-bas, chez elle. Après elle, il y a le manque et ce qu'il fait, ce qu'il me fait chaque matin où je me réveille avant l'aube, un caillot de plomb sur l'épigastre, où quand tout dort encore, j'ai ce monstre qui n'est pas la petite si souvent à califourchon sur le dragon de la fontaine, j'ai cet autre monstre, Mr Angor Cardiaque, qui me tombe dessus, pèse le poids de Magda Neumann dont les protubérances ont fortement sailli dans la lumière d'une giboulée de vert aigre, puis d'or blanc – aaah, ont fait, dans un râle synchrone, les jumelles qui lèvent des faces et des yeux de Nubiennes au ciel chamarré, et Immola m'a sèchement signifié qu'elles avaient dû passer leur temps à s'abrutir de soleil pour être comme ça, noires comme des pruneaux, et trop grandi, trop vite, d'un coup, et pris des muscles de garçon, que c'est tout juste si elle les reconnaît, et m'a lancé un regard réprobateur, comme si je possédais, outre le pouvoir magique de l'augure, celui de stopper cette croissance haïssable à ma fille – leur première rivale.

Les seins de Magda Neumann se sont fondus dans l'obscurité, entre deux de ces fusées et chandelles dont l'éclat poudreux vaut bien celui d'une rampe qui n'éclairera jamais Nora Neumann. Si Nora Neumann n'est pas sur scène, elle n'est pas loin d'ici, ce que je disais à Gina n'était pas tout à fait un conte bleu, je la sens se rapprocher tous les jours, toutes les nuits et ces matins, surtout, où même si ce n'est pas Nora Neumann, mais Mr Angor, prélude à l'infarctus, qui chevauche mon plexus pendant que je suis à la fois l'énorme tronc d'un chêne haché par la foudre, que sous mes côtes battent cent papillons fous ou palpite un seul qui a cent ailes, que, le bras gauche ankylosé, j'attends qu'en lieu et place de celles qui chassent les lépidoptères, ce soit elle qui, sur son liège final, encloue d'une longue épingle mon cœur exténué – cette vanesse folle : j'ai mon papillon comme Sartre avait son crabe, et je prends ce bêta-bloquant qui un jour sera sans effet et – mon cœur a trop battu, flûte la midinette, et d'ultimes chrysanthèmes de soufre s'ouvrent au-dessus des pins, et deux petites mains moites pressent les miennes et deux corps accolent au mien leurs vibrations concentrées, et lent à s'éteindre, le ciel vient de verser dans le saphir au doigt de l'enfant blonde.

XXXVI

— *Platz nehmen*, elle a dit au cercle de famille, et fendant l'ombre je me suis écarté, j'ai été jusqu'au portail de la propriété quand un torrent de nacre finissait de ruisseler entre les cyprès, qui était celui du collier aussi, *Platz da.*

Bouquet d'escarboucles, rouges paillettes, la bohémienne s'avance dans son costume de cirque scintillant de même. *Platz nehmen*, elle sourit, le fouet claque et le vent dans les arbres soudain les froisse et moleste sec.

— Massimo ? Et c'est Ottavia, et sans raison précise, ce soir, je suis sûr que c'est elle, qui jamais ne m'a appelé par mon prénom, qui encoquille sa main dans la mienne plus fort que tout à l'heure, Ottavia qui me dit de venir, qu'on ouvre les portes du château, qu'on aille rôder avec ce diable qui lui fait des avances, qu'elle veut qu'on sorte. Pour le diable, lui dis-je, dans un dernier essai d'être morse et gentil, je croyais qu'il tournait plutôt autour de Gina. Non, elle a dit non en secouant ses cheveux dans tous les sens, et elle sait bien.

Je suis sorti avec elle, vivant, et oui Ottavia nous le trouverons nous les trouverons tous et nous irons où il faut là-bas et nous avons marché longtemps, je ne sais comment nous nous sommes trouvés sur la voie Appienne, qui avait juste l'air d'une route abandonnée, nous nous sommes assis avec un chat noir, une pute blonde au visage confit de fatigue, tous assis ensemble près des grands tombeaux rouges et des sépultures aux chambres peintes, le sirocco s'est mis à souffler plus fort sur la beauté de la campagne romaine, toujours plus sévère et plus triste, plus noire et bleue et forte et rugueuse, le ciel était fixe, à présent fixe au-dessus des pins, des pierres, des voitures garées non loin, des filles et des collines, ah il s'en passe de belles la nuit par ici, hors les murs, et elle avait disparu que j'avais vue tout à l'heure et pourtant elle était partout, dans chacune de ces filles fardées, dans ce sirocco qui s'engouffrait dans nos ruines, soufflait sur les étoiles de la nuit, le tuf pâle des catacombes, les clartés tronçonnées du forum, les tombeaux de la Rome païenne, les corridors dédaliques de la Rome chrétienne, le Tibre, ses limons jaunes, l'or des églises et celle où, sur le pavement, Jésus laissa l'empreinte de son pied, celle qui s'appelle *Domine Quo Vadis* car Jésus, à cette question de Pierre fuyant les persécutions, répondit je vais à Rome pour qu'on me crucifie une seconde fois, et Pierre lui s'en alla d'un pas ferme vers Rome et son martyre, c'est encore une légende, Ottavia, et c'est alors qu'elle est venue dans son costume rouge sur la route patricienne, et peut-être les autres étaient-ils encore debout, dans le parc battu par ce vent qui vient du Sahara.

Elle m'a dit oui, qu'elle les avait vus ainsi, oui tout à l'heure encore, debout comme pour le Jugement, elle s'est assise sous le ciel mugissant et les étoiles dans l'odeur de résine comme elle le faisait, elle a dit encore son *Platz da*, et cette fois nous étions tous auprès d'elle, nous étions là enfants et Gina n'a pas tardé qui avait couru tout ce chemin, qui a dit que le feu d'artifice était fini, mais qu'on se demandait s'ils avaient bougé même un doigt, qu'on aurait dit des statues, que peut-être ils dormaient debout. Elle, vite l'embrasser dans le vent du désert. J'ai vu sa main immobile sur son genou d'archange, je savais qu'elle serait là alors, les ombelles des pins fouettaient le ciel, un chant bruissant montait des lauriers, des perles blanches roulaient sous mes yeux, les rafales et l'écho de sa voix âpre m'emportaient le cœur, c'est elle qui m'a serré aux épaules, qui a posé ses lèvres sur les miennes, puis elle s'est détachée, elle m'a dit mon amour le parc est noir maintenant, elle a ri à saccades et la tempête aride frissonnait sur son costume rouge, l'embrasait comme une torche, puis elle a souri tendrement, roulé sa tête contre son épaule, la voie Appienne s'ouvrait toujours plus loin, et le vent avait séché ma bouche et sa salive avait bu la mienne.

Il n'y a plus personne, a dit la bohémienne, ils sont à l'intérieur, ils ne sortiront plus. Elle a eu un soupir, comme après l'accomplissement d'une chose prescrite, et avec ce soupir, j'ai vu le sirocco les repousser derrière leurs si hauts murs, ceux du parc noir où je n'entrerai plus, le parc au loin où le vent est tombé.

C'est ce que j'ai vu et entendu cette nuit-là, ce qu'on m'a dit de dire, et je sais qu'elle m'attend, rouge et levée comme la flamme, qu'elle se tient patiente devant la cachette de la pinède dans l'odeur de résine et de terres chaudes remuées, que j'entrerai dans la cachette où elle s'asseyait, où elle me demandait de venir, il faut venir maintenant, elle le dira bientôt.

XXXVII

Ayez pitié mon Dieu de nos pauvres amours de chagrin, suicidaires amours d'un autre devant qui on s'agenouille dans la folie du désir que Vous avez voulu que nous connaissions – et oui ses cheveux sont d'argent et hauts ses seins sous la robe étincelante et ses bras sentent l'odeur des pins et je vais mourir en la désirant encore. Ayez pitié de cette erreur, cette méprise de l'amour humain, elle est à notre mesure, c'est pourquoi si racornie et vaniteuse, erreur torturée, torturante, flammèches de l'erreur de l'amour de l'homme et de la femme, pitié de nos bricolages et ouvrages de misère, ce que nous faisons de la vie simple et suprême, ce que nous faisons de l'amour même qui dans son imperfection est l'unique éclat de Vous sur la terre, prenez pitié aussi mon Dieu des méchants qui le sont par orgueil et amour d'eux-mêmes, pitié de l'orgueil et de ces emmurés dans leurs parcs noirs et organisés, pitié d'eux et que l'orgueil et l'amour d'eux-mêmes coulent avec leurs larmes, larmes dures comme les pierres de leurs murs, larmes d'accueil soudain, et que leur cœur redevienne la friche d'un cœur d'enfant – prenez pitié encore de celui qui a une passion sans cœur, c'est la majorité, qui croit aimer et tue à la place, pitié de celui-là qui voit le tué et dit que ce n'est pas de sa faute, qu'il n'y est pour rien, et en effet dans cette affaire il n'y était pour personne que lui-même, et le tué, il ne le connaissait pas ; ayez pitié de nous à travers des déserts allant, tombant et retombant, mais écoutez, mais voici, c'est à force que nous tombions que surgit la lumière de Dieu, tramée du premier jour, et vous humains nés de la terre et allant vers la terre et les humus retournés dites-vous cela, que vous vous relèverez dans la lumière du premier jour pourvu que vous ayez cette conscience de Lui, de son amour à Lui, le seul, et cet amour-là vous connaît depuis les limbes, connaît et aime de vous ce que vous ne connaissez pas, au plus noir de vos reins, au fond de votre boue sous le rose charnier de votre cœur, alors acceptez le face-à-face, car il est dit que celui-ci est inévitable, que vous serez pardonnés en tout, que l'heure va venir pour chacun de voir cette face resplendissante et dont tout est fait, face sublime du Seigneur sans limite, Seigneur de l'univers qui l'implore, qui ne sait pas qu'Il vient ; or il est dit qu'Il va apparaître dans la lumière de pitié qui en aveuglera certains, ou d'autres qui ne marchaient pas marcheront bénis, ainsi car rien n'existe que la volonté de Celui qui fit les premières lumières, Celui qui intact est partout, dans la virginité du pauvre monde pourtant méchant, voyez donc le pardon qui marche et ce salut où se taisent les voix et cet essor où d'autres s'élèvent, qui étaient déjà les vôtres, mais vous ne le saviez pas, pas plus que vous ne saviez vouloir l'Incarnation, en avoir soif à mourir, à travers le désir d'une malheureuse, belle et longue et souple à qui tout naturellement, soudain peu avare, vous parliez d'éternité et de ronciers entre les tombeaux, ces choses follement religieuses parce qu'en effet le surnaturel perçait déjà dans l'éclat de ses yeux, au centre de votre amour pour la pauvrette.

Mon Dieu, je vais mourir et vous offre ma vie dérisoire et enchevêtrée, offerte à votre magnificence qui est Une, inclinée devant comme le désir m'inclinait devant cette beauté de la jeune fille, celle-là un peu moins pauvre que les autres, fière et dure aux longs yeux de compassion. On me dit, soyez prêts car c'est l'heure maintenant, car Il va vous prendre dans sa tendresse, celle-là qui n'a pas de borne, nous prendre en Lui et cette lumière de Lui, qui est et naît et renaît plus forte que toutes les aubes. Cela sera, et chaque larme pleurée, le baume de Votre miséricorde. On me dit, baissez-vous donc à terre devant le Seigneur, et plus mêlés à la poussière vous serez, plus tôt vous vous trouverez consolés, et bientôt vous irez ardents et fiers et la lumière chauffera vos joues et l'ombre ne sera là que pour les rafraîchir alors commenceront les miracles du salut, vous êtes juste au début de là où ils auront lieu, vous vous tenez devant.

TABLE

BABEL

Extrait du catalogue

676. V. KHOURY-GHATA
Une maison au bord des larmes

677. VÉRONIQUE TADJO
L'Ombre d'Imana

678. NINA BERBEROVA
Le Cap des Tempêtes

679. JOHANNA SINISALO
Jamais avant le coucher du soleil

680. YOKO OGAWA
Le Musée du silence

681. ALFRED DÖBLIN
L'Empoisonnement

682. ALBERTO MANGUEL
Stevenson sous les palmiers

683. ALBERTO MANGUEL
Chez Borges

684. HENRY BAUCHAU
La Grande Muraille

685. JEAN-PAUL GOUX
La Commémoration

686. SIRI HUSTVEDT
Tout ce que j'aimais

687. NIKOLAJ FROBENIUS
Le Pornographe timide

688. FRANÇOISE MORVAN
Le Monde comme si

689. CHI LI
Triste vie

690. FRÉDÉRIC JACQUES TEMPLE
L'Enclos

691. INTERNATIONALE DE L'IMAGINAIRE N° 19
L'Europe de la culture

692. NAOMI KLEIN
Journal d'une combattante

693. GEORGE SAND
Nanon

694. FIONA CAPP
Surfer la nuit

695. CHRISTIAN GOUDINEAU
Le Voyage de Marcus

696. NORMAND CHAURETTE
Scènes d'enfants

697. VÉRONIQUE OVALDÉ
Les hommes en général
me plaisent beaucoup

698. OLIVIER PY
Paradis de tristesse

699. CLAUDE PUJADE-RENAUD
Les Enfants des autres

700. FRANÇOISE LEFÈVRE
Le Petit Prince cannibale

701. PASCAL MORIN
L'Eau du bain

702. ORNELA VORPSI
Le Pays où l'on ne meurt jamais

703. ETGAR KERET
Crise d'asthme

704. YOKO OGAWA
Une parfaite chambre de malade

705. HUBERT NYSSEN
Lira bien qui lira le dernier

706. INTERNATIONALE DE L'IMAGINAIRE N° 20
Cultures du monde

707. IMRE KERTÉSZ
Liquidation

708. SONALLAH IBRAHIM
Warda

709. SEAMUS DEANE
A lire la nuit

710. DIDIER-GEORGES GABILY
L'Au-Delà

711. VLADIMIR POZNER
Le Mors aux dents

712. AKI SHIMAZAKI
Tsubaki

713. LISE TREMBLAY
La Héronnière

714. ALICE FERNEY
Dans la guerre

715. NANCY HUSTON
Professeurs de désespoir

716. SELMA LAGERLÖF
Des trolls et des hommes

717. GEORGE SAND
L'Homme de neige

718. JEAN MARCHIONI
Place à monsieur Larrey

719. ANTON TCHEKHOV
Pièces en un acte

720. PAUL AUSTER
La Nuit de l'oracle

721. PERCIVAL EVERETT
Effacement

722. CARINE FERNANDEZ
La Servante abyssine

723. ARNAULD PONTIER
La Fête impériale

724. INGEBORG BACHMANN
Trois sentiers vers le lac

725. CLAUDIE GALLAY
Seule Venise

726. METIN ARDITI
Victoria-Hall

727. HENRY BAUCHAU
L'Enfant bleu

728. JEAN-LUC OUTERS
La Compagnie des eaux

729. JAMAL MAHJOUB
La Navigation du faiseur de pluie

730. ANNE BRAGANCE
Une valse noire

731. LYONEL TROUILLOT
Bicentenaire

732. INTERNATIONALE DE L'IMAGINAIRE N°21
Cette langue qu'on appelle le français

733. ALAIN LORNE
Le Petit Gaulliste

734. LAURENT GAUDÉ
Le Soleil des Scorta

735. JEAN-MICHEL RIBES
Musée haut, musée bas

736. JEAN-MICHEL RIBES
Multilogues *suivi de* Dieu le veut

737. FRANÇOIS DEVENNE
Trois rêves au mont Mérou

COÉDITION ACTES SUD – LEMÉAC

Ouvrage réalisé par
l'Atelier graphique Actes Sud.
Achevé d'imprimer en mars 2006
par Bussière
à Saint-Amand-Montrond (Cher)
sur papier fabriqué à partir de bois
provenant de forêts gérées durablement
(www.fsc.org)
pour le compte d'ACTES SUD
Le Méjan
Place Nina-Berberova
13200 Arles.

Dépôt légal
1re édition : avril 2006
N° impr. 061089/1

(Imprimé en France)